遗落的乡愁

韩庆功 ◎ 著

中国文史出版社

图书在版编目（CIP）数据

遗落的乡愁 / 韩庆功著. —北京：中国文史出版社，2023.11
ISBN 978-7-5205-4476-4

Ⅰ.①遗… Ⅱ.①韩… Ⅲ.①散文集—中国—当代 Ⅳ.①I267

中国国家版本馆 CIP 数据核字（2023）第 218849 号

责任编辑：李晓薇
出 品 方：循化撒拉族自治县文体旅游局（文化馆）

出版发行：中国文史出版社
社　　　址：北京市海淀区西八里庄路 69 号　　邮编：100142
电　　　话：010 - 81136606　81136602　81136603（发行部）
传　　　真：010 - 81136655
印　　　装：北京新华印刷有限公司
经　　　销：全国新华书店
开　　　本：787mm × 1092mm　1/16
印　　　张：26
字　　　数：372 千字
版　　　次：2024 年 3 月北京第 1 版
印　　　次：2024 年 3 月第 1 次印刷
定　　　价：78.00 元

乡　愁（代序）

　　乡愁是从骨子里生长出来的一种孤独。孩童时期总是望着天边的一朵云发呆，向往云彩底下的那一方世界。长大后，小小的村庄再也装不下日渐变大的心，再也抑制不住想要走出眼前这一片旮旯地的冲动。17岁那年，心中装满对远方的渴念，背起行囊，头也不回地走出村子，跨过黄河，走出拉水峡，把越来越朦胧的故乡甩在身后。

　　在外闯荡大半生，总以为把故乡永远地湮没在落满尘埃的记忆深处，与它仅存的一点交情像是西山顶上刹那间被夜色吞噬的一抹霞光，至多在纪念故人的某个特殊日子在心头忽闪一下，很难在内心深处为故乡点亮一盏经久不息的长明灯。然而，纵然豪情万丈，就算壮志凌霄，故乡的几片游云总会在不经意间飘进心里，缠绕在柔软的心弦上，缠来缠去就结成了解不开的环环乡思；走遍千山万水，历经沧海桑田，总也走不出故乡的月影，滴漏的心儿洒满一地的愁绪，愁来愁去就熬成了连绵不绝的缕缕乡愁。

　　乡愁是在盛夏声嘶力竭的蛙鸣声中悬在蓝空的一弯明月，是小树林间潺潺流过的一条浅河，是村头那棵周身斑驳树冠稀疏却依然绽开几枝榆钱的老榆树，是高高的山坡上云雾般缭绕着一群羊的弯弯小路，是寒冬的长夜里叫人心烦的几声又长又尖的鸡叫，是望眼欲穿的酸果树上总也等不熟的几颗青果子，是晚归的老牛在村巷内摇着尾巴蹒跚而过的身影，是荒草丛中依稀辨认的坟堆。

乡愁是大雪封门的日子里全庄子年轻人纷纷出动抓捕野鸡后吃一顿鸡肉面片的富足，是斋月凌晨3点乙保大叔们每敲打一遍钢板时发出的撕破天空的当当声与紧接着几个人同时诵念的旋律优美的唤叫声，是在伯父打铁棚里响起的由近及远的叮当声，是从有草大叔家传来的编织牛毛口袋的咔嗒咔嗒声，是暮归的儿女远远望见房顶上袅袅升起的炊烟就不由加快步履的急切……

乡愁是爷爷叠了又叠的臃肿的白布裤腰和缠了又缠的布绳裤腰带，是奶奶补了又补的黑棉袄和洗了又洗的白盖头，是卷起裤管的父亲一手扶犁一手挥鞭嘴里不停吆喝耕牛的田野牧歌，是父亲那只补了又补仍舍不得丢弃的锈迹斑斑的青花瓷盖碗，是左手臂弯里挽着栲栲的母亲在父亲后面有节奏地用右手往犁行内抛撒麦种的春播图，是母亲欢喜地往滚动的擀面杖下渐渐变大的一块面疙瘩里抛洒的激情，是母亲在昏暗的煤油灯下总也忙不到尽头的针线活，是母亲用随手捡来的几片菜叶沤成的一小缸浆水，是正值芳华的姐姐甩动的两条又粗又亮的长辫子，是姐姐握紧着从邻家灶膛点燃来的一束胡麻草奔向家里的匆忙，是姐姐掮着木桶撒着欢儿奔向河滩又佝偻着身躯沿着弯弯坡路亦步亦趋背水的艰难……

乡愁是手持小铲的艳姑们在青青麦苗间蹲成一行雁阵的身躯缓缓挪动的动人画面，是在湿漉漉的夯土墙上男子汉们吆喝着打墙号子甩肩蹦跳的热火场景，是打麦场上雄壮与轻柔的男女声交替演绎的号子中分列成行的青年男女们情意绵绵对视传情的浪漫，是为豆蔻年华不安分的目光里忽然闯进来的他或她怦然心动以至于被某种情绪定格成永恒记忆的那一瞬间。

乡愁是春种秋收花开花落中总也长不大的懵懂少年，是奢望着枣红骡子上红纱蒙脸的新娘夜夜做梦憧憬着总有一天也要给身披红绸带的自己燃放花炮的青涩年华，是心里头像阳春三月的土墙下辣辣草那样悄悄长出来的一股酸甜的思念与惆怅，是雨后初晴的灿烂阳光下望着山岗上迎风摇曳的芨芨草如获至宝的喜悦，是举目仰望撒拉阿爷那棵枝杈越过墙头的果树上摇曳的苏梅里果垂涎欲滴的馋相，是用一个夏天在麦场边湿地里用手指头抠出的小半兜麦子换来的两颗酸到能挤出眼泪的啤特果，是穿着新衣裳跟在大人后面去亲戚家吃宴席的欢快，是睡意蒙眬中披星戴月跌跌撞撞赶着毛驴到遥远的夕昌沟打柴的辛劳，是在母亲守护的菜园旁窝棚内半夜几声炸裂的雷响中抖抖索索蜷缩成一团的惊悚，是跟着爷爷到地里挖土然后把晒干的土坷垃驮在疯癫毛驴脊背上的两只小背篓里像蚂蚁搬家一样一遍遍运到家里的穷光阴，是从水磨坊转动的磨石间飘出的白花花面粉里盼着好光景的憧憬，是数九寒天天不亮就背起书包摇摇晃晃跨过清水河那根独木桥时的无奈与迷茫，是爷爷讲述的故事接近尾声时闪烁在星海中耀眼的北斗星，是夜里辗转几个村子观看的一场电影，是跟着小伙伴们进山挖甘草锁阳丁零当啷的窃喜，是深夜偷摘杏子不慎被主家逮着时无处逃遁的狼狈，是夜里握着爷爷干瘪的手臂听讲英雄格萨尔故事时放飞思绪的惬意，是有趣的转陀螺打蚂蚱抛石头比赛中胜过对手的得意，是满河滩石丛间的某个石头缝里觅到一个豆粒大的蜂窝蜜的惊喜，是玩累了一溜烟跑回家推开厨房门从水缸内舀起一木瓢凉水咕咚咕咚喝下的酣畅。

乡愁是胶皮味浓烈的解放牌球鞋，是醇香四溢的牛奶糖，是弥漫在汽车尾烟里的醉人醇香，是香喷喷的油搅团和豆面糊糊，是开斋节你来我往的娃娃们和着一声声赛俩目①挨门分送的一张张煎饼，是即将出门的月婆抱着婴孩给同巷娃娃们舍散的一小碗煮熟了的豆子，是用筷子敲打着空碗等不及开饭的孩子们竞相簇拥的一大锅麦仁，是从开春盼到隆冬的一顿宴席，是从小巷深处飘过来的能让整个味觉系统塌陷的一缕葱香……

乡愁是没有理由的怀旧，是不明不白的伤感，是愈来愈浓烈的陈酿，是撒满一地怎么也捡不回来的芝麻粒，是被一阵秋风一片残叶弄断的琴弦，是岁月深处总也望不到尽头的荒草迷离的弯弯小路……

乡愁是一曲无言的恋歌，是一幅淡淡的水墨画，是一份发黄的信笺，

---

① 赛俩目：伊斯兰最常用的问候语。

是落单女子的漫漫长夜，是筏子客望穿天涯的眼眶里的相思泪……

心头堆积这么多乡愁，沉重而黏稠，如果用一条河可以化开这浓雾般越聚越多的愁绪，我愿以所有的激情和辛劳，开掘一条浩荡奔涌的大河！

而今，缠绕在心头的乡恋像一面摔碎的镜片，在光洁的柏油路、高深的砖墙和一双双陌生的目光中模糊成若隐若现的一片碎影，手触摸不到，目光看不见，只能凭着漫漶的记忆，借助愚拙的文字，还原成一幅斑斑驳驳的图像，浮现在眼前，定格成永远的怀念！

2023 年 9 月 5 日于乙日亥村

目　录

乡
愁
悠
悠

乡愁是一缕淡淡的思念，乡愁是一眸深情的凝望，

乡愁是一曲悠远的歌谣，乡愁是一份甜甜的回味，

乡愁是一种赶不走说不清的牵挂……

骆驼泉怀古

骆驼泉景区所承载的历史文化无疑是撒拉族文化的核心要素。某种意义上，读懂了骆驼泉，也就读懂了撒拉族。

——题记

一

创作长篇小说《黄河从这里拐弯》第四部的那个夏天，午后或傍晚的某个时辰，我走出创作室，在街子河畔踯躅独行时，不止一次来到不远处的骆驼泉边。如果刚好遇到一群游客，便挤进人群，聆听韩锦华老师声情并茂地讲起撒拉族前世今生；没有游客的时候，一个人静静伫立在泉池畔，凝目沉思。头顶上偶尔响过一声鸽哨，我的思绪便跟随远去的鸽哨，飞向遥远的时空，试图与祖先们曾经同样站在这里时有过的深沉目光相遇。

可是，眼前那些岁岁枯荣的芦苇、淙淙流淌的清流、若隐若现的白石并不在乎一位空手而来的游子，始终秘而不宣，什么都没有告诉我。

于是向骆驼泉景区解说员韩锦华老师请教。他从相对宏阔的空间维度研究撒拉族历史，视野比我们这些囿于眼界和资料的本土人士要宽阔一些。近几年，他查阅了不少与撒拉族历史相关的典籍，结合民间搜集到的零星传说，再根据自己顺乎历史演进逻辑的想象，硬是把那些断断续续、若隐若现的故事从古泉里打捞出来，补丁似的缀在一起。故事听起来有点斑驳寥落，不成体系，但最起码，我们可以沿着骆驼泉传说的起点，回眸那起起落落的八百年。

谈起撒拉族对国家的贡献，锦华老师自豪地说，那就是毫不含糊的家国情怀。明清年间，先祖尕勒莽阿合莽的后裔一如他们的先辈，只要接到朝廷授命，就义无反顾地离开故土，到千里之外的边疆御敌守关。

清代循化县令龚景翰编著的《循化志》记载，从明朝洪武三年韩宝被授予统辖积石州军政事务的达鲁花赤一职开始，一直到清末，历代朝廷对撒拉族首领授封的达鲁花赤为十七人。明朝年间应召出征的达鲁花赤就有十人，其中四人血洒疆场，埋骨他乡。至于跟随他们征战的一般士兵想必就更多了。身披铠甲、一身威武的他们在踢嗒踢嗒的马蹄声中有过怎样的激情，在布满血腥的沙场上有过怎样的呐喊与厮杀，仍然是个巨大的谜团，连片言只语都未曾留下，犹如夜晚纷纷扬扬的一场春雪，在正午的阳光下化为乌有。

但我不愿就此放弃。始终在想，只要是炊烟升起的地方，哪怕是一块被炭火熏黑的瓦砾、夯土墙上依然可以辨识的弹痕，抑或是黑黢黢屋梁背后深藏的一页漫漶官文，总会留下蛛丝马迹的。然而，找来找去，除了那部千年经卷、两座没有墓志铭的先贤墓和依然没有风干的传说，再也搜寻不到什么了。我不禁问自己，那些在漠北的风沙中练就一身铁骨的汉子们蹬腿扬鞭的雄风在哪里？难道，他们在纵辔挥刀驰骋疆场时烈烈扬扬的场景就这样无影无踪了？

巨大的谜团背后是巨大的问号，连1958年组建的青海少数民族社会历史调查组也只是粗线条地勾勒出了撒拉族明代以来的历史轮廓，忽略了炊烟袅袅中的春种秋收，淡化了千万个屋檐下嬉笑怒骂的日常琐碎。如果有"四大名著"那样从不同侧面补缀历史空白的文学作品，即便官方记录再粗糙，我们照样可以感知当年撒拉族人出没在骆驼泉边深深浅浅的土巷时的音容举止，以及他们充满烟火气的百态人生。遗憾的是，除了那个美丽的传说，什么都找不见了。

在历史认知上，我比较认同家住骆驼泉边的韩占祥先生的说法：撒拉族人一旦认准一方水土，再苦再难，也不会挑剔脚下的土地，苦也罢，甜也好，他们并不计较，把所有苦乐人生浓缩成几句简短的歌词：

黄河上度过了半辈子

浪尖上耍了个花子

撒拉是时代的人梢子

阳世上个个是汉子

在周五赶赴聚礼场的人流里，我仔细打量那些头缠达斯达尔、身穿长袍的白须老者，试图从他们宽额高鼻的脸庞和慈祥的目光里发现一点什么。

细心的人一定会发觉，街子地区年长者身上透射着与生俱来的傲骨，他们走路时稳重的步态、眉梢眼角里的冷峻气质、说话时从容洒脱的腔调，都给人以一种从骨子里透出来的自信与庄重，使人不由联想到尕勒莽阿合莽牵着白骆驼，风尘仆仆抵达这里时该有的凛然气派。即便是岁至耄耋的垂暮女子，眉宇间同样泛起晚霞般的光晕。这是撒拉族人留给外来游客的直观印象。我想，他们这种处世淡然、性情豁达、秉性通透的气质不是几百年风化的遗留，而是被骆驼泉清流滋润过的这片土地重塑的结果。

有一天，博艺公司董事长马德功先生请我给他们投入数月之功创作的大型沙画作品题词。画面上是一群牵着骆驼风尘仆仆赶来的男女，他们穿着奇特，看似十分眼熟。远处是被他们甩在身后的崇山峻岭和邈远天空。这画面令我感动不已，脑子里忽然冒出八个字：举族东迁，情定中华。

二

对撒拉族先民的东迁之举，在口耳相传的《骆驼泉的故事》基础上，不少学人做过一些修补性努力。青海民族大学芈一之教授编著的《撒拉族简史》大概框定了先期抵达街子地区的撒拉族先民的基本情况。1959 年1 月由青海少数民族社会历史调查组编写的《撒拉族简史简志合编》"民族来源的传说"中这样记述：

尕勒莽所带领的 18 人，经过新疆天山北路，进嘉峪关，到宁夏后，转走秦州，伏羌，再到洮州，黑错（今合作），然后到拉卜楞口，进入了甘家滩；而跟找他们的45人是经过天山南路，进入青海，由青海湖南岸这一路来的。他们行行重行行，先到贵德，再到尖扎滩，复到同仁的龙车，然后到了元珠沟。由于长途跋涉，有些人太累了，便在那里留住了10人。其余35人，从同仁保安一带继续前进，到甘家滩时，与那18人恰恰相会了。他们便在那里量了水土，而当地的比他们所带的略轻一些，认为甘家滩不是他们定居的地方。于是，他们牵了骆驼，仍然前行，经过崖曼的薛厂沟，跨过孟达山，到了查加的唐坊庄，又上了奥土斯山。上山后，在夕阳西垂下，看到山上茫茫一片，投身无地，不得不从山上下来。这时天已大黑，遂走失了骆驼，他们编排燃起火把，到山坡上去寻找了。因此，撒拉语称此为"奥图伯那黑"，是火坡的意思，并把山麓的村子叫"奥图伯那黑"村，村下不远处还有小地一块，撒语叫它"对外里"，意即骆驼地，相传，是骆驼走失后曾卧过的地方。最后他们找骆驼找到了街子东面的沙子坡，这时东方既白，天已亮了，因此，撒拉语称它"唐古提"，意即天亮了。

在晨光微露、大地初醒之下，他们从山坡高处，望见街子一带，土地平广，清流纵贯，四周横山纵岭，磅礴郁积，而滚滚黄河，又自西来，其气势颇为雄伟。大自然的这种美好和壮丽，吸引得他们不得不从山坡上下来。下坡后，他们又在那里发现了一池泉水，清澈见底，莹晶可爱，而走失了的骆驼，竟已化为白石，卧在泉边，原来驮载的古兰经和水土依然在驼背上。大家甚感神奇，就量了水土，其重量完全相同，知道这是他们建家立业的新乐土，就决定定居了。

现在街子的大泉池中，尚有大白石一块，大部没于水中，碧水白石，相映成趣。据说，此石早年突出水面，酷似驼形，后于光绪二十一年事件中……竟把它断为两半。老人们谈及此事，犹怒形于色。而今，远近之人仍称此石为骆驼石，此泉为骆驼泉。

故乡是什么？在某些特定的情境下，故乡不一定是那山那水，而是一种更为深沉的精神意念。在我看来，撒拉族先民把自己心心念念的故乡都驮到一峰白骆驼身上，一面是他们繁衍生息的依托——一囊水与一袋土，另一面是他们的精神世界——一部绝版手抄本《古兰经》。

除此之外，还要什么呢？

三

儿时母亲述说的故事中，最难忘记的是骆驼泉、神勇无比的格萨尔和足智多谋的"木昂斯格其"这类故事。骆驼泉传说的起点在没有时间概念的遥远的"从前"，而终点同样是无法用时间来表述的世界末日。

骆驼泉传说总体上对应了撒拉族人相对超脱的宇宙观和生死观，他们向往永恒的乐园，惧怕现世尽头必将面临的末日清算，因而把今世看作整个生命旅程的短暂一站，风轻云淡，只不过在"树荫底下乘了个凉"。他们辩证看待得到和失去，深信"繁难背后有容易""每一只羊都会有一棵草"，现实利益面前不会患得患失，不会过于在乎家族兴衰荣辱；对有过节的人不会死追不放，临终前彼此一声"赛俩目"、一句"口唤"，天大的恩怨也会烟消云散。

骆驼泉传说的末端是：随着岁月流逝，池水中的白骆驼化石会一点点变小，当它完全消失的时候，也就是世界末日临近的征兆。除此之外，撒拉族流传至今的古老传说里还有一些有关"格雅埋体"临近的症候，比如当人世间充满恶事，或发生一些超出人们常规思维的蹊跷事，比如初生婴儿满头白发，幼年老成，女扮男装，性泛滥，不顾羞体，疏远亲属，不善待父母，极端个人主义，土地利用殆尽，各种见所未见闻所未闻疾病的侵袭，地震海啸等自然灾害频发，等等。当人们对这些有悖于道德伦理和自然常态的现象熟视无睹无动于衷的时候，离世界末日就为期不远了。

眼观当今世相，村里老人们唏嘘感慨，认为这个顿亚^①朽坏的"小踪迹"桩桩件件都显示应验了，只等着有朝一日"亚朱者麻朱者"被开释，疯狂肆虐人间。待复返人间的艾撒圣人战胜它们后，人类迎来短暂的没有

---

① 顿亚：今世。

国家、没有阶级、没有族别、没有剥削、没有压迫、没有歧视、按需分配的"大一统"时代，将持续四十年左右。然后这个星球大限将至，山崩地裂，宛如一粒灰尘，顷刻间消亡在浩瀚宇宙间。

这一天，太阳从西边升起，天堂门关闭，地狱门洞开，从人祖亚当夏娃繁衍至今的活着的和死去的人类统统踏上比头发还细、比宝剑还锋利的"随拉提桥"，在烈日当顶盛大无边的阿萨提场接受终极审判。

功过簿展现在眼前，一切是非恩怨截然分明，每个人都以世间的善恶因果走向各自归途——乐园或火狱……

这是从爷爷辈到现在的老人们不断重复的有关人类终极归属的深刻描述。今生所有的肉体劳作、钱财付出、智慧输出、心灵寄托的终极目标，只为抵消这一生有意无意间犯下的种种罪过，好在末日总清算时能轻松过关，为顺利抵达乐园铺路搭桥。一代代尕勒莽后裔们深信"万贯家财抵达不了乐园，唯有诚意十足的信道行善，才会抵达心之向往的理想之所"；确信孝敬父母、善待亲情是天大善功，给人以微笑、搬走一块挡道的石头等人人可为的善举要强过为沽名钓誉而捐出的金山银山，以此获得强大的心理安慰，在权势和金钱面前保持应有的人格自尊。每送走一个亡者，他们对儿女情长的欲念会淡去一成，对死亡的认识会加深一层。他们常常把"无常"挂在嘴边，以不期而至的死亡时时警醒自己。据说有些老辈人在自家院里挖一个坑，躺在里面，以此提醒自己死亡就在眼前。

自然法则无情，生死祸福无常。在岁月长河中，生命每时每刻奔向坟墓。到了两眼昏花两耳迟钝牙齿掉落头发花白疾病缠身的年岁，他们对拖着肉体行走了七八十年的那个叫生命的东西有了清晰的预期，说一句听从命定的话，心甘情愿妥协于眼前依然坚硬的浮华世界。他们不怕油枯灯灭的那一刻，因为无尽的幸福还在后面，只怕这罪孽深重的血肉之躯无法面对一道道响雷般的严厉拷问。但他们还是满怀希望，迎着心中的一轮朝阳，仰望独属于自己的另一座云雾缭绕的高峰，最后一次调整奋斗的坐标。

他们把向这个世界报到时埋在心底的那颗种子重新拾起，拂去滚滚世俗中落满的灰尘，再一次深埋心底，用虔诚松土，用信仰施肥，用泪水浇灌，让枯萎的生命之树重新打苞长芽、抽枝拔节、开花结果。于是他们的目光变慈祥了，说话的腔调变柔和了，把追名逐利中的僵硬身段放低到没有任何高度的几乎与蚂蚁一样爬行的姿态，以无限谦卑的心态把布满皱痕的额头一遍遍叩向朝西的大地。在这样的精神之光照拂下，他们容光焕发、满目春光、神采奕奕。到了垂暮之年，他们每时每刻与自己的灵魂对话，甚至对黄土下逼仄的坟墓有一种莫名的渴望。

四

在群雄逐鹿、无数族群生生灭灭的战乱年代，大西北深山皱褶里闯进来这么一群域外来客，不会引人注目，但对这片不算富庶的土地来说，在烟云流水般的匆匆过客中，能留住这些陌生的脚步，并且有幸成为中国撒拉族发祥地，无疑是个具有划时代意义的文化事件。

上一次修缮骆驼泉景区时，占祥先生根据自己的想象力描摹出撒拉尔东迁的八幅壁画，大概能说清楚撒拉族先民东迁的情景。詹晋文先生创作大型交响乐《寻找家园》时，以"长途跋涉、骆驼走失、找到乐土、建设家园"四个乐章谱写了一条迁徙路线。马忠先生的长诗《尕勒莽阿合莽》几乎清晰地勾画了撒拉族先贤从原住地出发到抵达骆驼泉边的一脉细节。大型舞台剧《追寻阳光的撒拉尔》也是顺着这样的脉络，展现撒拉族先民寻找东方文明的情景。

一个族群轻纱遮容的东迁史，一群神秘来客充满诗意的跋涉路，为艺术家提供了丰富的想象空间，一些致力于宏大叙述的影视编创人员曾到循化探寻过展示这一历史画面的可能性。

然而，历史是不容假设的，更不允许刻意的删减，曾经发生过的、经历过的，都将是铁一般的存在。在族源追溯中，对撒拉族先民真正的出发地在哪里、具体时间为何年何月、缘何举族东迁、来了几个人，他们是一群清一色男子还是男女相间等诸多悬而未决的疑问，至今尚无确凿定论。至于族源问题，民间倾向于口耳相传的撒马尔罕版本，学界则侧重于土库曼斯坦版本，在没有确凿无疑的原始资料佐证之前，族人莫衷一是，实难一锤定音。

业内比较一致的看法是，撒拉族祖先是西突厥乌古斯部的一支撒鲁尔人。乌古斯第五子塔尔汗有四个儿子，其长子叫撒鲁尔。这一部落，就是撒拉族先民。撒鲁尔有六个儿子，以后分为七十五支，其中一支为阿干汗，也就是尕勒莽的父亲。芈一之先生在《撒拉族简史》中认为，尕勒莽阿合莽带领本族一百七十户人家，东迁至循化地区。也有学者认为这支撒鲁尔人是唐朝时期中国境内西突厥的后裔，由此提出 13 世纪初的那次迁徙为撒拉尔东归之说。

至于东迁时间，很难确定为哪年哪月，一般推断为公元 13 世纪前叶（前二十年之内）。有学者根据《元史·百官志》中"撒拉田地里管民官一员"推断，元代初循化地区就有撒拉族人居住。从《循化志》"始祖韩宝，又名神宝，系前元撒拉尔世袭达鲁花赤"来看，撒拉族始祖被任命为世袭达鲁花赤的时间大约为 1288 年，加上之前的一段时间，撒拉族先民东迁至今约为八百年。

至于东迁缘由，也存在源于传说的旧版本和基于史料的新版本，比较一致的观点是，撒拉族先民迁徙与成吉思汗西征有关。清代《循化志》之后，尽管撒拉族史被纳入官方记录视野，但有关文献中明显掺杂了撰文者主观臆想，叙述的局限性和片面性一眼便知。新丝绸之路开通后，我国与中亚地区的经济文化交流日益密切，为在更广领域和更深层次探寻撒拉族起源提供了可能性，因此我们有理由深信，随着对撒拉族历史专业化研究的进一步深入，终究会拨开缭绕几百年的烟云迷雾。

打开历史暗窖的盖子，需要一个恰当的时机。

动人的骆驼泉传说安抚了一代代撒拉尔的心，八百年都过来了，再等等又有何妨！

五

我的想象中，尕勒莽阿合莽一干人在夜色中四处寻找走失的白骆驼，凌晨时刻到了泉池边。看见池水中形似骆驼的一块白石，再看看四周山野，与故土有几分相近，便从驼背上取下从故地带来的水土，与脚下黄土和池水仔细验对，发现两地水土酷似无异，一麦两穗。他们惊喜不已，当下念一声祷词，感念造物主恩赐的这片土地。

天下没有远方，人间都是故乡。既然此行的目的是寻找东方乐土，那么，这一眼泉水滋润的土地一定非同寻常，有山有水，有肥沃的土地，不远处是滚滚黄河；既然白骆驼都不想走了，还有什么好犹豫的呢？

从华夏先民在黄河边刀耕火种起，每一方土地都有与之厮守的土著，积石山下的黄河古道上也出没过无数族群。据大量出土文物考证，当时居住在黄河沿岸川道里的土著是蒙古族。对他们来说，尕勒莽阿合莽一众人仍然是长途跋涉的过客，歇歇脚可以，但要长居此地，却没那么容易。

草草安顿下来之后，两位首领手持蒙古军发放的"路引"去见土著头领。蒙古人见体形相貌殊异的域外来客，稍感诧异，接过尕勒莽递上的用蒙古文写的路条时，便笑脸相迎，于是就有了《骆驼舞》中那荡气回肠的开场白：

　　蒙古头领问："尊贵的客人，你们是什么人，来自哪里？"
　　尕勒莽上前回答："尊贵的主人，我们是撒鲁尔人，来自遥远的撒马尔罕，穿过高山，越过沙漠，走过草原，冬去春来，春来冬往，走了很长很长的路，终于来到贵地……"

六

初到异地，一切都要从头开始，建房修舍，垦荒种地，娶妻生子，繁衍生息。到 1370 年（明洪武三年），撒拉族先民归附明朝大将邓愈。1373 年韩宝被任命为积石州千户属下一个百户。自此，他们开疆拓土，建设家园，撒拉族生活区域从街子河两岸逐渐拓展黄河两岸的查汗都斯、积石、清水、孟达、甘都，以及孟达山、白庄、道帏等中上部地区，形成"撒拉八工外五工"之势。1436 年，韩宝之孙韩贵升为统辖积石州的副千户达鲁花赤。

在这样的历史演进中，最初抵达骆驼泉边的韩姓人家繁衍成相当规模的群落，加上外迁来的马姓、沈姓、李姓等人家，逐渐形成六门八户，他们便起了个"阿勒体欧里"的名字——相当于整个族群命运共同体的代称，把靠近骆驼泉的村子起名为"三兰巴亥"——撒拉尔的腰带子。

新的起点，孕育着新的希望，也将是新的终点。撒拉尔把信仰和人生哲学都拴在这个"腰带子"上，只要束紧腰带，再苦再难，也能挺下去。

于是，从最初的一百六十八户人家分蘖出几百上千户人家，他们以血缘为纽带，结成新的组织结构。先是以家族为单位的社会组织"孔木散"，以几个"孔木散"组合起来的"阿格尼"①，然后若干"阿格尼"组成较大规模的"工"，以及后来除"撒拉八工"之外的"外五工"，呈现出撒拉尔旺盛的生命力。

同样作为骆驼泉核心地带的今团结村分出一坊、二坊、三坊、四坊四个片区，至今还存续的黑大门、尕拉门、营盘门、下边门、奥热特门、汗巴门都连带着一段不寻常故事。

1340 年（元至元六年），始建撒拉族祖寺。据卓辉先生推断，撒拉族先民最初修建的清真寺不是眼前这一座，而是早已废弃的一座以黑色命名的清真寺——尕勒麦西提，这与"尕勒莽寺"的撒拉语意多少有点相像。此为循化历史上的第一座清真寺。《尕拉寺的传说》中说它是一座夜间从撒马尔罕飞来的寺，遗址在马家村和三立坊村交界处。

到明朝洪武年间，因撒拉族人口增多，原寺不能适应开展宗教活动之需，在三兰巴亥村修建了一座较大的清真寺，即为街子清真寺。寺址设在骆驼泉边、先祖尕勒莽阿合莽陵墓前，位于全坊六门八户中心偏西处。此后，历经三次大规模扩建。第一次是清乾隆二十六年（1761 年），上房村一位富孀捐资扩建了大殿前半部分。第二次是清光绪九年（1883 年），街子老民主持修建了唤礼楼。第三次是 1933 年，汗巴村一位韩姓富户主持扩建了大殿后半部和南北厢房及寺门。

---

① 阿格尼：村庄。

清真寺在历次战乱中几经毁坏，几经修复，建筑风格没有固定样式，随遇而建，应时而变，八百年来唯一不变的，是同一时刻回响在宣礼楼上的悠扬的邦克声。也许，对撒拉尔来说，这穿云透雾的声音比任何刻在墙上的、写进书里的文字还要贵重和清晰。

从民国时期照片看，街子清真寺礼拜殿与宣礼楼除了规模较大外，建筑风格和构造与现存的清水河东寺、孟达大庄寺、塔沙坡寺、张尕寺、科哇寺相仿，一律为汉庭式宫殿造型，层层叠叠的木雕和栩栩如生的砖雕，成为撒拉族建筑艺术达到顶峰的地标性存在。

这些古清真寺外墙砖雕上除了有一些装饰性的花草动物图案外，竟然有一些代表汉文化的文房四宝和类似吉祥八宝图案，这与赞卜乎清真寺礼拜殿屋脊上标有五角星等红色信物的砖雕有异曲同工之妙，使人不能不钦佩祖先们以这种方式融入中华文化的智慧。

清真寺是撒拉族的人生起点，也是终点。一拨拨人从这里走向四周坟园，他们的后代紧跟着站立在父辈们曾经站立过的位置上，从来没有缺席过。在约定俗成的宗教仪式中，他们重复着祖先们的动作，在深沉悠扬的祷念中感受着与先辈们一脉相承的精神气息。

清真寺之于撒拉族人，不仅是精神洗礼之所，也是一种不可或缺的烟火气，一种深嵌在骨血中无法驱散的乡愁，一种巨大的精神磁场。它接纳欢笑，消解忧伤；它扶弱济困，扬善贬恶。在悠扬的邦克声中，他们一日相聚五次；一周之内，方圆几公里的人们能相互碰面；一年两次，与更多朋友欢聚一堂。清真寺，这个无形的纽带，就这样世世代代拴牢了撒拉族人的心，让他们心怀感恩、远离邪恶、从善如流。

七

奥土斯山峰顶最后一抹晚霞消失后，骆驼泉周边村落在炊烟弥漫的暮霭中进入夜色。宵礼之后，从清真寺向四处散去的人们很快消失在深深浅浅的巷道里。骆驼泉边完全安静下来，只有汩汩流淌的泉水依旧不停地诉说着远年故事。

但是，要是按日出而作日入而息的常规逻辑看待夜空下的骆驼泉，那就错了。村村道道看似宁谧无声，但只要你走近了看，依然会在有些门庭内发现彻夜不息的灯火，听见低沉幽婉的诵经声。他们延续着白天的虔诚，借着星空下的宁静，一遍遍忏悔自己的罪孽，九十九遍为一个轮回，心心念念，口口声声，无休止地向造物主表白自己的忠诚，让左胸腔内那颗不足三两的一疙瘩肉彻底消停下来，让纤尘不染的意念与无限邈远的世界连为一体。

鸡叫三遍后，每一个门庭内陆续亮起灯光，然后听见几声打破夜的宁静的咳嗽声、稀里哗啦的洗漱声、深沉的擤鼻声。破晓时分，清真寺里传来节奏缓慢旋律悠扬的唤礼声。随后，每个巷道里陆陆续续响起哐啷哐啷的开门声，穿着长衫、头缠达斯达尔的男人们从一条条巷道内走出来，急匆匆赶往清真寺。

这是他们一辈子重复的故事，从不间断，也从不厌倦，随着年岁增长，反而越来越执着。

东方发亮时，晨礼结束了，在清晨第一缕阳光中，人们开始四处奔忙，寻找这一天的生活。周五或相对确定的某一天晨礼后，阿訇例行演讲，主题多半为孝敬父母、骨肉和睦、善待邻里、行善戒恶、扶困济贫、远离赌博之类。这是一种提醒、一种警示、一种劝诫、一种出于本能的自我管理，不一定立马见效，但一定会在时间的长河中滴水穿石。

他们认定人世间最大的敌手不是世俗恩怨中结成仇家的某个人，而是暗藏在体内时时纵容自己起歹念干坏事的恶魔，而私欲是恶魔最亲密的帮凶，于是以十二分虔诚淬炼内心的意念，千方百计赶走毒草一样蔓生出来的一个叫"呢夫则"的幽灵。

他们每天五次洗净，五次礼拜，日日夜夜，年年月月，风雨无阻，让身体和内心每时每刻都处于"干净"状态，不给恶魔乘虚而入的机会。在他们看来，洗小净的唐瓶考验着每个人的虔诚，重如千斤，黄金万两。拎起来的，是信念，是幸福，是希望。

去往清真寺的路既轻松，也艰难。轻松是因为心中的理想在召唤，艰难是因为需要磨炼笃定不变的意志力。对他们来说，千山万水不算路，赶往清真寺的路才是真正的人生路，每一步都极其珍贵，用细碎的脚步丈量通往天堂的路。

更多时候，年轻人在前方打拼，无论走多远，只要想起骆驼泉，既不会迷失前方的路，也不会忘了回家的路；年长者守望家园，无论刮风下雨，只要邦克声响起，就把轻快的脚步送到清真寺。

礼拜毯上排班站立的仪式与八百年前的祖先们毫无二致。所不同的是，站在前排的老人们相继故去，站在后排的年轻人一排一排往前挪移，终于挪到第一排时，他们已成了花白胡须的古稀老者，而他们的孙子辈已经悄然站在后排他们曾经站过的位置。

就在这一刻，他们获得了真正意义上的平等——排班前后次序不分高低贵贱，只遵循先来后到原则，千古一律，绝不含糊。在这样的秩序中，也许两个仇家正好挨在一起，在彼此躯体的触碰中，内心的坚冰开始消融；和解，无须理由，不用辩解，只要举起"兄弟"二字招牌，一切都水到渠成。也就在这样的秩序中，他们找回了尊严，里里外外都坦然了。

咀嚼过太多酸甜苦辣后，他们尝尽百味人生，活出了一番化繁为简的人生境地。终于明白，精明的人类其实非常羸弱，羸弱得连蚊子翅膀的力量都不曾有过，一生一世太短暂，不过在树荫底下乘了个凉而已。想起时时面临的死亡和那个狭窄的墓坑，他们垂下高昂的头颅，躁动的心儿彻底归位，不再觊觎伸手不及的东西，不再存念种豆得瓜的幻想，不再张罗儿孙辈没完没了的事情，踏踏实实过好眼前的每一天，潜心敬意做好唾手可得的"买卖"。

宣礼楼上传来一声悠长的"上"后，洗漱净身的女人们放下手中活计，在各自家里完成与男人们一样的功课。她们心生莲花，满脸生辉。

晨礼结束时，东边的孟达山顶上空出现鱼肚白，女人们洒扫庭除，把门内门外清扫得干干净净，烟囱内升腾起的袅袅炊烟在第一缕曙光中飘散开来，半空中与众家烟气汇聚成一幅烟火气旺盛的乡村图景。

每周五为聚礼日，是他们在一周内迎来的小小节日，漫天吉祥，遍地欢乐。午间时分，十里八庄的男人们盛装出行，赶节似的纷纷涌向清真寺，聆听阿訇演讲卧尔兹。举行简短的聚礼后，又四散开去，全心全意做生活的"赛摆布"①。

每逢开斋节和古尔邦节，以自然村落为单位，十里八庄 12 岁以上的"男子汉"们在各村旗手引领下，成群结队来到村外尔得场②，在与祖先们同样的仪式中进行一次纯洁的灵魂对话，放下欲望的包袱，矫正偏离的航向，轻轻松松踏上前方的路。

变与不变是他们处理生活的辩证法，有些事情从一而终，雷打不动，比如他们所秉持的宗教仪式绝难改变，有些约定俗成的生活规则也一如既往，就像撒拉宴，主色调永远是那几样，与时代变迁无关，与贫富更迭无关。这是一种生存理念的代际传递，既延续了传统，也平衡了贫富贵贱。

待人处事中，他们知道"看水行船"的道理，不那么呆板认死理，比如庄廓四角顶上分别立一块圆石、给新庄廓开门洞时吃油搅团等规矩是学了藏族的，屋梁上包一块装有钱币的红绸布是学了汉族的，姑娘出嫁时梳头、撒麦子、倒着身子出门、围着骡子转三圈也都来自藏俗。

驼泉水不仅是一股清流，而且是绵延不绝的智慧、兼容天下的胸怀、生生不息的生命启示。

八

撒拉族人把自己的生存环境比喻为"左边是黄河右边是崖"，在这种红山对红山狭小贫瘠十年九旱的土地上求生图存，无疑是"物竞天择"的重大考验。但他们从不怀疑天无绝人之路，用自己的智慧，在语言文字、宗教信仰、风俗习惯壁垒森严的族群间架起一座沟通的桥梁，经由这座桥凿开一条生活上交往、经济上交流、文化上交融的黄金通道，书写了各民族交往的"经典史诗"，那就是绵延至今仍余温缭绕的"许乎"文化。

"许乎"是藏语，撒拉语叫"达尼希"，汉语为朋友。最初基于生产生

---

① 赛摆布：办法。

② 尔得场：聚礼场。

活需要，原本就有"甥舅"关系的撒拉族和藏族相互走动，在生活物资、农畜产品方面以物易物、相互馈赠、取长补短。渐渐地，撒拉族"许乎"家的小麦粉、菜籽油、瓜果等出现在藏族"许乎"家里，而撒拉族人家青黄不接时，藏族"许乎"便用自家的酥油、炒面、曲拉等生活物资慷慨接济，渡过难关。

白庄镇下白庄村年逾古稀的韩乙得日是个名副其实的"藏乡客"，一生与藏族人家打交道，在道帏藏族乡结交了二十多个"许乎"，出入藏乡，如入无人之境，老少都能叫出他名字。"许乎"家的人口、地亩、牲口，甚至哪家孩子在哪里上大学、圈里的哪只羊儿膘肥肉厚等这样的细节，他都心知肚明。哪个"许乎"家要出售牛羊，第一时间会告诉他；哪家要宰牛宰羊，也都请他去操刀；农忙时节，彼此借用役畜也是常有的事；除了红白事相互走动外，到了斋月，藏族"许乎"们忘不了拎着酥油给他开斋。他家在集镇附近，赶集时顺道来串门的藏客一个接一个，他们家从不怠慢，好茶好饭相待，烟囱里的炊烟四时不绝。

"许乎"是野生蒿草，不求华丽，只愿蓬勃。从更宽泛的意义来说，两个或多个民族之间结成的"许乎"关系，不光是现代意义上的你来我往，它是超越语言、宗教信仰、风俗习惯、文化认知等鸿沟，确保两个民族长期交往交流交融的生命脐带，是不同文明求同存异、互鉴共荣的智慧结晶。

藏族和撒拉族交往中，催生出一批撒拉族工匠，使两个民族之间的交往层次由简单的以物换物上升到商业贸易层面，生产要素的互补性，一方面提升了撒拉族的生存技能，另一方面巩固了与周边民族的交往基础，给传统"许乎"关系不断注入与时俱进的新内涵。一大批铁匠、木匠、石匠、毡匠、织褐匠、皮绳匠、靴匠应运而生，他们常年奔波在藏乡，走村串户，施展自己的手艺。

在频繁交往中，撒拉语中糅进了不少藏语，嫁接后的词语从撒拉人口中说出来，虽然发音的调门不再是地道的藏语，彼此却心领神会。"中原四庄"回族人家方言明显带有陕甘腔遗风，成为循化方言主基调，撒拉族人也不知不觉融入这个方言体系，习惯了这种语速极快的腔调，久而久之，衍生出一种不伦不类的"撒普话"。对新生代而言，无论是城市还是乡村，无论是撒拉语还是方言土语，早已湮没在汉语普通话为主的多种语言的洪流中。

从元朝到明朝，从清朝到民国，从撒拉尔到撒拉族，撒拉族人曾有过荆棘遍地的心路历程，他们游移不定的心儿正如改来改去的名字，无法与这片土地深情相拥。1954年，人民共和国终于给了一个响亮的名分——撒拉族。

从骆驼泉边驻足到拥有一个真正属于自己的名号，撒拉尔等待了漫长的七个世纪。从此，他们把自己毫无保留地托付给这个旭日东升的政权，把自己的命运与华夏古国紧紧相连。撒拉族对当下以及未来的文化抉择，他们的政治文化精英们早已作出明智而符合历史发展逻辑的表述。骆驼泉南墙外镌刻着撒拉族领军人物的书法碑文，其中曾任青海省政协主席的韩应选先生的一幅书法作品道出了撒拉族人的共同心声，可以看作撒拉族的立身之道：

热爱伟大祖国　建设美好家园

九

骆驼泉传说中，被撒拉族人视为传世珍宝的手抄本《古兰经》是先民们留给后世的唯一活态遗产。

这部《古兰经》共分上下两册，每册十五卷，合计三十卷八百六十七页，封面为犀牛皮，字体抄写工整，书体规范，笔锋圆润流畅，具有早期阿拉伯书法穆哈盖格体风格。

手抄本《古兰经》历经千年风霜雪雨依然如故，撒拉族人不灭的信念保住了这部旷世经卷原初的风貌，字字句句毫厘无损，无疑历史经脉直抵八百年深处的佐证，是研究撒拉族的诸多历史遗迹中最为可靠的实物凭据。

在漫长的手写时代，不同人抄写的古兰经版本浩如烟海，而珍藏在街子清真寺的那部用犀牛皮封存的《古兰经》是当今世界年代最为久远的三部手抄本之一。守护着这部黄金诗篇，每一个撒拉族人的内心将永远富足和安宁。

在动荡年代的凄风苦雨中，这部经卷几经丢失，又失而复得，因而在其保护方面注入了国家意志。

从乾隆四十六年（1781 年）起，每隔三五年，兰州府或西宁厅官府都要检查一次手抄本《古兰经》，每次检查后都要在其扉页盖上印章。扉页上密密麻麻的印章彰显着这部经卷的珍贵和其负载的沧桑历史。

2004 年 9 月，国家文物局、国家宗教事务管理局组织专家对这部《古兰经》进行鉴定，认定为国内迄今发现最早的《古兰经》手抄本版本，其抄写年代约在公元 8—13 世纪之间。随后入选中国"国家珍贵古籍名录"。为保护好这个国宝级文物，经青海省发改委、文化厅、文物管理局、循化县人民政府等部门批准，在街子清真寺院内正东方修建"手抄本古兰经展览馆"，历时两年。南京博物院奚三彩等权威专家组成"青海循化《古兰经》修复小组"，对整部经卷实施了保护性修复。

国家出资保护一部宗教经典的举措，无疑是新中国对撒拉族人民在精神层面给予的最高礼遇和莫大支持。

沐浴净身后才可触摸的《古兰经》不仅保存着世代撒拉族人留下的指温，也保存着他们始终不渝的虔诚。只要翻开第一页，一句"比思敏俩"①，瞬间就能贯通一代代撒拉族人脉管里的气血。

十

撒拉语中被称为"瓦俩体"②的这片土地究竟掩埋了多少或壮怀激烈或恩怨情仇或嬉笑怒骂的往事，今天的人们无从查证，一脸茫然，茫然中有一些无奈和不知所措。

---

① 比思敏俩：祈愿顺利。
② 瓦俩体：福地。

清澈宁静的驼泉水涤净了风干的血迹，未曾留下些许痕迹，看上去好像什么都没有发生过，只留下一个骆驼化石的神秘传说来安慰一代代撒拉尔。有时我这样想：也许撒拉族先民骨子里就认定，在宏阔的宇宙时空中，作为亚当子孙的人类是十分渺小的，根本不值得炫耀。

　　有一天我绕着六门八户的街巷转了三圈，抬头仰望三立坊村那棵几个人抱不拢的千年白杨，望着那些坟头磨平树木葱茏荒草丛生的坟院，除了风吹雨蚀的满目沧桑，再也不见任何表明它们身世的标记，无从察觉地底下的亡灵们曾经有过的辉煌英名，连传说中那些功名显赫者的坟冢也不见痕迹。埋在黄土下，一切都扯平了，什么达官贵人，什么坐拥金山，都不过是过眼烟云。

　　这不是历史的疏忽，也不是撒拉族人怠慢自己的英雄，而是他们淡然处世的生命理念使然。

　　人类来自泥土、终将归于泥土是他们笃定不疑的生命观，无论是王公贵族还是布衣草民，一律用三丈裹尸白布送终，连"一丝垢痂都不能带走"。想想那条洁白无染的裹尸布，人世间所有的富贵恩怨都将深埋地下。他们不求今世荣华，不屑于重殓厚葬，更不会立碑显扬，只在乎生前的"阿迈里"①和含笑泪目离开这个世界时的皎洁仪容。

　　如果要探究一下尕勒莽阿合莽子孙们留下的痕迹，我们可以在官方典籍《循化历史纪年》中找到蛛丝马迹。尽管这是后人给历史线条所挂一漏万的缀补，但从中仍能窥见某个节点上的蛛丝马迹。在此简单列举一下元明两代撒拉族达鲁花赤们参与国家事务的情况——

　　　　1228 年，积石州达鲁花赤为撒拉族始祖尕勒莽。

　　　　1370 年（明洪武三年），撒拉族前元世袭达鲁花赤始祖土司韩宝归附。

　　　　1373 年，任命韩宝为昭信校尉观察军百户职衔。

_____

　　① 阿迈里：善功。

1385 年，韩宝所属管军百户拔河州卫右所辖，病故后，其子韩撒都刺袭职。

1388 年，土司韩撒都刺率撒拉族士兵，赴南京参加操阅。

1393 年，土司韩撒都刺被钦赐金牌一面，纳马一百二十四，并调撒拉族士兵征剿云南建昌。

1394 年，土司韩撒都刺率士兵征剿大炒围有功，授予女子八百一十号诰命一道，昭信校尉百户职衔。

1455 年，土司韩琦率士兵随总兵官萧敬征亦令真集，追剿蒙古部落，至可可脑儿，天顺元年（1457 年）得蒙赏赐，又从总兵刘杰追剿蒙古部至三十里铺，征战有功。

1552 年，明廷重整"金牌信符"，撒拉族次房领得金牌一面，至此撒拉族共拥有两面金牌。

1591 年（万历十九年），土司韩勇被委为龙沟堡中军，复委贵德营把总。

1565 年，土司韩通被任命为副千户。

1615 年（万历四十三年），土司韩增调赴甘州备御。

1623 年，土司韩进忠被委任河营千总，调赴黑章哑、汉南、沔县等地剿贼有功；一六三四年，韩进忠等撒拉族士兵又调至岐山、宝鸡、马岭关等地战退八大王回族起义有功，被任命为加都司金书管汉羌游击。

1677 年（清康熙十六年），甘肃提督靖逆将军张勇任命撒拉族土司韩愈昌为都司职衔。

1723 年（清雍正元年），青海厄鲁特、蒙古罗卜藏丹津举兵反清，撒拉族土司韩炳、韩大用调征阿尔加昂有功。

1730 年（清雍正八年），调三千撒拉族士兵，征河西卓子山。

……

以上这些在官方记录中轻笔一提的往事只是那段风云岁月的冰山一

角，而发生在千家炊烟、万家灯火中那些血肉丰满的故事多半在老辈人的唇齿边渐渐风干，找不到任何文字形态的记载。若干代之后，故事彻底消失，风过无声，流水无痕，好像什么都没有发生过。

史书上笔墨最多的是乾隆四十六年（1781年）发生的"河湟事件"。尤其是第三次"河湟事件"震惊朝野，朝廷与地方官府来往信件均记录在《兰州记略》里，单看那一份紧似一份的奏折和皇帝批文，就让人想起曾经的战火狼烟……

经历过一场血火拼杀后，野性荡漾的喊杀声停息了，寒光凛凛的刀剑重归刀鞘，仰天长啸的马蹄声远去了，坟园里又多了一些坟堆。

见过大世面的骆驼泉却异常平静地对待了这一切，忽略了唇枪舌剑的吵闹声，忽略了火星四溅的马蹄声，忽略了刀光剑影的喊杀声，忽略了一切是是非非的纠缠，安静得像是没有掉下一滴血。

也许，这就是撒拉尔的智慧。望一望依旧安在的白骆驼化石，他们从血泊中站起来，擦干眼泪，洗净伤痕，把痛苦咽进肚里，喊一声"哎希热亢"①，又迈开轻捷的步履，开始新的生活。

十一

环寺落成的六个村庄像个迷宫，街巷连着街巷，院墙挨着院墙，外乡人一般分不清村与村之间的界限，走着走着就在另一个村巷里了。在三立坊村转悠时，我发现宛如城墙的一堵残垣，一打听，才知道这里原是一座响彻甘青的富户院落。乱云飞渡的民国年间，此间曾发生过一起震惊四方的血腥事件。有天夜里，一群不明来意的武装分子围住院墙，院主人见势不妙，独自爬到院墙一角的碉楼，抄起冲锋枪，趁夜色把一梭梭子弹猛扫过去。院外也飞过来冷飕飕的子弹，有一颗从院主人脸部穿过。他咬咬牙，啐出一口血痰，继续扣动扳机，硬是把对方的气势逼压下去。对方见势不妙，只好撤了。

---

① 哎希热亢：加油。

除了刀枪拼杀的血腥场面，这里也曾演绎过肝肠寸断的爱情大戏。撒拉族男子向藏族姑娘求婚的故事至今还延绵不断，人人皆知，以至于撒拉族和藏族结成了"甥舅"之亲，留下一段千古奇缘。这里要说的是另外一则美丽如梦的故事。詹晋文先生是我的好朋友，祖籍福建闽侯，民国年间詹家是循化地区数一数二的豪门大族，为搞好与撒拉族的关系，他们家貌美如花的姑奶奶嫁给了街子清真寺英俊魁梧的嘟嘟三阿訇。这桩打破常规的传奇姻缘犹如白杨和柳树嫁接而成的另类造化，在汉族和撒拉族之间架起了一座时代交往的彩虹桥。时至今日，这份情缘余温袅袅，氤氲着缕缕醇香，每逢撒汉两个家族内有什么重要活动，总也不忘相互邀请。

以后的岁月里，源于某种特殊机缘，撒拉族人与不同民族联姻的情况时有发生，村庄内每每听闻半汉半撒的"尕里巴"[①]话不再是什么稀奇事，以至于仅为数万之众的族群内衍生出十几个姓氏来。

十二

与所有薄葬简送的亡者不同的是，先贤尕勒莽和阿合莽的陵墓被单列出来，安放在与礼拜殿正对的位置，对望着严峻的奥土斯山，让老干虬枝的古榆守望地老天荒的岁月。没有墓志铭，甚至没留下简短的一行文字。在我看来，不留文字是因为文字中总会夹带撰写者的己见；不留塑像，是因为塑像总会给后人留下膜拜的理由。两座青砖陵墓，无须看管，无须祭扫，只让先贤们以最近的方式沐浴在绵延不绝的邦克声里。古墓古榆，相依相偎，直到岁月尽头。这是一种彼此交付心灵的情感守卫，是一种稀释了世间所有繁华后归于本真的淡然相处。看似被俗世风尘淹没，却又时时闪现在眼前，叫人不敢怀疑脚下黄土的厚重，不敢怀疑骆驼泉传说的真谛，不敢疏忽祖先们灌进血脉里的谆谆教诲。

他们带来的是一抔黄土、一囊泉水、一部经卷，留下的，也该是这些了。

---

① 尕里巴：杂交品种。

两座墓，是每一位撒拉尔无言无声的座右铭！只要它们坚实地挺立在骆驼泉边，无论你身在何方、穿什么服饰、说什么语种，总会找到回家的理由。

评选循化十大历史人物时，对撒拉族颇有研究的詹晋文先生说过这样一段话：尕勒莽和阿合莽把一支万里之遥的域外部族带到华夏古国，成功融入中华民族大家庭，成为祖国百花园中五十六朵奇葩之一，此番作为，此番壮举，足可名垂青史！

十三

我对骆驼泉的最初印象来源于一张摄于晚清或民国年间泉水出口的图片。出水点用石头垒成一人高的样子，两个戴盖头的妇女在扶桶取水。这是迄今为止有关骆驼泉的最原始的图像，据说是 20 世纪 30 年代一位美国传教士路过循化时拍摄的。

最近几十年，我本人目睹过对骆驼泉几次修缮的情景。1981 年，对骆驼泉外围进行初步整修，门顶上镌刻着时任省长黄静波书写的"骆驼泉"三个鎏金大字；1999 年我在街子乡政府供职时，参加了骆驼泉景区扩建项目开工仪式；2008 年在征地扩面基础上进行大幅度扩建，由韩占祥等本土文化学者策划，区内增设了明清篱笆楼等古建筑，已故撒拉族著名文化学者韩秋夫撰写碑文，泉名由时任副省长的著名诗人吉狄马加书写，沿用至今；最近一次改扩建是 2019 年，增加了撒拉族先民初到骆驼泉边的汉白玉群雕、撒拉族历史文化馆和有关撒拉族的碑文。

骆驼泉像个不断乔装打扮的深闺女子，每一次扩建，都会想当然地涂抹一层现代性色彩，在最能以黄土和清流的本真呈现一个族群心灵密码的地方却填满了坚硬的石块，塞进一些似是而非的东西，用华丽的雕饰驱散摄人魂魄的生命气息，堵住了直抵八百年深处的生命通道，让人产生一种似曾相识却隔膜太深的陌生感。

白发苍苍的老祖母与锦缎盛装实在是格格不入，满脸皱痕与粗布长褂反而是她该有的模样。

十四

依照中国人传统伦理，活着的人与亡者一般要隔开一定距离，而撒拉族先民为何把居于村中心的大片土地让与亡者？六座坟院，占据了好大一片土地，按现代商业开发视角看，这在寸土寸金的街子地区的确是个令人费解的事情。

细细揣想，在撒拉尔的语境下这是再正常不过的了。他们的意念中通常有两个家——今世之家和后世之家，坟墓被视为后世之家。在他们看来，今世之家好比转瞬即逝的树荫，只能乘一时之凉，而后世之家才是"下临诸河"的永久驻地。有了后世之家的召唤，他们不会过分贪恋今世，甘愿辟出最好的地块，安顿好先他们而去的亡者。只要找到这两个家之间的平衡点，他们就会变得从容坦荡，与世无争。

岁月如梭，物是人非，太多的故事被骆驼泉清流冲走了，故事中的人物随着坟堆的消失变成模糊的记忆，后人们按各自村庄的坟园把日渐模糊的记忆变成人祖阿丹以来所有亡者的普世性怀念。当挤挤挨挨的坟园里再也挖不下一口墓坑时，任由荒草覆没，漫漶的记忆又演变成遥远的传说。

在岁月的风霜雪雨中，对故人的寄情方式也会渐次冲淡，由"头三"到"头七"，四十天到百日，最后定格在每年一次的一缕炊烟上。到了第三代，望着被雨水冲刷夷平后只剩一堆堆土丘的坟园，后辈们多半说不清哪些是自家祖上的坟冢，只好把"我们家的祖坟"说成"我们村的坟园"，把对故人的怀念从目光转移到内心，延伸为对所有亡者的集体怀念，每日五次，直到他们自己走进坟墓。

一堆黄土，让所有的贫富贵贱和嬉笑怒骂化作一抔岁月的风尘。

也难怪，人们至今还难以确切地说清楚街子的撒拉语名称"阿里体欧里"所蕴含的意思究竟是六个亡人还是六个儿子。如此遮掩自己的脚印，而且遮掩得那么彻底，即便留下一点什么，也都是一连串神秘莫测的问号，这究竟是无意中的疏忽，还是包藏智慧的策略性安排？

也许，陌生的目光比较容易看破其中的奥秘。北京大学中国与世界研究中心研究员、中信改革发展研究院研究员翟玉忠教授给拙作《情定循化》所写的序言中这样说：

> 想想吧，八百年前，一群追寻美好生活的穆斯林，从中亚撒马尔罕出发，用白骆驼驮着他们祖传的手抄本《古兰经》，带着他们的信仰与梦想，走过沙漠与草原，走过酷暑与严寒，向东，向东，向东……最后落脚循化——黄河拐弯的地方。

十五

不擅表达是撒拉族内化为含蓄与收敛的一种文化特质。骆驼泉的故事毕竟单调，他们就从藏族的《格萨尔传》搬来几个故事，讲给孩子们听，就从河州花儿的园圃里采来一点种子，随意撒在地角边。更多时候，他们始终以"尕撒拉"自居，一个"尕"字不仅是礼俗上的自谦行为，更是在文化上框定了自己该有的尺度。于是，他们把近旁的藏族叫阿舅，把汉族称作老大哥，把回族当作同门嫡亲，把中华大家庭里的每一位异族人都视为同一个屋檐下休戚与共的兄弟姐妹。千百年来，他们把尽情歌舞的舞台让给阿舅老大哥们，自己甘愿充当忠实观众。他们不觊觎别人手里的权柄，不张望别人地里的庄稼，不羡慕别人圈里的牛羊，心心念念只把自家的小日子过好。

没有家谱，没有族谱，也没想着让后代喋喋不休地提及自己。因此，只要想起终将走向的墓坑和临走时无论贫富贵贱都一律以三丈白布裹身的结局，就没有放不下的牵挂，没有了结不了的恩怨。爱了恨了，笑了哭了，穷了富了，都让风儿吹去，叫流水冲走，把巨大的空白留给后人，让后来者永远在白纸上描绘属于自己的蓝图。

有时候，财富对他们是一种累赘，因为富裕人家需要从存款中拿出相当数量的份额接济穷人，那是他们必须履行的灵魂课税，年年如此，不敢马虎。纵有显赫功名、经世之才，他们也不会凌然于"人"之上。遭遇天灾人祸时，他们以"定然"处之，十之八九不会迁怒于人。临终前，他们对子孙仅有的交代是：无论走得多远，绝不能忘了骆驼泉。

只要靠近撒拉族人，就会明白他们种种逆袭世俗社会常态的作为，破译他们坚守"右手舍散的钱物不让左手知道"的价值理念，即便慷慨捐出数以千万元资金，也不会在任何纪念物上留下名字的基因密码。

也许，他们如此内敛的原因，可能担心留下过多条条框框会束缚后代的脚步，担心他们的后代摆脱不了祖先荣耀的光环，担心那些是是非非的恩怨纠葛会使后代迷失远眺的目光。也许，适当的遗忘可能是人生一大智慧，追名逐利不过是懵懂时光里欲望之光投射的一堆浮云，随风飘去就是！也许，呶呶不休从来不是撒拉尔的本性，那些一时情绪使然的爱恨情仇如冰凌昙花、朝露暮霭，不值得占据生命的重要方位，更没必要传递给下一代。

不仅如此，即便是值得大书特书的精彩部分，他们也一概省略了。撒拉族人向来以忠诚果敢、慈厚坚韧深得历朝历代当政者信任，其中的佼佼者被委以重任。据《循化志》记载，明朝年间撒拉族人应召出征十七次，御敌守边。清末年间，撒拉族人参与了在北京郊外抵御外侮的义和团，我能想象他们与外寇以命相搏的血腥场面。至于参与抗日战争和抗美援朝战争的撒拉族人，我们这代人是亲眼见过的，长篇小说《黄河从这里拐弯》中的抗日英雄奥斯曼有真实原型，我还保存着他们与日军交战后留下的战地照片。要说最近的，应该是戎马倥偬的韩有文将军了。

1949 年，马家军犹如风中残荷，节节败退，驻扎在新疆的整编骑五军军长马呈祥打算外逃，把指挥权交给一师师长韩有文。韩将军深明大义，果断站在历史正确一边，与陶峙岳将军一起致电毛主席，率部起义。新中国成立后，韩将军历任新疆军区副参谋长、新疆建设兵团副兵团长、新疆维吾尔自治区政协副主席等职，为解放新疆和祖国军垦事业做出了历史性贡献。这些被载入共和国史册的光荣往事族内并不广为人知，只是韩将军在个人回忆录中轻笔提及而已。

平常日子里，撒拉尔也有心细如丝的时候，五更天晨起是断然不敢疏忽的，每日五次洗漱净身是雷打不动的，每周一次聚礼是风雨无阻的，每年两次赶赴会礼场也是重要的生命仪式。他们从十二个月中选定最为吉祥的那个月份，从三百六十五个月夜中锁定最为珍贵的那个夜晚，当作播种希望的最佳时段，似水流年中一刻都不容错过。

以我极其有限的认知来判断，撒拉族祖先交付给后代的文化遗产和精神遗嘱中，最为厚重的，无疑是那部在乱世战火中依然保持原貌、在岁月光焰下依然清晰如昨的绝世经卷。只要经卷在，他们的后人即便坐拥金山，即便叱咤风云，也会把高昂的头颅放低，把挺起的胸膛复平，把咄咄逼人的目光化作温润如水的一缕暖意。

十六

每个撒拉族人呱呱坠地时，都有属于自己的姓名，尽管多有重复，但重复得别有意味、妙趣横生。因为有汉语做缀饰，彼此定然不会错乱叫开，比如大阿不都、小阿不都，前巷优素福、后巷优素福。哪怕一个村里重名重姓者有几个甚至十几个，村人也会在他们各自的名字中打上恰如其分诙谐幽默的印记，断然不会乱了分寸。

我时常在想，有了这些响亮的名号，他们为何还要借用汉族百家姓里的姓名？"韩"是他们的大姓，"马"次之，还有诸如张李陈沈童等十几个姓氏，在中华五十六个民族中，这也算是独特一景吧。而且，盼儿心切的人家还有模有样地学起汉族人家的样子，给迟到的儿郎起一个"三十八""四十六""五十九"之类再也世俗不过的名字，给他们俊俏的女儿起一个"梅花姑""桃花姑""桂花姑""尕梅花"之类的芳名。这还不算，他们对周边的异族文化几乎失去该有的防卫本能，情愿让藏语汉语这些不同于祖先的语言占据唇舌，无所谓吐出的言辞改变成色，以至于走腔变调也不当回事。这一切反常之举，究竟出于怎样的生存考量？

每当在骆驼泉边凝眉深思时，这种种疑问像汩汩冒出的泉水，在我心头蹿起。也许，我们从著名社会学家费孝通教授撰写的《乡土中国》对撒拉族的描绘中约略能找出一点答案。费老在《撒拉餐单》中写道：

我这几年多次去甘肃、青海，目的是想了解一下青藏牧区和中原农区之间的那一条历来是农牧桥梁的陇西走廊。循化的撒拉族还处在这条走廊里，农牧结合是他们经济的特点。他们不仅从中亚带来了牧业的传统，又从藏族阿舅学到了高原作业的本领，而且由于地处低洼的谷地，气候较四周温暖，宜种庄稼和瓜果，不失为高原边缘上的绿洲，农业也比较发达。无怪早年久涉沙漠和山岭的骆驼队到此不愿再向前行而化为岩石了。

撒拉餐单也充分反映了这个民族亦农亦牧的特点。我从这张餐单上看到了这个民族的优势和前途……

十七

现在我们约略能知道明朝年间沿着黄河一路南下的一群汉子的行迹。他们去了遥远的胶东半岛。至于他们是从骆驼泉边出发的，还是从卸甲归来的半途中拔寨起营的，已经无从考证了。可以肯定的是，他们应命出征，又一次背对故乡，踏上不知归期的迢迢之路。到了目的地，才知此行的任务是守护朝廷粮库。他们一如先祖尕勒莽阿合莽，一去再也没能回来，在举目无亲的胶东半岛择地安家。我想，他们也一定验对过脚下的水土，最终在禹城找到心仪的乐土，然后建院造屋，繁衍生息。

虽然他们把自己安顿在回族名下，但依然把最具象征意义的"韩"姓刻在村头。

光阴如梭，世殊时异，古老的传说又蔓生出新的故事。无论故事如何跌宕起伏，韩家寨的后人们谁也不否认自己真正意义上的祖籍在黄河上游一个叫循化的地方，也不否认他们的血脉中绵延着尕勒莽阿合莽的血液。后来，他们中的一支人去了河北沧州韩石桥，另一支人去了河南省商丘市柘城，同样都变成了回族。但仔细瞧去，他们形貌上的某个部位仍若隐若现地保留着些许突厥遗风。在河南省柘城县委办供职的韩传新先生给我寄来了他的书法作品和主干延伸到骆驼泉边的族谱，我也回赠了我的作品，并邀请他造访循化。韩石桥、韩峰先生传过来在循化难得一见的《撒拉族简史简志合编》，我如获至宝，赶快打印成册，竟有千页之厚。这些尘封已久的文字里氤氲着一股余温尚存的生命气息，在我眼前还原成一段清晰的远年记忆。

其实，他们的后代一直在寻找祖辈们念念不忘的故土，《黄河从这里拐弯》发行会传递出去的信息中，他们游移四方的目光才确切地锁定青藏高原东南脚下的黄河谷地。当然，故乡不仅仅是地理意义上的一方水土，而是那方水土所承载的一种魂牵梦绕的念想。

几年前我接到一个陌生电话，电话那头是一位老先生，他说他是循化人，叫马兴仁，现居北京，离开故土几十年了，非常想念家乡的羊肉手抓，问我能不能建议县领导在北京开一家专门经营撒拉族美食的饭店。他那种想闻一闻家乡羊肉手抓味道的急切心情令我感动。我的感觉中，萦绕在老先生心头的故乡早已演变成循化独有的美食味道。

对更多游子而言，故乡的味道何尝不是如此！

十八

撒拉尔生来就不会把自己的脚步框定在特定的一方土地上，只要有行走的可能，就像皮实的黑燕麦，在任何一块土地上生根发芽。他们把雪山草原、大漠戈壁之外的一个个陌生之地变成施展腿脚的舞台，以笑脸和勤谨赢得属于自己的一方小天地。若干年后，把那一小片天地变成温暖的第二故乡。除西宁市、格尔木市、化隆县、同仁县、新疆伊犁河边的撒拉村和甘肃省积石山东乡族保安族撒拉族自治县外，沿黄河出走的撒拉族人还有不少散居在祖国各地。据冯文怀先生说，宁夏吴忠市、内蒙古、云南等地都有撒拉族人后裔。

参加海东市政协会议时，在乐都区供职的马成福先生说，他在此间发现了三户撒拉族人，其中两户他已经拜访过了，现在要去拜访住在市区的一户人家，问我去不去。我赶紧说，要去的。于是在同样是市政协委员的马先生带领下，我们很快找到那户人家。两位老人年逾古稀，老先生不会说撒拉话，但勉强能听得懂，交谈间一直不搭话，在一旁盈盈地笑着。老阿奶很活络，用撒拉话不停地跟我们拉家常，一点都不走调，有些词语甚至拿捏得比我们还准一些。

他们是饥荒年代从循化老家出走新疆，途中听闻新疆很乱，就又折返回来，想想老家那边到处饿肚子的惨景，就在这儿随便找个窝住下来。这一住，就再也挪不动脚步，在好心人帮忙下落户定居，成为这个回民巷子的一户土著人家。他们的子女穿着打扮、说话腔调与本地回族没什么两样了。

这种散居各地的撒拉族人家想必不少，他们的第一代基本保持着先民的遗风旧俗，故园故人是他们念念不忘的怀恋。到了第二代，尽管在入乡随俗中外在形貌已变，乡音已改，但因为父母亲还在，不敢轻易抹掉或改换自己的祖籍身份。到了第三代，由于被当地文化环境的系统性浸染，加上与其他民族的血缘交融，出落成另外一副模样，仅有的一点祖籍认同，也就只剩下一份淡淡的记忆。

在经济全球化市场一体化背景下的今天，随着人员的大流动，带着求学、经商、创业等诸多目的外出闯荡的新一代撒拉尔，其流向更为广阔，人生背景变得越来越复杂，不大可能像父辈们那样因依恋老家而春去秋归。他们像远飞的大雁，南来北往，到了哪里，就把哪里当成栖息地。在西宁城买房居住的撒拉族人不下几千户，北京、上海、广州、成都、西双版纳、三亚都能见到他们入乡随俗的身影。望着小有建树的他们在街市间从容迈步的情景，我有点惆怅地想，到了他们的下一代，或下下一代，奥土斯山下的那个家、积石山下的那座城、黄河岸边的那一群人，以及在羊肉手抓盖碗茶氛围里酿制的生活气息不大可能长久地拴住他们的心，回家的脚步会渐渐寥落。总有一天，他们的名字会在老家的户口簿上彻底消失。

是的，这已经不是什么悬念。对于深埋着他们祖先的这方土地，原本该是主人的他们多半会变成越来越疏远的异乡陌客。即便为亡者举行某种纪念仪式，那也不过是象征性的情感补偿，内在的那份渴念已经淡化成不经意的笑谈，一切都回不到从前的状态。

十九

在骆驼泉边，我随便走进几户人家，老人们便给我说起从他们的父辈们嘴里听来的一些趣闻逸事。在民国末年的兵荒马乱中，三立坊村有个韩姓商户眼看麻烦缠身，便丢下老少骑马外逃了。匆匆离家外出，此去不知前途何方，他只好一路逃奔到了西藏，从西藏翻山越岭去了印度。为便于掩身，娶了一位印度女子为妻。半年后，他偕妻前往巴基斯坦，最后在永远没有归途的阿拉伯半岛落脚，与故土亲人音问两绝，思乡急切时，只能遥望日出东方的那一片天空，黯然神伤。

据说七十多年前在沙特麦加城落户的撒拉人有十几家，起初他们融入不了当地社会，很长一段时间过着居无定所的漂泊日子。即便到了今天，虽然他们实际上已经成为当地社会的一分子，但从根本上依然摆脱不了流浪者身份，看到去朝觐的循化同族人如今的生活面貌、精神状态，他们倾慕不已，心想着有生之年能叶落归根。

筏子客，是撒拉尔的代称，他们喜欢在浪尖上起起伏伏，黄河水流到哪里，他们就跟到哪里。一代代人，把行走的脚步延伸到很远很远的地方。眼下，创业打拼的新一代撒拉尔遍布世界各地，家门外的南方大都会可以晨起暮归，中东中亚不再遥远，撒哈拉沙漠的风暴也挡不住他们的行程。

也许，行走本该是撒拉尔的本性，一代代撒拉族人终将离开大山拱卫的老家，走向他们的脚步能够抵达的远方，与地理意义上的故乡渐行渐远。好在有这么一眼千年不绝的清流，有这么一泓足够容纳撒拉尔所有欢欣与悲伤的碧池。我想，不管你回得来回不来，只要骆驼泉的清流不断，就会荡漾绵绵不绝的温情，接纳无数离乡者的一抹抹乡愁。

身为彝族的著名诗人吉狄马加先生似乎深刻地懂得了这一泓清泉对撒拉尔精神归宿的象征意义，在献给骆驼泉的诗歌中，他这样写道——

你接纳诞生

也同样接受死亡

然而对于一个民族

却不仅仅意味着这些

那些所经历的黑暗、不幸和

命运的打击会在瞬间消失

因为你的存在，他们幸福的脸上

始终洋溢着沐浴的光辉

他们相信，你圣洁的灵魂

要比人类的生命更为永恒

二十

　　语言和文字是一个族群最为重要的标志性符号，是民族文化得以传承的载体。说起撒拉族文字，我们有一种无以言表的遗憾、无奈和失落。

　　文字作为记录工具，这种无奈和失落体现在文化创造的局限性上，文学创作者对此感触颇深。创作《黄河从这里拐弯》时，在语言上遇到的坎儿几乎无法逾越，很多方面不得不放弃只属于"这一族"的"唯一性"表达，只能用似是而非的汉语词汇来替代，想当然地勉强地干巴巴地把大致情形描述出来，谈不上准确，更谈不上生动与形象。比如，撒拉语中描述女性漂亮的词语不止一个，采用名词、动词、形容词等多种修饰法，非常生动，而一旦用汉语直译出来，立刻成色大跌，显得不伦不类。比如，"阿娜的容貌像火一样"，"阿娜的俊样儿都掉下来"，"阿娜的模样儿骆驼都驮不动"，很难用汉语词汇准确翻译。

　　一旦进入深度创作，被语言文字困扰的窘境让人痛苦不堪。记得几年前青海民大研究少数民族语言的一位教授对张进锋先生和我作了临场测试，教授用汉字写了一段话，让我和张先生直接用撒拉语翻译出来。结果，张先生得了八十分，我只得了六十分。

　　像我这样长期生活在本族语言环境中的人尚且如此，而长时间离开撒拉族语言环境的撒拉族人以及他们的后代，对本族语言渐行渐远的疏离感就可想而知了。也许，再过几十年，外在形貌上再也找不到相互体认的标志性特征了。

　　循化作为甘青两省门户，不仅是扼守一方的战略要地，也是与甘藏地区货物贸易的黄金通道，曾经下四川的脚户哥，今天还能找到印迹的茶马互市、古道驿站都能证明这一点。萦绕在我脑海中的一个问题是，撒拉族先民与周边其他民族的交往交流中，不仅需要基于信誉的口头承诺，更需要法律意义上的契约文本、账务凭证、借贷字据，那么，没有文字依凭的撒拉族商人是如何完成一桩桩交易的？

　　对撒拉族文字颇有研究的马世利先生认为，撒拉族并非没有文字，只是在某个历史时段因特殊的外在因素被丢弃了。他得出的结论是，撒拉族文字为图尔克文，从曾经作为中亚商旅通用的察合台文演化而来，字形比较接近哈萨克文和维吾尔文。在街子地区田野调查中，他们发现了用图尔克文记录当时社会生活的原始文本。我听了很兴奋，便翻出《黄河从这里拐弯》第四部中的一首撒拉族情歌，他居然毫无阻挡地念下去——

Men yıraxdan gelğende	（当我从远方来）
Özüñ mine görmedü	（难道你没有看到我吗）
Men Yanıña varğanda	（当我走到你身旁）
Gaçanı özüñ aşmadu	（不是已经说过话吗）
Men yıraxdan gelğende	（当我从远方来）
Özüñ mine görmedü	（难道你没有看到我吗）
Men Yanıña varğanda	（当我走到你身旁）
Gaçanı özüñ aşmadu	（不是已经说过话吗）
Asmanda bulut yerde dümen	（天上的云儿地上的雾霭）
Ananıñ göñlüni bilmeci	（姑娘的心思我不明白）
Çix almanı gilen tadacı	（等不及就摘下了青苹果）
Bir ağız yise acı irari	（吃一口竟是苦涩的啊）
Dağda yürse bağda yürse	（走过群山走进田野）
Men özüñni sumurlacı	（我不停地想念着你啊）

Sen gönlüñde kemler varı	（你的心儿为谁守候）
Sen kemlerni sumurlacı	（你为谁在苦苦等待）
Dağda yürse bağda yürse	（天上的云儿地上的雾霭）
Men özüñni sumurlacı	（姑娘的心思我猜不明白）
Sen gönlüñde kemler varı	（等不及就摘下了青苹果）
Sen kemlerni sumurlacı	（吃一口竟是苦涩的啊）

二十一

一般树木中，能与岁月相抗衡的莫过于松柏，无论经历怎样的风霜雪雨，总是那么郁郁葱葱，巍然耸立。骆驼泉边也有象征撒拉族、蒙古族、藏族友谊天长地久的九棵松柏。

当年，撒拉族先民在骆驼泉四周安顿下来之后，胸襟豁达的蒙古人打算退居一边，去寻找新的一方乐土，就把这片土地让给了撒拉人。

蒙古人离开前，邀请当地藏族首领，来见证这个深含历史意义的土地交接仪式。这不仅是山河阡陌的单纯交接，而是关涉历史传承、文明赓续、民族交融的神圣托付。于是，蒙古族、藏族、撒拉族首领们在骆驼泉旁各栽植三棵松柏，留下一段在中国民族融合史上传为佳话的美丽故事。

这才是先民们穿透岁月的大智慧，对尘世俗务他们早已透彻明了，与其给后代留下金山银山，不如留下比任何坚硬的物质财富更具内在活力的精神观照，万古长青的松柏，就再好不过了！

骆驼泉，是一部厚重的历史典籍，承载着撒拉族人的精神属性与悲欢苦乐，读懂它，很不容易。

写到这里，我眼前浮现起土库曼斯坦驻华大使齐纳尔女士双手掬起驼泉水，满怀深情地放到嘴里的情景，耳边响起当年一群人风尘仆仆来到泉池边，捧起清冽冽的泉水，咕噜咕噜畅饮的声音……

记忆的废墟

一

夜里辗转反侧，毫无睡意。突然想起曾经的某位同事，脑子里空荡荡的，只虚晃着一张模糊的脸盘。一想再想，那张本该清晰的脸儿依旧影影绰绰，心里顿时五味杂陈，淡淡的忧伤中夹杂着一丝悲凉，思绪如坠无底深渊，旷世荒凉，孤立无援。看窗外，夜色无边，繁星点点，却看不见曾经在自己的夜空中短暂停留过的那颗星宿。

赶紧翻看尘封已久的电话簿——那是在情感的危崖边救赎自己的最后一根稻草。还好，其名赫然在册，如获至宝。失联数年，世事沧桑，不能确定那个号码是否已被挂空，不敢想象那一串数字是否依旧是那个熟悉嗓音的密码。又觉得自己够婆婆妈妈的了，居然为一个远离了生活半径的人如此劳神费心！

都说健忘是新冠疫情后遗症，丢三落四是常事，好端端的，居然面对面支支吾吾叫不出对方的名字；明明是刚刚惦记过的事，一转身，脑子里就没什么影儿了。记忆的原野像是被狼群肆虐过，遍地废墟，满目萧瑟。于是不得不认输，不得不求助于手机"备份"系统。

一代人的记忆，在不知不觉中沉沦了。

二

冷静下来想，倒觉得新冠疫情给予我们的，要远超于它所夺走的——它撕开了我们基于世俗欲望的层层面具，还原了我们本该保有的人性底色。只要回归平常心，一转身一回眸间，就能把飘荡的情谊顺手牵过来。

有一天，我在会场上接到一个陌生电话，出于礼貌，会后即刻回拨，对方竟是同在一个县城十几年未曾谋面的中专同学韩风华。她说正在办理什么手续，却找不到毕业证书，让我出具一份证明材料。我爽快答应。她马上又说，给我打电话不久，毕业证找见了。

说起来，韩风华有恩于我，眼下她要我帮点什么忙，在条件许可之内，是断然不可拒绝的。

上湟源牧校期间，我总是吃不饱肚子，整个人面黄肌瘦，只剩下一副皮包骨头的躯干，实在撑持不住时，有过退学念头。家在恰卜恰镇的马洪宾同学见我饥饿难耐，便动了恻隐之心，把午饭的半个馒头接济出来，又从家里捎来一小袋撒了白糖的炒面，临睡前让我享用几勺子。我的胃肠瘪得很久了，犹如干旱中裂缝的麦地，毛毛细雨根本淋湿不了。同乡韩风华听说后，主动送来自己吃剩的十几斤饭票。她说女孩子胃肠细，吃不了那么多。我顾不得脸面，全数收下。从此境遇大变，青春的容颜恢复了往昔生机。

今天突然接到老同学电话，听着她依然用当年直呼我名字时没有走样的质朴语调，有一种时光倒回到几十年前青涩年华的亲切感。一时不知该聊点什么，竟唠唠不休地问起她孩子们的情况。

那些突然闯进来的昔日同学或同事，像天边泛起的一片淡淡彩霞，谈不上绚烂，却异常美丽，给乏味的生活增添了一抹亮色，给日渐荒芜的心灵原野涂抹上一层绿色。我把它看作记忆的回光返照。

有一天接到一个陌生电话，电话那头带河湟腔或倾向于乐都腔的男子说他是我昔日的老同学，到循化检查工作，住在撒鲁尔宾馆，看见房间里有我的书，就贸然打电话联系。我一阵愕然，又不好意思问他姓甚名谁，脑子里迅速搜寻他该是什么时候的同学。直觉告诉我，他显然不是初中同学，也可以排除党校同学，应该是中专同学无疑。于是，很快把目标锁定为湟源牧校八一级畜牧二班说话带河湟口音的一众男生，怕一时对不上号，便从被检查的某单位工作人员那儿侧面打听后才过去面见，竟是同室好友。

母校如此魂牵梦萦，不能不去光顾一下。

2021 年秋末，应邀到湟源牧校作演讲时，那栋宿舍楼还在，触景生情，就到一楼阴暗的 103 寝室门口，捡起遗落多年的记忆碎片，把难忘的学生时光就地翻新一遍。就在这间宿舍里，几个室友学会了青海人民广播电台播送的每周一歌《涛声依旧》。我站在宿舍门前轻声哼起来：

> 流连的钟声
> 还在敲打我的无眠
> 尘封的日子
> 始终不会是一片云烟
> 久违的你
> 一定保存着那张笑脸
> 许多年以后
> 能不能接受彼此的改变
> ……

三

俗话说，即便是同在一个槽里吃草的牲口，处久了，也会处出一份情谊来，何况是有情感的人类呢。血缘当然是一条牢不可断的纽带，无论离得多久多远，总不会忘得一干二净。那些相处了一段时日的同事曾以每天八小时容量占据过我们的生活空间，当彼此以某种方式别离时，所造成的空白同样难以释怀，除非你是一颗无牵无挂的流星。

论情分，仅仅是同事而已，连是否可以称得上朋友也不确定，而一旦分开，再也无缘面见时，才知道那些远去的名字似尖利的楔子，深深嵌进了自己生命当中，剩下的，只有无尽的怀念。

人的怀旧情结是个可怕的无形杀手，越是耿耿于往事的人，心儿越容易被刺痛。怀旧恋旧看似美好而温暖，但若要长久沉湎其间，无疑给自己套上了无法解脱的枷锁。深夜，是怀念的温床；无眠，是思念的酵母。每当夜深人静，记忆的鼠标在时光缝隙往返搜索，就像转遍荒山野岭终究徒手而归的猎人，那种深情凝望思念中的面容的渴念时时落空的悲切，无异于在荒野上流浪的精神乞丐。

原以为在几十年风雨中历练的内心足够强大，强大到可以面对风吹浪打、山呼海啸，想不到深夜独处时统率全部意识在辽阔时空间纵横驰骋的那颗心竟如此脆弱，脆弱到无法面对怀念的天空骤然变暗，脆弱到无法承受思念的原野上卷起漫漫黄沙，脆弱到经不起友情的河流悄然干涸。

四

每失去一张熟悉的面容，记忆的页面又被刷新，孤独的井深又塌陷一层，多年以后，已是一口深不见底的深渊。

癌细胞正无情地吞噬庆峰兄弟肌体而他自己却浑然不觉的日子里，他渴望重新站起来的心念鼓舞着身边人，我也天真地把挽回游丝一线的生命的希望一次次放大，把死亡之神悬崖止步的期许寄托在一次次椎心泣血的祈愿上。但是，谁也无法改变在娘胎里早已注定的命数，宛如夜空中划过的一颗残星，在既定轨道上艰难地滑行到油尽灯枯的那一刻。恰如母亲在天之灵召唤，与她老人家相隔五整年之后的同一月同一日，仅差几个小时，几乎以同样的方式，像夜起的人儿掀开身上的被子一样，把给予他无限幻念的这个世界轻轻甩在一边，带着装有"阿买里"①的行囊，独自走向另一个世界。

夜半时分，第一眼看见静卧在炕边的庆峰兄弟月光般皎洁的面容时，我的内心震颤不已。一位踏上新征程的信士，没有绝望，没有挣扎，没有痛苦。如此安详从容地离开这个浑浊不堪的世界，生命的结局也算圆满了。

以后的日子里，每当想起庆峰兄弟，脑海中老是浮现那一刻的画面，在思念的泪水中化作无言的生命绝唱。为时时擦亮记忆，我把最后一眼中定格的这个画面安放在记忆存储器最显要的位置，试图在感觉上造成一种

① 阿买里：善功。

由于某种原因彼此刚刚分手的情景。

4月26日，第三届黄河诗会在县第二中学礼堂如期举行，已故回族诗人马汉良先生的《沉河》又一次戳中了我的泪腺。在那首用笙箫演奏的幽深曲子中，先生的音容笑貌犹在眼前，思念再一次涌满心间，眼眶早已决堤，两条泪河流过我僵硬的面容，滋润着残荷败叶的精神原野。

那一刻，我庆幸自己在这个浊浪滚滚的尘世还保存着一颗柔软的心，竟然为一位故友、为一首诗泪流满面。

更多时候，失去亲人是一种重大的人生启示——认真地看看左右，父母不在了，还有兄弟姐妹在；嫡亲不在了，还有旁亲在。亲情大树不管分出多少枝蔓，只要根在，血脉就不会断，还有机会作一篇回归亲情的大文章。

五

海山先生发来二十五年前的一幅照片，同时传来的语音中，他感慨万端，不住地说，看这幅照片，以前的人和事一股脑儿浮现在眼前，怎么赶也赶不走呀！

他是个少言寡语之人，性情内敛，情绪控制到几乎滴水不漏，更别说随便表露心迹了，今天一幅旧照令他感怀无限，这我是没有想到的。谁说大树不为轻风所动，谁说池水不被风儿掀起微澜？

与海山相识已有二十多年时光，更多时候他是一位倾听者，只有我们单桌独对时，他才打开话匣子。他的朋友圈是层层筛选过了的，只保留几个性情对路的名字，视为知己，常来常往，为此图了个清静。

他每天浏览国内外要闻，因而对世事有敏锐的洞察力，往往从别人不注意的角度说出一番新鲜见解来。在朋友圈泛滥的当下，像他那样始终恋旧保持一份单纯的人很难遇到。我们之间的交往淡如清水，没有雕琢，没有功利，想见他时，有十足的把握能约他出来，因为他从来没有拒绝过我，哪怕正在饭口上，也会以最快速度出现在我面前。一起聊天时，不必担心有电话干扰他，除了特别紧要的事，他一般不会在饭桌上接听电话。

他为数不多的社交圈内也不乏社会名流。我想，这样一个相对自闭的人，能交来几位品质不俗的贴心知己，全在于他去努力地适应对方、读懂对方、欣赏对方、倾听对方、祝福对方，然后把对方的所有秘密都封存起来，守口如瓶。有一天他对我说，旁侧那栋高楼的阴影不会影响到我家房子。我有点诧异，问何以见得。他说他从不同角度观察好久了，只有冬天日头没有升高前有所遮阴，但关系不大。

他传来照片时，我也正好听一首几十年前流行的经典老歌，一时情景交融，思绪万千。

人的情感真微妙，以往做过的事、处过的人，若干年后显得那么珍贵，珍贵得让今天的我们有点"高不可攀"，望着旧照一遍遍感慨、叹息。

这也许是岁月落差带给我们的美感。

壶口瀑布边上，望着浩荡千里的河水，我想起了黄河的少女时代，也想起人生的断裂之美。眼前的照片是我们二十五年时光断裂后呈现的美丽，如晨曦映照的朝露，似天边升起的彩虹……

我心里突然有了重叙旧谊的念头，对海山说，人都还在，啥时候咱聚一聚吧？

他发过来一个字：好！

六

最难忘记曾经给人借过钱物或从别人手里借过钱物的事。那是一种嵌入骨髓的胎记，岁月可能会改变甚至抹去很多过眼烟云的东西，唯独与钱物有关的记忆却不枯不烂，清晰如昨，哪怕再小的一件事，也断然不会在往事的优盘上消匿无踪。对我来说，脑海中扎了根的，大概有三件事。

七八岁那年，跟随德祥哥到大力加山下的贺隆堡村表姐家做客，往返几十公里路，是童年离家最远的一次出行，充分满足了我那颗想体体面面当一回远客的童心。因为当天回不来，就随东家的意，住下了。

晚上，旁侧亲戚替主人家款待客人，把我们请到家里，又好生待承一番。冬夜漫漫，炉火闪闪。女主人端来刚出锅的"中风洋芋"，甜甜的，咬一口，满嘴生津。没多久，又是一碟炒熟的豌豆和一碟蚕豆，满屋弥漫着令人沉醉的豆香。正值盛年的德祥哥对门外的一切都充满好奇，与东家阿哥彻夜长谈。合力录哥一边嚼着豆子，一边饶有兴致地陪听。我眼角发涩，不住地打哈欠，不多时便迷迷糊糊地睡去了。

一觉醒来，大人们谈兴正浓，我发觉德祥哥裤兜边有一条蓝色方格子手帕，心儿不由一动，脸上热辣辣的。我做梦都想有一条方块手帕。爷爷曾给我剪过一块白布手帕，系在胸前布扣上，与供销社买的正经手帕比起来，土得很，看不上眼。望着眼前的手帕，我的心怦怦乱跳，眼眶越来越大，思前想后，终于把手伸出去，悄悄拿起来，揣摩一阵，又放回去。不多时又拿在手上，叠成能捏在手掌心的小方块，神色慌张地塞进衣兜。

不知是兴奋还是害怕，我半分侥幸半分忐忑，一整夜没合眼，翻来覆去想万一被德祥哥发现后可能招来的尴尬局面，好几次想放回他身边，但直到天亮也没舍得掏出来。

第二天德祥哥好几次问起，但没人回应，他怕主人家尴尬，就没再追问。

这是生平第一次偷了别人的东西。

第二次干的不体面事是在张尕村一个远房亲戚家做客时把一本《地道战》小人书塞进衣兜。主人家小孩一口咬定我是偷书者，紧逼着要搜身。在我万分慌张之时，男主人喝住了自家孩子。

虚惊一场，从此再也不敢去那个亲戚家。几十年后去张尕村，正好从那家门上挂着锁子的院前走过，记忆深处的不光彩事像摁下去又浮起来的葫芦，在眼前晃来晃去，惭愧之情涌满心间。

大约三十五年前，刚刚分门立户的我很想给贫瘠的生活增添一点色彩，就请来一位河南来的油漆师傅，把爷爷辈传下来的两格子黑黢黢的面柜油漆一新。商定的价钱是二十五块，当时手头拮据，说好等发了工资给他。油漆匠与我年龄相仿，很投缘，爽快地说，不着急，啥时候给都行。遗憾的是，过后再也没找见他，各处打听也不得下落。

以上三件事钉子般钉在我心里，年少时没怎么细想，随着年龄增长，一想起来，心里就隐隐发痛。假如有另一种补偿办法，今生一定加倍弥补。

七

按理说，这一生最不该忘却的是送我们踏上一条有异于父辈之路的启蒙老师。而在铭记师恩上，我几乎交出了白卷。

回望这几十年，给我们起名的马进忠老师却长久游离在我的视线之外，这有悖于师生伦理。有一天忠明兄发来短信，通知我们几个乡亲按时参加马进忠老师的满拉膳。我反复打量短短几行字，其中"受马进忠恩师委托"中的"恩师"两字格外有分量，重重压在心头，不敢怠慢，立即回复届时前往。

马进忠老师是白庄镇米牙亥村人，20世纪70年代初到我们村当民办老师，正值芳华，英俊帅气，俨然一副工作干部派头。我们叫他"米牙亥老师"。当时学校办在清真寺，北边一溜厢房中的一间腾出来当教室，旁边两间分别为售货铺和老师宿舍。

我们这一波学生娃的名字大多是进忠老师给起的。

给我起名字时，马老师随口一说，也没写在纸上，我朦朦胧胧记住了一个"庆"字，几天后又记住了"功"字。生怕忘了，便把"庆"和"功"与撒拉语相近的称货物的"秤"和牛羊皮张"关"的谐音联系起来。

到二年级，我接连得了几种病，先是肺结核，然后是眼疾，再就是腿病。一整夏不能直立行走，拖着双腿从这屋爬到那屋，上茅厕时爷爷来回搀扶。早上醒来，双眼皮被厚厚一层分泌物糊住了，姑姑找来一小瓶兑好的有西林药液，涂在火柴杆棉签上，一下下划开眼屎。这药虽然管用，却留下了后遗症——差点整瞎了左眼。

想起肺结核夺走了姐姐性命，爷爷私下里对奶奶说，这娃怕也保不全了。所幸肺结核被村里的赤脚医生治愈了，眼疾和腿病也都渐渐好起来。折腾了一年，学业却黄了，整个二年级都没去上学。望着延续香火的小孙子居然安然无恙地站起来，爷爷无比欣慰，再也不提上学的事。

三年级开学第一天，我和爷爷在院子里晒土坷垃，单扇门吱呀一响，进忠老师走进来。他是来叫我上学的。这事很突然，我害怕老师吹哨子叫来一帮学生，把我连拉带拽地拖走，就用哀求的目光看着爷爷。爷爷半分讨好半分委婉地说，娃的病还没全好哩，读书的事，往后再说吧。

老师缠着铁皮哨子挂线的手指头不停地挥动着，说了一大堆规劝的话，丝毫不肯松口。他问我怎么想的，我说二年级功课都落下了，怕跟不上。他目光柔和地看着我，蛮有把握地说，这不算啥，你那么聪明，肯定能跟上哩。我有点动摇了，用疑惑的目光看他。他说实在跟不上，老师不强求你，不念也就罢了。

反反复复想了一夜。第二天老师打发邻家向庆兄来叫我。我顺从地钻出被窝，穿好衣裳，跟随向庆兄去了学校。后来经常想起这戏剧性的一幕，如果不是进忠老师登门来叫，我人生的河流不知会流向何处。

饭桌上我说起这件事，已步入老年的同乡们感慨不已。身边围拢着我们这些学生，生性随和爱开点玩笑的进忠老师显得很知足，也有那么一丝得意。

能与启蒙老师同桌笑谈，记忆的废墟上又芳草萋萋，百花争艳，几十年前遗落的旧梦鲜活如初，那些散落的童年记忆像一壶弥散着缕缕清香的陈年老茶，令人沉浸。

这件事一直占据心头，怎么也搁不下。文化旅游节期间，我们邀请韩麒老师到循化献墨宝，说起想给启蒙老师表达心意的事，韩老师说了句"这是应该的"，思忖片刻，提笔写下"启智润心"四个字。

八

相对于个体记忆的零散流失，一个族群集体记忆的整体性消弭则更加令人不安。

我喜欢与占祥先生聊天，虽然他给我们讲的那些见证他高光时刻的故事一再被重复，但我丝毫不觉得腻烦，每听一次，都有新的感受。我写的《韩占祥的文化价值》那篇文章中称他为骆驼泉边的常青树、撒拉族文化的活化石。眼下老先生年逾八旬，大家都有一种急切的担忧，生怕老先生万一有什么不测，将会失去撒拉族文化中最为动人的说唱艺术，于是都想着既然一时半会儿培养不出接续他衣钵的传承人，不如趁早把他随口说唱的绝活录下来。

桑吉先生颇有同感，他说老先生本身就是一段鲜活的撒拉族史，真怕有一天突然断代，留下无法弥补的缺憾；眼下不是传承的问题，而是抢救的问题。他表示，如果经费上有困难，他可以帮忙张罗一点。

但这样的努力往往收效甚微。在一浪高过一浪的现代化潮涌冲刷下，光秃秃的河床上竟放不下一抹乡愁。新冠疫情之后，在推倒重来的生活秩序面前，原有的人际生态被倾覆，人与人之间的距离变得飘忽不定，在摇摇晃晃中重新寻找与自己相对应的坐标，但一时很难收回散乱的目光。

虚幻的记忆、缥缈的乡愁是无法承受的生命之重，真怕有一天掉进那黑咕隆咚的深渊。因此，得好好珍藏活着的每一天。

难忘的友情

2021 年 9 月 14 日，我依旧在奥土斯山下街子河畔写作到晚上 11 点，拖着一身疲惫走出写作室，简单吃点夜宵，正准备躺下时，一阵急促的手机铃声打破了深夜的宁静。志远说，生福巴巴无常了。啊……啥？我一时反应不过来，又问一句：生福巴巴……无常了？志远确切地说，刚才生福巴巴家人来电话了，叫他特意转告我的。我看了看手机，已经是午夜时分。

这个突如其来的消息令我无所适从，怎么也不会想到一个月前还谈笑风生的一个人，就这样悄悄地走了。我脑子里放电影似的闪现起近两年跟先生在一起时的点点滴滴，猜想先生离开这个世界时的种种情形，心里默默地说，亲爱的朋友，我知道，当你最后一眼看这个世界的时候，一定留恋过某些人某些事情，只是不知道你牵挂的人中是否有我。亲爱的朋友，我也能想见，就像此刻我掉进孤独的万丈深渊一样，你也一定有过无边的孤寂与落寞吧！

想起这一年来身边消逝的那些熟悉面孔，感觉死亡之神正一步步逼近依然浑然不觉的自己；想起还在西宁的病床上躺着的庆峰兄弟，一阵难以抵抗的孤独伴随着深夜的寂寥向我袭来。

我关掉刺眼的灯，一屁股坐在炕沿，吊着双脚，失神地待了十几分钟。窗外夜色浓重，雨声淅沥。

这一夜，街子河涛声特别大、格外响，无尽的沙沙声加剧着我这个守夜人的落寞。

不知过了多久，手机里传来一声丁零，打开一看，是一则类似于讣告的短信：

父亲于 2021 年 9 月 14 日晚 8 点顺命归主。殡礼于 9 月 15 日早 11 点在老家乙日亥村举行，望就近的亲朋好友们参加，并给亡人做好杜瓦[①]！

人在无助的时候，情感极其脆弱，只要得到微弱的一丝安慰，哪怕这种安慰是形式上的，心灵也会获得云开雾散的解脱。这条深夜飘来的短信给了我莫大的慰藉，感觉生福先生并没有离开我们，而是去赶赴他向往已久的另一段无限美好的生命旅程，总有一天，我们还会见面的。

是的，在忙碌的俗世中，我们同住一城，虽隔一街之遥，不也老半年见不了一次面吗？于是我问自己：你又不是没见过死亡，你又不是没写过死亡，真要面对死亡时，怎么会如此六神无主？

恍惚中，我来到窗前，望着老家方向的茫茫夜空，下意识地嗫嚅一句：走好啊，亲爱的朋友！

一时睡意全散，辗转反侧难成眠，睁眼闭眼间，满脑子都是与生福先生在一起的那些酸涩而充满乐趣的岁月往事。

一

20 世纪八九十年代，门外的社会是清一色的，没有什么五颜六色的诱惑，我们上班人也很单纯，大家每月都领着差不多的工资，光景日月处在同一个起点上。要风光大家一起风光，要寒酸也都一样寒酸，没有高低上下之分，有事没事就爱凑在一块儿，聊天拉家常。因为信息闭塞，看过的书少，祖上又都是土了吧唧的庄稼人，没多少新鲜话题，只能聊一些黄河边人或城西人如何闯世界挣大钱的事。因为闯世界挣大钱的人与己无关，彼此心里掀不起波澜，日子依旧很平静。每逢周日，穿着略微得体的几个年轻干部轮番到各家吃饭闲谝，引来那些汗珠子摔八瓣也挣不下几个钱的乡民们羡慕的目光。

---

① 杜瓦：祈祷。

我们村老一辈工作干部中，生福先生年纪轻一些，愿意跟我们这些刚参加工作的后生走动。我到县里后，在农牧局兽医门诊部分得一间临街宿舍，白天敞着门，躺在床上就能望见街上的行人。生福先生那时在我宿舍隔壁的水电局上班，上下班从我门前路过，时不时进来小坐一会儿。他不叫我官名，就叫经名，一声"达吾"，人就在眼前了。

因为是同村人，也因为生命中有着相似的"三句话不离国家民族大事"的理想主义色彩，从我调到县城那会儿起，就跟自己年长二十余岁的生福先生交往下来，不离不弃、不咸不淡地走过充满欢笑与忧愁的风雨岁月。

我们在清淡的物质生活基础上建立起来的友谊的浓度并没有因为彼此生活状况的变化而有所冲淡，我们都细心经营着那份"因你的快乐而快乐，因你的忧伤而忧伤"的友情，用彼此对应的情感密码相互打开心灵窗户，进入对方内心世界中最隐秘最深远的角落里。

在平平常常的日子里，我们用一杯清茶、一碗面片做底色，把你来我往中的一声问候、一句念叨、几许关切、几多挂念浸泡成历久弥新的一壶老茶，贴上"忘年交"的标签，抿上一口，醇香无比，意蕴悠长。

现在，我端着清香氤氲的茶壶，茫然无措。

二

生福先生原先是地道的庄户人家，与解放前夕出生的众多撒拉汉子一样，年轻时曾到雪山草原开山修路，到荒漠戈壁挖渠引水，到深山林区当伐木工人，到煤矿当掏煤工搞副业。我朦朦胧胧记事的时候，东风公社引进了两台电磨，一台安装在白庄清真寺，另一台安装在张尕清真寺。生福先生因为做事机灵，喜欢琢磨新鲜玩意，被公社领导看上了，让他管理张尕电磨。他的人生轨迹由此拐弯。

电磨的出现标志着作为石器时代遗留的水磨坊的终结，开启了机器磨面的崭新时代，十里八乡的人们赶着驮粮食的牲口，到电磨坊排队等候。

电磨管理员在人们眼里的地位绝不亚于供销社风光体面的售货员，成了令人羡慕的"工作干部"，穿一身蓝色卡其布制服、左上角衣兜里插着一支钢笔的生福先生从此以一位公众人物身份走进大众视野。

由于先生看管电磨的出色表现，不久被公社吸收为亦工亦农的"半脱产"干部，进而招录为民族干部。作为重点培养的年轻干部，曾派到青海民族学院进修两年，使他完成了从一个文盲到识文断字再到掌握一定文化知识的历史性跨越，一举成为民族干部中的佼佼者。

先生不止一次说过他成长生涯中一次难忘而有趣的经历，令我记忆犹新。大约是20世纪70年代，县里决定在东风公社召开农业生产千人观摩大会，公社党委决定让生福先生在会上作重点发言，这对从来没有在这么大规模会上露脸的他几乎是个难以完成的任务。但他并没有退却，看出公社书记有意给他压担子，觉得这对自己是个非常难得的锻炼机会，二话不说就应承下来。他绞尽脑汁写了一篇稿子，歪歪扭扭的字有三页，经公社秘书修改后，独自一人来到公社大院背后的庄稼地边，在银白色月光下，一遍遍给在微风中沙沙作响的麦子们"开会"，直到把稿子念得滚瓜烂熟。

第二天的千人大会上，他精神抖擞，激情饱满，非常熟练地把稿子念下来，深得公社书记赏识，竖起大拇指表扬，在场的公社干部们都对他刮目相看，想不到素常连"尕俗话"都说不流利的"乙日亥人"抢足了风头。

过后不久，生福先生被任命为东风公社革委会副主任，从此有了个"韩主任"的称呼。

六七十年代的党政干部是从农门直接跨入机关大门的特殊一代，在党组织培养下，他们很快把自己打造成"提笔能写，开口能讲，遇事能办"的复合型人才，事事不甘落后的生福先生便是其中的佼佼者。

他们是在特殊环境下成长起来的一批民族干部，深谙农事，说话办事接地气，有浓厚家乡情结，为建立和巩固基层政权、贯彻落实党在民族地区的一系列方针政策发挥了特殊作用，书写了属于自己的辉煌人生。然而，他们又是不容易的一代，种田的庄稼汉子撂下铁锹，泥脚走上领导岗位，没有学历背景，缺乏足以驾驭一方工作的政策理论知识。就是这样一群"半拉子"干部，却出奇地适应农业合作化以来的新形势，担负起带领广大群众改变家乡面貌的历史使命。我觉得历史不能忘记他们，应该记录他们留下的脚印——长篇小说《黄河从这里拐弯》中能看到生福先生们的影子。

我的印象中，年轻的生福先生还当过东风公社民兵营营长。他倒挎铁把子冲锋枪，英姿飒爽，潇洒干练，几百名背枪民兵在他有节奏的操练下，喊着口号，甩着胳膊，迈着整齐雄健的步伐，走出场子，走过马路，走进村子，那场面威武极了，壮观极了。队伍集合完毕，他通常喊一声"向前对准向右看齐"，队伍很快变得横成一条线，竖成一条线。他扫一眼场子，欣慰地收回目光，喊一声"稍息"后，开始讲政策形势，布置任务。

生福先生与同时代的干部们一样，勤学苦练，下苦功夫钻研业务，很快把陌生的一方领域变成熟悉的工作环境。鉴于他在不同岗位上做出的不凡业绩，其职务一度发生变化，先后担任城镇公社副书记、孟达乡党委书记，县水政监察大队长、水管站站长、县扶贫办主任等职。

三

那时的干部们家庭背景都是农民，一只脚迈进城里，另一只脚还在农村，自己在城里开伙食，一大家子还在老家挣工分。他们学历低、工资低、没有积蓄，很长时间靠几十元工资拉家带口。虽说手里有光鲜的商品粮折子，但日子依然过得紧巴巴的。不像现在的干部们，好歹有父辈们攒下的家业，或一套房子，或数万元存款；即便父母亲是农民，好歹也有国家公积金的帮忙。相比之下，老一辈干部们营务光景却艰难多了，要盖几间房屋，往往筹划几年，准备几年，一根椽子一条檩子积攒起来，一块土坯一块砖摞起来，经年累月，细水长流。多数干部们过着囊中羞涩的酸涩日子，指头缝里不敢轻易漏掉一分一厘，块块毛毛钱都掰开了花。遇事非花钱不可时，踌躇半天后，才磨磨蹭蹭去解开装钱的衣兜扣子。

那时候，生福先生家境不宽裕，尤其是儿女们渐渐长大的那段日子里，生计更显窘迫，过日子像过独木桥，生怕家里有个三长两短而无法对付。每花出去一笔钱，都是划算再划算，手指头捏紧再捏紧，把每一分钱都花在刀刃上。而我们去串门时，先生却舍得花钱，大方地摸出来二三十块钱，让家人去割肉买菜称瓜子，怎么拦也拦不住。

外面的世界很遥远，一年之内西宁城也去不了几趟。夏日周末，我们相约到黄河边溜达，从这头到那头，从那边到这边，绕县城转一圈，看看在不被注意的日子里县城又有哪些新变化。走累了，肚子饿了，街边随便找一家饭馆，或要上一碗面片，或切上一张酿皮，有时我请他，有时他忙着去付钱，实实在在的胃口，简简单单的花销，别有一番滋味在心头。

生福先生是个性情中人，爱憎分明，开心时哈哈大笑，动情时抽泣抹泪，从不掩藏自己的感情。他乐观豁达，热爱生活，凡事拿得起又放得下，始终保持百姓本色，想方设法往苦涩的日子里添加充满情趣的佐料，怡然自得，自得其乐。有一年他给我送了一幅他自画的干枝梅图，寓意我的前程像梅花一样绚烂缤纷，希望我们的友情像梅花一样傲雪绽放。至今我还保存着那幅珍贵的画作。

我学的是畜牧兽医专业，要在旧社会，在下九流之列，不算个体面行业，我自己也一度有过职业自卑感。生福先生却饶有兴致地谈起与我的专业有关的畜牧业生产。有一天先生向我请教饲养奶牛的诀窍，我如此这般说了一通。几天后，他不知从谁家买来一头健硕的黑白花奶牛。他说一生忙惯了，退休后彻底清闲了，这日子倒不好打发，就想起养牛，一来增加点情趣，消磨时光；二来增加点收入，贴补家用。

饲养一段时间后，遇到一个实心买家，便卖了奶牛。先生开心地说，头一回做生意得了几百元劳动成果。后来他在老家养了几箱子蜜蜂，整个夏天跟嗡嗡嘤嘤的蜜蜂打交道，我得了空就到他那儿，陪他喝茶聊天。先生舀一小碗刚刚摇下来的新蜜让我尝鲜。我掰下一块馒头，蘸着浓郁花香味的蜜汁，稀罕地吃起来，打心眼里佩服先生干什么都那么执着，干什么都能弄出点名堂的那股子精神。

据我观察，生福先生真正的喜好可能在养花上，在众多花卉中，他单单钟情于芍药、牡丹。他老家满院子栽植了从各处移来的多年生花卉，一到开春，红的、白的、紫的、粉的、蓝的，各色花儿竞相开放，一丛丛、一簇簇，满院飘散着醉人的清香。

花的主人一边修理花枝，一边无比自豪地给我们讲解每一簇花的来历，以及他特别垂爱的有了些年头的花儿背后鲜为人知的故事。

有时他忍痛割爱，给友人相送一两棵，并叮嘱一番伺候的要领。他给我留了一棵有四五年花龄的粉红色大丽花，我自知不是养花的主，怕辜负了先生一片好意，就借故说，您先替我养着吧，等啥时候我家盖了新房子，移栽过去也不迟。

爱花之人必定热爱生活，生福先生善于在凡常间寻找快乐、营造快乐、享受快乐，以花为媒，广结善缘，以花儿的艳丽和芬芳装点生活，营造出一点笑对人生的浪漫主义情趣。

四

生福先生既是我的同乡好友，也是我生命中不可或缺的良师益友。在我的成长历程的每一个节点，都留下了先生风过无声、流水无痕的帮助，或一声叮咛、一声提醒，或一句祝福、一句鼓励，让我的天空云开雾散，阳光灿烂。

我在街子当乡长书记那会儿，正处于社会转型期，社会管理上不可避免地遇到了前所未有的挑战。用当时村干部的话来说，我们那届班子是他们见到的矛盾纠纷和自然灾害最频繁、工作最不顺的一届。当时县里有个不成文的规定，所有矛盾纠纷就地解决，不准上交到县里，这下可苦了缺少必要保障几乎是赤手赤脚的我们。38岁那年，缺乏基层历练的我面对动辄几百人的群体性上访，两眼一抹黑，不知道如何处置，挨骂挨训甚至挨打是常有的事。有一次某村二百多人集体上访，我被围在二十几个情绪激愤的年轻人当中，他们大喊大骂时，唾沫星子直飞到我脸上。他们只有一个要求——让我立即宣布解除他们村长职务。我说一个村长不能随便撤换，得走法律程序。村民们哪里听得进我的解释，一头闯进我办公室，掀开床板，挥舞着臂膀，怒吼示威，像要掀翻屋顶。我坚持原则，决意不妥协，局面一时陷入僵局。直到下午3点，满院子人才渐渐散去。遇到这样的事，我心里很郁闷，对接下来要如何处理村民提出的要求，心里如同一页白纸，没有了主张。

这时，时任县水管站站长的生福先生下来检查工作，见我一脸愁容，安慰我说，群体性上访像决坝的洪水，来得猛烈，去得也快，不必过于放在心上，该吃就吃，该高兴就高兴，山不转水转，总能找到解决办法。他的一番话给我些许安慰，下午我跟他下乡检查水利设施，顺便到田间旷野散散心。一路上我们认真分析了那个村出现问题的原因，厘清了主要矛盾和次要矛盾，意识到如果处理不当，次要矛盾有可能转化为主要矛盾的严重性。先生语气坚定地说，只要把握住政策法律，走群众路线，没什么好怕的！提醒我遇事要冷静，一要实事求是，二要坚持原则，三要依靠群众，四要灵活机动。这一番点化，使我茅塞顿开，一套清晰的思路浮现在脑海中。在我的建议下，乡党委很快拿出了化解矛盾的办法。

更多时候，我把一时没把握下手解决的难缠事带回来，或到先生家登门求教，或请先生到我的住所，把遇到的问题摊开来，扣住每一个细节，从里到外、由此及彼地琢磨个透亮，往往聊到深夜还打不住。暑往寒来，经年累月，在先生帮助下，我的基层工作经验日渐丰富起来，啃下了一个又一个旷日持久、积重难返的"硬骨头"，迎来了全乡团结稳定的可喜局面。

2006年，我遭遇了人生中的寒霜期，因妻子久病不愈，家庭状况一度跌入谷底，日子过得一团糟。儿子将要高考，女儿也要中考，而妻子病情却迟迟不见好转，仅有的一点积蓄全被花光，已经到了无法面对两个孩子未来的窘境。

有一天，生福先生把我叫过去，像个考官一样问我：娃娃们的考试有啥打算哪？我万般无奈地说，一头忙着看病，没来得及考虑这事。先生着急地说，这样不行，离考试只剩下十几天了，再不敢大意了，娃娃的考试是一生一世的头等大事，可不能因为家事的缠绕而耽搁了呀！

见我不言语，先生自作主张地说，我跟家里人商量了，楼房里腾了两间房子，桌子凳子都弄好了，从今天起，叫两个娃娃过来，一人住一间，吃在我家，住在我家，余下的事就交给我，你就别操心了。

我知道先生家并不宽敞，他自己有四个孩子，要腾出两间房子，哪能那么容易呀！但先生不容我分说，就替我安顿好了。

那一刻，我感动万分，眼眶里盈满泪水，仿佛在生活的悬崖边上抓到一把稻草，激起了继续面对困难的勇气。

我和先生之间的友情淡如一杯白开水，那是一种透明的精神层面的交往，任何时候，我们都能看得清对方，懂得彼此关切，不让物质的尘埃落满质地纯真的友情。生活中遇到困难，要不是对方主动提出帮忙，一般从不张口，怕让对方为难。我儿子大学毕业后，先生几次暗示借钱给我，见我不在意，就主动提及借钱的事，说我是单职工，娃娃要结婚，手头想必倒转不过来，他儿子开饭馆挣了一些钱，愿意从中给我接济一些，好让我渡过难关。

虽然我不打算向先生借钱，而且已经从别处筹到钱款，但他解囊相助的那句话，使我的内心倍感温暖之余，一下子找到坚强的靠山。

长篇小说《黄河从这里拐弯》出版后，生福先生表现出来的那份喜悦令我惊讶。他说这不仅是你个人的事，而是乙日亥村、白庄镇、撒拉族、循化县的大事，不能随口说一句恭喜的话就完事，他一定要带头做出个样子来，叫更多的人看看。果然，有一天先生带领家人，抬着一面寓意黄河拐弯的有清水湾图案的大牌匾来到我老家。他郑重地说，你能写出这样的书，也是我这个"亚日"①的光荣，是我们全家的光荣；文化的东西该用文化的方式来庆贺，拿钱就俗气了；想来想去，觉得这幅黄河拐弯的镜框最能表达我们全家的心意，看你满意不满意。

他把这件事看得很重要，病重期间几次说起，我告诉他镜框已经挂到墙上了，还让他看了特意拍来的照片，他这才欣慰地笑了。

---

① 亚日：朋友。

在西宁举办《黄河从这里拐弯》首发仪式之后，县作协在职业中学举办分享会，先生知情后要来参会。我们担心他单薄的身体消受不了，叫他别过来了，但他执意要来眼见一下我的喜事。在忠祥兄弟搀扶下，先生挂着拐棍，爬上几层楼梯，颤巍巍地来到会议室，仔细聆听每个人的发言。后来实在支撑不住了，忠祥兄弟扶着父亲提前回去了。

五

喜欢学习是生福先生留给我的深刻印象，每次去看望他，身边总能看见一两本书，时事政治、伊斯兰经学知识、法律法规都成了他涉猎的内容。摞在窗台上的书籍不知翻过多少遍，书页起皱得不成样子，打开看，内页上全是一行行划痕，边角上写着他自己的注解或体会。到了万事开怀的古稀之年，生命已经到了风轻云淡的境地，还如此执着于书本的劲头，令人动容，让人叹服！

我们的交谈内容大多是天下之事。每逢见面，先生总会把从报刊书籍积攒下来的国内外大事说道一番，外加一些经他思考之后得出来的精彩评说。他说19世纪属于英国，20世纪属于美国，21世纪是属于中国的。他认为当下的我们幸逢了历史上少有的一个盛世，撒拉族在各个方面得到了空前发展。说起今昔变化，他就拿乙日亥村的前世今生作比较，感慨不已。

最让先生挂怀的是教育文化，自身经历使他认识到一个硬道理：一个家庭要改变面貌，一个村庄要有起色，一个民族要发展进步，最根本最长远的，就要靠教育。通过发展教育，培养一大批建设家乡的各类人才。当下的循化教育成了我们每次谈论的核心话题。他问我撒拉族有几个博士生，最厉害的是哪个乡镇哪个村哪家孩子，问最有出息的撒拉娃是哪一个。我就按自己所知道的，一一说给他听：清水下庄村韩学文尕娃在英国获得双博士，清水瓦匠庄马启良阿娜在北京大学，山根村有个娃子在清华大学，下拉边村何米顿阿訇孙子从中央财大毕业，积石镇石头坡村有个娃娃当了西部矿业集团财务总监，草滩坝村有个娃娃开上了飞机……

先生听得很仔细，想把那些最出色的撒拉娃的情况印在脑子里，然后不住地摇头，不住地感慨。

他外孙也考取了北京外经贸大学硕士研究生，他高兴得眼里闪着光，见人就说起。有一天给我说，他外孙真是好样的，给咱村争了光，他许诺如果娃娃考上博士，出钱宰一只羊来庆贺，邀请我到时候来分享他们家的荣耀。

我告诉他，二队塔海日大叔孙娃子考上了中央民族大学，他说咱山沟里的娃娃到中央去上学，真了不起呀！接下来，我如数家珍般说起：忠明兄阿娜已经是处级干部了，德明兄尕娃考上了青海大学临床医学硕士研究生，苏莱曼阿訇尕娃当法官了，伊布拉亥木阿訇尕娃当大夫了，舍木苏大学毕业的尕娃考上公务员了……

我一连说出新近参加工作的十几个后生名字时，先生一脸诧异，然后连说几声好。我又说他孙娃子韩熙普通话说得可好了，能主持大型活动哩！先生高兴得合不拢嘴，说咱乙日亥村真是大发展了，要大学生有大学生，要研究生有研究生，当老师的、看病的、写书的、当法官的、从政的，样样人才都齐了，工作的后生娃一个接一个，还出了众人面前耍嘴巴子的人才，往后不知会出怎样的高级人才哩！

生福先生家境早已今非昔比，红火兴旺，蒸蒸日上。儿女们个个勤奋，都寻找到令他欣慰的人生轨迹。三个女儿各自成家，相夫教子，三个儿子在事业上各有建树，家全人全的好光景，让先生无比欣慰。

不过，也有让他担心的事。他说过，最放心不下的是娃娃们在公家单位用权的时候一不小心犯糊涂。他说工作干不到火候上，那是能力问题，至多挨上级批评；而廉政上出事情，那可是原则问题呀，后悔都来不及。鉴于这点忧心，他早晚在忠祥、忠勇两兄弟耳边敲敲边鼓。

我宽慰他说，眼下上上下下抓制度建设，容易出问题的漏洞都给堵住了，只要自个儿行得端正，多半不会有事的。他听了，脸上现出释怀的神色。

六

今年夏天，由于创作小说和这样那样的日常琐事，有段日子没见着先生了，8月1日从北京回来的路上，我心里隐隐有些牵挂，觉得该去看望一下他了。

这方面我有前车之鉴，因为大意，曾失去过与故去的亲人们最后一次会面的机会。久病之人，一日三变，可不敢疏忽。回家第二天，携家人去看望先生。

听见我的声音，背靠被子仰躺着的先生一骨碌爬起来，眼里满含深情，紧紧握住我的手，已经深陷下去但依然炯炯有神的目光在我脸上打量半晌，问我这半年都去哪里了，见不着面，有点想念呀！

我脱鞋上炕，把这半年来忙于创作和到各处讲座的事如实相告，歉疚地说，没能及时来看望，请求他原谅。我告诉他最近又要出版一部书，到时候把书送过来。先生问这是第几本了，我说第六本了。他眼眸里流露出喜悦之色，说了一通夸奖我的话，自豪之情溢于言表。

先生听力不好，我们的交谈有些障碍，我尽量不说话，让他按自己的思绪断断续续说下去，等到他问我什么时，才凑近他跟前，对着他耳畔，大声回答他的疑问，顺便说一些外面的见闻。

我们依旧说起了国内外大事、县里的事、村里的事、家里的事。他说儿女们都各有归宿了，对他都很孝顺，争着抢着尽孝心，顿亚上没什么放不下的了。

我们谈了很久，先生依然谈兴不减，我怕他瘦弱的身体消受不住，说一声赛俩目，就依依不舍地告辞了。他要送我们，我一把拦住，但他执意要下炕来，颤巍巍送到门外，先于我说了赛俩目。

想不到，在楼梯口转身回眸的那一眼，竟成了定格在我记忆中的永恒画面……

在我看来，生福先生具有浓烈的家国情怀，心心念念国家民族大事，喜为祖国，忧为祖国；他是一位心怀一地一城、一族一群的乡间哲学家，活得明白、磊落、坦然，他首倡的乙日亥村"心系教育崇尚公德"座谈会如今已蔚然成风；他具有强烈的集体荣誉感，从他身上能看到老一辈撒拉族人为众家利益"不折腰"的凛然之气；他是一位好父亲、好兄弟、好朋友，珍惜亲情，善待亲戚，注重友情；他是一位性情中人，富于同情心，知足感恩，乐善好施……

8月15日，生福先生在众朵斯提①们的虔心祈愿中深埋于黄土之下，走向另一个世界。

故人已去，逝者如斯。先生的离去，对于家人，那间屋里，那面炕上，再也见不到那个熟悉的身影、那张亲切的面容、那双慈祥的目光；对于熟悉他的人们，再也听不到时时惦记村庄未来、从村头到村尾挨家挨户一遍遍掐算大学生数目的朵斯提；对于我，失去了一位唤我乳名、无论何时何地都可以投注一份牵挂的挚友，从此以后，没有相见，不见音容，唯有深深的怀念……

2021 年 9 月 20 日于西宁

---

① 朵斯提：兄弟。

秋日乡村

一

我家在台地上，一出屋门就能望见大半个村庄和大力加山以北的大片山脉。太阳在东山顶上喷薄而出洒下万道光芒的时候，村庄上空正弥漫着淡淡的炊烟，沟道里一蓬蓬黑黝黝的树木披了一层薄薄的轻纱，像一幅浓淡分明的水墨画，远处的山影影绰绰，近处的山则是中国画中重手泼墨的一袭墨色，树丛中只露出清真寺六角形宣礼塔尖顶和礼拜殿屋脊上三个金光闪闪的葫芦形宝瓶。

深秋的村庄渐渐从夏日的喧嚣中安静下来，耳边只剩下叽叽喳喳的鸟鸣声和远处清水河连绵的沙沙声，以及从不远处的高速公路传来的一阵阵呼啸声和汽车喇叭声。志远不止一次问过我愿不愿在老家长住，这是个很难明确回答的问题，说不愿住，就意味着某种背叛；说愿意住，难免有些违心的成分。就这样，与老家若即若离地保持着一段距离。想不到疫情之后的一段小住之后，竟没来由地喜欢上了深居老家的那份宁静。没错，就是那份宁静！有时办完城里的事就急着回来，就像办完西宁的事急着回来一样，回归的心情挡也挡不住。这种反常现象令家人疑惑不解，孙女韩素见我老往村里跑，不解地问，是不是烦了他们呀？

也许是年龄大了想要躲避点什么的缘故；也许一直在寻找一处幽静的安谧之所，在没有任何纷扰的一小块角落，心无旁骛地想一些浮世之外纯属于形而上的事；也许热闹过后，绚烂之后，灵魂需要在特定环境中复归原位。城市的每一个角落都弥漫着躁动不安的气息，看不到一双悠然的脚步、一对沉静的目光、一副安然的神态、一声爽朗的欢笑，油渍渍的生活表面好似蒙了一层灰尘，泛着光怪陆离的清光，看上去都有点头晕目眩，透不过气来。

实际上，二十几年的楼宇生活已经使人的思想和躯体形成了某种对立。对立的结果是，处于弱势的思想全面妥协于身体各个部位野生滋长的欲望，于是思维被框定，意志被消解，欢笑被剥蚀。灰蒙蒙的情绪很容易被那首"在这吃糖都不甜的年纪，你问我快不快乐"的歌曲裹挟，在名利喧嚣中经营了很多年的那份愈来愈精致的心情像肥皂泡一样被新冠疫情残留的阴风吹破了，整个人像离茎的蒲公英，在空中飘来飘去。

这是一种令人可怕的颓废，既然短期内无力改变，那就躲开吧，躲得远远的。

二

小暑过后，离秋天的门槛越来越近了。

随着阳光烈度的减弱，天空把湛蓝的一层布幔卷起来，云彩也变得淡淡的、懒懒的了。秋天里的情绪比树上熟透了的一碰就掉落的果子还脆弱，让人很容易变得婆婆妈妈，偶然碰见一些半天叫不出名字却非常温暖的面容，心里便泛起一丝酸酸甜甜的滋味，就有了一些碎碎的不知为了什么的念想。如果此时漫过来一曲用撒拉语演唱的如同《榆树》那样椎心泣血的凄婉"花儿"，一定会让人愁肠百结、泪花闪闪。

现在才知道自己为什么如此钟情于淅淅沥沥的秋雨了。在一阵紧似一阵的雨帘中，把多日来被形形色色网络视频画面充斥的脑子清洗干净，那些曾经撞击过心儿的往事像早春的辣辣草一样从记忆缝隙里钻出来，咀嚼品咂起来，苦涩中竟有一丝绵柔的甘甜。

原来，留恋秋天是因为盼着一场把整个世界都裹得紧紧的秋雨。秋雨中，把心儿逼到墙角，把周围的一切都封死，只剩下一点喘息空间。那种与外部世界切割、心灵和躯体高度契合的感觉真好！

三

不知不觉间，节令已经翻过白露，天气明显转凉，光脚赤背的日子渐行渐远，树叶渐次变黄，花儿日渐凋零，心里头对忙着卸妆的季节有几分留恋，滋生起一种黏黏糊糊的慵懒。有那么一些时候无心于创作，看书又看不进去，看网络视频也觉得索然无味。盼着电话铃声响起，哪怕无关紧要的一条垃圾信息的丁零声也好。但这一刻，拖着轰炸机般尖利呼啸声的苍蝇才是唯一的陪伴。于是，孤独的阴云像小偷一样悄悄爬上心头。

也许，孤独才是文学创作的常态。要不，你为什么选择躲避、选择独处？

已经习惯了整天没有一个电话。嘶嘶作响的蚊子的劲道已经日落西山，不再那么敏捷了，随手就能拍死。窗外是没完没了的鸟鸣声，远处是布谷鸟有点苍凉的告别声，近处是喜鹊、麻雀和鹁鸪们对这个丰盈季节难以掩饰的欢叫声，还有一些不知名的鸟儿尖声细气叫个不停。

不时响起熟透了的果子掉下来的啪嗒声，忽然意识到鸟儿们是奔着院子里的果树来的。

写作之余，偶尔也走走亲戚。

乡下人像是隔着玻璃窗观看外面的疾风骤雨，房贷车贷就业诸如此类令城里人头疼的事儿与他们统统无关，管他通货膨胀通货紧缩什么的，手头再紧巴，也不能把眼下这湿漉漉的日子揉皱了过，该撒手就撒手，该滋润就滋润。反正，只要杭州城里青岛城里的饭馆灶火不息，"庄稼地里"有的是要割的麦子，而且旱涝保收。只要庄稼好收成，麻雀又能吃多少哩！

但是，乡村的变化也是实实在在的。多数人家已经懒得在饭菜上下功夫了，端出来的馍馍多半是现买的，连面条也不一定是亲手擀了的。虽然凡常人家待承客人不会像物质贫乏时期那样手忙脚乱，煮肉炒菜、干鲜水果不是什么稀罕事，但原生态味觉系统早已被各种调味品颠覆，再怎么捣鼓，总也吃不出原先那种味道来。

在这种轻飘飘的感觉里，嘴里品尝的、心里惦念的、眼里看见的、梦里出现的，一切都变得隐隐约约了。

四

要想融入村人当中，吃满拉饭便是最好的切入点。或在早晨，或在中午，或在午后的某个时段，跟随满巷子见头不见尾的白花花一片人去赴宴，无须任何理由，只要腿脚放勤一点就行。

饭菜样式是雷打不动的油香、糖包、菜包、烩菜、米饭、手抓肉那几样，不论贫贱穷富，不管年景丰歉，几百年都如此。叫满拉的规模或大或小，不一而论。如果把者麻体①一股脑儿请过来，像我们村子这种规模的，得备办二三十桌；要是正好碰上周末，还要为上学的娃娃们防备几桌。

要是小范围请客，其间还有一些讲究。请谁不请谁，主客是谁，由谁作陪，须要事先筹谋好。族内亲戚、女人娘家亲戚、儿女背后的亲戚，远近亲疏方方面面都得考虑周全。疏忽了某一个角落，或怠慢了某个人，将会埋下有朝一日后悔都来不及的隐患。主家无论身份地位多么显赫，在众人面前永远是下家，须要放低身段，挨门挨户亲口相请，要说明是什么因干、有哪些人来。为避免尴尬，还得考虑不能让话不投机的人同桌共席。

俗话说，一样的饭菜，不一样的待承。从一顿满拉饭上往往能看出一个家庭的门风、香火和处世之道，也能看出主事人的心性、人品和胸襟。有时，家境窘迫的人家反倒能黢得出来，端的饭菜味道和品相远超香火旺盛的人家。

一顿饭要吃出东家想要的效果，不至于出现吃闷饭的僵局，饭菜之外还得调理好氛围，请来能侃会喧的活络人应景作陪。能想到这一层的，往往是常年行走江湖对人情世故有更深一层见识的人。

五

我的青春的高光时刻是与摩托车相伴而过的，伴随着轰隆声的两个轮子上承载着许多难以忘怀的记忆。过手的车型有本田100、南方125、金城100、豪爵125、本田125。现在仍能清晰地想象出每一种车在轻油门和重油门之下的不同声响。小巧玲珑、动力强劲的本田125鸭子般嘎嘎嘎的一连串脆响已经嵌进记忆深处，大街上偶尔听见那熟悉的嘎嘎声，禁不

---

① 者麻体：集体（一般以村为单位）。

住循声望去。

这么多年了，心里头依旧放不下那些骑起来有着不同感觉的尤物，总想在旷野中再过一把迎风疾驰的瘾头。

机缘巧合，这回又出乎意外地走近了摩托车。这款银灰色铃木 125 为无级变速，性能比原先的摩托不知要好多少，无须蹬启动杆，轻手按一下开关，"呲"的一响就发动着了。加油时，浑厚饱满的轰响声活像动感十足的大功率音响，让人热血奔涌，仿佛又回到意气风发的青春年代。

从家门口到大循公路边有近两里，步行起来要费点时间，出一趟村子，免不了要磨蹭半天。志远二话不说，把自己稀罕的那辆铃木摩托开了过来。怕我手生，到野外手把手教了一番，还给我配了一副近视眼镜。那天，我在前面骑，他在后面指点，沿着科哇古城进入夕昌沟，从格达村上了吾科山，穿过加仓塬，经木洪村来到白庄集镇时，我已经能找到当年驾轻就熟的感觉了，提速减速随心自如。

有了交通工具，住老家的心劲儿一下子好起来，想什么时候出去就出去，想去哪儿就去哪儿。为避开村人眼目，多半从村子上方高速公路下侧一条新开的便道开过去，一溜烟工夫就到村口花海边了。

长时间趴在电脑前，当思维和电脑一起黏滞的时候，就骑上摩托车，去看看曾经玩耍过劳动过放牧过的故地，从那些熟悉的山坡、田地、树木、沟壑、滩地中，都能找回一些令自己久久沉浸的往事来。

二十三年前在街子当差的时候，干劲冲天，骑上一辆豪爵牌摩托车，在奥土斯山下风风火火转个不停。坡改梯那阵子，直接从乙日亥老家出发，经科哇沟，上尕拉山，穿越唐赛山、中库沟、孟达山，再到奥土斯山。在铺了油菜秆的窑洞里睡一夜后，第二天又披着一身灰尘匆匆下山。一个人独来独往，不知道什么叫害怕。有一次捎带一名乡干部从孟达山取道西沟村背后陡坡上仅有的一条人行道下山来，在一处拐弯冷不丁打了个急刹车，差一点掉落悬崖。

还有一次，骑着那辆破旧的南方 125 摩托到满路都是泥浆的大寺古坡下方时，我瞄准仅有的一行车辙印，咬着牙齿，使劲旋着油门把，不顾一切冲上去，没想到正前方开过来一辆满载货物的手扶拖拉机，与我的摩托车撞了个正着。"嘭"的一声巨响之后，我发觉自己已经在几米开外的麦田里。来不及多想，赶紧站起来，感觉好好的，便到泥地里扶起严重变形的摩托车。看看左右，那副只有在春风得意时才架在鼻梁上的茶色眼镜却找不到了。

遇到这种事，向来腼腆的我满心羞愧，嘴里念叨着倒霉，一时不知所措。手扶司机小心翼翼地问咋办，我心里慌乱极了，唯恐过路人围拢过来看热闹，怕某个熟人碰见了会传扬出去，就挥挥手说，没你的事，赶紧走吧！

过后，在好心的大寺古人帮忙下，天黑前补了车胎，用铁锤砸正了两根被歪曲的减震器，总算歪歪扭扭骑到县城。

在村里这段日子，摩托车已经成为我不离不弃的伴侣，它驮着我漫游在如诗如画的山水间，在"像那游牧的人们一样，把寂寞忧伤都赶到天上"的歌声中，迎着凉凉的秋风，去寻找曾经丢失的那些疯疯癫癫的故事……

六

秋天是储藏浪漫的最后一季，周围的山光水色与此时的心境高度契合，很容易在内心深处酝酿出一种久违的源于怀念一个人或一件事的感动。

好像与这个季节有个约定似的，总是期望出现一幅动人的画面。于是在清晨或傍晚的某个时候出神地望着云天下的苍山，在渐升渐散的炊烟中放飞迷迷蒙蒙的思绪……

怀旧，实际上是一种比窗户纸还薄的脆弱念想，一旦捅破，就会变成一地碎梦。因此，还是把美好的初恋、难忘的友情、刻骨铭心的往事存放在记忆最深处，长长久久供奉起来。轻易地触碰，就意味着失去。

我对这个季节的感觉是复杂的，既向往又怕失去，既想沉浸其间又怕伤了自己。对我而言，瓜果飘香只是四季更替中该有的一种外在点缀，不值得长久怀恋，更深的期待是，让内心分泌出哈密瓜汁般的一丝甜蜜。期望遇见一些从灰发皱纹中依然能破译彼此心灵密码的面容，期望半夜惊醒时感动于春意绵绵的一场梦境。

岁月年轮在特定轨道上循环往复，尽管是一样的秋风落叶，一样的残阳短照，但每个秋天里的心情是不一样的，或收获一份香甜，或惹来一丝忧伤……

七

小说截稿后，没有出现想象中的"诗意结局"，心头像罩了一层轻雾，没来由地灰暗起来，几天过去，郁闷的心情都没能转晴。此时的心境恰如庄稼人割完最后一捆麦子后心头漫上来的一丝失落。所不同的是，种田人还有盼头，来年可以从头再来，而我，再也不能与相伴了十年的那一干人物厮磨了，一旦把作品交出去，他们都会变成"大众情人"。

就像路遥当年在甘泉县招待所给《平凡的世界》画上最后一个句号时，一帮好朋友正在屋外摆宴等候那样，我心里也藏着个也许是庸人自扰的心愿——小说最终截稿的那天，能有个小小的庆祝仪式，不指望设宴，不妄想鲜花，只盼有人在电话里轻淡地祝贺几句。但是，十年前举了宏大乜体①投入三千多个日夜花费难以计量的心血所换来的结局，连家人都无动于衷时，真像小时候揣了一兜好吃的到小伙伴当中去，却没人搭理一样，一向温顺的我没来由地发了一通脾气。无奈之下，邀请几个亲朋到白庄集镇喝茶，想跟他们分享自己做成的一件难以用金钱衡量的大事的喜悦，但他们哪能掂量出一部"说说而已"并不变现的书会有怎样的价值，倒是奴海兄弟说了几句深明其意的暖心话。

想念生福先生和庆峰兄弟，要是他们还在，一定会沉浸在胜于我自己的喜悦当中！

整个一下午，我踟躇在院子里，望着那棵浑身上下挂了红艳艳一片果儿的芒果栗树静静发呆。想一想，眼下的自己正像这棵中看不中用的果树——谁叫你不自量力结那么多果子呢？

到了周末，我让志远发动摩托车，他问去哪里，我手指孟达林区方向的山头说，就去那儿！

---

① 乜体：心中的意念。

午饭后，我俩从清水乡瓦匠庄村背后的山沟进山，沿着弯弯曲曲的砂石路爬了上去。

这是我想象中当年的护林员韩志兴去香谷滩林区时常走的捷路。快到有灌丛的山根下，眼前出现一片开阔地，坡地上有一些废弃的干打垒残墙，低洼处有两窝蓝莹莹的积水，边上淌着一小股用塑料管引来的清流。我蹲下身，双手掬起来，把清冽冽的水放进嘴里，心头漫溢出一丝甘甜。闭上眼睛时，野牛团副、茹姑娅、萨廖队长、黑蛋们仿佛就在眼前……

我沉浸在自己虚构的那一幅画面中，许久才对志远说，小说中的后山村就该是这副模样！

八

黄昏前刮起一阵疾风，酸果树上的果子啪嗒啪嗒掉下来，铺了一地。这些果子陪我度过了一段时日，时不时看上一眼，心里头就有那么一丝真实的富足感。本以为它们还可以在树头维持一些时日的，想不到一阵风过后就都被赶了下来。再看看依然翠绿的果树，原先的精气神荡然无存，回归到平平常常一身素装，只怕连麻雀们都瞧不起了。

午夜时分，熟睡中突然被手机铃声弄醒，迷迷糊糊睁开眼睛，无意识地摸枕边的手机。

深夜来电话可不是好兆头，脑子里猛然窜出不祥之感，迅速搜寻一遍四周亲朋……

果然是。舍木苏说，雅亥亚老师（德明兄）无常了。我一阵怆然，久久回不过神来。

德明兄是我的族亲，比我年长几岁，但他不愿直呼我名字，通常叫"当家"，我叫他哥。生福先生和庆峰兄弟辞世后，在我日渐苍白的私密圈里，他成了彼此间唯一可以掏心窝的人了。而今，就这一点稀薄的蕴藉也离我而去了……

这个秋天，我的世界又下起一场雪……

遗落的乡愁

一

古尔邦节之后，持续走高的气温又增加了烈度，地处黄河河谷的县城整个儿被烤熟了，两边的高山和密密匝匝的水泥楼房把白天吸附的热量散发出来，把狭窄的川道捂成噗噗冒气的大蒸笼，连电风扇吹起的风儿也是热乎乎的。人像是醋缸里的虫儿，睡不好觉，吃不好饭，昏昏沉沉的。晚饭后，人们纷纷到黄河边，感受夜风徐徐吹来的凉快。一想起在水泥匣子里要遭受的煎熬，就黏在那儿，午夜时分还不愿离去。

循化人幸亏有了这么一条河流，要不然可要受苦了。正因为如此，人们感激着黄河，稀罕着黄河，向夜光照耀下波光粼粼的河水投去深情的目光。

而高出黄河谷地几百米的白庄地区却天高云淡，风清气爽，从清水湾向右一拐，随着缓慢抬升的地势，把炎热难耐的气温一点点甩在一边，在满目苍绿的浸染中，气温渐渐凉快下来。恰在此时，志远因动阑尾炎手术请了病假，我创作的长篇小说《黄河从这里拐弯》第四部第二稿已近尾声，小孙女也正好赶上假期，客观上成就了多年以来想在老家住一段时日的夙愿。

家人早两天去打前站，置办伙食，洒扫庭除，预热锅灶，营造农家该有的烟火气息。一切停当后，我带上一箱子书，掮着电脑包，在暮色中悄悄进村了。

院子里草木葱茏，一派繁盛景象。花期很短的柴花牡丹早已退场，一整夏它将默默无闻地充当配角。紫丁香低调地开花，暗暗地送香，短暂的花期过后，在端午节前渐次谢幕，把绽放的舞台让给月季花。月季花却不甘寂寞，粉嘟嘟的花瓣恣意地绽放着，十分惹眼，满园氤氲着一股淡淡的花香。南边那棵樱桃树长势惊人，两年前可怜巴巴的一株苗子已经胳膊般粗了，今春锯断后嫁接的新枝已有两拃长，向四旁伸展开去，又宽又肥的叶片泛着一层清光，绿得像要滴水，投下一片密不透光的浓荫来。两棵酸果树毛茸茸的嫩枝头争相窜向高处，老枝干上挂着串串鸽蛋似的青果儿。杏树枝上的杏子大多泛黄了，从片片叶子间露出甜美的笑脸，摘下来咬一口，酸甜清爽。栗子树、桃树上也零零星星挂了果。躲在一角的芒果栗居然也孕育出几枚青里透紫的果儿。个头矮小的枣树正忙着开花，绿油油的树枝上缀满了碎金似的淡黄色花瓣。趴在地上的那株葡萄也憋着一股子劲，弯曲的藤蔓像出洞的蛇，挣扎着往前伸，阔大的叶片间居然孕育了两三串豆粒大的果实，看着令人心疼。

乙日亥村本就是一面坡地，庄廓院错错落落，一座比一座高。这个落差，使我家吃水困难成为一种常态。我们家地势高，要在往年，多少次拧开水龙头，只听见呼哧呼哧一丝气息，却不见一滴水。即便深夜偶尔来一股小孩尿线般的小水，也灌不满一唐瓶。直到 8 月份河水见涨后，才盼来一小股水。这也是我不愿去老家的一大缘故。后来村里动员大伙清理了水源坝头，把堵塞管子的淤泥树渣子都清理干净，管子里的水比原先多了两成，这一下，像我家这样在高处的家户也能随时见水了。

前年村里埋了地下管道，多数家户旱厕变水厕，有的还安装了马桶；水龙头安在灶台边；屋顶上有太阳能热水器。而今自来水白天晚上哗哗流，又不收分文，烧水做饭、种菜养花、洗车洗衣服、沐浴净身都跟城里人没什么两样。

撒拉人家的茅厕一般都在院子一角不显眼处，祖祖辈辈都是敞开式旱厕，上茅厕要用土坷垃净便，一到夏天，苍蝇满天飞，又臭又脏的泥泞中找不到落脚处。这些年新房改造中，多半盖成茅楼，用的都是卫生纸。而今，排污管道埋到各家各户，屋顶流下来的雨水、厨房里的泔水、冲洗地坪和洗衣服的脏水一律从暗处排放。

各家屋里都有一个或多个卫生间，热水器、洗浴设施一应俱全。今年我们村又把旱厕改成水厕了，夜里老人们无须出屋就能方便，洗大小净。有些念了书的后生们早已把过去年间不太体面的"上茅坑"的说法改成"上卫生间"，老人们也跟着改过来。

得益于乙日亥村被列入全省乡村振兴示范村带来的政策利好，这两年想都不敢想的好事一件件找到门上。除了铺设沥青村道、埋设污水管道等公益项目，光流到各家"油罐"里的"油水"就一波接一波。去年，凡愿意改造房屋的人家每户享受了一万五千元补助，多数家户把屋前廊檐部分用塑钢玻璃封闭了，冬天避风暖和不说，住房面积普遍增加了十几二十几平方米。随后又给土炕安装了"电褥子"。据说最近政府要给改了水厕的家户补助三千元，有些磨磨蹭蹭不愿改厕的人家也悄没声地动起来了。这一下，估计全庄子都能实现"旱变水"。

眼前的村庄不是两年前的模样，一切都打上了快速变化的烙印，连人们说话的语气也都今非昔比，开口闭口"咱乙日亥"，自信中多了一些自豪。

初到村里，自然受到贵客般的礼遇，大人小孩见了我们都盈盈地笑着，双手捏得紧紧的，亲切地说着赛俩目，那纯净的目光里投射着久违的温暖，疲惫的心儿瞬间得以抚慰，踩在地上的脚步也变得从容起来。

村头笔直的钻天白杨，潺潺流淌的溪水，村巷间摇着尾巴蹒跚而过的一两头黄牛，还有那些在砖墙包围下残存下来的不服输的干打垒土墙显得无比温馨。这种感觉实在太难得了，不可能在高朋满座的餐桌边获得，也不可能在畅游千里的旅途中获得。乡愁以烟云般的存在，缠绕在每个思乡的游子心间，走得越远，缠得越紧，离开越久，就越是纠缠得心烦意乱。回来了，心里也就踏实了。

恰巧，德祥哥和嫂子也从西宁回来了。他们客居西宁二十余年，应该是乙日亥人在西宁买房的第一家。起初在东关大寺旁侧一栋楼顶层买了一套，舍木苏配了好多钥匙，人手一把，一时成了整个家族谁去谁住的驿站。住久了，大家伙儿都嫌爬七层楼不方便，鼓动德祥哥在伊尔顿大厦后面临街的一栋商住楼四层买了一套。那时德祥哥在德令哈，我在那间屋里度过了省委党校行政管理走读班的三年时光。后来又在东稍门大众花园二十四楼买了一套。那时，德祥哥的楼房成了我们家族和不少村人的骄傲。到了西宁，大家有事没事乘电梯到楼上转一转，从二十四楼俯瞰西宁城的感觉真爽。出差西宁时，我也时常到那儿借宿，进出自如，如同自己家。现在村里好多人在西宁买房了，也有一些人在县城买了房，住楼房不再是件在人面前提说炫耀的稀奇事。

想想以前，一个家庭的光景日月都显露在房子上，盖几间松木房就稀罕得不得了，而今村里房子盖得再豪华气派也就那么回事，大家司空见惯，瞟一眼就过去了。小伙子们说媳妇时，口吐莲花的媒人在女方家显摆男方优越性时，往往把城里有几套房几间铺面的事端出来。德祥哥举家外出的这些年里，先在德令哈安家，后移居西宁。这一住，就再也挪不动脚步了，先是儿女们求学结婚生子，紧接着孙子辈从幼儿园上到大学，一步步操心过去，头发胡须都变白了，儿女们的事却总也见不到头。他在村里有两院庄廓，尽管第一院庄廓里盖的花槽木大房是当时全村最好的，第二院庄廓里修的别墅当时在全白庄镇最光鲜，但他始终没能踏踏实实住过一段时日，顶多四周围有红白事时回来住几天，当初栽植的果树都快遮住半个院子，落了一地的果儿杏儿都没人捡。

他家欧式别墅建在村西头崖坎边，站在阳台上举目远眺，能望见大力加山终年不化的雪峰和积石山青灰色峰顶，清水河两岸如画的田园风光尽收眼底。创作《黄河从这里拐弯》第一部时，我时不时到那儿小住几天。邀三五好友，在崖边空出来的凉台搭个遮阳伞，摆上一张精致的玻璃圆桌、几把藤椅，一边喝盖碗茶，一边嗑瓜子，在徐徐春风中回忆似水流年中的种种往事。

德祥哥早年当生产队长，后来跟人合作当拿事，跟随他们搞副业的后生一波接一波，他每次回来，总是前迎后簇。他和嫂子也出手阔绰，每回捎来的东西有一大堆，一半家用，一半送给亲朋。这次只有他和嫂子两人回来了，嫂子腿脚不便，又是冷锅冷灶的，吃饭成了大问题。往昔喧闹已去，空旷的院屋显得几分冷清。要在几年前，他们家日子红火的时候，听说他们要来，早就有人过来清扫院屋，把炕煨得暖暖的，还没等歇歇脚，亲朋邻里一个跟着一个过来嘘寒问暖，排着队请他们到家里做客。眼下，大家伙儿的日子都翻转过来了，光景日月看上去都一般齐，谁也不想沾谁的光，也就少了一层彼此间的追捧和体贴。再说，各家都有忙不完的活儿，每个人的脑子都被这事那事塞得满满当当，谁还顾得上惦记游离在本家生活中心的门外人呢？

然而，我对人情世故的处置似乎有些另类。

众声喧哗之后再去现身，是我一贯的行事风格。我和妻子商量过了，不要让德祥哥生火做饭，干脆叫他们在这边搭伙算了。德祥哥是性情中人，能高能低，看水撑船，入乡随俗，有肉吃肉，有面条吃面条，没太多讲究。实在没得吃，也能啃干馒头。

眼下，出行是个问题。从西头到东头，出一趟村，就得半个钟头，又在老少眼皮底下拎着塑料袋走过，身边不时呼啸着穿过一辆摩托或小轿车，有的停下来问个话，小字辈们却不认得你是谁了。

徒步出行一趟两趟可以，次数多了，连自己也觉得脸上没光。几番出村后，德祥哥买来一辆带拖厢的枣红色电动摩托车，捎上腿脚不方便的嫂子，每天光顾我家，使冷清的院屋一下子增添了人气，感觉像个居家过日子的样子。

晚饭过后，志远在门前台地上铺开毯子，摆上短腿饭桌，顶着满天星斗，我和德祥哥慢悠悠地喝茶聊天。有时，宵礼结束后合力录哥和舍木苏也过来，几个人伸开腿子，敞开衣襟，说一些山高路远的话。

夜空下星光闪烁，偶尔从头顶掠过的飞机的轰隆声打破夜的宁静。此时，天地间渐渐凉下来，空气中有一些清风，拂过脸颊臂膀，感觉无比惬意。

德祥哥是热心肠人，性情温和，遇见一个多年不见的同龄人就舍不得放手，路中间站着唠上半天，这回见到多年没碰面的乡亲，到各家串门吃满拉饭，顺便得几块哈地亚钱，听到一些不曾听闻的新鲜话，自然是乐不可支。不过，乡村生活是凝固了的，缺少一点流动的色彩，待久了，最初的新鲜感渐渐褪去，眼里看到的、耳里听到的，既熟悉又陌生，好多事情已经超出了这位当年是人尖子至今还依然受到人们尊敬的人的眼界和经验，不时感叹世事变了，人心变了，人情变了，一切都变了。

他的感叹何尝不是我的感受呢？

乡村生活今非昔比，多子多福的时代好像已经过去，只要兜里有钱，单家独户什么事情都能搞定。时下又是法治社会，强势家族想欺凌弱势人家也不大可能。但据我观察，撒拉族聚居区以血缘凝结起来的社会组织形式尚未完全被打破，党家、孔木散、阿格尼这样的组织结构仍然顽强地黏合在一起，加上宗教派别、世代恩怨等因素，虽然集体干活的场景不再了，但在一些红白事上，相互依存的血亲关系依然会清晰地呈现出来，谁亲谁疏，一眼便知。一到关键时刻，像我这样没有兄弟姐妹的单膀子人还是显得几多无助。一向游离于这个群体的德祥哥似乎有点不适应他家境旺盛时门庭若市而今门可罗雀的落差，感慨道，回来这几天里，居然没一个亲朋邻里来串门，只有在去清真寺的路上才见到一些他想见的同龄人，想往深里交谈几句，往往对不上"频道"。

俗话说，今天吃过的饭，即便是山珍海味，明天回想不起来是怎样的味道，时过境迁后留恋不已的，往往是曾经在某时某地有过的那份好心境。当民兵连长期间德祥哥识了一些汉字，当生产队长那会儿磕磕碰碰能念下报纸，第二次朝觐后学会了常用阿文，按说他还是有些干头的，不至于无事可干寂寞难耐。我发觉最近他也恋上了小视频，抽空看一会儿，能了解点自身视觉和认知之外的新鲜事。为了不让他和嫂子孤寂冷清，给此次老家之行留下一些念想，我特意组织了几次野炊，请上几个谈得来的亲朋，分成男女两组，到山野树林间畅叙欢笑，放牧心情。看得出，在这个短暂的夏季，德祥哥和嫂子在亲情的沐浴中收获了一份不错的心绪。

在我的记忆中，此时正是秋收大忙季节，庄户人家一身土灰，白日晚间不得闲，操劳着把快到嘴边的麦子从龙口里抢过来。回想二十几年前，我几乎包揽了德祥哥和我自己家几亩地驮运麦捆的活儿，把每天割下的麦捆用大青骡子驮到自家麦场。怕夜里下雨，来不及喘口气，赶在天黑前又火急火燎把当日运来的捆子摞成麦垛。几年后我成了打垛高手，男人外出的亲戚们请我过去帮忙打垛碾场。而现在却感觉不到这个季节里该有的繁忙景象，铺了沥青的村巷里看不见这个季节该呈现庄稼人最得意的劳动成果的主色调，听不见叫人心烦又叫人充满希望的脱粒机吼叫声。每家门上停摆着一辆车，穿着干净的人们走出家门便钻进车里，不到清真寺，根本不知道这阵子他们在不在家里。

这日子翻转得太快了，又变得紧凑而精致，青黄不接的荒月也那么油光锃亮，秋收打碾好像成为遥远的传说。

我问过还在种八分地的哈如乃阿舅个中原委，他说这多半是种植冬小麦的缘故，地里的庄稼 7 月打头都已经泛黄了，加上今年公家发放收割补贴，南方人开来的小型收割机直接开到地里，不到半天工夫就搞定了庄稼人过去十天半月兴师动众收割打碾的一揽子活儿，收割机走一遍，黄澄澄的麦子就在眼前了。麦草被捆扎机捆扎了，要么拿回家，要么就地卖给收草人。

乡村的夜不再那么单纯、宁谧和深沉，听不见此起彼伏的蛙鸣声，也听不见羊叫声驴鸣声牛吼声狗吠声，更听不见夜里打更的鸡叫声，只听见不知从谁家屋里飘出来的孩子们的吵闹声。

对面的黑大山上空偶尔闪过耀眼的光亮，按老辈人的说法，那一定是孟达天池里的水魔或仙女们玩耍时发出的亮光。从唐塞山到大力加山顶上空新开了一条可能是通往成都的航线，间或有轰隆隆的飞机声响过，彻底打破了这片天地的宁静；村头高速公路上不时响起疾驰而过的车子的呼啸声；远处传来清水河连绵不绝的悠悠的沙沙声……

二

没有家谱和家训是撒拉族祖籍传代中的一个短板，五代之外的血脉就变得模糊不清，更不要说寻觅久远年代的往事。

据说乙日亥人先祖是从上张朶村"伯给里"孔木散迁居过来的，最初人家一说为十几户，一说为二十几户，我家祖上便是其中之一。我们家族至今延续了十几代，现在能算得上血亲的，少说也有几十户，至今还在走动的德明兄一家便是最近的一根枝条了，他爷爷和我爷爷是堂弟兄关系。我爷爷的父亲和祖父都是不出名的小阿訇，爷爷父亲叫萨德，当过张孕工的说事员，类似于现在的调解员。爷爷叫热者布，有一个女儿两个儿子，女儿叫春花姑，长子叫五十八，次子即我父亲，叫乙沙格。

我们家落户"阿得果"①，位于村子北边，再往北就没有人家，是庄稼地。天黑以后四周空旷寂寥，小孩不敢单独出门。老家原先是个四方形院子，一半在一米高的台地上，一半在台地下；西侧是五六米高的红砂崖，崖顶长着一丛茂密的野生白刺，盖住了半面崖坎；东边与邻家也隔着几米高的崖坎。伯父和父亲分家时，以台地为界，一劈两半，伯父在台地上，算是分出去了，盖了新房，安了一扇松木做的单扇门；我们家在台地下，是祖屋，厢房厨房的木头都黑黝黝的，墙面也是灰了吧唧，没有一处是鲜亮的。

旧时房子又矮又窄，里径不足一丈，每间宽度不过五六尺，占地面积不大，即便东北两侧盖满房子，院子还是显得空荡荡的。考虑到保暖，多数家户的房子往地底下陷进去一拃深。盖带廊檐的雕花大房时，才把地基垫高，廊前做上一尺高的台阶。在我的印象中，带廊檐的房屋全村不超过十个，两边带耳房的雕花大房就更少了。

据说我们村在清末第三次"河湟事件"中烧没了，村人都跑到今清水乡孟达地区避难。事件平息后，各家在废墟上建起简陋的房舍，凑凑合合延续艰难不堪的日子。爷爷曾经讲起过"光绪二十一年"中村子遭难的境遇，因为年少，记忆中只有一些轮廓。我曾问过旧时文化人奴夫巴巴，他也一脸惶惑，没说出个子丑寅卯来。

我们家北屋是把里径较深的两间做成只带一间廊檐的简易房子，不过，黑黝黝的椽子、檩子和大梁都是松木，最上层铺了油菜秆子。四周土

①　阿得果：后巷。

墙凹凸不平，留下了用手抹泥的指痕。西墙下挨炕头搁着一张做工考究的木床，西北墙角是一只翻盖大木箱，往右边摆着最显眼的刷了油漆的三格子面柜，与房门正对面是一张八仙桌。其实那也算不得正经的八仙桌——用四根木头做成的架子上套了短腿方桌——桌面金黄方格内画了一个花瓶，玲珑别致。邻家摆宴席借用时，把饭桌取下来，一桌两用。

屋子里最新式的物件要算那口装在木匣子里的闹钟，外壳为浅蓝色，两个铃子是镀了银的。临睡前，爷爷总要从墙上取下木匣子，抽出后盖，小心翼翼地取出闹钟，一下下上足发条后，又放进木匣子，站起来，挂到墙上。

爷爷说过，到了格雅迈提①那一天，顿亚上所有东西都毁坏哩，唯一不停下来的，就是这钟。

陪伴我度过童年的这座闹钟，后来不知去向了，我常常思忖：在某家的深柜中铮亮如初？还是在垃圾堆里锈迹斑斑？或者根本不复存在？我只是想念它，却不知它在何处。但无论如何，它追赶时间的针头在我记忆中永远不会停下来。

靠近厨房的右侧墙开了一扇小门，里面盘了一面小土炕，脚地上搁着各种杂物，黑咕隆咚的，常年充斥着一股难闻的腐臭味，白天进去拿东西也要点着灯。这里原先是姐姐闺房，后来成了我的睡房。

母亲说过，我就生在这间屋子里。那时，德学俱隆的科哇三十九大阿訇正在外间与爷爷们喝茶，在厨房做饭的母亲忍受不住一阵阵剧痛，跟父亲说了一声，就放下手里的活儿，来到炕上，悄悄躺下了。

我的一声啼哭惊扰了客人。不多时，三十九阿訇来到母亲身边，给我取了"达吾德"这个名字。

这间老屋留给我的温馨记忆实在太多了，最难忘的是冬季漫漫长夜中一家人围着火盆听爷爷讲故事的情景。爷爷讲的多半是《古兰经》中提到的众圣人的故事，惊涛骇浪中的挪亚方舟、穆萨圣人与法老较量的场景、

---

① 格雅迈提：末日。

英俊的优素福圣人解梦的智慧等场景仍然历历在目。故事中也涉及前清和民国时期的一些见闻，尤其是爷爷赶着毛驴徒步到西宁乐家湾看望当兵的姑父和随军当家属的姑姑的那些往事时，我特别向往遥远的"司良"①。直到盆里的炭火熄灭了，小孩们哈欠连声时，爷爷说一句"唉，世事如烟呀"，就打住话题……

那本熏黄了的经卷搁在房梁上，那是爷爷的最爱，每天晨礼后必念几段经文，日复一日，岁岁年年。爷爷蹲在花格窗前，借着从窗棂间投射进来的晨曦的微光，忘情地诵念起来。他声音不大，却很有韵律感。早已醒来的我在毛粗粗的白毡上翻来覆去蹭着身子，希冀着爷爷那一碗炒面。

当第一缕阳光照进来时，厨房里忙活的奶奶递过来一碗泡好的油炒面。爷爷津津有味地喝下大半碗就停住，摸一摸粘着几粒炒面渣滓的山羊胡子，把剩下的小半碗递给在被窝里等不及的我。

夏天我盼着一群特殊客人，那就是撒拉族著名文史专家韩新华先生的父亲他们——爷爷是他们的旁亲舅舅，我也因黄河边有亲戚而自豪不已。初秋时节，黄河边沙地里的西瓜熟了，辣子红了，河边人把自家吃不完的瓜果蔬菜拿到沟里出卖，新华先生父亲他们赶着装满时鲜地产的马车过来，把黑溜溜的大西瓜搁到屋子中间，托付爷爷用麦子兑换。临走时，把最大的一颗择出来，留给我们吃。

送走客人，爷爷望着迫不及待的我，拿来一把铁匠伯父打制的木柄刀子，先打一个三角形牙子，抽出来尝一口，望着殷红的瓜瓤，说声"好甜的瓜"，就一刀切下去……

院子东边依次是厨房、马圈和羊圈，南边一溜是单扇大门和茅厕，西边是与伯父家的隔墙，从地里挖来的用于积攒肥料的十几方干土长年堆在这儿。每过半个月，把炕洞里、灶膛里烧熟的土坷垃挖出来，再从这堆土中取下一小堆，晒干敲碎后，填满炕洞和灶膛。烧熟了的土灰一部分撒到马圈羊圈里，一部分搁到露天旱厕边，以备随时覆盖住不干净处。院子里

① 司良：西宁城。

有一棵电壶般粗的杏树，枝头上结的杏儿不多，但很甜，那是我与小伙伴们斗富炫耀的资本。有一天夜里爷爷上茅厕时挡道了，第二天他抡起一把斧头，喊一声"谁它尼"[①]就砍掉了。

之所以不厌其烦地描述这些今天看来不值得一提的破旧东西，是因为直到今天我梦里出现的老家就是这些房子和曾经在这里居住过的人，而且梦境里一根椽子、一块土坷垃都那么清晰。后来我自己盖的房子至今也有几十年了，但梦里一次都没出现过。我跟同龄人谈起时，都说有同样的现象。也许这就是老家的根脉，虽然看不见，却真实地缠绕在每一个出生在这里的人们心头。它悠远的气息深入我们骨髓中，在记忆深处盘结成总也摆脱不了的幽灵似的牵绊。

我在外地上学时，北屋后墙禁不住风雨侵蚀，倒塌了，随后家人把房子都拆除了，从此杂草丛生，蛛网遍布，成了一座有碍观瞻的废弃院屋。

很长一段时间里，我的人生梦想就是在这里盖三间雕花大房，分门立户时舍不得占用正北方，就倚靠伯父家隔墙盖了三间厢房和两间厨房，被撒拉人家称为"金朝向"的北边一溜地始终留给那个宏大梦想。

想不到的是，年少时的凌云壮志很快被时代巨轮碾碎，淹没在滚滚红尘中。城里安居下来后，内心的秤盘上老家的分量越来越轻，曾经的梦想变得风轻云淡，以至于放弃了包括盖大屋在内的所有计划。

母亲健在时，往她老人家所在的立庄村跑得比较勤，每周一两次，陪坐半天就回来了。对生养自己的乙日亥村，几乎成了象征性的过客。有事回去时，至多在合力录哥家或哈如乃阿舅家待上小半天，喝喝茶聊聊天，就打道回府了。

计划中的310高速公路正好从离我家不远处通过。2014年开春，一群操陕西腔的施工队来到我家边上，扎帐安营。没过多久，又有两拨修桥人进村来，准备在村子东西两头和中间三条沟上架桥，轰隆隆的机器声一时炸了锅，打破了村子往日的宁静。

---

① 谁它尼：恶魔。

施工队在高速公路旁开通了一条便道，妻子预感到机遇来了，便鼓动我修房子。她给我算了一笔账：修房用的砂石料、砖、钢筋水泥等大宗建材可以直接从便道拉到门前，节省一大笔转运费；填方需要的几十方土也有现成的——把开挖路面堆在一边的黑土拉过来，白给的，无须掏分文。而且工地上有拉土车，用手扶拖拉机拉，一次给五块钱就行。

儿女们渐渐长大后，在老家搭几间屋子的想法又萦绕在心头，但一想起那七拐八弯的村巷，光建材就得转运两趟，雇人雇车子，无端端要花费一笔冤枉钱。一算账，心就乏散了。眼下终于碰到一个梦都梦不来的好机会，要是还犹豫不决，对自己对家人都不好交代了。

我们这代人无法摆脱对故土的宿命式依恋，无论身在何处，最终还是要回到这里，这是无须印证的道理。修房子的意义很大程度上不在于居住，也已然超越了光宗耀祖的界限，就为哪天生命遭遇不测时，最起码能有个依照祖先们的样子再出发的起点。

这片亘古原野等来了连通外界的机遇，而我们也迎来了搭路建房的机遇——过了这个夏天，想追也追不到了。

那会儿，妻子时常回老家观察动静，见远路来的这些"哈迪"①不容易，不由发了善心，给他们送去开水、馍馍和洋芋什么的，彼此很快就走熟了。

修路人也想为我们做点事，从妻子口中了解到盖房子要用很多土方，就让她把堆在路边的黑土都拉了去。这一下，可解决大问题了。

我家与五户人家为邻，弯弯曲曲不规则的地形上怎么也规划不来，我一看就头大了。妻子和志远心意已决，说什么也不能放走这个难得的机遇。她手持卷尺，这里那里不停地丈量，然后拿一张硬纸和一支铅笔，一遍遍画施工图，又不停地修正，密密麻麻画了好几个版本图形。

那时，我忙单位的事，修房的事全由妻子忙活了。她又是联系施工队和拉运建材的车子，又是采购各类建材，又是安装下水道和大门，还要盘

---

① 哈迪：汉族人。

算着不多花冤枉钱，分分毛毛都精打细算。我只帮她看了施工合同，但还是让油滑机灵的工头钻了空子，漏掉了厨房贴瓷砖这一项，左说右说辩不过他，只好多掏了几千元。

整个一夏天，一身土灰的妻子跑来跑去，一时也不得闲，紧赶慢赶，终于在雨季前封了顶。为节省费用，安装自来水管、下水道管和修厕所的活儿她打算自己干。秋末一个月，在跟我带亲戚关系的木工舍伊卜帮助下，妻子和妹子动手修起了茅楼。入冬前，找师傅砌了灶台。

第二年夏天，妻子又张罗起装修的事，同样先画出了图案，然后到西宁等地把一样样装修材料买过来，心想着以最少的钱实现自己的设计意图，就把装修的活儿交给在白庄集镇开建材铺的三弟艾撒。

待装修告竣，她还停不下来，投入在院子里铺地砖和花池里栽种花草的最后一道工序中。

大地染黄的金秋，妻子邀请我去验收她的"作品"时，整洁漂亮的院屋令我无话可说。

2020 年 5 月，省作家协会和文艺评论家协会在循化举办长篇小说《黄河从这里拐弯》研讨会，我们给远道而来的客人们准备了一台"向着太阳歌唱"的迎宾晚会。为答谢演出人员，我把各路演员和媒体人员请到老家款待一番。迎宾晚会策划者詹晋文老师灵机一动，走进厨房，对一脸诧异的妻子说，庆功先生完成了一项文化工程，你也完成了一个了不起的幸福工程，军功章里有你的一半呀！

是的，翻修老家无疑是妻子一个人的工程，也是她的得意之作，所以我们全家都要感谢她！

三

合力录哥说，他给我们家树林子浇了一遍水，提醒我夏至正是树儿生长的黄金期，白天晚上都长哩，每一根枝梢都是一条吸水管子，再多的水也喝不饱，渠水撒开了漫上才好。在这个利己主义盛行的年代，难得他视人如己的这番关照，我记住了这份像溪水一样自然流淌的情谊。

我们家树林子在"迈勒霍侬"滩最下端，藏民沟沟口，叫热者布滩。"霍侬"的撒拉语意为林廊，由此推测，原先这一带是林区也说不定。"热者布滩"大概源自爷爷的名字，也有人说沟对面滩地属于柳湾村一位叫热者布的人，由此而得名。

这里是乙日亥村最北端的一小角，东边是清水河，北边与柳湾村以沟为界。爷爷曾说起过，有一天他路过此地，见河对面柳湾人在砍树，就随手要过来几根拇指粗的枝条，随便插在了荒滩上，没承想个个都疯长起来，不过几年，就长成碗口那么粗了。这真是无心插柳柳成荫，这一片荒滩从此归我们家了，成为全村唯一有整块林子的家户。我记事时，一个人抱不拢的杨树柳树有四十多棵。

1949 年，一支解放军部队驻扎我们村，临走时爷爷放倒一棵树，架在洪水沟上当独木桥，送走了解放军。"农业学大寨"期间，第二生产队主战场设在"迈勒霍侬"滩上，一大片由我爷爷看管的队属林子尽数砍掉后开垦试验田，这就意味着我们家每天五分的护林工分没有了，等于断了四口老少之家的饭碗。一向乐呵呵的爷爷不无忧虑地说，这下咱家树林子怕也保不住了。

正如爷爷秉持的一条信念——一门关是百门开哩，顿亚上没有迈不过去的坎儿。不久，队里决定让爷爷看护村南一座小苗圃，每天还是记五分，旱涝保收，一年一千八百分。不仅如此，生活给我们又开了一扇门。家里正为如何把开荒砍掉的树木运回来的事发愁之际，二队队长德功叔叔说，大队研究过了，不动我们家树林子。爷爷问为啥，德功叔说，咱后沟沟垴深，山洪大，沟口这些树都拔除了，没个堵挡的东西，就怕保不住新开的田地呀。

就这样，这片林子以防洪坝的名义留了下来。

树林子是我们家的生命给养。俗话说得好，房子拆下来不想买，树木砍倒了不想卖。看似不起眼的树头，一旦砍下来，枝枝梢梢落满一地，总有七八驮。每年砍下两三棵树头就够烧半年了。过了三年五载，这些树头又长成一大片了。

那时人们想在房前屋后栽几棵树，苦于找不到树苗而不能如愿。开春或秋后我们家砍树时，有心人过来帮一手，作为酬劳，临走时爷爷相送几根树枝。那些随意插在渠边地角的枝条，现如今都长成参天大树了。有草阿舅门前水渠边那些绿汪汪的大树就是我们眼里当烧柴的枝条。有一年春上，我和德祥哥一口气栽了七十多棵新苗，不想被当"资本主义尾巴"拔掉了，剩下的三五棵已经长成树冠一方的大树。姐姐去世后，家里凑不齐送葬费，就给一位打算做大门的科哇人卖了两棵白杨树，记得一棵卖了四十元。爷爷卧炕后，指使他的长子，也就是我的铁匠伯父带我到河滩分配他的遗产。伯父心里早就有数，把树滩一分为二，临河的一段算他的，靠近沟口的一段归我。我算了算自己的，有二十几棵。

　　生产队解散后，腿脚勤谨的人早晚筹谋着发家致富的事，村前村后沟沟滩滩上挖渠引水、圈地栽树，几乎到了见缝插苗的地步。而且，我家那种长势慢又不端直的老白杨早已看不上眼了，人们钟情的是新式白杨和新疆杨。我在自己的地盘上也没少栽树，但没长成几棵像样的树。

　　1994年，爷爷辈传下来的单扇门破败得不能再用了，我下决心做一扇新式木大门，但囊中羞涩，买不起松木，只好把目光瞅准树林子中长得最粗最端直分了三个枝杈的一棵大白杨。请来几个亲戚帮忙砍树，折腾了三天，才把"院子般大"的树儿放倒。望着一地的根根梢梢，我有了空前的富足感，想起父辈们的造化，同时心里又生起莫名的落寞——从此失去了引以为傲的一份家财。

　　亲戚们都是熟手，像拾掇牛羊脏器一样，锯的锯，砍的砍，不到半天工夫，就把偌大一棵树"五马分尸"了，然后用手扶拖拉机运到白庄集镇一家电锯厂，锯成一块块厚薄不一的木板，晒了一整夏。第二年开春，请来立庄村有名的阿里木匠，做成我们土巷里还算气派的一扇木大门。

　　位于地埂边的那棵白杨是我眼里的树王，可能是吸足了耕地养分的缘故，猛长的势头把其他树甩了一大截，两米高的树径上分蘖的两根枝杈像挺立的羚羊角，比赛似的往高空长去。三十几年前精心修理过它们的旁支，好让余下的两根长得端端直直，心想着有一天能盖得起三间大屋的时候，拿它们当大梁。

世殊时异，沧海桑田，几十年后，儿时的雄心壮志被滚滚向前的时代车轮碾碎了，只留下一地鸡毛。

无论家境如何，这些年盖房一律不用白杨木，连屋顶当铺板都瞧不上，做饭也不用烧柴。家门前的树木都不值钱了，白给了也没人去砍。曾经支撑起三代人梦想的树林子渐渐颓败下去，老树枝经不起风吹雪压，有的连根倒下，有的拦腰折断，只剩下稀稀拉拉几棵树。

前年村干部打来电话，说在坡底下开通一条六米宽的旅游公路，得砍一些树，问我能不能带个头。我觉得这是给村里做事的好机会，村干部开口，等于全村人张了嘴，想都没想就给了回话——砍多砍少，村里看着办。

这一下，二十多棵白杨树柳树噼里啪啦被砍倒，那眼清洌洌的泉水连同童年的记忆都消失殆尽。志远问我心疼不心疼，我望着白花花的树根说，心疼，但不遗憾！

大约十年前，从我家树林子到花海的百多亩地上都栽了核桃树，四周拉了铁丝围栏，昔日德祥哥们引以为傲的那一片麦地变成树木葱茏的核桃园。我家两小块地里也栽了核桃树，但长势不尽如人意，别人家都在摘吃核桃时，我们还见不到核桃的影子。

村庄坡底下我大舅那棵分成两叉的大核桃树有一百年了，遇到旺年，能打下几袋子核桃。儿时跟着有草阿舅守核桃捡核桃，留下过一段美好记忆。而今，核桃树作为乙日亥村地标性存在，依然执拗地守望着自己的岁月，在周围长势茂盛的树木中摆着老资格。但已经是满身枯枝、萧然荒寂、风光不再，在村人目光中早已失宠了，它老态龙钟的身躯不知还能挺多久。

村里正计划利用核桃园搞旅游时，又听见要拔除核桃树恢复耕地的传闻。眼前的村庄就这样变来变去，不断地更新，不断地涂抹，每变一次，就增加一层陌生感，陌生导致了疏离，想亲近却又无法相认⋯⋯

四

今天是8月19日，在老家断断续续住了将近两个月，算是近十几年来待得最久的一次。家里进进出出的客人总是断不了脚步，有的自己来，有的我们去请。这期间村里出了几个亡人，我也跟着去上坟，探望能记得起来的或近或远的逝者，往往能获得一种更为切近的生命体验。

家的氛围在人来人往中渐渐浓起来，调动起全家人与以往不同的生活情趣，每个人都能探索出一种在相对敞开的环境中有别于逼仄的楼宇生活的意义。妻子不时到集镇买肉买菜，邻居阿卜杜隔天到远处灌装泉水时，顺便给我们捎来一桶。厨房里整天忙着做饭——变着花样吃饭成为乡村生活的主旋律。此时，豌豆、蚕豆、青麦子、洋芋、黄瓜、西红柿等各种时鲜地产陆续上桌。厨房烧的是干柴，烟囱里噗噜噜冒起的烟雾很快营造出烟火味十足的温馨氛围。隔壁哈如乃阿舅家不时给我端来一碗青稞面，妻子也把自以为得意的饭菜端过去，来来往往中传递着一份日渐浓厚的情谊。在这样的氛围中，我似乎找到了久违的真正意义上的家。

德祥哥、合力录哥、舍木苏我们几个男人像一群出窝的蜜蜂，闻着花香一路追寻，或去街子、白庄集镇和县城下饭馆，或到文都沟、道帏沟感受山野的清凉，或到大河家和临夏的某个山头过一把瘾。正像合力录哥说的，情趣儿对路的人聚在一起，找点由头说笑开心，比啥都舒心。

所到之处，择一处绿绒毯子似的青草地，搭起一顶敞开的凉棚，点燃小炉子，袅袅炊烟飘散在旷野间，一伙人无所顾忌地躺在毯子上，望着远处的蓝天白云，听着悠扬的藏歌或花儿，在青山绿水间放逐心情。

有一次我们从文都中库沟绕道去了唐赛山，那里有我的两垄山田，二十几年没去了，想看看曾经洒下过汗水的养命田而今变成什么样子了，从唯一没有变化的泥土味里寻找一抹淡淡的乡愁。但那一大片地都种了黑刺树，成了乌压压一片沙棘林，根本认不清我家田地是哪一块。

唐赛村早已人去屋空，要不是村巷里的绿树装点着，那荒凉景象简直不忍目睹。这里应该是整个撒拉乡依然残存着清一色干打垒院墙的最后一个村落吧。我走进一家有廊檐的院子，穿过满是杂草的庭院，站在随时可能倒塌的破屋前，让志远拍了一张照片。又到先辈们开荒初期挖过的土窑洞里转了一圈。站在窑洞前，举目望向西边一重又一重山梁沟壑，想辨认清水乡大寺古姨娘们曾经居住过的那个山村痕迹。

沿着铺了水泥的弯弯山路继续往高处爬去。退耕还林近二十年，这里满山满洼都长起茂密的黑刺林，一眼望不到头，让人惊叹不已，彻底颠覆了原本对光秃秃的循化南部山区的印象。路边蹒跚着几头膘肥体壮的黄牛，近处不时响起扑棱棱的声音——我们的到来，惊飞了灌丛中觅食的一只只野鸡和野兔。

光阴的缝隙间没有什么是固定不变的。短暂的十几年里，昔日在稀疏的矮草间只闻见蚂蚱声的荒山秃岭变成野鸡们欢歌起舞的乐园，光从树上掉下来的沙棘果，就够它们享用的了。我也终于明白这些年山洪少了的原因。

我看到了一种希望，心里想，沿着这片黑刺林向周边扩大种植面积，利用即将建成的夕昌水库水源，花上十年二十年，一直种到靠近县城的南山顶上，将会变成茫无际涯的一片林海，成为绿色循化重要的生态屏障。

翻过中库寺旁侧的那道山梁，就是闻名遐迩的马莲滩了。

山根下一面斜坡覆盖着一色的马莲草，茂密得连腿脚都插不进去。去年这时候，小说创作受阻，在创作室憋闷无趣，志远建议到山上转转。驱车到此处，被这一片绿草地吸引，再也不想挪动脚步了。我们在没过膝盖的草丛里铺开毯子，由着性子仰躺下来，闻着草香，望着天上的蓝天白云，听着几米外支起来的音响里响起的藏歌，把游移不定的思绪赶到小说情节中去，好让此刻的心情与小说主人公的心理活动相感应。今天故地重游，在同样的马莲草丛间，想得更多的是小说里的韩来福打铁生涯中曾多次到这一带串游的情景。他像无数个谋求生存游走他乡的脚户哥一样，独自赶着毛驴，在这样的荒山野岭间行走，多寂寞呀！小说结尾处，他的子孙们一个个发达了，都过上了他和他的祖辈们难以想象的好光景。如果他还在世，一定会感慨万端的！

还想到那位一袭红衣的阿卡。他总是笑眯眯的，见了我先说一句"我们是同乡"，我心领神会地点点头。他是强宁村人，我们在县委党校认识，因为祖籍都是白庄镇，彼此见面有几分无须言说的亲切。他几次听过我的课，每次都夸我讲得好，邀请我到他修行的中库寺院做客。现在，寺院就在眼前，可我不想带着俗世的风尘去打扰他，心里怀想着金顶红墙的某个角落有这样一位阿卡朋友就行。

绕过几道山梁，我们在一处宽敞一点的路边下车。山崖下是有名的半农半牧村——强宁村。这个不到三十户的山村，凭借丰富的草山资源和肥沃耕地，曾经是全县最为富有的村庄之一。二十几年前，我专程到这里作过调研，撰写过一篇还算不错的文章。这个山村之所以清晰地停留在我的记忆深处，是因为这里有我值得留恋的藏族人家。当年我和同事老马和索南扎西下乡借宿时，素不相识的藏族人家听说我们是公社来的干部，就腾出他们自己舍不得住的客房，拿出特意为客人准备的锦缎被子，酥油奶茶就不提了，还让我们享用专门请撒拉族许乎宰的牛羊肉干。阿卡朋友说，当年的黄克加老书记不在了，我们落脚的那户人家的老主人也过世了。

又想起已经过世的老马和还在麻日村的索南扎西……

远处一道道山坡上当年开荒的层层梯田依稀可见。这大片的山田应该是属于科哇人的。科哇沟作为撒拉八工之一，曾经是进出甘南牧区的咽喉通道，在一片狭窄的台地上，村庄紧挨着村庄，错错落落的住户拥挤在一起，历史上就有"科哇三百户"之说，现在看上去足有一个牧区县城规模，该有上万人了吧。居住尚且凑合，但吃饭却成了水浇地越来越少的科哇人的头号难题。幸好尕拉山背后有这些荒山野坡，只要开垦成能挡住雨水的梯田，庄稼人的温饱就不用发愁了。我在白庄兽医站那会儿，全乡饲养马属动物最多的是科哇地区，几乎每家槽边都拴着一两头驴和骡，为的是春秋两季农忙时节用它们犁地、驮捆子。一年十二个月，用牲口的时间不过三个月，其余月份里，不带来一碗奶子价值的牲口多半成了摆设，但以土地为本的庄稼人懒得算这个账，甘愿老爷似的好草好料供养它们。

也因为山田多，可苦了这里的女人们，一年四季跟土坷垃打交道，高高的尕拉山，弯弯绕绕的盘山路成了她们总也走不到尽头的人生路。给小伙子们说媳妇时，一提起科哇，女方家就摇头。不是说小伙子不攒劲，也不弹嫌科哇沟的水不养人，只是一想起那山路就心累。时光荏苒，世殊时异，而今的科哇人早已不种山田了，也不稀罕夕昌山上的大片草场，目光一律向外，年轻人纷纷到大城市开拉面馆，挣来大把大把钱，把光阴过成另一种模样。

没有了土地的牵绊，他们倒比其他地区的人从容多了，门一锁，携家带口出去闯世界。在杭州西湖边，我遇上一位科哇人，他说出来已经二十年了，兄弟姐妹都在那边打拼，两个小姑娘在杭州城上学，很少回来，他自己两年回一次。看他的言谈举止，俨然成了半个杭州人，身后的故乡每天发生的事已经很难揪扯他的心思。而更多的科哇人挣钱之后首先要做的就是建设家院，哪怕土地再金贵，哪怕再拥挤，也要在这片魂牵梦绕的故土上圈一份庄廓，盖几间房屋。房子盖得如火如荼，你追我赶，不过十几年，偏居一隅的科哇沟楼房林立，车马喧嚣，活像川西北大山深处新起的一座城池。

我把漫无边际的思绪收回，目光搜寻着小说里韩志兴曾当过民办老师的那个小山村。

20 世纪 70 年代，因人地矛盾所困，当时的东风公社东西两面山开垦出不少浅山梯田，不少村子让一部分社员迁居过去。依山而居，虽然靠天吃饭、广种薄收，但由于地阔人稀，只要人勤谨，吃饱肚子是没有问题的。像野牛团副这样戴着个"四类分子"帽子，借着养蜂技能，摆脱了整天游街挨斗的命运，来到这个小山村，养起了蜂。对他来说，这天高皇帝远的山村简直是世外桃源了。

但这里毕竟荒凉，大山屏蔽了一身土灰的男人们老婆孩子热炕头之外的任何想象空间。夏天一身泥、冬天一身灰的山里人个个都像地里挖出来的洋芋蛋，难见光鲜亮丽的角色，唯有野牛团副闺女茹姑娅是例外。民办老师韩志兴的到来，使这个令人绝望的小山村发生了微妙的变化，空旷的山野间响起朗朗的读书声，与野牛团副家传来的嗡嗡嘤嘤的蜜蜂声混合在一起，犹如云锁雾罩的天空撕开一道裂缝，山村人沉闷的精神生活裂开一丝透风见光的缝隙。于是，干旱冒烟的荒山间长出了一棵郁郁葱葱的梧桐树。

农村实行联产承包责任制后，东西两面山上的人们都撤回原住地，茹姑娅们也搬回原来的村庄，过起了与更多族人相同的日子。然而，生活是一条流淌不息的河流，看似同样的河水，曾经流过的河水所承载的岁月以及岁月深处的故事是不尽相同的，因此每个人的人生在不同时段里出现了千差万别的落差，于是就有了总也讲不完的绵延不绝的故事。韩志兴和茹姑娅虽然身隔两地，但他们守望着心灵原野上绽开花蕊的梧桐，彼此在无限的眷恋中品尝着爱情的蜜汁，享受着情感燧石敲击出的如雷电般一闪而过却一辈子刻骨铭心的精神体验……

比起优渥的环境，爱情的种子也许更适合在贫瘠的土地里生根。

五

困苦年代的少男少女们相爱很艰难，囿于男女授受不亲的传统社会中把彼此相爱看作"羞人"的舆论氛围，也限于男女间缺少传情达意的机会，即便相思得断肠裂肺，也只能在背水路上或打碾等集体劳动场合见上一面。但这样的见面也是象征性的，不能尽心尽意地倒出一肚子相思的苦水，或用含含糊糊的一个动作，或用飘忽而过的眼神朦胧地传递爱意。多数情况下，他们不可能有一个圆满的姻缘，最终还是逃不脱包办婚姻的牢笼。于是就有了那么多缠绻缠绵、催人泪下的"花儿"唱调，"前半夜想你者心碎了，后半夜抱着枕头睡了"就是最好的写照。

每次穿越孟达峡，听着先民们曾经唱过的"清水令"和"孟达令"椎心泣血的唱词，不由想象被黄河阻隔的人们对爱的渴望，犹如5月的旱地期盼一场酣畅淋漓的春雨。但我确信相爱中的人们大部分人还是如愿以偿了。尽管他们时时小心、处处隐蔽，却爱得甜蜜，爱得纯粹，爱得久远。

相比之下，现代人相爱却是顺风顺水，没有太多的磕磕绊绊，隐秘的网络撕下了原本羞羞答答欲说还休的遮羞布，便利的交通为他们架起倾诉和沟通的桥梁，开放的社会中被驯服了的目光给他们以更多宽容与理解。但是，太容易得到的东西，往往不被视作最为珍贵的对象，不经历酸甜苦辣的爱情，看似漂亮的棉花糖，往往缺少一种任凭风浪吹打的纯真质地，在坚硬的物质车轮碾压下，很容易破碎。同样，还没有接触就谈婚论嫁生儿育女买房购车的现代青年，看起来一副老于世故的样子，其实把最值得珍重和最令人羡慕的相爱时光过早地透支给了没有边界没有尽头一辈子也难以抵达的生活目标。望着高调演绎的婚礼舞台，我时常在想，身披婚纱的新娘中有几个能真正走进伊甸园里那座神圣的殿堂？

乙日亥村背后山沟顶上有一面阳坡，那里有一眼咸水泉，坡下平地上长着一丛丛野生枸杞和一坨坨骆驼蓬，枸杞树和骆驼蓬下有一种块茎植物，我们叫它"叟里"①，小时候结伴去挖，运气好的时候能找到一两窝。指头粗的锁阳呈紫红色，含在嘴里又咸又苦，舌尖都麻了，但咀嚼一阵后，仍能品出它涩中带绵的一股味道。苦涩褪尽后，剩下一丝淡淡的甜味——苦尽甘来。在我看来，韩志兴和茹姑娅的爱情就是一根深埋在地里暗暗生长的锁阳，其味绵长，苦中有咸，咸中含甜。

小说前两部中，读者们津津乐道的是韩志兴和茹姑娅的初恋故事，这也是我想要的结果。有一位年逾七旬的读者朋友谈起韩志兴和茹姑娅的恋情眉飞色舞，甚至讲起连我自己也想不起来的某个具体细节。也有朋友委婉地提醒过，说我的作品阳刚气充足，阴柔气不够。一些尚未读到小说的朋友担心我忽略掉男女之情，关心地说，不写一点男女之事，好比饭菜里缺了盐。我给予肯定的回答后，他们才释然了。我的一位小学老师说，整部小说中描写爱情的篇幅还是少了点，即便写了的，也觉得欠了些火候，淡了些味儿。读者们如此强调爱情在一部作品中的重要性，这让我欣慰的同时，也很感动——向来避讳或忽略爱情话题的撒拉族社会，借着这部小说以比较开放的心态面对这一神秘话题了。今天再一次到这里，就是为了用深情的目光把韩志兴和茹姑娅在干涸土地里埋下过爱情种子的地

---

① 叟里：锁阳。

方带回去。

虚构中的后山村应该在这样的山坳里，就在我此刻的视野里。如果山村还在，现在应该是收割打碾的时节。熬过漫长的夏季，终于等来土地上收获的黄金季节，近看粮食归仓，远看山上的牛羊膘肥体壮，人人脸上荡漾着丰收的喜悦，多了一份比川里人偷着乐的情趣。

山村人不像川里人那样急三火四收完地里的庄稼，反正雷雨天气都过去了，这一年人吃的牲口吃的都到嘴边了，赶冬前打结就行。先收早熟的青稞，接着依次是油菜、颗粒不是很饱满的小麦、豌豆，到落霜时节，以挖洋芋收尾。中间还有犁地、烧土墩子，等到做完所有农活，时令已到了寒冷的飘雪季节。

我脑子里努力地还原小说中的一干人物，让萨廖队长、黑蛋、野牛团副、茹姑娅、韩志兴从眼前走过，耳边响起破旧教室里传来的朗朗的读书声。恍惚中，对面那座山梁下背着一捆麦子的茹姑娅正向这边走来……

六

表面上看，村子里平静得像一面池水，各家都翻修了院屋，家家门前摆着一辆不同档次的车子，一再拓宽铺了沥青的路面还是显得窄了。交通工具已经成了老少离不开的陪伴。老人和妇女们到稍远的村头或花海边都懒得徒步行走，个个骑上个电动摩托车，或轻便的，或带拖厢的，来来回回一阵风。都说眼下没个摩托车干啥都撵不上脚步，是"形势"逼到这份上了，男女老少都骑，也顾不得谁笑话谁。遇上疫情，女子们戴上口罩，捂住了脸儿，更认不出谁是谁，无须停车打招呼。时间久了，大家伙儿也都适应了，不在乎疾驰而过的车里人是谁。

对多数家庭而言，摩托车的重要性在于一天四次接送上学的娃们。原先，娃娃上不上学、上到什么程度，对普通家户来说根本不算个事，老辈人挂在嘴边的一句话是：阳世上一个羊儿有一蓬草哩，哪能没饭吃！这些年一波又一波学生考入大学，村里又是戴红花又是发奖金的，好不惹眼。念出来的学生娃们一个个上班了，一转身，就都不是原先提不起裤裆的娃了，又是买车又是买楼房的，眼瞅着把大伙儿的心给焐热了，都觉着让孩子念书是最稳当的长线投资，都争着抢着送娃们上学。聚会场上，原先说得最多的是谁家庄稼长势旺、谁家牛儿肥羊儿壮，眼下这种话题已经摆不上台面，都把一本二本、文科理科之类的时鲜话挂在嘴边。

立庄小学在河对面，得跨过夕昌河道帏河，离村子足有一公里远，学校设一、二、三年级，还有一个幼儿班。那些年龄不过50岁的男子们刚刚把拉面馆的掌勺权交给他们的儿子，从竞争得冒烟的大城市的街巷深处走来的他们，对"娃娃的投资是最大的投资"的道理比旁人有更多更深的体味，目光里有了一份焦虑，早就想着把自己辈儿子辈耽搁的学业从孙娃子身上补回来，再也不让在村巷里无所事事玩耍的小孩们荒废起跑线上的大好时光，把单纯取乐的抱孙子转化成培养接班人的光荣差事，每到中午和下午放学前，立庄村乙日亥村的家长们聚在学校门口，翘首等待着把各自的宝贝孙子领回去，那阵势跟城里没什么两样。

"六一"那天，我和忠勇、乙拉四书记、学俊村长几个人应马金兰校长邀请去参加立庄小学庆祝活动。观看师生们表演的一个个别开生面的节目，让我大开眼界，想不到偏居一隅的乡村小学居然在形式上已经跟上了时代前行的步伐——城里孩子们有的，这里也基本上不差什么。想起记忆中用三毛钱过儿童节的情景，感觉时代在孩子们身上已经不知不觉翻篇了。马校长是个能干的管理者，她手持麦克风，一句一句教孩子们说感恩的话，那些感恩父母感恩老师感恩社会感恩时代的话从天真无邪的孩子们嘴里说出来，似汩汩流淌的泉水，让人倍感亲切，使我对坚守一线的撒拉族校长和老师们的敬业精神不得不刮目相看。马校长说，要不是疫情原因仓促了些，还能办得更好些。

哈入乃阿舅是个勤谨人，接送在张尕小学上三年级的孙女成了风雨无阻的重大事情。按理说，村巷在水泥路的基础上又铺了一层沥青，比起原先的土路真是天上地下，光脚走路也不知好到哪里去！可眼下情况是，你徒步走路，别人都一阵风把你甩过去了，那滋味也是挺不好受的，他思谋再三，给儿子阿卜杜也买了一辆带拖厢的电动车。

最近合力录哥也觉得跟不上趟了，盘算着买一辆。看来农村的日子也不好过，处处"形势逼人"，老鼠拉木锨的时代早已过去了，落下一步，步步撵不上。

过去年代，撒拉族人家的生活像一扇沉重的磨盘，缓慢地转动着，转一圈就是几十年，鲜有出新出彩的面貌。而今他们的日子"水磨变电磨"，像是谁挥着鞭杆抽打似的，也像是谁在人人脚掌下烧着一把火似的，那日夜不停的轮子飞速地转动起来，一年一小样，五年大变样，几百年前的故事过于陈旧了，连昨天的事儿也懒得提起。生活方式中也有意无意添加了不少新内容，年轻人在穿着打扮上求新求洋赶时髦，只怕想不出，不怕穿不起。婚俗上，早已不是撒拉族婚俗国家级代表性传承人占祥先生所讲述的那个样子，都看不上老掉牙的传统婚礼，学来汉家的也觉得不过瘾，索性一步到位，把西洋那一套学过来。唯有在丧葬上依然坚挺地延续着几百年前的规程。

前些日子，村里举办大学生饮水思源缘木思本感恩教育座谈会，德功老书记讲了饥荒年代全村人吃榆树皮在死亡线上捡回一条条性命的故事，我讲述了童年记忆中因家里买不起一盒火柴，每当做饭前母亲让我和姐姐抓一把胡麻草到邻居家借火的往事，年轻的学子们用疑惑的目光看着我们，也许他们觉得我们讲述的是遥远的传说。

办这个座谈会是昌龙先生的主意，前前后后没少操心。我也固执地认为，忘记历史，就意味着对祖先的背叛；淡漠苦难，对端在手里的饭碗很容易失去感觉。人无远虑必有近忧，这从来都不是危言耸听。遗憾的是，在我的观察中，不要说90后、00后，连从苦难边沿侥幸挺过来的我们这代人也都懒得回首往事，更不要说把那些应该当成家训的苦难记忆传递给下一代了。我佩服先民们超乎寻常的智慧，他们用不需要任何文本的方式把一个族群的千年传奇如汨汨流淌的驼泉水生生不息鲜活如初地保存下来，这是一种神圣的精神托付，也是一种罕见的文化传承，看似无形，却成了千百年来撒拉尔家庭教育中不可忽略的枕边故事，口耳相传，绵延百代。今天的我们，有了足够多的传承手段和便捷方式的时候，却没办法把尚未淡去的故事植入下一代记忆中。

现代化是要付出代价的。高速公路从村子上方穿过，用去土层深厚、亩产普遍超过八百斤的五十亩养命田，等于割去了乙日亥人身上的一块肥肉，从此村里的耕地变得七零八落了，看不到一块在微风中翻滚着层层麦浪摇荡着庄稼人梦想的大田，第二生产队引以为傲的"八亩地""六亩地"淡出人们的视线。村民口粮中的一大部分直接从粮店买过来，省去了种地收割磨面的一整套程序，这也就意味着能够抚慰庄稼人心灵的农耕文化的枯萎。

村巷里传来尖利的喇叭声，一遍遍地重复，一打问才知道是铁制粮仓商贩的叫卖声。原来，持续肆虐的疫情、俄乌战争和政府给收割机补贴的种种迹象提醒了人们，万一哪天真要遇到叫天天不应叫地地不灵的不测，柜子里没有点余粮可就麻烦了。哈如乃阿舅已经在屋檐下立起一个铁皮粮仓，储了千多斤麦子。妻子问我要不要储点，我想这是个现实问题，手中有粮，心里不慌嘛，哪怕跟别人学，也要储备着点，只是偌大一座院落都让花花草草、桌椅板凳占据了，一时竟找不到摆置粮仓的合适地儿。

耕地少了，庄稼人挥汗劳作的心劲儿就没了，接下来饭也懒得做了，索性到镇上买来蒸好的馒头和现成的面条。于是，集镇上哪家馍馍铺蒸出来的馍馍既松软又少佐料成为妇女们交流的话题。我在离集镇很远的边远小村做客时，吃着雪白松软的馒头，夸赞这家媳妇蒸馍馍的手艺好，对他们依然保有的农家风范心生敬意，想不到掌柜的说，这馍是从集上买来的。

清闲下来的农人们本该有大把时间，但无影无形的网络幽灵似的出现在他们身边，每个人都在广阔而五彩缤纷的网络世界里纵横遨游，喜欢看的视频一个接一个来到眼前，酸的甜的苦的辣的，想要什么就有什么，怎么看都看不够，看多少都觉得新鲜。夜深人静时，还不能从巴掌大的屏幕中解脱出来。到头来，本该视力强劲的他们却个个成了半眼瞎。迷人的网络偷走的不仅是时间，还有金钱、亲情、睡眠、健康和一切原生态的情趣。更不可思议的是，一不留神，不知从什么地方伸出一双黑手，把本以为开花结果了的爱情之树连根拔了去。

耳闻目睹这些新奇之事，我丝毫没有责怪网络的意思。网络以强大的渗透力推倒了国家间、地区间、族群间、个体间的千年壁垒，整个世界变成一个地球村，相隔万里的人们随时都有可能接纳彼此，成为最近最亲的朋友。潮水般的信息流缩小了高层和底层的认知落差，一些长久占据话语权的学术权威一不小心从神坛上跌落下来。互联网重新建构话语体系，面对它，所有人都得小心翼翼。

时下村人的话题中心都聚焦在俄乌冲突和台海危机，说起来一套一套的，时常为俄罗斯的萨尔马特和中国的东风 21 导弹兴奋不已。也有的深陷八卦新闻泥潭，他们拿这些边角料当谈资，跟人争论时直钻牛角尖，争得面红耳赤、唾沫横飞，甚至暴跳如雷。总之，比起这些民间网络大咖，我们真是孤陋寡闻了，根本没插嘴的份，只有说到新闻背后的深层缘由和自己综合分析得出来的独到见解，他们才表示出一点"愿闻其详"的兴趣。一次聚会上，两个人因为对佩洛西窜访台湾后的结局争论得血脉偾张，各自摆出来的理由之充分几乎到了专业对手辩论的程度，我在一旁不由吸了一口冷气，庆幸自己没有加入这场舌战当中。有一天到阿訇圈里聊天，想探探他们的话题中心是什么。在评说世界上不同政党的优越性时，有个戴眼镜的阿訇说，一个政党好不好，就看它是不是代表了最广大人民群众的根本利益，我又暗暗吃了一惊。也有人关心年内要召开的二十大，问我具体什么时候开。此时，我得出一个结论，敞开的网络让世界彻底扁平化了，任何人都可以毫无障碍地享受迎面而来的海量资讯，这个世界没有什么秘密可言了。

与此同时，也彻底暴露了我们这些一辈子吃了多年以前上学得来的那点可怜知识老本的人们的底色。几个跟我惯熟的乡亲让我说道说道当下国际形势，我担心自己的视角有盲点，谈不到点子上，就说最近比较忙，没顾得上看新闻。再说，连七老八十的文盲瞎汉都知道读书重要性的当下，哪家都有一两个读书识字的学生娃，他们都有各自的信息渠道和解读能力，用得着你用老掉牙的见闻在人面前瞎咧咧吗？

年逾古稀的老人们经常吃满拉饭，嘴边不断肉，兜里也不缺小钱，物质欲念早已淡去，他们的话题聚焦在如何治疗"三高"和风湿性关节炎之类的疾病上。作为从沟沟坎坎过来的人，他们唯一担心的是家中什么时候遭遇不可预知的重大意外，早晚祈求造物主给予平安，嘱咐家人在门外说话办事多一些本分，少一些张扬。

看上去，村庄静如止水，人们不再为争夺浇水而互伤感情，也不因地界纷争而挥锹抡棒。他们展开腿脚的舞台不仅仅是眼前的百十来亩地，而是目光不能抵达的远方，是北京上海那样的大城市；他们的进项不仅仅是地里得来的那点收成，而是割韭菜般源源不断的饭馆收入。

但是，这里也有巨大的舆论旋涡，一不小心会把你裹挟其中，弄得遍体鳞伤。尤其像今年，开饭馆的年轻人陆续返乡，窝在家里，难免人多嘴杂，很容易形成不同的话语中心，一不小心就会生出事端来。

面对一条不知深浅的河流，驻足观望，不急着蹚水，才是明智之举。

七

要追溯村庄历史和人们的集体记忆，不能不说一下位于村中心的那座古老建筑。

像大多数撒拉族村子一样，清真寺坐落在居民区中心位置，这里是行政区划的分水岭，寺以东叫上庄，寺以西为下庄。人民公社时期，上庄为第一生产队，下庄为第二生产队。在权力分配中，村民间也达成了不成文的默契，如果党支部书记是下庄人，大队长或大队会计必定是上庄人。以寺为界，也划出了文化上的分界线，寺以东和以西人们的思想观念、思维方式、消费理念截然不同。如果观察仔细一点，在礼拜殿排班时，上下庄人也是楚汉两界。生产队时期，在关及集体荣誉的事情上，上庄人和下庄人暗暗地较着劲。你有一头骡子，我也要买上一头；你有一台手扶拖拉机，我也不甘落后；甚至割麦子的进度、打麦垛的高低长短、上交公粮的合格率都要比试一番。生产队解散后，形式上打乱了原先的院落布局，一部分上下庄人混居一巷，一部分移居县城或省城的人结成了新的邻里关系，横亘在他们之间的界限正在淡化，只有哪家叫满拉时，才分个彼此。

建寺的确切年代已经无从考证，我爷爷曾说过修寺时他正值少年，是甘肃省永靖县白塔寺木匠建造的，是爷爷发现前廊下一根柱子短了几厘米的。上次拆房时，一根柱子底部果然有弥接的端口。他老人家活了84岁，据此推断至今已有一百六七十年。我的少年记忆中，礼拜殿当作第一生产队仓库，北侧一溜带廊檐的房屋里有我们的教室、老师宿舍、卫生室和代销铺。院子中间有一大一小两棵松树，一直以来是村庄最显眼的地标，老人们从两棵松树的长势推测，上古时代这一带一准是茂密的原始松林。东南角有一口深井，我大舅曾说过，为探明地下有没有水，开挖前先把一盆水搁在有月光的院子里，根据盆中月影摇曳情况确定是否有地下水脉。这个方法果然管用，在看好的井口一直挖到两条皮绳深度就见水了。

生产队时期，掌管一队仓库的保管员，一定是层层选拔了的忠厚人。那一年，一向胆怯又老实的合力录哥当了第一生产队仓库保管员，守护着维系几百号人口粮和来年种子的仓库重地。库门上挂着一把有三个钥匙孔的大锁，合力录哥、队会计和队长各拿一把钥匙，三把钥匙碰不到一起，休想打开。社员们望着那把硕大的锁子，都一百个放心。

整个夏天，我帮合力录哥守护仓库，每晚去寺里陪睡。大殿前方廊檐下面用栅栏围起来，栅栏里侧铺了满地的胡麻草，我们就睡在有弹性的胡麻草上。合力录哥正值盛年，耐不住寂寞，每晚到同龄人家串门，到深夜才回来，我和他大儿子舍木苏蜷缩在被窝里，想起松树底下有鬼怪的传言，不敢睁开眼睛。晚风中松树有点响动或"啪嗒"掉下来一只松塔时，心儿一紧一紧的，起鸡皮疙瘩的身子冷飕飕的，害怕极了。

到了冬季，我们搬到大殿后面临时搭建的一间棚舍内，那房子像是挂在后墙的一只口袋，土炕上仅能容下三个人睡觉。四周阴森可怖，好像周围有无数双恐怖的眼睛在盯着，晚上尿急了也强忍着，合力录哥来了才敢出去。

合力录哥是武装基干民兵，一把半自动步枪常年搁在身边。夜间出去串门时，为了给我壮胆，他把枪放到我手里。有一把带刺刀的真枪在手里，我就不那么害怕了，一遍遍拆卸刺刀、枪栓、弹匣，拆了装，装了又拆，熟练到闭着眼睛也能拆装自如的程度。

后来，村里建起了一所学校，乙日亥人在家门前有了让孩子读书的场所。紧接着，德荣兄的卫生室搬到第二生产队队部去了，孜绍阿爷开的售货铺也随着生产队的解散而关闭，偌大的院子一下子清静下来。

改革开放后，清真寺翻修过两次，最近一次是2014年。那时正流行穹顶式造型，村人几经类比算账，最终选择了传统的汉庭式风格，青砖乌瓦，飞檐翘角，古色古香，这也多少反映了他们回归传统的文化心理。清真寺是一代代村人的精神家园，在家和寺之间每天五次的行走中，他们用脚步丈量心之向往的栖息地的距离，用虔诚寻找源自内心的幸福泉眼。在这里，压在他们心头的分离之苦、衣食之忧、恩怨纠缠、情绪对峙、心理迷乱都会得到很好的缓解甚至消除，因而脚步越勤快，内心就越坦然。

八

村人对城里人诚惶诚恐的新冠疫情显得很淡定，彼此谈论起来，不说出疫病名称，就说"那个病"，言语间有几分不屑，好像疫情与他们隔着老远的距离，只有在外开饭馆的儿女们关门歇业携家带口回来时，他们才会有切实的感受。居家隔离那会儿，是他们最难熬的时候，家里没什么实际的干头，吃了睡，睡到头昏脑涨时，到田边地头转一圈。几个人聚在一起，该说的不该说的，都说完说尽了。实在熬不住了，就结伴到山上溜达去，烧一堆火，放开嗓门大吼几声，好把心里的郁闷泄一泄。

孙女韩素问这病毒是不是坏人捣的鬼，我诧异起来，问她听谁说的，她说大人们那样说，我无言以对。新冠病毒溯源问题尚未解决之前，在绵延不绝的传播链中，谁都有可能成为"坏人"。不过这话提醒了我，如果有一天自己不幸染上疫病，立刻会成为众人眼里不可饶恕的害群之马，一准会淹没在全村人的唾沫里，谁也不会同情你、理解你。是的，尽管这里空气新鲜，宁静无扰，民风淳朴，生活成本也不算高，但在这掉下一片叶子也能砸破头的多事之秋，绝不是你悠然闲居的世外桃源！

在这种心理驱使下，我开始隐隐地不安起来，觉得这里终究不是安身立命的窝，真遇到什么不依不饶的严峻事情，自己不过是个与村子毫无相干的过客，一旦侵扰了众乡亲，怎好面对一双双冷峻的目光？

都说今年茬子硬，到 6 月了，还不见一场透雨，以往这时候两边山上该是绿茵茵的了，而今山色仍没能从枯黄中缓过来，浅山的干土层有两拃深，下播的种子没能出苗就干死了，再种点什么晚熟作物，估计没有指望了。老人们却说，这年头，人吃的水不断，就知感不尽了。好在，多数家户不仰仗地里的庄稼，即便河滩见底，也不心慌不犯愁，更难见大旱年景里该有的求雨场景。

按说，新粮磨面前这段日子是最难熬的荒月，民间有"老子也不要到儿子家串门"之说，对现在的年轻人来说，这是骆驼屙核桃光阴里的老旧传说，个个兜里有的是票子，粮店里山一般摞着面粉大米，哪能到那个份上？想想也是，看看黄河边上的清凉饭馆里食客盈门的红火景象，老人们的忠告像是天方夜谭，谁也不当成一回事。

接连不断的高温晒得地上冒烟，空气像是被黏合剂糊住了似的，黏黏糊糊，没有一丝凉风，连电风扇吹来的也是暧昧两可的热风。当然，这多年不遇的大热天给爱美的年轻人提供了单衣薄裳的由头，一切笨重的裹身衣物都显得不入流了，时尚潮流衣裳大大方方穿出去，除了引来一些欣赏的目光，不会有责备的声浪。这大热天气也给种瓜人带来好年景，给买饮料的带来好生意……

暑天里老待在家里实在闷得慌，出不了远门，就去野外，去山里，反正家家户户都有车，无论多远，不过是一踩油门的事情。嘴边不断肉却担心"三高"的人们，谁都不把吃喝挂在嘴上，到野外说几句交心话换个心情消受一份清凉比肉呀菜呀解馋得多。当今这个不见烟火的电气时代，到野外生火做饭，看着袅袅升起的炊烟闻着烟火味也觉得是一种别样的体验，如果在滚烫的肉汤里亲手揪一锅面片，那简直是无与伦比的享受了。

群起追逐野味的时代将会预示着什么，我不知道。每当望着那丰盛饕餮场面，总有一种莫名的虚空感。

就这样，道帏沟去过了，文都沟去过了，叒楞山上去过了，岗察草原也去过了。看着车来车往风风火火的轻飘场景，经见过世事的老人们似乎有一种可怕的预感，不无忧虑地说，大旱背后说不定有一场大雨哩！山上的土都烧焦了，变松软了，经不住雨水冲刷，万一遇上暴雨山洪，可要遭拜俩①呀！

然而，我们村的好日子才刚刚开始，眼下还无暇顾及那些无影无踪的事情。

投资好几百万元的旅游项目接近尾声，一到下午，远近各处游客成群结队而来，河滩边上赏花的、野炊的、陪孩子玩耍的、摆摊的、打篮球的，一派热闹景象。那么多穿戴光鲜的陌生人赶集似的来到自家门前，曾经寂寂无闻的乙日亥人自然是怀着满肚子喜气的。

门外的好去处都光顾之后，就剩下家门前的花海景区了，心想着抽空去转一圈。正这么思量时，马远新先生来了电话。

九

远新先生让我过来看看花海新建的旅游项目，顺便探讨一下后续运营中需要完善的方面。

乙日亥村与临平公路沿线一个紧挨着一个的村庄相比，是个相对独立的存在，依山傍水，南北两侧没有村庄，交通闭塞年代显得很孤僻，而今交通便利，独门独户倒成了某种优势。建于唐朝的科哇古城就在近旁。夕昌河与道帏河在此交汇后成为清水河的起点。

说起来，道帏河与夕昌河是两条截然不同的河流。道帏河源自大力加山，沟垴没有纵深度，森林植被稀疏，水源多半是沿途泉流汇聚而成，水量稳定，即便是初夏干旱期也不断水。如果把河流比作一匹马儿，它性情温顺，一般不会发泄暴烈的情绪。而夕昌河恰恰相反，是一条极具情绪化的河流。由于沟垴深，流域气象变化莫测，往往下游是大晴天，上游却是

---

① 拜俩：灾难。

暴雨连天，冷不丁冲下来滔天洪水。

此时正是枯水期，满是裸石的河槽懒洋洋地闲待着，中间只拉着一条有气无力的水线。两河中间台地上新建的木栈道在树丛中蜿蜒而下。我在一棵横斜过来的白杨树下停步，凭栏远眺，道帏河两岸茂密的树林一直延伸到目光尽头，小桥、流水、河石、绿树，在心头勾起一抹淡淡的乡愁……

此次投资六百余万元，在两河之间的树林子中铺设了悠长的木栈道，与先期铺设的花海木栈道连为一体，其间还建了儿童游乐园、停车场、演艺台、大型木板场地、凉亭、卫生间等设施，把原本撂在一边的滩地都巧妙地利用起来了，连村人都觉得不经开发就想不起有这么一块风水宝地。

我漫步在散发着油漆味的木栈道上，思绪万千，那些埋藏在记忆深处的陈年往事浮上心头……

这里正好是当年出门搞副业的德祥哥们乘着解放牌汽车凯旋的地方。那时汽车开不进村子，但一身新装兜里殷实豪情满怀的副业客们硬要让车子开进村人眼皮底下，于是司机师傅放开胆子狠踩油门，轰的一声吼叫，车屁股底下冒起一股浓烟，一个猛冲，摇摇晃晃过了道帏河，在对面草坪地上停下来。被高原紫外线晒得黑黝黝的副业客们带来了全庄子的希望，成了等候已久的老少眼里的英雄。

从曲麻莱县搞副业每人挣回来八百块钱那一年，成为乙日亥村翻身的分水岭。满车子人头戴带耳朵的栽绒棉帽，身穿崭新衣裳，脚穿大头皮鞋，个个帅气十足、英气逼人。最显眼的，是德祥哥捎来的那辆红旗牌自行车。

这也是小孩们欢天喜地的幸福一刻。副业客们拿出早已凑在一起的几大包糖果，让长老们分发给望眼欲穿的孩子们，场子里立刻飘散开一股诱人的奶香味……

儿童游乐园下侧应该是水磨坊位置，原先有一蓬蓬沙柳和黑刺树，是我儿时经常出没的地方。

大约6岁那年的一天晚上，生产队在队部召开社员大会，要求每户必须参加一人，队长事先放出风声，说会上要抓阄决定哪家来看管水磨坊。爷爷让我和姐姐去了，嘱咐姐姐让我来抓阄。把全家命运攸关的大事交到我手里，使我第一次有了成为一个男子汉的感觉。让人意外的是，我在姐姐鼓励的目光中紧张兮兮地伸出去的手居然抓中了阄。队长当众宣布让热者布阿爷看守水磨坊的话音刚落，在人们惊异羡慕的复杂眼神里，我心里有了大山压顶的惶恐，一溜烟跑回家。爷爷抻开被我湿漉漉的手掌心揉皱了的纸条，高兴地说，这下好了，咱家好光景来了。

果然如爷爷所言，我们家的日子随着水磨坊转动的轮子渐渐好起来了。到第二年，家里大小柜子和特意用胡麻草编织的大口袋里装满了面粉。到了青黄不接的荒月，那些断顿的亲朋邻居都到我们家借面，爷爷撒开手掌，毫不含糊地给予接济，从不让借面人空着手回去。到新粮出磨时，被接济的人们又加倍还回来。对这一段有趣的童年往事，在《记忆中的水磨坊》中有详尽的描述。现在故地重游，曾经哗哗流动的河水、夏夜长鸣的蛙声、轰隆隆的磨盘声、咔嗒咔嗒的罗面声犹在耳畔。

如果时光倒回到几十年前，谁能想到连飞鸟都不看一眼的乙日亥村会有今天这样的变化！

然而，世事皆有因果，曾经名不见经传的落后村能有今天这样鲜亮的面貌，绝不是偶然的。

2016 年，新选出的村"两委"急于要打破死水一潭的局面，在我们几个上班干部帮助下，策划了乙日亥村首届"心系教育·崇尚公德座谈会"。那时，大家伙都觉得村子要发展，先要更换人们的"大脑系统"，再让系统层层升级。为使会议产生预期效果，我们觉得应该离开村子，空间上造成一种与以往不同的新鲜感，选来选去，选中了白庄学校刚刚装修好的会议室。跟马福良干事和建新校长一说，他俩也觉得这是个新鲜事，爽快答应了。

很多村民只知道到白庄学校开会，却不知道"座谈会"是啥玩意儿，也不明白为啥要开这样一个从没听说过的会，而且还要劳神费心到镇上去。不过，主事人很快放出话来，说中午要管吃一顿饭。一想起下馆子，大家伙儿暂时放下满腹疑虑，带着几分好奇，纷纷赶到白庄学校。

为了突出会议主题，主席台上就座的是邀请来的嘉宾、镇教委办领导、村"两委"领导，包括原县长韩生邦先生在内的全体村民一律坐在台下。

村支部书记村长委托我邀请两名宣讲员。我想到了擅长法制宣讲的马文理先生和全国道德模范提名奖获得者马明全先生。明全因故未能去，又邀请了全国"五一劳动奖章"获得者马光辉先生。去白庄的车上，我反复叮嘱两位老师，说乙日亥村民刚刚从一场旷日持久的纠纷中缓过劲来，脸面上心理上都十分脆弱，再也承受不起任何形式的打击了，请他们在言语间多给点鼓励，万不可说刺伤自尊心的话。他们俩相视而笑，说他们心里有数，让我尽管放心。

2016年2月10日，天气晴朗，阳光灿烂。我们到学校时，校园里整齐地摆放着十几辆车。三楼会议室座无虚席，每户一人，全村二百多人，连两边过道上也都坐满了人，全场白花花一片。

这个场面令人感动，我激动地想，经历过一场风波后的乙日亥人终于以这样的方式走到一起了。

我身边的一位乡老望着主席台后面左右岔开的几面红旗一个劲地感慨，说他这辈子从没到这么高级的会议室里开过会，脸上流露出某种特别的享受带来的自豪。

记得会议主持人是忠勇，这是他以几近标准的普通话在全体乡老面前亮相，话筒前一站，第一句话一出口，就以全场戛然寂静的方式获得了众乡亲的认可。我身边的乡老说，这娃是个好料子，准会有出息。

音响里滚动播放着专为乙日亥村制作的专题片《相聚在春天里》。县电视台记者马瑜红女士扛着摄像机在人群中来回穿梭，不时对准某一张表情丰富的脸庞。县电视台主播忠明先生宣读了外地开饭馆的年轻人发来的贺信，又是一个惊喜。这一个又一个"想不到"，眼看着把会场给焐热了。

曾任县教育局"两基办"主任、对循化教育"一本账"的韩向庆先生详细介绍了当下教育政策。光辉先生高度评价了此次座谈会，说到激动处，他腾地站起来，我倒吸了一口冷气。不过我的担心是多余的，光辉先生声情并茂地回忆了这些年乙日亥人走过的坎坷路，对今天能走到这个会议室的举动大加赞赏，一番恳切言辞极大地抚慰了众多受伤的心灵。我身边的乡老抑制不住激动的情绪，两扇巴掌拍得特别起劲、特别响亮，语无伦次地说，这会开得值呀，开得好呀，打生产队解散起，就没见这么多人聚在一起，你们咋就想到这一出呢？

整场会议开下来，真正的压轴戏要算始终活跃在基层法治实践第一线的文理先生的演讲。他列举了他亲手操办的每个人都可见可闻可遇的鲜活案例，用生动有趣的语言加以阐释，全场一片阒静，我甚至能听见旁边人轻轻的喘气声。按德祥哥的话说，老少爷们一个个竖着耳朵听呢，生怕漏掉一句话，吸气呼气轻得跟麻雀似的。文理先生气场很足，绘声绘色的语言散发着泥土气息，听起来不隔膜，句句入耳，声声入心。他的"库存量"很大，稀奇古怪的案例信手拈来，越讲越精彩，足足讲了一个多小时，等到最后一句话打结时，人们还沉浸在那些已经遇到过或冷不丁啥时候要遇上的纠纷当中，巴望着文理先生继续讲下去。

短暂的停顿后，不知谁拍起巴掌来，这时众人才知道文理先生讲完了，便恋恋不舍地鼓起掌来，片刻之间，全场响起滚雷般的掌声，我也禁不住使劲拍起来。

院子里生邦先生对我说，咱伙里还有这般能讲的人呀！我会心地笑了。他又问文理是哪方人士，我说是咱村对面拉边庄子的，海米顿阿訇的尕娃。我还自豪地说，拉边庄子还有一个能讲的，叫马宏庆。

此次活动有四项内容，座谈会之前还举行了青年篮球赛、全体村民出动整治环境卫生、募捐两千多元慰问了山根村一位白血病患者。整场活动在县电视台报道后，引起不小的反响。更重要的是，这个座谈会成了乙日亥人告别过去、走向新生活的开始，原先村人羞于提"乙日亥人"，从那以后，小伙子们到十里八庄甚至到更远的城西地区说媳妇时，可以大胆说出"咱是乙日亥的"。

乙日亥人听讲座似乎上瘾了，第二年7月的一个周末，村里组织全村老少到夕昌沟野炊，也邀请我们上班人马。先遣队早一天到现在是夕昌水库库区的滩地上安营扎帐，给陆续赶来的人们准备了简单的早餐。有人给我舀了一碗烩菜，我在草地上闷头往嘴里扒拉时，书记村长和学董过来了，要我准备一下，午饭后给大伙讲一讲当下国内外形势。我感觉很突然，客气地说，就让我们安安心心当一回客人吧！村书记说，光吃饭没啥意思，讲一讲形势，让大家伙儿开开眼界，这才有意义哩！眼看推辞不过，我犹豫地说，容我想想吧。

我拿不定主意，想跟谁商量一下，抬头望去，看见山坡下一个圈子里有生邦先生，于是过去问他。他思忖片刻，说既然乡亲们要求讲，那就讲吧。我问讲点什么内容，他想了想，不正面回答，而是反问我最近的中央新疆工作会议留意了没有。我说新闻看了，往深里没学习。他掐指头说了三个方面，出主意说，你就讲这几点，再说点法律上的事就可以了。

午饭过后，在明媚的阳光下，我站在草滩上席地而坐的乡亲们中间，望着一张张熟悉而亲切的面孔，一口气讲了四十多分钟。

第三年，全村人在道帏乡旦麻河滩树林子里搞野炊，也让我讲一讲。有了点自信的村人把乡干部也请了过来。开饭馆回来的年轻人一展身手，在滚烫的大锅边拉起了拉面。已经从早年的纠纷中走出来的乡亲们敞开胸怀，打开话匣子，吃着喝着笑着，其乐融融。

吃饱喝足后，我站在人群当中，对着话筒作了《如何做一名顺应时代潮流的村民》的演讲。

高速公路征地开始前，马宏庆先生应邀到村里作了一场演讲，为顺利开展征地工作铺垫了思想基础，众乡亲达成了"国家建设是大事，切到哪里都不吭声"的默契。

一次次别开生面的讲座，是内心的冰疙瘩一次次消融的过程。听讲座成了乙日亥人精神生活的一大享受，但凡有聚会，就想着该请谁来演讲。大前年，村里请了时任白庄镇党委副书记的韩宝林先生，我赶去时他已经开讲了。宝林先生是个很有基层情怀的人，乡里待的时间久了，眼里见到的就多，脑子里想得也多，讲起来一套一套的，大到国际形势，小到乡间的鸡零狗碎都讲了个遍，让已经很有些胃口的乙日亥人饱食了一顿精神大餐。

这些年来，韩兴旺、韩卓辉、韩生邦、韩昌龙、韩忠明、李晓明、陈琰等社会名流都到村里讲过了。德祥哥胃口更大，几次提议把明良教授和占祥先生请过来。

一经开眼，乙日亥人对增加见识的需求今非昔比，不同群体不同年龄段的人聚会时，已经不满足于简单的吃喝了，满足味蕾的同时，不忘补补脑子。大约三年前，我接到一个陌生电话，估计是骚扰的，就没接，但同样的号码接连三天打过来，只好接了，原来是老家那边够得上邻居的明福大哥。他说他们这个年龄段的同乡们要聚会，邀请我参加，聚会地点另行通知，还特别交代要我给他们讲一讲。我问他讲什么，他说随便啥都行。周日我们如约在白庄集镇亚细亚饭馆集中，算上当干部的忠明、德林、德明、向庆几位兄长，他们这群生于 20 世纪 50 年代末的一茬子，总共有二十二人。岁月的刀锋在他们脸上刻下深深的印痕，依然保留着的是憨厚与本分，连到家门前这个场合也显得格外拘谨。

此次活动组织者是明福大哥和当赤脚医生的德荣兄。德荣兄和我惯熟，打小走在一起，连带家人至今还在走动。他比我还腼腆，除非非常惯熟的人，否则一般不会开口说事，通常连给我拨电话也犹豫再三。我纳闷如此矜持的人，怎么能组织大家聚会呢？

时间会改变一切。原先跟我很熟的一些朋友这些年渐行渐远了，年少时在一起总有说不完的话，而眼下一顿饭吃下来，虽说不至于别扭，但彼此的兴趣点已经不在一个频道上，找个话题聊起来有一搭没一搭的，总是碰撞不出火花，彼此之间的情分早已枯竭了，只剩下红白事上例行公事式的来往走动。同时，一些原先在视线之外的人以某种因缘不知不觉靠过来。比如明福大哥，他素常读我的作品，网上关注我的活动情况，我们虽然经常不照面，但彼此碰了面不至于找不到话题。

等到忠明兄从夏河赶过来，他们这帮同龄人算是凑齐了。德林兄首先提议大家相互间取个"口唤"，彼此间有什么恩恩怨怨，在这一刻，以一声尊贵的赛俩目一笔勾销。主持人明福大哥说，咱这波人生在饥荒年代，苦的咸的酸的都尝过来了，而今赶上了好年月，娃娃们都在门外挣钱，虽说都吃了一把年岁，但还没到七老八十动弹不了的地步，门里门外还能做点有用的事。塔亥日大哥说，这辈子不分白天黑夜奔光景日月了，到头来，人老了，也没挣个好光景。

我说，你们这代人从艰苦岁月的缝隙里挣扎着过来了，非常不容易，剩下的年月里该换一种活法了。眼下咱村发展势头好，在家里，你们是顶梁柱，说话管用。在村里，你们是一股左右手都能拎起来的中坚力量，只要拧成一股绳，还能发挥点余热哩。

我这些话，正是他们聚会的由头。

此后，他们都有点意犹未尽的感觉，不到三个月又聚了一次，彼此间有说有笑的，很能放得开。

在农村，最不好招惹的是已经脱离具体家务但身上的力气还没有退尽的这波人，他们往往处在各种是是非非的舆论旋涡中，对村子的正常发展影响巨大，如果引导得好，会是一股正面力量，否则会是一种无形的阻力。乙日亥人这些年思想观念转换快，诸事推进起来比较顺利，与这些即将步入老年却奋斗意志尚未熄灭的人们在急促变化的时代潮流中的醒悟不无关系。

乙日亥村还有"年轻人"的聚会。

年轻人精力旺盛，充满着青春的朝气，在篮球场上一个个生龙活虎，劳动场上挥汗出力，是新农村建设的主力军。据说乙日亥村篮球队已经在白庄地区崭露头角了，人们在茶余饭后分享着村球队争来的荣耀，津津乐道自己的明星球员，为沉寂的乡村生活增添了一道色彩。

在这里，心系教育并非一句空话，也不是用资助贫困生这样单一的形式来体现，而是给每一项活动注入可感可触的鲜活内容。村里每年举行一次大学生座谈会和新考入大学生表彰会；不定期举办初中生座谈会，让学有所成的学哥学姐们给青春懵懂的学子们传授在学习路上跨沟过桥的经验，填补了父母都是文盲的孩子们在成长过程中家庭教育的空白，使他们少走些弯路。每逢高考前，大学生爱心援助小组组织一次家长和学生参加的应考培训班。高考分数公布后，又主动帮助新生填写志愿。

除此之外，阿訇们也是个不容小觑的群体，他们在群众中有威望，是全村道德建设的引领者。他们都有强烈的求知欲，除了研修经学知识，对增长见识、拓展思想疆界有渴求，交流思想、探讨学问已然成风。

有一天晚上9点，舍木苏打来电话，说阿訇们聚在一起了，想听我讲讲时下的形势。我不敢怠慢，想着给阿訇们说说在他们的见识之外的新鲜事，又约上庆峰、永奋，去会见这些特殊客人。

这一次，在兴旺集团打拼的永奋讲了硝烟四起的企业竞争，我把话题引到如何开阔眼界、消弭恩怨、抢抓乡村振兴战略机遇上……

思想的火花就这样被点燃，一潭死水就这样被引开，几个春秋轮回，几度风霜雨雪，乙日亥村这扇沉重的磨盘开始徐徐转动了……

十

夏日午后的阳光强烈地照下来，木栈道上优哉游哉地散步的客人渐渐多起来，单衣薄裳花枝招展的少妇们在绿树花丛中显得格外亮丽，跳蹦床的孩子们的欢笑声、游人的说笑声，在夕昌河与道帏河蜿蜒流淌的河水中交汇成一曲心旷神怡的田野牧歌。

我和远新先生穿过用粗麻绳吊在河上的晃荡桥，在两河交界处台地上新修的凉亭下坐下来。四周一片葱绿，望不见村庄，仿佛置身于深山野林中，浓密的树叶挡住午后强烈的阳光，投下一片清凉的浓荫。

人们对流动的河水有一种特殊的文化感应，下意识中对河流赋予放荡不羁的野性，愁肠百结的恋人们往往把河流当作尽情倾诉的对象。作为滋养这片土地的母亲河，夕昌河与道帏河共同汇就的清水河在人们心中也有着同样的文化属性，它接纳欢笑，同时又带走悲苦，以流动的姿态安抚着无数个落寞的心。

两条河很自然地把景区与村庄隔开来，处于村落传统习俗影响力半径之外，加上乙日亥人以敞开的心态淡化了地界权属意识，隐去了"我们的"边界，使游人们无须看谁的脸色，悠然自如，少了一些贸然进入他人领地的顾忌。

远新先生作为县文体旅游局分管旅游开发的负责人，对发展乡村旅游很有见解，他给我谈起实施这个项目的过程和乙日亥村旅游开发的整体思路。

他说，乙日亥人的慈厚淳朴激发了他用心用意投入这个项目以至于对后续运营进行思考的热情。他并不担心我比较在意的客源问题，认为只要基础设施搞妥帖了，群众在家门前创收致富的积极性上来了，客源不是问题，他们业务部门会有一揽子招揽游客的办法，等到一波一波游客过来的时候，就有乙日亥人挣的了。他问道：

"咱俩走累了，转乏了，此刻最想要的是啥？"

"喝盖碗茶嘛！"

"对呀！"

接着，他给我算了一笔账：这里的泉水是从山崖下引过来的，其品质好似矿泉水。一个盖碗茶按十五元算，每个摊点一天卖出去十个碗子，就是一百多块，一个月该是三千了。还有馍馍酿皮凉粉凉面搅团啥的，不要啥额外的技术，把家常饭转手卖出去就是！旅游季节从5月份算起，到9月中旬结束，少说也有四个半月到五个月，你说这钱好不好挣！

他的计划中，已经开发的这一块才是第一期，还有第二期和第三期，下一步把整个核桃园都连为一体，形成自然观光、品尝撒拉族美食、儿童娱乐、民俗风情体验为一体的综合性旅游开发区，成为"中国撒拉族民俗风情体验"的一个浓缩景点。他这个想法与我们在"金点子"座谈会上达成的共识不谋而合，已经有了比较系统的表述。虽然乡亲们脑子还没有转过弯来，对家门前挣钱这个说法似信非信，但只是蹙眉不语，并没有谁提出过质疑。

回头想一想，这些年一样接着一样办下来的事情，几年前村干部说起时，村民们也是拧着眉头的，而今都摆在眼前了，还有啥好说的。因此，村人心里哪怕有一百个疑问，也不会轻易喊在嘴上。我想，随着一个个项目落地建设，要不了几年，人们的重重疑虑会被打消的。

村子发展到这个地步，要再上一个台阶，光靠村干部不够力量，远新先生提议组建本村籍大学生志愿者团队，让他们至少在假期做一点志愿服务工作。

说起来容易，做起来却步步艰难。村子走的是一条亘古未有的发展之路，脚下的每一步都得摸索前行，没有个贯通几十年的总体规划不行，不然三年一改五年一变，到头来会乱作一通；没有一整套方方面面按规则运行的章程也不行，不然我行我素，朝令夕改，中饱私囊，到头来挣几个钱是小事，弄不好把人心给搞乱了；不打通村人的思想更不行，别看眼前的村子静如止水，众人一副你好我好大家好的样子，一旦涉及个人的切身利益，风波说起就起……

乡村旅游是一篇大文章，要想尽快破题，不只是投钱多少的问题，还要在展示以文化元素为支撑的民俗风情上下一番功夫。

十一

五年前，县文联在乙日亥村组织了一次较大规模的采风活动，创作了一些文学书法作品，县作协还在村广场挂了文学创作基地牌子。随后在县文联协助下，村里举办了第一届花海艺术节，次年白庄镇政府举办了由外请演员参加的第二届"幸福像花儿一样"花海艺术节，产生了较大影响。时任白庄镇镇长马承良先生要我题写乙日亥村宣传广告词，我觉得此事关系重大，一个人难免想得不周全，就在网上小范围征集了，收到一些从不同侧面反映乙日亥村特色的句子，最终采纳了韩敬孝的"灵秀乙日亥"和韩忠明的"绿色风景线"，刻在村口竖立的大石头上。随后邀请著名策划家李兰生撰写了"红山绿谷，溪绕花田伴歌舞"，刻在从外地运来安放在村广场门前的四方形巨石上。这样一来，总算给除了人看人就没有什么内涵的景区注入了一点文化元素。

今年6月的一个周日，应诗人牧雪邀请，我们一行人到甘肃省积石山县肖红坪景区一个由他题写的"牧野山庄"做客，不大的山庄，极其简陋的房舍间好几处贴了牧雪的诗，每个房间内都张贴着本地书法家吟诵家乡的作品，在绿树掩映中氤氲着一股别样的文化气息。此间见闻对我深有启发，觉得人家甘肃人擅长以文造景，以小见大，而我们这边却一味地花钱造景，房屋一个比一个豪华，服务生一个比一个英俊俏丽，饭菜一个比一个精致，而内里却是空荡荡的，没有一点陶冶性情的柔性元素。坐在桌边最犯难的，是如何打发掉沉闷的几个小时。同样，牧雪写了很多歌颂家乡的诗，但他的诗在家门前无人问津，而在一山之隔的异域却受到如此待见，不仅挂在墙上，还刻在石头上，对待文化的这种反差现象令人深思。

　　对此我能想到的原因是，这不仅是个体文化差异导致的结果，而是反映了一个地区整体性文化底蕴的深浅厚薄。回来后，脑子里一直琢磨在乙日亥村花海景区如何营造文化氛围的事。

　　前不久，应韩文林先生相邀去了门源油菜花景区。望着漫无际涯的一片金黄，听着那首滚动播放的雄浑大气的主打歌曲《高原上的油菜花》，在"爱你一万年"几个巨型大字招摇下，我一遍遍放飞性情。在夕阳晚照中，与好客的文林先生依依惜别时，心头有一种意犹未尽却又不知缺少点什么的遗憾。缺什么呢？我估摸着八成是百里油菜花所酿出来的"文化蜜汁"还不够芬芳，如果在芬芳浴景区再打造一处"只愿此生遇见你"那样的字幕，可以与"爱你一万年互为对应"，所营造的浪漫效果可能会更好一些。

　　最近几天，詹晋文、韩原林、韩国明、马海萍、贾广华、单奕俊等文友也来到乙日亥村，按远新先生和村书记意愿，我向他们请教给旅游项目注入文化元素的良策，顺便讲起这个从苦难中走过来的村庄在乡村振兴的春风中蜕变的故事。文友们觉得乡村旅游的关键是投入，核心是文化，重点是特色，落脚点是增收。马海萍老师沉吟片刻，即兴赋诗一首：

> 河上风光莺语乱，河下青石拍水岸。
> 云卷花开怒芳菲，绿杨芳草绕木院。
> 去年相聚旧亭台，今年花胜去年红！
> 良辰美景惜流芳，且祝夏花共流连！

十二

燥热天气一直持续到 8 月中旬，雷公终于沉不住气了，一道闪光、一声巨响，给久旱的大地送来迟到的"见面礼"。然而，这场透雨只是开场白，紧接着，头顶上炸开一声巨响，一阵紧似一阵的暴雨一下几个小时，沉闷的山谷中有了令人不安的响动，家人开始担心屋顶会不会漏雨，下水管道会不会堵塞，门外裂开缝的水泥道的雨水会不会渗漏到邻家。

雨后的晌午，被清洗过的空气清爽宜人，我在院子树荫底下看书，远处传来非同寻常的沙沙声，侧耳一听，很快判明那是清水河的涛声。我不觉纳闷：晚间能听到这样的沙沙声，大白天的，哪来这么大的水声呢？举目望向大力加山峰的天际，只见东南方向天空下聚拢着团团乌云，心想八成是夕昌河上游发洪水了。

不多时，微信视频中传来乙日亥河桥坝墙被冲毁的画面。我意识到什么，拧开院子里的自来水龙头，只有呼呼的空气声，却不见一滴水，心里想，从河床底下截取的自来水管道一准被洪水冲毁了。

夕昌河发洪水是我童年记忆中难以抹去的一部分，也是至今还能望得见的一缕乡愁，儿时害怕过它的凶猛，讨厌过它造成的阻隔、闭塞与自卑，而今却又留恋它滚滚洪流上弥漫的浓浓的泥土味。

夕昌沟纵深几十公里，上游尽头是甘家草原，其间有无数条沟垴，每逢下暴雨，瞬间汇聚起势不可当的汹涌大水。黑乎乎的洪水裹挟着巨石，在碰撞中发出轰隆隆巨响，一路咆哮而来。冲天而起的洪峰上弥散的水汽中带着一股浓浓的土腥味。肆意狂奔的洪水左冲右撞，冲毁两岸的树木、麦田，冲走架在河上的木桥，曾经的乙日亥村因此成为一座孤岛。

说起来，今年的洪水强度远不及 2000 年那场洪灾。那是刷新过历史记载的一场黄色记忆。我家树林子正好在沟口，被洪水肆虐后的场景不忍目睹，长了几十年的树木一半被埋在淤泥中，被洪峰裹挟来的山石刮破了粗厚的树皮，几米高的树枝头都被泥水染黄了，可想而知冲天而起的浪头有多高了。更为触目惊心的是，清水河大桥桥板被冲走，河床上只剩下一截桥墩,省道临平公路一度中断,清水河两岸冲走不计其数的树木、羊只,冲毁的河岸堤坝、淹没的农田惨不忍睹,村庄间、公路上到处是黄泥浊水。

大自然总是以这种极端的方式一次次加深人们的记忆,而人类的可悲之处在于一转身就遗忘;十几年之后,它又板起冷峻的面孔,设置疫情、高温、暴雨等道道硬坎,这种层层加码的考验是福还是祸?很显然,不同的生命个体会有不一样的答案。然而,从深远的文化意蕴来看,这与其说是经济层面可以量化的损失,不如说是促进我们成长的宝贵精神财富。某种程度上,灾难就是最好的老师。在灾情面前,我们所该有的,不是风雨中的麻雀临时搭窝的侥幸心理,而是敏于天象的蚂蚁般未雨绸缪的集体行动,培养亲近自然敬畏自然的悲悯情怀,养成基于建设生态文明之上回归自然本性的深沉思考的习惯。

十三

不知在谁家里看见了兔子,孙女韩素突然缠着要养兔子,大人们说什么她都不听,吊着酸脸,已经闹了几天。人要是闹起情绪来,连3岁小孩都是个事,何况是大人呢?

志远只好给三队迁移村已故表哥家打电话,据说他最小的儿子撒里海养着几窝兔子。

第二天志远抱来了三只小兔,他说撒里海怎么也不肯收钱,算是白送了。我心里一阵暖热,知道撒里海还延续着他阿爸在世时的那份情谊,每逢地里的时鲜物下来,哥几个总是托人捎来让我尝鲜,前些日子还送来了现摘的杏子。

志远和邻居阿卜杜折腾了半天,用铁丝做成个笼子,在门前廊檐下,把三个可爱的小宝贝装进去。两个孙子高兴极了,整天惦记着三个小家伙,给它们弄来菜叶吃,早上一起床,就屁颠屁颠跑过去,蹲在地上看半天。

有时候,我也待在兔窝边,静静地观察它们的一举一动,那毛茸茸的躯体,灵动的眼珠子,豁开的嘴唇一下下啃吃菜叶的情形,总是竖起来的一双大耳朵，越看越喜爱。按孙女要求，我给它们分别取名为大白、小白、小灰。实际上，它们的到来，无形中给家庭生活增添了一份别样的情趣。在人的生活场域，别说一只兔子，连树上的叶子飒飒响动起来，也会增加一点生命气息。

我想，那是生命流溢出来的光彩！

从养兔带来的乐趣中我理解了那些家境殷实儿女成群的古稀老人为何舍不得丢弃几只羊的原因。尤其是中途丧偶的老者，更是把羊儿当成不离不弃的老来伴，早晨放出去，晚夕又收回来，从不间断，年年月月与它们厮守在一起。他们心里甚至揣着每只羊吃草喝水、离群合群、性情温顺与否的"秉性"。他们知道哪座山上的牧草什么时候最茂盛，哪条沟里流出来的水是甜的还是咸的。他们在吃满拉的场合谈论的话题都集中到羊儿身上，言语里、眉目间满是稀罕的喜色。表面上看，都到这把岁数了，整天跟在一群畜生后面爬山过坎、劳神费心，羊毛剪不了几斤，添一两只羊羔也增加不了多少收入，有时还因它们偷吃别人家庄稼免不了挨骂被人戳脊梁骨，本该是座上客的人沦落为连妇孺都不屑一顾的下家人。但是，人的孤独是一种深刻的自然属性，到了年老体衰的垂暮之年，感觉不到身边人传递的缕缕温情时，与那些断然不会"移情别恋"的羊儿们在另一种空间维度建立起来的默契，也许可以排遣他们内心的孤独！

说来也奇怪，生产队时期寄养在我们家的那头毛驴不时闪现在梦里。记忆中，它时不时耍点小脾气，陌生人靠近它，就本能地摇起尾巴，我们就给它起了个"疯癫驴子"的外号。它是我们家的好帮手，除了役用和积攒肥料，还可以从生产队得到作为饲料的三百捆麦草。看见它在槽边吃草，我心里就有一种踏实的感觉。它跟我十分投缘，几乎陪伴了我的童年。梦里几次试图给它喂料，却始终送不到它嘴边。

合力录哥家从一身青色的小骡驹养大到满身白毛的那头骡子也在梦里出现过几次，每次都能想起用它犁地和驮麦捆的情景。

我向来不屑于那些大庭广众之下优哉游哉遛狗的宠物族，想不来他们撇开身边那么多有情有爱的人，一门心思沉浸于不通情理的畜生身上为哪般道理。与兔子短暂的相处中，我感受到了生命该有的单纯本性和以最低成本抵达快乐的生存方式，终归理解了骏马对于骑手、猎狗对于猎人、骆驼对于商旅的意味了。

老人们有句话，什么事情只有轮到自己头上，才会掂量出轻重来。人与人之间是这样，人与动物之间是这样，人与自然之间也会是这样。

十四

今年村里人气特旺，德祥哥说叫满拉的负担比往年重了些，把寺里做礼拜的人都请过去，没有二十几桌下不来。不过，给亡人叫满拉是大事，一年一次，叫过了，也就安心了。一旦主意已定，主家不在乎多花几个钱。家境宽展的，把整个者麻体一个不落请过去。有些小门小户请不动这么多人，弄不出大动静，只好在小范围内张罗，私下打电话相请。

像我这样的人是例外，素常碰不到一百多人簇拥着去吃满拉饭的场面，这阵儿正好可以弥补一下。不用打问，也不用不好意思，跟随众人去就是。最近去了两家，都是从没踏过门槛的家户。虽说是同村人，平素见面也就只打一声招呼，而今以吃满拉的名义去登门，东家格外高兴。

满拉饭大多安排在早晨和午后的饭点，穆扎维说好时间地点和被请人员。礼拜回到家的人们脱了长衫，处理好手头上的活儿，到点前十分钟，从一条条巷子走出来，白茫茫的人群涌满巷子，颇为壮观。

要在以前，百多号人同时开饭是个难题，东家心有余而力不足。眼下各家都翻修了院屋，锅碗瓢盆桌椅板凳一应俱全，屋里屋外摆置一二十桌不成问题。再说，满拉饭也简单，只要厨房做足准备，要不了个把小时，就对付过去了。

我把叫满拉理解为撒拉族回族社会奉行的朴素意义上的共享理念。年轻人在前方打拼，三年五年回不了家，但他们不必担心老家会荒芜，因为老年人在后方守护家园，不让房屋坍塌，不让杂草丛生，不让烟火气中断。于是在外奔波的年轻人遥寄他们的心意，以叫满拉舍散哈地亚钱的方式亲近故乡，表达对众乡亲的一份情谊，以"互惠互利"的形式结成了难分难解的命运共同体。一旦出外的人们生命遇到不测,村里早已挖好墓坑,全员出动,在村头隆重迎接远途归来的亡者。

吃满拉饭场上也能学到一些礼仪,比如,如果阿訇爷和长老们没到,众人在门前无论站多久,都得等下去,进门出门都一样;不分长幼亲疏,相互之间递鞋子;坐姿用餐规规矩矩,掰开馍馍小心翼翼,掉到桌上的馍渣捡起来吃;以长者动筷为先,个人只搛自己眼前的菜;边上的人给每人递送餐巾纸,用量极为节俭,一片纸翻来覆去用;饭后要么用舌头舔净碗底,要么倒一点水,冲干净了喝掉……

德祥哥说,这些日子天天吃满拉饭,兜里竟攒下了几百块钱,村里不比城里,几乎没什么花销。隔天吃一顿满拉饭,嘴边总是不断肉,兜里塞满十元二十元面额的一沓子票,鼓鼓囊囊的,感觉很富足的样子。

高兴之余,他不无忧虑地说,夏天正是年轻人出门挣钱的时节,这么多年轻人聚在村里总不是好事,坐吃山空呀!但这是没办法的事,疫情当前,谁也不敢胡乱闯荡,再憋不住劲,也得硬撑下去,一切得从长计议。留得青山在,不怕没柴烧。

研究"三农"问题的温铁军教授说过,中国农民是最有容忍度的一族,为工业化和城市化付出了巨大牺牲,但得到的回报却与付出不成正比。在我看来,中国农民是最有感恩情怀的一族,总是在欲望的最低层面管理着自己的情绪。城市红火旺盛时,他们想方设法挤进去,以最低姿态在夹缝中舀起城市这口大锅里的一勺汤;疲惫的城市需要喘口气时,他们又悄然转身,不怨天不怨地,打点行囊,挥一挥手,与霓虹闪烁的街市作别,像一只只山鸟,归隐在炊烟缭绕的村舍间,好像什么都没发生过,谁都不欠谁的。

入夏以来,村里年轻人闹出了红火景象,组建了两支篮球队,每天跟来自全县各村的球队过招,据说在整个白庄地区都打出了名声,他们已经有了能出色把守各个方位的明星队员,也有了研究"战略战术"的顾问团队和获取资格证的准裁判员。我向舍木苏一一打问,他给我分别介绍几号队员是谁家尕娃。招人显眼的 71 号是种子选手,运球、转身、投篮已经到了无人可比的程度，被选拔到镇球队，前些日子还外请到大通县参加过比赛。

不服输的外村球队早早下战书，每到下午，绿树环绕的村广场被十里八乡赶来看热闹的观众围成几圈，生龙活虎的队员们在众目睽睽下一展身手。望着身轻如燕的小伙子们蹦蹦跳跳的样子，腿脚不利索的我好生羡慕，好像自己曾经没有过这么一天似的。

裁判员吹起哨子来一点也不含糊，整场比赛有伴奏乐，进个球就响起一番咚咚咚的击鼓声，投进三分球，响起抛物线似的一阵滑溜溜的乐声。满口普通话的解说员口吐莲花、绘声绘色。看上去，县篮球馆里的比赛也不过如此。

从不起眼的乙日亥村球队的逆袭现象，五十年前在他们的父辈或祖父辈身上出现过一次。那时的乙日亥球队像一匹脱缰的黑马，把周边村庄的一个个球队比试下去，势不可当。在白庄地区一举夺冠后，信誓旦旦的队员们越战越勇，挑战了名噪一时的孟达山队。五十年之后，他们的后辈在清水河的涛声中又一次登台亮相。在我看来，这不是时光轮回中的迂回与重复，而是走过万水千山之后的一次跨越！

十五

对于乡村老家，从形式上不再属于那片土地的人们总是带着警惕的目光，不敢贴身靠近，又不愿转身不理，在若即若离中拉开适当的距离，很大程度上，为灵魂保留一块最终的栖息地。之所以有这样的考量，是因为既不想因自己对有些事有些人看得不甚明了而无端地伤害故乡，也不想让故乡的某些风波殃及自己。进退之间保持适当的距离，就是最好的守望。比较一致的看法是，上班族偶尔回去走走看看可以，但回家的次数绝不可以频繁，回家的脚步绝不可以繁密，不可以在老家人面前抖落风光体面，也决不能在不知不觉中以"第三者"身份陷进老家沸沸扬扬的是非场中，落下个里外不是人的下场。

我自己的经验是，与故乡黏得太紧不是明智之举，彻底断裂也是不现实的，通常村里有所需求，以村"两委"名义相请，又在本人能力所及之内的，一般会尽力而为，倾心相助，但不会就此陷进去，办完事立即转身，从此不问结果，不作评论。这一次也是推辞不得，接连参与了三项活动。

第一件是村道整治。

乙日亥人向来惜土如金，先民们建院造屋时，没舍得占用稍稍平整一点的土地，随地造屋，随遇而安。也没整出一条像样的村道，一到下雨天，在狭窄的泥泞路上进出村庄极不方便，连单人行走，从村头到村西也往往需要半个小时。过去二十年间，逶迤蜿蜒的主村道虽经几次整修，但总体上没有大的改观，而村子中间多有"肠子路"和"盲肠路"，单人单行还显不出逼仄，私家车一多起来，大家伙都觉得眼前的路不像个路了。最先起头的是在县委组织部上班的韩福民，他家正在掐脖子段上，小伙子明事理，不跟谁商量，从原本不大的院子一头辟出三米多来。这一下，打开的不仅是村道，而是人们的脑门子，已经豁开口子的一潭死水开始缓缓流动了。村"两委"班子趁势而上，动员村内外各路人员捐款，不出几天就募集到十几万元。

村里组建了整修村道领导小组，指定一名阿訇专门管钱，每天在微信群里公布收支情况。同时承诺凡让出庄廓墙角的，不论多少，一律由村里负责修葺。人们惊奇地看到，那些想象中几头牛也拉拽不过来的家户都悄然动起来了，树木挡道的愿意砍树，墙角碍眼的愿意砍掉角子，有的占用三五米，有的推倒土墙砌砖墙，让出多出来的几十厘米地；弯道处有树木的，也忍痛割爱，含泪砍掉稀罕得不忍放斧头的祖传家财。户看户，人比人，一时间产生多米诺骨牌效应，主动请求拓宽巷子的人越来越多起来。

更令人惊喜的是，全村老少的心像是大暑天催熟了的庄稼，都变得齐刷刷的了，不用村干部扯破嗓子一遍遍喊，也不用动辄就管吃管喝，男女老少以少有的热情投入进来，砍树的、拉运建材的、砌墙的、运垃圾的，干得热火朝天。劳动场景通过微信群发出去，叫人眼馋不已！外乡镇外村子不断派人来参观取经，都感叹如今金钱社会里很难办到的事让乙日亥人给办了。上张尕村我有个亲戚叫奴海，他抑制不住感动的情绪，拎起几箱饮料来慰问。

半个月后，在全县掀起波澜的乙日亥村"畅通工程"顺利收尾了，村庄面貌焕然一新，村人脸上笑逐颜开。紧接着，县交通部门铺了沥青，真是锦上添花、肥肠里灌油呀！老人们说，黑路上走起路来，脚底下比原先的水泥路还绵软些、舒畅些。

粗略算了一笔账，得出的结论是，此次以区区十几万元干成了近一百五十万元的大工程，这真是人心齐、泰山移呀！更重要的收获在于把生产经营上相对分散的一村人用建设美好家园的共同目标像蒜瓣般团在一起了，给每个人心里注入了一股干事创业的信心，打开了透过土墙瞭望世界的"第三只眼睛"。

在昌龙、忠明先生提议下，乙拉四书记决定开一个村道整治总结会，把总结的活儿安到我头上。我坚辞拒绝。对我而言，这种费脑子靠嘴巴的事不算太难，但不能不考虑自己面对故乡时的双重身份——在文化意义上，属于乙日亥村一分子，但在具体村务上，我们这些上班族纵然怀乡情感再浓，毕竟也是局外人，说话高了低了，很难把准火候，引起非议来，对谁都不好。但村书记好像铁了心，端起一村之长架势，不容我多说，撂下一句话：这是村子的大事，就这么定了，再不要推辞了！

主事人搬出村子，等于一千多号人站在你面前，还有什么可说的！

5月20日这一天，全村老少齐聚村广场，除每户一名代表外，还来了不少上班人，白庄镇书记镇长携全班人马来了。人群中看见常驻西宁的老书记德功先生、德祥哥这些难得一见的面容。学俊村长说，这是多年来参会人数最多的一次。昌龙、忠明这些重量级人物比我见多识广，有他们在场，我心里不免有点生怯，好在是他们推举我上台的，我也就顾不得什么了，就着早已准备好的总结提纲，从乙日亥村为什么在全镇乃至全县率先开展村道整治行动、村道整治行动带来的变化、村道整治行动给予我们的启示、乙日亥村当下的几个优势及劣势、今后该怎么办等几个方面，细说了三百多年来村子走过的艰辛历程、发生的沧桑巨变，点出了我的记忆触角能够抵达的那些过世和在世的为村子发展进步付出过心血的众乡亲名字。在我看来，他们在某一个时间段里，为了集体利益，"扶了众家的水缸，倒了自家的油缸"，像是全心全意扶住在薄冰上摇摇晃晃走过来的马驮，终于把一个穷得叮当响的村子扶持到眼下这般境地了。我动情地说：

"今天我们所拥有的美好生活，是党和政府关怀的结果，是所有乙日亥人共同努力和付出的结果。有钱人出了钱，没钱的出了力；没力气的，说了一句支持主事人的好话；连好话都不愿说的，如果没说扯后腿的话，也等于为成就某件事做了贡献。一代代乙日亥人亲帮亲、邻帮邻，相聚一把火，散开满天星，为改变贫穷落后面貌所做的一切，闪耀着集体主义的光辉……"

从会后各方反馈的情况看，这个总结会整体效果超出了我们的预想，在记忆的河流中荡涤了聚集在人们心头的那么一点不如意，共同的成就感和理想使他们靠得更近了。我一再请求不要录音录像，结果还是被完整地录了下来，有一段视频还出现在网络上。

第二场活动是"第六届乙日亥村心系教育·崇尚公德座谈会暨新考录大学生表彰会"，我依旧应邀作了"尊师重教与当代大学生使命"的主旨演讲。

第三场活动是因昌龙先生提议并赞助的"乙日亥村大学生饮水思源缘木思本感恩教育座谈会"，老书记韩德功先生对比了新旧社会，讲述了他曾去山西省昔阳县大寨大队学习考察的经历。他不堪回首那些令人揪心的年月，说到现在看来有点荒唐的事，摇摇头说，算啦，都过去了，不说也罢。在我们一再请求鼓动下，他才打开话腔，放开来说：

"有些事情是人为造成的，就吃了咱乙日亥人老实的亏！比方说，饥荒年代咱村仓库里有的是粮食，就因为招架不住上头一声调粮命令，把好端端的麦子驮到工区了。没吃的了，就吃榆树皮，村巷里到处是剥了皮的白花花的榆树干，后来连榆树皮也没得吃了。个个羸弱得像醋缸里的虫子，眼看着一个接一个倒下去。全村死了二十七个人，咱这些人是从死亡线上捡回了一条命。

"地还是原先的地，但前后光景就是不一样。原先一亩地撑死收三百多斤，自打种开'高原五〇六'和'阿波米'新品种后，亩产一下增到一千斤。咱当队长那会儿，二牛抬杠换成机械深耕，种子手撒变机械播种，药剂拌种、农药喷洒、尿素二胺都用上了，粮食产量年年翻新。1974年，二队一百多亩水浇地里破天荒打了十四万斤，黄澄澄的麦子堆了个山，乙日亥人从此吃上了饱肚子……"

我回忆了上学期间忍饥挨饿中依然勤奋读书的往事，告诉年轻的学子们，在这个亘古未有的伟大时代，不大可能遭遇与祖辈们同样的苦难，但不经历苦难并不意味着可以忘却苦难。今天开启尘封的记忆存储器，揭开那些并未远去的伤疤，就是提醒大家心悦诚服地感恩当下。我说，苦难是最好的老师，唯有经历过苦难的人，才会珍惜当下的生活，不会浪费用劳动和汗水换来的每一粒粮食，不觉得伸长舌头舔净碗底是不体面的事，不觉得反过来倒过去使用一张餐巾纸显得多么不入流……

除此之外，因县委宣传部安排，我在村里分别给全省精神脱贫现场观摩会、全县市域社会治理现代化现场观摩会、海东市委领导和民和县观摩团讲解了循化县推行移风易俗工作情况；应省委讲师团领导"现场测试"的要求，还是在村广场，给村民作了三十分钟理论宣讲，十五分钟用汉语讲，十五分钟用撒拉语讲。

有些好奇的客人问我是哪里人时，我就亮明自己的"乙日亥人"身份。

真是想象不到，家乡以如此宽厚的姿态给我这个不成器的游子搭建了展示才华的舞台。

十六

在乡村，喝茶聊天中提及外面的见闻，或说起族内一些成功人士，乡老们的表情往往很淡然，并不表现出羡慕和向往之色，只有提起韩兴旺这样名冠撒拉八工的显赫人物，才会激起一点兴趣。在他们心里或眼里，最能使自己富足的，莫过于身边的儿女、地里的庄稼、圈里的牲畜，还有卡里的存款。每一天都是一道难解的考试题，在解答或难或易的问题中，每个人练就了自己的处世之道；每个家庭无论穷过还是富过，都把过日子的本领变成一本足以传代的教科书。即便再难，他们也不会对未来失去信心，在朝霞中播种一天的种子，晚霞里收获一天的果实，日日月月，年年岁岁。再看看他们鲜花点缀的庭院，再窘迫潦倒，也都会拿出一副富足的心态，去追求最简单最朴素的精神生活。

村里的山田都退耕还草、一半水浇地被高速公路征用，加上圈打庄廓占去的耕地，实际上没剩下多少了。不少人不愿把自己拴在这为数不多的土地上，索性一走了之。即便是不愿丢弃种地本分的人家，种田的多半工序也是雇人雇机械，原先那种整天泡在土灰里的庄稼人很难见得到了。

儿女们在外开饭馆的，趁机会到大城市转一圈，飞机火车地铁都坐了，大世面也见了，人还是原先的人，但他们内心的原野变宽变大了，目光的半径变大了，家门前那些地成了他们作为庄稼人的一种名分，仅此而已。

穿戴讲究的女人们在光洁的水泥路上脚踩高跟鞋咔嗒咔嗒走路时，就有几分抑制不住的自信。有人说，当今的撒拉艳姑最会穿衣服，差不多成了引领西部地区穆斯林妇女穿戴时尚的前瞻一族。迎面走来的小伙子们一个比一个英俊，如果他们不跟你搭话，你很难确定他们是不是本村人。

村巷里玩耍的小孩们操着满口的普通话，他们在语言表达上或许已经超过了方言浓重的汉族地区的孩子们。像舍木苏这样不识文断字的文盲也能在手机上将汉字转换成语音，每天发生的要闻大事都了然于胸。有人算了一下，在县城买房的人家不少于四十户。老人们冬天到县城暖气房里住，夏天又搬回来，来来往往，候鸟一样，哪里舒服就搬到哪里。也有晚上回到县城、白天到村里的"走读户"，反正公交车整天跑个不停，来回不过几块钱。

形式上看，现在的村人与纯粹意义上的农村生活渐行渐远，像离开根茎的草叶，漂浮在不知去向的流水中，像倾巢远飞的鸟儿，寻找新的彼岸……

望着那些物质上并不富裕却幸福感十足的人们，我时常在想，是什么让他们拥有如此富饶的内心世界？是什么样的内心毅力使他们不被困难吓倒，反而越活越精彩？是什么样的生命感悟使他们平静地对待生老病死？跟他们处久了，便能从他们的体态眼神里捕捉到一种在浮躁的城市生活中无法得到的独特体验。这种体验与衣食住行无关，与对生命的认识和最后的灵魂归宿有关。

哲学家们在网上大谈生命现象的奥妙时，我身边满脸胡须满脸皱痕的人们却哑然失笑了。在他们看来，命悬一线的垂危之人因为不能告诉最后时刻的所见所闻所想，生命因此变得深不可测，玄妙无比。他们的意识里，人类智慧尽头的宗教正好描述了那一时刻的种种迹象，以一种肉眼无法窥见的神秘光环覆盖了那一片认知空洞，从而获得一种莫大的安慰。他们不纠结今生得失，不害怕死亡，因为生者有生者的慰藉，死者有死者的归途。

在村里，你没办法逃离对生老病死的生命体验。有人病了，大家都去探望，相互要"口唤"，说一些素常听不见的暖心话，再铁石心肠的人也会感动流泪。病人无常了，无论熟识与否，都会说一句"我们来自安拉，又归于安拉，好兄弟好姐妹，你先走一步，我们随后就到"。虽然是约定俗成的语言，但说出来，感受就不一样了，至少对后来者是一种祸福旦夕、生命无期的提醒和警策。对生命的去留如此从容淡定，令人起敬。不用谁招呼，年轻男子们主动抄起铁锹去挖墓坑，争相抬起埋体匣子。先走的人当中有老者，也有年幼者，有患病者，也有突然间殁了的。在拉面馆触电身亡的小兄弟从杭州连夜运回来时，舍木苏伤感地说，这顿亚就那么回事，好好的，眨眼间就走到头了。在送走一个个亡灵的过程中，活着的人经受一次次无言的生命教育，他们的眼睛在泪水的浸泡中变得潮湿，他们的内心在感动的战栗中一次次软化，他们会想到，总有一天自己也会被埋体匣子抬走，埋进狭窄的坟坑里。

相比而言，城里的年轻人缺乏一种感受生命消亡的切身体验，更缺乏集体仪式中相互浸染的氛围，也总是以智者的姿态俯视在阡陌炊烟间与黄土相伴的乡里人，因而对生命承载过重的负荷，欲望大树覆盖了生命原野，活得反倒不如村里人那样通透轻松。

村里人有一种特殊的文化心理，平常情况下，他们不会特别在意谁，也不会无端地看不起谁，这是对陌生面孔本能的警惕与设防，露水恩惠感化不了他们刚硬的自尊。无论在外声名多么显赫，一旦在村巷里与他们相遇，立刻被他们含蓄中带着疑问的神色、笑容中欠着火候的热情稀释成淡淡的一声小名，直到你把说话的腔调、走路的姿势和目光的高度调适到让他们感觉你是"自己人"的时候，他们才投以信任的目光。即便这样，你也不能指望他们会亲昵地唤起你那些在名利场上镀了金的称谓。

谈起对儿女们的教育，邻居尕雅亥亚哥说，他时常对当干部的儿子叮嘱，当别人都争着抢着去摘那朵最显眼的花儿时，咱最好躲在一边，让别人摘了去；别人抢着摘瓜时，咱要安安心心捡芝麻；饭要一口一口吃，路要一步一步走；穷人家的孩子迈出每一步，都要看清脚下的道儿，要走别人不愿走的羊肠小道、爬别人不愿爬的高山大岭。合力录哥说，世上的这规矩那规矩、这谱那谱，都是富人弄出来的，咱穷人活得简单，生儿育女，一日三顿饭，没那么多穷讲究了。

诸如此类的民间经验延续着乡村文明的香火，滋润着一代代人，绵绵相传，天高地阔。

十七

一般来说，乡愁就是亲情，而亲情的浓淡程度在于对父母亲的牵挂。马尔克斯说，父母是我们和死亡之间的一堵墙。父母亲在世时，感觉自己是个长不大的孩子，离死亡非常遥远，甚至不考虑死亡；当有一天父母亲突然不在了，挡在前面的一堵墙轰然倒下，一眼望见前方终点站上等着的死神。这种心理体验真实而奇妙，心里头一下子灌进来许多沉重的东西，掐指一算，指缝间溜走了大半个时光，满打满算，生命旅程就剩那么几步了。

对父亲的记忆是模糊的，仅有的一点印象也是从别处零零星星听来的。

父亲最初被招录到张尕工区售货铺当了一名售货员，后来在清水供销社当营业员，1964 年调往孟达供销社。"四清"运动中以莫须有罪名接受审查，因承受不住巨大压力，在一个漆黑的夜晚自寻短见了。那时，我出生还不到四个月。突如其来的暴风雨席卷了我们家。接连抄家，一次比一次下手凶狠。第三次抄家时，拔走了灶台上的锅，卷走了炕上的铺盖，家徒四壁，满目狼藉。除了爷爷和舅舅夜里偷偷过来，那些常来常往夸赞母亲做饭手艺好的亲戚朋友都躲得远远的，谁也不敢过来安慰一下母亲。更让母亲难过的是，来抄家的都是本村人，有的关系还很近。年仅28岁的母亲经不住天塌地陷的劫难，快要发疯了，一夜号啕之后，嗓子眼堵住了，声音嘶哑了，想哭哭不出，呜呜地哽咽着，脖子底下长出了拳头大的瘤子。

无法排遣的阴影笼罩住母亲的心，绝望至极，她有了以极端方式结束自己痛苦的念头，但望着襁褓中的我和年幼的姐姐，最终还是挺了过来……

父亲遗物中唯一留下来的是一双黑皮鞋。大约我10岁那年，母亲让我试穿了一下，然后送给德祥哥。前年，新华老师打来电话，说他要告诉我一件喜事。我赶忙问是什么好事，他说家里翻箱倒柜时发现了一张合影照，他拿给父亲看，老先生说站在右边的是我父亲——乙沙格。我心里一阵暖热，让韩老师赶紧把照片传过来。韩老师说，慎重起见，让他父亲再确认一下。几天后，照片传了过来，尽管是旧照，却非常清晰，站成一排的几个年轻人面目清秀、英俊潇洒。我的目光锁定住右边的那个身影，激动之余，心头涌起一股复杂的情绪。我把照片拿给大舅和舅母看，舅母端详很久，肯定地说，那人不是乙沙哥。舅舅也翻来覆去看，最后摇了摇头。我不甘心，又拿给德祥哥和海吉姐看。海吉姐说，不像，一点也不像，那不是咱家叔叔。这时，新华老师也打来电话，说经他父亲一再认定，照片上没有我父亲。

1995年，一位陌生的白须老者找到我，说是父亲生前好友，几十年前他们各自缝了一条黑卡其布裤子，料钱和手工费是我父亲垫付的，他还没来得及给钱就出事了，从此他不断寻找好友未曾谋面的后人，但音讯全无。随着年岁增长，这件事成了压在他心头的一块石头，他寻思着离开这个世界前无论如何要偿还这笔债账。有一天终于打听到我在某个单位上班，就直接找上来了。老人问明情况，知道我是他苦苦找寻的人，如释重负，把一叠五尺黑布和五元钱交给我。我把布料交给母亲，她禁不住哭了。

母亲辞世已经五年了，其间发生了很多如果她老人家在世足以令她欣喜或悲恸的事情，而今身边再也没有像母亲那样打心眼里分享我的快乐分担我的忧伤的人，只能在夜深人静时把思念的触须伸向那张曾经时时为我担忧的慈祥的脸庞。令我不安的是，老人家很少走进我梦里，对此我只有一种自我安慰式的解释：母亲的灵魂已经超级安稳了，她对自己背后的人包括儿子们没什么期许，这也是她老人家生前的愿望——有一口气时行善干好，以自己一点一滴的善功铺成一条通往天堂的路。她眼睛半瞎时跌跌撞撞烙成并亲手送出去的几千个焰锅馍应该是她的铺路石。

母亲的离去，无异于我的情感堤坝决了一道口子。紧接着，又有一些熟悉的面孔一个个从眼前消失，有的甚至来不及告别就撒手而去。从此，我怀着与之前判若两样的心情出没在这个红尘弥漫的世界，无论脚步轻与重、深与浅，都不会有谁说一声对错。大舅有一双洞见世事的目光，虽深居简出，却纵览天下事，老人家离世后，再也听不到"公家人的心儿要像箭镞般端直，花钱办事脚步要留宽些"的叮咛。

去年这个时候，好友生福先生溘然谢世，时光之轮转了一圈之后，老县长生邦先生和文友光辉先生也与世长辞。想起与他们告别的那一幕，那淡然自若的音容犹在眼前。

生邦先生一生以清廉著称，曾经是一县之长的他究竟清廉到什么程度，乡间有不少传闻。据曾经是县公安局政委的交巴先生回忆，有一回他看见街子乡一位朋友给生邦先生家送来一篮苹果，可老县长死活不要，推着搡着退回去了。多年前我回村时，在村头碰见生邦先生，他说他们家准备开一个家族会议，邀请我参加。老县长拉着我的手，把我让到炕中间，我说这有违咱撒拉人规矩，一个晚辈怎敢坐中间？他说你是客人，客人就该坐上座。没办法，我只好居中而坐。

不多时，脚地上坐满了老少，会议由坐在炕沿的生福先生主持。他是个性情中人，说到动情处就抽泣抹泪。生邦先生请我讲几句，我知道这是老县长抬举我，赶忙推辞。于是他回忆起这一生的经历，末了说，咱一个穷人家的娃娃，没啥大本事，能当上县长，一是组织培养的结果，二是全县人民信任的结果，三是家人支持的结果。他手指着蹲在地上聆听的老阿奶（他妻子），动情地说：

"娃他妈是咱身后的一座靠山，由于她的支持，我家没拿别人一根葱，没占别人一分钱便宜！"

那一刻，我理解了一位曾经身居要位的老干部的无私情怀，对已经有点耳背的老奶奶投去无限敬重的目光，同时也为这片贫瘠土地能培养出高山仰止的优秀儿子而深深自豪！

老奶奶先于老县长而去。生前我去看望她时，老县长独自守在床边，那种相敬如宾的晚景真叫人羡慕！老县长给我赠送了三本封面用面糊粘贴的撒拉族历史资料，里头反映的全是晚清和民国时期并不平静的撒拉族社会内幕，我如获至宝，喜不自禁。

今年 7 月 3 日，德祥哥、舍木苏和我去看望卧床有些日子的老县长，病榻前我转达了全县各族各界对他的美好评价，他流露出欣慰的神色，双目微闭，对我也像是对这个世界说了一句：心底无私天地宽！

舍木苏反复问我这话什么意思，我想了想说，老县长用一生的清廉和低调，向这个世界交出了一份清清白白的人生答卷，他的心儿比天地还宽！

光辉先生是当代撒拉族文化建设中无法抹去的一个存在，有关他的奋斗历程及业绩，我在由他编著的《撒拉族民间歌曲集》序言中有过详细的描述。听闻他从省医院回来的消息，明全、原林和我去看望。我们像往常一样拉家常，谈论的话题离死亡非常遥远，话里话外都是有关循化与撒拉族文化建设的事，先生特别惦记撒拉族村庄地名原意的考证事宜。谈到县域文学创作，他由衷地说：

"由于你们的努力，这些年撒拉族文学创作势头不错，不少短板都给补上了。但这还不够，还得努力，争取在未来几年有更好的成就！"

山高人为峰，一览众山小。有些时候，一个人站在那里，就是这个时代的高度，他走了，那座高峰也就不在了。无论是生邦先生还是光辉先生，都是我们无法忘却的记忆，他们带走的不仅是一片星光，更是有关信仰、理想、廉洁和奋斗的一个时代。

十八

用两个多小时一口气看完了近期比较火爆的电影《隐入尘烟》，心里沉沉的，说不出为什么，也许是痛惜主人公好不容易建起家园生活渐渐有起色时突然失去妻子进而以身殉情的不幸遭遇。影片粗糙的外表下却有许多仔细琢磨的地方。男主人公马有铁虽然处境艰难，却比大多数人活得透明，活得坚强，活得有韧劲，他身上迸发出靠自己双手改变命运的强大力量。这样的生命看似卑微，其实闪耀着人性的光芒。有了无数马有铁那样感恩土地、回报土地、连一只蝌蚪和麻雀甚至一粒种子都不愿伤害的富有悲悯情怀的普通人，才使大地春常在。

影片用最少的人物、最土的语言、最少的音乐渲染等原生态白描手法，完成了对微如尘埃的一对痴男怨女既平凡又伟大人生的塑造。故事发生在甘肃张掖一带，如果把镜头倒回十年或更早以前，西部地区可能会找到类此情形，但我仍然以为，在当代中国农村的任何一个角落，马有铁夫妇的困境已经不再具有普遍性。相比之下，即便 2019 年以前的循化属于国定贫困县，也很难找到像马有铁夫妇那样生活上极度贫穷又得不到任何外援的农户。

相较于影片中人情冷漠的场景，撒拉族地区以村庄为单元的社会结构尚有温馨可人的凝聚力，人们心中的集体主义意识尚未泯灭，沿袭千百年的约定俗成的礼仪仍然以绵绵不断的吸附力统摄着人们的行为，谁也不敢做出过于极端的出格事，对不仁不义不端行为有着天然的道德谴责机制和伦理制约方式。村里不乏马有铁那样外表粗糙却灵魂高贵的个体，岁月的年轮累积越多，他们的生命质地越发温润。

观众对这部展示人格力量和道德感召力的影片表现出来的空前热度，

反映了市场经济条件下人们对中华优秀传统文化的深切呼唤。对照马有铁润物细无声的行动力，舆论场上沸沸扬扬大谈特谈中华传统文化的学人们显得多么苍白。我在想，孔孟老庄的哲学思想为什么转化不了芸芸众生的日常行为，而马有铁那些虽然土得掉渣却映照人性的言语为什么直击人心、戳中泪点？

实际上，居高临下的空洞说教绑架了个体生命该有的独立思考，掏空了传统文化中最为精彩熠熠生辉的部分。村里老人们感慨最多的是如今人心都跑了，灵魂都出窍了。在没有什么通信工具的封闭社会，我们倒是原汁原味地守住了中华优秀文化的底色，而在海量资讯面前本可以变得更加聪明的我们，却轻易地丢失赖以生存的精神阵地，这究竟是为什么？马有铁在贫困中不失本色的坚守告诉我们，道德建设的核心不在于说什么，而在于做什么、怎么做。马有铁"一码归一码"的处事原则犹如清风明月朗照乾坤，令衮衮诸君们隔靴搔痒的高谈阔论、国学大师们"之乎者也"的故弄玄虚黯然失色。其实，只要内心有渴望，粗犷的田野泥土中照样能塑造出高山仰止的高贵灵魂。

这些日子我也揣摩出一些道道来，村里那些看起来可怜的人们其实没有我认为的那么寒酸。那些七老八十的老汉们兜里大多揣着万儿八千，多半是用养老金、哈地亚钱和小辈们孝敬的钱凑起来的，日积月累，点点成海。眼下，衣食不保的赤贫户基本绝迹了，即便是无依无靠的鳏寡老者，也不是没有基本的生存保障。而衣食住行无忧的背后，却伴随着各种各样的烦心事。在开放的系统里，撒拉族没有家训家规的弊端逐渐显露出来，家庭教育的普遍缺失和道德教育的弱化导致了一系列危机四伏的社会问题。虎视眈眈有恃无恐的互联网乘虚而入，高科技颠覆着人的思维模式，传统的"灵魂启发"式智性教育功效越来越微弱，在与欲望、利益和个性化的强势对峙中，祖辈们沿袭至今的行为规范统统败下阵来。年轻人对传统文化的叛逆，导致了种种过犹不及的行为模式，追捧时尚的跨度超越了群体理智和文化情感所能接受的程度。比如，有些年轻人不屑于本族传统婚礼，直接把西方婚礼搬了过来，轻纱遮容羞答答的新媳妇变成一身素白争俏斗艳的模特，通过短视频，让更多人大开眼界。

我们这些人对于故乡的感觉是敏感的，不要说大人，连小孩子目光中的冷暖色调也会影响我的情绪。可喜的是，走在村巷里，那些玩耍的孩子们并不会无动于衷，多半给我说声赛俩目。我孙女也学了过来，见人就说赛俩目。沉浸在这样的氛围中，不得不叹服村庄无形而强大的文化塑造力。

母亲曾经说过，亲情是处出来的，女人栲栳里拎着的不单单是吃食，而是一家对一家的疼肠。妻子说，她要照母亲的样子当个"赛哈瓦体"①人。这正合我意，鼓励她在为人处世上多费点心思。每回打搅团时，她有意多打一点，为的是给邻家送去一两碗；买来瓜果蔬菜，也不忘把常来常往的几个人叫来尝鲜。这样一来，周围早已冰凉的亲情渐渐被焐热了，亲朋们家里做什么好吃的，也都不忘送过来一点；有时叫我们过去，好饭好菜好茶招待一番。

在撒拉乡，浓浓的人情味虽然被世俗社会的浊浪冲淡不少，但与这片土地相依为命的人们还不至于沦落到像马有铁和曹贵英那样被世俗社会抛弃的境地。

十九

作为情感动物的人，到哪儿都需要几个情投意合的伴儿，这是不同于亲情和爱情的另一种情感需求，是从牙牙学语到垂暮之年无法取代的情感补给，没有年岁之隔，没有族别之分，甚至可以跨越性别沟壑，唯求情趣相投、心灵契合。尤其是脱离了家庭俗世、淡漠了异性情爱的黄昏之人，更需要不求功利只为理解和欣赏的第三个情感场域所滋生的情谊的弥补与滋润。真可谓物以类聚，人以群分。

都说朋友是处出来的，情分是经营出来的，没有经年累月的投入，休想得到几个常来常往无所不谈历久弥新的好友。我喜欢无声无息地进入，

---

① 赛哈瓦体：慷慨。

渐行渐近，最终走进彼此生命的交往方式。至今辗转十几个单位，每一处都有一些值得长久怀念的面孔，有的已经逝去，有的面容沧桑，但嵌进骨子里的那份情谊却并未在时光河流的冲刷中淡去。老马离世十几年了，前些天他儿子捎话来，说他阿妈老是念叨我，请我一定抽空来他们家聚聚，不日我携家人前往。也时常挂念藏乡的索南扎西一家人，不知道他们现在过得怎样，他忧郁的目光里是否多了一些被幸福生活照亮的光泽？还有，曾经在不同单位说笑过的那些偶尔在大街上碰面或不经意间提起名字时心头一热的同事们，都是如陈酿般历久弥新的珍藏，即便哪天想不起作为符号的名字，但记忆中早已定格的音容一定不会被岁月的风霜漂白。

最近十年间，跟我走得近走得勤的要算表哥阿乙草，每当地里的青麦子青豆子下来，院里的杏子果子熟了，或积攒下什么好吃的东西，总不忘请我和庆峰兄弟去尝尝。我们也特别在意这份情谊，有意把车开到他家门口，满足一下乡下人仅有的那么一点虚荣心。一家人对我们待若上宾，无论多忙，也要放下手里的活儿，张罗着把最得意的饭菜端出来。他用盖房子剩下的下脚料给我和庆峰做了一对小马扎，上了油漆，叫我们拿回去留个念想。

他有五个儿子，儿孙绕膝，家境像春笋般往上蹿，正当安享晚年时，可恶的癌魔掐住了他的咽喉。家人早已知道病根，只是瞒着他，也没跟我们说起过。我几次催促他到省上的大医院看看，表哥笑着说，算啦，能活到这把岁数，也算是赚了。卧炕后，我们一次次去看望他，爱怜地摩挲他干瘦的手臂，说一些明知道于事无补却又不能不说的宽慰话。一遍遍用矿泉水润咽喉，又一遍遍吐出来的那段日子里，他无限留恋这个世界的目光令我心碎。

临终前，艾草哥嘱咐儿子们，怎么对待你们阿爸的，就怎样对待你们达吾哥（我的小名）和亚古柏哥（庆峰小名）。出殡时刻，我在屋檐下小板凳上想起我们在一起的时光，而今斯人已去，在这个小院里喝茶聊天的美好时光已经终结，禁不住号啕大哭起来，满院子人都奇怪地望着我这个在他们眼里与表哥之间论血亲还不算最近的人。男儿有泪不轻弹，只是未到伤心处。我诧异连失去母亲时也都能淡定处事的自己怎么会如此脆弱！也许是没有母亲的日子里自己变得多愁善感了，也许容易感伤是生命衰老的标志。

那是我成年后三次大哭中的一次。另外两次失态也足以终生难忘。1992年伯母辞世后，我忽然恸哭不止，惊了一院子人；2019年9月，我们几个写作者到青藏线采风，在西藏山南市与在外创业的撒拉族兄弟座谈时，我触景生情，禁不住号啕大哭起来。

然而，与自己对可能遭遇的最为惨烈的人生变故的预期相比，掉几滴眼泪实在不算什么。与数次住院的庆峰兄弟比起来，至今还没有蹚进岁月河流的最深最险处，甚至没有经历过遽然遇灾的沉痛打击……

二十

每个人的人际关系像一根葱，剥开一层，又露出一层。艾草哥之后，突然发现身边的亲人们都满脸白须、皱痕密布、腰弯腿瘸了，恍惚间，我有一种快要失去他们的急迫感，目光开始转向还没来得及焐热的一拨亲人身上。

村里经常跟我喝茶的，除了德祥哥，还有合力录哥、哈如乃阿舅、有草阿舅、福地哥、德荣兄、舍木苏等一干人。

德祥哥在乙日亥村算是个传奇人物，自小失去父爱，练就了强于同龄人的生存本领。他外号叫"亚子"，这奇怪的名字是怎么得来的，没好意思跟他问起，旁人也说不出个所以然来。撒拉语里"亚子"是没有名堂的，藏语里是县城的意思，而县城跟他又有什么关系呢？

据他自己回忆，年少时曾在刚种过的庄稼地里扒开土层捡麦种吃；哪家洋芋地被挖了，哪家树上的果子少了，甚至哪家鸡窝里的鸡儿不见了，一般都安到他头上。当年他是个放羊娃，竟然在羊身上动起心思来，隔天挤来一缸子羊奶，我也喝过几回，至今还能想起与奶子一样白的茶缸和甜滋滋的奶味儿。

他先当了娃娃头，年长后当了年轻人头头。我记事时，他已经是民兵连长、大队团支部书记、第二生产队队长。最令他自豪的是，他当队长那几年粮食产量一路上扬，在全公社都挂了名。生产队解散前一年，只差二百斤，就到十四万斤的梁梁了。令他自豪的第二件事是，村里第一个骑了自行车，第三个用了缝纫机，第一个骑了摩托车，第五个盖了带廊檐的雕花大房，第一个买了桑塔纳轿车，第一个买了康明斯大卡车，第一个在西宁城买了楼房。令他自豪的第三件事是，他和德功先生带领年轻人到曲麻莱县搞副业，除上缴集体款外，每人分得八百块钱。他说当时的村人兜里根本不见钱，八百块相当于现在的几万块，乙日亥人的家底是那一年夯起来的，乙日亥村的面貌是从那会儿开始变化的。

20世纪90年代，德祥哥辗转青海新疆淘金场，后来在海西州绿草山煤矿大煤沟工区落脚，与德功先生一起掏煤，一干就是十几年。这个煤矿成了乙日亥人乃至于十里八村挣钱没门路的穷汉子们的一条出路，村里年轻人几乎都去掏过煤，哈如乃阿舅就是有名的放炮工。创业初期的艰难，至今说起来都难以置信，人人心里都有一本账。据德荣兄说，工地上刮起风来，煤渣子贴到汗津津的脸上，面对面认不出谁是谁，随手抓起馍馍，霎时就变黑了。但就是这个掏煤的活儿成了各家靠得住的饭碗，小伙子们用靠力气挣来的钱娶了媳妇，盖了房子，积攒了迈开第二步脚程的盘费。

开矿那几年，德祥哥把伯母托付给我，自己携家带口迁居德令哈市，他家成了各路人马歇脚转站的驿站，进山的、出山的，人来人往。嫂子常年饲养七八只羊，每逢重要客人就宰一只，我也享受过那样的礼遇。那时候，遥远的德令哈成为我们的向往之地，在怀头他拉草原、可鲁克湖畔、巴音河边留下了深深浅浅的足迹。

那时候，一想起在德令哈迎接我们的嫂子和整盘整盘羊肉手抓，还有返回时得到的为数可观的赏钱，几百公里路程根本不算远，一整夜晃荡在绿皮列车上也不觉得疲惫。

从煤矿撤回后，德祥哥把家人送回老家，自己一个人留下来，在众人推举下，操持翻修德令哈河西清真寺事务，东奔西走，协调关系，筹集资金。工程告竣后，未等举行竣工典礼，他就悄声离开了，不留下任何印记。几年后寺里管事的学董拎着一副镜框来答谢时，才跟我们说起建寺的详情。

那时老家旷日持久的水利纠纷是村人心口无法抚平的一道伤疤，散了架的人心几乎到了绝望的地步。德祥哥怀揣一颗"自家的锅裂了自己补"的淳朴匕体，毅然回乡，一头扎进群蜂乱飞的旋涡里，苦口婆心劝导众乡亲往前看，往远处看，走出越陷越深的恩怨泥潭。整整八天八夜，他摆道理，讲利害，辨是非，嗓子都哑了。到第十天，如期召开了久违的"拉和"大会，一潭死水终于被引开。同时，他和德功先生各出资十万元，抚慰一颗颗受伤的心……

我幼年落孤，母亲第二次改嫁后，投靠了德祥哥。那时我在白庄学校上初一，晨起晚归。幸运的是，没像我的同龄人一样掐断继续上学的路，给我缝了一套卡其布制服，用九十元买了一辆二手凤凰牌大链瓦自行车，比那些有父母的孩子还光鲜些。

不过，到夕昌沟打柴是免不了的。起初，德祥哥让我赶着自家毛驴去打柴，等到手熟了，他再找一头毛驴来。我和柴伴事先谋定到哪条沟打柴，临睡前磨一遍斧头或镰刀。夜半三更，德祥哥把我叫醒，背上案子，挂上皮绳，如此这般嘱咐一番。每次都披着星星出门，摸着夜色回来，青涩少年在摇摇晃晃的驮子后面望断成长的路。

1979年，得知大量冤假错案被平反的消息，德祥哥为我父亲的事不停地上访，从公社大门一路摸到县委大门。记得第一份材料是邻村一位旧时在昆仑中学上过学的秀才阿爷写的，由于没写到点子上，被退了回来。第二份材料由当时跟我们家沾亲戚关系的韩新华老师执笔。那时韩老师在县文化馆上班，是县里有名的"一支笔"，他写的材料被县落实政策办公室领导一眼看中。德祥哥竟然拿着这份材料去敲时任县委书记韩应选先生家的门。

1980年6月的某一天，他把我捎在自行车横梁上，兴高采烈地去了县城。

我尾随着德祥哥，来到有名的"大楼"门前，然后走进幽静的县委大院。德祥哥说，这院子不是谁都能进得去的，上次来的时候，门口站着两个粮子（哨兵）。我环顾左右，见没人堵挡，松了一口气。

大院里有一排排古塔似的圆锥形松柏，看上去，心里阴森森的。一位穿蓝中山装戴遮阳帽的叔叔接待了我们，他从抽屉里拿出仅有一页的父亲被平反的材料，说我们可以得到八百五十元抚恤金，问家属还有什么要求。德祥哥思量一番，郑重地问：

"能不能让尕娃顶替他阿爸当个营业员？"

我心头一热，立刻想起供销社布料柜台上那位叫马德良的营业员嘶啦嘶啦扯布的情景，那动作潇洒到极致，心想着能当那样的营业员该多好！

那位叔叔看我一眼，问道："尕娃是不是在上学？"

我点了点头。

"这就对了，还是让尕娃好好念书吧，将来凭本事当干部。"

我对顶替父亲岗位本来就没抱什么希望，德祥哥也是随口说说。一想起将要得到的一大笔钱，我们的心里已经乐开了花。我羞羞答答地伸出手背上结了一层黑垢痂的右手，接过那位叔叔手中的钢笔，在一份材料中"是否同意"框格内写下自己名字，并摁下殷红的手印。记得那位叔叔夸了一句我的字写得好。

那一天，我才知道父亲有个学名，叫韩吉业。

有了本钱，不安分的德祥哥如虎添翼，很快做起骡马生意来。他走州过县，过段时间就牵过来一头牛或一头骡子，要不了多久又转卖出去，有时赚来几十上百元，有时倒贴一笔钱。拿钱赚钱的活路比种庄稼搞副业要利索得多，无论赚钱还是赔钱，他都沉浸在做买卖人的愉悦中。

从临夏买来的一匹高头大白马我印象深刻，至今还记得它波浪一样倾泻而下的鬃毛，摇着硕大尾巴走路的情景。每天下午，我牵着大白马到河滩饮水。起初怕这个庞然大物，渐渐地，我们之间建立起一种朋友般的默契。有一天饮水回来的路上，我把它牵到一块大石头边，从石头上爬到它背上，它居然没有反抗，只打了一个响亮的喷嚏。我从它静静的眼睛里看到了对我的信任和接纳。它宽阔而柔软的脊背像一条船，均匀地摇着我，比骑在骨楞楞的毛驴脊背不知要舒服多少。那时候，我感觉自己真像个男子汉！

上完初中学业，德祥哥把我送进湟源牧校。那是1981年初秋，黄河发大水，日渐上涨的河水都快挨到伊麻目大桥桥板了。带上一条白毡、特意缝制的一床被褥和亲朋们的殷殷期待，17岁的我怀揣着对未来的美好憧憬，跟德祥哥来到日月山下的湟源牧校，寻找与祖辈们不同的人生路。

后来德祥哥们在柴达木盆地开矿，地处农牧区咽喉的湟源县是必经之地，往返途中，无论坐火车还是坐班车，他总是在湟源站下车来看我。第二年给我买来一块手表，我便成为全班少数几个手腕上戴表的学生。来自祁连县的一位同学周末跟女朋友约会时，几次借过我腕上的表。可惜寒假回家途中弄丢了。德祥哥没有责怪，很快又买了一个来。再后来是上班、结婚生子、分家立业，德祥哥始终关照我，楼房里的家具、冰箱都是他给置办的。新世纪初那些年，他每年给各家亲戚拉来一吨烧煤，我也不例外。在纪委上班那会儿，他见我几多寒酸，嘱咐舍木苏买来一款当时流行的摩托罗拉掌中宝手机，两年后又换成带彩色照相功能的摩托罗拉翻盖手机。两个手机花了七千多元，这在当时可不是一个小数目，不敢忘记。据说德祥哥曾有过给我盖三间大屋的打算，但没给我本人提起过。

德祥哥做一件事没有那么多盘算和顾虑，看准了的就下手，因而事事赶在头里，等别人"醒来"时，他早已抢了风头。不同阶段，他骑过三种摩托车。刚开始是笨重的改装版幸福摩托，因为是国产发动机，特别难发动，尤其是冬天，得一次次脚踏启动杆，轰隆隆的声响持续一个多小时。每当他出去或回来，在七拐八弯的巷道里飞机一般响过。穿一身蓝色毛华达中山装、戴一顶蓝色遮阳帽和一副大镜片茶色眼镜的他，在破败的土灰色村巷出没时，引来不少羡慕的目光。这种车型过于笨重，不好把持，几次翻了车，但都没有伤及他。有一次错把捏刹车线的手旋了油门把，摩托车像一头发飙的牦牛，一头撞到了我的单扇门和那一堵墙。第二辆是八成新的本田100，那时我调往县城上班，周末骑它回家，在空旷的砂石路上招人显眼，很是风光。第三辆是崭新的本田125，花一万八千元从临夏人手里买过来，个头虽不大，但动力强劲，从县城到白庄几乎不用换挡，那嘎嘎嘎富有质感的声音活像摇着尾巴欢快鸣叫的鸭子。

德祥哥究竟挣了多少钱，我没敢问起。但我知道，他的钱多半让儿女们和包括我在内的身边人花了，没见他兜里揣过厚厚一沓票子，也没见他下馆子奢侈过一回。有一次吾斯曼点了一碟紫萝卜丝，德祥哥半天下不了筷子，问这萝卜是不是染了颜色的。

总之，有了德祥哥关照，我在上班族里没有显穷，有模有样地熬了过来，青春记忆不算过于苍白。

而今，年逾古稀花白胡子的德祥哥虽患有高血糖症，但依然很精神，除了教门功课外，他把大部分精力都花在照顾嫂子上。嫂子身患高血压、高血糖等多种疾病，屋里走几步还行，出门就走不动了。德祥哥哪儿也不去，整天守在嫂子身边，包揽了打胰岛素、熬药、做饭、看病、上下车搀扶等一切生活起居，还不时开上电动车到亲戚家串门、兜风。我注意到，他家一半的费用都花在嫂子看病用药上，但他根本不在乎，从不见有一句怨言。起初，我们有点看不惯，背地里弹嫌他软不拉唧的，到老了竟不像个男子汉，把年轻时虎虎生风的气魄都丢尽了。现在我不但理解他，而且打心眼里佩服他，觉得他把男人这篇文章做到极致了。

从德祥哥身上我读懂了撒拉族婚姻的真谛。传统社会里，撒拉族男女多半是遵从父母之命的，最多，男方长辈问儿子一句"看没看得上？"女方长辈问女儿一句"愿不愿嫁给他？"没有花前月下，没有卿卿我我，有的连彼此面都不能相见就入了洞房。在生儿育女、锅碗瓢盆、春种秋收、吵吵闹闹、鸡鸣狗吠的交响乐中，无声无息地蹚过岁月的河流，生活的坚硬棱角被打磨成彼此相容的圆形。绿盖头变成黑盖头时，她们从婆婆手中接过象征母权的取面勺，成为一言九鼎的主心骨。满脸胡茬的男人收拢四野乱窜的心儿，腾出心思凝望皱痕满脸却风韵犹存的另一半，觉得最亲近的靠帮还是她。于是，他们亲昵地称她"娃他妈"，她们也爱怜地回敬一句"娃他爸"。此时，他们手牵手，肩靠肩，情感的暗流变成一条缓缓流淌的明河，一切都水到渠成了。

处理《黄河从这里拐弯》中几个主人公的人生结局时，我闻到了这一方山水间盛开的梧桐花的芬芳。

合力录哥与我一路相随而来，也算是不可忽略的伴儿。干瘦的身子，干起活来可是一角，浑身的劲儿哗啦啦抖落下来，狠狠一脚踏下去，能把整个铁锨插进土里。扯起鼓隆隆一掀土，轻巧得宛如从碗里舀起一勺子炒面。在水电局仓库当小工那会儿，能把一卡车水泥轻轻便便卸下来。记得从曲麻莱搞副业回来的那一次，他给我买来一顶里沿打了一圈棕色硬塑料的遮檐帽、一双散发着浓浓橡胶味的草绿色解放牌球鞋、一大把闻一闻就禁不住咽口水的奶油糖，安慰了一位缺护少佑的少年苦涩的心，让我留下难以忘怀的童年记忆。上中专那会儿，我老是吃不饱肚子，只好写信向他求助，他从牙缝里挤出来的几十块钱里毫不吝惜地寄来十块钱，恰如他用一根柱子顶住摇摇欲坠的房梁，给我以莫大的抚慰，终生难忘。

合力录哥的过人之处在于，对世事通透明了，再深奥的道理也一点就透，说出来的话令我深感意外的同时，大受其益。他是亲朋里除庆峰兄弟外唯一与我在精神层面对话的人，也是亲戚伙里比较透彻地认同我的文化创作价值的人。有一缕山羊胡须的他喜欢穿黑色中山装，做事勤谨，做饭是一把好手，不嫌伺候人，为此总能得来一些好人缘。青壮年时，他偶尔结伴到甘南牧区跑生意，骡背上驮起两袋新磨的面粉，穿过夕昌沟，到走熟了的帐篷里卖掉，每回能赚二三十块钱，返回时顺便打来一驮柴，用瘦弱的肩膀扛起沉重的家务。他时常说，自己不指望十万八万，兜里能装个万儿八千，一张一张抽出来花，这日子要多滋润就多滋润哩。

他不仅自己喜爱干净，也特别在意我的精神状态，有时我穿着邋遢些，他一看就不顺眼，说身上的衣服不够排场，工作干部该有点范儿，穿着气派些好。为此，我每次回去总要掂量一下衣服质地和成色能不能叫他没得可说。他要去我的几本书，我说你又看不懂，要书干啥哩？他说搁在枕头边，看不懂里面的字不要紧，早晚看几眼也舒坦着哩！

哈如乃阿舅的细腻和认真令我印象深刻，家里摆置的每一样物件都有特定的位置，所有生产生活器具都是精心打理过的。最令我惊奇的是茅厕边上摞着的一溜柴墙。看那一根紧挨着一根几乎不见缝隙的柴火，就知道劈柴时他一定拿尺子量过长短。划过的柴都呈三角形，截面对截面，棱角对棱角，这哪里是烧柴，简直是艺术品！志远也学起他的样子，花几百元雇来一位劈柴工，把从河滩树林子剁来的几根树木划了个稀里哗啦，一个个码起来时，根本弄不出哈如乃阿舅那样整齐。有一天哈如乃阿舅请我们几个人到道帏河滩搞野炊，到那儿一看，一家人早已把野炊地点安顿就绪，临时搭起来的灶膛里火势正旺，火锅里装满料子，连腿脚不便的人坐起的小板凳、洗净的汤瓶都备好了。

说起来，哈如乃阿舅也是幼年丧父，有过几次失败的婚姻，在磕磕碰碰中闯荡过来。从大煤沟矿区出来后，在格尔木市街边支起烧烤摊子，攒了些小本钱。大约十年前辗转到西宁，在化隆宾馆对面开一家小饭馆，早起晚睡，稳稳当当挣了些，攒足了盖楼房的钱，五年前撤回老家，享受晚年生活。

我小时候经常到他那儿蹭饭，他炒的酸菜洋芋丝至今难忘。我第一次去循化县城是他带的，见街道都黑乎乎的，我好奇地问他路面怎么都是黑的，他说县城的街道都是这样的。他带我逛了民贸大楼，买了水果糖和一些吃食。中午去了只有体面人才能去的循化饭店。他从天蓝色皮包里取出两块钱和二两粮票，要了两碗米饭和几样小菜。我第一次见到白花花的米饭，也第一次吃到那样的高级菜，那场景那感觉那滋味至今回想起来，还历历在目。

爷爷去世后的第十五天，家里人还在张罗着做满拉饭，奶奶一声咳嗽后在伯母怀里再也没能张开眼睛。这真应了爷爷说过的那句话：麻绳断在细处哩。半个月连出两个亡人，对任何一个家庭都是雪上加霜，何况像我们这种没有任何积蓄勉勉强强打发日子的家户。

为爷爷的后事花去四百元，家里已经到了山穷水尽的地步，再也拿不出送奶奶的钱了。伯父把年仅13岁的我叫过去，商量卖树的事。我傻傻地望着他，不知道说什么。后来还是伯父想办法弄来一百多元抬埋费，从供销社买来几小袋青盐。叫不起张孕工十里八庄的送葬人，只好把范围缩小到周边几个村。族里的长老们决定给每个来送葬的人一小碗青盐。可是，只剩下两小袋时，还有黑压压几群人在等着分盐，大家伙儿一时都傻眼了，不知如何是好。情急之下，哈如乃阿舅抓起一块石头，蹲在地上，以最快的速度把颗粒状青盐砸碎。紧接着，又有一个人重复同样的动作。被捣碎的盐似乎多了一些，分盐的人把碗浅浅一舀，原先的一碗变成两个半碗，总算不失体面地解散了人群。这个画面一直烙印在我脑海里，每每想起来，就对弱弱相援的乡亲们多了一层感念。

哈如乃阿舅擅长讲故事，从枝干讲到某个细节，然后又岔开，讲起另一个与之相关的故事，再把那故事的结尾连到前面讲过的细节上，虽然盘根错节、绕来绕去，但脉络清晰，不紊不乱，听起来跌宕起伏，情趣纵横。我时常在想，写小说的高手应该具备这样的天分。

身体虚胖的有草是我的姑舅，比我大不了十岁，我们在童年有过一些交集，我时常到他们家树园子帮他看管村里最大的那棵核桃树，在用石头垒起来的窝棚里，听他讲格萨尔的故事。我爷爷疼我胜过别人家孩子，他曾说过，他要像喂鹞子一样喂大他的孙子哩，隔天就给我炒一小碗麦子，有草阿舅得知我兜里装着炒麦子，就想方设法弄去一小半。只要他护着我不受别人欺负，我心里是情愿分给他一些的。

他另起炉灶后，用搞副业挣来的钱买了一辆永久牌自行车，见我特别稀罕的样子，把车钥匙放到我手里，大方地说，拿去学吧！于是我小心翼翼地把车子从他家推出来，在巷子里来回走动，车轱辘印在地上的花纹和辐条转动时发出的嗒嘶嗒嘶声响引来小伙伴们羡慕的目光。等推车推熟了，心里便萌生起想骑的冲动，便把右腿从横梁下穿过去，歪斜着身子，吊着屁股，摇摇晃晃地骑起来，时而绊倒，时而撞到一棵树或一面墙上，弄得灰头土脸。手法熟了之后，把车子推到打麦场，左脚蹬住脚踏板，右脚一下下蹭在地上，等车子滑行平稳后抬起右腿，嗖地跨过横梁，心里有一种终于征服了一匹烈马的快感，站立着的两只脚蹬着脚踏板，整个身子起起伏伏，在空旷的场子上绕圈子。

有草阿舅性格内敛，不爱多说话，一旦说出来，往往一句砸出一个坑。他像个弹性极强的弹簧，对残酷生活的抗压耐力和对诸多不幸的承受力超出了我的想象。他曾经也是儿女成群，但一个个都被小儿麻痹症夺走了生命。面对接踵而至的不测，他似乎已经习以为常了，从没见他流过泪。舅母精神失常，经常犯病后走失，找回来没几天又出走……

四年前的某一天，我和庆峰兄弟去看望他，一进家门，看见院子里有几个亲戚毫无表情地站的站着，坐的坐着，没有像往常那样笑脸迎接我们。袖着手坐在凳子上的有草阿舅一脸肃然，只是看我们一眼，不搭腔。我感觉不对劲，把手里拎着的东西搁到一边，问起一个小伙子，才知他唯一幸存下来的已经嫁人的女儿突然去世了。

一次又一次措手不及的遭遇终究没有压垮他，像荒原上经风不衰的芨芨草，人群中他依然迈着从容的步履，乐呵呵地笑对眼前的一切。我想起余华笔下的富贵，觉得他比单纯活着的富贵要强多了。

他面对苦难的那份淡然和平静令人吃惊，听说他有高血压病，但没见他住过院，总是一副富态相。他不羡慕谁，什么都不羡慕，是冷是暖是难是易独自承受，不会向谁倾诉，也不指望得到别人的几句暖心话。没有固定进项，但人生在世，总不能进门一把火，出门一把锁，该走的亲戚还得走动，该花的钱还得花出去。一年三百六十五天，粗过细过，他们总有自己的一种过法。

我修房时手头拮据，有草阿舅居然借了两万元，解了燃眉之急。每当在村巷里碰面时，彼此平平常常打一声招呼，他不会刻意请我到家里，但心里是惦记着我的，地里的时鲜物下来后，总不忘给我留一份。到秋，我习惯使然地希冀着能吃上他送来的新鲜核桃。

在我眼里，我的这些亲戚们是干旱山坡上蓬勃生长的骆驼蓬，内心富足得犹如高山大海，沉静而不屑的目光里鄙视一切世俗的光环。他们在有限的生活半径中贴地而生，在与生活无数次的较劲和妥协中，活出了一种经验，活出了一种风范，甚至活出了一种境界。他们不相信无缘无故的承诺，也不相信没有来由的同情。我不知道他们强大的韧性源自何处，是穿云透雾的洞见，还是纯金般的信仰？

再说说舍木苏。他比我小七八岁，却早已满脸络腮胡。他学过经，却不大愿意掌学执教，几番轮到他头上，都婉言推辞了。不过，在乙日亥村阿訇群里他又是个特立独行的存在，大家伙儿聚会搞活动都指望他牵头张罗，他也乐意而为。无知者无畏这句话用在他身上再贴切不过，跟什么样的人交往都不怯生，张嘴就说起有时只有他自己听得懂的"普通话"，但一来二回，总能让对方听得明白，而且把事情办得妥妥的。他把我的小说说成"黄河拐弯"。平台上看到我写的文章，他用语音翻译过去，听完后发来几个竖着拇指的表情，有时发来几个把阿语翻译过来的汉字。

他是个摄影迷，见到什么新鲜东西举手就拍。几十年前的旧照片都存在他图库里，我写作需要的一些民间素材往往从他的资料库中调出来。前年国庆节，庆峰、舍木苏和我去了陕西，在枣园毛主席窑洞前，在杨家岭、宝塔山、南泥湾、壶口瀑布、原上苹果园、平遥古城、洛阳牡丹园、临潼华清池兵谏亭、富平县习仲勋故居、杨凌现代农业示范园，舍木苏驻足流连，拍个不停，详细询问这里曾经发生过的风云往事。在白鹿原，他一口一个陈老师，把陈忠实先生故居里的陈设拍了个遍，要不是我拽着他，怎么也不愿离开。

回家没几天，他给我接连发来电影《西安事变》《白鹿原》和电视剧《长征》剧照，说是几个通宵看完了这些影视剧。见面时我们谈起这方面话题，他感慨地说，革命真不容易呀！

舍木苏手上有点小功夫，喜欢捣鼓电，村里开大会时，他不请自到，执掌起音响来。他像个工作人员，戴一顶太阳帽，事先调理好各环节，不出半点差错。不少人请他去整理电线，往往也是义务工，但他乐此不疲，骑着三轮电动车，东奔西跑，总也没个停脚的时候。我说都是拉家带口的人，收点零花钱又能咋的！他说他就这点能耐，权当给人做好事，领个赛瓦布①。

他早年与人搭伙在西宁白玉巷开了个小旅馆，几年下来，钱没挣多

---

① 赛瓦布：回赐。

少，却把儿子从青海师大附中送进长安大学。他也有苦恼的时候，我就讲起家里有一个工作人，比兜里揣着五百万元的富人还强的道理，一想起在县城当公务员的儿子，他咧嘴一笑，脸上顿时云开雾散。

但他终究不是陪我喝茶聊天的人，他有自己的社交圈子，在那个圈子里他有着别人无法替代的位置。他们伙里有谁请客，先给他说，他再排定时间，一个个打电话通知。到了我这儿，他问几句"大事们咋样"就没得说了，看似很投入的样子，心思却早已飞到别处去了，不是没完没了接电话，就是不停地挖弄手机。找个话题讨论时，也很难深入下去，像斜地里浇水，从边上一溜烟滑过去。无论欢喜与悲伤，他都不会像我这样久久沉浸，遇到伤心事立即哽咽流泪，等到我认真起来时，他脸上却雨过天晴。

回眸打量，跟我断断续续交往到今天的几个朋友都是"单帮子"，看似有点病态的择友观，多半与缺乏安全感的一颗心不愿受伤的心态有关。因为都是独生子，对亲情之外的友情都有相同的渴求，情之所往，会格外珍惜这份似乎是前世注定的交情。不仅如此，两人走着走着，一家人也牵手了，其他朋友们也走通了，孩子们也连带着走熟了，在小小方圆内，结成了不是亲戚却胜似亲戚的情感共同体。这是在岁月大缸里熬成的陈酿，是俗世的炉火中淬炼的纯钢，不会随随便便移情、消耗或透支，更不会因一己之私而付之一炬。即便一段时间弄丢了，或只剩下红白事上干巴巴的你来我往，彼此间最初的默契和约定仍处于冷冻状态，等到解冻的那一天，"蓦然回首，他在丛中笑"。

德荣兄，便是其中一位。

他是赤脚医生，与我淡淡地匀匀地交往了一生，自从我患腿疾找他寻药起，彼此间的走动又频繁了起来。他身材魁梧，英俊倜傥，村小学演出的节目中他是主角。他双手托举毛主席相框，围着他跳舞的一群男女学生手持花束，唱着《敬祝毛主席万寿无疆》，一下下抖动着手里的花，一步步向他靠近去，又一步步散开来。他是家长眼里的乖孩子，老师眼里的优秀生，众人眼里的聪明娃。只可惜，当时看来光鲜诱人的赤脚医生误了一位才气横溢的少年的前程。

我十一二岁时，村里来了一群学医的下乡知青，捣鼓着制作中草药，我跟着德荣兄和知识青年们到田埂渠边采集药草，对照有彩色图像的厚厚的中药材标本书籍，居然认得了十几种药草。

年轻时，德荣兄也有过挣大钱的"花花心思"，曾一度扔下本行开起从循化到临夏的客运班车。有段时间也带队搞过副业。真如老辈人说的，隔行不挣钱，车轮子上的饭不是谁都能吃得起的，他把别处攒下的钱在车轱辘上折腾光了。我在白庄兽医站那会儿，他在集镇开了饭馆。那段日子，肠子里没多少油水的我和老马每天到德荣兄那儿啃完一脸盆剔骨肉，瘦弱的身板像是用气筒打气般胖起来，脸上泛起红润的光泽。回眸走过来的路，那些日子竟成了我难以忘怀的高光时刻。

也许他也是独生子的缘故，我俩虽隔着几岁，但性情相投，说话无须设防，儿女情长家长里短，可以倾心相诉。日子再紧巴，也不轻易劳烦彼此，为的是能够延续这份小火慢炖的情谊。

我觉得，朋友之间处处替对方着想的那份默契远比吃吃喝喝吹吹捧捧得来的情分牢靠。我分灶那年，因为盖房子和置办必要的生活器具拉了一身债账，到冬天买不起一件棉衣，冻得瑟瑟发抖。德荣兄母亲心疼我，送来了一件破旧肥大却很暖和的黑条绒羊皮大氅，落魄至极的我顾不得体不体面，赶紧披在身上，度过了难熬的一冬。他还送来一口铝锅。那会儿县里财政吃紧，几个月发不出工资，干部们吃饱肚子都成了问题。德荣兄在白庄集镇开面馆后，顾不上种地，就把二亩多地让我们种了，虽然苦了妻子，却从此不用为吃的犯愁了。

我们是那种素常好几个月不见面不通电话，但时时惦记的忘年交。彼此见面或打电话，不谈钱，不说难，只说日常家事、儿女情长。这样的问候极其平淡，却无比暖心。相比于一打电话就说烦心事让对方帮忙的索求性朋友，我们之间省略了用金钱利益强硬维系的功利动机，只有隔空惦记的牵念、风吹不见影的缕缕温情。

我喜欢不事张扬却赤心相待的朋友，追求流水无痕风过无声却暖意融融的友情。生命河流中曾驻留过不少烫热的友情，几经淘洗，最终留下来的，几乎都是在于无声处默默相望的人，每个人都是值得珍藏一生的一部厚书！

除此之外，还有几个偶尔串门的好兄弟，比如胜德兄、占魁兄、贤德兄，彼此都诚意绵绵，以心相交……

二十一

马里克先生对农村百态观察比较细致，他说时下能撒开手花钱的不是原先家境厚实的人家，而是近些年开饭馆猛赚了一笔的后发户。钱多人家往往摁不住心思，筹谋更大的营生，手头有再多钱也觉着不够，反倒精打细算起来。而那些暂时还没什么远大抱负的人家花钱却十分大方，像是把祖祖辈辈穷过的日子补回来似的，又是盖房又是买车，稍一闲下来就出去兜风，白庄集镇几乎天天打卡，县城三岔集镇大河临夏城也是常去之地。

村人像出巢的蜜蜂一样纷纷野游的时候，我们也搞了几次野炊，其中一次去了起台堡河滩。

其实，本村河滩也有好去处，不少人的优选地是我们家树林子，村里一伙老人把饭桌炊具都搁在野地上，三两天去一次，浓荫底下喝茶吃肉，东南西北扯上半天，好不快活。但人的本性就这样奇怪，对司空见惯的东西往往提不起兴趣，偏要在陌生空间寻找放牧心情的那份自在。

8月的紫金川正是麦浪翻滚、野花飘香的好时节。道帏沟海拔明显升高，即便是大旱年，两侧山势依然草色渐浓，披了一层给人以草原味道的绿装，藏袍处处，藏歌嘹亮，这个季节藏乡特有的迷人景色诱惑着在闷热的撒拉乡里"想换个心情"的人们。

对农耕文化的不离不弃是藏文化中最令人景仰的本色呈现。同在一条沟里，道帏河下游的撒拉族地区对待土地的态度有点草率了，很难看到道帏沟这样成片成片的金色麦田。还让我印象深刻的是，在历次新农村建设中，藏乡总是止步凝思，并没有一窝蜂地拆除干打垒土墙，经过一番色彩点缀，作为单体的庄廓和作为整体的村落更加凸显别样的藏式风格。我想，任何一种文化都需要沉淀和积累，其底蕴深浅与否，不在于外在的涂抹，也不在于自我宣扬，而是在纷乱的诱惑面前"我就是我"的那份淡定。

川道里铺开的金黄色麦田以高贵的姿态征服着我的目光，望着农人们在田间挥镰割麦的情景，我心里涌起一种亲切的感觉，真想归隐在远离喧嚣的山水间，与青山绿水做伴，闻着泥土的沉香，用劳动和汗水真实地体验收获的愉悦。

我们的营地在起台堡古城下面的河滩上，早来的人们占据灌丛间的好地盘，这里那里都有围坐的人群，空中飘荡着袅袅炊烟。我们在淙淙溪流边择一处青草地，舍木苏和志远撑开橙红色敞开式折叠棚。合力录哥勤快得像一只鸟，用三块石头搭起灶台，舀来一壶水，说话间已经点火烧水了。阿卜杜支起烧烤炉，在案板上不声不响地切肉切菜。德祥哥、有草阿舅和我在凉棚下铺好毯子，志远把各色干果水果摆满一桌。小孩子们在溪水边玩耍。

此处地势开阔，灌丛密布，绿草如茵，河滩上散布着星星点点的花岗石，自成一道景观。源自大力加山两侧条条沟壑的溪流在草滩上左一股右一股潺潺流过，在不远处汇聚成一条不大不小的河流——道帏河从此启程，在乙日亥村与夕昌河汇聚成清水河。

经常参加各类聚会的舍木苏说，现在吃饭是小事，关键要开心的要哩！情况的确如此。人们在意的是，在不需要提防和遮掩的环境中跟谈得来的人相聚时展开一段好话题、收获一份好心情。向来只顾吃饭不问左右的乡里人也挑三拣四了，不少人开始选择性赴宴，即便被请者不问细节，东家也得掂量请来的客人彼此间是否对眼。少一个人不要紧，多一个尿不到一个壶里的人，算是白花钱瞎忙活了。

午后的天空湛蓝如洗，山色如黛。放眼望去，流金淌银的道帏川散发着令人沉醉的魅力。远处传来熟悉的藏歌。把心情放牧在如画的景色里，感觉特别舒爽。合力录哥是个有点开心的由头就很知足的人，他说：

"这般舒坦，拿钱也买不来呀！"

"这光景，一天是一天，一忽儿是一忽儿！"侧躺着的有草阿舅也感慨起来。

有草阿舅少言寡语，平素听别人的多，自己很少流露心迹，我半开玩笑地说：

"没见过有草阿舅这样肚里能装一座大山的人。"

我说这话绝不是违心地取悦他，他对苦难的承受力远远超出一般人的心理负荷。

"摊上这么多难事、破烦事，换作他人，早就疯了。"德祥哥认同我的话。

有草阿舅叹了口气，不以为然地说："不把肚量放大又能咋地？人家的羊儿吃你家地里的麦子，头一回你悄悄赶走，第二回也忍着不生气，到第三回，再软心肠的人也忍不住呀，连砸断腿子的心都有。可咱不能不想，都是乡里乡亲的，抬头不见低头见，无常了，还得一个坟园里埋，怎好下得了手呀……"

德祥哥依然改不掉生产队时期养成的操心众家事的秉性，细数了村里开拉面馆的人有几家、上班的干部有几个，大学生有多少、循化县城和西宁城有楼房的几户、总共有几辆车等村里看得见的"家产"。又回忆起当生产队长时粮食产量增到离十四万斤只差二百斤的事。自己领导下的生产队一年收获十四万斤粮食，成了他这辈子最值得提说的高光时刻，即便后来成了人人仰慕的千万富翁，也很少显露过得意之色。他认为从那个辉煌之年到现在这几十年，乙日亥人只是"打了个滚翻了个身"，比起黄河边上大户人家一溜儿铺开的富裕村，还差几杆子。

我又把"频道"调到世态人情上。听了我对国内外形势的一番分析，合力录哥觉得光阴到了这般田地，算是好日子已经触到天了，再也想不来还会好到哪里去，往后只要国家太平，咱小老百姓就知感不尽了。他说：

"想不到的世面都见了，梦里梦不到的吃食也到嘴边了，还想要啥哩！人生在世，家里没病没灾、门上没有逼账的，是最大的福分哪！"

"还得加一条，"我说，"现今是法律社会，公家人不到门上问罪才好。"

"是哩是哩，娃们都在外面，办啥事冷不丁触到法律上，那可是大事呀！"

"……"

悠扬的藏歌声随风飘过来了。阿卜杜端上来香喷喷的烤肉串，舍木苏和志远张罗着最后的压轴戏——揪面片。

西山顶上即将谢幕的太阳如同五彩缤纷的大射灯，把紫金川这个大屏幕照得流光溢彩。在玉树州隆宝滩湿地公园，我遇到过眼前这样无法挪步的诗情画面，这是大自然馈赠的美妙瞬间，是痴情未了意犹未尽的心儿与金秋黄昏的美丽邂逅，心想着把夕阳晚照中的紫金川带走，就不住地摁下手机键。

同伴们也完全沉浸在令他们的心儿飘荡起来的美景中，上车时，合力录哥无限满足地说：

"这一年，有这一天就够了！"

二十二

最近在网上关注的焦点是中国作协在长篇小说《山乡巨变》作者周立波故乡湖南益阳启动"新时代山乡巨变创作计划"的情况，当代知名的一线作家几乎都去参加活动，显示了中国作协重振农村题材文学创作的雄心。在中国现当代文学史上，这不算什么创举，新中国成立前后的一批作家早已交出了属于那个时代的圆满答卷，产生了至今还余音缭绕的扛鼎之作。只是，在低迷不振的当代文坛，中国作协从喧嚣迷蒙的城市走出来，面朝广大农村，着实令人欣慰。

我始终认为中国当代文学是一个奇怪的存在，其在于所提供的文学作品与最值得大写特写的当代中国不相匹配。在国际风云跌宕起伏、改革实践如火如荼、新生事物层出不穷的今天，应该是文学创作的黄金期，应该出现久久回响的惊世之作。但是，中国文坛似乎对急速变化的时代脉搏缺乏应有的感应。本应该与精神生活密不可分的文学却游离于社会生活的边缘地带，没能以耀眼的光芒撕开重重迷雾，给大地洒下一片温暖。虽然每四年评选出炉代表当代文学创作最高水平的茅盾文学奖、鲁迅文学奖和少数民族文学创作骏马奖的作品，但在广阔的社会领域掀起层层波澜产生普遍共鸣与时间相抗衡的作品却较为鲜见。

每当我们彷徨迷茫的时候，广袤的农村总是给予温暖的关照。在温室里豢养了几十年的中国文学需要一种在白山黑水间野生滋长的原种，需要在敦厚诚实的目光和方言土语间获得蓬勃向上的自信。问题是，在温暖的居室里待得太久只凭有限的生活经验写作惯了的作家们能否像当年的周立波赵树理柳青们那样更深更宽地扎进乡土生活中？

《山乡巨变》中描写的都是家长里短牛耕马驮鸡鸣狗吠的细碎事，以土地为主的生产合作化改革，是生产资料所有制改革的核心所在，无疑是那个时代关乎国运的重大事件。周立波抓住了亿万农民心向往之的重大题材，从一个村庄写起，反映了处在这场深刻变革旋涡中的农民的心理纠结、思想斗争和由此而引发的一系列正反两方面力量明里暗里的较量。像周立波那样一头沉入生活最深处，完全把自己还原成农民，像绣花似的描摹生活的那份精细是当下的作家们所缺少的。为什么几十年前那些行走在土巷田埂间的农民说过的方言土语至今仍不减温度？为什么那些衣衫褴褛的人物眉梢眼角里的神色和举手投足间的神态至今还鲜活如初？其间的秘密不难解开，那就是文学真诚地拥抱生活，贴近人民大众，拒绝向世俗社会献媚妥协的傲然风骨。

时下一些人担心文学的命运，认为越来越发达的传媒资讯会把文学逼到没人搭理的死胡同。这显然是一种短见。只在短暂的保鲜期里有活力的资讯任何时候都替代不了穿越时空的文学。新闻结束的地方，便是文学出发的时候。文学的使命在于把新闻背后的故事和故事中潜藏的生命启示用艺术创作手段挖掘出来，给人们点亮一盏前行的明灯。

实践一再证明文学与生活的密切关系。按理说，九百六十万平方公里土地上进行怎样的社会实践，中国文学就该是什么样子，但就在这种简单的认知问题上我们却达不成应有的共识，一度沉迷于拿来主义的陷阱里。回望新中国文学史，农业合作化实践中产生了《创业史》《山乡巨变》这样的皇皇巨著，改革开放转型期出现了《平凡的世界》这样熠熠生辉的皇冠之珠，遗憾的是，在书写人类发展历史上战胜贫困奇迹的当下却拿不出相对应的作品，这是当代作家们需要回答的时代之问、人民之问！

这个之问自然也涉及我们自身。循化地区在短短几十年发生的变化，与周立波先生笔下的清溪乡在农业合作化运动中的"巨变"是不可同日而语的。然而，我们这些所谓作家的零零碎碎的文字所能呈现的只是这个大时代的边角一隅，处在这个变革场域的男男女女们在坚守与放弃的十字路口经历过怎样的迷茫与抉择、挣扎与奋斗，在左边是欲望右边是信仰的舞台上演绎过多少充满着喜怒哀乐爱恨情仇的人生大戏，那些拔地而起的楼宇背后有着怎样不堪言说的血泪心酸，那些坐拥几十上百万豪车的人们风光体面的笑容里藏着多少惊天故事，与我们的目光与笔头失之交臂。作为这场变革的见证者、参与者，我们本身就是故事里的人，最有可能触摸到时代跳动的脉率，却每每让目光迟滞、思想蒙尘、文字失灵……

此次中国作协启动的"深入生活扎根人民"新时代文学实践活动算是文学创作对时代之问的正面回应，对我们这些基层写作者也是个莫大的鼓舞。

我向来不担心中国人造不出三纳米或更小的芯片，始终认为，物质和技术所达到的高度不算真正的高度，倒是对若干年后能不能写出一部震惊世界的作品深感纠结。

这时，启良先生打来电话，说他要出版《悟道》姊妹篇，请我写序。我欣然应允，正好可以让思想翱翔在另一片天空下。

二十三

表面上看，村里静如止水，每家都恬淡地重复着几乎是相似的日子，但与他们稍稍走近，就会发现哪家都有一本难念的经，一切不如意都写在他们胡须发白、皱痕密布的脸上。男人们在外面再逞强显能，一踏进门槛，就得面对严峻的生活课题，钱多钱少吃肉喝汤是一回事，衣食住行之外派生出来的恩怨纠结苦辣酸甜却是剪不断理还乱的难肠事。小伙子们到了二十岁就得张罗婚事，好不容易凑齐二三十万血汗钱，却一时找不到可心可意的姑娘。即便拉账背账把儿媳妇娶进门，没过几年，又闹腾着要离婚。女儿家也难找到称心如意的婆家，为父为母的把女儿辛辛苦苦拉扯大，末了还得送给八竿子打不着的人家，摸不清男家深浅高低，最怕什么时候女儿带着满腹冤屈哭哭啼啼跑回家。这世上，有些事能办则办，不能办可以放过去，唯有儿女婚姻是不敢马虎的。素常看着某人家大面上过得去，真要谈婚论嫁时，非把对方用细箅子捋一遍、细筛子过一遍不可，不找出一箩筐毛病，就算你走了眼。即便女方模样俊俏仁义本分，只要父母在操守上不过关，也被弹嫌成二十四；即便男方是豪门大族，只要口碑上有污点，到谁家门上都免不了吃闭门羹。儿女婚姻上屡遭不顺，对声名狼藉的人来说，领受别人横挑鼻子竖挑眼的挑剔，不啻当头一棒。可婚姻的诡秘性在于，谁也摸不透它真实的一面。就像未切开的西瓜，光看表面很难辨清瓜瓤是甜还是不甜；姻缘又像一片云彩，说不定阴差阳错飘落到哪家房顶。自古英雄豪杰娶不到国色佳丽、花容月貌嫁不到如意郎君的事比比皆是。现如今，网络又是个看不见的陷阱，小两口好好的，冷不丁被手机拉下了黑坑。婆媳间的千古难题也考验着芳容犹存的年轻的婆婆们，如果彼此找不到各自恰当的位置，光靠长尊幼卑的传统伦理，无法浇灭婆媳之争的暗火。

再说，过去父亲要办的事，就是全家无可争议的奋斗目标，各尽其能，各得所乐，毫无怨言。而追求人格独立个性张扬的今天，连小孩子都有各自不同的需求；以伦理道德维系家庭关系的时代日渐走向末路，家庭成员的同屋异梦和父母的被边缘化，打破了千古沿袭的人财物集约利用格局，在家庭事务上失去话语权的父母不得不向诉求独立的儿女妥协，纷纷退出家庭舞台中心。妥协就意味着传统伦理的解构，一系列家庭矛盾由此而生。正如托尔斯泰所说，幸福的家庭是相似的，不幸的家庭各有各的不幸。

像我这种偶尔回村转悠的局外人，只要得到村人的信任，他们就把煎熬得白了头发乱了心绪的种种不幸倾吐出来，有些是奇奇怪怪的家庭琐事，有些是弟兄反目的宿仇旧怨，有些是盘根错节的邻里纠纷，都是闻所未闻的惆怅事。有个老汉对我说，别看大家伙儿在一块儿礼拜，也别看在一个桌上吃饭，谁心里都有解不开的疙瘩哩！

眼下，虽说推行移风易俗，红白事上的花销算是降下来了，但人情往来却是个填不满的窟窿，水涨船高不说，冷不丁又冒出个新名堂，再闭眼不见，总还得撒开手花出去一些。过去大病小病都在炕上熬着扛着，时下有个头疼脑热就上医院。住了院的，立刻惊动四围亲朋，一拨拨人过来探望，心有不甘也得掏腰包。以往在亲朋间圈庄廓盖房子种庄稼时出力流汗换来的交情，被唯钱是从的世俗社会稀释殆尽，剩下的，似乎只有人民币了。据调查，拖累撒拉族家庭的不是日常开销，而是可有可无可多可少无穷无尽的人情消耗。问题是，在这个成本不菲的"人情交易"中，并没有产生"以物换情"的等价效应。

在看似光鲜却危机四伏的生态系统里，当家的人们小心翼翼地过活，唯有那看不见却能感觉到的信仰安慰着一颗颗疲惫的心。在信仰感召下，内心归于素白的人们一刻不落地重复着每日五次的拜功，尽量忘记新仇旧恨，记住别人的好，念着别人的情，擦亮落满灰尘的灵魂，重新点燃生命的火焰。

有洞见的老人们隐隐地不安起来，见年轻人不喜欢种庄稼，拿钱不当钱，拿吃的不当吃的，拿血汗钱充好汉，就弱弱地告诫他们，等着吧，这总归不是个好兆头！

正如有经验的人们担心的那样，经历过天地冒烟的高温之后，在疫情的阴霾中苦熬着的我们等来了天开窟窿的降雨天气。迟到的雨季来势凌厉，一下十几个小时，而且接连不断地猛下，让人心里恓惶不安。老汉们说，这就是摆在眼前的报应呀！但年轻人的心头蒙尘太厚，不到天塌地陷的程度，哪能听得进去！

二十四

我不喜欢南方的梅雨，期待着北方的秋雨。淅淅沥沥的秋雨落到树叶的沙沙声、拍打屋顶的啪啪声，纷纷扬扬的雨点下尘土四起的土巷上空迷迷蒙蒙的雾气，邻家棚舍发出几声不耐烦的羊叫声，从每家门洞里汩汩流出来的一股溪流，小孩子们赤脚走在泥地里不慎滑倒的狼狈相，雨后女人们从山上割来一捆捆扎扫帚用的芨芨草的富足感，煮一锅刚从地里挖来的洋芋一家人稀罕地围桌开吃的那份甜美，母亲瞅着缸里渐渐少去的水和湿漉漉的柴火发愁的样子，将要出阁的姐姐一针一线绣花的那份细密，爷爷望着被雨水浸湿了一拃的墙头寻思着屋顶快要漏雨却又无可奈何的焦虑面容，年轻人在生产队队部屋檐下性情高扬地打牌的场景，还有被雨水隔开的狭小空间里发出来的寂寞无边的唱调，雨住天晴后片片云彩与厮守已久的山峦告别的那般眷恋——正如在雅鲁藏布江山谷中看到过的类此画面……

只有在秋风中斜斜地飘下来的连绵秋雨所营造的氛围里，才会重温这些潜藏在记忆深处的画面，每一幅画面都清晰可见，都能撩拨人的心绪，触动心底那根柔软的琴弦，弹奏出一曲让自己沉浸其间久久感动的旋律。

德祥哥说，他打算让两个儿子分门立户，各过各的日子。这是我早就提醒过的，树大要分枝，雏鸟总要出窝，这一步走晚了，反倒耽搁小鸟们练羽的时机。两个娃娃是秋后生，虽然他们哥俩早已成家得子，在城里村里都有相对明确的房子，但德祥哥和嫂子舍不得拆散老窝，门里门外的事都由他们自己张罗，而今他们终于想通了，撒开手，让小的们自己折腾去，这就对了。一大家子老少三代，在一个屋檐下过得了一时，却过不了一世。人生在世，走一程，看一眼，有时退后一步，便是海阔天空。我说，从今往后吃肉喝汤高过低过，凭他们自己的本事去！

从眼下情形看，对城里有住房的年轻人而言，村里的房产田亩只是象征性的存在，他们以及他们的后代除非万不得已，一般不大可能把生活重心下移到父辈们精心打理过的老家。不少人乐此不疲花大钱重修老屋，很大程度上是给自己的人生一个交代，也给周围关注自己的那些目光一个交代，最终的期许，也许是生命交接仪式中有个体面的场所。

乡村带给我们的隔膜不仅来自新生代陌生的面孔，还在于再也找不回那些刻骨铭心的味道。树上的果子是新品种，染了一层红晕的甜甜的苏梅梨不见了，用菜叶子沤成的带着田野气息的酸浆水不见了，映红枝头望一眼就垂涎欲滴的阿丽玛果儿不见了，含在嘴里满口留香的奶油糖不见了，玉米棒子变成了甜不唧唧的水果味儿，人们口齿间的语言也在变味……

更为深刻的是，互联网掏空了人们的头脑，汹涌而来的信息洪流以势不可当的魔力冲刷掉思想的河床，河床上裸石遍地，满目萧瑟。记忆系统和思维系统以应接不暇的速度更新升级，再好的东西也匆匆离去，再好的感觉也瞬间消失，绞尽脑汁写出来的文章在人们目光下只停留片刻。即便是辞世不久的亲人，也很难长久占据心头。在怀疑自己否定自己颠覆自己的过程中，大多数人对传统文化的遗忘与麻木将成为无法抵拒的常态……

我站在村庄后面的山梁上，望着清水河两岸茂树丛中几乎连成一片的村落和密密匝匝的新式房屋，看不到一大片象征性的麦田，已经很难与自己极力寻找的童年记忆对得上号，除了两侧在千百年雨水冲刷中依然保持原貌的黄褐色山脉、横亘在山脚下的坟园和清真寺的邦克声，一切都在急速的变化中赋予了新的内容……

是的，记忆中的乡愁不在了，印象中虽然困苦却无比温暖的乡村消失了。在生存方式日趋个性化的今天，在竞争和效率为发酵剂的大缸中，以血缘和亲情名义结成的宗亲网络正迅速消解成"露水夫妻"式的利益关系，缭绕在其间的令人沉醉的东西蒸发殆尽，剩下的只是一具坚硬的躯壳。这就意味着，亲情、族亲、孔木散和阿格尼这样的组织结构将变得松散而脆弱，一旦维系撒拉尔精神家园的"者玛体"功能被弱化或遭遇解体，随之而来的，无疑是沿袭几百年的传统社会的没落或终结。

其实，五年前母亲看我最后一眼时，我就不指望这里还会有朝朝暮暮惦记自己的一颗心。

我把目光收回到山脚下围起来的坟园，想起叙利亚著名诗人阿多尼斯的诗言：无论我们身在何处，都有泥土伴随，那是永恒的相会；无论我们身在何处，都有时光伴随，那是永恒的离别。是的，对在短暂的几十年里万分纠结的人类而言，一切都是过眼烟云，只有最终接纳我们的土地和时光才是永恒的存在。

我也明白，对自己所钟情的故乡，不负责任的许诺是轻率的。想说的话，以不同的方式向它倾吐过了。今后我还会回去，但回去的方式、频次和承载的内容，可能与以往大不相同。有一天拖着老态龙钟的身躯颤巍巍踽踽在村巷时，但愿一双双陌生的目光仍把自己定义为"乙日亥人"，除此之外，还能怎样呢？

二十五

对村庄的最后一点牵念是想去看看后沟，也就是村子背后的那条大沟。我想，最能完好无损地钩沉童年记忆的所在，也许就是那些旧貌未变的荒山秃岭了。

合力录哥说，后沟也不是先前的样子，十几年前种的柠条都长成一人高了，前年村里用推土机开了一条路，一直通到沟垴。这更激起我的兴趣，找一个清静的下午，骑上志远的摩托车，沿着坟园下方一条人行道一溜烟进沟了。

绕过垭口，当村庄和绿树消失的时候，望着冷峻突兀的荒山，时光立刻倒退几十年，眼前景象顷刻间与儿时在这里割草、放羊、赶驴子的画面连为一体。除了山坡上沟底间多了一丛丛柠条，四周山势整体风貌依然如故。置身于高峻的红崖峰、藏民沟北侧陡峭如削的束状丹霞、屁儿沟南侧宽阔的一面缓坡、令人毛骨悚然的老鸭窝这些高山深沟间，人的思绪一下子回到几十年前虽然困苦却单纯快乐的峥嵘岁月。

相传古时候这一带是茂密的原始森林，山崖下名为"得候德尔"的凹形台地是一泓水池。有一天，一女子在池水边撒了一泡尿，得罪了山神，不久池水干涸，丛林尽失，蜕变为寸草不长的荒山秃岭。几年前，村人在阴山坡上挖出了尚未腐烂的柏树根，高处阴沟里仍见到为数不多的灌丛；沿着藏民沟到我家树林子那一片"迈勒豪依"①也能印证退林变荒的说法；从出土的大量棺木、钱币和陶器看，初步认定为马家窑文化或半山文化类型。这就意味着，四千多年前这里曾是古代羌人居住地，西夏人或后来成为蒙古人的栖息地。随着植被退化，曾经的一方宝地变成穷山恶水，那些

---

① 迈勒豪依：林区。

逐水草而居的世居民族逐渐迁往外地。撒拉族先民迁居循化后，黄河沿岸原住民蒙古人就移居青海湖边。综合种种历史遗存，坊间流传的古时这一带为原始森林的说法有几分可信之处。

我10岁那年，家里一只母山羊和羊羔没有跟随晚归的羊群回来，爷爷去问羊倌，羊倌也不明就里。第二天一大早，我和14岁的姐姐去后沟找羊。找遍所有沟峁山梁都没有找见，于是我们沿着弯弯绕绕的羊肠小道上山去。到半山腰，天下起蒙蒙细雨，一心要找到羊的我们不知道掉头返回，顶着冷飕飕的山雨继续往上爬。

快到红峰崖垭口时，浓浓的云雾从山顶飘下来，瞬间把我们裹住，眼前一片空蒙，只影影绰绰看见几步之外的姐姐。脚下的红胶泥紧紧贴住鞋底，深陷进去的脚怎么也拔不出来。我仰头看看云层里的红峰崖，又转身看看望不见沟底的盘山路，绝望的气息直逼过来，禁不住哇地哭出声来。

走在前边的姐姐过来帮我拔出脚，叫我别穿鞋子，她自己也脱了鞋。此时，我又累又饿又冻，打个哆嗦就有一股冷气钻进骨子里。姐姐看一眼头顶上的山路，说一句"羊儿不要了，咱回吧"，就牵着我的手，跌跌撞撞返回了。早已急成一团的爷爷看着两个孙子为两只羊差点送了性命，激动地抹眼泪，一边埋怨不值当，一边夸我有男子汉气。

以后几天我发烧不止，夜里做噩梦，说梦话。奶奶说，这娃一准在山里丢了魂儿，便端来一小碗凉水，让爷爷吹"都哇"①。爷爷翕动着嘴唇，轻声念一段经文，鼓起腮帮吸口气，朝我脸上噗地吹口气，顺势把余气吹到水碗里，如此往复数遍后，让我喝下碗里的水……

后来，这里发生过一次惊心动魄的山体大滑坡。

有一天凌晨时分，六十八阿爷赶着第二生产队仅有的一头骡驹从唐塞村赶到红崖峰时，小骡驹突然蹦跳起来，不多时他发觉脚底下的地在动，潜意识告诉他可能要发生老辈人所说的地震，来不及多想，用手里的木棍猛抽一下小骡子，拔腿往山下跑去。等他一口气跑到山下时，听见轰隆隆

---

① 都哇：念经。

沙啦啦的巨响，身后的山坡像断崖上倾泻而下的瀑布哗啦啦滑下来。此时东方已经发白，六十八阿爷赶紧进村给大队干部说了。一传十，十传百，全村老少很快知道了"走山"的事，半分好奇半分害怕地到山垭口观看。我到垭口时，太阳已经一杆高了，红崖峰以下的整面山坡都滑落下来，那条弯弯曲曲一直消失在云层里的山路不见了，间或还看见局部山体滑落下来的一团尘雾。

一时间，清水河沿岸都传言乙日亥村遭此灾难，一定是做了什么得罪神灵的事，但乙日亥人并不信邪，日子依然平静如水。只可惜原先几乎是捷径的山路断成悬崖了，上山的路也不那么好走了。大队决定重修山路，很快提出三套方案，最终放弃了修复原路的设想，从沟垴深处一面陡坡上开通了一条盘山路，虽然多绕一点路程，但总算有了一条上山的路。

现在山田都退耕还草了，一部分地圈起来承包给一位养殖大户，一部分地里种植了黑刺树，盘山路被雨水冲毁，只剩下一线隐约可见的山羊道……

我走在屁儿山和红崖峰之间逼仄的沟垴里，举目环顾，山还是原来的山，连山坡上稀稀拉拉的芨芨草也如儿时的模样。头顶上盘旋的几只老鸦尖利的叫声在山谷间回荡，远处山梁上一群低头吃草的羊儿使这条荒凉冒烟的山沟有了一丝生命迹象。

今年是大旱年，除了阴沟里见绿外，山坡上的草儿还没缓过劲来，唯有骆驼蓬和蓬灰草依然以旺盛的姿态吞吐着生命气息。想当年，就在这儿，我和爷爷几乎每年把别人家看不上的骆驼蓬和蓬灰草拔断，晒干后驮回家。骆驼蓬用来煨炕，用蓬灰草蒸馏碱水。在我的意象中，这种在极端环境下迸发生命活力的植物像极了黄河的波峰浪谷间拼搏图强的撒拉人。

那时节，爷爷一半的心思在山里，牵挂着山谷间堆放的那些宝贝。雨后放晴时，我们爷孙俩赶着那头棕灰色"疯癫毛驴"进山。我已经长成半大小伙子，腰带间插上镰刀，爬到微风中摇曳着紫色头穗的芨芨草的山坡上，把连山羊都过不去的危险地段上长势茂盛的一丛丛草儿割下来，捆扎后用毛驴驮回家。这是我在爷爷面前展示男子汉气概的时刻，从爷爷欣慰的目光里，我那渴望长大的心儿能得到一丝安慰。

等到所有农活收尾后，爷爷用芨芨草编制笤帚，奶奶在一旁捆扎扫把，我在一边剥开草皮儿。那些精致的扫具，留一些做家用外，其余的当作礼物送给亲戚们。到秋末，晒在屋顶的蓬灰草也都干透了，爷爷把它们堆在院子当中，一把火烧了，灰烬倒入底下有一眼小孔的陶罐内，倒上几瓢水浸泡，从底孔滴漏出来的，就是上好的碱水了……

往事如烟，记忆在岁月深处渐渐淡去。一些山名沟名已经记不大清晰，心里忽然掠过一丝被时空切断的悲凉。失去记忆，这是多么可怕的事情！志远这一代也许并不在意这山那沟的名字，也无须知道这里曾经发生过的故事，但对我们这些与这些穷山恶水有过交集的人而言，当大脑被信息洪流不断漂白的当下，在乡愁越来越浓稠的人生暮年，一如几十年前模样的山沟，也许是最后的慰藉了。

我给老书记德功先生说，趁老人们还健在，能不能在每一地段栽一根标了地名的水泥桩子，他哈哈一笑，觉得我的想法很可笑，便如数家珍般把村界范围内的所有地名一一说了出来。

有这种担心的不止我一个，昌龙先生曾倡议过，希望由我出面组织村里的文化人撰写村史，甚至提出由他负责筹集所需经费。这是一种回头凝望祖先的家乡情怀，也是一种面向未来的文化担当。不管怎么说，未来乙日亥村如果有一部村史，那就再好不过了。

至于后沟的未来会怎样，谁也不好说。不过，随着水浇地日渐减少，村人的目光已经瞄向这片可能整出几百亩耕地的山沟。我内心的期望是原地保留，为下一步旅游开发留出一处难以复制的原生态景观。

在我看来，后沟在古朴与苍凉中蕴含的价值远远超过任何形式的雕琢之美，必将成为承载几代人集体乡愁的活态场景，但愿村人中有几双慧眼识宝的目光。

二十六

德祥哥来电话说他们要回西宁了，我一时没回过神来，好好的，怎么突然回去了呢？离天气转凉还有好长一段时间，这期间干点什么不行呢？我诚心挽留，但他去意已定，行囊都打点好了，车都说好了，说什么都不松口。我有点急了，几乎是央求着说：

"明儿个动弹也行啊，反正西宁也不远，走高速路，就俩小时工夫么！"

我是想请他们再聚一聚，彼此说说暖心话，给他们留下点往后尽量往老家这边靠近的念想。

德祥哥笑着说："啥时候都有个头哩，只要情谊在，只要大家都平安，不在一两顿饭上。"

我不甘心，又说："明年谁在谁不在不好说呀！再说，有那个条件，难说有那个心思呀！"

他好像有点动摇了。我趁机说西宁疫情不稳定，动不动封控，不如安安心心在老家待一阵。

妻子也说，一起处惯了，冷不丁要离开，心里头空空的。我把手机递给她，让她再劝劝嫂子，但嫂子去意已定，任谁都劝不住，只好让他们走了。

德祥哥和嫂子离开后，我也三天两头被单位或朋友们叫去，安安生生住几天也不能。庆峰兄弟也从省医院回来了，他是我时下心心念念的牵挂，早点见面，于他于我是最大的慰藉。

也许这些都不足以构成匆匆辞别老家的理由，更为深刻的原因是，对故乡而言，我们都成了过客，尽管形式上想努力地成为它的主人，试图以回来的方式拴牢自己与老家的精神脐带，想证明自己依然属于这个村的一分子，想以古老的乡风乡俗秉持父辈们珍藏在心底的那份操守，想给后代的记忆中添加一点老家的因素。但谁都明白，曾经滋养过祖辈们的老家已经被湮没在烟尘下，纵有万顷乡愁，也无处安放。故乡在急速的时代车轮下与我们渐行渐远，除了在形式上能得到一种名分之外，再也不会有什么……

清水河发洪水的第二天，天气阴沉沉的，心情也变得冷清起来。草草吃过午饭，便打点行囊，赶在下雨前离开了。

树上的酸果长成拳头大了，稀罕了一整夏的几个软糯糯的桃子都掉在地上，枣树枝上挂了星星点点青枣儿，粉红色月季花开得正旺。芒果栗树这时候才出风头，躲在树叶间的红艳艳的果栗格外惹眼，伸手一捏，硬硬的，它仍与深秋的冷风冷雨抗衡着。

　　志远把三只兔子归还原主，小家伙们竟成了短暂的过客，无缘与我们长相厮守，让它们归群也好。人和动物所不同的是，我们会记着它们，它们却不会，因而它们是轻松的、快乐的。

　　老屋毕竟是老屋，真要离开了，心头就有那么一点说不清道不明的愁绪牵着你，这大概是故乡特有的精神磁场吧。我回头望一眼空寂的巷子，心里想，虽然偶尔还会回来，但那种用人气和烟火气焐热的温情再也不会有了。

　　路上妻子叹了一口气，不无遗憾地说，该把屋里那几只苍蝇放出来，过不了几天要死了。

　　我心里沉沉的，什么也没说。

艰难岁月

一段刻骨铭心的风雨岁月，是对躯体和心灵的双重炼狱，也是对思想观念的浴火涅槃，更是对精神人格的强力塑造。

多舛的季节

一

我的感觉中，2022年的春天是与"循化青年文学"以"春风"名义组织的同题诗的氛围中来临的。那一天，正好是3月20日。清晨掀开窗帘，忽然发现窗外杏花挂满枝头，春色满园。我目视晴朗的天空，深深吸一口飘散着淡淡花香的空气，就像绽海燕老师诗中"把没有读完的冬天锁进抽屉"那样，与去年秋末伴随最后一片落叶中熬过来的漫长冬季告别，把心情放逐到绿色荡漾的季节里。

这些年由于写作缠身，我对春天的感觉是漫漶的，抬头远眺窗外时，时令往往已到盛夏。今春难得清闲，可以把目光和心灵交给这个播种希望的季节了。

能腾出心思领略柳树吐绿、杏树打苞的春景，说明我有了一份难得的好心境，而且这种相对稳定的心绪并没有被偶尔生出的不如意事所烦扰，像续了很多遍水却依然没有淡去的盖碗茶一样，持续了好长时间。这多半是占据心头的写作计划暂时告一段落的缘故吧，我想。

艳蓉用八个多月时间改了一遍《黄河从这里拐弯》第三部第三稿，草稿上的划痕、改过的字迹、加上去的语句、前后段落调整的划线密密麻麻，可见她的用心。她对每一段每一句每个字每个标点都没放过，尤其对"循化式"倒装句看得很紧。令我哑然失笑的是，对写作时性情使然的一些抒情句子，她手下丝毫不留情，见一个，"枪毙"一个。

据艳蓉说，每逢出差，她都要从打印稿上撕下几十页，带到外地，一有空就看。她拿过来的是"体无完肤"的稿子。这无疑是弥足珍贵的，我爱不释手，把这些零散的"部件"拿到复印部，重新装订好，以备珍藏。

不少作家都说好文章不是写出来的，而是改出来的，对此我深有同感，每改一次，都有新的收获。如果这部作品篇幅不长，再改它个两三遍，肯定会越来越好。

顺着艳蓉改过的痕迹，我又花费半个月时间，像赤脚走过麦茬地，并不轻松地从头至尾过了一遍，望着那些有了几分成色的文字，想着还有出版社责任编辑那一道关，心里总算踏实了些。

这几年的心情总是与这篇尚未完全出笼的小说息息相关，如今，作为承前启后的第三部已经顺利截稿，于我而言，比盖几间雕花大房还值得高兴！

二

这个春天一开头就比预期的要好，青藏高原第一缕春风沿着积石峡谷悄悄来到循化，乍暖还寒中对春意有所知觉时，急不可耐的报春花像襁褓中笑靥初开的婴孩，绽露着半个笑脸，在枝头上蠢蠢欲动了。紧接着柳树吐绿，杏花开放，庄稼地里去年秋天种下的冬麦也有一拃高了。望着早春绿油油的田野，想起还没有充分地享受这个等待了几个月稍不留神又要溜走的季节，心里筹划着在某个阳光灿烂的周末，约几个好友到远郊或独自一人去更远的地方踏青赏春，顺便采来一片春姑娘舞动的衣袂。

我喜欢重温占祥先生一次次描述过的令人心动的早春画面：站在山岗上，或漫步在田埂上，望着苗田里一手持铲、一手托腮，像鹁鸪一样缓缓蠕动的撒拉艳姑；一阵微风吹过，渐渐远去的鸽哨声从头顶划过；鸽哨声之后，一曲悠扬的"花儿"从不远处传来……

这一幅水彩画应该是阳春四月的积石川奉献给我们的最为得意的作品。

《黄河从这里拐弯》杀青后的这半年，我没有大体量的写作计划，偶尔写点东西，也是零散的，不造成太大的体能消耗。一些临时安排的讲座尽管准备过程中比较辛苦，但由于这是纯粹的精神性劳作，放开嗓门讲下去，反而能得到一种情绪释放后的心理愉悦。春节前后，应邀到一些乡镇、村社和县直部门讲了十几堂课，把近期学习、观察、探讨和思考杂糅后得来的收获与不同文化不同职业背景的人们分享，也算没有虚度这一季春光。

然而，过于美丽的开头并不是一个好兆头。谁也没有想到，这个春天展示给我们的只是它的表象，暗地里却不动声色地酝酿着一个惊天阴谋。

三

新冠病毒肆虐已经有三个年头了，但到了高寒地区，它总是缩手缩脚，好几次溜一圈又回去了。身处西部河谷地带的人们并不把谈之色变的奥密克戎放在心上，大街上依旧车满为患，所有饭馆宾客盈门。都说新冠疫情让经济低迷不振，可在循化的街巷深处飘散着浓浓的商业味，丝毫看不出人们的钱袋子萎缩的迹象。

但这一次，传说中的"狼"真的要来了。

觊觎已久的奥密克戎早已布下魔网，只是选择一个适当的时机。当人们打点行囊正要出发时，它终于出手了。循化的春天一夜间被屏蔽了。在匆忙的脚步中，在慌乱的眼神里，我的心头布满与这个季节相反的一片萧瑟。想起恩格斯在《自然辩证法》中那句犹如警钟在历史时空久久回响的名言："不要过分陶醉于我们对自然界的胜利。对于每一次这样的胜利，自然界都报复了我们。"一百多年前能说出如此石破天惊的警世之言，不愧是伟人。新冠病毒影影绰绰，已经缠了我们三个年头，这是自然界对人类善意的警告，还是无情的报复，我们不得而知。

好在我们身边有"全能型"责任政府，像一位慈祥的母亲，她不会冷一眼热一眼，不会挑挑拣拣，更不会嫌弃那些弱小残疾的，哪怕再难，她也会把他们揽在怀里。

四

整座城市失去往日的繁华，商店歇业，学校停课，公交车熄火，人们的一切计划按下暂停键，绿意盎然的街道瞬间被漂白。所谓春天，只是一种美丽的幻影。

一次次核酸检测，每个人都经受了一次被"组织化"管理的体验。到第五次核酸检测时，一岁半的孙子韩一凡也在帐篷窗口前主动张开嘴巴。

奥密克戎在暗处，与它周旋，万不可意气用事，更不能求胜心切。最好的方式，不是挥戈出击，而是挂上免战牌，以沉默来消耗它的意志，以时间来磨损它的斗志。

但是，对病毒形式上的妥协并不意味着本能上的屈服，既然脚步被疫情所困，就把远行的使命交给大脑，让思想的燧石敲击出几星微弱的光亮。于是，我重新擦亮思想的触须，在斗室内开始与疫情有关的思索——

其一，一人与一城的关系。某个角落里八竿子打不着的某个人被疫魔附身后，立刻与成千上万人的健康安危有关了。也许，他或她终生寂寂无闻，或是光鲜亮丽的角色，但一旦身缠疫病，除了承受疫病的折磨，还要扛住被人诟病的巨大心理压力。不过话又说回来，谁能保证不被藏在暗处的疫魔缠住呢？现在是全球化时代，再也不可能回到闭关锁国、独善其身的年代，面对来自四面八方的威胁，作为个体的我们应该建立怎样的处世观，如何以实际行动处理好个体与群体之间的关系，已经非常现实地摆在每个人面前了。最起码，公共场合常态化戴口罩和离境入境第一时间核酸检测，理当成为义不容辞的必要之举。

其二，一城与一国的关系。人口密集的繁华之城，辐射半径延伸到全国各地。宁静的日子里，它敞开胸怀，为众多他乡异客提供了安身立命之地，但一旦被疫魔偷袭，巨大的繁华变成巨大的威胁，病毒很快从机场、港口、车站四溢，其传播速度、烈度和广度就无法想象了。但这样的疼痛不再是一地一城之痛，很快蔓延为举国之痛。吉林省疫情久攻不下，国家卫健委从十二省市组织四千余医护人员前往援助。这一刻，大爱无疆、人间大道这些词语可以隆重出场了。

其三，我们的生存方式也许到了一个临界点，生活的车轮已经不大可能在原有轨道上继续行驶了。我们盼望疫情拐点，但可曾想到生活方式也需要拐点？这个时代给我们提供了寻找诗和远方的平台——房子、车子、存款，过体面日子的诸种要素应有尽有了，哪承想突然冒出的新冠病毒却跟我们过不去。但是，青山遮不住，毕竟东流去，阴霾总会散去，太阳总会普照大地，到那时，我们应该以新的姿态去开拓生命的第二场域。

其四，屋里待久了，内心的某一小角落仍然是空着的，我想，未能被亲情填充的空缺部分应该是社交需求。正如马斯洛所说，人的需求中相互交往是个无法替代、无法逾越的必要层级。尽管与朋友们电话联系，但那种小心翼翼的隔空对话满足不了男人们在盖碗茶的氛围中放逐心情的惬意；尽管家里也能喝盖碗茶，但喝不出那份流水潺潺、桃花吐芳的畅快。亲情、爱情、友情永远是支撑人类情感世界的"三脚架"，少了哪一个，都不能拥有完整意义上的"小情感"——至于家国情、天下情，那是另外一个层面上的话题。说句实在话，在等待解封的期盼中，就有一份想跟几个挚友喝茶畅谈的小心思——谈谈文学，说说疫情，聊聊俄乌冲突，想必一定会惬意。

其五，这个世界充满了变数，百年未有之大变局不是空穴来风，而是真实的存在。战争、自然灾害、传染病、气候变化、恐怖主义、霸权主义、民粹主义、逆全球化给世界带来了不确定性，世界局势风云变幻、波诡云谲，给国家治理带来前所未有的挑战。在距离民族复兴咫尺之遥的当下，要使"中国号"这艘巨轮行稳致远，的确需要智慧与胆识超群的掌舵者。

其六，这些天除了关注疫情动态，陷进了俄乌冲突的旋涡里，没完没了看短视频，被已经拖延一个多月的战事揪得静不下心来。想起那些在战争的裹挟中颠沛流离的乌克兰难民，想想在美军占领下二十年家无宁日而今终于从枪炮下挺过来的阿富汗老百姓衣不遮体、食不果腹的穷困日子，再想想国人在和平阳光下宁静无忧的日子，觉得我们看待现实的目光不是通透的，而是遮蔽的，过于聚焦物质生活，忽略了最为基础性的生存指标——安全账。

其七，疫情也是一把双刃剑。狰狞獠牙的病毒偷袭我们、消耗我们、折磨我们；同时它激发我们的情感，分泌我们的思想，使我们收获了比风平浪静的日子多得多的感动、感激和感恩。

其八，疫情让我们学会了规矩，懂得了把自己框范在红线以内的生存逻辑，戴口罩，测体温，排队检测，已经成为连小孩子都自觉遵从的生活常态。由此延伸开去，我们在思想上竖起基于法律和道德的红绿灯，确立更为广泛的规矩意识，用无数个绿灯照亮和谐社会的万里晴空。

其九，一场疫情催熟了社会。一些短视频和语音节目中听得最多的是"不要给政府添乱""不要给大家制造麻烦""家里要多储点粮食"这样的提醒。这无疑是循化人群体意识和灾难意识觉醒的标志，如果趁势因势利导，有利于构建温馨如家的新型社会关系。

其十，经历弥足珍贵。不经历风雨，哪能见彩虹！如果不是亲身经历，即便邻县发生传染病，我们多半会持隔山观火的心态，不会有彻骨透心的触动。对政府而言，这是对领导力、组织力、协调力和执行力的一次大考；对个体而言，这是对灾难的认知度、承受力、内在品质、公民意识等多方面素养的一次触底检测。面对新冠疫情，尽管我们有预案，有心理准备，有参考体系，但如果缺乏身临其境的"实战"经历，政府的工具箱内会少一些应对之策，"置身事外"的人们对逆行者的付出不会有发自内心的感激。

新冠疫情折磨我们的同时，也提供了关于社会与人性、必然性与偶然性等诸方面进行世纪性思考的多重维度，身在其中的我们，真该好好想一想。

五

疫情期间的宅居生活大抵是一样的，除了看书写作，就是没完没了的刷屏。

因为至今不用微信，我的手机承载量相对小一些，与抖音、快手等娱乐化平台刻意保持着距离，尽可能从碎片化阅读中摆脱出来。这样一来，却带来诸多不便，乘车出行、出入社交场所、核酸检测等一道道关口的扫码都是问题。看来，在洪水滔天的信息流面前，想躲是躲不掉了。

这是个每时每刻都被消耗被蚕食的时代。手机摇身一变，显出十足的魔性，在魔力无边的网络攻势面前，人的理性堤坝轰然倒塌，结果消耗了时间，消耗了精力，消耗了睡眠，消耗了健康，消耗了金钱，消耗了感情。三教九流登台亮相，吆喝着，喧闹着，争先恐后蹭流量。没有大师的当下，什么样的角色都敢堂而皇之布道传经，不知从何处冒出来的"教师爷"竟然出售宏大的人生哲理。听那些口吐莲花的俊男靓女们传授人间大道、人生秘方，真有点嚼泡泡糖的感觉，吹来吹去一场空。我不免心生疑惑：难道，熬煮五千年文明的大锅里只剩下这么一点残羹剩饭吗？

几年前写过一篇《手机时代》的文章，那时候手机尚未全面普及，对其功能的认识十分有限，怎么也想不到短短几年，整个世界就沦陷在这么一件玩意里了。

手机把电视和电脑打趴下之后，在虚拟世界成为独领风骚的王者，由着性子四处乱撞，打碎一切领域的壁垒，搭建起没有门槛没有等级的扁平化大舞台，使明星不再耀眼，学术不再神秘，大学课堂不再遥不可及……

闭门思索这些问题时，手机上传来村里主事人往刚从外地回来的一户人家大门上贴封条的视频，看起来有点好笑，但仔细一想，不得不佩服村人的智慧了。毕竟，最让人回归理智和保持清醒的，还是严峻的现实。

六

进入 4 月，不断传来上海疫情吃紧的消息，到 4 月 9 日，单日确诊患者增加到两万例，其中大部分是无症状感染者。这是个不祥征兆，意味着不断变换花样的奥密克戎病毒潜藏更深了。明枪易躲，暗箭难防呀！以为自己无恙的人，也许病毒已经在体内"安营扎寨"了。

不日又传来在沪开拉面馆的循化乡亲因食物准备不充分而断顿的消息，我的心情顿时变得沉重起来。城门失火，殃及池鱼。20 世纪 80 年代东南亚金融危机以来，偏居一隅的循化躲过了历次经济转型所释放的巨大冲击波，并没有受到实质性影响，但这一次，恐怕没那么幸运了。

志远所在单位专管拉面行业，这些天他变得焦躁不安，早出晚归，一到家里就不停地往上海打电话。上海有六百多家循化人开的拉面馆，全城封控后，都困在屋里，据说有几家快没吃的了。志远他们正为此事着急上火，眼下除了电话视频联系，有劲也使不上。他说他们局长很揪心，想出了几套援助方案，但远水解不了近渴呀！

今天他回来说，县领导也很着急，把情况反映到市里省里，省民委和商务厅已经跟上海方面取得联系，从明日起，由循化驻上海办事处工作人员和志愿者根据每天电话回访及微信群统计情况，按轻重缓急给拉面户解决食物。

俗话说得好，鸡蛋要放在多个篮子里，而循化人的"鸡蛋"大多放在拉面产业这个篮子里了，而今拉面产业遭遇寒霜，再也经不起风浪了。我对两万多拉面人以及对他们满含期待的六千多个家庭的未来暗暗担心起来。会不会像四十年前淘金、三十年前办厂、二十年前跑运输的父辈们在风声雨声中偃旗息鼓那样，曾经托起一代人梦想的拉面产业——在繁华城市的街巷间熊熊燃起来的火焰就此熄灭？这一代人能不能摆脱"创业—兴业—败业"的魔咒？要是重蹈覆辙，下一步路又在何方？

循化人的"超级消费"也使我们的"篮子"漏风漏水。推行移风易俗以来，以婚丧嫁娶为主的攀比性过度消费虽有所收敛，但全民整体消费理念尚未转型，理性的节制的绿色消费生态尚未形成，离构建真正意义上的资源节约型、环境友好型、生态良好型社会还有一段距离。

七

村人对待疫情的"幔帐"总是厚一些，把新冠疫情叫"那个病儿"，言语中暗含着一丝不屑和侥幸，因而戴口罩也有随大流的成分。直到公交车停下来、街上行人寥落时，人们脸上才有那么一丁点儿"服软"的神色。

也难怪，循化人的"庄稼地"多头在外面，他们像皮实的"黑燕麦"，撒遍大江南北。又像一把电钻，只要有一丁点缝隙，就能钻出个窟窿来。就凭这一股劲道，出门闯荡的循化人面朝大海，背对故乡，挤进霓虹闪烁的街巷，庄严地挂起"兰州拉面"的招牌，把一爿小店面当作追逐梦想的大舞台，往一碗碗面里投注无尽的希望，终于蹚出一条远胜于庄稼地里刨食的大活路。正当他们在锅台边汗流浃背时，奥密克戎卷起的黑色风暴却裹住了大上海……

正这么思量时，远在茫崖的永祥传过来一篇文章，说起他在循化老家的亲人被隔离后发生的故事，他弟弟在电话里对他说的一段话印象深刻：

"阿哥啊，你看地上已经放不下了，刚才疫情防控人员说，对封控人员每人每天按四十元标准免费配送伙食，每三天送一次肉菜，每十天送一次米面油，刚才送来了八袋子肉和菜，人均一袋，每个袋子里装着半斤肉、十几样新鲜菜，每袋的价钱应该在二百元左右，还送来了二十斤装的面一袋、米一袋、清油一桶，我们吃也吃不完啊！要是让我们自己买，哪能买得起这么多这么好的伙食啊！关键时候还是政府好啊！"

看到这些文字，我眼眶有些湿润，心情顿时释然了。

八

第五次核酸检测后，利用一上午时间浏览了上海疫情防控视频。满载货物的车辆从四面八方驰援上海，一波接一波医疗队从全国各地汇聚上海，搭载解放军的"胖妞"也飞抵虹桥机场。临近的江浙两省准备了六万套病房，每天出动数千名医护人员赶赴上海。为了不给上海增加负担，他们凌晨出发，星夜赶回来。上海的街巷间涌动着爱的暖流，每一幅画面都是一首动人的抒情诗，我泪眼婆娑，激动的心情难以平复。

我想，这与其说是抗疫，不如说是综合国力、中华民族凝聚力，是蓄积五千年的华夏文明的耀眼迸发。上海抗疫诠释了人民有信仰、国家有力量的真谛。有了中华儿女汇聚起来的蓬勃力量，在惊涛骇浪中还有什么好怕的呢！

祖国是什么？祖国绝不仅是广袤的山河大地上绵延万里的地理风景线、连接岁月深处的历史文化，也不仅是五十六个民族构成的人文图景，而是每个人心甘情愿地把自己的前途拱手相托的命运共同体，是每个人从情感上彻底皈依的精神原乡，是走到天涯海角也禁不住回眸牵挂的思念。

九

好消息不断传来，阿里、美团、京东、拼多多等互联网平台纷纷上阵助力，各地增调人员和设备，驰援上海。越来越多的志愿者加入抗疫队伍中，流动的白色成为城市主色调。从雪域高原到鱼米之乡，从兴安岭下的白山黑水到巴山蜀水间的天府之国，无数人唱着《为了谁》，汇聚到黄浦江畔，抚慰这座与奥密克戎交手中遍体鳞伤的城市。

驰援车流中看见青海省运送物资的车辆。志远说县上也在准备三车物资，不日将开往上海，他已经报名随车前往。

"我住长江头，君住长江尾"是沪青两地文化渊源的生动写照，而今上海遭遇不测，伤口尚未愈合有可能二次开裂的青海感同身受，把六百万高原儿女的深情祝福送到还在苦苦呻吟的黄浦江边。

志远每天回来都很晚，一脸疲态。我问他上海那边的情况，他从手机里找出一幅循化籍拉面从业人员在上海的居住分布彩色图，愉快地说，在浦东新区、闵行区、松江区、徐汇区、杨浦区等十五个区，有两千多循化老乡。他们把十五个区划分六个网格，指定十二名专职网格员，每个网格有一名网格长，由网格员给特别急需的拉面户送去吃的。

我还不放心，又问吃的东西从哪儿弄去。志远说他们局长在上海城区联系好了一家循化人开的餐饮公司，这家餐饮公司正好与上海绿畅农副产品有限公司有合作协议，循化驻沪办事处工作人员利用畅绿公司车辆和临时通行证，抽空给循化老乡送去应急蔬菜和米面油等食物。

他这么一说，我把悬着的心儿放下来。

当日夜里看到循化驻沪拉面办事处工作人员给拉面人送伙食的视频，有个老板娘跟志远通话，说情况比前两天好些了，最起码饿不着肚子。

又传来文都乡藏族同胞赶烙一万个焜锅馍、捐献酥油炒面支援上海拉面人的视频。同样的情谊涌满黄河两岸，同样的祝福传到黄浦江畔。

又一次感受到祖国大家庭的温暖！

十

据说这次核酸检测连做六遍，现在已经是第五遍了。看那些穿防护服的医务人员操着外地口音，想来是周边县区支援来的。检测帐篷正好搭在我们小区门前，做起来很方便。小区值守人员也很尽心，帮助老弱病残扫码，还给楼上一位老大爷上门检测，整个工作一次比一次有序快捷。

幽居的日子里，更多的是思想的沉淀和莫名的感动。脚步虽受限制，但屋里通电通水通气通网络，足不出户，便可纵观五湖四海，浏览大千世界，领略百态人生。还有家人眉眼唇舌间的殷殷关切、孩子们爽朗的欢笑声，使本该艰难的日子不再艰难，原本清淡的生活多了一些暖意。

病毒的强迫性介入，使我们学会了思考，学会了感恩，以开放的姿态理解和接受这个每时每刻都在变化的时代。就像一本二本这些生疏名词被寻常百姓嚼烂了一样，如今新冠病毒、核酸、阳性、阴性、行程码、健康码这些专业词语也成为家常话。未来还有更多陌生词语会进入我们的话语系统。就在这样的时代洪流中，把我们带向更远的未来。就像丢失了文字的撒拉族以特有的目光和思维的捕捉力，把一个个陌生的领域变成熟悉的生活场景，从一次又一次的生命转场中，亦步亦趋跟上时代前行的车轮。

在西宁治病的詹晋文老师打来电话，说"雪山兄妹"组合要唱抗疫歌曲，要我创作一首歌词，我愉快地应承下来。这两天正为不能助力抗疫而烦闷，这下可好，总算有活干了。当天下午就草创一首《光荣属于循化》的歌词，寄给詹老师。第二天下午，詹老师把谱好的歌曲传过来，题目换成了《胜利属于循化》。几天后，准备演唱这首歌的南能先生说，眼下整个青海都在抗疫，不如换成《胜利属于青海》。为青海鼓劲，这样也好。我答应了他，并作了一些改动。

"循化青年文学"组织起来的"文艺抗疫队"也不容小觑，疫情期间组织创作一批充满人情关怀的文学作品，为抗疫工作加油鼓劲。这个"聚时一把火，散开满天星"的创作平台兼容了文学、书法、音乐、摄影、美术等艺术类型，成为循化人不离不弃的精神驿站，多少人在此歇脚纳凉，多少人在此寻觅属于自己的芳草地。此次疫情中，从平台敞开的另一扇窗口中，人们可以欣赏到丹山碧水间飘散着感动的芬芳、满溢着泪水的别样春色。

十一

时令已到 4 月中旬，窗外的杏花早已落尽，几簇丁香树竞相绽放，粉嘟嘟的花儿缀满一树。柳树垂下绿油油的一帘长发。这个春天眼看着接近尾声了。

盼着解封的日期一天天临近，但又传来西宁疫情返潮的讯息。俄乌冲突仍处于胶着状态，某些唯恐世界不乱的政治势力犹如暗潮涌动的新冠病毒，躲在阴暗处拱火浇油，使渐渐熄灭的战火重又燃烧起来……

正如人们担心的那样，西宁疫情二次反弹了。一连几天都检测出阳性病例，不断触碰高原人的心理底线。女儿丽媛说，先是她们小区里发现一位阳性患者，等到要解封时，楼下一户又检测出阳性，小区内顿时阴云密布，都慌张忙乱起来，这会儿正消毒整栋楼。看样子，又要封闭一段时日了。

十几天前得知封城的消息，家人出去备办伙食，看见菜市场里一窝蜂抢购的情景，妻子感慨地说，幸亏有个公家，要不然全乱了，公家管着真好呀！

我不禁一怔，想不到普通村妇从凡常事中能悟出这番道理，往后的社会管理工作会轻松许多。

循化解封的日子越来越近，等待着最后一次核酸检测。这已经是第六次了，但愿一切都安然无恙！

4 月 15 日，满载着循化各族人民深情厚谊的三辆货车开往上海，我默默祝福他们一路顺风。

这是个多舛而令人纠结的春天。

然而，青山遮不住，毕竟东流去，所有不如意都会在春风里烟消云散的。疫情过后，我们要好好活下去，为自己，为家乡，也为祖国。

居家笔记

一

进入 8 月份，先是兰州疫情加重，紧接着一山之隔的临夏州全面封控，不日又传来省内其他地区这里那里出现确诊病例的消息。到 8 月 17 日，返循人员被确诊后，巨大的阴影一下子笼罩下来，饭桌边吃饭的人们的情绪立刻变得沮丧起来，再也提不起素常喝盖碗茶时那种悠然自得谈天说地的放达与雅兴。那天，几个文友本想挪个地方换个心情，特意驱车到白庄集镇，但随后接到明日全员核酸检测的通知，一想起疫情已经在自己身边，大家的心情立即变得沉重起来，一时没了胃口，也没了话题，偶尔点出来一两句本可以延伸的话题，也是有一搭没一搭的，各自想着什么心事，目光中都带着些恍惚迷离的神色，只好在意犹未尽中草草收场。

现代人貌似强大的表象背后，其实都藏着一颗极其敏感的心，脆弱得不堪一击。风平浪静的日子里，人们凭借各自的知识、才华、收入和看似牢靠的人际关系，在自我空间内特立独行，衣食住行上显得万事不求人，过着一种风光体面的日子。殊不知病毒是严酷的，不在乎你是谁，不讲任何情面，没有任何讨价还价的余地，一不留神就遁入你的体内，迅速分蘖，成群结队地舞动它恐怖的魔爪，折磨你，撕裂你，羞辱你。

从最初听到新冠病毒这个名词，至今已经三年了，疫魔像个疯子，到处张牙舞爪，所到之处画地为牢，强行按下暂停键，打乱了看似坚不可摧的世界格局，减缓了经济发展速度，影响着人们的出行。再过一个月就深秋了。有人估计疫情阴霾散去，最迟也到 9 月中旬。这个夏季就这样过去了，原本去新疆采风的计划眼看着落空了。

更为深刻的是，疫情改变了每个人的心理结构和生活态度。原本以为，地理意义上的遥远被朝发夕至的航空业和日新月异的通信技术消灭，古人千里江陵一日还的梦想早已成为现实。但是，我们忽略了自然界无数次演绎过的道法逻辑：绚烂之后归于淡泊，平静之后必有波澜。谁能想到，赖着不走的病毒排兵布阵，横刀立马，把人们纷纷赶到屋子里去，楼宇之间仿佛相隔万水千山。从此，我们提心吊胆，梦想破灭，雄心不再；从此，我们望不见远方，看不清这个世界，不得不低下高傲的头颅。

　　大街上的喧嚣渐渐退去，熙攘的街市归于阒静，行色匆匆的脚步不再错乱，把满街孤独留给萧瑟夜风中依然明亮的灯光。夜色中，四周楼房里的每一扇窗户都亮起灯光，这倒是难得一见的景象。走累了看累了玩累了的人们收起脚步，收回目光，无心于门外五光十色的诱惑，像夕阳下归巢的鸟儿，一个个投奔到各自小巢，生活只剩下一日三餐和儿女情长。忽然觉得没有什么地方比家更安全，没有什么菜肴比粗茶淡饭更舒心，没有什么照拂比亲人的微笑更温煦！繁华散尽、尘埃落定之时，唯一能站稳脚跟的，也许就是这个曾经被冷落了的以一口锅的温馨维系在一起的命运共同体。在这里，虽然免不了俗不可耐的叮叮当当的吵闹声，但所有的恩怨终究会消解在生生不息的烟火中。

　　与此同时，我们的目光似乎变得清澈了些，眼神里的浮光渐渐散去，哪怕不够深邃，也还原出几分本真的底色。于是，我们观察这个世界多了一个视角，不再是非黑即白；评价一个人会多一份客观，不再是非好即假；对待一件事情会多一份冷静，不再是非好即坏。这是个涅槃重生的时代，在疫魔毫不讲理的强力干预下，维系了几百年的绳索已被扯断，旧秩序、旧规则、旧观念统统解体，世界又处在何去何从的十字路口，作为个体的我们，又何尝不是站在何去何从的抉择关口？

二

　　最近发现《循化青年文学》平台关注度似乎降温了，点击量跌落到几百，与疫情前鼎盛时期动辄几千的点击量相比，真有点江河日下的感觉。

原因当然是多方面的，最主要的还是在疫情之下人们的精神需求发生了变化，想要的东西得不到，想做的事都不得不搁浅了，人们的心无法安放在文字构筑的世界里。人是一定的社会活动的产物，一般而言，只有在物质上无忧的时候，才会有精神愉悦的需求，至于消遣式的浅层需求，有海量的小视频就可以了。

奥密克戎神出鬼没，前方迷雾重重，一切都变得不确定了，不知道往后或远或近的日子里将会发生什么，很难沉下心来专注于一件事情，连彼此间打电话问安的声音也烦躁躁的。在坚硬的现实面前，文学变得很轻了。

很想说服自己的内心：阳光终究会驱散迷雾，即便回不到 2019 年以前的生活状态，一切还是会渐渐好起来的。但这样的努力多半是徒劳的。其实，在困境中真正要放开手脚要干点什么的时候，忽然发现两手空空，除了几十年积攒起来的那一点人生阅历，能抓到手里的干货少之又少，人生界面苍白得连自己内心都无法面对。

真真假假的互联网打开了人们的第三只眼睛，训练了人们的怀疑能力。每个人都拥有从手机里获取自认为独家秘方的信息，既颠覆了以往的认知，也不轻易相信别人。这是个充满怀疑的年代，内心不相信嘴巴，信念不相信意志，过程不相信结果。人们宁愿相信天气预报的准确性，也不愿意去想可能出现的偶然和意外。

文学是精神世界的装饰品，是阳光灿烂的时候享用的精神面包，在这个心绪纷乱的时刻，它能给我们带来什么呢？然而在循化，你一味地这么想就错了。因为有一群与文字厮磨的人还没有落魄到向浊浪滚滚的世俗社会低头缴械的境地。他们并没有放弃初心，依然在不停地写作，依然给笔底下的每一个文字倾注情感的温度，依然给长时间游离于文学平台的那些目光送去缕缕清风。哪怕在惊涛骇浪中做不了避风港，也要为夜航船举起一盏微弱的灯火；哪怕整个陆地沉没，只剩下最后一叶孤岛，我们也会擎起摇曳的灯光，等待又一次万船归来的时刻。

三

拂晓时刻，乌云密布，雷声炸响，火光闪闪，随即循化地区迎来了持续高温之后的第一场暴雨。一阵紧似一阵的雨声弄得人心里急慌慌的，没有半点睡意。窗外的雨越来越稠密，雨声越来越猛烈，落到地上的雨点溅起一片浓雾，室内的空气也被窗外一阵紧似一阵的雨点声紧紧裹住，让人透不过气来。我心里焦躁不安，撑起雨伞，迎着楼道内刮过来的一阵冷风，到楼外想看个究竟。

我喜欢淅淅沥沥的秋雨，在连绵不绝的雨帘中放飞淤滞的心情，往往能获得一种酸酸甜甜的喜忧参半的心情。就像农人们等待金秋的丰收一样，我的潜意识里也会有与一场秋雨重逢的期待。但今天这样的暴雨实在难以调动艺术想象力，脑海里浮现 2018 年这个时候一阵强降雨引发的洪涝灾害造成满大街污泥淤塞的情景，还想起全城上下清理淤泥、各饭馆门前摆起长桌招待环卫工人的场景。这么大的雨，又被狂风裹挟着，下久了可不是什么好事，我祈愿上苍让雷公偃旗息鼓，让暴雨快点过去，被疫情困扰得筋疲力尽的我们，再不要遇到什么难以承受的意外……

今年遭遇近几十年来罕见的高温天气，一度高达摄氏三十六七度，虽然川道里绿意盎然，但黄河两岸的山势仿佛尚未从冬眠中苏醒过来，满目萧瑟。物极必反，极度干旱的另一端也许是一种爆发式的宣泄。不难想象，被持续高温烧焦了的山体表面变疏松了，尚未生长的植被根系因箍不住土壤而经不起一场大雨的冲刷，暴发山洪是预料当中的事。

所幸半个小时后，雨势渐渐变弱，往西南方向过去的雷雨在积石镇黄河沿岸几个村、街子镇和查汗都斯乡抖了点威风后，鸣锣收兵了，并没有出现前几日西宁市大街小巷在一场倾盆大雨中瞬间被淹的惨景，也没有重复记忆中那场满城泥泞的灾情，看起来一切都安然无恙。

很快传来山洪流进一些田地、院屋和街道的视频，看上去狼藉一片，但无伤筋骨，损失不会太大。

到清晨 7 点半，雨势渐渐变弱了，积石山顶上阴沉沉的天空被晨光撕开，露出一片湛蓝。对面建筑工地上响起机器的轰鸣声，楼外大街上传来核酸检测的人们熙熙攘攘的说话声……

四

从生命存在的终极层面来说，我情愿肌体上保留一定程度的疾病。一般意义上，疾病是肉体的累赘，特殊意义上，却是滋养精神肌体的养料。人活着，就是物质欲望和精神欲望此消彼长的斗争过程。身体无恙时，胆子膨胀，欲望大树蓬勃葱茏，让肉体感官愉悦的名利色之花争相绽放；而肌体一旦进入病态，浮世欲念似霜打的秋叶，立刻蔫下去，心灵重归宁静，精神之树变得茂盛起来。我甚至有过这样的念想：生命一旦进入下行阶段，就不再追求纯粹意义上的健康，宁愿淡化物质追求甚至亏待肉体，也要给灵魂预留足够的成长空间。

从额济纳回来的路上绕行陕甘宁，在毛乌素沙漠边缘的靖边县投宿，因感冒引起一系列不适，中医大夫认为身体严重透支，是心力体力劳役过度所致。从此之后，一些病症在身体内部筑巢了，这病那病，按下葫芦又起瓢，赶也赶不走。想想已到这般岁数，是机器，各种零部件也该磨损得差不多了，索性就不去管它了。

目前最大的问题是腿脚越来越不利索，有人说是痛风病，有人说是关节炎，有人说是腰椎间盘突出，我潜意识里更愿意认定是这三种疾病的综合反应。望着曾经身强力壮脚下带风的老人们在村巷里一颠一颠走路的样子，我隐约能想到自己的结局：要不了多久，要么拐棍不离手，要么借助于三轮车，要么在轮椅上度过残年余生。

家人催促我去看中医大夫，扎针灸、烧艾灸、拔火罐、按摩、泡温泉，都可以试试，越早越好。至今未上过病床的我固执地认定自己并无大恙，实在不愿把身体交给医生那双陌生的手来拿捏，总有几分盲目的侥幸，也有一点说不清道不明的纠结——万一大夫往大了说怎么办？

人就是这样，面对自己时，看似强大的个体显得那么脆弱、自闭、敏感和不可理喻，好像有什么不可告人的秘密被人发觉似的，隐秘的内心保持着一种病态的警觉。

然而，这段时间真正让我牵念不已的是庆峰兄弟的病。二十几天前，趁陕甘两地疫情防控出现一丝缝隙的当儿，一家人取道临夏前往西京医院，当日傍晚抵达西安。

西京医院闻名全国，但凡在西北地区找好医院的，都投奔那里，若事先没有预约，一床难求。挂号、约定主治大夫后，一家人在医院附近找个旅馆住下来，静待时机。

半个月后，终于轮到他们了，顺利入住病房，我们都松了一口气。但谁能想到，主治大夫感染了新冠病毒，病人只好在病房里等待。三天前，院方怕他们也被感染，要求暂时离开医院。幸亏他们多了个心眼，没有注销病号，又住到旅馆里了，等待医院通知。

说起来，我和庆峰兄弟是同母异父，他父亲是曾经威震全县、至今还被人们念念不忘的公安局长。我之所以深深地挂念他，一半原因是把对母亲的怀念转移到他身上了。母亲在世时，留下了太多无法弥补的遗憾，每每灵魂拷问，心里总有无法逾越的坎儿，懊悔不已。曾请教过一位智者，如何弥补这种巨大的心理亏欠，智者说，去关心你牵挂着的亲人曾经牵挂过的人们吧……

新冠疫情考验的不仅是看得见的那些波折，更是对亲情纯度的一次淬炼，如果金钱和外在的东西能给至暗中的病人以些许安慰，我是愿意付出的。但愿庆峰兄弟早日康复，但愿他能感知我在晨曦暮霭中为他的声声祈福。

五

国庆节到了。今年哪儿都去不了，原先的出行计划不得不暂时搁浅。志远好像规划好了一个方案，骑上摩托车，迎着晚秋乍暖还寒的风，从孟达天池开始，先后踏访了旦斗寺、阿么查、水磨沟、羊圈沟、马儿坡拱北、南山顶、阿拉秀。一路走下来，收获颇丰，从不同角度感受了循化地形地貌丰富多彩的内在肌理，填补了对家乡的认知空白。

夕阳晚照中，站在积石山顶遥望循化川，闪着银光的黄河像一条白练，从公伯峡口蜿蜒而下，带出了水光潋滟的两大湖泊，滋养了绿意盎然的百里沃野。当时想到，如果没有这条河流，循化不会勾起任何一位诗人和画家的抒情欲望，也不会撑起循化人没完没了赞美家乡的那份自豪。奥土斯山和孟达山从高处的山顶下伸展开来，很像书法家笔下随意拉下来的一撇一捺。一川两山构成了循化地理板块的大致轮廓。至于孟达山梁上的那一抹绿色，以及安睡在崇山峻岭中的那一潭碧水，可以看作大自然对循化格外的恩赐。

站在旦斗寺背后的崖豁口，对面又是一座高峻的山脉，一条水泥路蜿蜒在红褐色山谷的皱褶中。我心里有点失落，折腾半天爬上来的，并不是想象中的最高处。志远问要不要继续往大山深处去，我说翻过前面那座山，说不定又有一座更高的山在等着我们，算了。

原先总认为黄河两岸诸山中，巍峨积石山绝对是伟丈夫，但比起眼前这座不知名的高山，积石山实在算不得什么。那么，在芸芸众生中，我又该是什么？

对大多数循化人来说，山村阿么查是个未曾揭开神秘面纱的秘境之地。马有福先生曾生动地描写过阿么查惊心动魄的雷雨之夜，读他的文章，我一点也不感到恐怖，反而激起一种想接近它的欲念。

去阿么查的路异常艰难，短短三公里居然折腾了四十多分钟。原先的砂石路被洪水冲毁，满沟都是被山洪挟带下来的石头和沙砾，路边处处是从山上滚落下来的巨石。

深入一公里后，看见左侧山谷内流出一股清流，我眼前一亮，但很快被阿么查沟里淌下来的黄色浑水吞噬。眼前的景象令我感慨良久。每当黑色与白色、浑浊与清澈对立时，黑色和浑浊永远处于强势地位，白色与清澈体量再大，也摆脱不了被暗色调吞噬的命运。我想，所谓清风明月，不过是一种乌托邦式的理想主义抒情而已。

前日，明良先生问我，在那种完全被世俗之气裹挟的环境里，你们这些写作者是怎么保持自己的？当时我无言以答。望着这股浑黄的河水，我感到了自己的渺小。

阿么查三面环山,村子坐落在被一条深沟割开的两片台地上,这里早已变成一个被废弃的荒村,几棵核桃树挣扎着最后一丝气息,斜伸出来的一根枝头上的几片叶子勉强昭示着生命还在延续的惨景。只有一座院子的门虚掩着,不多时看见一位羊把式将羊群赶进院里。

沟两侧高峻的大山、近处的山坡都是清一色红砂岩。太阳已经落山,分不清东西南北。目光被四围大山遮挡回来,声音也被遮挡回来。山坡上吃草的山羊们咩咩的叫声清晰地回荡在山谷中。这里任何声音都是一种强烈的存在。正如马有福先生所描写的,如果盛夏之夜遇上雷雨天气,一声巨响肯定会是天崩地裂的炸响,紧接着是轰隆隆的山洪声……

现在,阿么查人都搬到黄河北岸,在高天阔地间望着黄河以及对岸的繁华县城,日子该是另一番景象了。

在循化的地理版图上,最令人心旷神怡的是山环水绕的清水湾。积石峡库区三期蓄水后,乙赛尔古城附近峡谷内又有了颠覆视角的新景观。站在马儿坡拱北旁边山顶俯瞰,脚下是一处类此于万里长江第一湾、比雅鲁藏布江大峡谷还要精致的马蹄形大拐弯,极目远眺,黄河在皱褶纵横的丹山拱卫中,恋恋不舍地流出青海,消失在缥缥缈缈的天地间。

国庆节第二天,央视新闻频道以《滔滔黄河水,丹山碧水间》为题,在一曲雄壮的旋律中展现了这一段风光,身为循化人,感到无比自豪!

水磨沟在孟达林区衣襟的皱褶里,从孟达大庄村进去,纵深三四公里,便是一处青山绿水相间的世外桃源,山上茂林葱茏,山下溪水淙淙、田陌纵横。水磨沟是被循化人眼目遗漏的一件珍品,默不作声地为天池当了陪衬,是人多地少的孟达人安然处世的大后仓。我想,如果水磨沟把手脚稍微放开一点,无须过多雕饰,其姿容绝不比近旁的大墩沟逊色,必能招来无数慕名而来的游客。

六

7月份,因为疫情复发,西宁城趋紧,大山深处的循化人却悠然自在，依旧忙碌地穿梭在各种社交场合，津津有味地享受着大山深处独属于自己的那份小甜蜜。有人说，当下的循化是全中国最有幸福感的地方。可不是吗？丹山碧水，流光溢彩，世外桃源，身为循化人，别提多安逸呀！

然而，这样的好日子没能持续多久。8月17日，新冠病毒终于悄没声息地来到我们身边，一夜之间打破了循化人的宁静日子，松弛的心弦立刻绷得紧紧的，好像前后左右都是面目狰狞的杀手。每天近百个确诊病例，使整个河谷间迅速弥漫开一股窒息般的沉闷气氛，待在屋里的人不敢出声，每天都在惶惶不安中等待着公布筛查结果的那一刻。

早上醒来，第一眼关注的是"循化融媒"上有关疫情的消息。等我打开手机，已有几万的点击量，全社会对当下疫情的关注程度，可见一斑。

11月24日，已经做了第六轮核酸，驻点工作人员催促人们下楼做核酸的喇叭声响成一片。不少人已经戴上了N95新式口罩，无须提醒，无论大人小孩，排队时主动拉开两米或更远的距离，迎面而来的行人不由自主地岔开脚步，连同一单元的邻居在楼梯上相遇时，也少了一些往日的亲热，多了一份想拉开距离的急切。

疫情忽略了世俗世界的一切名分，不管你是谁，不在乎你有着怎样显赫的身份，它只关心你身上是否有抵御它的那个盾牌。排队的人越来越长，看不清口罩背后的面孔。人人心里都明白，只要检测结果为阳性，谁都得面对被运到方舱医院的现实。在一切都不确定的情况下，所有目光里都是一副心事重重的样子，没有心情欣赏湛蓝的天空，也没有谁不把核酸检测不当一回事，做完了，立即拉上口罩，悄没声息地低头回家去。

人们认识了一个叫"阴性"的绿色标识，圆圆的，特别显眼，特别亲切，特别温暖。走过人生四季，穿过千山万水，从来没有像现在这样渴望过那个标有"阴性"的圆点。有网友感慨，人生九十九道关口，每一道关隘上都要检测阴阳性，有人免疫力强，顺利通过，有人病魔缠身，不得不就此打住。能不能通过这个无形的独木桥，全凭自己，没人能帮得上忙。

对循化而言，这轮突如其来的疫情无异于一场战争，考验的不仅是政府的反应速度和应对能力，也是对几十年来在各自轨道上从容自如生活惯了的现代人面对群体性灾难的一次大考。三年来，我们在一次次"狼来了"的呼唤中变得麻木了，侥幸大于理性，乐观大于忧虑，从来没有真切地思考过灾难逼近大门时该有的防备。可喜的是，身体静默后，大脑却活跃起来了，不断传来思考的声音，或振聋发聩，或余音袅袅。人们开始思考当下，也思考未来，思考家庭，也思考国家，内心深处生发出对这个时代的感激之情，这也许是疫情之下弥足珍贵的收获。有人说，疫情消耗了财力和精力，换来的却是滋养我们内心世界的巨大财富、照亮循化人精神天空的一抹星光。

由衷感谢奋战在第一线的工作人员，很短时间内控制了疫情，基本扭转了病毒大肆蔓延的态势，他们用自己的爱心和身体竖起一堵"防火墙"，用无私的手臂撑起十六万兄弟姐妹的一片蓝天。无论从哪方面看，逆行者们都是当之无愧的英雄，是循化父老乡亲心中最可爱的人！

一位乡镇干部发来他们夜里挨门挨户筛查的照片，他说已经忙到夜里3点了，他们不怕下苦，就怕啥时候中招了。

应该慰问一下没日没夜冒着自身被感染的危险冲在第一线的干部们，说得再多，不如在关键时刻拿出应有的姿态，哪怕一句轻淡的问候也好。这时，兴旺先生打来电话，问候我们全家人。牧雪、国明和孝文先生也先后送来问候，使我感到莫大的温暖。这些电话无意中提醒了我，人在难处是脆弱的，需要彼此取暖，这种帮助不一定是物质上的，只要给自己所惦记的人毫不吝啬地送去一声问候，远胜于平常时候的饕餮盛宴。更多时候，人是迟钝的、自闭的，意识上的觉醒，需要别人的点拨。于是，给疫情防控任务较重的街子镇、积石镇、白庄镇、清水乡、查汗都斯乡、道帏乡领导、老家的村书记——打电话。从电话那头倦意十足的声息中能感受到他们的疲惫，但他们依然从这种微不足道的问候中感受到一丝暖意。然后，接连几天给村里的亲戚、周边的朋友们送去同样的问候与祝福。也许，这个时段能做的，只有这些了。

老家那边动员捐款，志远问要不要捐一点，我说这是应该的，咱们里里外外受惠于这个国度，而今大疫当前，怎么能无动于衷呢？

妻子想给门外值班的工作人员送去烙饼，问我合不合适。我想，先不说这样的举动是否符合当下的防疫规定，作为普通老百姓当中的一介女子，心生这样的意念是值得鼓励的。

最憋屈的是娃娃们，两个小孙子整天闹着要出去玩，每天早晨听见院子里催促做核酸的喇叭声，不等我们反应过来，小家伙们早已跃跃欲试了，又是穿衣服，又是戴口罩，催逼我们早点出门。我问还不会说话的小孙子出去干什么，他一手指着门，一手指着张开的嘴，啊啊啊地喊着。

七

一直期待着 11 月 20 日由中国作家协会、北京市委宣传部、湖南省委宣传部共同主办的"中国文学盛典·鲁迅文学奖之夜"，三十五位获奖者领受了中国文学最高荣誉。作为填补青海省鲁迅文学奖空白的蒙古族青年作家索南才让的《荒原上》获中篇小说奖。在此之前，青海是全国唯一没有获得茅盾文学奖和鲁迅文学奖的省份，青海文学人当中有过"青海离鲁奖和茅奖有多远"的发问，索南才让终于让青海文学人扬眉吐气了一回，这对于地处边远的青海，无疑具有标志性意义，青海文学，从此可以抬头仰望世界。

文学就这么奇葩，大学中文系毕业的"准写作者"与文学大奖无缘，而没有什么学历背景的一位牧羊人却站在了中国文学的最高领奖台上。

不过，整场颁奖晚会看下来，总有一种挠不到痒痒处的感觉，觉得少了一些国家级文学盛典该有的气势和冲击力。仔细想想，有这点失落也是可以理解的。因为，人们对文学作品各有所爱，难调众口，每届大奖评选下来，总有质疑的声音，有些作品也真的辜负了这个奖项，在时光的浮尘中难显光华。文学作品的最终评判者无疑是时间和读者，几十个评委和有限范围的认知度不具有广泛的代表性。

纵观中国文坛，目前扛大梁的仍然是创作生命进入晚期的 60 后及更早以前的作家，70 后至今这几十年尚未出现一部久久回响的作品。这几十年正好是中华民族发展史上最为辉煌的时期，遗憾的是，深刻反映这种历史性巨变的文学作品却没有创作出来。原因当然是多方面的。在我看来，中国文坛缺少的不是创作人员，而是在最高层级缺乏整合文化观念的学术权威，总也摆脱不了各说各话的窠臼。说到底，什么时候平民视角和专家评判达成默契的时候，中国当代文学才有可能在新的起点上突出重围。

还好，紧接着，晚10点半是举世瞩目的卡塔尔世界杯开幕式。气势恢宏的盛大开幕式给世界无与伦比的惊喜。每一场戏、每一个环节都体现了全球视野、大师风范。在这样的氛围里，素常在某些人眼里不受待见的阿拉伯长袍也显得十分可爱。卡塔尔这样一个弹丸之国，借一场足球赛开幕式，把全世界目光吸引过去，把国家形象和文化底蕴活脱脱展示给世界。对我来说，卡塔尔是个相隔万里的陌生国度，对那里发生的一切知之甚少，但这一晚，在他们童话般的美妙叙述中，我似乎懂它一些了。这不仅是金钱的能量，很大程度上是文化创造的魅力。

相伴于这种体育盛会的文化盛典是开放式的，所有观众都是它的评论员，它不接受任何带有主观色彩的专业评委的评说。而文学作品并不像砸钱搞出来的一台开幕式那样简单，至今还走不出少数人画圈的窠臼，诺贝尔奖也是。雄心勃勃的中国文学什么时候能改善这种局面呢？

八

有朋友问我疫情期间主要干什么，我说看书、看资讯、写作、思考，一天就这样打发掉了。进入静默状态后，对不可预知的静默期作了一番规划，想着把没看完的几本书看到底，给没写完的几篇文章画上句号，再看几场视频讲座，完善一下已经预约的两场讲座的课件。

思考，似乎成了一种生活方式，某种程度上是一种愉悦、一种无可替代的享受。往往在夜深人静或清晨的第一缕朝霞中，让自己的思绪神游在无边的时空，如果脑子里闪现一星半点灵感，仿佛在无意间抓到一把金子，兴奋莫名。这样的思考是无意识的，稍不留神，思绪就坠入某个问题当中，遥想浩瀚宇宙中的银河系、与人类息息相关的太阳系，想远古时代诸如尔撒抡杖击海走出红海、滔天洪水中的挪亚方舟、易卜拉欣父子修筑麦加天房、苏格拉底在爱琴海边凝思、释迦牟尼在菩提树下禅坐、老子出函谷关等这样的遥远往事，想俄乌冲突、风云跌宕的世界局势、伟大复兴曙光在望的中华民族、拐弯中的撒拉族，也想生命、人生、生活中的具体事情，想念远在西安就医的庆峰兄弟，想念自己记事以来故去的亲人们，也想念许久没有谋面的朋友们。每每沉浸在纪录片《遇见最极致的中国》中一望无际的冰川、沙漠、森林、草原、江河、湖海的宏阔画面里，为那些在极地世界顽强生存的动物感动不已；为这个星球上幸存下来的史诗般壮观恢宏的建筑艺术深深倾倒；为一场气势宏大的艺术盛典投入孩子般单纯而炽热的激情，甚至为一首美妙的歌曲泪流满面……

围绕宣讲二十大精神，这几天思考的着力点集中在四个方面，即中国式现代化、共同富裕、重建中华民族精神大厦、铸牢中华民族共同体意识的循化实践。我把中华民族伟大复兴看作一部洋洋洒洒的长篇小说、一部气势恢宏的交响乐，而中国式现代化恰好是这个宏大叙述的高潮部分。能参与创作这样一部伟大作品，感到无比幸运！

尽管像我这样的愚拙之人不会有泉涌般的灵感，多半是隐隐约约、点点滴滴的小灵感，稍不留意，就从指缝间流掉。但是，哪怕挤牙膏般挤出一点，只要那灵感是"货真价实"的，也足以令人兴奋不已。正如歌德所说，"对于一个从不断的追求中体验到欢乐的人，创造本身就是一种幸福，他所创造的财富却没有意义"。

更多时候，我愿意成为一名忠实的倾听者，尤其是当作家们谈论一部作品的创作经历时，我保持了沉默。因为我没有多少写作经验可供分享，《黄河从这里拐弯》这部多卷体长篇小说纯粹是在极其偶然的非常态下动笔的，不少情节完全是在写一步走一步过程中一点点冒出来的。现在想来，那些灵感之所以找到门上，多亏了平时不间断的思考。

也能得到一些令人欣喜的故事，孝文先生说他们家有一段红色情缘，与之前李大夫说过的是一回事，听起来，有着非同寻常的来历。

原来，孝文先生爷爷韩承毅曾客居甘肃岷山脚下的旋涡村。1935 年 9 月 18 日，红军长征途中著名的腊子口战役结束后，毛泽东、周恩来、张闻天等率领中央红军翻越岷山，来到旋涡村。毛主席被安排到人称撒拉爷的韩承毅家，撒拉爷好生招待。当晚，毛主席写下了《七律·长征》。临走时，毛主席给撒拉爷赠送了一把冲锋号和一个笔记本。

我一直以为撒拉族最早与中国革命结缘是1937年西路红军一支工兵营被马家军押解到赞卜乎村的那一刻，想不到毛主席借宿撒拉爷家的时间还要早一些。一曲气势磅礴的千古绝唱、跟随毛主席万里征途的两件信物，见证了撒拉族人朴素的革命情怀。

九

两个月前，应约给才让扎西先生写了一首《和美循化》的歌词，原本对这类歌词能否做成成品不抱什么希望，只是考虑到人家找上门来，不便拒绝而已。便于曲作者选择，创作了两个版本，从"品尝你的盖碗茶"开始，按"an"音押韵，以"建设我们的和谐循化"结尾。其间吸收了绽海燕、韩艳蓉、马永祥等文友意见，两段歌词，二十四行，不过几天就写成了。

歌词寄过去之后，我几乎忘记了这事。昨天才让扎西来了电话，居然对歌词给予很高评价，说已经联系好了作曲家，是内蒙古著名音乐人，郭永利，曾给腾格尔演唱的歌作过曲。听起来，扎西在这方面运作上早已上手，他打算让男女声演唱，男声为张明旭，女声为郭艳华。这两位老师我并不陌生。张老师演唱了为门源油菜花景区打造的主题歌《高原上的油菜花》，他的高音清澈嘹亮、直冲云天，印象很深；郭老师今年在黄河极限挑战赛开幕式上亮相过，据詹晋文老师说，她是当下我省顶级女高音。

听上去，扎西雄心勃勃，准备筹资百万元来打造这首歌，最终打入2023年青海卫视春节联欢晚会。我将信将疑，问他是不是真的，他信心十足地说，春节晚会见！

还是觉得不大可能，随手栽下的柳枝，怎么可能在不经意间长成大树呢？

如果这首歌能谱曲并录制，这应该是我的第五首成型歌词了。与詹晋文先生合作了《撒藏回汉一家亲》和《"一带一路"之歌》，与韩佩兰女士合作了《我在循化等你》，给"雪山兄妹"组合创作了抗疫歌曲《胜利属于青海》。

三年前，给青海牦牛博物馆写了一首歌词《云朵下的牦牛》，起初看好，结果却黄了。写歌词不比写诗，需要朗朗上口，要有意境，看似简单的几行字，就是写不好。蜚声诗坛的诗人，不一定能创作出广为传唱的歌词来。詹晋文老师有个心愿，趁他激情未灭之时，想和我联袂创作一首旋律优美的撒拉族爱情歌曲。我也为之所动。但能否如愿，还要看天时地利等诸多外在因素。

不久，《和美循化》曲作者易主，居然有了三个不同风格的版本。三个曲作者分别是：互助县曲作家刘英军、青海民族大学徐文军教授、甘肃省音乐家协会副主席张雁林老师。与张雁林老师的几番电话交流对我启发很大。他说作词不能面面俱到，要拣一些最能体现主题的要素，在音乐的渲染中把想要表现的东西呈现出来。

十

我一直寻找一双洞穿千年的深邃目光，但在目光所及或更大范围的视野中，尚未触碰到那样的目光。象牙塔里的饱学之士也无缘触摸通往精神天空的那扇门，总也走不出前人的光环。有的在注解先哲著作时为一字半句争论不休，一部《论语》的注解就汗牛充栋；有的凭主观臆想过度注解，据说有人解读《红楼梦》时，把作者不可能想到的细节都安到曹雪芹身上了。有的做学问的喜欢吃前人的老本，不愿做超越先哲的一丝努力，于是在有可能解释清楚的问题上争来争去，把无力解释的疑问寄托于神话传说上。太多的人喜欢临时抱佛脚，其结果迷失了信仰；太多的人喜欢喝心灵鸡汤，其结果变得琐碎和喋喋不休。

也许，长久以来我们混淆了知识和见识的概念，错把作为工具的知识当作通往未知世界的唯一敲门砖，一窝蜂追求缺乏未来意义的高分数，忽略了仰天长叹的灵魂思考，其结果，泱泱大国出不了几个破解人类长远生存之谜的智慧头脑。

对我来说，思考这样的问题十分困难，因为苦心孤诣所积攒的那点家底，充其量不过是一件缀满补丁勉强能遮盖羞体的破旧衣裳。但是，既然脑子里闪过这个念头，还是想尝试着捣鼓一下。

一般意义上来说，思考是不能当饭吃的，但一个国家、一个民族不能没有仰望天空的一群人。本质上说，技术的先进程度并不能代表一个国家的整体性高度，摩天大楼再多，也不能代表一个民族的高度，只有思想上的高度，才让人由衷地仰慕。科技再厉害，也终究是一把受制于人脑的双刃剑，既可以造福人类，也可以给人类带来毁灭性灾难。

技术是工具，可以被人类利用，但不可对它顶礼膜拜。而思想是不被任何势力驾驭的一种超然存在，反过来可以驯服人类，使野蛮变成文明、混沌变成清澈。社会发展进程中，科学技术可以迭代更新，但思想并不会随着时间的推移而被淘汰或更新，就像今天的我们仍然无法超越两千多年前的苏格拉底、孔子、释迦牟尼、老子们那样。

人们往往把人的胸襟和格局比作流动的水，有些人是溪水，水量不大，却哗哗作响；有些人是江河，不拒细流，浩荡奔流，但缺乏自我净化能力；有些人是海洋，以深蓝色胸襟接纳百川，气吞万象。掂量一下自己，充其量不过是在草丛间流淌的小溪而已，整天哗哗作响，唯恐被这个世界忽略了。

文明和文化是两个概念，但我们往往把两者混为一谈。文明没有高低优劣之分，任何一种文明都是社会发展进步的结晶，无论体量大小、年岁长短，本质上都是平等的。不同文明之间没有冲突，只有差异，因为差异，使这个世界变得丰富多彩，因此不太认同亨廷顿先生的《文明冲突论》。而文化是有等级的，教授就是教授，讲师就是讲师。然而，我所看到的情景是，文化等级混乱无序，小学程度的人对博士研究生评头论足，非专业人士对学术权威妄加评议，缺乏深沉思考的所谓网络大咖纷纷登台，评经论道，口吐莲花，鸡蛋里挑骨头。我羡慕苏联人敬重精神财富创造者的那种文化情怀，一代文豪托尔斯泰走进剧场时，全场观众肃然起立，脱帽致敬。

学问和见识、知识和智慧是不同枝杈上结出的果实。学问和知识代表着纵向掘进的深度，见识和智慧则显示了纵横捭阖的广度。这就像，拥有渊博知识的人并不一定有深邃的思想。人的思想是一座潜藏的富矿，需要用知识的钻头来开掘。语言和文字是思想的一对翅膀，使它们让僵硬的思想鲜活起来、丰满起来、飞动起来，穿越时光隧道，抵达时空尽头。

要使思想的剑锋犀利如风，就得时时磨砺，好让它出鞘的那一刻，所向披靡。我喜欢思考，也庆幸自己拥有了让思想飞翔的一双稚嫩的小翅膀，可以把每天苦思冥想的结果付诸文字，定格在电脑上。这是一种莫大的快慰！

想得多了，也对某些定论产生一些质疑，比如很多古代名人原本并不像今天的人们所吹捧的那样深不可测，不少是后人过度崇拜过度诠释的结果。对一部作品来说，研究的人越多，附加的东西就越多。对一个历史人物的评说也存在同样的问题，带有什么样的立场，从他身上看到的优点和缺点就不一样。

十一

整天躺在床上，感觉叠被子是一种简单的重复，叠不叠无所谓，但又觉得生活不能失去起码的仪式感，哪怕是毫无意义的重复，也要坚持下去。仪式感是人活着的一种状态，既然以"家"的名义活着，就不能没有个样子，否则会掉入惰性的深渊，连纽扣也懒得扣，连胡子也懒得刮，一切都乱了章法，家就不像个家，人也不像个人了。

居家过日子，不是一时的权宜之计，而是长长久久实实在在的生存之道，来不得半点马虎。小孩子会长大，年轻人会老去，一茬接一茬，在不经意的早起晚睡中送走一天又一天、一年又一年。帝王将相也好，凡夫俗子也罢，家是谁也无法摆脱的一种存在。家在，人就在，希望永远不会泯灭！

用消毒液擦手，是做完核酸后进门要做的第一件事，今天我忘了这个规矩，小孙女在旁边马上提醒。我和她有个约定，早晨6点半要叫醒她，有一天我忘了，小姑娘马上给我扣一顶说话不算数的帽子，我无话可说，只好领受。

在家长制基本消弭、个体生命平等相处的现代社会，家风对每个成员行为的框范不容小觑。小孩的目光就是头顶上的摄像头，大人的一举一动都被摄了去，或模仿，或质疑。孩子的养成教育就在日常生活的一点一滴当中，大人无疑是启蒙老师，同时自己也在被教育。

因此，小孩面前无小事，叠被子更不是小事。

十二

网上有人讨论疫情得失，抱怨声不绝于耳。静下心来仔细想想，凡事都有好有坏两面性，疫情带来的不方便不用多说，几乎颠覆了人们对这个世界的固有认识，领教了自然界面前人类的渺小，打乱了原本已经设计好的生活流程，一切都充满了变数，不要说十年二十年，甚至连明天的事情都不敢去想，做完核酸检测就惴惴不安地等待结果，生怕有人半夜敲门，担心什么时候被拉到方舱医院。

反过来想，静默对经营家庭生活无疑是千载难逢的窗口期。为追逐虚幻的名利，风风火火闯荡这么些年，早已把身后那个被称为港湾的家甩到一边，在几双日渐疏离的目光中变得冰冷萧瑟、危机四伏。今天，奥密克戎让我们重归本位，重现本色，心无旁骛地与家人同桌共餐，深情对望已经变得有些生冷的面孔，说几句久违了的贴心话，把曾经溜走的心儿找回来，让黯淡的目光重现光泽，用发自内心的微笑熨平彼此创伤。韩麒先生说得对，父母是最大的靠山，妻子是最好的风水。经营好家庭，无疑是一本万利的大买卖，值得我们用心去做。

对我来说，还有一桩好事。

居家静默这些天，原本无望治愈的两只病腿竟然变轻巧了些，心里又惊又喜，不住地问自己：也没使劲吃药，这病怎么就变轻松了呢？家人说，也许跟吃饭清淡有关。想想也是。这些天，一日三餐回归家常便饭，摆脱了油腻，疏远了一顿饭几小时的枯坐，长时间羊肉手抓吃出来的营养失衡正处于自然调理之中。我不由侥幸地想，也许要不了多久，又能迈开轻盈的步履了。

这个意外的收获，叫人欢喜不已！

十三

有人说，故乡是最初的自我。没有故乡的记忆，也就不存在以故乡为素材的文学创作。随着创作的不断深入，故乡的轮廓也在不断外延，从最初生养自己的那个家到承载了童年记忆的小村庄，逐渐扩展到周围的十里八庄。与老家拉开一段距离后，故乡不再是单纯的地理边界，渐渐扩大为族群意识。几十年之后的今天，我心头漫溢出两个故乡，一个是清晰的地理故乡，一个是飘忽的精神故乡。自从书写《黄河从这里拐弯》，不经意间又冒出一个文化故乡。地理故乡已经不再是老家、村庄或某个区域，至少是清水湾、孟达天池、孖楞松涛、笔架旭日等这样一些地理名片；精神故乡也不仅仅是映照八百年岁月的骆驼泉，而是至少包括撒拉宴、螭鼓舞、宴席曲、积石书院这样一些文化沉淀的聚合体；文化故乡则倾向于孖勒莽阿合莽、十世班禅大师、喜饶嘉措大师、邓春兰、韩热者布这样一些温暖的名字。

在这种越来越重叠的认知情结中，对故乡的确认也不再是肉眼能够捕捉到的那山那水，而是一种在绿盖头、盖碗茶、酥油茶的氛围中飘逸的拂之不去的情感、情绪、思念等多种因素构成的心理体验。一旦渡过黄河，就立刻融入更大范围的故乡当中，首先招认的，就是风情卓著的河湟大地；走出青海，把从昆仑山下绵延到黄土高原的那一大片高天厚土视为故乡；如果哪一天身在海外，心心念念的一定会是九百六十万平方公里的华夏古国。

十四

潜意识里一直在寻找一个属于自己的舞台，妄想有一天有个人会提供这个舞台，于是痴痴地等待。这种寻找是朦胧的、盲目的，是一种寄托于别人目光的带有很大偶然性的消极等待。快到 50 岁时，心中的舞台终究没有出现，每隔三五年之后所等来的，只不过是从此处到彼处、又从彼处到此处的重复而已，脚步匆匆，却沉重迟缓。有一天终于意识到内心向往的舞台不可能自然而然地出现，于是打破幻想，向以往的人生方式告别，搭建一个不受外来目光约束的向自己内心开放的舞台，这个舞台就是文学创作。在这里，与真正的自我相会了。

人生是一个无法走出的棋局，每个人都扮演着棋子的角色，无论是坐镇一方的"帅"，还是纵横驰骋的"军"，抑或是亦步亦趋的"兵"，始终被一只无形的手拿捏着，如何布局，如何行走，全由棋手来定夺。反过来说，当棋子也没什么不好，关键要看能不能遇到运筹帷幄的高手。

人生在世，每个人都是一座富矿，只不过，有的人过早发现了进入矿区的洞口，有的人终其一生也无缘寻觅。人的脚底下有无数条路，体现个体生命价值的路径不止一条，关键是，到了十字路口要有一个适当的路向选择。

很多时候，在无数双目光的包围中，我们的生存状态是被动的、苟且的、防御性的。人活着，很容易被自己的影子遮挡，看不清真实的自我，因而总是发现别人头上的"虱子"，很难看清自己身上的"骆驼"。很多人一辈子也走不出思维定式的藩篱，到老也改变不了"自我正确"的误区，真可谓"骡子不死，本性难移"。

这些年，在与企业界、宗教界、教育文化界等县内外不同领域业界翘楚的交往中，我一点点发现了自身囿于视野和阅历的局限性，找到了重新矫正人生坐标的参照系，渴望重塑自己。每一次改变，都是一次新的发现、新的起点。

人这一生都在寻找自己，找到了，也就安静了、从容了。与维明先生的电话长谈中，我们聊起了后疫情时代如何让一颗疲惫的心返璞归真的问题。在我看来，人生就是一场与自我欲望深刻博弈的过程，一些人败下阵来，一些人降服欲魔。一般而言，我不大相信不经历风雨的"立地成佛"，或泡在几罐鸡汤里的幡然醒悟。生命从母腹到坟墓的行程中需要经历挫折后的感悟、迂回后的积累、迷茫后的突围、绚烂后的淡然、沉淀后的豁达。个体生命在生生不息的成长中只要创造足以慰藉心灵的价值，就能感受绵绵不绝的成就感，渐渐摆脱附加在名利上的琐碎与平庸，收获生命在四季轮回中的春种秋收，直到暮色苍年。文学帮我找到了自己，把将要扔进垃圾箱的人生经历变成独一无二的创作资源，在人生的第二个界面发现了一直藏在暗角里的自我。回归到内心，也就走出那个迷乱的棋局，所以感谢文学。

十五

这些天，家里最辛苦的要算孙女韩素。早晨6点起床，迷糊着惺忪的眼睛，枯坐老半天，再三催促后，才慢腾腾穿起衣裳，匆匆上卫生间、洗把脸，从晨读开始，进入紧张忙碌的网课当中。

网课实在是不得已而为之的办法，打乱了孩子们有规律的作息时间，没有课间休息，没有课外活动，连周末都被忽略了，整天坐在椅子上，没完没了地听课、做作业、背课文、背英语单词，看着都心疼。

家长不忍心打扰她，但又怕她开小差，悄悄进去溜一眼，小姑娘特敏锐，不转身就丢下一句：快关上门！大人知道小家伙带着些莫名的火气，这是逐客令，不得不灰溜溜地出来。有一次，她奶奶发现她跟同学视频聊天，就说了一句，不想对面的小姑娘听见了，随即甩过来一句：你奶奶真小气！

有时，我们几个大人围着她东说一句、西说一句，她就不耐烦了，给我们甩脸子，说你们是怎么当家长的，一点也不理解我！弄得我们目瞪口呆，又禁不住哑然失笑。

她最烦心的是小弟弟时不时去捣乱，但又不忍心赶他，扰得她实在受不了时，就尖利地喊一声。有一天她以写信的方式表达了她的不满。信的题目是《我的烦恼》，其中写道："我有很多烦恼，最大的烦恼是，弟弟每天都来我房间画画，在我的作业本上画，在墙上画，在床上画……"

她毕竟是小孩子，自我约束力差，离开大人目光就开小差，更多时候偷看小视频。她跟我们玩起障眼法，眼前摊开作业本，一手拿着笔，一手拿着手机，眼睛盯着屏幕，耳朵留意着门外的响动，听见我们推门进去的声音，立即装作一本正经做作业的样子。有一天她爸翻看了她跟同学的聊天记录，小家伙立刻把满脸不高兴挂在脸上，生气地说，你们的秘密不许我看，你们为什么看我的秘密！

小孩的可爱之处在于，无论怎样吵闹生气，过一阵就恢复正常了，该笑就笑，该玩就玩，一点也不放在心里，这让我好生羡慕！

没课的时候，她才出来跟弟弟痛痛快快玩一阵，把客厅里摆置的七八样玩具一一玩过来，弄出不小的声响来，怎么挡也挡不住，我怕楼下邻居有意见，楼外碰面时跟他们讨要口唤，请求谅解。

有时候，孙女说出来的话比大人还成熟、圆润，简直不敢相信她才不过是个三年级学生，刚出土的嫩芽而已。而每当他们玩性十足的时候，又回到童真无邪天真烂漫的状态中去。

有时我帮她听写。我鼓动笨拙的舌头，一字一句认真地读，可她老是皱起眉头，装出一副听不懂的样子。她看过那个字之后，不理解地问，你怎么老是读错呢？问她哪里出错了，她说你念的都是二声，把四声都念成二声了，所以我听不懂，难道你们老师没教过怎么发音吗？我无言以答，狼狈地败下阵来。

而真正让人难堪的是，每当孙女让我帮她解题时，往往弄得我一脸茫然、无所应对，看着她失望地拿起书本去找爸妈时，我心头掠过一丝莫名的失落。

毕竟，做数学题不同于文学创作，这里没有想象空间，没有文辞修饰，更没有一泻千里的浪漫，有的，只是毫厘不差的标准答案！

也有令人高兴的时候。我不在的时候，孙女给家人说了，这家里她最佩服爷爷，她要学习爷爷。家人问她原因，她说爷爷整天在电脑上写字，已经写了好几本书，还天天有人请他吃饭。

人是爱慕虚荣的，得到小孩子那么一两句夸奖，我心里喜滋滋的。

其实，我对分数不那么纠结，因为我有一种预感，全民追求高分数的时代行将终结。唯分数论是个魔咒，它所断送的，不仅是孩子们快乐的童年，甚至是一个家庭该有的自在与幸福。争先恐后追求高分数的结果，并没有造就生机勃勃的人才强国，一个十几亿人口的泱泱大国，自然科学领域居然出不了几个名冠全球的大学者。更为可悲的是，孩子们穷其一生学来的知识，到头来却沦为跨入求职门槛的一份通行证，而原本自身拥有不需要太多折腾就可以获得谋生技能的那份潜质却被花大本钱堆起来的无用分数给埋没了，导致的结果是，毕业之日，就是失业之时。一想起培养孩子的高昂代价，免不了又要掉入高价结婚与高价买房的恶性循环怪圈，不少年轻人选择独处，其结果生育率下降，影响国家可持续发展。这么一想，觉得中国教育该到了系统性改革的时候了。

无论如何，孩子们的天性是贪玩，短暂的童年是她们一生中最美好最值得留恋的时光，也不知煎熬人的疫情时代什么时候结束。

窗外起风了。想想此刻还在走村串户的抗疫人员，待在温暖的屋子里，已经是够幸运的了。

十六

网上买了不少书，但都不耐读，并不像宣传的那样好看，目光不知不觉又回到《白鹿原》。

这已经是第四次与《白鹿原》相遇，同样的文字，不同的版本，异样的感受。这本被称为当代经典的文学作品就是耐读，耐咀嚼，经得起不同阅历背景下愈来愈挑剔的目光的审视。虽然书中很多情节印在脑海中，但每一次触摸的心情、阅读感觉却大不一样，总能在字里行间发现新的看点。也许，这就是经典的魅力。

三秦大地对我触动最大的，不是曾经群雄逐鹿朝起朝落的铁血故事，也不是繁华如潮万邦来朝的盛唐帝都，而是从黄土地里生长出来的乡土文学，其中最令人仰慕的，是人称陕西文坛三杰的路遥、陈忠实、贾平凹以及他们之前的柳青，一部《创业史》《平凡的世界》《白鹿原》和《秦腔》无可置疑地占据了中国当代文学的半壁江山，其中尤以《白鹿原》为世人所瞩目。这部扉页上写着巴尔扎克一句名言"小说被认为是一个民族的秘史"的旷世奇作，描绘了中国封建帝制结束与建立共和制前后一段波澜壮阔的历史画卷，呈现了那段历史交替特殊岁月缝隙中鲜为人知的故事，还原了西安郊外那片黄土地的苍凉与悲壮、放开嗓门唱秦腔的原上人的沉重与厚实。陈忠实先生把掷地有声的文字糅合在关中平原特有的风情格调中，把白嘉轩、鹿子霖、田小娥等一干人物定格在书页间，他们的村庄院屋、田野耕作、嬉笑怒骂、爱恨情仇封存如初，历久弥新。这种极具立体感的画面在粗线条勾勒的历史典籍中很难找得到，唯有以绣花针般用一针一线绣出来的文学作品才能担此重任。这就是文学作品的存世价值，也是亿万读者向往白鹿原怀念陈忠实的缘由。

莫言先生坦言，他曾经也有过创作一部家族小说的想法，但看过《白鹿原》之后，放弃了自己的初衷，觉得没有人能够写出比陈忠实更深刻的此类小说了。对此，我也感同身受。其他几部被读者看好的同样获得茅盾文学奖的作品，不过是成功叙述了一个好看的故事罢了，并没有像《白鹿原》这样站在反思历史兴衰政权更迭基本逻辑的哲学高度，在反映时代变迁中提供有关土地与农民、人性与社会、政治与文化等多重思考的经纬坐标。历经几十年岁月淘洗之后，那些曾经也名噪一时的作品大多沉寂无声，不像《白鹿原》那样被人们一再地提起。

当下的浮躁世风与缺乏艺术滋养不无关系，导致气血不足。或者说，普通大众长久脱离于艺术浸润，艺术向来以少数精英的奢侈品而存在，即便是国人引以为傲的四大名著也未曾进入寻常百姓的生活。退一步说，诞生最晚的《红楼梦》迄今已有三百多年了，遗憾的是，在谈论高科技时，我们津津乐道于四大发明，谈起文学成就，也老是沉湎于老祖宗留下的那几件遗产中。经济总量居世界第二的我们，竟然拿不出一部与之相匹配的艺术作品。还好，陈忠实先生给我们留下了一部《白鹿原》，不然，走向伟大复兴的中华民族，拿什么给世界看！

说起来，斯拉夫民族的文学氛围比相邻民族要浓厚一些，苏联国家元首斯大林亲自为高尔基抬棺，这从某种程度上可以说明世界级文学巨匠不少出自俄罗斯的原因了，比如普希金、托尔斯泰、陀思妥耶夫斯基、屠格涅夫、莱蒙托夫、果戈理、契科夫、马雅可夫、高尔基、肖洛霍夫……即便一些人对当下的俄罗斯再有成见，只要提起这些不朽的名字，不得不仰视人家了。

陈忠实先生似乎是个例外。就像《白鹿原》中淡然处世的关中大儒朱先生过世后潮水般的人群送他那样，布衣素食为生的陈忠实先生的晚景也似天边彩霞，赢得了无数人敬重的目光，时任中共中央政治局常委们敬送了花圈，十里长街为先生呜咽。

2020年深秋一个细雨蒙蒙的日子，我终于踏访了神往已久的白鹿原，陈先生的家在白鹿原北坡下，过度的商业开发，使白鹿原已经失去了想象中的样子。陈先生家成了景区的一部分，虽然极力保持了原貌，但原先的烟火气不再，山谷间、原上游人络绎不绝，在直升机的轰鸣声中，弥漫着一股浓浓的商业味。

我在院子里站了好久，望着墙根下的那辆自行车，脑子里一遍遍回想陈忠实先生孤身写作的情景。

为创作《白鹿原》，他婉拒了省文联党组书记职务，回到能遥望白鹿原的黄土高坡，生活异常清苦，孩子学费都成了问题。他妻子最后一次从西安城送来够吃半个月的面条时，他对妻子说，这次写不成就养鸡去。1991年腊月二十五日傍晚，陈忠实写下最后一个省略号后，抑制不住内心的激动，打开屋里屋外所有灯光，以此宣泄憋了六年的煎熬与苦闷。这个镜头与路遥给《平凡的世界》画上最后一个句号后，把钢笔扔向窗外的情景有点相似。

彼时，《当代》杂志社派去两位编辑到西安取稿，陈忠实把稿子交出去的那一刻，嗓子里突然涌出一句"我连生命都交给你俩了"。他想请从北京大老远来的两位编辑吃一顿饭，但他口袋空瘪，没钱请客人下馆子，只好在省作协分给他的居室里做了一顿韭菜饺子。写作人就是这样，为了一部作品，把家给搞穷了，把生活给弄落魄了。陈先生说，那阵子他不怕请客，就怕客人吃不下家里的饭。

好作品不是写出来的，而是熬出来的，付出的不仅是劳动和汗水，而是心血和生命。

从白鹿原回来后，我心里也萌生起一个想法，《黄河从这里拐弯》第四部要找到一个正式的写作地。起码要离开家人，在不受任何干扰的情况下进入创作状态，永奋先生帮我实现了这个夙愿。兴旺、振荣、孝文、国华等先生也曾表示愿意提供创作室，这让我感动不已。

相比于陈忠实先生，或相比于更多像他那样在写作的崎岖山路上苦行僧般艰难爬行的人，循化的写作者却是万般幸运了。在这片刚刚解决温饱、文化根基不深、文学氛围不浓厚、大部分人还顾不上仰望星空的瘠薄之地，与文字打交道的人们却受到了超乎想象的礼遇。积石宫、企业界、积石镇十七个村、白庄镇二十七个村、街子镇十九个村"两委"干部、县域文化系统、乙日亥村乡亲代表先后到《黄河从这里拐弯》创作室慰问了我，此外还有很多认识或不认识的朋友送来深情关切与殷殷鼓励。每当想起这些，心里总有一种无颜面对家乡父老的愧疚之情，促使自己在一望无际的荒原上埋头拉犁……

十七

评说《白鹿原》的文章难以计数，其独树一帜的艺术价值无须多言，对我触动较大的是陈忠实先生所推崇并极力要还原的尚未沾染太多流俗之气的儒家文化在白鹿原所展示的独特魅力。经过白嘉轩们的一番努力，白鹿村恢复了以祠堂为核心的宗族制，依照朱先生起草的《乡约》框范村民行为，严惩了几个玩赌博、吸大烟的村民，众人引以为戒，人人好学上进，竖起了"仁义白鹿原"的牌子，"从此偷鸡摸狗摘桃掐瓜之类的事顿然绝迹，摸牌九搓麻将抹花花掷骰子等等赌博营生全踢了摊子，打架斗殴扯街骂巷的争斗事件不再发生，白鹿村人一个个都变得和颜可掬文质彬彬，连说话的声音都柔和纤细了"。

再看看当下，撒拉族社会以家族、孔木散、村落为纽带的组织结构早已名存实亡，以群体利益为主的家庭本位主义迅速解体，进入以自我为中心的利己主义时代，每个人都缺乏稳固的能拴牢自己内心的精神基座，不知道从一而终要抓住不放的东西究竟是什么，房子车子位子票子构成了欲望的滔天洪水。于是，这山望着那山高，到什么山上唱什么歌，在飘来飘去中丢失自我。也许，撒拉族社会世俗化是整个中国的一个缩影。对此，钱理群教授一针见血地指出：当今中国的人性国民性最大问题是，人已经不再是精神性的人，而是一个纯粹的动物性的人，大部分人按趋利避害原则在说话、在活着，只说对自己有利的话，只做对自己有利的事，说两面话，做两面人。

我始终认为，如果任由技术和资本这两匹桀骜不驯的烈马肆意撒欢，我们的精神家园就会遍地脚痕、满目疮痍。马克思早就说过，当利润达到百分之十时，便有人蠢蠢欲动；当利润达到百分之五十时，有人敢于铤而走险；当利润达到百分之百时，他们敢于践踏人间一切法律；而当利润达到百分之三百时，甚至连上绞刑架都毫不畏惧。环顾左右，抽干我们的精神气血、推着搡着撅着拽着我们走上极度消费主义不归路的，正是那贪婪无度嗜血成性的资本，这家伙表面上慈眉善目、温文尔雅，暗地里却龇牙咧嘴、张牙舞爪，它长袖善舞、六亲不认，一次次把魔爪伸向我们毫无提防的钱袋子，引诱我们债台高筑，横扫礼义廉耻，践踏道德伦理，收买我们仅有的一丝尊严……

而高度发达的技术在无声无息中抽离了我们的信仰，弄脏了我们的人性，剥蚀了我们的勤奋，培养了我们的懒惰，养肥了我们的心机，使我们对眼花缭乱的技术深信不疑、顶礼膜拜，不愿意相信祖辈们留下的看似朴素却深奥莫测的立世遗言。当来无踪去无影的奥密克戎把人类逼到绝境时，有限的技术却相形见绌，于是我们困惑、绝望、无所适从……

每当谈论这些沉重话题，我就想起白鹿原，想起陈忠实先生，想起我的祖先和他们之前的先贤们，他们的善良和仁慈像一条宽阔的河流，浇灌着广袤的大地，使我们的精神原野芳草萋萋……

十八

疫情的阴霾渐渐散去了。

11月30日，全县新增新冠病毒感染者减少至十八例，12月2日减至六例，接连三天没做核酸检测。12月3日，部分区域有限度地放开。看到消息的那一刻，还在四下张望的我无限欣慰地松了一口气。

四周依然一片阒静，只有对面工地上传来机器轰鸣声，心里空荡荡的，一阵怆然。倚窗凝思，感慨万端。半个月前饭馆里喝盖碗茶的那份消遣竟成了无法想象的奢侈，至于曾经在寻找远方的行旅上畅怀抒情的惬意就更不用提了。

奥密克戎，同样是一种生命的存在方式，它极其不友好地闯入我们的生活，强行撕下我们的假面具，使人性中比它还丑陋的东西显露无遗，我们斯文扫地、吵吵闹闹、婆婆妈妈，直到把我们修理得差不多了，它才变得温顺起来，摆出一副与人类共存的温柔状。

11月30日，向来敢吃"螃蟹"的广州痛定思痛，拿出几十年前冲在改革开放最前沿的劲头，打算与奥密克戎和平共处。紧接着，地处大西北腹地的西宁也传出类似消息，北京、上海等大城市也正跃跃欲试。

古人说，大疫不过三年，看来，头顶上聚集了三年的阴霾将要散去了，祸兮？福兮？

国智先生打来电话。他是搞金融的，对宏观经济运行态势有感觉、有观察、有思考，我请教他：

"疫情给我们带来了什么？"

"带来了思考。"

"经济意义上的思考吗？"

"经济只是一部分，我们所要做的，是文化意义上的整体性思考。"

想想也是。疫情深刻地触动了我们，哪怕再疏于思考的人，也不可能无动于衷。可是，鸟儿出笼般欢喜雀跃的人们有几个会把心思投注于这方面呢？

再过几天，这座沉寂多日的城市将恢复如常，每个人都会在自己的轨道上继续往前赶。不过可以肯定的是，再也回不到三年前风轻云淡的日子了。

　　网上传来驰援我县的外地医务人员已经离循了。想起那些寒风里忙前忙后与我们素昧平生的身影，心里一阵暖热，禁不住热泪盈眶。

　　按世俗眼光看，他们是一群与循化无关的人，可他们为什么离开亲人、在严寒中冒着自己也会被感染的风险，到一个或许谁也想不起他们是谁的陌生地方来，没白没黑地操劳，究竟为了什么？

　　当疫情尘埃落定的时候，待在温暖居室里的我们，真该想想这些。

远方的诱惑

背起行囊，踏歌而行，

把脚步交给远方，把目光交给远方，

把思想交给远方，把一切交给远方……

路上的感觉

实际上，我一直向往着在旷野间放牧心灵的自由与畅快。这种感觉极其微妙，像是浑身发痒却又不知究竟痒在何处。当再一次踏上远行的旅程时，那种感觉像幽灵一样光顾了，躁动的心一下子安静下来……

一

韩德智是志远在大连求学期间的校友，小伙子聪明精干，毕业后自己创业，在商海风云中起起伏伏，至今已小有成就。在西双版纳开宾馆时，他曾邀请过我。他知道文学创作的辛苦，不时给我寄来云南普洱茶。昨晚我们在西宁投宿他的宾馆，他对我们的行程规划了一个路线图。他觉得这时候互助北山正是层林尽染，建议从那儿穿过去。

清晨时分，在朦朦胧胧的夜色中起床，从空旷的西宁城的某一角踏上远行的路程。

车上我禁不住问自己：一帮情投意合的朋友热热闹闹说说笑笑旅行才有意思，一个人辛辛苦苦直奔一个目的地的长旅究竟有什么意义？潜意识告诉我，要想摆脱久居一地的平庸与琐碎，就要在有意折腾自己的行程中寻找一种与日常生活逆反的全新体验。

想不到偏居一隅的互助县不显山露水，居然把这么好的景致不声不响地深藏起来。仙米国家森林公园以漫山遍野齐刷刷的松林征服了我的视觉。黄一片、绿一片、红一片的山野呈现出有别于黄河谷地的壮美画卷。背靠北山林区，面朝广阔田野，这就是从遥远的辽东半岛迁徙而来的土族先民为他们的后世子孙选择的风水宝地。

这个时节，黄河岸边的麦收期已经过去三个多月，而这里秸秆已经泛黑的麦捆还在执着地守护着麦田。看来，高歌猛进的旋风式现代生活对这儿的人们并没有产生多大影响，他们依旧按着原有的节奏春种秋收。由此可以想见，地处浅垴山地区的互助人的生活不像家乡人那般风风火火，也许他们一定对令人羡慕的慢生活情有独钟。

我一直以为，撒拉族人对现代生活穷追不舍的原因在于文化上没有纵深，不假思索地当了各种潮流的跟班。现在看来，我的母族除了文化上缺少一点韧性，一定与把投放出去的目光很快又被四周山势折射回来的生存环境有关，假如地处四百毫米降雨量范围，脚下良田万顷，背靠苍山绿海，也许就不会那么收不住心了。

与黄河相伴久了，难免生出一点"一览众河小"的优越感，对那些山涧清流往往不屑一顾。大通河虽然最终也流向黄河，但它的出现，矫正了我那种"唯我独尊"的偏见。气势非凡的河流让这里的山色变得更加从容，一路景色都是尽情泼洒的大手笔。望着大通河，我似乎明白，无论在什么地方，只要沿着一条大河去旅行，必定有绝佳的景色在等着你。

走过秋天，无须拍照，也无须记录，只把目光和心情交给大自然，在天高云淡下把心情彻底放空，洗清忧伤，屏蔽烦恼，灌满快乐，如此已经足够了。

二

我们已经融入繁忙的甘青大环线，一辆接一辆私家车结队而行，开往各自不同的目的地。我想，每一辆车所要抵达的终点可能不同，但每个人的内心想要抵达的终点是一样的——憧憬中的那一片芳草地。

被疫情困扰多时的国人急于要放飞淤滞的心情，因而这个"黄金节"显得特别重要。从昨天午夜开始，全中国蜘蛛网似的高速公路全天候免费开放，对出行者来说，这不仅是节省过路费的问题，更为深刻的意味是，每一位普通公民以主人翁姿态免费享受"自己也有一份"的公共资源，那是一种"国家请我做客"的特殊体验。这一天，人们纷纷乘车外出，大部分摘掉了口罩，每个人脸上洋溢着把疫情拒之门外的自信。好像生活恢复了原初的模样。高速公路成了一条浩荡不息的河流，整个河西走廊在潮水般的车流中沸腾了。

二十年前我羡慕过外国人的私家车，十五年前羡慕过英国人的绅士风度、美国人的率性、法国人的浪漫、德国人的精致、日本人的彬彬有礼；十年前羡慕过叱咤风云的仕道中人；五年前的某个时段曾羡慕过挥金如土的大款富豪；三年前还没有从那些聚光灯下光彩照人的明星大腕的羡慕中摆脱出来。此时此刻，当我有幸加入路游中国的浩荡队伍，不问东西南北，只管纵情驰骋，享受着高速公路"一马平川"的舒适与自在，对别人的那份羡慕烟消云散，胸中荡漾着作为一个中国公民的无比自豪。

三

这是第二次到嘉峪关。眼前不过是一座风雨沧桑的远年城池，已经探访过一次，为什么还要来？

我想，任何伟大的行动都会有一个辉煌的开始，那么，作为绵延半个中国早已内化为中华民族精神脊梁的万里长城的起点，嘉峪关就是辉煌的开始，这也是它有足够底气招揽天下游客的全部理由。

长城作为地标性存在，其军事功用早已颓废，象征性大于实际意义。即便是冷兵器时代，这种坚固的防御工事也未必能挡得住强悍的入侵者；即便抵挡一时，却挡不住一世；历朝历代不断加固城墙，却没能挽回覆灭的命运。实际上，真正的江山绝非地理意义上的山河大地，而是亿万普通人炽热的内心。只要守住人民大众的内心疆域，就能永保江山社稷。从这个意义上说，屹立不倒的长城可以看作是为政者与布衣百姓最初的约定。

站立在高高的城墙上，举目四望，试图从两千多年前同样呼啸过的猎猎北风和曾经留下过战马蹄印的戈壁滩中找到久藏心底的答案。

1225年前后的某一天，一群来自中亚的驼队拖着疲惫的身躯来到这里。那时还没有城堡，只有简易的一处驿站。他们的首领孖勒莽和阿赫莽驻足四望，觉得这里不是他们的最终落脚之地，于是牵着白骆驼继续东行……

此刻，我的思绪从那一群驼队远去的侧影上掠过，寻找有点空洞的历史。山还是原先的山，戈壁还是原先的戈壁，城堡也是原先的城堡，风也会是两千年前的风，那么，以时间来描摹的历史都去哪儿了？

一般意义上，历史早已被封存在典籍册页里，藏匿于青砖灰瓦中，而今又搬到导游的唇齿间。在我眼里，所有的故事一如身边这座城堡的干打垒土墙，风干了，那些显示老资格的城墙和楼宇似乎成了印证历史遗存的一种摆设。游客们省略了这座城池的内容和细节，无心于青砖背后的故事，无心考究脚下的青石板是被什么样的脚掌磨平的，不愿想想高大的城门内曾经进出过怎样一些人，甚至懒得去想这样一座雄踞于戈壁荒漠的关隘对今天的中国意味着什么。唯一的兴趣，就是象征自己阅历的"到此一游"的拍照。

我想起家乡骆驼泉边那部用犀牛皮封装的被誉为国宝的千年经卷，也面临同样的遭遇，心头升起一缕怆然。

四

原以为酒泉航天发射中心就在酒泉市附近，没想到却在远离酒泉市区的一片戈壁尽头。这里没有青山绿水，没有繁华热闹，只有无边的荒漠戈壁。我想，航天人的寂寞比我们这些被世俗的牵绊折腾出来的无聊人会更深一些吧。陆地上，他们朝夕面对荒无人烟的戈壁；天空中，他们同样面对荒无人烟的宇宙。寸草不生万鸟绝飞的戈壁能否承受住他们的寂寥？

不过，更深更大的寂寞却源于心灵的荒芜，就像真正可怜的不是街头讨要者而是精神上沦为乞丐的人一样。

五

地产大亨王健林用有点沙哑的嗓音演唱的《西海情歌》很符合我此刻的心境——有时候苍凉的心境只能用苍凉的歌声来对冲。王健林在俗世中积累的所有财富，在苍茫大地间化作一团轻云，在歌声中飘向远方。

音乐真是一剂治愈人类心灵的良药，如果没有音乐，人类的生活不知会怎样苍白。詹晋文先生说，音乐使人变得善良，每当需要音乐时，我就想起他的话。不仅如此，在茫无际涯的戈壁滩上，我感受到了音乐在感化人的情感之外的另一种妙处。音乐可以让心灵深处长出一片片芳草地，从心底飘逸出来的馨香温润干涩的眼眸。于是，眼前的一切变得生动起来，可爱起来。

前方那一线黛色山峦应该是酒泉卫星发射中心的方位，神秘而庄严，空旷而遥远。一颗颗显示国运的航天器从这里随着一声天崩地裂的巨响直冲云霄，共和国在一声声巨响中挺直了腰杆。

望着越来越清晰的那一抹山峦，我的灵感归零，一切表达能力失效，心中激荡的，只有与浓烈的烟雾中腾空而起的相像火箭的惊叹号。

为了实现共和国飞天奔月梦想，一代代航天人就这样把青春和儿女情长交给了寂寞深山。如果没有他们发射的导航卫星的精准引领，今天我也到不了这里。

2021年的一天，我突然意识到一向游离于我的认知边缘的航天城与我们的烟火生活竟是如此相近。现代化不只是锣鼓喧天的喜庆场面，也不全是浪漫与诗情的表达，还需要在寂寞天空下默默付出的一批人。作为每时每刻都受惠于航天事业的生命个体，我把满目敬重送给那些为中国人不断塑造精神高地的无名英雄们。

六

无尽的戈壁，无边的苍凉。幸亏有了刀郎吸干了水分的歌喉的陪伴，要不然怎能走出这茫无际涯的寂寞戈壁？

天空失去了高度，分不出东南西北，人的所有思绪也都断了线，记忆变得模糊起来。唯有刀郎声嘶力竭的歌声像风中传来的鸽哨，给我带来一丝慰藉。

就这样走了几个小时，发动机声像个催眠器，警惕十足的我一不留神就成了瞌睡虫的俘虏。瞥一眼志远，他依然专注地转动方向盘。我有点愧疚于刚才的走神，揉一揉眼睛，努力振作起来，不在昏昏欲睡中迷失自己。

一部宏大的交响乐必然带有前奏，如果这片大漠是前奏的话，前方究竟给我们呈现什么样的惊喜？

终于看到一条河流，叫弱水河，慢腾腾散乱地流去，看上去有气无力的样子。看来，河流也需要表演的舞台，它的气势只有在峡谷中才能淋漓尽致地发挥出来。

河边是黑城弱水胡杨林风景区。胡杨林终于出场了，这个风景区应该是额济纳胡杨林的前奏吧。

高原的风特别凌厉，刚走出车门，我就打了几个哆嗦。门前有个卖哈密瓜的甘肃岷县人，他说今年的胡杨林叶子还没黄起来，客人比较少。他的话有点消极，但没影响我的心情——我是奔着胡杨林来的，游人多与少有甚干系？

哈密瓜真甜，咬一口，甜滋滋的，满嘴流蜜，甜得叫人起疑。怪不得新疆人老是夸哈密瓜，怪不得刀郎的深情演唱中老是把哈密瓜比作甜蜜的爱情！

因为全心全意奔着胡杨林来，所以对即将抵达的额济纳旗比沿路甩过的市镇更充满了好奇。我的意象中，除了胡杨林，"额济纳"这三个充满诗意的字本身就有足够的诱惑力。

"额济纳"是党项语，意为黑水或黑河。境内有东风航天城，是我国导弹、卫星、载人飞船发祥地。缘于特殊的战略位置，根据航天基地建设需要，县城曾搬迁过三次。这是一片沙漠绿洲，年轻的城市与地老天荒的胡杨林彼此照应，旁边还有世界瞩目的航天城，谁也不能看轻它。

胡杨林就在县城边上，景区外能看到蓝天下那一大片激动人心的金黄。停下车，志远就迫不及待地买票。

二百四十元一张门票也不意外，下意识中应该是这样。太便宜了，反倒与怀揣几千里的向往之情形成落差。

进入景区，没有特意的人造景观，除了门口"三千年的守望，只为等待你的到来"这句广告词，看不到任何修饰词，迎面就是一些很有身世的胡杨树，有的歪倒在一边，有的树根裸露在地上，有的树头枝干枯萎了，有的一堆枯枝窝在沙地中。没有乐声，也省去了导游的解说，只有风的吼叫声呼唤着每个人的想象力。

这样的环境中，能长出叶子已经很困难了，别指望枝繁叶茂了。但胡杨树没有死，居然长成参天大树，那些粗壮的树干两个人抱也合不拢。让它们在"饥寒交迫"中如此顽强地展现生命姿态的内在动力是什么呢？我首先想到了爱的力量——以彼此遮风挡沙的温存长相厮守。

来额济纳是赶赴一场约会，每个人心中对胡杨林有着不同的定义。有人为天长地久的爱情找到一份坚守的理由，有人为极端环境中的生命注入继续绽放的意义。我追寻而来的目的比较单纯，就想以质地纯真的金黄名义，领略万树齐黄的浩大气势，收获一份久违的感动……

漫步在树林间，含情的目光从每一棵树上扫过。两棵完全干死了的树偎依在一起，它们"活得"依然那么生动、那么美丽、那么壮观。一棵树侧卧着，头部快要挨地时，被另一根枯死的树枝顶起来，不让它彻底倒下，脖子上又生长出一根碗口粗的枝条，摇曳着一丛浓密的树叶，使它获得了新生。看样子，它行将结束的生命又要延续一千年了。

林中不时看到一湾浅浅的小湖泊，说明沙漠底下有滋养，说明这里的沙漠并非绝情绝义，这我就放心了——无数个从一千年深处走来的胡杨树大概不会枯死。

我敬重胡杨，不仅源于它傲视风沙的那份坚强，而是它在风沙中苦苦修行的神功造化。我所知道的树木中，胡杨树大概是最见过世面的树种，问起它们的年龄，开口闭口就是上一千年，中一千年，下一千年。在三千年的风雨岁月中，它什么样的世面没见过？

这里没有彻底的死亡，只有千年一次的轮回。活着和死去不过是生命存在的一种形式，并没有本质的区别。

七

地处蒙古高原边缘的额济纳风很大，除了9月中旬到10月中旬这短暂的一个月，有无数双温情的目光注视它们之外，漫漫岁月中陪伴胡杨林的依旧是呼啸的北风。没有一棵树活得容易，每一棵树都经历过生死考验，留下来的，都是一部岁月刀剑刻写的史诗。别看那些枝干细小的树，看那满身皲裂的树皮，就知道它们都有一个与风沙与干旱死命对峙的沧桑史。风把它们的表皮撕裂开来，裂开的树皮厚如巴掌，整个树身布满一条条深深的"沟道"，这让我想起黄河岸边寸草不生的丹霞山，想起在黄河的波峰浪谷间讨生活的撒拉人——如果说撒拉尔是黄河浪尖上起舞的人梢子，额济纳的胡杨树无疑是经风挺沙的树梢子。

但凡与沙漠做伴的植物都选择了坚强，比如骆驼蓬、芨芨草、沙柳。胡杨树算是沙漠骄子，只要一息尚存，就不愿轻易死去。即便奄奄一息，也要从行将枯死的枝干的某一处冒出一点嫩绿，不过三五年，又是一派欣欣向荣的景象。我把这些重新摇曳生命活力的嫩绿看作是老祖母怀里抱着的一个秀发飘飘的小孙女。

胡杨树的黄是大自然过滤出来的金黄，黄得纯粹，黄得醉心，黄得可爱，黄得风尘不然，甚至黄得有点儿心疼。面对耀眼的金黄，我心中充满了圣洁，没有一丝一毫杂念，只想着一些能与这一片金黄相匹配的高远之事——绚烂之后，再也不左顾右盼，平静地归于平淡，这是最好的人生结局。

也许有人会问，胡杨树为什么不选择水土较好的土地？道理很简单，如果选择安逸，就不成其为名扬千古的传情之物了。就像撒拉族先民一样，在辗转万里中如果就近选择名川富地，就不会称其为"站在哪儿都能立得住"的人梢子。但凡人间奇迹，都会在绝地重生中凝固成屹立不倒的丰碑。

我想起了同样在苦难的土壤中生长出来的文学。

文学是人与极端环境在死命抗争中分娩的精神胎儿，就像沙海中碧波荡漾的一汪泉水、戈壁滩上对疾风寒霜毫不低头的芨芨草，还有同样与周遭不妥协的沙柳、胡杨树。但凡成就非凡的文学巨匠，大多经历过一段非他人所能比的苦难人生，他们的性格中充满了胡杨精神。

关于胡杨树的性格，有人说执着，有人说顽强，也有人说倔强，但我觉得那些定义都不足以表达它内在品质中最为极致的成分。胡杨树是性情之物，活得深刻，死得壮烈，爱得热烈。短短二十天，就泼洒了所有激情。在隆重谢幕之前，把自己毫无保留地燃烧一次，把大地染成一片金黄，以一色纯黄作底色，给天地间留下大气恢宏的杰作。我所看到的，分明是死心塌地的忠诚、至死不渝的坚守、毫无保留的付出。

游人们不惜奔波几百几千里行程，专为这一片胡杨林而来，而大漠深处的额济纳前不着店，后不着村，不容商量地拴住了游人的脚步——投宿一晚，几乎是没有商量的事情。游人们把对额济纳多年积攒的向往之情一下子投入进去，心甘情愿花钱，甚至做好在某个环节挨宰的准备。我们好不容易找到的那家简易客栈里灯光昏暗，室内陈设简单到不能再省略，没有茶杯，卫生间里只有两只薄薄的纸杯。店家是南方人，女主人说国庆长假期间房价每晚增加两百块，游客高峰期可能要增至八百元。到 11 月份，胡杨林生意到头了，他们就改做其他生意。

胡杨树染黄时节，额济纳就这样大大方方地赚取这一笔从全国各地投送来的财富，二十天内赚了个盆满钵溢。

八

如果没有胡杨林，满滩遍野的沙柳绝对是大漠秋色的主色调。车窗外铺满一地的沙柳像天边的红霞，把整个额济纳都染红了，叫人忘记这是在大漠深处。游客的目光势利而吝啬，即便浓密无垠的沙柳燃烧所有激情，他们也不会投以深情的一瞥。他们眼里只有胡杨。

志远问我后悔不后悔，我不假思索地说不后悔。走了那么远的路，掏腰包不说，还吃不好住不好，还觉得不后悔，个中理由是什么？想了想，大致有这么几点。一来这里的胡杨林面积大、树木多、林相好，老树沧桑，小树硬朗，死树峥嵘，确实够气派，顺应了游人们寄情于树的各种浪漫想象；二来"额济纳"这三个字充满诗意，满足了在世俗社会浸泡太久的现代人远距离投放心情的某种期许；三是额济纳打出了"情"字招牌，使情感淡化的现代人不约而同地对额济纳的召唤作出了毫不吝啬的心灵呼应，正如景区门口写的"三千年的守望，只为等待你的到来"，看看这些含情脉脉的字，想不来都不行；四是胡杨树对生命存在的方式的确有某种启示，人生一世，草木一秋，生命在短暂的旅程中如何活出意义、活出精彩，是芸芸众生需要毕生求解的方程式；五是生命旅程不足百年的人类对这些从岁月深处走来又必然走向岁月远处的胡杨树充满了敬意，再有建树的个体，只要站在胡杨树下，就不得不低下高昂的头颅。

九

告别额济纳，还觉得意犹未尽，于是临时改变行程，沿着京新高速公路穿越蒙古高原西段的阿拉善地区，向一千公里之外的呼和浩特市行进。

瞭望四周没有任何遮挡物的天际，立刻感受到天地一线的苍茫与寥廓。我对外部世界的向往中，草原情结重于大海情结。相较于大海的波诡云谲，草原的炊烟牧笛给人以宁静与踏实。很早以前，我与蒙古高原有个约定，今天终于如约而来，来到这片天苍苍野茫茫、风吹草低见牛羊的广袤草原，在悠扬的马头琴声中感受它的博大、雄奇与壮美。

如果你不来，绝不会想到天地间有这么一片无边无涯的地方，不会想象出真正的远方在哪里，更不会明白蒙古歌手们为什么总是用蒙古长调来表达心中的辽远。

车辆越来越少，车窗外的风声越来越尖利。行驶在这样的长天阔地间，心里有一种走不到尽头的焦躁与无奈。

我手持地图，揣测着走出这片荒沙地的时段。

没有雪峰，没有森林的干旱高原上居然也流淌着一条河流，不知道旱荒冒烟的土地怎么能孕育出水源来，使寂寞的高原大地有了一丝生命的气息。

真是一方水土生成一方文化。如果说江南文化的基调是吴侬软语，西北黄土地的基调是雄浑悠扬，河西走廊阳关以西的基调是空阔苍凉，那么，蒙古高原的基调就是辽远。这里一切小情小调都失去力量，唯有腾格尔和德德玛们的歌声才能把天地间走远的那匹情感之马找回来。

十

从额济纳起行，一直走下坡路，前方的路好像掉进了灰蒙蒙的深渊里。天是灰色的，地是灰色的，心情也渐渐灰暗起来，唯有降央卓玛的歌声让毫无春色的心情变得湿润起来。

就这样怀揣一丝抵达远方的希望，什么也不想，只把耳朵交给音乐，把目光交给车窗外的原野，让心胸变得宽阔一些，再宽阔一些……

有人说，行走在蒙古高原上，早晨出发是什么景色，到黄昏还是那个景色，言外之意还是辽阔。在中国地理版图上，蒙古高原从黄土高原一直延伸到大兴安岭脚下，东西绵延两千多公里，横跨东北、华北、西北的广袤大地，内与八个省区相邻，外接俄罗斯、蒙古两国。蒙古高原以绵长的身躯，构筑了大中国的脊梁。

蒙古高原向来是骏马驰骋的舞台，曾几何时，风卷云舒，战马嘶鸣，山河欢腾。冷兵器时代，成吉思汗从这里出发，战刀凛冽，金戈铁马，在马背上征服了半个世界。直到蒙古铁骑退出历史舞台，这片高原才安静下来。

两个小时之后，路还是下坡路，海拔却渐渐下降。不知哪里来的大雾，把眼前的天地都笼罩住了，白蒙蒙的，锁住了人的视野。那些性能好的越野车像子弹一样钻进几百米开外的白雾里，眨眼间就不见踪影。我不断提醒志远，他们走他们的，我们有的是时间，不着急！

车窗外狂风呼啸，大有把车掀翻之势。沿途服务区房屋也是与戈壁滩相对应的土黄色。刀郎声嘶力竭的歌声与车外的天色融为一体，不断加重令人窒息的苍凉感。

这样的天气下丝毫不敢走神，不敢快跑，我不时侧目打量仪表盘上的时速表，一再提醒志远注意车速——慢些，慢些，再慢些。担心车子会出状况，侧耳谛听任何一点异响。也担心志远眼睛困乏，一走神就出事。我有意强打起精神，伸伸腰，或大声咳嗽一下，顺便给志远递水剥橘子，希望平安驶过这一段无人区。

看见一群群骆驼时，心情开始好起来。

这辆发动机动能只有 1.0T 的小型轿车能不能把我们驮到几千公里之外，临行前曾一度有过担心。也够难为这款三缸发动机车了。过去几年，它弱弱的躯体任劳任怨地驮着我们走过了大半个中国，成就了我的第三部散文集《大河东流》，以至于长篇小说《黄河从这里拐弯》中也有它的一份功劳。这个一提速就飘飘然的铁疙瘩和我们有了无法割舍的交情，所以我不能不善待它。

志远作为我的业余助手，这些年跑前忙后，已经完全融入我的文学创作和文化活动中，我所不能顾及的幕后服务事项都由他来打理。每个环节上该怎么用心，无须我多言。当然，这些都是他干好本职工作前提下的"业余爱好"。他利用自己的长休假，陪我到处采风，雅鲁藏布江大峡谷、三江源、川西高原、陕北高原、中原大地都留下了我们的车辙足迹。更多时候，他帮我采集有用的资讯，到出版社校对稿件，跟全国各地读者朋友联系，不厌其烦地把我的书寄往四面八方，以至于他的朋友圈扩大到两千多人。文学创作以来，我的生活能力急剧下降，如果没有他从旁协助，要行走这么远，几乎是不可能的。

十一

路牌上显示，前方二十公里处是纳林湖。

因为熟悉蒙古族歌手呼斯楞深情演绎的那首歌，觉得有谁在芳草萋萋的纳林湖边等着我们。志远问要不要去看看。我思忖片刻，觉得纳林湖不过也是一面芦苇荡漾的湖泊，只因为《我在纳林湖等着你》这首歌使它充满了诗情画意，成为像我这样被美妙的旋律撩拨心弦的人们的向往之地，真到了那儿，不一定有歌中唱的那般美好。有些人，还是拉开一些距离，不能一览无余；有些事，最好还是储存起来，不能交给眼睛。

对不起了，纳林湖，今天与你擦肩而过，不是我的故意，我愿在歌声里久久地向往你!

去年因为《可可托海的牧羊人》出现了相同的情形，据说远在新疆的可可托海成为不少人慕名前往的旅游之地。一首歌能让一个名不见经传的地区名扬四海，听起来有点玄乎，但这的确是不争的事实。这就是文化的魅力。

说起来，《尕撒拉夸家乡》这首歌已经火遍全国，据说有一百多个版本，只是唱这首歌或用这首歌曲伴舞的人都不知道"尕撒拉"是什么意思，也不知"循化"在哪里。韩占武、韩有德两位先生想把这首歌搬到央视《星光大道》栏目，向全国观众明明白白介绍一下循化县和撒拉族。他俩曾找到我，要我帮忙促成这事。

这又涉及钱的事……

十二

甩过漫漫荒漠后，迎接我们的是巴彦淖尔无边无际的绿色田野。又见到来自家乡的黄河。这里是黄河母亲的大手笔，一幅无与伦比的杰作——我国六大粮仓之一的河套平原。中国历史上，河套平原似乎成了王朝更迭的风向标，占据河套平原，就能显示出一个王朝的旺盛活力；失去这个粮仓，就意味着一个王朝江河日下。

我旁边的阴山山脉是汉代北方边防的天然屏障，曾几何时，野心勃勃的匈奴越过阴山，进犯中原王朝。一代名将李广、卫青、霍去病出兵阴山，策马驰骋，一举扫平来犯之敌，由此迎来一代盛世，留下千古佳话。

望着连绵群山和阴山南麓这一片沃野，我想起王昌龄吟诵过的"秦时明月汉时关，万里长征人未还；但使龙城飞将在，不教胡马度阴山"的豪迈诗句。

别以为一提起内蒙古，就想起马头琴和草原牧歌，想起蒙古包和袅袅炊烟，想起酥油茶和慢腾腾的勒勒车。不是的，眼前的内蒙古比我想象中的画面要丰富得多。今天，我这个域外来客要以饱蘸激情的目光、充满诗意的想象，去打量这片神奇而富饶的塞外江南。

内蒙古，真有你的，你默默无闻地雄踞北方，就这样以自己的绿色身躯为共和国遮挡风沙。你值得炫耀的，不只是芳草碧连天的千里草原和悠远的蒙古长调，还有更为动人的良田阡陌和缤纷绚烂的万顷桃花。

久违了，内蒙古！我不是没想象过你的辽阔，不是没陶醉于你的长调，不是没接到你无数次的邀请函，可很久以来，我只把你与苍凉和边塞联系在一起，忽略了你的富庶与温婉。今天，你湿润的空气打湿了我从青藏高原带来的一颗荒凉的心，在潮水般的车流中，我感动于你的宽广与多彩。

我也想起遥远的 13 世纪初某个傍晚蒙古人开怀接纳来自漠北的一群撒鲁尔的情景！

十三

在我的地理概念中，但凡名山大川必有一条令当地人引以为傲的母亲河，或大或小，或长或短，只要是千百年前有人安居的地方，必有那么一条滋养生命的清流。只要有河流，人类就能找到最终的栖息地，天南地北的人们在属于他们的河流旁找到生生不息的一方故土。

河流是大地母亲的乳汁，它无比光荣地流淌在陆地上，每一朵浪花、每一声涛响都是一曲宏大的交响乐。滋润巴彦淖尔万顷良田的河流就在我的视线之内——伟大的黄河！

正这么感慨时，前方出现了山峰似的高楼群，那楼群越变越大，越来越清晰。好气派的一座城市，这是哪里呢？莫非呼和浩特到了？

志远看了下手机导航说，那是包头市。

包头市属于此番考察之列，因为黄河从宁夏平原拐出一个方圆一百多万平方公里的"几"字形弯道后，又从包头这边沿着太行山脉一路直下，向着中原大地流去。

多年前，我是因感动于曾担任过包头市委书记的牛玉儒的事迹而关注这座闻名遐迩的钢城的。牛玉儒领导下的包头市在全国率先拆除了公园围墙，把原本收费的公园还给市民，推出了一系列城市建设新举措，为以后如火如荼的全国性市民化城市建设提供了范例。一座边塞城市，回归民本的自然本色，不能不令人多看几眼！

经过这么多地方后，我脑子里始终回旋着一个问题：中国有两千多个县，每个县都有与众不同的身世，但无论如何出众，要想留住行人的脚步，实在是万难。即便打出多么响亮的招牌，想要夺人眼球，不是一件容易事。除非你有额济纳那样一亮出底色就能招揽天下的王牌景区。因此我觉得，要想让人们长久记住一个地区，除了天工造化的自然恩赐，就得出现名冠世界的杰出人物。而真正在中国历史上留下名字被人们广泛记住的也就那么几位。当然，任何一个小地方也总能摆出几位令他们自豪的历史人物来，但要放到更为宏阔的历史体系中，什么都不是了。

这些年，为了宣传家乡，我们喊过了最响亮的口号，最耀眼的招牌也打上去了，但依然没有引来想象中的人山人海。我本人每次给外地客人介绍循化历史名人时，客人要么皱眉蹙额，要么不屑一顾。

三天前，在西宁向一位颇具眼光的循化籍老乡请教我的疑惑，他认为循化对外地游客最具吸引力的方面，还是撒拉族风土人情，因为撒拉族的神秘，因为撒拉族在全国全世界的唯一性。说起循化旅游业，他打了个比喻：在整体打造上有点顾头不顾尾的样子，想着西装领带皮鞋样样都要，到头来却穿了个四不像，东一锤头，西一棒子，哪一样都没有做到家，没有一个值得花钱的深度体验点。

想想这一路甩过的无数市镇，细细琢磨，朋友的分析似乎有点道理。

十四

回族在我国的生存方式是大分散、小聚居，他们是儒家文化和伊斯兰文化相融的独特一脉。这些年我走访了不少回族地区，结交了不少回族朋友，觉得他们的生存智慧多半融汇在一步三回头的生活理念中。没什么资源背景的回族人家能在繁华大都市中心地带站稳脚跟，把赖以生存的一件小手艺做深做细做到极致，做成风生水起的饮食文化，代代相传而历久弥新，经营数百年而风味不变，成为一道不容忽略的都市风景线。一间不起眼的小作坊连接百年岁月，一个小门店联通四海客商，一条条街巷间萤火虫一样闪光的小招牌被一双双灵巧的手打磨成熠熠生辉的老字号。

相比之下，我们这边个个怀揣着老板梦，追求的是大水漫灌的大进大出，看不上毛毛雨，所有努力都为了这一代人活出个风光体面来。回族人家的日子是小火慢炖，是细水长流，富而不炫，一切从长计议，他们把一桩桩生意做成绵延几代的商业世家。我们所缺少的，也许正是回族人家不见泉水不死心的掘井精神。

回民街上我留意到，呼市人真是把生意做绝了，牛羊身上除了皮子和血液之外，心肺肝胃头蹄等几乎所有内脏器官都加工成特色浓郁的风味小吃，连羊脑子也不放过，作为补脑品，深得顾客青睐。

在一家门庭若市需要排队的面食店里，各式各样面点目不暇接，令人叫绝，与西安回民街琳琅满目的特色美食有点相像。我随便数了一下，橱柜里摆放着三十多种精致玲珑的各色面点，精致，美味，讲究，好看。有了这份手艺，回族人家背靠辽阔草原，面向广阔市场，巧妙地扮演起草原和城市之间的二传手角色，有做不完的生意、赚不完的钱，不出家门，就可以自信满满地创造财富传奇。

我走进很不起眼的一家莜面店，店家知道我们来自循化，热情地泡了一壶茶，说一声"瑟瓦布"①。夫妻俩也是带着满脸好奇，盯着我津津有味地吃完一碗莜面。

店家大哥说，他儿子娶了个西宁姑娘，所以见了青海人感觉特亲切。说话间，店嫂子随手抓起一把额外的莜面让我吃个够。我发现他们只做这一样买卖，看上去夫妻俩对自己的"产品"颇为自信。从他们自足的脸上我能想象到家门前的这道生意对他们一家的滋养。

十五

国庆期间推出一部反映抗美援朝战争的电影《长津湖》，据说票房收入已经突破二十亿元，这是无论如何都不能错过的视觉盛宴。谁也不喜欢血腥战争，但有时别人的拳头晃动在你眼前，你就不能不出手。面对抗美

---

① 瑟瓦布：回赐。

援朝那场并未远去的战争，我们需要擦亮回忆的胶卷，在历史的血火场景中找回久违的感动，珍惜正在消费的这一份安宁。

看景不如看片。下午哪儿也不去，把呼市的这半天交给电影院。

影片拍得果然不一般，是我看过的国产战争类题材影片中拍得最棒的一部。用宏阔的战争场面和几近逼真的特写镜头艺术地再现了抗美援朝战争从战略相持转入战略反攻并由此扭转战局的长津湖战役全貌。血淋淋的战争场面惊心动魄，荡气回肠。志愿军战士与美军交战场景极其惨烈，不忍目睹。望着死鹰岭上一个连战士都冻成冰雕的场景，连他们的对手也为之动容。

血战沙场的志愿军战士刚刚从解放战争的硝烟中走来，他们抖一抖满身烟尘，准备解甲归田，却因为一场突如其来的卫国战争，把自己的英魂永远留在了异国他乡。

影片给予我的启示是：如果那时志愿军不出国迎战，这一仗必须由下一代来打；和平不是靠嘴巴说出来的，而是用鲜血换来的，代价实在太大，安享和平的我们需要倍加珍惜；本质上，抗美援朝战争不是敌我双方武器装备的较量，而是信念、精神和意志的对决，更是中华民族自鸦片战争以来蒙受屈辱后第一次与列强殊死较量；在侵略与反侵略较量中，最后的胜利必然属于正义一方。中国人民志愿军以无坚不摧的意志战胜了拥有现代化武器装备的美军，打出了从五千年深处走来的中华民族的气势，找回了中国人民的尊严，为新生的人民共和国换来了长久和平。

十六

其实，领略额济纳胡杨林和此后穿越蒙古高原只是此行的一个铺垫，我心中真正的大目标依然是黄河。

在托克托县神泉风景区圆了我的黄河梦。

我们在索道上俯瞰遥远的平原上蜿蜒而来的宛如一条白练的黄河。真不敢相信黄河变得如此疲惫、如此瘦弱，懒洋洋地摇摆着混浊的身躯，从广袤的东河套平原穿过。我有点心疼这个模样的黄河。从宁夏平原到这里，穿过茫茫原野，滋润数万公顷良田，她已经被消耗得有点力不从心了。这些年她又眷顾了毛乌素沙漠和腾格里沙漠里造出来的大片绿地。她太想喘口气，歇一歇。但前方还有一大片土地等待她的哺育。只有冲出平原，到了龙门峡谷，她才会获得新的力量，蓄积起奔向大海的浩大势能。

为创作长篇小说《黄河从这里拐弯》，我许下一个心愿——陪黄河走完她的全部行程。今天又了却了在内蒙古看黄河的夙愿。至此，从巴颜喀拉山下的黄河源头一路追寻而下，已经走过了八个省区，从青藏高原到黄土高原，从宁夏平原到河套平原，从蒙古高原到中原大地，留下了我行走的脚印，只剩下山东境内的黄河入海口。

我期待着把母亲河目送海洋的那一天。

十七

走进林海似的康什巴，被鄂尔多斯市与众不同的气象震撼了，一时难以相信鄂尔多斯高原上居然有这么一个世外桃源。如果按司空见惯的城市布局，把鄂尔多斯市区街道两侧的树木花草简单定义为绿化带，就有点委屈它了。这个城市真正当家的是绿色，绿色给了它高贵的气质。高大的建筑物都淹没在绿荫中，各种造型的花草精工雕琢，赏心悦目。没有拥挤，没有喧嚣，一切都显得彬彬有礼，无言地述说着一个城市的内涵与魅力。

把城市打造成一件赏心悦目的艺术品，鄂尔多斯想必一定很富有，这是蹦出我脑海的第一个念头。情况的确如此。鄂尔多斯人干脆把本地盛产的绵羊、煤矿、稀土和天然气用"羊煤土气"来形容。不过，就算它万般富有，终究是一座高原城市，怎么能打理得比南方城市还精致呢？

我注意到，柏油路面裂开的缝隙里都淋了沥青，城市管护精细到这般程度，其他部位就不用看了。

到处是停车位，没人搭理你的车停在什么位置，更不用在意从什么地方突然窜出一个冷冰冰的收钱人。

从城市布局看，鄂尔多斯更显大家风范。浓绿丛中的建筑物一栋栋拉开距离，造型别具一格，摆脱了大部分城市的拥挤与逼仄。据说城市夜景是一个巨大造型，从空中能看到万灯闪烁的整体风貌。

我试图在很短时间内读懂这座风情卓著的城市，在博物院一块展板上写道：

> 其实鄂尔多斯一直在表达，她在用长远的规划、科学的统筹、不懈的创新、切实的行动，向每一个鄂尔多斯人承诺：明天会更好！

这样的城市值得细细品味。我们叫了一辆出租车，让司机随意转，好让我们把这座城市的里外四周看个够。

纵观全城，没有一处是凑合的，到处是设计精巧、匠心独运的精品。无论以怎样挑剔的目光看，鄂尔多斯处处彰显自己的另类个性，是当代城市建设的典范。

在成吉思汗广场，望着造型别致的博物院、图书馆、艺术中心、会展中心、大剧院、体育馆等公共文化设施，我能想见这里的人文素养，一个城市拿出这么多钱为市民营造一应俱全的休闲娱乐场所，想象到当政者的为民情怀。我冷峻的目光变柔和了，最后只剩下敬仰。

我也明白了一点，一座城市的品位不是说出来的，而是用一草一花一砖一瓦打造出来的。鄂尔多斯能得到中国优秀旅游城市和绿色城市殊荣，我是无话可说了。

司机师傅不停地说，看这一号桥和二号桥，够气派吧！再看左右，到处是广场和公园，建一群楼就修个公园，到了晚上，灯光可有看头了，夜景可美了。

我们吃饭的饭馆老板是青海民和县人，他不无自豪地说，鄂尔多斯这地方太富了，是真正的地方养人；本地人中没见过打工的，他们不做生意，不往外走，就享受脚底下的福气；广场周围住宅楼都是一层住一户，三百多平方米，住户多半是陕西榆林人，可富了，家里有两三个保姆呢。

鄂尔多斯是个移民城市，看得出来，它的包容性和吸纳力都很强，来自四面八方的客商愿意在这里落脚。饭馆老板说，这地方教学质量好，政府照顾我们外来人，两个娃娃都在附近学校上学。

外观如此富足而精致，鄂尔多斯的内里精魂又怎样？带着这个疑问，我们走进广场边上那座咖啡色鹅卵形博物院。与其他地区博物馆门庭冷落相反，这里却排起了长队，多半是牵着小孩的一家人。

十八

太美的地方看一眼就足够，我们怀着见过世面后的富足与仰望心情冒雨离开鄂尔多斯。

一路上雨越下越大，雨刷器单调地摆动着，疾驰的车辖辘在积水中"嘭"地响起一声，车身摇摆几下，叫人不免有点担心。前方能见度很低，只看见几十米之内的车辆。这样的天气很容易催眠，我好几次迷糊过去，不知不觉中突然被摇晃的车子弄醒，赶紧打起精神来，暗暗吃惊，看看身旁的志远，仍在专注地把稳方向盘。

前方是陕西省榆林市。

榆林是黄土文化发源地，被誉为陕北民间文艺之乡。这边最大看点是民俗文化，秧歌、安塞腰鼓、信天游、纺车都拿出来装点乡村旅游，参演者都是土生土长的本地人。望着那些"土得掉渣"的高度生活化的表演，我想起黄河边的家乡，寻思着如何让远方的客人成群结队奔它而来，如何吸引他们的目光，留住他们的脚步……

310 高速公路未通之前，人们十分看好循化旅游业前景，甚至有过"高速公路要通了，循化准备好了吗"的发问，一度让循化人乐见其成。但高速公路非但没有使循化旅游业红火起来，反而让循化变得尴尬了。一位在循化宾馆门前开饭馆的店主说，以前循化连在青藏大环线上，从四川过来的潮水般的私家车多半在循化住一晚，那时他们的饭馆生意很红火，现在这条线上的游客改走甘南到同仁的线路，循化一下子被搁在旱地上了，冷清了。

但是，我对家乡的旅游业仍然不死心。

看到榆林这边雅俗共赏的精彩演绎，我倒是觉得，与其一味追慕别人手里的东西，不如收回好高骛远的目光，改变"大事做不来，小事看不上"的自闭心态，捡起眼前那些现成的宝贝，从不起眼的小事做起，一门心思做出点样子来，把最能体现"这一族"的东西端出来，让人家瞧瞧。

榆林是路遥创作《平凡的世界》的封笔之地，他写下最后一个句号后，把手里的笔从窗户扔了出去，这一举动成为文坛佳话。坦白地说，我的创作受过路遥的影响，今天有幸到路遥曾经笔耕过的地方，也算是对他的一种纪念。

志远看出了我的心思，问我想去路遥故里吗？我点点头，说前年去了白鹿原，在陈忠实故居旁住了一晚，今天能去路遥故乡住一夜，再好不过。

导航上查了一下，清涧县在陕北，离榆林市有二百公里车程，到那儿大概天已经黑了，明天一早还得赶路，时间上不允许，只好放弃了。

十九

雨已经停了，我们的车疾驰在毛乌素沙漠边缘，车窗外是八百里秦川，灰蒙蒙的天空下依然是无边的绿色……

昨夜投宿在靖边县，淅淅沥沥的秋雨下了一整夜。说起来，靖边也是个红色县，想必有许多动人的故事，但这次行色匆匆，来不及细品了。

天麻麻亮，我们打点行囊，冒着倾盆大雨上路了。

孙女韩素朗读课文的清亮声打破了车内的沉闷……

快到宁夏同心县时，阴沉沉的天空撕开几道口子，露出一片片湛蓝，阳光下腾格里沙漠边缘的大片绿地变得格外明净。志远说，冯文怀先生在这里，我立刻来了精神，心里暖暖的。

不知道久居京城的文怀先生到这里做什么来了。他生于内蒙古，长于循化，缘于新疆，居于北京，对北方风情了然于胸。学识上，他精于哲学，通于儒释道，涉猎广泛。文化情感上，他把循化视为故乡。每次见面，博学多识的他总能打开我的一两个知识盲点。两个月前，我们在北京有过一次畅谈，获益匪浅。

很想见见他，这种感觉很奇妙。虽然得绕个道，多走几十公里路，但异地见故人，这点周折不算什么。

没想到志远跟文怀先生经常保持着联系，这一路也是在他的遥控指点下走过来的。

前方是同心县城，我心里有一份莫名的期待。

沿途甩过西海固，我心有所动，要不要停车驻足，有过一丝迟疑。当代中国民族文学版图上，西海固是无法忽略的重要一块，张承志的《心灵史》大篇幅描写了这里的自然地理、风土人情和人文气象，令人向往。志远说，这样太费时间了。好吧，此行只能留下遗憾了。

文怀先生从十几公里外赶来了，我们在同心县城回春食府见面。在盖碗茶的氛围里拉开话头，谈古论今，纵横天下。文怀先生鼓励我多出来走走，行走对写作者非常重要，走得多，见识广，手中的笔落下去就有分量，不然你调动再多修饰词，文字始终是飘着的，落不了地。这番见解我感同身受，我们这些"玩文字"的，最难驾驭的却是看似轻飘飘的文字。

他是个有心人，今天来也是准备好了话题的，给我讲了成吉思汗时期的蒙古文化和鸠摩罗时期的新疆文化。

在我看来，文怀先生是个纯粹的人、地道的人，正如他所言，我们之间是精神层面的交往，掺杂进任何物质因素，友情就变味了。两天后，他给我发来一首诗：

> 青天大路分灵肉，入地缘深必定期。
> 秋晚叶落乡道寂，晨流浓露山庄炊。
> 良田硕果正收并，四季花开好有归。
> 交际江湖何处是，文章知己醉心知。

二十

在三千多公里行程中，穿过蒙古高原、河套平原、毛乌素沙漠、腾格里沙漠，感受了蒙古长调的辽阔、陕北信天游的凄切，西北花儿的悠长。在疾驰的车座上，沿着黄河流经之地，把中国北方这片广袤疆域收入眼底，变成永远的风景，藏在心底。

低层次旅行注重于满足视觉观感，而高层次旅行的价值在于增长见识。旅行中的小环境是家庭氛围的外溢，是重新塑造每个家庭成员心智和认知的过程。即便是五大三粗的人，行旅途中也会变得细腻起来，心思细发了，说话轻柔了，举止文明了。他给你递一杯茶，你给他剥一个香蕉；他问你一声早安，你提醒他多加一层衣裳；他替你拎个包，你帮他泡一碗面；孩子给你朗读几篇文章，你给孩子讲几个小故事，那份默契与温馨，尽在不言中。

居家过日子，难免磕磕碰碰，哪家都不是一口毫无裂缝的瓷碗，旅行无疑是缝补裂痕最好的黏合剂。夫妻之间的缝隙在情景交融的磨合中变小了，目光中多了一些理解和欣赏的暖意。父母亲体谅在外打拼的儿女们的不容易，儿女们也在父母对旅行的知足中获得一份成就感。

在高天阔地间行走，胸襟的边界不知不觉拓宽了，心里的冰雪消融了，缠了又缠绕了又绕的死疙瘩解开了，原本认为天高地厚的事、左右看不顺眼的事，叫风吹走了，让水冲走了。固执了一辈子九头牛也拉拽不过来的弯子转过来了，彼此心里堵了一辈子的隔墙倾塌了。于是，眉头舒展了，眼神有光泽了，心里头活泛了。

还有，行走中不断品尝从未见过的特色农产品和各色美食，感受中华大家园的多彩与丰饶；在领略祖国大好河山中，见证国家的力量，培养家国情怀；在润物细无声中，把中华民族共同体意识嵌入心底。

回到家里，生活似乎恢复了往日的原貌，家还是原来的家，人还是原来的人，但生活的车轮已经行驶在新的轨道上，变得更稳更顺了。

路上的感觉真好！

彩云之南

一

我们是从山城重庆爬上云贵高原的。

这里没有青藏高原的高拔，没有蒙古高原的辽阔，也没有黄土高原的千沟万壑，映入视野的是浓重的云雾和云雾中若隐若现的丘陵地形，以及山脚下也许终年见不到阳光的散落的房舍，还有山坡上零零星星补丁似的庄稼地。

翻过一座山之后，雾气愈加浓重，除了前车尾部闪烁的红色后雾灯，什么也看不见。云贵高原像羞于见人的闺中少女，整个儿躲到云雾之中了，而且一连几十公里都是这个样子，让人好不烦闷！

第一次与云贵高原相遇，它就给我们甩了个冷脸。它的天气诡异多端，不像青藏高原那样清澈透明，蓝天白云在这里竟成了一种奢侈。我心里也缭绕着一团云：这种不见天日的地方比赤裸裸的穷山恶水还让人郁闷，真不知它的主人是怎么打发日子的。打电话问长期跑这条路的永奋先生，他风趣地说，有云才叫云南呀！我问这里既不靠海，没有大江大河，也不见下雨，这满世界的云是哪来的呢？他说四川盆地海拔只有几百米，四面环山，大量的湿润空气上升到云贵高原，就变成了云雾。

原来如此！想想也够难为它的了。

过了连接云贵两省的北盘江大桥，云雾渐聚渐散，时淡时浓，两侧起起伏伏的丘陵中隐约看见星星点点青瓦白墙农舍，淤滞的心情随着车窗外不断变化的景色，渐渐明朗舒畅起来。

之前有朋友约我去三亚度假，想想那不是心仪之地，便婉拒了。听说三亚早已人满为患，几步之内就能碰见熟悉的面孔，我不想到拥挤的人群里去凑热闹，只想在完全陌生的山水间放逐自己。想来想去，这个时节，偏居西南边陲的云南该是最好的选择了。

此外，云南与循化有着无法隔绝的渊源：孟达林区被县人誉为高原西双版纳；占祥先生曾不止一次声情并茂地描述过他在昆明主持第五届全国少数民族传统体育运动会各民族联欢会的盛况。更直接的原因是，在疫情的泥潭中沉沦了三年的心儿需要一次振翅飞翔的长旅，而充满诗情的云南能从多方面满足这种把自己投放到一处陌生的长天阔地的向往之情。加上在昆明的永奋先生不断打电话询问我们的行程，使前方那片红土地变得亲切而温暖起来。

其实，对我这种梦里梦外追逐诗情的人来说，去云南并不需要额外的理由，早已禁不住《山谷里的思念》中"美丽的云南，我爱上了你"这些歌词的诱惑，"盼望早一点见到你"。

二

石林作为昆明赫然超群的地理标志，显然是几亿年前地壳运动留下的杰作。一次剧烈的山崩海啸之后，红土地上竹笋般长出了这一片黑黢黢的石头林子，惊艳了世界。昨晚的一场雨像是给它涂了一层黑漆，绿油油的草木间格外醒目，有的像刀剑，有的似柱子，有的如蘑菇，有的同宝塔。在形似一对情人凝目相视的石峰前涌满了人，导游正绘声绘色讲解阿诗玛与阿黑哥的情事。

最先与她牵手的"阿黑哥"是谁？问身边的导游小姐，她自豪地说，是龙云先生慧眼识的宝。我搜索半晌，印象中的云南王龙云不过是舞刀弄枪的一介武夫，想不到竟有如此柔性的一面，与民国时期的诸多军阀不同，当大多数人在岁月风尘中烟消云散时，他的名字却因这片石林长留在人们的唇齿间，受益于石林的当地人在此念慈，把他尊称为龙云先生，敬仰之情溢于言表。

一部绵延跌宕朝起朝落的中国历史，伴随着无休无止的战乱，再宏大的创造也未能幸免于战火，而龙云的这番作为和当地人对他的追念，使面色冷峻的历史老人也不得不为之动容，变得温情宽厚起来。想起北方天空下硝烟弥漫的厮杀场景，我想告诉他们：停下来吧，刀剑枪炮从来没有书写过真正的历史！

三

电梯从几十米高处坠入谷底，眼前绝壁对峙，蓝莹莹的水面上晃着几叶小舟。还来不及反应，工作人员递过来橘黄色救生衣。想起三年前在刘家峡水库坐船时的危险经历，一见救生衣，我心里本能地发怵。但这种情绪只能压在心底，不能传递给家人。

小船晃荡了几下，被鼓囊囊救生衣包裹起来的妻子惊悚的目光返照出我内心的不安。惊慌中她仍不忘举起手机，对准目标拍照，我这才淡定了些，嘱咐她别弄丢了手机。

荡船是序曲，一盏茶工夫就返回来，然后沿着山腰间悬空搭建的木栈道，徒步走进深不可测的洞穴，有点湿冷的空气阴森森的。远处传来带着野性的吼啸声。

曲径通幽，步步深入，朦胧中钻进山腹，穿行在它的五脏六腑中，身体和意识与外面的世界完全隔开。不想过多恋栈，只想着快一点走出去。

这里是久负盛名的九乡风景区，它外表平静，如一位素颜农妇，却深藏若虚、潜藏锦绣。幸亏志远曾来过一次，要不然，凭我几近丧失的方向感，绝难从蜘蛛网似的暗道中走得出来。

眼前霓虹闪烁，扑朔迷离，迂回穿梭在山洞中的溪水似万马奔腾，发出雷鸣般的轰响。黑咕隆咚的洞穴内弥漫着一股被时空切割的玄幻气氛，造成令人窒息的碾压感。一时间，我的想象力被强大的自然神功尽数漂白，思维空洞，文字苍白，钝拙的笔力无法描摹怪石嶙峋、形态万端的溶洞景象，手中晃荡的手机也显得多余。

这是一篇在人类想象末端的散文诗，气象万千，豪气干云。很难想象生性柔软的水竟能雕琢出如此神奇的艺术珍品。人类个体生命的创造力远不如一滴滴水所蕴含的创造力。在内蒙古阿拉善，我惊叹过挺立于千年风沙的胡杨，站在这里，感觉自己对大自然的想象力过于局限了。在岁月长河中，相比于这些忽略了四季轮换却依然还在成长的石头，三千年不朽的胡杨也只能算作孙子辈。

如果你认为这是一座被放大了的传统洞窟，那就错了。从谷底到山顶，山有多高，层层迭起的洞穴就有多高，而且左一口右一口的洞穴连环往复。如果你认为这是搞旅游的人刻意雕凿的作品，那也错了，洞内方圆之大，超出我们的想象，看看那个小型广场，旁侧居然有小卖铺和卫生间，四星级景区该有的设施一应俱全。

这里的水锲而不舍，一滴跟着一滴，不慌不忙，从容淡定，昼夜不息地专注于自己的创作。也许它们成不了奔腾万里的江河的一部分，到达不了向往已久的浩瀚海洋，也不能在阳光下发出迷离的光泽，但它们并不气馁，用亿万年寂寞和耐心中迸发的绝世灵感，创作出任何一件最伟大的人类作品都无法与之媲美的天地之作。

穿梭在迷宫似的溶洞里，灌入脑海的，除了遥远还是遥远，忘记了洞外的青山，忘记了喧嚣的市声，甚至与近旁的家人也有了某种隔膜。

四

如果说黄土高原是袒胸露背的汉子，云贵高原则是轻纱遮颜的少女，而滇池和洱海无疑是她的一双亮晶晶的明眸。假如没有滇池的陪伴，昆明会单调许多、寂寞许多，也会少一些优雅的格调，仅凭它四季如春的绿色，很难勾起世人的向往。

赶往滇池边，已是傍晚时分，夕阳把西天涂抹成一片橘黄。晚风中的滇池像一匹甩动鬃毛的烈马，一波波水浪有节奏地拍打堤岸，发出哗啦啦浪漩声，迎面扑来一股清凉的水汽。

滇池与想象中要小一些，周围山势局限了它的面积，但它绝非一般意义上的"池"。看上去，精致而不失个性，温婉而不失豪迈，与江南平静妩媚的湖泊比起来，它的涛声带着几分原始的强悍与粗犷。

落日时分，一群红嘴鸥披着夕阳余晖从湖面上翩翩飞来。随着这些贵客的到来，池边等待已久的人群立刻活跃起来，喂食的、拍照的，顿时乱成一团。海鸥们好像习惯了这样的热闹场景，向着岸边围观的人们起起落落，“欧……欧……欧”尖利地欢叫着，一遍遍从伸手召唤的人手里衔走喂料。孙女韩素和孙子韩一凡也抖动着喂料，面对扑棱棱飞过来又飞过去的小精灵，嘴里嗷嗷叫着，又是惊喜，又是害怕。

站在烟波荡漾的大池边，真有点羡慕昆明人，除了尽享延绵不绝的春色，一出家门就能面对宛如大海的一色碧水，难怪走南闯北的兴旺先生把最终的落脚之地选在这里。

五

西双版纳位于北回归线以南的热带地区，因其盛名天下，往往忽略了傣族自治州和首府景洪市这样的符号，有时它的风头竟抢在昆明之前，囊括了人们对云南的所有美好期许。当地人自信满满，就像漂亮女子不必刻意用一个响亮的名字招揽客人一样，不担心外地人记不住他们家乡，索性略去“西双”二字，简称为“版纳”。

西双版纳，在中国地理版图上是一个霸王式的存在，尤其是西部高原人，往往给自己佩戴上西双版纳这颗宝珠，循化人挂在嘴边的歌曲《秀丽的孟达》第一句就是“高原的西双版纳在哪里”。南来北往的游客，多半想在西双版纳香甜湿润的空气里收获一份横扫戾气的浪漫诗情。我对西双版纳的想象中也带着那么一点不可名状的俗气，风尘仆仆奔去，只为一睹她风姿绰约的芳容。

西双版纳距离昆明有五百多公里，要是开车前往，往返得几天时间，而且只为一个景区，很不划算。但那是一个无法拒绝的诱惑，放弃，就意味着云南之行会留下无法弥补的缺憾。于是不辞劳苦，怀揣一份了却夙愿的梦想，向着北纬 21 度到 22 度被誉为中国休闲暖都的地方赶去。

准备前往三亚度假的乙日亥村支书乙拉四和上张尕村村长马合毛听说我们要来，推迟了飞往异地的日程，专意等在那儿，想跟我们畅叙一番。

村书记说，乙日亥村已经申报为国家级乡村振兴示范村，要干的事会一年年多起来，不抓紧机会出来多看几眼，就怕跟不上趟了。马合毛先生投资兴建循化县最大的砖瓦厂，也打算在乡村振兴中大显身手。

他们撂下村里家中琐事，带着各自妻子，像两对南飞的雁儿，从寒冷的西北来到孔雀之乡，领受南国冬日里的春意，也算活出一番境地了。

此间定居的韩乙不拉先生一再打来电话，要请我们吃顿傣族美食。他是街子镇塘坊村人，一生在外闯荡，历经商海风云，几年前把手头生意交给儿子，夫妻俩过着南来北往的候鸟生活，夏天回老家，入冬后客居西双版纳。跟他来的还有当地清真寺阿訇。阿訇是昭通人，曾去过循化，对撒拉之乡赞誉不绝。

乙不拉先生少言寡语，不住地劝吃。我和他初次谋面，但并不觉得生疏。他儿子德智与志远是大学校友，算得上是浅海遨游的新一代撒拉尔水手，曾在这里开过宾馆，时下在西宁合伙经营三个宾馆，据说又在大柴旦镇张罗一座宾馆。我闷声吃菜时，志远悄声说：

"别看叔叔话语少，他能一眼看穿你是什么样的人。"

"这么厉害？"

"他几乎不相信任何人。"

"为啥？"

"因为阅人无数，做生意吃过不少亏。"

"呃，是这样。"

但愿他从我眼睛里能读到一丝真诚。

阿訇40来岁，是个热心肠人，看不出宗教人士惯有的矜持，我把菜碟递到他面前，他又客气地转到我面前，等到我夹菜后，他才动筷子。我和他聊起云南的风土人情，知道勐海县有两个傣族穆斯林村庄，不远，只有六十公里。傣族穆斯林通常叫傣回，会是什么样子呢？我有点好奇，跟志远商量后，决定吃完饭就去看看。

六

湄公河星光夜市号称东南亚第一夜市，其繁华程度不亚于南方商业大都会游人如织的商业街，随便钻进一条街巷，都是人流如潮，宽宽展展走几步都不能，只能斜着身子从人缝中钻过去，稍不留意，还会跟丢同伴。不长的一条街，竟走了十几分钟。

小巷两侧都是五花八门的小吃店，光鲜亮丽的各色小吃散发着诱人的水果味。听口音，不少摊主是东北人，他们现卖现做，无须吆喝，只看那杂耍似的乖巧手法，游客就经不住味蕾大开，垂涎欲滴。

江边市场简直是一口蒸腾的大锅，灯火通明，到处是响彻云天的音乐声，快把夜色炸裂了。四面八方游客像群飞的蜜蜂，辛辛苦苦抵达景洪市，往往来不及歇口气，就直奔这个夜市，感受深冬的夜色里优哉消遣的那份惬意。

人山灯海的夜市到处是敞开式音乐茶座，稍大一点的茶座里有泰国、老挝、缅甸歌舞表演，梵音回绕，蜂腰削背，翩翩起舞。

此起彼伏的音乐声震耳欲聋，在腾空而起的礼花点缀下，把近千个摊位的夜市渲染成令人炫目的不夜城。眼前都是单衣薄裳的女子，在五彩灯光下风姿摇曳，百般娇媚，让人很容易忘记刚刚甩在身后的那些灰暗日子。忽然感觉到，被疫情折磨了三年的国人终于在偏安一隅的西双版纳找到宣泄的闸口。

街两边或随便一个小角落里，有人弹吉他，有人双手击鼓，有人吹葫芦丝，几个摇滚乐演奏者声嘶力竭地高吼着，把高昂的情绪发泄给夜色。也有三五个人同唱一首歌，忘情地投入表演当中，歌声绕梁，缠绵悱恻。他们不在乎观众多少，只让自己的歌声成为这繁华夜色的一抹点缀。

能歌善舞的傣族、哈尼族、纳西族等一众少数民族姑娘们像纷飞的彩蝶，个个貌美如花，翩翩舞姿似孔雀开屏，把欢乐喜庆带给毫无倦意的游人。

我喜欢在动感十足或宛转悠扬的音乐声中忘我地沉浸，和着音乐节奏，悠然地跟着人流，让雷鸣般的喧嚣声彻底淹没自己。詹晋文先生说得对，没有音乐的人生是悲凉的，没有音乐的生活是灰暗的，没有音乐的行旅是枯燥的。

江面吹来轻柔的凉风，我畅快地舒了一口气，让西双版纳湿润的夜风吹走疫情造成的忧伤，让澜沧江的清流洗净尚未痊愈的伤口。

七

在青海省囊谦县看到比长江黄河小了一些气势的澜沧江时，我有点担心它瘦弱的身躯能否抵达比长江黄河行程更远的终点，到这儿，望着夜光下静静流淌的江流，才感觉自己小看了这条国际河流内涵的气韵和远大抱负。这条源自昆仑山脉的江流有一股浩荡万里的底气，穿越大半个中国，将要离开中国时，千般缱绻，营造出这一派气势非凡的繁华，然后以湄公河的名义流出国境，流向浩瀚的印度洋。

相比于长江黄河，澜沧江选择一条隐秘而艰辛的路程，撇开广袤原野与繁华都市，一路默默无闻，到这里，终于把蓄积的灵气吐放出来，成就一篇绝世惊艳的华丽乐章。

八

西双版纳的底色是多彩，彩色的城市，彩色的人流，彩色的心情。舞台上锦裙束身的姑娘扭腰起舞，舞台下到处是轻纱露肩的美女，迎面走过来一个个颜面桃花的女子，恰似眼前飘过一团彩云。

江边一个大型舞台前吸引了不少人，那里正举行"告庄西双景迎新文艺晚会"，我们也挤进人群。锦衣淡妆的姑娘们光着脚，轻轻扭动柳腰。这里看不到雪域高原挺胸展臂的蹦跳和甩动长袖的舞姿，甚至比骆驼泉边阿丽玛们的步态也少了点筋骨。看上去，傣族姑娘们的舞蹈动作稍显单调，不呼风不唤雨，静如江水，但她们的一颦一笑却清纯淡雅，婉约可人。

一般来说，看城不如看景，看景不如看人，看人莫过于看女子，就凭眼前美女如云的大场面，我心里一次次给西双版纳加分。

人们在茶座里悠闲地小酌，品尝傣族烧烤、特色小吃，在《月光下的凤尾竹》优美旋律中享受这一刻的恬静与甜美。我和志远各点了一杯芒果汁，来到"锦泰音乐酒吧"，半躺在休闲式藤椅里，悠然地欣赏傣族舞蹈。

西双版纳的美成熟而自然，无须人为缀饰，也不必贴上过多的溢美之词。它不拒绝多元，不排斥异类，总是温文尔雅地敞开胸怀，稀释不应有的成见，调顺所有人的目光，不同色彩、不同服饰汇成一条彩色的河流，就像澜沧江在接纳无数溪流中成就自己一泻千里的浩荡气势一样，人们对任何看似古怪的服饰都不会投以大惊小怪的目光。不仅国内少数民族服饰尽显风采，柬埔寨、泰国、老挝等国风情也各绽异彩。女性游客受到浓郁民族风情浸染，也不由学起当地人模样，披一件彩锦，俨然当地土著。

刚才路上看见一群维吾尔族男女跳新疆舞时有点纳闷，现在完全理解了——这里既然有维吾尔族舞蹈，也一定会有蒙古族舞蹈、藏族舞蹈，以及其他这样那样的歌舞，这就是西双版纳不拘一格包容异己的风范。这样的人流中，戴盖头的妻子也不觉得别扭，一如家门前从容自在，不会领受任何怪异目光的逡巡。

九

西双版纳是个巨大舞台，各路艺人尽显才华，唱歌的、跳舞的、演奏的，都能找到属于自己的领地。别的地区费好大劲才能弄出来一台小节目，而这里的歌舞却自然天成，不知疲倦地夜夜狂欢。这就是边地旅游城市该有的魔性，它不会刻意地搭一台戏，也无须张嘴千金的歌星大腕的吆喝，它把每一晚都张罗成精彩无限的节日，它迷人的张力都渗透在细水长流的日常当中。

西双版纳掩饰不住由内而外的自信，歌是自己的，舞是自己的，服饰是自己的，饮食是自己的，连卖羊肉串的回族大哥也穿着胸前有傣族标记的坎肩，若不是头上戴着白号帽，怎么也不会相信他居然也是本地傣回，真是自信到家了。渴了，想喝杯可乐也不能，除了琳琅满目的各色果汁，找不见用化学成分勾兑的饮品。这种坚守本分的超脱与坦然令人仰慕。但你不能据此断定这一切都是封闭造成的，这恰恰是传统与现代高度融合的结果。

一座开放城市不会有错综复杂的门第观念，把每一个投奔它的人都揽入怀中。个性十足而不拒异类的西双版纳告诉人们，繁华背后，一定是笑迎四方的大度，一切封闭式的孤芳自赏与现代文明格格不入，一切拒人以门外的清高，终究要为自己的短视买单。

在无尽的喧哗中，我似乎懂得了这座由一条国际河流塑造的风度翩翩的城市。

十

西双版纳是植物王国，满山满洼植被构成了绵延不绝的绿色海洋，有关奇树异木的任何想象在这里都能得到充分满足。如果说大象是这片雨林的王者至尊，孔雀无疑是落鱼沉雁的深闺公主，她们在观众翘首期待千呼万唤中隆重出场，铺展开华丽的彩屏，掠过池塘，翩翩落地，给世界一片惊艳。

漫步在热带雨林谷，到处是直径一两米的古树，直插云天，绿荫如盖。这样的树木未曾相见，也叫不出名字。树身挺拔清秀，树冠苍翠欲滴。说它们是古树，又有点不忍心，因为它们通身浸透着旺盛的生命活力，丝毫看不出历经千百年风雨的年迈迹象。

万千树木张扬着个性，奋力向上，一头问天，分不清哪棵是树王、哪棵是新生代。有的从几十米高处垂下几根十几米长的藤条，像是老人颔下长长的一缕胡须。这些树吸收天地精华，在西双版纳温暖而湿润的怀抱中活成了岁数，沉淀成历史。我想象不出它们是如何把岁月的风霜雨雪浓缩成一根根饱经沧桑却依然活力十足的躯干的。我的思绪瞬间断裂，挑剔的目光早已被漫山遍野极具个性的树木征服成温顺的一抹秋波，脑子里只有地老天荒这样的字眼。

山谷中鸟语阵阵，飞瀑如练。在对一棵棵奇形怪状大树的惊叹中，不知不觉爬到半山腰。起初频频举起手机拍摄的妻子也犯难了，不知道究竟拍走哪一棵，放过哪一棵。因为惊喜不断，谁也不愿停下脚步，仿佛忘记了腿脚困乏，爬山不再是一件消耗体力的困难事，而是无比富足的一种享受。

我在木亭下歇息片刻，把目光从山谷间收回，放飞聚满心间的蠢蠢欲动的思绪——

但凡参天古木大多生长在不为人知的深山幽谷，它们无意向大自然邀功，也不会向世俗目光炫露自己，不问左右，埋头成长，长得纯粹，长得精致，长成独领风骚的一派景致。相比之下，人类实在是矫情了，有点付出就计较，有点财富就显摆，有点才气就卖弄，有点权势就"甩肩"，有点姿色就炫耀，有点委屈就失落，而且过早停下奋斗的脚步，不再生长，不再绽放。与生生不息的植物岁岁年年奉献绿色相比，人类对这个世界留下的那点痕迹根本不值得一提。

十一

下山途中，飞流宣泄的一帘瀑布下正进行西双版纳民族民间器乐展演，鼓声锣声歌声与哗哗流淌的水声融为一体，营造出充满原生态味道的欢乐气氛。我们来到凉棚下，在木凳上找个位置坐下来。

几个演员轮番上台，举手投足均舞蹈，一颦一笑皆歌声。葫芦丝是最拿手的器乐，彝族三弦小巧玲珑，音质浑厚，是对唱山歌的小伙子招引女孩的道具。没有灯光布景的造势，未经化妆的演员们素身上台，各显绝活。有个演员空手上阵，随便捡起一片树叶，衔在唇齿间，惟妙惟肖地演奏了《北京的金山上》，音色婉转悦耳，收发自如，令人沉醉。

想起家乡的孟达景区。这个时节该是大雪封山、山林空寂、游客寥落。曾经令循化人无比自豪的"高原西双版纳"像含羞待嫁的少女，长时间沉寂无声后，隐没在人们的视线之外，没能给县人带来期待中的荣耀，倒是旁侧属于它支沟的大墩峡一番乔装打扮后，惊艳面世，抢足了风头，招摇的声浪快要淹没它的祖师爷了。

看看眼前随便拨拉出来的一台节目和不起眼的主持人巧舌如簧的言辞，就能想见他们花费几十年心血的人文积淀。我知道文化与旅游融合的难处，心底里敬佩又羡慕。

云南旅游起步早，软硬设施齐全，早已练就了招摇天下的本领。它的底气不仅源自反季节自然风光，而是别有一番气定神闲的内功。随便到一个景区，就能感受到与自然山水融为一体的轻歌曼舞所营造的灵动气息。姑娘小伙子们个个都是演员，没有太多刻意，张嘴抬脚间，就能演出一台好戏，一切都水到渠成，处处妙手文章。

前些天，应宝林先生之约，我和占祥先生给前来踩点的某大型旅游企业老总介绍撒拉族风情，我们使出浑身解数，左右开弓，但客人并不为我们王婆卖瓜式的言辞所动。也许，餐桌边的卖弄，终究不能成为游客千里追寻的理由；也许，我们所忽略的，是坚硬的投资之外的一份耐心与用功。

十二

西双版纳像个雍容华贵的美妇，浑身散发着一缕淡淡的清香。我们像一群追逐花香的蜜蜂，禁不住那奇香的诱惑，很快找到曼阁水果批发市场。

这里是景洪市最大的水果集散地，成车成车水果运进运出。趁家人选买水果的当儿，我随意浏览一下摞在摊位上小山似的奇形怪状的各色水果，有的虽然曾经尝到过，但个头和成色却是云泥之别，比如山竹、柚子、木瓜、甜角、人参果；好多是未曾见过的新鲜货，比如波罗蜜、无眼菠萝、西番莲、椰子、神秘果、番茄枝、韶子、番石榴、鸡蛋果、榴梿、三丫果、泰国柠檬、阳桃、牛心果、燕窝果、佛手瓜等，起码有几十种。即便是比较熟悉的杧果，也跟平时眼见的不一样。在这里，它的家族居然分出生吃芒、象牙芒、球芒、三年芒、椰香芒、泰国芒、台湾芒、马切酥等种类。

西双版纳不愧是水果王国，单在这里亮相的，已经让我惊奇的目光应接不暇了。

摊主给我们切开一枚看似不起眼的榴梿，轻轻咬一口软糯糯的果肉，满嘴奶香味，惹得我们禁不住多称了几斤。志远一时兴起，买了一只枕头大的波罗蜜，打算切块分送给老家那边亲朋。在这个甜蜜的时刻能想起别人，正是我想要的，心里比吃榴梿还甜！

妻子和志远贪婪地挑挑拣拣，不多时，这果那果，塞满了车子后备厢，大饱眼福的我们这才兴致满满却依依不舍地离去。

十三

品尝了水果的鲜美，还意犹未尽，有了探寻那些果品来历的念头，便驱车开往与缅甸接壤的勐海县曼赛村，走向阡陌纵横的红土地，把目光交给与天地连为一体的绿色，领略流溢着香甜的田野风光。

这地方浑身是宝，没有一处是荒凉的废地，高山披绿，山坡种茶，平展展的大田里都是一垄垄瓜果蔬菜。那些令我们垂涎的宠养在暖棚里的稀罕水果都没了娇气，连火龙果也不能例外，一律在大田里领受阳光和暖风的沐浴。

在曼洪光燕农业专业合作社，七八个工人正分装准备运往各地的网购茶叶，一对男人是傣族女人是哈尼族的年轻夫妇热情接待了我们。从服饰言语看不出他们是少数民族，但骨子里依然保留着边疆少数民族特有的淳朴与慈厚。

男人说他们家有五亩多茶园，无须浇水施肥喷洒农药，就等着采摘，一年两次，不分丰年歉年，总有一份进项。有了这份家业，他们无须外出，去领受远涉他乡的辛苦，安安心心守护小日子就行。

装点荒芜，给世界一缕清香，这才是茶树的品质。一垄垄茶树撑起了傣族人恬淡宁静的日子。

门外就是绿油油的茶园，我一脚踏进去，在齐腰高的一簇茶树旁仔细端详枝头上新近长出来的嫩黄毛尖。男主人说，茶田靠的是雨水，无须看管，自自然然生长，年年岁岁吐绿。

参观完茶园，主人把我们领进楼下工作室。女主人端来一盘水果，男主人拿出普洱茶，一边跟我们搭讪，一边在茶几上烫壶、洗茶、泡茶，不多时把散发着清香的一小盏茶水递给我们。

在出产地品茶的感觉真爽，跟傣家人唠嗑的感觉也不错。我接连喝了几盏，还觉得不过瘾，男主人不厌其烦地又沏一壶，一遍遍给我续上。

返回途中，黄绿相间的一面坡地吸引了我们，定睛一看，是个橘园。志远把车停在路边。摆摊的女主人看见有生意做，笑吟吟地站起来，给每人一只竹篮子，用手一指，把整个园子交给我们。

推开栅栏门，迎面都是压弯了枝头的黄澄澄的橘子，像天边染黄的彩霞，夕阳下格外显眼。我们几个像是孙悟空进了王母娘娘蟠桃园，从这边跑到那边，又从那边跑到这边，难掩亲手采摘的喜悦，嘴里吃着，眼里笑着，无须付钱似的，忘情地摘下一个个心仪的橘子，不多时摘下两大篮。

不经意间，捧着橘篮的妻子在我偷拍的相机里留下了此行最惬意的笑容。

十四

下一站是四川省宜宾市。

源自格拉丹冬冰川的涓涓细流形成沱沱河，与当曲河与楚玛尔河汇聚后，以通天河名义流出玉树；在川藏交界处，又一次改换名称，大河蜕变成江流，把远行的梦想托付给金沙江，一路浩荡而下；到了宜宾，与发源于秦岭北部的岷江汇合，成就了世界第三大长河——长江，造就了广袤的鱼米之乡和重庆、武汉、南京、上海等世界级大都市，留下了"路漫漫其修远兮，吾将上下而求索""大江东去，浪淘尽，千古风流人物"的豪迈绝唱。

在三江源和都江堰，我在不同时段凝望过浊浪汹涌的通天河与一碧如洗的岷江飞溅的浪花，深深向往这两条气势非凡的河流将要抵达的远方，想不到今天却意外地来到它们的终点。

诗和远方不在世界尽头，而在身边，就在长江整装出发的地方。浓浓诗意中，也有我们这一家追梦人。

此番出行，虽然离家越来越远，但家的浓度却越来越重。网上提前预订一套住房，到了一处目的地，无须面见东家，就直接开门入住。由于自带炊具和食料，等于把家整个儿搬了过去，成为一个流动的家庭。女人们张罗饭菜，厨房里响起叮叮当当声，孩子们嬉戏打闹，男人们喝茶聊天，不必小心翼翼，想说什么就说，想吃什么就吃，比在家时还要自在轻松，感觉不到旅途劳顿。受到旅途氛围浸染，彼此间说话的腔调渐渐变得讲究起来，柔和起来，雅致起来。

古人说读万卷书，行万里路，那是封闭环境下读书人求知的一种志向。对交通资讯高度发达、空间维度一再缩小的现代人来说，行万里路，是远远不够的。而且我还固执地认为，能否提升自己的根本问题不在于读多少书、走多远的路，而是能否打开自身一个又一个盲点，能否揭开思维深处认知暗窖的盖子，如果不能，那么读书的结果会成为没有思考的书呆子，旅行的结果会成为浮光掠影的拍照过客。

出门次数越多，目光就变得越挑剔，平平淡淡的景色很难吸引眼球，涂脂抹粉的门面让人倒胃。沿途经过的那些高楼林立的市镇，想必都有一段精彩故事，但对直奔目的地的旅行者来说，连吃顿饭作短暂停留的心思都不曾有过，只是打眼而过。之所以在宜宾停下来，多半缘于它为万里长江壮行的一腔豪气。

但凡大江大河，都承载过风华各异的人类文明。在长江边，我只想把前些日子在黄河边"文化旅游融合发展"中的思考再延伸开去——

旅游这碗饭看似唾手可得，但真要端在手里，却没那么容易。旅游的底气在于，手里得攥着别人家没有的"独家秘方"，让游客获得全新的体验，进而获得一种新的认知，比如西双版纳的野象谷、中科院植物园、昆明石林、九乡溶洞，哪怕千里万里，看一眼，也就心满意足了。

相比之下，循化这样的边地小县在全国视野中最能招引游客的也许就是黄河岸边的撒拉族风情了，除此之外，还能端出什么宝贝呢？

十五

从宜宾赶到汉中，已是落日时分，志远说离西安还有二百多公里，不如在此歇脚。也好，反正明天就能见到庆峰兄弟。

2020年10月，我和庆峰、舍木苏从陕北辗转到平遥古城，从那儿穿过太行山，经洛阳来到被誉为汉人老家的汉中市。我们在汉江边畅谈中华文明的前世今生，感慨不已。而今物是人非，一切都回不到两年前了。想想三年疫情，最可怕的倒不是虚掷了黄金似的千日时光，而是正处于蓄势待发的生命河流变成一潭死水。

然而，唯有锥心刺骨的剧痛，才会有触及灵魂的醒悟。如果不是新冠疫情对我们的生命场域的深层介入和对社会神经的无情刺痛，仅凭自身极其肤浅的感悟，很难看清这个世界繁华浮云背后潜藏的重重危机。

中国人擅长人际关系，乐于人际关系，也累于人际关系，为人处世的一切标准均以别人的目光为参照系。奥密克戎剥光了人性的伪装，让涂脂抹粉的表演者原形毕露，把百般呵护千般经营的那点虚假人情撕成碎片，风轻云淡的日子里最为在意的东西在生死攸关的严峻考验面前轻飘如烟。被疫情魔扇冲刷的情感河床裸露无遗，唯有在病痛中时刻陪伴左右的人，才构成了它真正的底色。

眼下，新冠病毒把平静的日子还给了我们，但我们实在无法消受这种依然病态的平静，感觉前所未有的疲惫、慵懒和失重。奥密克戎重新定义了贫穷和富裕。恍惚间，那些诱逼我们拼命争夺的若隐若现的名利光环黯然失色，还原成一种唾手可得却又高不可攀的东西——健康体魄与善良之心。求解生命意义不再是烦琐的哲学命题，健康而快乐地活着，才是它的标准答案；其最高表现形式，也许是在粗衣淡食中淬炼出一种能与时光抗衡的伟大性灵。

然而，要想做到风过无声、流水无痕是不可能的。新冠病毒以夺走生命的强势姿态给这个世界留下了无法消弭的刀痕，一些熟悉的面孔和声音黯然消逝，周遭变得陌生起来，仅仅一个月就恍若隔世，再也回不到从前的状态。更为糟糕的是，整个人像是泄了气的气球，浑身上下懒洋洋的，迷茫与消沉犹如日渐扩散的癌细胞，吞噬着本已羸弱的精神元气，理想与奋斗蜕化为自欺欺人的伪命题。想振作，却找不到振作的理由；想发泄，却找不到发泄的端口。筹划中的"循化青年文学"平台创办五周年座谈会不得不延期，理由竟然是当下的人们尚未摆脱疫情综合征，都不在状态上，让柔弱的文字来摇旗呐喊，显然是不合时宜的。

作家阿乙说得对，越是在小地方，越容易牺牲给别人。更多时候，我们居然不会掂量煞费苦心创造出来的"价值"能值几何，往往傻傻地以赚取别人一声廉价的好评而暗自窃喜。盖碗茶喝多了，就觉得那不过是一种自恋式的消耗而已。冥冥中期盼着遇到一位云开雾散的智者，撕开思想鳞片，重获涅槃。但身处边地小城，这几乎是一厢情愿的妄想。

人们短暂地沉浸在互联网和大数据带来的魔幻快慰后，很快沦落为极度贫血的精神乞丐，污泥浊水淹没了阳春白雪，本该是高雅的舆论场蜕变为众声喧嚷的自由市场。汽车房子非但没能让生命宁静下来，反而揭开了欲望的潘多拉魔盒；便捷的通信非但没有拉近亲情间的距离，反而让近在咫尺的亲人变得隔山隔水；一个个曾经在生命中占据一席之地的人儿被掩埋黄土之后，吝啬的几滴清泪尚未风干，漂浮在眼角的一丝伤神很快变成谈笑风生的悠然。

20世纪初人类最大的悲哀也许是站在云端的思想者的集体退场。失去理性的竞技场上，原本让我们的生活有可能变得无限美好的科技却变异为战争机器的帮凶，张牙舞爪的资本堂而皇之地成为永远也喂不饱的吸血鬼，使这个世界不断被扭曲，饱受战争、瘟疫、地震和形形色色利益集团的互戕之苦。

2020年从头到尾，感觉不到一丝温润气息，先是罕见的旱象，紧接着是暴雨洪灾，到了年尾，无数生命遽然陨灭。因为持续时间过长，人们对新冠病毒的危害性缺乏足够的心理预期，以至于放松了必要的警惕。在病毒面前，生命显得如此脆弱不堪，未来的一切都显得不确定，一切物质化的追求都是一地鸡毛，所谓岁月静好，也不过是一种幼稚可笑的自我安慰罢了。

这是个忧伤的季节，没有眼泪，没有痛恨，甚至找不到忧伤的理由。不愿感伤，也不想哭泣，只想到很远很远的地方，收敛飞扬的思绪，舒展思索的眉头，收紧想象的翅膀，把身心交给前方的路途，交给车窗外的山河大地，同时交给身旁的家人。

想念在西安卧床治病的庆峰兄弟，想必他承受着病痛之外的巨大孤独。虽然通了几次电话，也视频对话过，但隔屏如隔千山万水，难抑思念之情，很想握着他的手，四目相视，说几句见心见肺的暖心话。

十六

看得出，此次出行收获最大的是孙女韩素。一路上她收听网课，到昆明的第二天，参加了网上期末考试。考试成绩与我们的期许相去甚远，无形中影响了车内气氛。返程到西安时，却出现了戏剧性的一幕。小姑娘知道这是她最为崇拜的姑姑曾经上过大学的城市，看完大唐不夜城灯光秀，一路欢呼雀跃的她忽然安静下来。回到驻地，来不及休息，便迫不及待爬到书桌前温习功课，一连几天都是这样子，省去了之前一家人苦口婆心轮番劝学的苦恼。这让我感慨不已，一下子找到此行车马劳顿的价值。

而行前犹豫不决经再三动员才肯答应外出的妻子却变得异常活跃起来，兴致满满地沉浸在门外的山光水色中。她是个摄影迷，看到新奇东西就举起那斑驳不堪的手机，又是拍照，又是摄像，手机内存怕早已爆满了。志远不时提醒他阿妈，悠着点拍，好看的还在后面呢。在西双版纳葫芦岛中科院热带植物园，望着满园奇树，她实在挪不开步子，不住地唏嘘，见到一个树木就举起手机，直到被我拽过来为止。

这一次出行我没有预设采风计划，把出门想捞点什么回来的心思按下了暂停键。志远也放弃了往常以音乐激发我的灵感的努力，换了个人似的，始终不打开车载音乐。除了导航小姐不厌其烦的指点声和两个小孩偶尔的嬉戏声，车内始终比较安静。

为驱赶随时漫上来的瞌睡，我让妻子讲述自己的故事。这个安排在我的预案里，就想以此行为契机，把她请到家庭舞台中心。妻子一怔，说一句"咱有啥好讲的"。我说，就讲你养鸡养羊种庄稼种菜的过往。她见我们期待的神色，捋一捋思绪，把几十年风尘中掩埋的那些连我也不知情的往事淘洗一遍。一路下来，在点点滴滴讲述中，站在我们背后默默操劳的一位妻子和母亲的形象变得清晰而高大，我比以往更深刻地看懂了她沧桑面容里的几多心酸。

到了临夏，面对这座曾经用八块钱一晚的住宿费和五毛钱一碗的臊子面给过我们温暖的西部小城，我不忍像沿途无心留驻的城市那样一眼而过，决定留宿一夜，让清香怡人的盖碗茶洗去我们疲惫的风尘。

饭桌上开了个简短的总结会，我由衷地对志远和他妻子说，为这个家，你妈吃了很多苦，你们要记住你妈的付出，往后要好生待她。

十七

晚饭后，在临夏市回族中学任教的晓春先生找了过来，他见面就谈起近期阅读长篇小说《黄河从这里拐弯》的感受。他的阅读视角与其他读者完全不同，发觉了我在字里行间刻意掩藏的一些东西，多半是我自己不便谈及而读者又容易忽略的情节。他祖籍是循化县白庄镇下张尕村，30出头，给人以未被世俗风尘浸染的儒雅气质。他从包里取出近些年临夏回族人士出版的几本书，都是作者送给他的，他又割舍给我。还有一份惊喜是，他们去拜访一位92岁高龄的关中名士马志鉴先生时，特意给我求了一幅"撒拉尔文学"的书法作品。

晓春谈起他们的志愿团队到陕甘云贵等贫困地区开展送教活动的趣事。兴之所至，我们又探讨一代大儒费孝通先生曾经倡导过的循化与一山之隔的临夏进行经济文化交流的可能性……

既然把临夏作为此行终点，就该好好整理一下纷乱的心绪了。送走晓春后，我陷入了长思。

在我看来，远行不仅是地理意义上的物理抵达，也不是追捧时髦的应景之举，而是在脚力、视力和脑力的三重投放中自我认知的重新定义与升华，是纵情神游内里江山的锦绣桃源，是沿着时光隧道探寻悠悠岁月的缥缈幽思，是若干年后依然缭绕于心间的温存与眷恋，更是在短暂的时光与长距离空间交错中亲情指数的再度攀升。

就像对仅有一面之交的陌生人不愿打探底细一样，对神往已久的某个地区，我的下意识里不想驻留太久，因为住久了，难免会看到或听到它不堪的一面，使未曾相遇时对它有过的向往之情荡然无存。面对西双版纳，我怀着初恋般的情愫，轻手轻脚进去，也想一阵风一样离开，只带走第一眼凝望时被定格在心里的那份痴爱与感动。当永奋先生嘱咐我带一件短袖衫时，我心里还是有所保留的——万一那儿天气转阴，岂不坏了西双版纳在我心中的温暖形象！

旅行中时时提醒自己不能被那些无数人引用过的名人佳句加持，也不能随口就吃"百度"套餐式的现成饭，只带走自己的目力所攫取的那一部分景致及此时此刻油然而生的那一番感受。在评价一座城市时，我不会跟从按商业标准划分的线性等级，目光不会限于钢筋混凝土构筑的高楼大厦和闪烁迷离的霓虹所衬托的繁华，而是寻找它最动人最靓丽的部位。也不会以生硬的 GDP 来衡量一个地区的外在实力，而是关注它的人群里有没有名冠全国的艺术大师。此番正赶上重庆大剧院新年音乐会，当主持人介绍重庆籍作曲家施光南时，自豪之情表露无遗。透过这个舞台，大约能领略偎依在长江嘉陵江怀抱中的这座大都市所拥有的巴蜀文化、红色文化、中外文化交相辉映的厚重底蕴。在西双版纳五颜六色的人群中，同样感受到它自信、包容与大度的内在气质。

旅行的意义不仅仅是看景——我已经不满足于自然山水，内心中有一份更为隐秘的期许：邂逅一位与自己的思维方式相吻合的人，在一眼一瞥中锚定对方，启动深度欣赏的第六感官，切中肯綮的一段话语往往撞击出耀眼的思想火花。从昆明到西双版纳的车行中，与明良先生和韩麒先生分别有过一次酣畅淋漓的电话交谈。一位是撒拉族文化学者，一位是撒拉族书法家，他们都是性情中人，一提起与文化有关的话题，情绪立即高涨起来，纵横捭阖，滔滔而论，那种专注与纯粹令人动容。

近期由"循化青年文学"微信公众号推送长篇散文《遗落的乡愁》，除了明全先生的专题评析，沿途不断收到读者阅读感受。韩艳蓉这样说：

> 文中的所有人物是时代发展、社会前进、道义起落的参与者与执行者，这是《黄河从这里拐弯》的发源地！但同时，我也接收到了一些信息，比如您在其中日渐突出的情感困境，因而转身看来时路，看过往的生活状态，无意中也是灵魂的锻造和交流，是与自己交流、和解的过程！从而读到一个道理，也坚定了一个念想：合理、合法、合情地做人，一生沉重，终不过如此！

《遗落的乡愁》倾尽了我乡村记忆的所有库存，几乎毫无保留地把记忆深处的角角落落都清理干净了。收笔之际，心头又浮起一种莫名的悲怆，反而加重了与故乡渐行渐远的落寞感。也许，艳蓉觉察到了我在文字里流露出来的这种难以疏解的乡土情结。

这篇文章打捞出来的缕缕乡愁在同龄人心池泛起不小的涟漪，那些飘零的童年画面犹在眼前，令人感伤。明良先生在短信里说：

> 我在掩卷沉思，要不要再往前一步，写出家族史和村史？撒拉族没有家谱，没有家族史和村史，也没有家训之类，甚是遗憾！

忠明先生是我的同乡好友，曾经是白庄学校唯一由初中生教初中生的语文老师，也是一位学养深厚时常与我谈古论今的性情中人，他在短信里写道：

> 《遗落的乡愁》以乙日亥村的变迁为叙述主线，深刻反映撒拉族地区普通人群的所思所想、所得所失、所作所为，勾画出一幅底层人酸甜苦辣的风景图。

临行前，海东作协主席李明华先生告诉我，拙作《长河寻梦》发表在近期《青海湖》头版。原林也传来好消息：文学期刊《湟水河》将出一期循化写作者作品专刊；《民族文学》2023年第二期辟出撒拉族作品专辑，撒马尔罕、韩原林、炽子、牧雪、韩忠诚、韩金月、韩国智、马成龙等撒拉族写作者在全国读者面前集体亮相，我的散文《温暖的目送》也在其中。作为一名把汗水当笔墨的底层写作者，再也没有比得到广大读者的认可更为开心的事了。

十八

兴许是长途疲劳和喝盖碗茶的缘故，夜里久久不能入眠，在西安市第三医院病榻前与庆峰兄弟泪水相别的情景一遍遍浮现在眼前……

庆峰兄弟在长安城的某个角落里满怀希望地等了两个多月，等来的却是日渐消瘦的躯体。

我让他躺着，他却自己坐起来。我在文学作品里描写过不少生离死别的场景，今天也想深刻地安慰一下病人。但从来没有感到过如此笨嘴拙舌，说出来的话苍白如水。原因在于，我需要演一场戏。明明知道从西京医院转到这所医院时某种程度上预示了病情不可挽回的结局，明明知道癌细胞贪婪地侵蚀着他的肝脏，不久将扩散到胃部以至于全身，明明知道连化疗的机会也已经失去，我却假装淡定地说，一切都会好起来的，等到春暖花开，咱们再来看病。他无限欣慰地点点头，无比顺从地说一声"呀"，目光里泛起一丝淡淡的光泽，令人心碎的光泽。

他渴望再一次站起来的神情定格成一幅生命晚景的画面，他那声小孩般童真的"呀"字成为时时撩动我心弦的生命绝唱！

两年前，庆峰兄弟身板硬朗如铁，而今却瘦弱成这样，由此想到，眼下自己虽体无大恙，但谁知道两年后会是一副什么模样！惶惑中，我对自己的生命旅程也不由产生一种危崖路断的担忧。

随着年龄和阅历的增长，我越来越抵拒甚至俾倪基于外在因素之上的冷厉目光和强势语调，钟情于源于人性本能的宽厚笑脸和被冷酷现实驯服了的柔和目光。相对于被雕琢被修饰的面具，更喜欢近于贫民本色的憨厚举止与随性谈吐。旅行中所寻找的，也许就是那样的笑脸、那样的目光和那样的谈吐。

人生是一场没有目标的苦旅、一场与自己与别人与世界的博弈、一场终究脱离不了苦海的修行。与众多带着泥土赤脚上阵的同辈人一样，我也曾倾尽激情燃烧的才情和汗水，浇灌蓬勃葱茏的欲望大树；48 岁至 58 岁，把生命之舟拽入属于自己的河道，直挂云帆，以文学名义完成了一次远航，整整十年，算不上绚烂，却也不算黯淡；现在，翘首以待的第三次生命转场随着新冠疫情的退隐如期而至，该到了让人生大戏在落幕前最后一次绽放光焰的时候。不为别的，只为照亮日渐苍老的内心。

如此，也就够了！

写作人生

写作贯通了人生四季，打开了内心深处最隐秘的暗窖，从此把自己交给更多陌路人，与他们相识相交。

奥土斯山下听涛声

一

经历了漫长的冬季之后，我心里惴惴不安的是《黄河从这里拐弯》第四部的创作。脑子里灌满了这一阶段即将面对的故事的大致脉络，以及缠绕在枝干上的诸多情节的点点滴滴。动手之前想得越多，纠结就越多，心理压力就越大。

前三部是在相对平静的心境下凭着一腔热血完成的。那时精力比较旺盛，身体也无大碍，窗外的任何事情都影响不到饱满的创作激情。社会各领域各阶层对文学表现出一定程度的兴趣，写作者像是在篮球场上万众瞩目的球员，有一种虽然辛苦却无比快乐的光荣感。新冠疫情之后，随着人们活动范围的收缩，整个社会心态如同蜗牛归巢，回归到儿女情长和柴米油盐的凡常中，文学这种形而上的东西渐渐退出话题中心，人们对原创作品渐渐失去关注热情。不知不觉中，感觉自己的创作劲头也明显松懈下来，大不如从前，甚至担心能不能顺利走完耗时八年的马拉松的其余四分之一路程。

对我来说，给这部作品画上最后一个句号，具有里程碑意义，只要健康状况允许，只要思维不迟滞，只要身边不发生难以承受的天灾人祸，就绝不能受人为因素影响而搁浅。

春天眼看要过去，可我还不能从没完没了的宴请中拔身而出，身上的羊肉味越来越重，在没有多少新意的小资话题中，目光变得混沌，思想变得迟钝，脚步变得沉重，整个人变得俗里俗气。小地方的安逸是一把钝刀，很容易扼杀人的创造力。虽然心里焦躁不安，但迟迟下不了决心。最后一次聚餐结束时，我向朋友们郑重宣布：我要闭关了。言下之意是，我要离开他们一段时间。

作为循化县新农村建设标志性工程的兴旺小区位于奥土斯山下、街子河畔。经过再三考虑，我把《黄河从这里拐弯》第四部的创作地选在那里。

根据创作前三部形成的惯例，原以为至少需要一周的环境适应期，没想到一打开电脑就能进入状态，那些久违的人物和景物好像早就等着我的到来。

有时候，想得繁难的事，真要动手做起来，却是出乎意料的容易。

二

第四部是收尾部分，决定着整个故事的最终走向，也是影响这部超长篇小说能否经得起考验的关键环节。如果说第一部和第二部是在没有多少人关注的情况下信马由缰写成的，而现在的情形却完全不可同日而语了。时至今日，在文坛这条河里，我不深不浅地蹚了一阵子，明白了一部小说成败得失的诸多因素，看到一些小说出版之日便销声匿迹无人问津的不堪命运，想到那么多双眼睛在盯着你，不由得谨慎起来。

第三部初稿创作于武汉新冠疫情宅家期间，时过半年后，二稿在黄河积石吊桥对岸的喜客来宾馆修改。那时，对因为篇幅过长有可能出现的叙述迟滞、内容重复、语言拖沓等问题有比较充分的考虑，一再提醒自己，作为整部小说过渡带的第三部一定不能高开低走，即便掀不起冲天巨浪，也要尽可能做到微波起澜、层层涟漪。

第三部要着力呈现的，是奥斯曼家族第三代人物的命运遭际和同时代的社会生活。

这一代人的人生场域已不再是封闭狭小的苏吉里村，他们在更加广阔的人生舞台寻找各自梦想，因而故事半径辐射到更大范围，故事链条延伸到更广领域，推进难度可想而知。就像一台持续运转后发热过度的发动机，如果缺少足够动力，很容易出现故障，故事情节有可能陷入沼泽泥潭。而增加动力的办法无外乎设置一个又一个矛盾冲突，以此增加主人公的人生难度，把他们逼到墙角，逼到悬崖边，在窘境中考验他们的心性、智慧、意志力和信仰。

第一批看过第三部的读者说，整个故事弥漫着一种令人压抑的沉闷气息，我心里暗喜，这正是我要的效果。第三部就是一条幽暗隧道，是黄河拐弯中一段激流湍急、暗礁遍布的险峻深谷，过了这些隧道和峡谷，就该是另一重天地了。

想得越多，期望值就越高；期望值越高，难度就越大。看过前三部的读者有点不耐烦了，早就提出疑问：书名为黄河拐弯，已经写了这么多，怎么还不见黄河呢？

现在可以告诉读者，第四部故事已经转场，就在黄河边上。

撒拉族人与黄河以命相交，他们把家门前流过的这段黄河叫撒拉人的黄河。我理解，这种亲昵的称呼中包含着一种精神意涵。

最初只有几百人的撒拉尔在岁月的潮起潮落中，在群雄逐鹿的夹缝中能走到今天，繁衍成十几万之众，实属不易。他们凭着智慧和坚韧，在黄河激浪上拐过无数个弯道，经过几百年跌跌撞撞的行走，在一次又一次转身中，塑造了一个浑身透着黄土气息的全新族群，跟上了中华民族伟大复兴的时代车轮，而今他们又要面对一个更大的弯道，需要一个更大幅度的精彩超越。因此，第四部叙述的重点不再是宁静的田园生活，而是涵盖政治、经济、文化、教育的全景式社会生活，探寻撒拉族社会继续前行的路标。犹如一架即将远航的客机，在弯弯曲曲的小道上不断滑行后，终于来到起飞的跑道上，然后拼尽全力，在震天动地的一声呼啸中直冲云霄。

我的叙述也到了这样的拐点。

在以苏吉里村为半径的生活舞台上，断断续续引出五百多个人物，没完没了地讲述他们的故事后，具有同一语言、同一生活方式和同一精神追求的无数个像奥斯曼家族那样的人们所构成的群体同样需要一种崭新的行走姿态，一种在精神上腾空而起的华丽姿态！

实际上，第三部结尾部分已经处于起跑状态，韩志兴把黄河边上遇到的人生困惑带到同样作为华夏文明发祥地的长江边，在屈原曾经天问的地方叩问浩荡江水。眼下，摆在我面前的是一张巨大的空白纸，我这个愚拙的调色师能否画出一幅令人心旷神怡的黄河拐弯图，无疑是对心力智力精力前所未有的挑战。但事到如今，没有任何退路，只能勇敢面对了。

三

经过斋月期间的精心准备，第四部中应该出现的人物一个个走到眼前，他们的音容笑貌、说话腔调、走路步态、活动场地日渐清晰。我有点迫不及待了，想尽快与那些在黄河拐弯处的男男女女们朝夕相处。

尽管如此，对第四部中首先亮相的主人公韩昊的出场方式还拿不定主意。韩昊是奥斯曼家族第四代中受过完整高等教育的新生代，他们代表了具有复杂文化背景和胸怀更大憧憬的新一代撒拉族人，以他们的故事来结尾这部小说，是我笃定不变的初衷。

然而，让我的主人公贸然闯入被无数诗人吟诵过、无数画家描摹过、无数摄影家拍摄过的清水湾，应该找到一个比较合理的入场式。

我和志远又去了清水湾，一会儿爬上瞭望台，眺望四周山川；一会儿伫立在皇上崖，凝视巍峨的铁色积石山；一会儿来到山环水绕的 S 形大拐弯。

远远望去，茂树掩映的阿什江村和乙麻亥村被宽阔的河面围拢成一个葫芦形半岛。走近了看，那里田园锦绣，绿树如盖，辣椒、西瓜、西红柿等各种蔬菜一垄垄、一片片；核桃树、苹果树、花椒树、梨树等各种果树竞相吐艳。我想象着即将出场的人物在村巷里进出、在田野里来回走动、在黄河上荡起皮筏子的情景……

时令已进入初夏，日子长了少半天，天空脱去灰蒙蒙的一层外衣，湛蓝如洗。日渐上升的气温催逼着一切植物竞相疯长，桃花梨花已谢，杨树柳树叶子完全绽开，槐树泡桐树核桃树也渐渐醒来，地里一拃长的禾苗开始孕穗。百里循化川绿意盎然，流金淌银；街子河两岸柳枝婆娑、布谷声声。

5 月 15 日，家人到兴旺小区收拾了创作室，20 日下午，如愿住了进去。

四

关于《黄河从这里拐弯》前两部的创作经历，在《一个人的工程》中作了比较详细的介绍。在不太长的时间里，前期创作成果经受住了族内外专业或非专业人士的阅读考验，海东市作协主席李明华先生组织的以省文艺评论家协会起头的专场研讨会从宏观上接纳了这部作品，十几位评论家从不同角度给予了积极中肯的评价，有些评论远远超出了我的预期。省文艺评论家协会主席马钧先生用"全省文学创作的一次摸高"的评语一锤定音，给我和关心这部作品的朋友们吃了一颗定心丸。

当然，评论家们也从不同角度提出了作品的缺陷和不足，对后续创作中需要调整和把握的方面给予含蓄的建议。但我也明白，由于研讨会准备时间仓促，不少评论家没有沉潜到作品的内里细节当中，加上对作品所呈现的地域民族习俗比较隔膜，总有一点浮光掠影挠不到痒处的感觉。因此，在当下文学评论总体上说好不说坏的语境下，仅凭专业人士在某种程度上顾及作者情绪而作出的大而化之的评价，我只能谨慎地乐观。

不了解撒拉族文化的评论者对第一部中描写的撒拉族民情风俗颇有争议，觉得撒拉族人的生命观和价值观与他们熟悉的儒家文化背景下的情景有所另异，小说在人物和事件处理上存在简单化倾向，现实中纷繁复杂的恩怨纠葛不可能仅用一句"口唤"或"定然"来了结。也有一些评论家认为小说对撒拉族风俗事无巨细的描写显得过于冗长，影响了作品的艺术性。这对我是个两难选择，基于对族群文化命运的担忧，我只能舍弃作品该有的文学性，尽可能保留住那些散发着烟火气的原生态风俗。在北京遇见冯文怀先生时，他对小说一番评价后，我才如释重负。他说，第一部的价值怎么评价都不为过，此部分比较完整地呈现了已经消失或即将消逝的那些作为民族记忆的珍贵片段，即便放到世界文学坐标上去衡量，也不会失去应有的分量。

然而，我内心中想要的，是来自身边的普通读者的反响，哪怕三言两语，也会得到莫大安慰。某种程度上，他们的认可才是这部作品获得生命并得以传承下去的重要前提。经过县委宣传部和企业界资助复印，一千多本书已经流向社会，我期待着来自底层的回音。大约半年后，耳边传来乡亲们谈论小说主人公的声音，那些看起来没多少文化的乡亲见面就说起他们阅读小说的感受。几个退休干部把我请到饭馆，谈起小说中描述过的他们那个年代的诸多往事。不少读者猜测小说中苏吉里村的确切方位。去青藏线采风的列车上接到李达吾先生电话，他问我苏吉里村究竟在哪里，我笑着说，您可以把自己的村庄当成苏吉里村，也可以把撒拉乡任意一个村想象成苏吉里村。我的初中同学马维林先生说，对小说中帕浪保和桂花姑那一段故事印象深刻。年逾 90 的国玺先生说，韩来福三个儿子中，他最喜欢哈牛。大寺古村一位阿訇说，他看了两遍，最叫他信服的是小说的细节描写，很多场景电影似的浮现在眼前，那些跟他经历相似的人物老在眼前晃动着。也有一些人追问，下一部作品什么时候能出来，韩志兴们最终的人生结局会是什么样子。

有一天合力录哥跟我要小说，我有点诧异，问他您又不识字，要书干啥哩？他说村里人家多半有你的书，我也想要一本，搁在枕头边，早晚瞅一眼哩。可不是吗，村里的乡亲们直接用撒拉话给这部书起了个名字——黄河拐弯。同时，县外省外也不断传来阅读感言，从不同层面进一步开掘小说中以苏吉里村为起点展开的人物世界的丰富内涵，以书为媒，使我无意中在全国范围结识了一些朋友。出门在外，有些朋友一时叫不上我的名字，就风趣地说"黄河拐弯"……

作为写作者，最不愿面对的是辛辛苦苦创作出来的作品问世后却石沉大海，激不起一层涟漪，尤其是自己心里也没有多少把握的作品。《黄河从这里拐弯》的处境正是这样。我看似漫不经心，其实渴望这部作品在更大范围得到认可。

眼下是碎片化快餐文化时代，一般读者不大可能耗时费神去阅读占据大量时间的长篇作品，而这部小说前两部足足有一百二十余万字，谁会愿意把时间和精力交给它呢？从商业营销角度考量，出版社也不愿接手像我这种无名之辈搞出来的冗长之作，花费编辑大量时间不说，很难产生经济效益。从只允许印刷两千本的限量来看，青海人民出版社并不看好这部作品。

付梓之时，刚好遇上五年一次的省政府文艺创作奖评选活动，作为评委的马有福和马丁先生鼓励我参选，我不抱希望地提交了作品，结果当然是名落孙山。后来得知多数评委望着这两部厚书，连看都没仔细看。

我母亲擅长刺绣，绣出来的花草虫鸟栩栩如生，进而练了一手蜡笔画技艺，困苦年代给村里人家画画，除得到一些碎银外，还能赢得村人的赞许。本质上说，我也是一位与母亲一样在纸上写东西的"半拉子"匠人，初次出锅的"馍馍"能堂而皇之地端到桌面，让无数客人咀嚼品味，已经是莫大的欣慰了，至于获不获奖，原本不在考虑之内，不过是庸人自扰的非分之念罢了。

五

然而，真正的挑战却在后面，真可谓"老鼠拉木锨，大头在后面"。创作初期，出于好奇，读者鉴赏我作品的目光不那么犀利，第二部散文集和长篇小说出笼后，读者"胃口"也非往昔，对后续作品的期望值和对我的文字的包容度也随之变化。如果说前两部是盲打莽撞写出来的，那么，面对无数双满含期待的目光中开始的后续创作，我的心理负荷确实不算轻。

从长篇写作者普遍遇到的难题来说，越到后面，作品越受到素材匮乏、手法雷同、心力松弛等因素的限制，可能的结局是虎头蛇尾，或者是"一栋烂尾楼"。我的担心在于，能否驾驭好居于起承转合部位的第三部。这一部既是新的起点，也是个难以轻松逾越的陷阱。如果写不好，整个故事就会下沉，黏黏糊糊，没有张力，整部小说的生命力就此终结；如果写好了，故事的河流会峰回路转，沿着最终的"出海口"浩荡前行。

长篇小说如同一列见首不见尾的列车，需要一台或多台大功率发动机。第三部需要这样一台涡轮增压式发动机，推动整个故事往前行进。这种推力不可能在微波荡漾的平铺直叙中产生，应该是荒漠上刮起的遮天蔽日的一股旋风，是平静海面上骤起的台风，是炎炎夏日里的一声惊雷，是在波澜起伏的矛盾纷争中的云卷云舒。我意识到，给这一部安装的"发动机"应该是刀剑交锋的矛盾冲突，在一波又一波的旋涡中不断形成冲击力，以此来彰显社会生活的多面性、人性的复杂性，让善良与丑陋、高贵与浅薄、信仰与世俗、投机与执着交织成漂浮在生活表面的一张大网。

这似乎是一条难以逾越的险峻之道，是一种自残式的人生博弈。不期望出现奇迹，但每次坐到电脑前，总是虔心敬意地期盼灵感之神的眷顾。

其实，撒拉尔活过的每一天都不是顺风顺水，都是在困苦与险峻中举步向前的，他们在绝境中喊出一声深沉有力的"艾希热吭"①，再喊一声气壮山河的"哉嘎拉夯啊"②，在遍地泥泞与荆棘中硬是蹚出一条路来。

在位于崇山峻岭间的兴海县曲什安灌区水源地，我脑子里形成一个巨大问号——省水利厅专业施工队望而却步的情况下，让以敢啃硬骨头著称的兴旺集团属下一帮毫无高难度施工经验的撒拉汉子义无反顾地承接这个似乎不可能完成的水利工程，而且奇迹般凿山引水，以至于时任省长田成平先生说撒拉人是真正的儿子娃的原因是什么？仅仅用勤劳勇敢、吃苦耐劳这样的词汇是很难解释这个疑问的。后来我想明白了——自诩为一个人的工程的《黄河从这里拐弯》与那个穿山而过的水利工程有着异曲同工之处。

人类社会总是在起起伏伏、迂回曲折中向前迈进，任何一个民族的发展进步也概莫如此。撒拉族从一个部族分蘖为九十多个村庄十几万之众的一大族群，跻身中华民族大家庭，而且基本形貌古今一辙，不能不说是个奇迹。没有文字记录，并不意味着几百年岁月里一直都风平浪静，说不定在不为人知的某个端口，正好掩埋着一段乌云密布鸡飞狗叫的啼血故事。就像二十几年前，我亲身经历的那场惊心动魄的水利纠纷渐渐淡出人们记忆一样……

---

① 艾希热吭：使劲。

② 哉嘎拉夯啊：加油。

六

　　坛，在中国文化中是"人以群分"的高级存在方式，看似高雅别致，实为鱼龙混杂的杂耍场，一些趋利性怪病蔓延到文坛，处处是忽明忽暗的圈子，一个写作者行不行的标准很大程度上取决于能不能挤进掌握集体话语权的某个圈子里。为了显示圈子的权威性，到处在评奖，全国奖、区域讲、刊物奖、小说奖、诗歌奖、散文奖……不胜枚举。那些想凭借辛辛苦苦创作出来的作品进入大众视野的写作者谁也不想错过被"坛主"们一锤定音的机会。

　　有一天，到此间搞扶贫工作的京派干部给了我人民文学出版社一位女编辑的电话号码，我没怎么细想，斗着胆子拨通她的电话。女编辑客气地说，人文社出的是名家的书。这一句，就把我生生挡在门外。不是名家，此生注定与人文社无缘，而成为"名家"的路又如此艰难！望着那些耀眼而神秘莫测的"局"，我有点怯场了，悄悄退到一边，用旁观者眼神打量一波波出笼后很快销声匿迹的"优秀作品"。

　　在文坛这个特殊的生态系统里，我还发现一个有趣的现象，那些几经努力终于抱定获奖无望或无法出人头地的写作者们大多怀有一种阿Q式的精神胜利法，愤愤不平中带着些许无奈与不屑，堂而皇之地说，几个评委能评出什么，作品好与不好，还是交给时间来定夺吧。但谁都明白，这个时间遥遥无期，经过大浪淘沙后的作品和作品背后的作者究竟何时被社会广泛接受进而走进千万读者内心，他们全然不知，目光中充满着迷茫。

　　坦白说，我也是那些阿Q当中的一个。

　　对文学作品来说，时间当然是最终的评判者，有道是，洗尽铅华始见金，褪去浮华归本真。广大读者是最具权威的评委，能经得起一代又一代读者挑剔目光的作品，即便在今天的评判语境下名落孙山，也会是闪光的金子。

　　对写作者来说，能不能在文坛立得住，最终还得拿作品说话，这是不争的事实。那些扯大旗作虎皮的做派，终究会成为散乱的一地鸡毛。想方设法以闪烁华丽的溢美之词给作品镀一层金，但很快被尘封以至于长期无人问津的作品比比皆是。从这个意义上说，《黄河从这里拐弯》没有被弄死，前两部初步通过了不同层面读者的"预审"，那些非专业化的赞誉之词，虽然只言片语、粗里粗气，却朴素而真切，分量不容小觑，某种程度上给了我一些慰藉。当然，这些还只是初步的回馈，远没有到沾沾自喜的地步，不能由此对自己的写作前景有不切实际的高估。

七

出版《情定循化》是我寻找诗意人生的一部分。上班族流光溢彩的年华、最深沉的思考、最忘情的投入和奋斗后的惬意应该呈现在不断变换的职业生涯中，因此我深信，工作岗位绝不仅仅是一碗饭，上班不仅是简单意义上的养家糊口，或传统意义上的光宗耀祖。无论是三尺讲台，还是一把手术刀，无论是一把算盘，还是一支钢笔，都是展示才华、实现理想的一面舞台。虽然免不了令人厌恶的职场较劲，但总体上，每个人的职业生涯都是一首精彩纷呈的诗篇，每一份实打实的付出中闪烁着劳动与汗水的光芒，还有韶华流年中的美好记忆，就看你能不能在忙碌与烦琐中发现那道梦幻般的绮丽景致。

《情定循化》是我职业生涯的总结，是我们这一代人奋斗历程的浓缩版。也许到今天为止，我的记忆能够触及的那些前辈干部们鲜有把自己的奋斗史用文字定格的举措，不少朋友不理解地问我，为何出版这样一种不是纯文学的书籍呢？也有一些质疑的目光终于不再掩饰对我这般作为可能夹带的某种功利性动机的拷问——出版这样一部厚书，能挣多少钱呢？我轻轻一笑，没有回答，也没有责怪不谙文事的他们对文化创造过程的浅见。

有一天，一位外地记者问我出书缘由，我说是为了留住甩在身后的那一段岁月中一个人或一代人奋斗的足迹，由此追寻更早年代建设者们的足印。也想给后来者说明，循化今天的繁华与光鲜，是一代代人奋斗出来的，它的每一个角落里，都洒下过先辈们的汗水。

我还想告诉写作同行们文学与生活的关系，如果没有《情定循化》中呈现的社会实践，就不可能写出《黄河从这里拐弯》。对此，为修改《黄河从这里拐弯》颇费心血的韩艳蓉女士在为《情定循化》撰写的评论文章《情陷小城　笔耕半生》中这样写道：

全书素材都以实践获取为主，整体构思更具有定向性。作者在不停的职业转换、岗位转换中，打开了另一个写作视角，让读者看到了多种层次的生活方式。他是生活的体验者、评价者、创造者，在物我交融之间转移情感，在客观冷静的旁观之中沉思，并以文学精神现象的形式储存于内心，使每一个篇目都留下了最核心、最能表现本质的要素，让读者看到了人对人的尊重、人对自然的敬畏、人对世界的认知，同时保留了作者独特的写作个性特征和思想特征。

心做良田万世耕。通读此书之后，遂对作者为何能写出《黄河从这里拐弯》这么一部著作不为惊奇了。他把裹挟在岁月中，将自己与所在群体的特殊社会生活作为文学创作的客体和唯一源泉，用文字形式对其物质生活、精神生活、自然界进行统一化，从而呈现出了一个"活"的整体。这也是作者认识自我的过程，犹如午夜以后的清晨，渐渐明朗，慢慢醒来，记忆便像是墨水滴在了羊皮纸上，一经晕染，便是深沉。

张承志说，为了生活，我的心硬了。而在作者这里，却变成了——为了生活，我更柔了。作者谈日常工作体会，说寻常生活感悟，抒发对故土的刻骨之爱，理性回应社会重大事件，放歌表达对自然的敬畏……

决定出版《情定循化》的意向中还有一个更为直接的原因：恰逢中国共产党成立一百周年，我想以自己的方式为带领包括撒拉族在内的全国各族人民从贫穷走向小康的世界第一大政党奉献一份薄礼。之前写过对中国共产党表达情意的文章《感恩这个伟大时代》，也写过一首长诗《我终于懂了你》，但不足以把内心的情感和盘托出，有了这么一部从多个侧面记录黄河上游边地小县四十年阔步向前的辉煌历程的作品，大概能压得住那颗蹦跳的心儿了。

文集最初的名字是《跋涉的脚印》，几经斟酌，觉得过于个人化，也不足以表达内心的那份执念，就放弃了。后来想了很多个，反反复复，折腾了一段时间。有一天突然觉得自己所要表达的情感应该与循化有关，而且这里记录的不仅是我一个人的过往，很大程度上代表了一代人的奋斗历程，应该为那些风风火火干过一番事业但没能留下足迹的人们留存一点肤浅的文字，借自己愚拙的文笔回眸每个人都有过的激情燃烧的岁月，于是在"家在循化""情系循化"这样一些字眼中，最终敲定"情定循化"。

出书过程也是一波三折，以至于差点丢弃这份念想。多亏县委组织部原任部长陈雪俊先生、时任部长王文甲先生、县委宣传部部长李淑梅女士，以及何生平、马海龙等先生的鼓励和支持，才得以顺利付梓。

北京大学中国与世界研究中心研究员翟玉忠先生、时任县委书记黄生昊先生分别作序，李淑梅女士作跋，给整部书增添了光彩。翟玉忠教授在序言中说了一段令我感动的话：

> 过去三年读了韩老师不少作品。不知怎的，作为一位中国文化研究者，我总有一种难言的惭愧感。因为和撒拉族同胞相比，我们有些中国文化研究者眼光过于狭隘……

八

2021年末，传说中的新冠疫情真切地来到家门前，人们的行动空间被挤压，生活秩序被打乱，节节拔高的欲望抛物线达到顶点后伴随经济增长的下行线开始掉落，那些与生命本质无关的形形色色的追求被残酷的现实撕碎，不安分的目光中多了些与世无争的沉静，急促的脚步不得不停下来。家，一个血脉相连的命运共同体，一个无须任何理由就能彼此取暖的巢穴，再一次以坚实的存在，为我们提供安全温馨的庇护。

再次阅读《平凡的世界》时，对人生对生命对生活的思考有了崭新的视角，明白每个人的成长空间都是有上限的，再强劲的生命，在三百六十五天日起日落的轮回中终究摆脱不了琐碎与平庸，无法从锅碗瓢盆和嬉笑怒骂的旋涡中拔身而起。仅仅一年时间，历经无边的沧桑，仿佛度过半个世纪，人们的生存状况和心态发生了难以想象的变化。似水流年中，紧随一波又一波风潮轰轰烈烈追求的，不过是一场肥皂泡似的春梦。梦醒时，一切都灰飞烟灭。

2022 年国庆节不期而至。

胡杨林对我的诱惑由来已久，老早就圈定在旅行计划中。29 日下午，生怕被忽然间冒出来的事务缠身，就不问左右，直接上了高速路。当夜借宿西宁，次日凌晨直奔蒙古高原。

额济纳没有让我失望，从漫无际涯的金黄中带回了满满的感动。返程时绕道陕西榆林，途经毛乌素沙漠边上的靖边县。天空乌云密布，骤降大雨。莽莽苍苍雨帘中行车极不安全，志远把车拐进靖边县城，在细雨迷蒙的夜色中摸进一家旅馆。

客房内潮湿阴冷，半夜浑身发烧，就用《黄河从这里拐弯》主人公韩志兴每逢感冒时用安乃近对付的办法，吞下两片，蒙头出了一身汗，算是挺了过来。

回家后，身体出现异常，先是持续几天感冒，然后是浑身乏力，虚汗淋漓，泌尿系统感染，消化功能减退，耳鸣不止。此时新冠疫情已逼近家门口，所有诊所都打烊谢客。想起我们前脚刚走，后脚就被撵上来的新冠疫情肆虐得伤痕累累的额济纳，心头缠绕着挥之不去的阴影。虽然防疫部门追问的电话没有打过来，但潜意识里还是不愿去县医院，担心万一检测出什么不祥来，只好请德荣兄到家里挂吊瓶。还好，他那里有输液器和庆大霉素，勉强能对付一下。

此后，整个人如同一辆缓慢爬坡的老爷车，一下子没了劲道，疲软得连自己都不敢相信。有朋友建议服用东北人参和麝香，也许能把虚弱的身体调理过来。服用一段时间后，又出现上火便秘等不适症状。每况愈下的身体影响着心绪，对之前矢志不渝的文学创作有了一些动摇，以至于对这种与生命较劲的劳作的价值产生了怀疑。这才意识到，欲望和行动付诸实践是需要本钱的，那就是与之相匹配的身体。失去了健康，一切都无从谈起。

这种心理体验极其微妙，想想自己投入初恋般激情的文化创作将要黯然失色，想想自己辛辛苦苦堆垒起来的文字大厦顷刻间倾塌，一种无以言表的挫败感涌满心间。如果说没有追求的人生是平庸的，那么，付出全部激情和才情所获得的东西终将变成一堆垃圾时，那种痛苦无异于如芒刺心。

猛然间意识到夕阳西下，生命的朝阳在辽阔的天宇间不知不觉已经升降一万五千多次，如今在西山顶上只剩下一缕残阳。这是无法抗拒的生命法则，低头认命，也许是唯一的出路。想想父辈们，毫不掩饰一切生理表征，他们粗糙的容颜一如眼前贫瘠的土地，满脸皱痕像是被雨水冲刷的沟壑，头发和胡须仿佛田埂地头春绿秋枯的野草，年届五十就已经满头白霜，满脸银须，过早地落下人生帷幕。现代人多少有点不服老，用各种外在手段想把岁月的风霜挡在门外，好让自己在秋风中再硬挺一些时日。

我的内心也正经历着被年岁车轮碾压的煎熬，雄心依旧，却力不从心。

九

这个星球上每天发生的资讯如同翻滚的洪水，从四面八方涌来，在人的思维系统泛滥成灾，无论好事坏事都不会在人们的头脑中停留太长时间。不像以前，你做了几件好事，别人会记住你一辈子。不会的。20世纪80年代凭借一篇短小说闯荡文坛引人注目的时代将一去不返。在这个个人欲念无限膨胀、人人想成为别人眼里的英雄的年代，如果不是马斯克乔布斯任正非那样的传奇人物，谁也不会多看一眼。即便有人付出生命代价去挽救另一条生命，也不大可能让"社会人"长长久久心心念念敬仰他。比起网络上颠覆传统认知的奇事怪闻，我们身边的那些鸡毛蒜皮事不值得玩味，要么被忽略掉，要么自动清零。而且，社会心态对稀奇古怪的丑闻的容忍度越过了传统价值观念划定的红线，人们似乎对性丑闻、吸毒、青少年犯罪、网络犯罪、放高利贷、个性的过度解放等行为司空见惯，懒得去睁大眼睛大惊小怪。就像市场经济空前激发国人的挣钱欲望一样，互联网为每个人搭建了表达欲望的舞台，任何人都可以登台亮相，对任何事都可以随心所欲发表见解。

互联网日益渗透到整个社会的毛细血管，高度发达的资讯压缩了人们的私密空间，朋友之间好长时间不碰面，并不意味着彼此不知情。于是，底层社会的兴趣点转移到原本可望而不可即的那些公众人物身上，比如某个仕途中人、某个企业老板、某个宗教界人士，所有饭桌边几乎都弥漫着对他们品头论足的无聊话题，谈兴不衰，乐此不疲。

我不确定这是社会的进步，还是社会神经系统的整体性麻木。沉浸在这样的氛围中，即便你的警觉度再高，也会时不时沦陷其间，再锋利的思想之盾，也会在漫天蔽日的烟熏火燎中锈迹斑斑。

说起来，在这样一个被大山阻隔的小地方，文化圈算得上比较干净，大家聚到一起，不谈金钱，不论官场，不问是非，聊一些海阔天空山高路远的话题，自得其乐，其乐融融。想要说点什么时，可在"循化青年文学"尽情抒发。

关心我创作的詹晋文先生每隔几天就请我去喝茶，一直乐此不疲。怕打扰我的思绪，或提前一天预约，或临饭点前打来电话。到了饭馆，他总不忘把我向饭馆家介绍一番。如果三炮台盖碗是黄色或红色，他执意让店家换青花瓷的。风趣地说，你们怎么让你们的文化人随随便便喝茶嘞！他话里的第二个"你们"特指撒拉族人，话里话外呈现出他一个局外人对撒拉族文化的关注。

他嘴边总是挂着那句话：你创作辛苦，该放松就得放松一下，请你喝茶花几个钱，小意思，我们心甘情愿。这里的"我们"显然代表着更多关注循化文化的人们。

虽然詹老师比我年长几岁，但他从来不入上座，总是坐到边上，再怎么拽拉都不肯。他说他们汉族人对待文化人有讲究，不敢怠慢呀。他还说，咱们要懂得尊重人才、尊重知识、尊重劳动、尊重创造呀！从他身上，时时能感受到文化至上的人文理想，领略到普通汉族人的文化情怀，以至于深切体味到他们身后绵延几千年的文化底蕴。

有时他直接叫辆出租车，到创作室拉我出去，或到三岔集镇，或到县城，或到清水湾，找一处僻静之所，进入远离物欲和世俗的高远话题。

十

《黄河从这里拐弯》第二部初稿在西宁完成，从动笔到截稿用了五十四天。西宁海拔比循化高出几百米，去的时候是乍暖还寒的初春，大街上虽然有一丝绿意，但气温尚未从寒冷中缓过劲来。一个人关在屋子里，安静倒是安静，但创作感觉不太理想。也许是空气中缺氧的缘故，思维比较迟滞，键盘上敲击出来的字很多不是自己想要的，还弄了一身的病。更让人沮丧的是，我对作品质感不满意，换个地方看一眼，处处瑕疵。文学创作恰如十月怀胎，要想胎儿发育正常，一开始就得有良好的孕育环境。跟文字打交道的人都知道，这东西是情绪的产物，敏感、脆弱、易变、诡异，落到稿纸前，得时时敬着哄着才行。

2019年元月，循化县作协在撒拉尔故里举办了规模盛大的总结会，各族各界二百多名精英和贤达汇聚一堂，共享年度文学丰收的喜悦。企业家们慷慨解囊，表彰了优秀写作者、文学新人、优秀编剧，企业界和文化界给詹晋文先生赠送"积石山下音乐人"奖杯。《黄河从这里拐弯》第一、二部获得首届循化青年文学奖。这个年会是抢在新冠疫情前举办的一次文学盛会，之后形势急转直下，很快把我们逼进室内，进入长达几个月的宅居生活。

强势介入的新冠病毒改变了整个社会的运行轨迹，人们的脚步一律按下暂停键。对我来说，这正是潜心进入文学创作的最佳时机。

狭小居室内很快安静下来，女人们操心做饭的事，每顿饭都变出一点新花样，小孩子专心做作业。有心了，偶尔在客厅打打羽毛球。在相对静态的氛围中，我的写作渐入状态，最佳创作时间为：上午10点到下午1

点，下午 4 点到 7 点，其余时间看书、浏览网络资讯。每天写作量控制在三千字以内，有时灵感像喷泉一样突突冒出来，如同采金人找到一处金窝子，实在不忍心搁笔，就一口气写下六七千字。那种酣畅淋漓的感觉，比吃什么喝什么都畅快。

不过，并非任何时候都能碰到这样的好运气，有时半个小时都打不出几行字，只好停下来，或泡上盖碗茶，或睡上一觉，想方设法调理心绪。

为使第二天能顺利接茬，当日停笔前得想好后续情节，把要写的内容简短备注一下。这个办法很管用，翌日很快就能接上茬，保持了思维、情绪和状态的连贯性。

大约两个月后，在家人的殷殷期待中，给第三部初稿画了最后一个句号。无论如何，终于把第三座大山甩在身后了。那一刻，我心里有了一种胜利者的喜悦，一个人在阳台上足足喝了半天茶。

根据这些年积累的经验，"工程"竣工后，需要一段时间（最少两个月）的冬眠期。此时，把思维系统中的创作大门完全关闭，打开另外几扇窗户，让门外喧闹的空气灌进来，忘掉作品里的情节，回到锅碗瓢盆叮当响的现实中。

循化最美的季节是 4 月，黄河碧绿，麦苗青青，杨柳依依，满川满洼都是粉嘟嘟的杏花。这个浪漫而又充满诗情的时节，是大自然对循化的馈赠，足可唤起每个循化人的自豪感。但我不能长久地沉浸其间。盖碗茶喝多了，羊肉手抓吃多了，难免会消解人的意志力。一年一度的开斋节过后，想想剩下来的几个月，心里开始焦急起来，无心贪恋门外的社交，准备第三部第二稿修改事宜。

毕竟在荒原上开通了一条路，现在要做的是进一步整修，让粗糙不堪的路面变得宽敞些、平坦些。比起开山跨沟的第一稿，二稿的难度会小一些，即便有些环节推倒重来，也可以在已有轮廓上调整，因此心里有一种轻松上阵的释然。

这一次，想适当改善一下创作环境，即便不像专业作家那样讲究营养搭配、游泳健身等奢侈条件，起码在现有能力许可之内不要亏待自己。慷慨地想，这辈子不沾烟酒赌博，没什么额外开销，一生都清淡惯了，连一张餐巾纸都舍不得多用，为了作品，花上一个月工资又有何妨！

这个想法得到家人支持。

既然写黄河，就不能离黄河太远。我对志远说，最好在黄河边找到一间客房，越安静越好，一眼就能望见黄河。我的夙愿是：以最近的距离倾听黄河的涛声，在母亲河的潮起潮落中观看她的模样，在晨曦与晚霞中领略她的风采。

5月初，在离家不远的黄河对岸喜客来饭店租下一间客房。饭店和家之间隔着一条黄河，通过积石吊桥，步行十几分钟就到家。早餐自己解决，午饭和晚饭多半在家里吃，有时小孙女韩素送过来。

这样一来，把全家人带动起来了，老少都有了投入某种事业的成就感，无形中给了我莫大动力。

十一

掐指算来，1992年从乡下移居县城，时至今日，虽然已过去二十多年，但内心中还不敢确认自己完全属于这座小城。隔着黄河眺望对岸的县城，进一步加深了这种若即若离的隔膜感。

一个人用大半生时间也不能完全融入一座敞开着大门的城市，想要走进一个紧闭门户的心灵何其艰难！

循化县城从东到西就横着几条街，住久了，难免单调乏味。从客房临窗望去，眼前是一幅从未见过的陌生景象。鳞次栉比的楼房、浓绿丛中的街景、河面上架起的座座大桥，与五公里之外的三岔集镇蜿蜒成一体的建筑群，一幅百里积石川的壮阔画面让人感慨万端，真切感受到这座清朝雍正年间修筑的边陲小城不知不觉变大了、变高了、变美了，变得让人认不出她曾经捉襟见肘的穷酸样。

夏日的黄河起落不定，时肥时瘦，有时涨起来的河水从吊桥两侧溢洪洞流出来，有时水线猛然下降好几米，满河床鹅卵石裸露在两米高的台地上。夜里的黄河涛声贯耳，连绵不绝的沙沙巨响淹没了周围一切响声，使人感受到黄河在山谷间奔走的浩荡之势，感受到平静无澜的黄河依然蕴藏着的巨大能量。

雨夜之后的清晨，撩开窗帘，凉风习习，神清气爽。望着云雾缭绕的县城绿一块白一块、飘飘然然、似真似幻的图景，别有一番梦幻般的意境。

7月初，第三部第二稿在朋友们的热切期待中圆满截稿了。我久久凝望黄河，感谢它在五十多天的陪伴中给予我的丰厚回报，甚至对那栋红褐色楼房也有了些许好感，特意请詹晋文先生托人写了一幅书法作品，装裱后郑重送给一脸愕然的店家。

就在这一天，县作协和图书馆联袂举办了《黄河从这里拐弯》第三部截稿座谈会，詹晋文、马海萍、韩学文等老师围绕作品谈了各自看法。特意从西宁赶来的青海交通音乐广播电台记者韩占春先生作了《循化，韩庆功的"约克纳帕塔法县"》的发言，他说：

> 威廉·福克纳，是美国文学史上最具影响力的作家之一，因其杰出的意识流表现手法获得了 1949 年度诺贝尔文学奖。他一生共写了19 部长篇小说、120 多篇短篇小说，其中 15 部长篇与绝大多数短篇的素材都来自他出生的被人们称为"像邮票一样大小"的约克纳帕塔法县，他的作品因此被称为"约克纳帕塔法世系"。
>
> 而循化对于韩庆功来说，就是他的"约克纳帕塔法"。这同样是一座小小的县域，小到韩庆功闭着眼睛，也能够知道每一条街道的样子。正因为如此，他才像福克纳那样，信手拈来，都成文章；嬉笑怒骂，一样精彩！短短几年时间，韩庆功已经把这片土地糅进了他的各种题材和体裁的文字。其实，如果他愿意，可以像威廉－福克纳那样，把撒拉之乡当成他文学创作的"约克纳帕塔法县"，一直把这个系列写下去……

十二

第三部第二稿截稿后，交给对这部作品相当熟悉的陈琰、韩学文、马昭辉、马海萍、韩庆峰等老师校对，他们对某些情节有了不同意见。韩学文实在不忍心一步步沉沦的韩志兴，生气地甩下稿子，再也不想看了。我看他神色怪怪的，对我一副爱理不理的样子。我说，还不是有第四部吗？看完后续作品中的韩志兴是什么样子，再下结论也不迟呀！他思忖片刻，说了句"这还差不多"。庆峰兄弟对韩志兴出轨一事耿耿于怀，几次提出要修改，见我无动于衷，又找其他人理论，想合起来说服我。我一心想把韩志兴塑造成历经坎坷、优缺点兼具、内心复杂的多重性格，就没作过多解释，依然不改初衷。

按前两部修改程序，最后一关由韩艳蓉把定。我格外看重这个环节。

艳蓉已经摸透了我的写作动机、情节设置和运笔方式，对整个故事和各色人物的来龙去脉十分清楚，经她过一遍细筛后，就算初步定稿了。

这时候，县作协主席韩原林也腾出手来，他想利用假期再看一遍，以期获得自己的感受。这我是求之不得的，哪怕发现一个错别字、纠正一个标点符号，也是有价值的。

一个人的知识总有自身无法克服的局限，而身处基层的我们往往会面临许多"尕毛驴当马使"的窘境。于是，厚着脸皮多找人看，便成了我的应对之策。只要是上墙上报纸上电视的文字，即便短短几行，出手前也要找几个人过过目。通常，散文作品让昭辉、艳蓉把关；诗歌作品让原林、牧雪审校；遇到难啃的古诗词，就请教何得录、马海萍、马晓春等老师，牌匾上拟文时，与詹晋文、马明全、韩新华老师商讨。专题片《和美循化春来早》短短四百余字解说词，就凝结着沈海存、韩艳蓉、韩新华、韩原林等老师的心血。歌词《和美循化》中包含着绽海燕、马永祥、韩艳蓉、韩新华等老师点石成金的真知灼见。

5月13日晚收到原林一则短信，谈他阅读《黄河从这里拐弯》第三部稿子的感受：

第三部看完了，心里特别激动，特别高兴！可以放心，第三部成功了！特别成功！特别祝贺！

尤其到后面，特别有吸引力，故事推动力很强！结尾韩志兴和李玫关于哲学问题的谈论特别完美，有高度，令人回味无穷，爱不释手！

我能想象，这些文字是原林在比较激动的情绪中写下的，接连用几个"特别"，有点语无伦次的样子。我想要的，就是这种未经雕饰的随口而出。

出笼的作品好比做成的菜肴，味道品相如何，全由读者说了算。在确立足够的信心之前，我不敢问接触作品的人的感受，只是小心翼翼地弱弱地问一句：还能看得下去吗？

韩忠林和马海萍两位老师也表达了相似的看法。他们发自内心的评价无疑是最好的礼物，是对我的劳动与汗水的回馈。我如释重负，心情愉快，打开一瓶饮料，咕噜咕噜喝了个痛快。

人是情感动物，躁动在机体内的情绪犹如五线谱上的音符，在苦乐悲欢之间跳跃起伏，除了嬉笑怒骂唱歌跳舞抛洒眼泪，还要借由适当的由头释放出来。在我相对单调的人生调色板上，鲜花怒放的时刻实在太少，既然这份喜悦在无意间光顾了，就让它在冰凉的饮品里浸泡一会儿。

至此，历经两年的这一段沼泽地已经走到头了。动笔前最坏的预期是，只要第三部不让读者失望，即便第四部面临"江郎才尽"的窘境，整体上以四分之三的好评率依然可以认定这部承载着太多人希望的小说接近成功了。

尽管还要经受艳蓉犀利目光的检阅，但有了来自不同视角的肯定，我可以放下包袱，激情满怀地向第四部冲刺了。

十三

文学创作是一种付出与结果不对等的脑力劳动，之所以称为"创作"，是因为这种劳动中凝结着智力和精神的双重付出，外加一层神秘的偶然性因素，没有普遍意义上的规律可循，不可能组建合作团队，处处充满难以把控的变数。因此，即便是著作等身、誉满全球的文学泰斗，也不敢保证将要面对的作品最终会是怎样的结局。这也就说明，多数作家倾其一生的创作中，广为传颂的作品也就那么一两部。

落在纸上的每个字每句话都要受写作者此时此刻的情绪、精神状态、想象力、思想力、哲学观等诸多因素影响，在通往经典的更高层面上，低层次的经验和素材实在微不足道。就像蒸出来的馒头取决于面质、和面揉面、碱面浓度、火势等诸多因素一样，手法纯熟的巧妇也难保证每一锅都能蒸出上好馒头。文学创作又是高度私人化的精神性劳作，一旦进入创作，写作者的姿态是谦卑的，甚至对即将涌入脑际的文字产生无可名状的敬畏感，冥冥中对灵感有一种低三下四的祈求式呼唤。

正因为这种不确定性，文学创作不能喊口号，不能定指标，甚至都不敢让人知道。即便有人问起，作者也是谨慎有余，半遮半掩地回答。面对缪斯女神，再超脱的写作者，也难以摆脱时时缭绕于心间的宿命情结——在一种类似于宗教般的仪式中怀着一颗虔诚的心，小心翼翼地进入作品。我也常常处在这样的心境中。

这几年创作经验表明，持续投入大体量脑力和体力劳作时，除了足够的睡眠，按时吃饭且保证营养是必不可少的。关心我的朋友对我的身体状况特别敏感，胖了瘦了，一见面总要上下打量一番，一再叮嘱，切不可让路遥的悲剧在我身上重演。

酝酿《黄河从这里拐弯》第四部时，在读者对前三部趋于认同的断断续续的阅读感受中，我才建立起一点微弱的自信。这种自信既是动力，无形中也增加了负担，就想着接下来的写作再也不能草率了。最好举行一个像样的出征仪式，好让我带着一腔豪情去远行！

有人建议去三亚或云南，有人建议去成都。这当然是好主意，那些低海拔地区氧气充足，灵感勃发，但考虑到费用和其他因素就放弃了。乙日亥村老家倒是不错，但吃饭上有诸多不便，思之再三，打消了这个念头。也想到邻近的甘肃临夏市，一山之隔的那片土地在文化情感和地缘人脉上都比较亲近。大夏河畔试住了两天，在浓重的河州方言的包围中，无法排遣弥散在目光之外的陌生感。

迟疑不决时，韩永奋先生打来电话，问小说第四部有什么打算。我说正在酝酿当中，尚未最终定夺。他说他在街子镇兴旺小区有一套住宅，是复式楼，水电暖电梯都已经通了，他打算给我提供这套房子当创作室，住个十年八年都可以。没等我反应过来，他又说，他很想为在他看来撒拉族文化创作中具有标志性意义的这部小说做点力所能及的事情，就想到了这一出——他已经举了乜体，如果我有意，开春就装修。一席话让我感动不已——在喧嚣嘈杂的市声中终于听到一声清亮的呐喊！

这虽然是个体行动，但在某种程度上，永奋先生的作为昭示了一个族群整体性文化觉醒。

在这之前，振荣先生明确表示在撒鲁尔饭店给我提供一间创作室，欣路公司马福明先生也有过这样的心意。县职业中学国华校长甚至答应安排吃住，让我住到学校。县委宣传部在南综合楼腾出一间房子，配备一应齐全的创作条件。这一系列暖热举动令我无比感动！深切地感受到了风里浪里摸爬滚打了八百年的撒拉尔打点行囊准备再一次出发时的文化自觉。

永奋是街子镇三立坊村人，早年我到省委党校参加全省第二批乡镇党委书记培训班时，他在党校带薪上学，我俩朝夕相处，在一起度过了三个月时光，结下了深厚情谊。

两年后，永奋以优异成绩圆梦之时，丘比特之神向他召唤，收获了属于自己的爱情。经女方父亲之邀，我当了月下老，成就了一桩美满姻缘。之后，我俩的交往变成我们两家的交往，甚至于两个家族之间也来往不断，二十几年来不温不火地保持着这层关系……

得到我的确切答复后，他开始张罗装修房子的事。

这是一套复式楼，上下两层，永奋自己设计装修图案，一切都以方便我的创作着眼，甚至考虑了做饭、会客、练习书法、举办小型沙龙之需。所用沙料、石材和木材等备齐后，先做了墙面粉刷、铺地板、防水、疏通水电等基础工作，然后找两个四川木匠干起来。

入冬前，房子装修完毕，客房、卧室、厨房、工作间、会客室、会议室、卫生间都齐了。考虑到我要会客或搞一些小型活动，他买了一套会议桌、一张办公桌、一组沙发等设施，把楼上楼下摆置得满满当当。按我的建议，他还制作了"黄河从这里拐弯创作室"铝合金牌子，郑重地挂在门楣上。

　　我曾劝过永奋不必那么破费，一张桌子一张床，简单一点就行。他说他要作长期打算，等我的小说写完了，还有哪位写作者需要，不管是哪个民族的，也不管是县里的还是县外的，就让他住进来，轮换使用，最大限度发挥房子效益。

　　我说你这是文化公益，意义非凡呀。他高兴地说，他就要做一回意义非凡的文化公益。

　　那时电梯尚未开启，单人徒手爬上去，弄得气喘吁吁，而装修材料都是扛上去的，想想够难为永奋了。

　　庆峰兄弟也去帮忙，他们把订购来的办公桌椅部件一样样扛到楼上，又一个个安装起来。

　　永奋觉得开写前应该有个仪式，按当地习俗，做一顿客饭，宴请村里的长老，图个吉利。我给他讲起一些伟大作家动笔前曾经有过的纠结——在巨大的写作难度面前，任何一个功成名就的作家都显得异常谦卑，不敢张扬。我说，眼下咱的小说还八字没一撇，动静大了，会加重我的负担，等作品哪天圆满了，搞个小型仪式庆祝一下，也不算迟。他想了想，觉得那样也好，反正，会等来那么一天的。

　　给我交钥匙时他说，这一下，他花钱买这房子多了一层别人得不到的文化价值，让我愿住多久就住多久，"黄河拐弯"写完了，还在这里写其他东西，待到哪天我不写的时候，叫其他写作人住，在这里多写出几本书来。他还说，平时县作协开个读书会、办个什么文化活动，就在这里搞，不用叫外卖，也不用去馆子，自己动手做，省钱又方便；外边来了客人，就叫他们住进来，住个十天半月都没事。

　　他这么一交代，我心里也就没什么顾虑了，就当这房子是自己的。

十四

选择街子河畔作为长途跋涉的终点，我心里有一个更为神圣的理由。

我觉得作为反映撒拉族百年史的这部长篇小说即便不在骆驼泉边书写，也应该在撒拉族发祥地某个角落进入作品，虽然这是形式上的旁白，对我的创作却赋予了某种神圣的象征意义。而兴旺小区正好位于奥土斯山下、街子河畔，把自己在百年岁月间打捞的思绪投放到祖先们曾经第一眼深情注目过的这片土地，是再好不过了。

13世纪初某年某月某日傍晚，从大漠之外远涉而来的撒拉族先民拖着疲惫的身躯，牵着驼队，暮色中来到奥土斯山下。他们的头领一个叫尕勒莽，一个叫阿合莽，领头的那峰白骆驼上驮着他们的心灵家园——一部犀牛皮手抄本《古兰经》、取自故土的一袋黄土和一囊清水。他们初到奥土斯山下的情景给人留下太多想象，博艺公司以巨幅沙画展现了尕勒莽们风尘仆仆抵达街子河畔的情景，远山苍茫，驼铃叮当，令人感慨不已。马德功先生要我给沙画起个名字，我思忖再三，就起名为"举族东迁，情定中华"。

也许，远道而来的这一拨人疲惫至极，到了奥土斯山下，再也挪不动脚步了；也许，冥冥中的旨意让他们就此止步。举目凝望不远处的黄河，再看看左右两边松林茂密的山坡、脚下肥沃的土地、哗啦啦奔流的河水，一股亲切的暖流涌满每个人心间，于是他们埋锅造饭，原地歇息……

不知过了多长时间，一声"骆驼不见了"的急促呼号把大伙从睡梦中惊醒。众人睁眼相看，夜空中繁星点点，耳边只听见河流的沙沙声。尕勒莽定睛看向驼群，那峰寄托着他们生命希望的白骆驼不见了，便命人四处寻找。刹那间，夜色中亮起点点火把，众人向右侧的奥土斯山四散找去。

吾土百那亥（火坡），这个撒拉族先民点燃第一缕火把的山坡，从此对撒拉族前世今生赋予了神秘诗意，熊熊燃烧的火焰定格在一代代撒拉族人的记忆中。

东方发白、天色将亮时，有人发现白骆驼化为一块石头，静卧在芦草葳蕤的一池清水中。两位首领预感到这或许是一种无法言说的前定，命人从"驼背"上取下装着故乡水土的皮囊，与脚下水土比对，发现两地水土色相质地毫无二致。

他们举目远眺，两侧山林茂密，不远处河水湍急，感受到梦幻般的神秘气息，便认定这里就是他们辗转万里的终点，是安放灵魂的东方乐土。

从此，这群域外来客用自己的智慧和勤劳，把一方陌生的土地变成魂牵梦绕的永久驻地。我有点固执地认为，自己所选择的创作之地离吾土百那亥不足一箭之遥，就该是当年先祖尕勒莽阿合莽率众埋锅造饭的宿营地，把续写撒拉尔传奇的这部小说放在先民们升起第一缕炊烟的地方结尾，有一种笔头直抵八百年的纵深感。

第四部着重描写撒拉族在新时代涅槃重生的故事，而高楼林立的兴旺小区和灯火灿烂的撒拉尔故里民俗文化园，本身就是撒拉族发展进步的当代杰作。我内心的期许是：在第一批抵达奥土斯山下的先民们的脚印和那峰白骆驼的蹄印中，走进自身学识和笔力无法抵达的岁月深处；在先贤们深邃目光打量过的充满灵性的土地上，述说他们的子孙在黄河浪尖上蹦跶出一片小天地的故事；在第一声邦克沐浴后弥漫"热罕买"①的夜空中，深情呼唤缪斯之神。

与八百年前不同的是，奥土斯山在经年累月的风吹雨蚀中，传说中的茂树丛林不见了，一片荒凉；街子河的涛声在不绝于耳的叫卖声中，也不再那么单纯。河对面撒拉尔故里民俗文化园用橘黄色霓虹勾勒的一座座异域风格的房屋、高速公路上忽闪而过的车灯和远处村庄闪烁迷离的星星灯火，给人以强烈的现代提示。我问自己：你浑浊的目光在悠长的时空隧道中还能与先贤们洞穿千年的目光不期而遇？

十五

这段时间永奋回循化了。

---

① 热罕买：福气。

多时不见，他变得沉稳内敛，目光中多了一层不易外露的凝重，对有些事见怪不怪，风轻云淡，轻易不谈论外边的见闻，也很少谈及身边人事的是非长短，真可谓士别三日，当刮目相看。

还有一个变化是，他把原先的分头理成寸头，通常戴一顶浅灰色编织帽，身穿不起眼的浅色西服，一副人到中年后绚烂归于淡泊的老成样。座驾也是半成新的那辆国产车，看上去整个人与他这个年龄该有的气息有点不搭。看他老于世故的模样，我心里不禁嘀咕起来：这些年，出门在外的他究竟经历了什么？

这一次，他多半是来陪我的，他住楼下，我在楼上。

他的故事断断续续听下来很有意思，我打算以他为素材，塑造一个在建筑行业打拼的新生代撒拉尔，但他似乎有点顾虑，我就没再为难他。

当清晨的第一缕曙光投射到街子河南岸兴旺小区我们住的楼层时，远处的布谷鸟正一声声催叫，高耸入云的街子清真寺宣礼楼四周的村庄上空炊烟袅袅，与我们相隔不远的那家沙料场里传来调度车辆的高音喇叭声。不多时，河对面撒拉尔故里民俗文化园里有游客走动，马家村幼儿园里响起嘹亮的儿歌。

街子河畔新的一天开始了。

这会儿，正是我一天中大脑最为清醒的黄金时刻，每一刻都显得无比金贵。一大早起来，先打开窗户，把清凉晨风放进来。给桌上的两盆绿植喷水，让它们精神抖擞地陪伴我。做这些外功，只为了赢得一个美好的清晨时光。

在这个封闭的寓所内，我无所顾忌，把自己彻底放松，一切都随心所欲。平常只穿背心，光脚跐着拖鞋，趴在桌上，忘情地敲击电脑键盘。手边的茶杯成了摆设，一场"战斗"下来，没工夫喝几口。心心念念的，只是那些活蹦乱跳的字儿。渐入佳境时，像是母亲从烧土堆中捡起烤焦的土豆时既兴奋又忍着手被烫疼的样子，把脑海中窜出来的每一个字就地捕获。生怕某些突然闯进脑子的语句又要溜掉，赶紧打上一两个关键字，好把它们关进"笼子"，那情形简直可以用手舞足蹈来形容了。

忘记了关灯，感觉不到从窗户中照射进来的一抹晨曦，忽略掉室外叽叽喳喳的鸟叫声，只有自己呼哧呼哧的呼吸声和手指头咔嗒咔嗒的敲击声。

永奋的早餐估计已经做好了，他也该两三次爬到楼梯口看我有没有歇工了。如果顺利，9点前我该停手了，原地静静地待一会儿，把身心彻底放松，目光虚晃晃地盯着屏幕上渐渐模糊的字，或沉浸在自认为得意的几段描述中，或将一捋后续章节脉络。这时听到永奋轻步上楼的踢踏声。见我一副悠然神态，他知道早晨的功课做完了，也不问进展如何，转身下楼去，端来熬好的稀饭。

我满载收获的心情，优哉游哉地移步到会客室，一把推开落地玻璃门，站在阳光初照的阳台上，伸几个懒腰，目光从旁侧的奥土斯山向右挪移，把远处茂树如盖的村庄、车来车往的高速公路、脚下缓缓流淌的街子河逡巡一遍，然后进屋坐到沙发上。

茶几上摆着几枚尚有余温的鸡蛋、一碟饼干和一小碟泡菜，泡好的早茶氤氲着一缕清香。窗外灌进来清爽的空气，我俩开始用早餐。

生怕吃不完，稀饭熬得少。我吃得快，一碗或两碗，呲溜呲溜下肚了；永奋有意放慢吃饭速度，多半看我的情势——我吃多了，他就吃一碗；我吃少了，他才收拾其余的。

灵感这东西真奇妙，有时刚端起碗，它就在脑子里忽闪了，免不了傻愣愣走一会儿神；有时索性放下碗筷，赶紧记录上。

饭后腾出一点时间，两个人喝茶聊天。永奋怕影响我，一副随时撤离的样子。更多时候我把他留住，让他陪我多喝会儿茶，聊聊国内外大事。

不过他很有分寸，一般不把话题扯远，不想乱了我的心绪。聊得差不多了，他就收拾碗具，给我续一杯茶后借故出去了，直到午饭前才跟我联系。

有时，他整个上午待在屋里，或看书，或关上门，与远在云南的家人视频连线。间或，拎着茶壶上楼来，蹑手蹑脚走到我身边，不动声色地拿起桌上的茶杯，轻轻倒满，又轻轻放回原处。我只盯着电脑，不作声，权当没看见。

这是一种默契，一种可以省略掉旁白的深度默契，此处无声胜有声。

我们已熟同家人，彼此不拘小节，不忌讳露怯。一旦进入创作，朝起晚睡的生活规则就被打乱，看起来邋邋遢遢的，衣物鞋袜随便扔，没心思收拾居室，不过几天就乱糟糟的，连自己都嫌窝囊。永奋不厌其烦，把卫生间、卧室、创作室、会客室清理得干干净净。好几次把我扔在床边的袜子悄悄洗了。

写烦了或思路断档的时候，禁不住烦躁起来，永奋提议到外面透透气。于是我们开车兜风去，漫无目的地在夏天的原野中逛荡，到田野里，到黄河边，到高山上，在美好的山光水色中找回一份好心情。

我们也讨论小说情节。写到哈菲则病故时，我很落寞，心情陡然沉重起来，永奋问我遇到什么难肠事，我说哈菲则没了，她死了。他用异样的目光看着我，郑重地说，也许，写到深处，就该是那样吧。

街子河静静地流向黄河，我们的日子不声不响地流向季节深处，我讲述的故事也在顺利地往前推进。

十六

2021 年末，我感受到了生于斯长于斯的这片土地的缕缕温暖。那是一种从黑土地里漫溢出来的足以融化冰山雪峰的暖流，是从高高的悬崖下渗出来的不掺任何杂质的纯净之水。

想要说的，是那些在盘根错节的组织体系中处于末端的村干部们的文化情怀。

村干部虽然不在行政体制以内，却是最不能忽略的特殊群体，关涉农村的一揽子政策要得以落实，万万不可缺了他们，凡事都得过这个"针眼"。撒拉族人历来认为他们是一群"宁愿让自家油缸倒下，也要扶起别人水缸"的"办事人"，婚礼祝词"乌尔赫斯"中这样礼赞他们：

村里的办事人是我们最该尊重的人。他们为啥被人们尊重哩？是因为他们白天晚上为众人操心思、说好话、劝人心，他们把破了的补全了，把断了的接上了，把松了的弄紧了，把散了的聚拢了，把缺了的弄圆了，把不好的弄好了。他们处处为大家着想，他们真是我们的好掌柜，因为这个原因，我们要尊重办事人哩。

12月31日下午，接到一个陌生电话，对方是积石镇大别列村党支部书记马如龙，他没说给我打电话的缘由，问是否方便见一面，我说没问题。半个小时后，我在家属院门口东张西望时，一辆小轿车在身边停下，车内走下两个人，我一眼认出是大别列村支书马如龙和村长马应保。他们见面就说，积石镇十七个村村干部都商量好了，要来慰问我，只是不知咋个慰问法，先来征求我的意见。

这是想都不敢想的事，意外又温暖，我连忙推辞。他们说大家伙定了的事，谁也没法改变，他俩过来，只是把大家的意思送到。见他们不容商量的样子，我勉强应承下来。但他们很急迫，说明天是这一年最后一天，翻过这个年，意义就不一样了。

我想了想说，那就随你们的意吧，争取明天下午办。当时我心里还有些顾虑，因为这是个新鲜事，组织纪律允不允许都不知道，至少得向有关领导汇报一下。即便组织上允许，这事也不能草率对待，精心准备一下才好。

原来，几天前应县文体旅游局邀请，我到他们联点帮扶的积石镇大别列村宣讲六中全会精神。那天的宣讲会场面比较大，全镇所有村干部都来了。文旅局发挥部门优势，在街子河畔露天小广场搭了舞台，等我讲完，县文工团演员们表演了精彩节目。

我到乡下宣讲，一般用汉语和撒拉语，有时分开来用，有时混合使用。那天场上大部分是撒拉族村干部，就先用汉语宣讲六中全会精神，然后切换成撒拉语，讲了当下如何做一名"七个明白人"的新时代农民。马如龙说，我的宣讲内容他们都听进去了，会议结束后吃饭当中村干部们议论起这件事，同时也说起我，大家伙都认为这些年我在理论宣讲、移风易俗和文学创作上付出了劳动，一致决定以村干部名义慰问我，让马如龙和马应保负责与我联系。

在我看来，村干部自发组织慰问一个籍籍无名的写作人，这在循化县历史上恐怕是第一次，他们代表着身后几万各族乡亲，这不是传统意义上的礼尚往来，而是循化县新时代村干部对待文化创造的群体性觉醒，也可以说是这块冰封已久的土地在文化上的解冻。我不敢怠慢，当即给詹晋文老师打电话。詹老师激动地说，我们以自己的努力想要唤醒的，不就是广大的父老乡亲吗？现在他们觉醒了，咱还有啥可说的？

詹晋文老师也是个为了地方文化事业宁愿倒自己油缸也要扶别人水缸的热心人。这些年我跟他交往相处比较热络，通过他认识了不少县内外文化名流，在潜移默化中学到不少汉族待人接物的礼节。遇到这种事，理该向他请教。他说，这是一批特殊客人，吃一顿饭没啥意义，咱要办得庄重、体面、有意义，以全新的方式给这个活动赋予文化内涵。他一时兴起，提出由他出面去省上请几个演唱人员。我赶忙说，这阵势太大了，请咱县里的就行了。

作协同人们同意詹老师的想法，当即策划出一个活动方案：第一环节参观《黄河从这里拐弯》创作室，第二环节举行《黄河从这里拐弯》第四部截稿及文集《情定循化》分享会，第三环节进行文艺表演。活动名称定为"韩庆功文学创作成果分享会"，主办单位是积石镇十七村"两委"。

31日下午，分享会在县职业中学礼堂如期举行。村干部们给我披红挂彩。这是我生平第一次披红，记忆中结婚时也未曾有过这样的场面；还给我送了写着"魂系撒乡文化、情满移风易俗"的牌匾。县职业中学也赠送了一幅撒拉族书法家韩麒先生书写的"观海听涛"牌匾。令人意外的是，客人当中还有两个特殊身影，一个是积石宫管委会主任毛伟先生，另一个是县关工委主任交巴先生，他们分别代表循化汉族和藏族乡亲前来慰问。

会议由明全先生主持，马如龙书记代表积石镇十七个村"两委"作了发言，詹晋文老师受县作协委托介绍了我的创作情况，之后是我的答谢词。

那一刻我特别感动，心绪难平，极力抑制住自己的情感，不哭出声来。在青藏线上，面对雪域高原创业打拼的撒拉族兄弟，我曾号啕大哭过，这一次毕竟在家门口，再掉眼泪，就显得婆婆妈妈了，告诉自己一定要克制住。我满怀深情地说，尽管以前领受过很多次褒奖，但在我心目中，你们的这份奖赏分量最重！尽管我有过无数次感动，但在我心目中，你们的真诚给予我的感动最为深刻。这是我在2021年收到的最为珍贵的礼物，千金难买！

说到这里，我还是忍不住有点小哽咽，喉咙被什么东西卡了一下，但很快被调整过来了。这个小小的失态，没能跳过牧雪那双犀利的目光。

表演文艺节目的都是县域文化界的同人。这是一个非常有凝聚力的团队，聚时一把火，散开满天星。各个艺术界别不分彼此，相互帮助，互鉴共荣，短短几年时间，循化文艺界呈现出百花齐放、人才辈出的喜人局面。根据詹老师创意，这个场合要集中展示我的作品。长篇抒情诗《我终于懂了你》是为循化县纪念中国共产党成立一百周年大型文艺活动《黄河大合唱》创作的，经张强老师适合于朗诵的二度创作后，显得更有气势和朗朗上口了。在张强、马忠明等八位老师的深情演绎中，表达了循化各族儿女对中国共产党的深挚情感。《清水湾》是我创作的一首抒情诗，马海萍老师把山水相恋的清水湾的韵味淋漓尽致地呈现出来了，她的朗诵情感饱满，抑扬顿挫收发自如，有一种悠远中的呼唤、凄切中的等待、哀怨中的诉说。

接下来，接到白庄镇二十七个村"两委"，街子镇十九个村"两委"、老家乙日亥村全体阿訇也要来慰问的通知。我有点犯难了，诚恳地谢绝，但他们摆出了足以说服我的种种理由。詹晋文老师说，村干部代表着一方百姓，你要是拒绝了他们，他们会觉得你清高，反而不好，地方上的事，咱要看情况着办哩。韩卓辉先生说，那么多阿訇来慰问一个汉语写作者，在撒拉族历史上恐怕绝无仅有。

但不管怎么说，惊动这么多人，我还是感受到空前的压力，正如占祥先生大门上挂"韩占祥庭院"时一再问我们他能不能担得起这个名声那样，我也开始怀疑自己是否具备接受这一番盛情的资格。国明先生说，群众的眼睛是雪亮的，大家伙要来看你，他们眼里你肯定有这个资格。占祥先生也说，这个时代谁会无缘无故来看望一个不相干的人呢？

得到这份理由，我也就释然了，同时对自己未来的创作要求上暗暗增加了一层筹码。

阿訇是特殊群体，他们自小学习经学知识，一身长袍和满脸胡须，使他们过早失去了青春，加上时时处处严格自律、谨小慎微，敏感而脆弱，对自己圈子以外的世界始终保持着一段距离，生活在世俗社会边缘地带。考虑到这些特殊性，接待阿訇时，我们稍稍改变了一下方式。我给同乡忠勇先生说，咱村阿訇来看望我，光吃一顿饭没意思，我想让阿訇们参观一下咱县的民营企业，能不能帮我联系几家企业。忠勇痛快地说，这是好事，尽量联系安排。

那天天气晴好，笔架山上旭日东升时，联络员舍木苏把二十几个阿訇集中到县城。看得出，满脸好奇的阿訇们心情格外好。我们依次参观了撒拉尔印象城、阿美服饰加工厂、博艺公司、化青公司和粒粒康生物科技有限公司，家门前这些同族人办的颇具现代气息的生产厂家着实让深居简出的阿訇们大开眼界，深刻感受到家乡的变化。

十七

某种程度上，《黄河从这里拐弯》成了促进循化地区文化觉醒的标志性作品。作为写作者，我把自己的劳动和汗水兑换成承载一段历史的文字的过程中，出乎意料地收获了友谊和感动。

作品发行会不久，积石宫负责人通知我，他们要代表循化地区汉族乡亲给我贺喜，理由是：出版《黄河从这里拐弯》不仅是你个人的喜事，也不仅是撒拉族的喜事，而是循化文化建设的一件大喜事。话说到这个份上，我只好应承下来。

汉族人办事很有章法，只要是跟文化沾边的事，办得特别起劲，特别用心，不经意间能办出一些叫人喝彩的名堂来。他们在九龙饭店布置了会场，大屏幕上打出"以文化人，踏歌前行"几个黄色字幕。为显示郑重，主持人詹晋文先生特意系了红领带，一改往日的循化口音，咬出满口的普通话。彭占清、赵超等几位老先生轮番上台，给我又是披红，又是赠送书法作品。随后清音合唱团演员们演唱了詹老师和我联袂创作的《撒藏回汉一家亲》，优美的旋律令人沉醉，我深深沉浸在这片多情的土地散发的温暖当中。

循化新时代文学的发展不能不提及企业界，他们在走南闯北中比一般人更深刻地感知了文化建设对一个民族、一个地区的重要性，可谓春江水暖鸭先知。说起文学创作，他们时常挂在嘴边的一句话是：要拿出几十万上百万可能有点困难，几万块钱难不倒我们，你们随时开口！

时过不久，韩兴旺、马有福、韩文林、马海文、马福明、韩学智、韩福志、马德良、鲁振荣、杨如山、伊撒、韩孝文等三十多名企业家来庆贺，促成了县域文化界和企业界的一次文化交流盛会，就未来一个时期调动社会力量促进文化创造达成了共识，安贫乐道的写作者们在鲜花掌声和尊敬的目光中获得了巨大的创作动力。

这个夏天，同乡昌龙、忠明、德林、德明、成义、晓峰、忠德、韩乙拉四、学俊到创作室看望。青海撒拉族研究会常务副会长马明善先生，原省舞蹈家协会副主席马桂香女士，韩原林、马明全、马兰芳、马昭辉、牧雪、韩国智、韩国明等文学同仁，还有关心文学创作的韩宝林、韩国福、李晓明、韩平良、韩丰利、马玲、马学武、韩建雄、马占魁、马磊、马海山、马林义、韩永胜、韩忠林、亚古柏、胡赛等朋友先后把宝贵的脚步送到创作室。

初秋时节，韩占祥、韩新华、詹晋文等二十余名文艺界朋友到创作室慰问。

这是一个在政治、经济、文化、思想诸多领域全面觉醒的时代，觉醒在新时代的春风里，觉醒在丹山碧水间。谁说循化是文化上的一片沙漠？谁说这里的人们对文化教育生来是迟钝的？

其实，推动时代进步的真正动力向来都孕育在炊烟袅袅的万家灯火中。各族各界对一名写作者的关注和抬爱，某种程度上反映了黄河岸边的人们在建设美好生活中对文学对文化对精神产品的深切期待。

十八

如果说这部小说的框架是发散性的伞状结构，第四部该是散开的骨架，从家长里短柴米油盐的日常琐事上升到探讨民族精神层面。苏吉里村发生的故事已经撑不起这样的局面。所以，故事内核泛起的涟漪需要一圈圈往外扩散。

很显然，既然小说名字是黄河从这里拐弯，第四部呈现的故事就应该在黄河边上。

黄河，是循化人的陪伴，是他们的梦里故乡。

世世代代循化人特别钟情于家门前流过的黄河，他们的自信和自豪感全部源自这条河流，这种自豪感的代称就是那句豪气干云的"筏子客"。黄河沿岸的撒拉族人更是如此，在汹涌跌宕的浪尖上摆渡自己的苦乐人生。就像彪悍十足的骏马才配得上骑手，唯有与这条桀骜不驯的黄色长龙长相厮守，才能显出那些儿子娃娃们的英雄本色！

在我看来，从游牧部落变成农耕人家的筏子客们在与黄河激浪的顽强周旋中，重新书写敢闯敢拼、闯荡四海的生命传奇。筏子客身上焕发出来的在绝境中追求新生活的那么一股闯劲，为撒拉族文化注入了极具辨识度的精神元素，是奔腾不息的黄河给他们的脉管里灌注了烈烈扬扬的血性。虽然黄河浊浪一次次吞噬他们的性命，但他们对它却激不起太大怨恨，因为他们还要跟它深交下去。面对逝者，活着的人只叹一口气，轻声呢喃"河里淌走了"。黄河水依旧滚滚向前，不断给沿岸人们以生存的希望，于是他们又亲切地称它为"我们的黄河"，义无反顾地投入它的怀抱。

黄河从巴颜喀拉山脚下出发，率领投奔而来的无数溪流，咆哮着，蹦跶着，一路穿山越谷。到公伯峡口，展开被逼仄的山谷夹挤的扭曲身段，一下子变得温顺起来，像长袖善舞的江南淑女，扭动着弯弯曲曲的身姿，潇潇洒洒地来到积石峡口。这一段黄河温婉而多情，飘逸而浪漫，在山环水绕中书写了瓜果飘香、丹山碧水、浓郁风情、壮怀激烈、英雄辈出的壮美诗篇。

在漫长岁月中，几十里河岸人家对流过家门口的这条黄色巨龙心怀敬畏，总是站远了看，不敢靠近，只有胆大的年轻人才敢与它较量一番。黄河边的男孩子们也以能不能只身游过黄河论"儿子娃娃"。劈波斩浪的儿子娃是时代的人梢子，是姑娘们眼里的好男儿。

而更多想接近黄河的人们只能等到冰雪锁龙的腊月天，熬到这条巨龙没有脾气的时候，才敢大大方方从它身上踏过去。那一刻，他们会觉得脚下的黄河无比可爱，原谅了给他们带来不幸和痛苦的这条河，胸中涌满一股豪情，以自己是"河边人"而自豪。

然而，黄河两岸十年九旱，放眼几十里都是光秃秃的不毛之地。查汗都斯，在蒙古人语境里为盐碱地，这里的人家把水缸里的水视为最稀罕的奢侈品，更不要说灌溉农田的一股子水。通常靠从南部草山林区流淌下来的沟岔水维持生计，磨面要到几十里之外的街子河流域，"望着黄河渴死人"是他们真实的生存写照。人是环境的产物。从黄河边出土的大量墓葬品可以推断，早在撒拉族先民到来之前的世居民族都因生存环境之严酷而纷纷离去。

然而，什么样的苦都不算苦的撒拉族人却奇迹般活了下来。一排排紧挨着的夯土墙、一座座门对门的院落，给他们以安全和踏实；弱弱相援的亲帮亲和邻帮邻，使再难的苦日子也能熬过去。有了可以随时动用的"借"和"帮"的纽带，把每个人紧紧拴在一起，有一瓢水就渴不死大伙，有一勺面就饿不死众人，勒紧裤腰带，咬咬牙，硬是把要命的荒月甩在身后。

他们引来沟渠水，灌溉极其有限的"养命田"，用焚烧的蓬灰草灰粉蒸馏出碱水，到黄河北岸"盐碱沟"取来盐土，醋也是自酿的。他们粗布裹身，皮毛御寒，门里门外使用的工具多半是自制的。闲暇之时，偶尔到河里捞几条鱼，打打牙祭解解馋。一场大雨过后，满河都是黄浊泥浆，从上游淌下来一拨拨草木等乱七八糟的悬浮物，在河水转弯处纷纷靠岸。这些被称为"逊古日赫"的漂浮物都是过日子的好物件，那是黄河的馈赠，打捞上来，一年半载烧柴就不用发愁。

也有人耐不住寂寞，总想到大山外闯荡一番，于是一些胆量过人的年轻人到黄河上游的深山老林砍伐树木。他们唱着伐木号子，把一根根松木运到河边，扎成排子，然后"骑"在排子上，在黄河浪尖上顺流而下。

"筏子客"是勇敢者的称号，不是以命相搏的血性汉子，绝难吃这一口饭。在深山峡谷中，一不小心就触到暗礁，木排子瞬间被撞散。被称为"乔娃子"的筏子客跳下水，把一根根飘散的木头拢在一起，重新扎好，然后又喊着号子，一路向前。

沿途有一些出河的泊位，比如伊麻目渡口、木场渡口。最远的目的地是银川。等到把木排子如数交给商家，筏子客们才得到几两银子，便满怀喜悦地徒步返回清水湾老家。

他们顺便请来黄河下游的永靖县白塔寺木匠，在黄河沿岸建起一座座青砖灰瓦、飞檐翘角的清真寺，把伊斯兰文化与汉藏文化艺术地融汇在青砖木雕中。

他们的智慧树上开出一朵奇异的花，叫"许乎"，它的花香分泌出沁人心脾的琼浆，滋润了这一方贫瘠的土地，温暖了一颗颗苦涩的心。

直到 1959 年开通四十里黄丰渠，黄河南岸的大片焦渴土地才得以滋润，盐碱地变农田，荒滩变绿洲，旱地里长金瓜，粮食连年大丰收，发电厂机声隆隆，引来万家灯火的新生活。

1970 年，伊麻目渡口上建成第一座黄河大桥，昔日天堑变通途，现代工程技术第一次征服了老辈人眼里"没有底子"的黄色巨龙，羊皮筏子这个古老的渡河工具连同在黄河浪尖上摔打了几百年的筏子客销声匿迹，再也听不到粗犷有力的伐木号子，标志着一个时代的终结。

过去年代，足不出户的撒拉人出黄河是件了不起的事，被视为人中骄子，他们以脚户哥名义走牧区、钻林海、下四川，春去秋回，有的从此杳无音信。而今，循化境内黄河上架起了十几座大桥，出黄河，如同进出自家大门。既然黄河挡不住撒拉人的脚步，还有什么能摁得住他们躁动的心绪呢？外面的世界很大很宽，走吧，去闯荡吧，到比黄河更广阔更凶险的大海里扑腾几下。

不仅如此，20世纪80年代以来，国家利用循化境内黄河的天然落差，陆续修建公伯峡、苏只、黄丰、积石峡四座大中型水电站，高峡出平湖，几万亩水域绵延几十里，烟波浩渺，碧绿如玉，造就了名副其实的高原水乡。

在修建这些水电站过程中，黄河两岸大片耕地被划入库区，不少村庄被淹，河岸人家不得不舍弃温暖的家园，在另一片陌生的土地上安家落户。

母亲河以博大胸襟承载着相拥它的子民的悲欢离合，爱了恨了哭了笑了穷了富了聚了散了，它都款款接纳；一群心里眼里梦里话里话外都是黄河的人，就像骑手给心爱的骏马披红挂彩一样，在放飞自己的梦想中不断给黄河赋予时代进步的内涵，留下无数动人故事。

大浪淘沙，洗尽铅华。黄河边留下的故事宛如无数颗光滑柔润的鹅卵石，捡不完，说不尽。《黄河从这里拐弯》中展现的，只是奔腾黄河的白沫一闪，只是无数颗黄河石中的一撮沙粒。

我站在杨柳依依的清水湾崖坡上，沿着向西延伸的巍峨积石山，举目遥望彩霞映红的西天，第四部主人公韩昊一行人正款款向我走来……

十九

如果说文学叙述中充满着令人癫狂的魔性魅力，对我来说，叙述则是一种超然物外的精神享受。每当沉浸在小说故事中的时候，往往也是最安静、最充实、最幸福的时刻，没有什么比写出生活中得不到的东西更令人兴奋，没有什么比与小说主人公们一起喜怒哀乐更令人愉悦。郁闷、焦躁或无聊时，一进入写作状态，身心立刻得以安宁。这种安宁是伴随着电脑上敲击出的每一个与众不同的文字所堆垒的成就感中滋生出来的，比得到一笔资财更让人富足，比欣赏一处美景更让人心旷神怡。

每一天的心情与收获的文字有关，随文字质地优劣而起伏不定。笔头如犁头。生产队时期，早先用二牛抬杠犁地，只翻出浅浅的一层土，后来改用山地步犁，套杠的是那头正值盛年力大无比的笨嘴骡子，我大舅一手扶犁，一手扬鞭，在"嘚嘚嘚"的吆喝声中，锋利的犁铧翻卷起令人眩目的层层波浪。但也有犁头"不吃土"的时候，再怎么摆弄都卷不起浪花，大舅愁眉不展，沮丧不已。我的写作也陷入时好时坏的境地，往往不经意间蹦出来的文字熠熠生辉，而苦思冥想出来的一句话却黯淡无光。

有时，深更半夜恍恍惚惚中脑子里冒出一个场景，使白天怎么也捅不破的"窗户纸"一点就破，于是赶紧爬起来，或记到手机上，或写在电脑上，如此反复两三次，睡意全无，势必会影响第二天的状态。但即便被灵感捉弄得神魂颠倒，也是心甘情愿的。

每天晨起后，习惯使然地到阳台呼吸一下新鲜空气，调顺情绪，等到心性和情绪进入最佳状态后，才打开电脑。否则，宁愿耽延时间，甚至放弃半天时光，也不敢贸然进入那片沼泽地。

为使身心每天都保持良好状态，除了保证稳定的作息时间，把灯光和窗帘的明暗度也要调到让自己感觉舒服的程度。我不大喜欢强光的刺激，微弱的灯光下更容易进入到神思妙想的境地。在饮食和社交上也要适当克制，少吃油腻食物，尽量避免喝浓茶，朋友送的一盒巴西咖啡一直不敢动，大暑天燥热难耐时，就喝几口酸果汁。

忠明兄送来上好的绿茶，中午歇工后，淡淡地泡上一杯，从敞开的阳台眺望远处车流如梭的高速公路，轻轻抿上一口，心头涌起诗意的享受。

詹晋文、曹铁铮两位先生送来几支毛笔、两盒墨汁、一大摞宣纸，嘱咐我写作之余练练毛笔字，能修身养性、陶冶情操，激发灵感。每当写累了，书也看不进去的时候，在一首悠扬的古筝名曲中提笔练字，放逐心情。也不算正经练字，权当是随心所欲的挥毫。

这办法果然灵验，对调理心情很有帮助。

二十

千百年来，土地始终是农民坚实的靠山，在循环往复的春种秋收中，他们与土地的相依相存成为一曲浑然天成的生命绝唱。在抽芽、出苗、拔节、抽穗、灌浆、饱满、变黄的漫长等待中，有风雨雷电带来的焦急与无奈，有干旱虫灾造成的失落与痛苦。再精明的庄稼把式在深不可测的土地面前只能当小学生，永远不可能对尚未到手的一季庄稼说成竹在胸了。对土地，只有心甘情愿的认命，不能有一丝一毫强求。但庄稼人并不因此怨恨土地，而是以更为勤奋的劳作取悦土地。因为他们知道，只有土地，才会深切地理解他们的情感，接纳他们的汗水，回报他们的付出。因而他们也会说，甜不甜，庄稼人。在烈日当空的炎炎夏日，农人望着即将开镰收割的金灿灿麦子，陷入了既要收获麦子又失去庄稼的矛盾当中，喜忧参半，于心不忍，手中镰刀与一身素黄的麦秆碰撞时，金子般响亮的咔嚓嚓声如泣如诉，啼血般令人心悸，那是土地交付自己作品的挽歌，是即将谢幕前的绝唱。

都说一年的庄稼两年苦，要细算农民投入一季麦子的所有显性或隐形开销，到头来也许是"竹篮打水一场空"。但庄稼人不算那个账，从种子发芽到禾苗青青，从孕穗绽蕊到麦浪翻滚的季节交替里，他们会沉浸在黑土变成黄金的喜悦中。那份喜悦自然天成，无法与商家一番激烈博弈后赚取的金钱所带来的刺激性愉悦相提并论。

整个夏天，田间地头是庄稼人最美的风景、最深的眷恋，几乎每天都情不自禁到地边转一圈，瞅着麦苗儿，闻着麦香，稀罕着一垄垄浓绿，把与昨日不一样的心情和希望带回家。想起日日见长、月月成熟的麦子，他们吃饭香，睡觉香，整个日子都是香甜的。

同时，久旱不雨的田地裂开的缝儿撕扯着他们的心，望断天边的几朵闲云，心儿焦枯，万般无奈下，就用虔诚和泪水仰天祈雨。到了雨季，又担心长势好的麦子被风吹倒，担心到了嘴边的庄稼被一场突如其来的暴雨给毁了。好不容易熬到泛黄时节，炎炎烈日下挥汗割麦的庄稼人又纠结心疼起来——生怕从此光秃秃的地里再也找不到开心的由头。

写到第四部最后几章，我也有一种莫名的失落，担心小说结尾后将要失去与其中的人物厮守的那份美妙，成心把原本每天写两千字的速度放慢，像极了手持镰刀的庄稼人在田地边磨磨蹭蹭的样子。

大暑过后，街子河渐渐涨起来，显示出作为黄河支流该有的气势，远远的沙沙声变成彻夜不息的轰响。夜里，那淹没了一切噪声的涛声纯粹而激越，竟成了美妙的催眠曲。

二十一

管理学上有句名言：细节决定成败。小说创作也大抵如此。如果说支撑一部小说的是一个个生动有趣的故事情节，细节则是让故事丰满起来的微量元素。从各方面反馈的信息看，第一、二部之所以觉得有看头，很大程度上是那些不厌其烦的细节描写抓住了读者眼球。最接近本源的细节，往往是故事产生力量的驱动力。留在读者记忆中的印象，就是主人公波澜起伏的心理活动、眉角眼梢里的细微举动、彼此嬉笑怒骂时的精彩对白。要栩栩如生地呈现这些细节，就得下一番绣花功夫，用绵密而恰到好处的针脚来缀饰，让画面在一针一线中丰富起来、生动起来。

其实，所有艺术创作都是异曲同工，真功夫都在最细微的那个部位显现，雕刻、绘画、演唱概莫如此。高手与高手对决，差距就在最顶端的毫厘之间。

现实主义小说除了必不可少的技巧之外，大量的贴近人物的细节描写显得格外重要。我要努力的，就是让每一个情节都彰显画面感，充满张力。即便做不到每一场戏都精彩纷呈，也要让某个节点令读者感同身受。第一部中桂花和帕浪保的婚外情是用心刻画了的。初稿出来后，有读者觉得描写男女偷情不合适，但我坚定地认为，第一部反映的故事都是田园生活中的长长短短，整体上气氛比较沉闷，平稳的水面上应该溅起一些令人炫目的浪花。到了出版社，责任编辑也觉得有伤大雅，打算删除。我极力说服编辑，稍作调整后被保留下来。从读者反映看，这一笔绝非多余。

繁密细节带来的另一个问题是故事冗长。在追求快节奏的当下，人们对长篇叙述的态度变得暧昧起来。出版社出于营销收益考量，一般会拒之门外。从读者角度看，既不愿多花一些钱去买一本厚书，也不愿投入大量时间阅读。文学奖项评委也懒得去认真翻阅令人眩晕的大部头。除非你是被广泛关注的著名作家。这就是超长篇小说当下的窘境。

然而，在我看来，以长短取舍一部文学作品，本质上是个经不起推敲的伪命题。

文章的可读性不在于长短，而在于有没有货真价实的故事内核，这一点在我的散文书写中得到初步验证。《岸边的老马》有两万多字，这在传统散文写作中是犯忌的，但读者却接受了这篇散文，不同场合一再被提及。后期创作的《遗落的乡愁》接近七万字，同样没有被读者冷落，成为我在散文创作中经得起考验的重要篇什。这种无节制扩大叙述边界的做法，并不是固执己见的剑走偏锋，而是寻找属于自己的叙述方式进而建立文学自信的大胆尝试。

《黄河从这里拐弯》刚出炉时也遭到质疑，尚未阅读过的业内人士嫌篇幅过于冗长，以讹传讹，前景不容乐观。后来的事实证明，这种担心是多余的。因此，长和短不是判定文学作品优劣的关键因素，有没有持续推动故事发展的内在动力，才是成败之举。就像大江大河，没有沿途接纳的无数溪流，怎能成穿越万里的浩荡之势！

不过，话又说回来，《黄河从这里拐弯》原本不是奔着某个奖项去的，设定的读者首先是与故事靠得最近的当地乡亲，最初的写作动机是线性叙述，不玩技巧，以拉家常方式尽可能清晰地展现撒拉族近现代历史缝隙中那些牵动人心却被历史记录遗忘的角落。那么，还有什么理由动摇初心呢？

二十二

对我而言，创作《黄河从这里拐弯》不只是没完没了地与文字较劲，而是开辟了第二个人生场域，打开了一扇重新审视和发现自己的窗口。

按中国人"五十知天命"的暮色心态，50 岁已近黄昏，人生即将谢幕，身体和心理状况都会发生微妙而复杂的变化，连自己也看不清的心理暗角开始浮出水面，名利场上的恩恩怨怨渐渐退隐，原先不屑一顾或忽略掉的人和事变得重要起来，锅碗瓢盆碰撞声、孩子们的吵闹声，以及一些杂七杂八的俗事一股脑儿涌进心里，很快占据淡出职场后内心世界那一片空白。原先那个庄重体面、文质彬彬、深藏不露的人不见了，缺乏激情与欲望的日子把你塑造成不修边幅琐碎无聊的另一副模样。

写作，无疑是生命的救赎。在这里，再一次与故去的亲人们相聚，再一次坦诚地把自己的内心敞开，再一次让坠落的生命绝地反弹，再一次结识一些意想不到的新面孔。

如果不写作，可以预见的结局是不看书，不看书就意味着疏于思考，要么掉进另一种形式的是非坑，要么在无边无际的小视频泥潭中沉沦下去。而无意中捡起来的笔，给彷徨中的自己搭建起与外部世界对话交流的平台，使我在小说之外说出对世界对人生对生活的看法，把思考中得到的自以为有灵性的启发变成一行行文字、一篇篇文章、一部部书籍，与更多相识或不相识的朋友神交。

人在仕途，眼睛里只有一个平台，拼命往那个耀眼而迷离的舞台拥挤，让人筋疲力尽，甚至鲜血淋漓。在对小说人物命运的深度构思中，突然意识到，所谓平台并不只是高深的庙堂，也不只是世俗目光界定的那片区域，而是广袤的山河大地。农民在一块地里播撒理想，医生用一把手术刀演绎人生，教师在三尺讲台上传道解惑，三百六十行，行行都是释放生命潜能的广阔舞台。

蓦然间，身边冒出不计其数承载着不同名堂的业余协会，有相同兴趣爱好的人们投其所好，各得其所，其乐融融。马向前先生说，他们的养鸽协会有一百多个成员，每年举行一次放鸽比赛，还应邀到外地参赛，好不快活。韩玉忠先生每次回家总要约我到家里品赏新近得来的黄河石，收藏协会一群人闻声赶过来，大家一边喝上好的陈年普洱，一边聊起有关黄河石的趣闻轶事，让人大长见识。

"循化青年文学"，一个普普通通的微信公众号，以一种神奇的黏合力，居然把我们这些有志于文学的"散兵游勇"聚拢在一起。你搬来一根木头，我抱来几根枝梢，在旷野上搭建一个各族各界别各领域展示才艺放飞梦想的大舞台。原林说，五年间平台发了近六千篇诗文，出版二十八部文学专著，三人加入中国作协，六人加入中国少数民族文学学会、两人加入中国诗歌学会，三十五人加入青海省作协。这般作为，任谁都不能视而不见。循化作协的异军突起，使我想起影片《亮剑》中原本一个团的兵力最终发展为几万人规模的情景。

人生如花，所有花儿都有绽放绚丽的那一刻。其实，人生舞台无限宽广，每一个人都有实现其社会价值的可能性，就看你愿不愿意去洞察。鉴于这个发现，我让小说中的每个角色都能找到属于自己的那个舞台。比如，给无所事事的哈牛设置了人生谢幕前展现其自身价值的舞台——清真寺穆扎书，让他在悠扬的邦克声中完成角色转换。

长时间沉浸在虚虚实实的写作中，忘记了身边琐事，忽略了窗外喧嚣，真是一种莫大的享受。为了留住这种独特心理体验，我固执地不上微信，把有可能使自己被花花绿绿的信息裹卷而变得庸俗不堪的窗口统统屏蔽，把工资卡、医疗卡交给家人，也没想着学会开车，在自动取款机上不会取款也不觉得是件丢人的事。

人生在世，谁都会有一些不同凡响的经历，有些事可以说出来，有些事只能永远沉在心底，像幽默诙谐的占祥先生那样随时敢亮自己老底逗笑取乐的主，恐怕找不出几个。在我们身边，沉潜式思考的人不多，付诸精神性思维的人更是寥寥可数，许多人因疲于俗世而放弃参悟，任凭思想的河床杂草丛生、裸石遍地，到头来，那些念念不忘的种种美好并没有转化成思想盛宴的一份佳肴，这是极其遗憾的。

而写作者的尝试，对这个日益碎片化的社会也许是个补缀，他们延续着新闻背后的故事，延续着故事背后的思索，延续着思索之后的表达。

二十三

案头不知不觉又堆起一摞书，多半是新近出版的文学书籍。我时刻关注着当代文学尤其是小说创作的最新动态，一来了解当下小说创作的风向标，二来掌握一下中国作家网上推荐的那些作品究竟有什么来头，三来看看有没有可以借鉴的方面。列出要看的书目，让轮番送饭的女儿丽媛和儿子志远分别网购过来，一个月下来，总有几本书能到手。

然而，失望大于希望。那些包装精致、推荐语录光彩炫目的作品与期望值总有不小落差。不知是自己品读能力差，还是鉴赏水平低，不少书翻看十来页就失去深入阅读的耐心。中国作协力推的首批新时代山乡巨变作品出炉后，抱着极大希望买来阅读，但总有一种挠不到痒处的隔膜。

文学解读现实能力不足，是当代文学无可置疑的短板。改革开放四十余年，中国社会所发生的史无前例的伟大变革远远超出周立波和柳青等前辈作家笔下描绘的那些变化，但反映这种深刻变化的文学却显得苍白无力。这当然不是文学本身的问题，也不是作家创作能力不足的问题，很大程度上是写作态度的问题——不少作家没有真正沉潜到生活底部，没能触摸到散发着泥土味的湿漉漉的生活本相。不少写作者虽有一腔宏愿，却不愿直面当下，要么在网络寻找素材，要么拐弯抹角回到"从前"，要么落入小资情调的窠臼，要么想以炫技出奇，鲜见反映大时代大变革的扛鼎之作，更缺少荡气回肠、万众瞩目的传世佳作。

"中国当代小说家，他们不会写人的内心，他们根本不知道人是什么。他们写的都是人的表象。中国当代小说家写不出一个城市的味道来。"德国汉学家顾彬说出这番话时，我们多少有点不服气，却又拿不出理直气壮反驳的作品。就这样，当代文学始终走不出广大读者不买账、而此起彼伏的评奖活动所营造的喧嚣声却一浪高过一浪的怪圈。制约因素当然是多方面的。除了浅层次的技巧和手法，作品的深度和高度很大程度上取决于作家的人生阅历、视野半径、素材库容、哲学思维能力等方面。为什么对路遥的《平凡的世界》有两种截然对立的看法？学院派和田野派对一个作品长期达不成共识的原因何在？在我看来，评价路遥作品的诸多评论文章其实忽略了一个重要视角——路遥不仅是一位作家，也是个富有远见的思想家和政治家。他选择1975年到1985年这个历史端口，本身就说明其对重大社会事件有着一般作家难以企及的洞察力和捕捉力。路遥全景式体察和领悟社会万象的宏阔视野，一般作家不能望其项背。他老老实实拜生活为师的创作态度和老黄牛一样的吃苦精神，正是当代绝大多数作家所缺少的。

坦白说，我是比较倾向于山药蛋派，但又不止于山药蛋派的。与那些盛行一时却又昙花一现的舶来品相比，以线性叙述和细节描写见长的山药蛋派植根于中华文化纵深几千年的肥沃土壤，吮吸着从《史记》到四大名著的充沛养分，并非无根之木，也不存在水土不服的问题。

不容否认的是，历经文学河流潮起潮落，《山乡巨变》《创业史》《平凡的世界》《白鹿原》这些作品尽管故事已经老去，但其中环环相扣、丝丝如缕的细节刻画，依然是耸立在我们眼前的一座高峰。当一本又一本新书从桌上移开时，这三部书依旧在案头陪伴着我。每当思维黏滞、笔锋迟钝，随手翻看几页，感觉周立波、柳青、路遥、陈忠实当年投注在纸页间的余温尚在，他们泥脚行走在山乡田野的身影犹在眼前。

读书量越多，越感觉个体生命的渺小。前人留下的书籍浩如烟海，我们所接触到的不过是沧海一粟，就像一只小麻雀在大海边啜饮了一滴水。在高度物质化的消费主义时代，很难长时间保持没有任何功利色彩的沉浸式阅读，即便读了万卷书，在汹涌翻卷的知识海洋中，也难以从容摆渡。

人要看清自己的底色，需要安装具有特殊功能的扫描仪，阅读大概就是那样一部探测器。

写完以上文字，不禁倒吸了一口气：你这个无名之辈，竟敢如此放肆地论长道短，真是不自量力！

二十四

第四部初稿出炉后，横亘在心里的最大问题是，不敢确定小说整体架构上的四梁八柱是否齐全了。当局者迷，旁观者清。短时间内自己连回头看一遍的兴致都没有了，更不用说去琢磨那些细枝末节。写小说如同盖房子，地基不稳或者缺梁少柱，要么胖瘦不匀，要么虎头蛇尾，整体布局上缺少美感。如果是局部小问题，暂且可以不管，什么时候发现了，随时调整完善就是。至于情节设置和语言表达方面，也不用太担心，哪里瘦一些，哪里肥一些，无非是技术层面的事，我这个"半拉子"匠人虽然不敢说熟稔于心，起码能察觉出七八分来。问题是，朋友们对第四部有了超过我本人预想的期许。国明先生说，第四部应该是我要盖的撒拉人家正北方的雕花大房，它的长宽高低、所用木料和整体布局必须与东西两侧房屋相配称。海东市作协主席李明华先生说得更为直接：后两部在各方面必须超越前两部。这当然不是强人所难，而是一种期许，更是一种勉励。回族作家马有福发来短信：愿兄大作三部四部尽快与读者见面。

初稿相当于在荒原上开通了一条简易土路，看上去相当粗糙，调整和修改是必须的。本着这样的初衷，把打印稿交给韩忠林和马海萍两位老师，嘱咐他们把目光从细节和错别字移开，对整体框架提出修改意见。

三个月后，我约请两位老师面谈。从他们语焉不详的话语中明显感觉到有些章节可能偏离了小说主轴。毛病究竟在哪儿，他们似有顾虑，不细说。

主观上，这个阶段我是渴望得到更多修改意见的，定稿前哪怕轻微的提醒，也将是莫大的帮助。

第三部修改中，韩学文和陈琰两位老师曾提过部分调整意见，他们的提醒看似轻描淡写，却句句切中要害，让我避免了一些弯路。因此，绝不能忽略已经见识过第四部初稿的忠林和海萍两位老师意见。

我独自散步在黄河边，一遍遍琢磨小说架构，两位初读者含糊其词的语态中暗含的提示缠绕脑际。又找来别人的长篇小说反复研究对比，发觉创作思维掉进了一个自我设定的"陷阱"。这也许是个致命的错误——为了呈现自己的某种意图，设计了一些与本小说没有太大关联的情节，显得牵强呆板，眼前的文字不是娓娓道来的小说，而是一篇高大上的散文。

有一天，在呼啸大风中踟蹰在吊桥上，望着清凌凌的黄河发呆时，忽然意识到自己久久除不掉的心病就是小说中某些不合时宜的章节和段落。

一阵兴奋涌上心头，急匆匆回到家，当即把五个章节近四万字删除掉，毫不含糊，干净利落。随后又补充了几个章节。再看电脑上的文字，感觉轻灵了许多，爽快了许多，一潭死水终于缓缓流动了。

有人说，大学课堂里培养不出作家，我是倾向于这种看法的。当然，现在大学里也开了创意写作课，能教会写作的一般技巧，但培养出来的只能是写作者，离真正意义上的作家还有不小距离。文学创作是高度个性化的精神性劳动，带有太多偶然性，"悟"的成分比"教"的成分要多一些，什么样的叙述方法适合自己，很大程度上取决于作者在写作实践中一点点摸索和积累。就像此时的我，一旦觉察到作品中的问题，等于获得了属于自己的独特经验。

再一次衷心感谢忠林、海萍及所有对这部作品倾注过心血的老师们！

二十五

即将到来的第四次工业革命中，人工智能作为标志性技术使人类进入高度智能化的亦假亦真时代，机器人将无孔不入地进入社会生活各领域，不仅广泛取代体力劳动，也给它赋予写作功能。据说"机器人文章"在文法上几乎挑不出毛病。这样的时代背景下，新知识新理念层出不穷，而且迭代速度非常快，汹涌而来的信息潮淹没人们基于经验之上的传统认知。被数据化的世界将越来越扁平化，高山河海不再是万里之遥的人们对视的天然阻隔，父辈们以"我过的桥比你走的路还要长，我吃的盐比你喝的水还要多"自居的经验主义将成为过去式。

然而我始终认为，出自人类智慧的人工智能再发达，其作为机器的属性不会改变，再神乎其神也不可能凌驾于人脑之上。与人类的竞争中，机器人只能在有形的操作领域占据上风，难以进入人类玄妙的精神疆域，无法取代专属于人类的抽象思维本性。经过大数据缜密而精细的操作，机器人也许能写出程式化公文，甚至可能编撰出文学意义上的叙述文章，但绝难给文字赋予充满灵性和温度的情感。所以，只要人类源自骨髓的思考不枯竭，只要人类还需要一束眼神的温暖照拂，只要人类还需要记忆深处的那一抹乡愁，只要人类的情感表达还需要甜蜜微笑和痛苦泪水，我们就没必要担心写作会失去价值。相反，在一切都被大数据操控、一切私密空间被大数据掏空、一切秘密被大数据漂白、日常生活都在公式化运作的情况下，连"哪儿撒了一泡尿"都无法隐瞒的透明视域中，充满理想主义和人文关怀的文学的存在意义将更加凸显。

某种程度上，文学作品穿越时空的能力比科学技术还要强，它能抵达的领域深邃邈远，它梦幻般的存在高拔超群、妙不可言。作为写作者，我们需要与众不同的思考，需要在劳动的汗水里浸泡的美妙而充满灵性的文字，需要用思考的温度打磨抛光的智慧语言。

二十六

大千世界，人间万象，各显神通。有人敏于商道，有人敏于仕道，有人敏于言语，有人敏于眼神。从事文学创作这些年，我的生存疆域上生长出一小块文学绿洲的同时，大面积水土流失，遍地荒芜，赤地千里。方向感越来越迟钝，旅行中怕搞不清住所位置而不敢单独外出，更不敢独自乘地铁；只身到饭馆，不大适应排队叫号，反应迟滞，手脚错乱；在人员稠密场所，目光紧紧锁定同伴，不敢张望左右……

按时下说法，与急速变化的现代社会隔山隔水的我，已经被这个高度精细化的时代甩出好几条街。望着9岁的孙女在车站人流中拉着旅行箱穿梭自如的背影，无比羡慕的同时，心头掠过孤雁掉队的苍凉。为避免陌生领域可能会遇到的麻烦和尴尬，最简单的办法是把大部分社交活动移交给志远，让他代为联络四周。他不断扩容的微信圈里不下两千人。

另外，尽量婉拒自认为不重要的社交或外出活动。近期谢绝了县总工会赴广西疗养的安排，放弃了中国作协组织的新疆采风邀请，以及县政协在湖南、县委统战部在无锡、海东市政协在杭州举办的培训机会。

人这一生不断在得到与失去之间徘徊，就看你如何取舍了。有时候，果断舍弃一些眼前有诱惑力的东西，是为了更好地拥有未来。

有了写作和与之相伴的深度思索，我的生命在另一条河流中跳跃着欢快的浪花，熠熠生辉。我想，即便失去所有形形色色的东西，只要拥有一片晴朗的精神天空，依然会潇洒自如地行走在这个世界上。

二十七

　　有人说，故乡是最初的自我。对写作者而言，故乡情结尤为浓厚，是赖以"生存"的原生态文学矿区。没有刻骨铭心的乡土记忆，就没有以故乡为起点的文学创作。但凡有所成就的作家，都以拥有一块魂牵梦绕的文学根据地而自豪不已。比如鲁迅的鲁镇、沈从文的湘西、陈忠实的白鹿原、莫言的高密东北乡、贾平凹的商州。正如把自己的文集取名为《情定循化》，我对循化的情感是刻骨铭心的，它是我永远的文学故乡。如果范围再缩小一点，那就是白庄镇或更小的乙日亥村了。

　　传统社会中的撒拉族行政区划为内八工和外五工，足不出户的老辈人说起地理概念，就有"天下八工"之说。他们的意念中，"八工"就是整个天下，再没有比八工更大更远的地方了。能走完八工的，往往是走乡串村的买卖客，他们是能人中的能人，狠人中的狠人，寥寥可数。于是，在区区几十公里方圆内又分出山里人、沟里人、川里人、河边人、这边沟人、那边沟人。在这种与生俱来的等级划分中，河边人和川里人有着天然的优越感，谁都可以俯视山里人和沟里人。山里人和沟里人也心甘情愿地招认自己的从属地位。要不是富户人家，山里人家或沟里人家绝难娶到川里人家或河边人家相貌上乘的姑娘。我家姑奶奶因为才貌出众，才远嫁到清水阿什江村。

　　随着创作的不断深入，故乡的轮廓也在不断扩大，从生养自己的那个家，到能装得下童年时代的那个村庄，再到清水河两岸红山绿谷中的十里八庄。17岁第一次出远门时，日思夜想的故乡的边界已经蔓延至整个循化，其中黄河的影子尤为清晰。

　　与老家拉开一段距离后，故乡的边界渐渐扩大为族群意识，地理意义上的故乡不再是老家、村庄或乡镇，至少是循化这一片区域；心中的人文故乡也不仅仅是撒拉族，至少包括撒拉族、藏族、回族、汉族等多个民族的聚合体。对故乡的认定不再是单色调的那山那水，也不仅仅是那些熟悉的面孔，而是一种包含着情感、情绪、思念等诸多因素的心理体验，地理故乡渐渐演化为文化故乡，文化故乡又还原成以骆驼泉为意象的精神原乡。以此类推，走出青海，三江源就是我们心中的牵挂；在异国他乡，黄河长城自然会成为无法释怀的惦念。

二十八

人生在世，有的人早熟，有的人晚熟；有的人孩童时代就情商富足、伶牙俐齿，有的人到老了也木讷迟钝、笨嘴笨舌。人的脚底下有无数条路，但并不是所有人都能走出一条通往彼岸的康庄大道，关键在人生的十字路口选好路向。很多时候，我们的脚步受制于别人的目光，踌躇而不坚定，畏怯而不从容；我们的生存状态是被动的、苟且的、防御性的。激活自己，便是发现自己。把日渐淡化的人生经历从垃圾场重新回收，用思想的琼浆清洗，用文字的灵光打磨，在人生的第二个界面开掘出崭新的自我。

据马海萍老师统计，《黄河从这里拐弯》中有名有姓的人物大约有五百个，就我愚钝的文笔力说，要鲜活淋漓地写出每个人在相貌秉性上的细微差异，显然力不从心。或许，退而求其次是明智选择。我时时告诫自己，无论如何也要把其中的穆沙、哈牛、韩志兴等关键角色写出一些别样来，其余的，能写到什么程度，也就无暇顾及了。

通过第一、二部，读者对小说中的各色人物各有所见，各有所爱，有人欣赏穆沙的闯劲，有人喜欢哈牛的单纯，有人对韩志兴在复杂多重的性格背景下展现的坎坷人生饶有兴趣。有读者问我小说人物身上有没有投注自己的成分，我毫不避讳地说，韩志兴身上有我的影子，但不是全部，为策应人物发展需要，只在某个侧面忽闪一下。

韩志兴这个人物是多重的、立体的，他身上既有爷爷奥斯曼的睿智与豁达，也有汉族血统奶奶麦姆娜姑的含蓄与内敛，既有父亲韩来福的勤奋与韧劲，也有自己在复杂人际环境中磨炼的机敏与防范。这个角色既有一般人不曾具备的优点，也有自身无法克服的缺点。他整体上是个晚熟的人，有理想有情怀，时常表现出胆怯、犹豫、懦弱和逆来顺受的一面。他也许不算准君子，但也绝不是小人。这个人物的复杂性在于，出身农门的他心怀远大抱负，但并不十分清楚自己所追求的终极理想是什么，从民办教师到公办教师，从副局长到乡长，从乡党委书记到副县长，从农区到牧区，又从牧区到市区，在一系列工作岗位上备尝酸甜苦辣，又在经历一场死去活来的重病和失去爱妻的考验后，才渐渐明白生活和人生的真谛，越过物质欲望的沟壑，跨过命运的废墟，在文化层面完成了对精神人格的塑造。

我心目中的黄河拐弯，就是以韩志兴为代表的被称为黄河浪尖人梢子的新一代撒拉族人在浩浩荡荡的时代大潮中的一次华丽转身。

二十九

2022 年 6 月 16 日，一个阳光明媚的午后，我依然来到草木葱茏的街子河畔，开始修改《黄河从这里拐弯》第四部第二稿。

到第二稿，框架有了，轮廓有了，一些重要环节上的细节也都有了，尽管局部章节还需要较大幅度修改，但整体上比第一稿容易多了。

新冠疫情阴霾下蜷缩了两年，对季节交替似乎已经麻木了。昨天下午 6 时，循化县城终于解封，人们在迟到的初夏走出室外，贪婪地吮吸着来自原野的清香，把身心投入久违的旷野中。

晚上下了一场透雨，把污浊的尘埃与人的灰暗心情清洗过滤一遍，天朗气清。好天气预示着好兆头。在这样的氛围中修改稿子，是个不错的开始。

此时，我已经处理完该由我出面应付的一揽子俗事，在被清空的大脑里植入小说素材，把腾空的心儿完全交给文字世界。这是必要的铺垫。因为强扭的瓜儿不甜，娇气的文字更是如此。如果心浮气躁、头昏脑涨，写出来的文字注定会生硬、磕巴，比吃半生不熟的馒头还难受。码字的效果决定着心情好坏，没有什么比写出几千个心满意足的文字更令人惬意。虔心期盼意料之外的神来之笔，那是上苍对勤奋者的恩赐。同样，没有什么比苦思冥想后写出一大堆糟糕文字更令人沮丧了。经验证明，一气呵成的文字中蕴含着一股自然天成的气脉。

写到这个份上，不再是会写不会写的问题，也不再是谋篇布局与遣词造句的问题，很大程度上取决于能否得到缪斯之神的青睐与眷顾。天底下写文章的人不计其数，但真正被后世称道的作品却寥若晨星。这既是文艺创作的难处，也是它无穷的魅力所在。

文学创作无疑是一项耗费大量心血的文化工程。不少写作者列出写作大纲，有的还条分缕析，文章脉络清晰可见。起初，我也如此这般列了个提纲，但到了细节描述阶段，所谓大纲根本不起作用。因为只知道终点在什么地方，却完全不知通往终点的途中要绕过多少个弯道、架设多少座桥梁、打通多少个隧道。这既是初写者的短板，也是优势所在——可以不受框框的局限，信马由缰，自由发挥，写到哪里算哪里，写成什么样就什么样，是豆子是麦子，写出来再说。

这个时候，潜意识往往会倾向于借助自己智慧和想象力之外的一种神秘力量的暗助，很想用一个类此宗教化的仪式来寄托内心深处乌托邦式的夙愿。就像当年路遥跪在毛乌素沙漠中向远天阔地表达一腔宏愿那样。这不是什么羞于启齿的懦弱之举和见不得人的幼稚心态，因为人类过于渺小，因为这是少数人当中的少数人替多数人完成的宏大工程，要想做好超出自己能力的事情，心中怀有这种按常理看来非常可笑的想法是完全可以理解的。

我的仪式十分简单。沐浴净身后，郑重地坐到办公桌前，打开电脑，开始敲击第一行字。

去年这时候，也是在这个位置上，怀着同样的心情，在漫无边际的荒原上插下犁铧，亦步亦趋向前走去。现在虽然没有初稿时老牛拉犁般的负重感，却丝毫不敢马虎。经验告诉我，对文字的虔诚度减少一丝毫，就意味着对自己心血汗水的背叛。主观上，我不想留下任何显而易见的遗憾，字字句句都要在绝对清醒的状态下反复琢磨推敲，出现思维迟滞、眼睛苦涩或语句暧昧的亚理想状态，就果断停笔。

改稿子就像母亲在麦地里拔除燕麦草，拔了一遍又长出新的，临到开镰收割，还不能完全除尽。某一章修改之后，从头到尾过目一遍，还是有不尽如人意处，于是，轻轻叹口气，把那"杂草"薅锄掉。如果瑕疵较多，就暂时离开电脑，看书或出外散步，等到晚上或第二天清晨，换个状态后再逐字逐句捋一次。

电脑上敲字，手指头无须用力，但为了享受逮住心仪的字句时的那种快感，犹如猎手对准在劫难逃的猎物时不敢轻易扣动扳机，每一个字在脑海中闪现后，像是担心跑掉似的，用右手中指在电脑上重重地切下去，哪怕做不到掷地有声，也要在第六感觉中泛起雨落池水的涟漪，以至于右手中指肚被磨出老茧，以至于电脑空格键被敲裂了，只好用透明胶布粘住。

十天后，对室内光线、灯泡亮度、屋外声响、茶水浓度、一日三餐等外在因素都基本适应了。手机也基本处于停滞状态，除了在饭点偶尔有电话打过来，再也听不到响声了。

每天按进度拿下两章时，心中涌满富足感。

时间长了，对这台电脑也产生了某种情感依赖，偶尔换用其他电脑，有一种陌生的不适感。

三十

每天的情绪与创作进展有关，或阴或晴，全凭电脑屏上的文字。顺利的时候，心情格外舒畅，窗外的阴晴圆缺、刮风下雨和不顺心事都不能影响那份好心境。相反，不顺利的时候，脑门像是被什么东西塞住了似的，改几百字都吃力费劲，改来改去都不是想要的字句，整个人变得焦躁、失落、怀疑，甚至有点莫名的痛苦，吃饭不香，睡觉不踏实，身心疲惫，很折磨人。有时，望着大街上潇潇洒洒走路的人们，反问自己：你何苦这样？谁让你自讨苦吃的？

当然，时间久了，也能总结出一些应对之策。一般情况下，如果脑子淤塞了，就不硬闯，先把情绪调理好，花半天时间美美睡上一觉，让身心处于完全放松状态，泡个澡听听音乐就更好了。也可以到楼下或稍远的野外去溜达一圈，在自然山水中放飞心情。然后静静地看一会儿书——这也是象征性的，不一定多看，翻上几页，把写作感觉找回来就行。

这段时间摆在案头的只有三部书：《悲惨世界》《白鹿原》《平凡的世界》。有的搁在桌上，写作中瞭上那么一眼，或翻开看几行；有的倒扣着放在枕头边，瞌睡醒了一时不想起床时，随手拿起来看上几页。

长篇小说是个丰富多彩的世界，要想尽可能多地展示这个世界的不同侧面，需要以开放的心态收集庞杂多样的信息，只看名著或特定书籍，也许在技术层面会有所帮助，但在展示生活的广度和深度上有局限性，往往满足不了进一步拓展的需求。尤其像我这样的少数民族写作者，对已有知识和经验之外的任何一种见闻，都应当保持一种"狮子大开口"的兴趣。哪怕随手翻阅小学语文课本时看到一段生动的描述，也视若珍宝。有时，阅读中捕捉到的一段话、观看影视剧时一句精彩的对白、喝茶聊天中身边人随口而出的一句感慨，都有可能触发灵感。由此引申开去，小溪变大河，眼前豁然出现一片新天地。

三十一

过去十年，与这部作品断断续续的厮磨中，自己能感觉到的变化是，每况愈下的体能、日渐稀疏的头发和不再滋润的脸庞，而内在的变化却是生命框架的重构和思维方式的涅槃。失去的终将失去，得到的弥足珍贵。我庆幸这样的改变，不怯于人们用异样的目光打量自己外在形貌上的蜕化，不断暗示自己再温和一些、再随性一些、再独立一些。

已经习惯了别人用关切的语气问，还在创作室吗？写到啥程度了？我享受着别人语气和目光里的那份关切。领受海东市劳动模范奖章，以及后来上报"最美公务员"时，体味到自己正在从事的这种劳动的甘甜。建党百年前夕，县委慰问组找到创作室，当我接过慰问信和慰问金时，内心烫热，百感交集。

随着年岁的增长和同龄人的遽然辞世，对生命的预期越来越强烈，担心哪天早晨一觉醒来，突然失去原来的自我；怕有一天生性懒惰、思想空虚、目光混沌、精神委顿。因此，写作不仅是单纯意义上的文学创作，也是给自己补充生命的养分。

今年是新冠病毒发作以来的第三年，地处青藏高原的青海也未能幸免，西宁市和海东市整体性沦陷。随着国家宏观经济政策的调整，我们将面临一个很实际的问题——哪儿也去不了，连去西宁都成了遥不可及的奢望。但也有让人知足的一面——至少在循化范围内可以自由活动，至少可以与亲戚朋友来往走动，至少可以小范围聚餐。

山高路远的循化把病毒阻隔在外，一时成为令人羡慕的世外桃源，循化人也因此多了一份富足感。

每次聚餐，马辉先生把占祥先生请过来。这位被誉为骆驼泉边常青树、撒拉族文化活化石的老先生总有讲不完的趣事、道不尽的笑话，重复的故事、无穷的新意，让满桌人捧腹大笑。散场时，老先生还不忘说一句"把你的微笑留下，把我的欢乐带走"。

不知谁说了一句：让占祥巴巴逗乐一下，三天不烦恼。这就是艺术的魅力，只要人类还需要一点精神关怀，艺术之灯就不会熄灭。

不少场合遇见了曾经在一起共过事这几年却难得一见的熟面孔。我们像海水中的漂浮物，忽然一个浪涌，都被推向沙滩。彼此相望，感慨万端，犀利的目光迟钝了，咄咄逼人的言语变柔和了，额头的皱纹、鬓角的白丝、迟缓的步态无声地告诉对方，曾经的理想和激情都成为明日黄花。

蓦然发现，当所有人放慢脚步甚至无所事事的时候，正是写作者安心创作的黄金时期。

三十二

6月28日这一天很不平常。

像往常一样沉浸在稿子中，突然一声铃响打破了沉寂。詹晋文老师说几个朋友看我来了，让我开门。对文化圈朋友们的到来，我并不感到意外，因为几天前詹老师和原林就提起过，只是没想到来得这么突然。来不及整理一下凌乱的房间，赶忙去开门。

站在七楼楼梯口，只见83岁高龄的占祥先生第一个气喘吁吁爬上来，紧随其后的是有肺气肿病的詹老师，还有新华老师和宝林先生。除了马秀芬、马兰芳、韩原林、马明全、马海萍、马昭辉、牧雪、马林义、韩庭、马国忠、马向前、马金花、马吉明、韩福兰等文朋诗友，还见到了久未谋面的老同事韩忠辉和徐海文先生。这份意外，令我感动不已！

詹老师和原林展开一幅"硕果累累"的美术作品，画面上是几串水灵灵的紫葡萄，寓意我在文学创作上取得的成果。这是一种美好的鼓励，我收下了！

詹老师曾任县文化馆馆长，长期倾情关注撒拉族文化，他比别人更多一份明白一部像样的文学作品对一个现当代文化创作起步较晚的少数民族的重要性，时常有一种恨铁不成钢的焦虑。他把《黄河从这里拐弯》视为己出，逢人就说——这部作品将来一定会有出息，不信，咱等着瞧。说实在的，我自己也不相信会有那么一天。随着前两部渐渐被读者接受，第三部也初步定稿，使我初步找回了一些信心。尽管离詹老师的远景目标尚有很大距离，但至少我本人已经铆足了在后续创作中闯关夺隘的劲头。

对写作者来说，没有什么比得到读者认可更令人开怀的了；对一个站在社会边缘以文字向这个世界倾诉内心的人来说，能得到一众朋友发自内心的问候，实在是一种无比幸福的事！

再一次真诚感谢所有关心我的朋友们，是你们给了我在寂寞的街子河畔继续耕耘的动力。我无以回报，就让这个美丽的 6 月记住你们送来的珍贵脚步！

三十三

《黄河从这里拐弯》第三部开头部分阳气过盛，阴气不足，故事情节相对沉闷，缺少阴阳互补的柔性色彩。原林不止一次提起这个问题，觉得前五章应该有个女性角色来点缀一下。说多了，我心里就落下一个病，但一想起对已经成型的作品做手术，一时难下决心。也不只是犯难的问题，增加一个人物，对前后左右都有关联，不少情节会随之变化，而且整个儿都要虚构出来，弄不好，反倒画蛇添足。

总体而言，男多女少是我的作品的一块短板，不少读者都委婉地提到过这一点。其实，这是不成问题的问题，因为女人本该是五彩斑斓的生活图板上不该缺少的颜料，任何一部反映生活的作品都无法忽略女性的存在。但现实已经摆在眼前，我所塑造的一群文学形象中，男女比例明显失衡，造成女性板块相对不足的缺憾已成事实。也不是没有意识到这个问题，只是有点力不从心。

对一部长篇小说来说，开头几万字至关重要，重要到攸关成败。读者愿不愿意继续看下去，很大程度上取决于前几章的叙述效果，而激起读者兴趣的，往往是男女之间的风情月思。原林的提醒没错。但想到为一个女性角色打乱布局、劳神费心，真有点不愿面对了。

本质上，我不是那种听不进不同意见的一根筋，只要读者提出合理意见，又不伤及大雅，一般会照单全收，充分采纳。但修改小说不同于其他短篇幅文体，前后左右都要权衡周全，哪怕删减一段文字，也要考虑对整体布局的影响。再说，为了这部小说，历经持续十年的消耗战，除了耗损健康，消磨了大半意志力。所以，完美主义，见鬼去吧！

但是，2022 年 11 月 17 日再次让整个循化沦为一片静默的新冠疫情重压下，被困斗室的我突然拥有了大把时间，觉得这是修改小说的最佳窗口，此时不改，更待何时！

也许，潜意识里一直在等待着这样一个水到渠成的机会。

想来想去，最终想到让"蔡小青"这么个女子，闯进韩志兴的生活。不过，这个人物只是个临时加进来的"调味品"，多则五千字，少则两千字，不大可能出彩。另外，出版社胃口已变，过于露骨的情感戏有所抵拒，得控制好尺度，切忌为夺人眼球而描摹男欢女爱的肉麻场景。因此，这样一些临时补缀的文字，多大程度上增加整部小说的色彩，还真不好说。

三十四

整个 7 月住在村子里，这是近年来住得最久的一次。这些日子，感受到了乡风民俗的力量。在强大的风俗面前，个人的力量非常渺小，不要说改变点什么，要按自己的想法保持一种特立独行的生活格局也往往身不由己。村里人有自己的行事逻辑和价值判断，你对他们怎样、对村子的态度怎样，人人心中都有一杆秤、一本账。他们冷眼观察你的一举一动，碰到话茬子上，像翻烧饼一样议论你。寺里的阿訇爷不时告诫人们莫背谈，少议论人，但众人聚在一起，哪能管得住蠢蠢欲动的舌头！

我小名叫达吾德，惯称达吾。我们村与我年龄相仿的有好几个"达吾"，年少时村人叫我"后巷达吾"，不知什么时候起，又安了个"达吾局长"的名号。背地里谈论我时，亲戚们都改不了口，连年龄相隔两轮的小字辈也都这样称呼。值得欣慰的是，因为在村人当中处处谨言慎行，又尽量跟老少贴在一起，耳边很少传来对我长长短短的议论。即便如此，每每听见"达吾局长"时，心里还是有一丝莫名的抵触，觉得其中隐含着某种讽刺意味，就以更低的姿态冲淡镀在名字上的那层虚幻光环，但往往事与愿违。

要在过去，"给村子办事"似乎成了但凡有点出息的上班族头上无法摆脱的魔咒，村人对上班族一厢情愿的苛求几乎是与生俱来的，办不办事、办多大的事，成为衡量工作干部有没有家乡情结的标志。我这种人人微言轻，向来不旁顾左右，只看脚尖尖前的路，没能给村子或亲戚们办下增光添彩的事。所幸村人对此很能看得开，并没有对我们这些上班人耿耿于怀、评头论足，他们对门外游子的开怀大度令人动容，每逢重大活动，都不忘请我们过去，额外关照。

眼下情况大为改观，无论是旁人，还是亲戚朋友，对上班人帮助他们改善境遇不抱太大希望。即便你动用关系给村里争取到什么项目，也不一定讨来赏识的目光，更不会有感激的叫好声，有几个为你着想的人心领神会就不错了。

看上去，村子宛如一面平静的池水，表面上大家伙喜笑颜开、客客气气的，暗地里却免不了磕磕碰碰，彼此间总有一些或大或小的隔阂，或是由来已久的宿怨，或是两家紧挨着的地块被一方犁地时不慎刮走那么一小块引起风波；或是因谁家的牲畜吃了谁家的麦地而失了和气；或是两家世代共有的隔墙未经商量突然被一家放倒，惹得另一家怒火中烧；或是盖房子遮挡了邻家的采光，弄得人心里好不舒服；或是做不成亲家反目成仇的。这些事看似很小，但绝非小事，如果处置不当，往往会掀起滔天巨浪。

自从二十年前因水利纠纷使全庄子撕裂后，经过漫长的自我疗伤，渐渐恢复元气，在乡村振兴中一举走在全镇前列，成为远近闻名的"花海村"，2022 年被评为全省文明村。这个变化来之不易，激动之余，我给村"两委"写了一封贺信：

> 祝贺乙日亥村获得省级文明村殊荣。这是过去几年在白庄镇党委政府正确领导下，村"两委"团结带领全体村民抢抓机遇、苦干实干、展示新作为、树立新形象的结果。衷心期望村"两委"珍惜荣誉，继续发扬敢为人先的创业精神，带领乡亲们投入乡村振兴、全面建设社会主义现代化国家、建设和美循化进程中，以全国文明村为标杆，百尺竿头，更进一步，取得更加骄人的业绩。衷心祝愿家乡各业俱兴，父老乡亲们幸福安康！

客观上，乙日亥村的变化为写好《黄河从这里拐弯》第四部提供了现实素材。如果说乙日亥人是乡村振兴的直接受益者，我就是用文字呈现这种变化的间接受益者。

三十五

第四部第二稿修改临近结束时，特别想念倾心描写过的后山村。虽然那是个虚构的地方，不可能找到韩志兴、茹姑娅、野牛团副、萨廖队长们出没的具体方位，但内心中依然放不下那个偏僻荒凉尘土滚滚的小山村。8 月 2 日，赶在大暑结束前，一家人从文都藏族乡中库沟绕过唐赛源，去了想象中韩志兴和茹姑娅相爱过的地方。

2022 年 8 月 16 日，耗时十年的万里长征终于抵达终点。出炉后的二稿与一稿相比，有了明显改观。尤其在哈菲则身上加重笔墨后，凸显了悲剧色彩，规避了有可能被人诟病的大团圆结局。通过两场大病和失去爱妻的不幸遭遇，给韩志兴原本不大顺利的人生又涂上一层悲凉的暗灰色，让他在跌宕起伏的人生路上充分感受生命的无常。

我像个兴奋莫名的童孩，一时不知所措。为表达象征性纪念意义，把"尾声"部分仅剩的两页特意留下来，拿到老家乙日亥村，在留下太多童年记忆的地方结尾。

画上最后一个句号时，竟然没有出现想象中大功告成的惊喜，高昂的情绪立刻转化为深深的落寞。那种失落像极了农夫割下最后一把麦子时将要失去整个夏天的惆怅。农夫们来年还可以从头再来，在又一季金灿灿的麦田边挥镰割麦，而我再也回不到与主人公们厮磨的日子，与我相伴十年的那些面容顷刻间离我而去，投入所有激情所描绘的那个虚幻世界无情地抛弃了我。备尝艰辛的韩志兴们完成生命炼狱后可以有一个全新的开始，而几乎耗尽体力、激情和才情的我，如果还有可预期的未来，下一步将迈向哪里？

十年，三千六百五十个日子，原以为用二百多万字可以堆砌一个令人仰望的摩天大厦，到头来，却是一个只能在朦胧的意境中观望的海市蜃楼。

三十六

时间到了 2023 年。

从新冠疫情阴霾中苏醒过来的黄河河谷迎来了久违的第一缕春风，积石山下绿意盎然，杏花怒放，春潮荡漾。

4 月 13 日，省委宣传部与省总工会联袂举办"青海本土作家世界读书日访谈节目"，我接到由承办方青海交通音乐广播电台的邀请函，上面列了六位青海本土作家，分别是梅卓、王文泸、王贵如、龙仁青、马钧和我。要求每人录制一档五至八分钟的访谈节目，访谈内容自定。

我非常看重这个访谈。试想一下，如果没有《黄河从这里拐弯》这部小说，我也就不可能跻身被邀请的这些本土作家行列。某种程度上，这部包含着十年心血的文学作品使我行将枯萎的生命重获新生。

我邀请循化电视台主播马忠明先生,到黄河边撒鲁尔饭店录制。忠明曾以自己的方式宣传推介《黄河从这里拐弯》,以此为题材,创作过一部广播剧和电视专题片,分别获得省级一、二等奖。以下是马忠明(简称"马")和我(简称"韩")的访谈内容。

马:这些年韩老师一心沉浸在文学创作中,短短十年时间出版了好几本书。一般来说,写作伴随着阅读,写作的过程也就是读书的过程,很想知道你持续写作的背后有着怎样的阅读经历。

韩:我的阅读的确是伴随着写作的。如果不写作,我也许会把大量时间消耗在你来我往的应酬或其他一些消遣性活动中。写作把我拉回到追求精神生活的轨道上。阅读和写作改变了我的人生轨迹。说起来实在让人笑话,至今我还没上微信,还没学会在自动取款机取款,也不会开车。这些当然可以很快学会,但我有点固执地不去碰它们,不想由此而乱了自己的心境,尽可能与门外的喧嚣保持一定距离。

我的阅读比较随心,也比较凌乱,政治的、经济的、社会的、文化的、哲学的、宗教的,遇到什么书,都想看一看,有时也读读小学语文课本,或课外读物什么的,比如《鲁滨孙漂流记》《钢铁是怎样炼成的》《老人与海》等。甚至留意大街上那些漂亮的广告词和门店招牌。

当然,阅读重点还是文学作品。我崇尚名家而不崇拜名家,不管是名著还是普通作品,遇到有意思的文字就多看。"循化青年文学"平台上每天发送一篇本地写作者文章,那是必定要过目的。总体来说,我在阅读上没有负担,所写的文章里很少引用名家语言。对"百度"始终保持着警惕,尽可能写自己眼睛看到的、内心感悟到的东西。

马:时下人们难以摆脱以手机为主的碎片化阅读,你也有这样的情形吗?你是怎么养成持续阅读习惯的?

韩:生活节奏如此之快的年代里,干什么事情都讲求经济效益的当下，自觉养成阅读习惯确实不容易。我的阅读是一种代偿式的需求性阅读，也就是被逼出来的。身处基层，需要面对本职工作以外的许多事务，要进入一个相对陌生的领域，唯一的办法就是学习。比如说，理论宣讲，移风易俗，民族团结进步，策划展厅，各种各样的座谈会、研讨会。要干好这些工作，唯一的办法是学习。久而久之，在自觉不自觉当中，阅读成了一种习惯。

马：我们知道你不仅写作，还参与大量社会事务，你是如何处理阅读、创作和讲座之间的关系的？

韩：对我来说，阅读、思考和写作是三位一体关系，已经成为不可或缺的生活方式。通过阅读和思考，有了明确结论的，用讲座形式与大家分享；想要表达的情感或人生感悟，借助于散文形式；自己觉得比较重要，但还没有想明白的问题放到小说里，以虚构方式与读者一起探讨。

马：说起阅读，大家都觉得很有必要，但现实当中静下心来读书的人却越来越少，能分享一下你的阅读方式吗？

韩：简单来说，我的阅读方式有四种。

第一种是阅读书籍，尤其经典书籍是绕不开的篇目。某种意义上，经典名著是人类智慧的结晶，今天困扰我们的许多问题，也许几百年前就有答案了，就在那些经典里。阅读经典，我们在生命历程中可以少走一些弯路。

第二种是网络阅读。网络为边远地区的人们获取知识提供了更多可能性。通过网络，可以直接进入大学课堂，聆听专家学者讲课，了解很多有趣的东西。所以我并不排斥网络阅读，即便是零星的碎片化阅读，也获益匪浅。

第三种是阅读社会。什么是社会？社会就是人与人之间的关系。人在社会，活着都不容易，每个人的人生都是奋斗出来的，所以每个人都是一本鲜活的书。我喜欢跟其他民族同胞打交道、交朋友，喜欢跟企业界、宗教界、教育界、文艺界打交道，从他们那里了解发生在不同领域的故事，间接打通自己的认知盲区，丰富人生阅历。

有人问我《黄河从这里拐弯》的海量素材源自哪里，我说来自与基层大众相处的往常中。我走近形形色色的人群，聆听他们鲜为人知的故事，阅读他们异彩纷呈的人生。另外，有了各种类型的讲座，就有了学习、观察、倾听和思考，沾满露水和泥土的素材就在手边了。

第四种是阅读山河大地。我的旅行目的比较明确，每次出去，都是奔着一个目标去的。行程大体可以划分四条线：第一条是黄河线。几乎走遍了从扎陵湖鄂陵湖到山东东营的黄河流域，感受黄河文明的博大精深。第二条是红色线。走过了红军长征的近三分之二路程，为讲好党课积累了现实素材。第三条是文化线。穿越青藏线、三江源、蒙古高原、三秦大地、长江珠江流域，感受中华文化的深邃魅力。第四条是撒拉族创业线。以兴旺集团创业历程为线条，实地踏访了诸多撒拉族企业家近四十年风云跌宕的创业足迹。

马：怎样选择一部适合自己的书？或者说，你通常阅读什么样的书籍？

韩：选择一部自己喜欢的书，是一件困难的事，别人推荐的书，不一定适合你。某种程度上，遇到一部与自己心灵高度契合的书，是一种缘分。一年当中总要看几十本书，但真正与自己产生共鸣的，也就两三本。有的书翻看三五页就放下了。这些年看似买了不少书，但放在枕边的书并不多。

尽量保持阅读的独立性。就是不跟风，不随大流，喜欢读与自己生命结构有关的、与自己的思维方式相近的、与审美情趣相吻合的作品。读不进去的作品，宁愿错过，也不会勉强自己。

马：你认为阅读给我们带来的最大好处是什么？

韩：根据我个人的体会，不带任何功利色彩的沉浸式阅读，可以使我们的生命安静下来。尤其在这样一个浮躁的年代里，阅读可以帮助我们从物质欲望的泥潭里拔身而出。阅读使我们产生敬畏，知道自己的渺小，让人变得谦卑。阅读不一定解决具体问题，但可以帮助我们确立一种积极向上的人生方向，建构一种豁达包容的人生格局，找到一条通往内心的人生捷径。

我对读书的体会是，我们所寻找的诗意生活不在远方，而在于拥有一颗超然物外的宁静的心，阅读可以造就这样一种心境。况且，在交通和通信高度发达的时下，地理意义上的远方的概念也发生了变化。有时候，远方就是自己的内心。

马：最近在思考什么问题呢？下一步有什么打算？能透露一下吗？

韩：最近思考两个问题。一个是铸牢中华民族共同体意识的循化实践。循化在这方面有丰富的实践素材，可以好好挖掘一下，与韩艳蓉合作撰写一篇文章。二是围绕骆驼泉传说，思考撒拉族的前世今生，打算写一篇有关骆驼泉的文章。接下来继续修改长篇小说《黄河从这里拐弯》第四部。打算今年出版第四部散文集。

马：马上到一年一度的世界读书日了，说说你对世界读书日的寄语吧！

韩：走进阅读，让书香温暖我们的生活。

三十七

2023 年春天转眼过去。这是三年疫情中解脱出来的人们全身心拥有的第一个春天，一草一花都显得格外稀罕。紧随开斋节迎来了展示循化早春景象的"和美循化文化旅游节"，筹划中的"循化青年文学"创办五周年座谈会和第三届黄河诗会也被列入文化旅游节系列活动当中。接到通知后，原林、明全我们几个人便开始了紧张的筹备工作。

经过五年努力，循化作协在队伍建设和作品创作上取得了有目共睹的成绩，形成了独具循化特色的团队建设模式，收获了弥足珍贵的创作经验。但进入后疫情时代，原有的创作势头逐渐式微，"循化青年文学"社会关注度一再跌落，整体上进入创作低迷期。对此，出现了不少怀疑的眼神，甚至有人提出"循化青年文学能走多远"的疑问。物竞天择，不进则退。现实要求我们必须找到新的突破口，举办这个座谈会则是循化文学创新突围的一种努力。

我对这两项活动将要产生的文化效应有乐观预期，就想以此展示这几年县作协集体创作成果，激励更多写作爱好者投身于文学创作。同时，从振兴县域文化角度考虑，期望未来的文学创作摆脱写作者形单影只单打独斗局面，尽量纳入党委政府工作议程，建立起繁荣兴盛文学工作的政策保障机制。

4月26日，持续多日的阴天突然变晴，在阳光明媚的春光中，迎来了别开生面的文学盛会。来自县内外文学爱好者、县域各族各界代表共聚黄河岸边的县会议中心，畅叙文学，共话发展。省作家协会副主席、中国少数民族文学骏马奖及茅盾文学新人奖获得者、《青海湖》主编曹有云、海东市作家协会主席李明华、县人大常委会副主任赵羽到会指导。

撒拉族著名书法家韩麒先生、积石宫社会服务中心向县作协赠送书法作品，县委宣传部和文体旅游局表彰了在文学创作和文学工作中取得显著成绩的先进个人，韩原林代表县作协全面总结了过去五年工作，马明全代表获奖作者发言，沈海存、牧雪、马永祥代表写作者发言，詹晋文代表文联各协会发言。这无疑是激情与思想的深度碰撞，文学人用最美的语言说出了自己的心声，用深挚的情怀表达了我们的文学理想。

谈起循化文学创作成就，李明华主席说，撒拉族文学的长项是诗歌，缺的是长篇叙事文本，他们等待了半个世纪，终于等来了《前世流传的玉》《短尾猫》《黄河从这里拐弯》等全方位展现撒拉族生活的宏大叙事作品，这是历史性突破，是撒拉族文化建设的重大成果。

由于会前准备充分，会议开得很饱满，三个小时的发言不觉得枯燥，会场气氛凝重，没有出现躁动，超过了预期效果。

临终总结时我这样说，循化文学这条小河在汇入浩荡奔流的文学江河的征途上，用浪花一闪的五年时间拐了一个漂亮的弯。我们是拓荒者，用劳动和汗水开出了一片绿洲；我们是黄河浪尖的筏子客，用手中的笔昭示了儿子娃娃的风采。就像八百年前撒拉族先民在奥土斯山下点燃火把寻找白骆驼一样，今天的座谈会以春天的名义，用理想和激情撞击的火花又一次点燃了循化文学继续前行的火把。站在新起点，我们充满信心；踏上新征程，我们豪情满怀！

当晚八点，在县第二中学礼堂举行的第三届黄河诗会同样精彩迭出，以李兰生先生创作的《天下黄河循化美》开篇的十一首诗歌、儿童合唱和器乐演奏，把自然风光秀丽、人文底蕴深厚、民族风情浓郁的循化用激情燃烧的诗歌语言活脱脱展现出来，尘封已久的心扉一次次被烫热的语言叩开，潮湿的眼眶再也拦不住滚落的泪珠，在梦幻般的美妙意境中，满身浊气的我们完成了一次精神洗礼。

朗诵已故回族诗人马汉良的《沉河》时，先生的音容笑貌犹在眼前，我禁不住泪流满面，唏嘘不止。

循化文学以五年的不懈努力，向积石山下、黄河岸边这块热土交出了一份厚重的答案。我们无愧于这个时代，无愧于父老乡亲。

2023年4月26日值得铭记。

三十八

4月28日，受邀参加了乙日亥村20世纪50年代出生的一众大哥们的聚会。

岁月在他们头上脸上留下一片雪白，额头上的皱痕比两年前更深了，但个个精神矍铄，容光焕发。他们不端老大哥架子，勤快地给我们倒茶续水。

这已经是第三次了，每次都不忘叫我，而且总让我演说几句。这一次还邀请了村干部、阿訇、德祥哥他们，在本村花海边一块树荫地埋锅造饭。

组织者明福大哥照例叫我讲几句，我推辞说，这种场合咱说话不方便，让阿訇说吧。他说，让你说是阿訇的意思。实在想不出这种场合该讲点什么好，正犹豫时，有人将一把小凳子搁到我腿脚边，众人立即围拢过来。我只好脸带歉意地坐下，想了想，就把话题锁定在文学创作上。

村人只知我"写书"，并不了解是怎么写的，连经常出入我家的亲戚们也不明内里。我把这些年文学创作中鲜为人知的经历说了之后，动情地说：

"世上有一片地，永远走不出，那就是故乡；世上有一群人，永远离不开，那就是父老乡亲。我要永远铭记我的文学故乡——乙日亥村；我要永远怀念我的文学贵人——乙日亥人！"

三十九

庆峰兄弟辞世已经两个多月，虽然生前尽己之力关照过他，但心中还是留下了难以抹去的遗憾。前些日子，永奋把创作室里价值几千元的会议桌拱手送人了。我问他为什么，他说他和庆峰兄弟把网购来的会议桌部件一样样背到七楼，花半天时间才安装好，而今一见这东西，就想起庆峰兄弟，心里实在不落忍，就送人了，眼不见，心不念。

再看看左右，几年前身强力壮的德祥哥和合力录哥也已满脸苍白，岁月无情地夺走了往日红光满面的容颜。按他们自己的话说，黄土已经埋到脖颈了。他们都是在困苦年代有恩于我的人，我想趁他们还能走动时，出去看看大山外面的世界，也算在生命的最后一程留下一点回味的念想。"五一"假期前一天，我对志远透露了自己的想法，希望他帮我圆了这个夙愿。

德祥哥正好也从西宁回来了，我当即问合力录哥、德祥哥、舍木苏，想不想出去散散心。这事出乎他们意料，都很乐意，也不问去哪里，只顾着高兴。

第二天晨礼之后，我们在微亮的晨曦中踏上行程。很少坐前座的合力录哥在副驾驶位上多像我儿时第一次坐在德祥哥自行车横梁上逛县城的样子，脸上洋溢着欣慰与富足的神色。车子穿过达力加山螺旋式隧道后行驶在半空中的高架桥时，他不住地感慨：公家真法玛呀！

两位阿哥原以为此行终点是达力加山那边的临夏市，等到疾驰的越野车甩过河州城时，我才告诉他们要去当年合里团长吃粮打仗的宁夏川……

望着车窗外绿油油的山川大地，我的心思又回到尚未完全告竣的《黄河从这里拐弯》。

一周前，韩学文先生送来了审校稿，从他手里接过不知被他翻阅过多少遍弄得"体无完肤"的稿件时，我忐忑地问了一句：

"觉得咋样啊？"

"很好呀，感觉比第三部还好！只是……"

"只是什么？"

"哈菲则死得让人难过。"

"呃……"

我心里悬着的一块石头终于落了地。

一想起明年这时候将要告别职业生涯，心里翻卷着从未有过的急迫感——万一身体有个小病小恙，或家庭生活遭遇不测，一切将会是另一种结局。所以，在身体和心智允许的情况下，尽可能在退休前全面完成这部小说的创作，以此向行将结束的职业生涯献礼。原本打算以全套四卷本向自治县成立七十周年献礼，从目前出版条件看，这个期望不大可能实现。

不过，这已经不重要了。至于何时出版发行，就看天时地利人和了。与最初草草记录奥斯曼家族百年史的目标相比，前两部顺利出版，后两部也已定稿在即，暂时要不到书号，也没什么遗憾了。

另外，这两年创作的散文作品也为数可观，可以结集出版了。第四部散文集应该是回望故乡，在尚未飘零的乡音中捡拾遗落的几缕乡愁，在依然升腾的袅袅炊烟中追寻那些刻骨铭心的远年记忆，在坎坎坷坷的征途上跌跌撞撞行走的步履中触摸脚下的余温，用几行蹩脚的文字告慰夕阳西下的人生。

陈琰先生从汉族视角关注我的作品，几乎参与了所有文稿的校对，每次都提出非常宝贵的意见。对这部散文集，他在册页中夹了这样一段书评：

庆功先生：

散文集《遗落的乡愁》拜读了一遍，更进一步感受了脑力劳动之艰辛。对您的敬仰之情更深了！您是挺起民族文化脊梁的创新者，是循化民族文化觉醒崛起的领军者。您付出的心血让循化走向了外界，让外界了解了循化。……您用十年的生命之光介绍了撒拉族文化、历史渊源、民俗民风民情，弘扬了民族精神。由衷地向您致敬！

《遗落的乡愁》更让我手不释卷，书中的思考和哲理让我受益匪浅。享用了几天的精神美味大餐，期盼早日出版。

时令已过立夏，夏天将很快过去，容不得磨磨蹭蹭。我想，等旅行归来，着手修改第四部第三稿。如果一切如愿，瓜果飘香的金秋时节，将举行《黄河从这里拐弯》第四部定稿仪式……

汽车在一望无际的宁夏平原疾行，我的思绪却盘旋在积石山下黄河拐弯的地方。

四十

进入 7 月份，接连传来一些好消息。

我省著名文学评论家郭守先先生打来电话，告诉我他写的评论文章《现当代撒拉尔生存与发展的本色书写》已发表在内蒙古《金钥匙》杂志。以下是他摘录给我的一段文字，并由他发到青海作家微信群里——

韩庆功的小说用传统现实主义的本色书写，给单薄的撒拉族小说创作注入了生机，尤其值得一提的是就如何立体呈现多民族杂居地区的乡土生态和人文环境进行了大胆尝试，是青海现当代撒拉族文学从诗性抒情向散文叙事拓展的重要文本……

一个民族不能只有传说，还应该有史诗；一个民族不应该只有财富，还应该有文明。但在韩庆功逆风前行的身影里，笔者看到了撒拉尔民族的拐点和希望；在韩庆功卷帙浩繁的创作中，笔者看到了撒拉尔民族的活力与未来。

紧接着，索里么带来一个十分简短但令人振奋的消息，他说刘晓林教授在一次文学讲课中详细分析了《黄河从这里拐弯》的成败得失，认为这是一部雄心勃勃的书，必将在青海文学史上占据一席之地。这让我异常欣慰。刘教授是青海师大文学院院长，长期研究青海文学，是我省文学评论界权威，曾担任茅盾文学奖评委，对我省文学作品尤其是长篇小说可谓一本账。之前举办的作品发行会和研讨会上，刘教授因故未能参加，一直想找个机会把书送给他，想不到他已经读到了，而且给出深解我意的看法，我在文字背后的创作意图上找到了知音。

7月23日，青海民族大学文学与新闻传播学院马伟教授等领导带领五十余名大学生到循化体验铸牢中华民族共同体实践。当日下午，在循化国际饭店我接受了该院客座教授聘书及赠书。我在答谢词中说，这是我今生收到的最为珍贵的礼物，将倍加珍惜这份荣誉，矢志不渝致力于文学创作，继续进行与铸牢中华民族共同体意识、建设中华民族现代文明有关的文化思考。

8月12日，应兴旺先生邀请，与韩新华、马明全两位先生到甘南州，赴夏河、合作、迭部、卓尼、临潭等地考察草原文化与红色文化。

兴旺先生是一位很有文化情怀的企业家，作为县作协顾问，近些年一直鼎力支持县域文学创作。此番从成都行车九百多公里，专程与我们相会，足见其心其情。在他的绵绵鼓励与殷殷期许中，我更加坚定了把余生交给区域文化创造的乜提。

8月19日，在乙日亥村老家接受了来自北京的一家传媒公司采访。他们是奔着在《民族文学》上发表的《今夜陪陪母亲》那篇散文来的。在客厅支起来的镜头前，我比较系统地聊起了自己涉足文学创作的过程，捡起十五年默默耕耘中酸甜苦辣的点点滴滴。在花海取景时，我对摄制组导演说，《黄河从这里拐弯》中的苏吉里村的发展变化，就该是眼前这个样子。

然而，生活总是喜忧参半。我在文学创作上收获喜悦的同时，向来默默关注我、分享我成果、彼此可以说私心话的德明兄已经病入膏肓。我去看望时，摸着他肿得圆溜溜的手，目视他见了我依然坚强地坐起来的瘦弱身躯，一种不祥的预感涌满心间。他却依然替我着想，通情达理地说，你多忙呀，哪能一次次来看我呢！

四十一

第三稿是终点，在哪里修改好呢？

街子河畔的创作室自然是首选，但我心里有顾虑。家人已经接连送了两年饭，每天两次，这一回实在不忍心连累他们。还有个特殊情况摆在眼前：受新冠疫情后遗症影响，身体状况大不如前，家人不放心我独自去创作室。正踌躇不决时，原林说他已经联系好了黄河北岸的撒鲁尔宾馆。不多时，振荣先生打来电话，说他已经安顿好了，什么时候住进去，直接跟前台联系。

一旦住进宾馆就得两个月，美好的夏日就要过去了，很想出去散散心。永奋和海山说，不如到西宁来，陪你到各处转转。已经半年多没去西宁，也该去会会那里的朋友们。但不知为什么，西宁早不是当年趋之若鹜的温暖之地，感觉冷冷的，总觉得缺了点什么，连一天都待不下去了，会见了几个朋友后，当日下午就返回了。

一年一度的国际抢渡黄河极限挑战赛之后，权衡再三，改稿地点最终敲定在乙日亥村老家。虽然吃饭不方便，却也不是克服不了的难事。肚子饿了不想用方便面凑合时，有时给亲戚家打电话，告诉他们要来蹭饭；更多时候骑上摩托车，一溜烟到白庄集镇，结结实实吃上一碗外加两个茶叶蛋的"加强型"牛肉面。

有人说，二十一天足以改变人的某种习性。投入紧张的创作后，一切活动以追求最佳创作效果为主，重新调整和规划平时不规则的生活秩序，该扔的扔，该减的减，把生物钟调整到最佳状态。

第三稿改起来轻松多了，已经没有什么心理压力，看到精彩处，暗暗佩服自己当初怎么会想到这样的词句。刚开始，计划每天修改两章，一个月后逐渐减速，每天改一万字就打住。剩下三分之一时，每天改一章还觉得快了些，索性一章过两遍。

在这种黏黏糊糊心理驱使下，不愿在思考的愉悦中拔身而出，想更多一些沉浸在突然蹦出一段流光溢彩的文字所带来的欢悦中。

我想，即便将来这部书以某种形式回报所付出的汗水，也不可能获得此时此刻纯粹无染的精神享受。从这个意义上说，艺术创作既是生命的一种救赎方式，也是在自我燃烧中释放生命激情的一道闸口，犹如火山口冲天而起的烈焰，气吞山河，绚烂壮阔。

8月25日是星期五，在撒拉族人生活中是个吉庆的日子。《黄河从这里拐弯》第四部第三稿剩下最后一章时，我下意识地停下敲击键盘的手指，离开电脑，给舍木苏打电话，请他约上合力录哥、哈如乃阿舅、有草阿舅、福地哥、马力克哈智，到白庄集镇"舌尖上的面片"餐馆，让他们分享一下我这个"写书人""工程完工"的喜悦。

第三稿修改下来，收获还是蛮大的。理顺了一些故事情节，调整了一些章节段落，削减了一些与主题不太紧密的文字，使整部作品感觉上贯通一气了。当然，我没办法把这些事跟亲友们讲清楚，只能让他们在喝盖碗茶的氛围中与身心彻底放松的我一起乐和乐和。

当天下午，恋恋不舍地给这部倾注了十年心血的作品又一次画上了最后一个句号。

2023年5月17日初稿于兴旺小区创作室
2023年8月26日二稿于乙日亥村老家

让写作照亮人生

　　非常享受这样一个以写作和人生名义展开的读书会。当代著名剧作家景旭枫老师从北京来到循化，与我们分享了他的写作和人生经验，听了之后获益匪浅，深受启发。

　　今天走进职校校门的时候，一眼望见美丽的校园，着实给了我一种强烈的震撼。我和牧雪老师一直在感慨，国华校长带领的这个团队把学校建设成了"一碗水"，学校面貌发生了很大变化，在循化这片土地上把曾经名不见经传的职业学校办得如此亮眼，令人惊叹不已！在此，我要把由衷的敬佩送给职业中学的各位老师，你们辛苦了。在你们的努力下，职业中学成为宣传循化的一个窗口，成为循化文化建设的一支重要力量。国华校长是个有真性情的撒拉汉子，有文化情怀，他周围汇聚了很多像张强老师那样我知道他们的影响力却叫不出他们名字的优秀老师。在我看来，职业中学像一个凤巢，引来了像景旭枫老师这样在全国有影响的文化大家。这不仅是职业中学的一件大事，也是循化县文艺界的一件大事。

　　接下来，结合景老师刚才的讲座，谈一点个人的感受和体会。我出生于 1965 年，快 58 岁的人了，如果要谈人生经验，我还不够资格。今天这个读书会是群贤会，刚才已经享受到了景老师带给我们的思想盛宴。根据张强老师安排，我想跟同学们简单分享一下我的成长经历。

　　我的情况跟景老师有点相像，以前学的是畜牧兽医专业，后来不断转行，至今转了十三个单位。最后一脚，落在了文学创作上。从研究怎样给牲畜治病到如何疗伤人的心灵疾病，可以说转了三百六十度。

　　怎么也想不到，当我的人生到了 48 岁的时候，出现了一个重大的危机，眼前一片漆黑，感觉非常迷茫。在这样的窘境下，我在苦苦寻求人生的突围方式。后来文学唤醒了我的另一种意识，使我的职业生涯获得了新的生机。第二部散文集《边缘上的思考》出版后，经再三请求，组织上调整了我的工作岗位。从此之后，在完成分内业务工作的同时，埋头于文学创作，潜心耕耘。在各方面帮助支持下，经过几年努力，出版了长篇小说《黄河从这里拐弯》第一二部、第三部散文集《大河东流》和大型文辑《情定循化》。一个月前，《黄河从这里拐弯》第三部也已定稿，第四部初稿将于近日杀青，算是小有所获吧。

要是跟同学们分享人生经验的话，我想以下几点体会与大家共勉。

第一个体会是，成长比成功更重要。50岁以前，我追求的是仕途上的成功。50岁那年，终于明白一个道理，成功是没有边界的，达到什么样的程度才算成功了呢？即便是亿万富翁，即便仕途上达到很高程度，谁都不好说自己已经完全成功了。那么，我们应该追求的生命方式是什么？如何完成对自己理想人格的塑造？我觉得应该是成长！成长没有时间和空间局限，每时每刻都有成长的可能。今天在这里开这么一个读书会，我觉得我们大家都或多或少成长了。聆听景老师的讲座，哪怕有一丁点儿收获，我们的思想意识已经不再是走进这座教室之前的状况了。往小里说，阅读一本书，思考一个问题，我们已经成长了；跟别人进行一次有意义的对话，也算是成长。而且成长是不封顶的，它没有时间界限，不会受到特定的外在因素的影响，伴随着生命轮回的春夏秋冬，以至于延续到停止呼吸的那一刻。可谓从摇篮到坟墓都是我们的成长期。我渴望让生命以成长的方式存在，所以选择了成长。这是我的第一点体验。

第二个体会是，过程的精彩不如终点的精彩；早熟固然青春靓丽，但晚熟更加意蕴悠长。这个道理，我们年纪大一点的过来人都有切身体会。年轻的时候，你的人生也许不如你的同学或同事那样精彩，但只要你不放弃努力，沿着既定目标一步一个脚印走下去，临到50岁的时候，也许那些曾经比你风光体面的人早已经被你远远地甩在后面了。这个结果应该是精彩的。我是属于晚熟类型的人，青年时代虽然不算碌碌无为，但也没有令自己满意的作为，直到文学创作上有所收获后，才觉得这一生过得踏实了一些，没有了脚不着地的轻飘感。

第三个体会是，表面上的风光不如内在的富饶。我在某个村的大学生表彰会上说过，为了争个脸面，在填报志愿时，家长和学生很容易脱离实际，往往首先选择像北京上海西安那样的大城市，然后选择一个牌子比较响亮的大学，却把影响自己一生的最重要的专业给忽视了。学生到了学校，专业不是自己感兴趣的，四年时间逛荡下来，没学到多少真本领，毕业出来以后，还不如那些扎扎实实学习的二本、三本学生。我们身边不乏这样的例子。我想说的是，同学们千万不要轻视职业中学，成才的路，就在脚下！

第四个体会是，无论你的人生起点多么低，只要沿着既定目标往前走，注定有一个好结果。我这个体会跟景老师的观点有点相同。我刚参加工作时，被分配到查汗都斯乡兽医站，接手的第一项工作就是黄牛配种，也就是人工授精。把手塞到母牛肚子里，把子宫抬起来，用人工的方法，给牛授精，弄得整个人身上都是牛粪。操作完了以后，还要自己做饭，自己掐面片，自己做馒头，满身都是臭味，连自己都看不起自己。后来跟着一名老师傅学了兽医，学着给马牛羊治病，有时夜里到老乡家，在棚圈里给牛马打吊针，手里高高擎着吊瓶，左手困了换右手，往往一次挂两三瓶，一站就是两个多小时。这就是我的职业生涯起点。但穷人家的孩子没有更多选择，只能苦苦支撑下来，无论多么无趣，多么苦恼，都始终没有放弃，一步一步往前走。到了人生的某个阶段，终于找到了想做的事——与文字打交道，曾经那些不堪回首的辛酸经历，成了宝贵的文学资源。

第五个体会是，永远不要说不会做。不管领导安排什么样的工作任务，也不管这任务有多难，永远都不要拒绝，不要说不会做。现在我不仅搞文学创作，每年还要搞三四十场各种类型的讲座，至今讲了七百多场次。在基层搞讲座难度很大，几乎每一场讲座都要变换主题。准备一个课件，往往需要十天半月，其间的辛苦只有搞宣讲的人知道。有一天到一个单位去宣讲，事先说好的是一个主题，而那个单位领导却临时改变主意，想来个"一石二鸟"，没办法，我只好遂他们的意愿，一个上午完成了两场讲座。还有，不少单位给我打来电话，有县里的，也有县外的，要求帮他们修改材料，我一个都不拒绝，也不忍心拒绝。我是个完美主义者，接手的材料不敢马虎，一遍两遍地改，反复地改，直到满意为止。还碰到让我给刚出生的婴儿取名字的事。有的时候乡亲们去贺喜要送个牌匾，他们不知道写什么，就请我帮忙。这些事情只要你用心去做，一般来说不会吃亏的，总有回报的那一天。做事的过程中，逼着你去思考，逼着你去查找资料，经手的事多了，不知不觉中自己也脑补了，跟着进步了。这就是社会大学。我觉得，一个人要想有所作为，永远不要说"我不会"或"我会得到什么"这样的话，不要轻易放弃摆在你面前的挑战。根据我的经验，一个过分在乎利益回报的人，他的创造力不会延续更长时间。别人有求于你，那是信任你。难办的事，既是挑战，也是促进你成长的机会。

写作方面，我的出发点和景老师也有些不一样。

撒拉族是一个有语言没有文字的族群，虽然在这块土地上生活了近八百年，但真正留下来可以传承的东西却不多。祖先们是怎么生活下来的？曾经发生过怎样的故事，他们有过怎样的跌宕往事、烽火经历？文字记录很少。这让我深感不安。有一天我找到几个撒拉族作家，对他们说，我们这代人一定要把自己能够感知的族群历史用文字记录下来，这事不能留给下一代。到了下一代，所有记忆都模糊了，你想记录，已经晚了。文学创作是一件辛苦而枯燥的事，对像我这样没有大学中文系专业背景又是半路出家的门外汉来说，难度更大，但我觉得很有意义，决定尝试一下。

最初的出发点很简单，就是把我们的祖先们经历过的这一百年里有点意思的事情虚构一个家族故事，围绕这个家族几代人的不同经历展开叙述，从而把一个村落或更大范围内的历史变迁记录下来，留给后人。有了这个目标后，我在毫无小说写作经验的情况下，懵懵懂懂开始着笔了。因此，我的写作尤其是长篇小说创作是个另类现象，带有偶然性，可以说是莽撞盲冲过来的，作品谈不上什么艺术效果，一切以记录为主，其他的都顾不上了。

当初的愿望是，用简单的文字把想要展现的东西记录下来，至于出版发行的事，想都不敢想。所有努力完全服从于最大限度呈现尚未消失的撒拉族原生态文化，以及包含在这种文化中的撒拉族精神品格。比如说，要体现撒拉族是好客的，就得找这方面的故事；要写出撒拉族敢闯敢拼的品格，就得搜集这方面的素材。撒拉族文化中具有自我疗伤机制，不会把这一代的仇恨传递给下一代，一定会在自己手中作个了结。要把这些鲜为人知的品格写出来，就要找这方面的素材。某种程度上，我所做的，与其说是文学创作，不如说是做一道艰深的历史人文填空题。

有一次到杭州去，遇见一个开饭馆的循化人，我问他在杭州几年了。他说已经十几年了。他有两个女儿，一个在当地中学读初中，另一个读高中，她们几乎不会说撒拉话，我感到非常吃惊。我对那个老板说，到了假期，应该把两个姑娘带到老家去，感受一下家乡的风土人情。他说两个姑娘都不愿回老家。还有很多这样的例子。这一代出门闯荡的人，在外时间长了，他们的后代与传统文化已经渐行渐远了。这是个令人深思的问题。还有，去年到省电视台做节目，主持人让我讲一讲撒拉族。我问他们怎么对撒拉族感兴趣了，他们说，他们知道撒拉族美食好吃，其他方面了解得不多。每当遇到类似的情况，我心里难免有些沉重，也有些失落。反过来说，对作为承载乡愁的传统文化能否延续的担忧，给了我使劲创作这部小说的动力。

下面谈一下我对撒拉族文化的一些思考。

在某种程度上，这也是现实逼着我们去思考的。每年我们接待几拨国内外客人，他们多半会问起撒拉族的这个那个，原先我们说撒拉族人是黄河浪尖上的人梢子。但这样的表述未免过于简单了。2019 年总结脱贫攻坚经验时，我们提出了撒拉族精神品格：爱党爱国、崇尚生活、敢闯敢拼、诚信厚德。但是，仅有这十六个字就够了吗？显然是不够的。中央民族大学一位教授在循化采风时对我说，你不要那么啰唆，就用一句话归纳一下，撒拉族究竟是个什么样的民族。我思考两天后对他说，安于恬淡的生活，极具开拓精神，心中永远充满着美好的未来，这就是撒拉族。他比较认同这样的阐释。

今年在撒拉尔故里做撒拉族历史文化馆时，县文化局领导让我和詹老师撰写序言，这时候我们又思考了，与韩艳蓉老师一起探讨，发现了撒拉族精神品格中不被人注意的方面，进而提出"四个之一"，即撒拉族是最早完成中国化的少数民族之一；撒拉族是最具有中华民族共同体意识的少数民族之一；撒拉族是最具有绿色情怀的少数民族之一；撒拉族是最先赶上改革开放潮流的追梦人之一。

就这样，在文学创作的基础上进行文化自省，不断解说撒拉族内在品质，揭开撒拉族精神品格中更深的层面。通过文学创作，与外面的世界进行沟通。前几天北京牛街的回族朋友们举办了《黄河从这里拐弯》读书会。青海纵横文化传播公司总经理马金奇先生也想帮我们推介文学作品，近期准备在西宁举办一个读书会，重点推介我的作品。

刚才张强老师提到如何看待历史的问题，我觉得任何一个民族，都有它走过来的一段路程，或顺利，或曲折，作为后来人，与自己民族的历史情感和文化情感是无法隔断的。我们需要知道父辈们、祖父辈们、曾祖父辈们是怎么生活的。需要怀念村头的老榆树、村庄上空的袅袅炊烟、村巷间摇着尾巴蹒跚而过的老黄牛，以及很多已经淡出我们的生活但不应该退出我们记忆的那些岁月往事。作为这个族群的一员，如果你连根都忘了的话，无论如何都说不过去。再过十年二十年，我们的服装可能会改变，好多人连撒拉话都不会说了，但这些都是外在的，丢了也不要紧，紧要的，是记住自己的根脉，与祖先们相通的根脉。

顺便说一下，我身边的牧雪老师是一位农民，也是在53岁以后才开始文学创作的，短短四五年时间里，写了近千首诗，已经出版第一部诗集《风从高原来》，正准备第二部诗集。他是中国少数民族作家学会会员、中国诗歌学会会员，被评为中国诗歌学会优秀会员，非常了不起。

詹晋文老师为撒拉族创作了近百首歌曲，其中《撒拉阿娜一朵花》获全国金奖，《秀丽的孟达》广为传唱。詹老师非常熟悉撒拉族，满腔热情地为撒拉族创作了气势恢宏的一部交响乐——寻找家园。据我所知，在全国二十八个人口较少民族中，这种史诗性音乐作品是不多见的。这是詹老师奉献给撒拉族的一份厚礼。可以这样说，如果没有詹老师的潜心创作，当代撒拉族音乐天空将会寂寞很多。

最后我想说的是，文学创作是没有门槛的，文学殿堂的大门对任何人都是敞开的。实践一再证明，文学创作与学历背景没有天然联系，哪怕你是一名小学生，也可以进入文学创作领域。不要以为写作只是少数作家的行当，也不要以为文学创作是高不可攀的珠穆朗玛，只要看看牧雪老师，看看詹晋文老师，只要大家行动起来，谁都可以问鼎文学高峰。同学们，你们当中一定存在着文学创作的巨大潜力，你们是循化文学的接力者，让我们共同努力吧！

此文为循化县职业技术学校文学讲座上的发言。

根据录音整理，略有修改。整理：康珠措

评头论足

人生在世，要是行稳致远，谁都需要一面反照自己的镜子。

残缺之美

《断尾猫》是撒拉族作家马明全历时数年创作的一部长篇小说，数易其稿，反复打磨，可谓精雕细琢，是循化文学近年来收获的又一部长篇叙事作品。

"断尾猫"是隐喻，以猫喻人，象征着一只猫生理上的不健全，延伸到人，可以理解为生理和心理的双重残缺。生理上的缺陷只是看起来有碍观瞻而已，而灵魂的残障会给周遭带来难以提防的伤害。这是小说题目给人的暗示。整部小说极力要描绘的，就是一种不完美——人生的不完美，生活的不完美，世界的不完美。

实际上，不完美是这个世界的常态，只是有些时候我们在极力掩饰肌体表层和灵魂深处的种种缺陷，试图呈现一种外强中干的貌似病态的强大。而相对超脱的文学扮演着"灵魂探测仪"角色，可以扫描人性中任何一处暗角，把那些隐藏极深的龌龊卑鄙、贪婪自私都一览无余地照出来。

生活像一条河流，看似平静的河面下有无数难以设防的暗礁。生活又像一座冰桥，每个人都得小心翼翼地迈步，稍不留神，就会掉入深渊，万劫不复。在消费主义盛行的现代社会，基本的生存问题解决之后，个人欲望开始向四处恣意弥漫，以至于没有节制地膨胀到成为无法承受的生命之重，整个社会深陷利己主义泥沼而不能自拔。按马太效应一般原理，人往高处走、水往低处流是再自然不过的事，乡下人想方设法挤进城里，城里人又千方百计出国留洋。短短几十年，无数追梦者潮水般赤脚涌进陌生的城市，极尽所能地攫取有限的城市资源，有人手法高明一些，有人手段愚拙一些，本质上都是为了填满欲望沟壑。喧闹的城市没有一天是平静的，在车流拥挤的大街、霓虹闪烁的高楼背后，还有广阔的难以进入大众视野的灰色地带，它的每个角落都上演着基于生存的一出出大戏，它的每一个毛孔都弥散着金钱的味道，它的每一声呼吸中都充斥着赤裸裸的竞争。《断尾猫》就是截取城市生活的一个侧面，把涉世未深同样充满幻想的小说主人公吴斯曼推进波诡云谲的浪潮中，经受肉体和精神上的双重磨难，演绎出处于社会边缘地带的游商浮贩在春江市繁华街区夹缝中艰难打拼的故事。下面从几个方面简要谈谈《断尾猫》带来的阅读感受。

小说结构一反常态，别出心裁，有悖于按时间顺序推进的传统线性叙述，带来一种独特的视觉观感。一开始展现在读者面前的画面是主人公在春江市租房的情景。这样开头，具有很强的代入感，一下子把男女主人公的现实处境交代清楚了，使读者对他们的过往有一些追问的同时，对貌似体面的一对男女因囊中羞涩而租不起像样房子的窘境怀有一种既好奇又同情的复杂心理。对容量有限的小说来说，这种直奔主题的开头无疑是建设性的，省去了很多铺垫性的繁杂笔墨。而且，这种开门见山的情节带动力强，引领读者轻松进入到故事当中，很快产生追着故事往前走的阅读效果。

关于男女主人公因何来到春江市，从他们的言谈举止我们可以初步断定，这一男一女显然不是外出开饭馆之类的农村人，也不像是有点小资想倒腾点转手买卖的商家，即便不是体制内的公干人，也起码受过相当程度的文化教育。那么，他们为什么会沦落到如此不堪的地步？他们是如何走到一起的？作者有意埋下伏笔，暂时把问题交给读者。这样处理，并不会造成阅读障碍，反而会激发读者在隐隐期待中带着一分好奇继续看下去的欲望。直到三分之二的故事终结时，才漫不经心地交代吴斯曼和鲁戈雅初次相见相爱到结婚的过程。如果把人物的基本情况按部就班抢先写出来，势必会落入俗套，少一些曲折迂回中的缠绕与纠结，必将削弱故事的推进张力。对作者来说，全心全意讲好吴斯曼夫妇在春江市的遭遇才是最重要的，其他衍生出来的人和事怎么写，主要看与故事主干的联系程度，可轻可重，可淡可浓，无须面面俱到。这种结构方式值得借鉴。

另外，每章都设了一个小标题，显然借鉴了中国古典章回体小说写法。这无疑是画龙点睛之笔，把本章所要叙述的故事重点提纲挈领地点出来，画龙点睛，一目了然。这种主题先行的写法自有其妙处，并没有造成"泄露天机"的缺陷，也没有在章与章之间形成断裂，而是在锁定边界的空间维度内，既保持了单章故事的相对独立性，也在整体上产生一波接一波层层递进的内在联动效应。

纵观整部小说，语言的个性化便是无可置疑的一大亮色。尤其是人物对话，大多是接近生活本相的文学语言，或尖刻，或圆滑，或世故，有一种水到渠成的质感，显示出作者别具一格的叙事风格和对各色人物了然于胸的控制力。如果忽略掉作者的少数民族背景，完全可以与国内主流文学叙述相媲美。看完小说后，给人的第一感觉是，明全在小说创作上有自己的独特优势。首先是对整个故事的驾驭能力，对篇章结构的谋划、前后次序的摆布、笔墨轻重的权衡上自有主张，娓娓道来，有条不紊，呈现出层层递进的节奏感。

对少数民族写作者来说，能否轻灵自如地调动极具生活化的文学语言，把那些最恰当的词语安放到最合适的地方，遣词造句上形成天造地设、珠联璧合的效果，无疑是个严峻考验。通览这部小说，明全对小说语言的理解和运用上达到相当纯熟的境地，内在功力自然彰显，一旦进入叙述状态，就显得恣意汪洋、天马行空。字里行间表现出作者对调动语言能力的某种自信，而这种自信往往能激发出内在的创作活力。比如 218 页对精神颓废的公鲁戈雅有一段精彩的心理描写："真的好想做一只慵懒的猫，没了思想，没了语言。白天睡觉，夜晚活动。从此告别了日出，从此恋上了星星和月亮，从此没有那么深刻的苦……"这些紧贴着女主人公性格、情绪、气质等印记的语言极具辨识度，形成了独具作者特色的叙述风格，某种程度上成了这部在我看来有点特立独行的小说得以成功的一大要素。

一般来说，人物对话是小说创作的一大难点，如果对作者手下人物的性格特征缺乏精到的把握，人物说话时很容易落入千人一面的窠臼，会出现作者替"他们"说话的尴尬局面。《断尾猫》这部小说几乎不存在这个问题，其间人物对话差异性比较明显，基本做到因人而异、因地因时而异，而且精彩迭出，看点颇多。那些看似随意却精心设置的对话，把人物性格特征、内心活动及此时此刻的情绪活脱脱勾勒出来，看不出词不达意或牵强附会的痕迹。真可谓到什么山上唱什么歌，见什么人说什么话。我甚至认为，那些精致的对话可能是这部作品最大的出彩点。

需要肯定的是，小说场景描写比较到位。小说的使命是讲好故事，核心要义是把所要展示的主人公给写活了。人是环境的产物，其思想行为、喜怒哀乐必然会受到特定环境的影响，因而对主人公所处的环境加以描写是必不可少的。那些阴沉的、灰暗的、阳光的、明媚的环境直接或间接影响主人公情绪，折射出主人公的心理活动。小说一开始就把主人公置于非常逼仄的环境中，租住一间与他们的身份有点不相符的简陋房屋，还要跟房东低声下气地讨价还价。作者不厌其烦地写了吴斯曼夫妇过日子需要花费的分分毛毛，这是为后续情节发展所作的必要铺垫。原因在于，经济是一切社会生活的基础，甜言蜜语和海誓山盟不过是五光十色的肥皂泡，美好的爱情注定要建立在居有定所吃饱穿暖的基础之上。看男女主人公捉襟见肘的窘迫日子，不由为他们的感情能否持续下去捏一把汗。在我看来，这绝不是无所事事的赘笔，恰恰反映出主人公已经到了咬牙过日子的地步，为后续情节的可变性埋设伏笔。

还有，对传销场面的描写也是入木三分。在吴文治精心诱导下，随着不断变化的场景来表现没有任何心理设防的吴斯曼是如何一步步陷进传销泥潭的。作者通过不慌不忙的叙述，把包装得很精致的一场骗局的皮子一层层剥下来，把以吴文治为主的"演戏人"的丑陋面目揭露得刀刀见血。这些都显示出作者对生活的观察力和感受力。曾几何时，不少怀揣发财梦的撒拉族人出卖自己的天真和幼稚，把辛辛苦苦挣来的血汗钱不明不白扔进传销黑洞，而且羞于启齿，难以言说，真是"哑巴吃黄连，有苦说不出"。小说还原了这个世纪大骗局的细枝末节，参与过或听说过传销的人们应该记忆犹新。从此，撒拉族人语境里又出现了一个新词——传销。凡是不靠谱的事情，一概被揶揄为"传销"。不管是作者亲历的，还是从别处听来的，能把曾经波及我们周围让很多深陷其间的撒拉人落魄不振的事实真相写出来，本身就有非常可贵的警示意义。

故事性强是该小说又一取胜要素。就篇幅来说，《断尾猫》不过二十几万字，算不上宏大叙述；就故事情节来说，线条肌理不算繁复，充其量截取了某一个时空段内在城市边缘摆地摊为生的小群体的种种表现。小说虽然铺设了猫和人物两条线，但在我的感觉中，故事整体上还是在一条线上展开。这样的安排层次比较分明，有利于强化第一主人公吴斯曼的形象。吴斯曼在春江市一波三折的遭遇带出了一连串人物和事件，使整个故事在运动中不断获得新的动力，引出了几场精彩大戏，不至于出现情节黏滞和陷入琐碎情况。

小说中出现的人物不算多，吴斯曼夫妇、大伯大伯母、几个表兄表妹、几个摊友等构成了小说人物群像。那些配角式人物时隐时现，一闪而过，但他们的出现使小说叙述具有了难能可贵的底层生活视角，反映了从事不同行业的小商小贩们所代表的社会生态的一个界面，为故事的纵向掘进和横向拓宽凿开了通道。他们虽然都是相对独立的存在，但都与吴斯曼夫妇阴差阳错地时时串联在一起，为在多个层面多个部位揭示社会生活的复杂性和丰富性提供了视角，避免了故事游弋在生活表层的单调与乏味，增强了场景画面的立体感和内涵的厚重度。

增强故事性的另一个看点是，一开始就埋下一个伏笔——吴斯曼无意中发现了表哥吴文斌妻子李蔼羽与外男子暧昧的隐情，这无疑是作者精心设置的悬念，在故事中几次出现，对阅读者有一种欲罢不能的诱惑力——不由想象吴斯曼和表嫂之间会发生怎样的故事。这件事情上，吴斯曼显得老于世故，既没有对李蔼羽乘虚而入，也没有同情吴文斌，如同路人，视而不见。这也是李蔼羽不仅不讨厌反而讨好吴斯曼的原因之一。还有，多情的表妹珂然对吴斯曼表现出来的暧昧之情也是激发读者想象力的一个诱因。看似漫不经心的走笔，其实反映了作者想用一条暗线拽住读者的用心。

作者一度让人物之间的关系不和谐，造成一种不可调和、随时爆发的紧张感，而且一再加重他们之间的对立情绪。大伯和大伯母一出场就水火不容，这样的家庭氛围中生活着的每个人的性格都会是扭曲的、病态的、不健全的。吴文治夫妇、徐文斌夫妇同床异梦，各怀心态，他们是现代城市生活变态的畸形物。近朱者赤，近墨者黑，如此不堪的家庭氛围会不可避免地影响吴斯曼夫妇，最终他们的婚姻也走向悲剧是情理之中的事。

疫情作为故事转折的重要桥段，可以看作是每个人命运转折的分水岭，还有一些节外生枝的干扰，吴斯曼岌岌可危的家庭也被卷进社会变革的时代风浪中，他们的婚姻及人生由此逆转，从不信任到猜疑，从猜疑到仇恨，再到双双成为阶下囚，令人扼腕叹息。到了这种境地，他们已经懒得掩饰人性的阴暗面，人人为己、自私自利的面目在不可抗拒的天灾面前显露无遗，人与人之间基于生存的相处已经变得困难起来，在风平浪静的日子里堆积起来的所谓美好都不堪一击，烟消云散，剩下的，只有残酷而赤裸裸的生活本相。

吴斯曼经受一系列残酷打击后，最终选择回乡，某种程度上反映了一心想融入城市但始终游离于城市坚硬外壳边的农民工进退两难的尴尬处境。这个拐点深化了小说内涵，具有精神回归的象征意义，这是我们所期待的。

现实生活中，城市门槛一再提高，那些赤手光脚进入城市的人没有多少人会完全融入其间，他们像是河面上随波逐流的漂浮物，一旦狂风乍起，要么被激浪裹挟而下，要么被一个浪头打到岸边。吴斯曼夫妇一会儿被卷进生活的恶浪中不能自拔，一会儿又被突如其来的风浪打击得遍体鳞伤、体无完肤。全球化背景下的城市化运动既给吴斯曼这样不安于现状、心怀远大抱负的人提供了施展才华的机遇，同时又对那些缺乏充分准备的进城者摆出一副拒人以千里之外的生冷面孔。城市在繁华、绚烂、迷离的表层下，无时无刻不体现着它的坚硬和残酷面相。获取一份不菲的收入、拥有一套像样的住房，甚至有条件让新生代接受与城市孩子一样的教育，并不意味着城市已经完全接纳了你。一般来说，从一个农民到市民的转化，往往需要四代人的梯次递进。凭着理想进入城市的吴斯曼们像一只只莽撞盲冲的飞蛾，在与城市的博弈和"谈判"中处处显得被动，一不小心就头破血流。

被满怀希望的那座城市无情抛弃后，吴斯曼们的出路究竟在哪里？在后疫情时代，这个问题将会困扰每一个雄心勃勃地出门闯荡又心灰意冷返乡的数万拉面人。在乡村振兴背景下，回乡，究竟是好事还是坏事？回乡是这些进城农民无法摆脱的宿命，还是新生的开始？这才是这部小说在言外之意留给我们的思考命题。

不过有一点是肯定的——乡村作为城市的大后方，始终是确保国家稳定的坚实存在，即便所有地方都抛弃那些一身灰尘的离乡者，淳朴的乡村仍然以宽厚的面孔为他们敞开胸怀，永远是远行归来的人们安顿身心的避风港。

不难看出，为了恣意地畅快淋漓地呈现自己的观点，或者想更直接地展现那些在车水马龙的街区边角挣扎的小人物的喜怒哀乐，作者采用长焦镜头式写作方法，在视觉上造成环境和人物的陌生感。这种陌生感主要体现在吴斯曼的身份体认和信仰的模糊上。为了加深这种模糊，作者把烟酒、拜年、拜佛、上帝之类非撒鲁尔习俗的元素添加进来，使吴斯曼只知道他的祖籍是撒鲁尔地区，其他有关撒鲁尔人的生活习俗却一概不知。直到大伯用一封信告诉他真相后，作为撒拉尔血统的吴斯曼才与吴家撇清了血缘关系，为他最后寻找真正意义上的故乡扫清了障碍。

这样处理的好处是，作者可以不顾及"身在其中"的嫌疑，以旁观者视角打量吴斯曼的认知局限，把有些在叙述环节不方便直言相告的东西间接呈现出来。比如，盖碗茶、撒拉宴是通过饭馆老板阿布都给吴斯曼介绍的方式体现出来的；撒鲁尔的饮食习惯和生活禁忌也是通过与汪教授"讨教"式的交流中展现出来，可谓一举两得。

与一般书写不同的是，作者面对那些弱者时，同样移开同情的目光，毫不客气地揭露他们做买卖时缺斤少两、尔虞我诈的恶劣行径。同时对执法严厉的城管给予了某种程度的理解。这不是写作立场上的妥协，而是基于事实的理性表达——实际上，没有城管部门的严格执法，城市会变得无序，人们的正常生活规则将被打乱。

尽管如此，正如作者在后记中写的那样，越想远离故乡，故乡却越是死扯着他，那些熟悉的东西仍然从里而外浸透出来，堵也堵不住。这就涉及小说叙述之外的另一条隐线，也就是第三条线——情感线。这条线明里暗里始终影响着作者的叙述立场，字里行间透露出"站在这山望那山""月是故乡明"的情感倾向。

人类是物质和精神的混合体，在这个连空气中也弥漫着欲望的世界里，精神和肉体高度统一的生命个体几乎是不存在的，残缺是人生的常态，不残缺的人生反倒是异类。残缺造成了差异，残缺造成了个体生命的丰富性，残缺中孕育着强大的勃发力，因此残缺也是一种美丽。断尾猫无疑是残缺的，猫的尾巴断了，就不可能再生，除了不好看，它还失去了一项生理功能。而具有思想意志力的人类却不一样，在灾难和困难面前显示出越挫越强的可塑性，往往会成为让生命二度燃放的点火器。

吴斯曼和鲁戈雅因诗歌而生情，因此他们最初的目标也比较单纯——寻找浪漫人生。然而，生活的基本面每一分钟都那么实在，实在得密不透风、坚如钢铁。理想和现实之间永远存在无法弥补的差距，谁也不可能把二者弄成等距离。美好生活首先需要牛奶和面包，然后才可以追求诗和远方。在坚硬的现实面前，浪漫只是恋爱的人们眼前飘游的五彩小气球，一戳就破。要想让爱的种子生根发芽、开花结果，就得有必要的物质基础。试想一下，如果吴斯曼家境殷实，他的基因中即便有再多叛逆成分，大概率也不会选择离家出走，跟他的大部分同龄人一样，在本地人羡慕的目光里过一种比上不足、比下有余的小资生活。

在物欲横流、一切拿金钱说话的城市，如果男人的努力保证不了一个漂亮女人过体面生活的基本需求，那么，鲜艳的爱情之花离枯萎也就为期不远了。生活是诸多复杂因素的集合体，就生存法则而言，美好的东西不一定是合理的，而看似不合乎情理的事未必就行不通。这也就说明，真正的郎才女貌、才子佳人不过是众多人欲达而不至的一种乌托邦，就像没有爱情的婚姻照样能够天长地久一样，爱情的花蕊不一定能结出甜蜜的果实。在婚姻这口大缸里，太多的人被浸泡得没剩下多少反抗力，只有无奈的妥协。

或许，吴斯曼和鲁戈雅的结合本身是一场经不起考验的错误，他们之所以走到一起，只是风流倜傥又有点才情的吴斯曼在情窦初开的鲁戈雅心里瞬间产生的幻觉所导致的结果。这一点吴斯曼也有所悟——有段时间他怀疑鲁戈雅是否真的爱他。这也就说明，两个人的爱情是不是"合金钢"，还需要在烈火中淬炼一下。

　　但有一点可以肯定，吴斯曼对鲁戈雅的爱情是真诚的，没有一丝半毫虚假成分，他也为此兑现了自己的承诺，义无反顾地拒绝了李蔼羽和珂然浓烈的爱意，并且在鲁戈雅神志不清时依然不离不弃，反复表达了他矢志不渝的爱恋。仅凭这一点，吴斯曼不失为一个表里如一的好男人。

　　如果吴斯曼最终成为一个准撒鲁尔人，他和鲁戈雅之间的婚姻也将是个未知数。何况小说只交代了鲁戈雅因参与非法组织和淫秽色情聚会被判一年监外执行后遣返原籍的情形，尚不清楚她老家是沙洲还是别的地方。惶惑迷离中，"鸡飞蛋打"的吴斯曼的未来充满了变数，小说结尾给读者留下了想象空间。

　　我们祝愿吴斯曼和鲁戈雅在他们的出生地重新拾起遗落的爱情，找到属于自己的幸福。

法与情的临界点上

　　启良先生作为系统接受学校教育的撒拉族早期学子中的佼佼者，曾一度成为好学成才的典范。他也是撒拉族学人中为数不多的下海创业者，早年去格尔木打拼，很长一段时间只闻其声，不见其人。2019年他负责编著《海东文化名人录·循化专辑》时，我们因缘相识，对他良好家风敬慕不已的詹晋文先生给我介绍更多有关他及儿女们的一些趣事。此后他的专著《悟道——一个律师的思考》第二辑问世，我对这样一位在全省律师界享有盛誉而被我们长时间忽略的资深律师的内里外表才有了比较全面的了解。

　　确切地说，我对启良的敬重一半来自他深耕数十年所取得的专业成就，一半来自他的良好家风和子女培养上有别于大多数撒拉族家庭的不俗表现。每当我们谈论当代撒拉族教育时，启良考入国家法官学院的儿子和获得北京大学研究生学历的女儿是个绕不开的话题，为撒拉尔学子能在令国人趋之若鹜的燕园问鼎研究生桂冠而自豪不已。

　　县政协编著反映循化县改革开放四十年成就的大型文史典籍《筑梦之路》时，我们在全县范围寻找重视家教和家风的撒拉族家庭，在被推荐的多个家庭中，最终毫无疑义地锁定了从民国时期便赓续良好家教传统的启良一家。他撰写的《忠厚传家久，诗书继世长》果然不负众望，犹如清水河畔飘来的一缕油菜花香，让我们看到向来被认为是文化沙漠的撒拉之乡的一抹浓绿。面对启良的严谨学风、广博阅历、深厚文化情怀和不凡文笔，有段时间我甚至有过邀请他校审长篇小说《黄河从这里拐弯》的念头。

　　在我看来，把长时间行走在城市乡村、始终凝目沉思社会万象的启良单纯以律师来认定其身份是不够全面不合时宜的。缘于他曾在县文化馆供职的经历，有意无意中担负起文化创作使命，使他即便从事非常严谨的律师行业时，也不可避免地被像我这样关注他的那些目光赋予另外一种充满感性和暖色调的角色定位。《法治文化视域下的律师文化建设之我见》一文从精神文化、制度文化、行为文化和物质文化等方面比较详尽地探讨了新的时代条件下律师文化建设问题，提出了传承红色法治文化、建设法治文化阵地、繁荣发展法治文艺、讲好中国法治故事、加强地方性行业规范建设、淬炼"青海律师精神"等一系列愿景，显示了作者从文化层面提升律师行业服务水平的创新思维和独到见解。

如果说得更宽泛一些，在同时代撒拉族律师中，我是倾向于把启良归类为"边缘文化人"的。这也不是毫无根据的一己之见，收入本书的《再版絮语——循化县民间文学三套集再版后记》和《忠厚传家久 诗书继世长》等文章足以说明问题。启良还有个鲜为人知的志向——编写家谱，填补撒拉族没有家谱的空白。这并不是剑走偏锋的一时兴起，也不是招摇显摆的时髦之举，而是由深刻的社会责任催动的深思熟虑的元典性文化创造，仅此一举，足以令人刮目相看。

本书作为《悟道》第一辑姊妹篇，谋篇布局上延续了以往风格，理论性、实用性、时代性、前瞻性、地域性兼具一身，在面的拓展和点的挖掘上呈现出一些新特色。当一桩诉讼案件落锤定音、一般律师结案封卷时，启良不甘心就此止步，并没有停留在简单的就辩护而辩护的操作层面，而是释放脱胎于纯理性的探索激情，延伸思考半径，充分激活自己的想象力，进行颇见卷外功夫的二度创作，往往把那些特色鲜明、付诸大量心血的案件当作一项课题来研究，试图把自己面对"疑难杂症"时综合运用各种措施过程中形成的经验进行提炼归纳，由此及彼、由表及里，举一反三，探究案件背后所蕴藏的价值，对看似平常的一份业务工作赋予新的意义，使他的探索性努力体现了超出律师行业的社会学意义。

在漫长的历史演进中，自从有了阶级社会，就出现了如何有效治理社会的问题。早在春秋战国时期，"道"和"法"就相伴而生了。道治和法治都是治理社会的手段，道治是依靠道德教化的软治理，强调个体素养的良性塑造，而法治是旨在规范公民行为的硬治理，体现法律对个体行为的强制性约束。很显然，源于心灵约束的德治不可能自然而然地实现，需要以法治的规范和制约为基础；而法治也不可能解决法律无法触及的那些死角盲点，需要以润物细无声的德治去达成。纵观汉代以后的社会治理模式，经历了儒法道杂糅相济、综合施策的过程。改革开放以来，我们党对在社会主义市场经济条件下推进社会治理体系和治理能力现代化方面进行卓有成效的探索，从改革开放初期的"两手都要抓、两手都要硬"到党的十五大提出"依法治国"战略举措，从提出"以德治国"到党的十八届四中全会作出"坚持依法治国和以德治国相结合"的重大论断，标志着党领导人民治理国家的基本方略的不断完善和创新，也是对法治和德治关系的深刻把握。实践证明，法安天下，德润人心。建设法治中国，必须植根于深厚的历史文化之中，培植法治的道德底蕴，以道德滋养法治精神。只有追本溯源，融汇古今，传承中华法系的优秀思想和理念，根据时代精神加以转化，传承运用，使其焕发新的生命力，才算"扎住了根，站住了脚"。对此，作者在《中华优秀传统法律文化的精华及其传承刍议》《良法善治 "中国之治"》两文中，作了有益的探索和思考。

关于律师的职责使命，《律师法》有明确定义，根据事实和法律，在受委托的权限内维护委托人的合法权益。律师在基本职责之外，还有体现其价值的初心使命，即维护当事人合法权益，维护法律正确实施及社会公平正义。正如当代著名律师张思之所言，律师要具备哲人的智慧，诗人的激情，法学家的素养，政治家的立场。然而，律师所面对的不是清一色的社会表象，而是纷繁复杂的社会生活、形形色色的社会个体、盘根错节的社会矛盾，要成为一名对每一桩诉讼案件都能举重若轻、收发自如的出色律师，就要在综合运用法律、道德、政策、习俗、情感等诸种手段上展示才华。

律师是一个被普遍认可的具有较高社会地位的职业。如同在医生面前病人躯体没有禁区一样，律师面前当事人不可能保留任何有助于最大限度维护其自身权益的秘密可言。从这个意义上说，律师可以是高洁的天使，一举一动闪耀着人性的光芒；也可以是邪恶的魔鬼，所作所为充斥着龌龊肮脏的一面。究竟充当魔鬼的傀儡，还是扮演天使的角色，完全取决于以德为主的职业操守。一般说来，让自己的当事人满意、对方当事人佩服、法官敬重、名利双收是多数律师所追求的终极目标。在我看来，要成为一名被各族各界广泛称道的优秀律师，取得律师执业资格证、法庭上的旁征博引、能言善辩、出奇制胜，只能说停留在"术"的层面，要成为一名有道义责任、社会担当、悲悯情怀的律师，非要在论道悟道尚道方面付出努力不可。在这个意义上，我能理解启良致力于以"一名律师的思考"为起点的"悟道"并非多此一举。他试图把自己从那些无休无止的诉讼代理活动中剥离开来，用一双睿智的目光，对自己的理性思维赋予理论思考的色彩，善于从那些司空见惯的案件中抽丝剥茧地凝练出具有一定实践意义的规律性东西，体现"小窗口大视野"，力求为自己的职业生涯打开一片从必然王国到自由王国飞翔的天空。

通览全书，启良思考的起点和终点始终贯穿当代中国政治这条主线，把思考的维度自觉置于中国特色社会主义法律体系的大背景之下，把自己的法律实践融入中华民族伟大复兴的宏大实践中，跳出了就律师谈律师的窠臼，用鲜明的政治立场体现了敞怀拥抱这个时代的豁达胸襟。乍一看，可能显得政治色彩过于浓烈，淡化了作为律师实践主题的法律的独立性。其实，这并非是对现实政治的盲目讨好，而是一名律师从专业技能娴熟到心理心智成熟的标志，从感性思维到理性思维水到渠成的跨越。纵观古今中外，法律和政治有天然的血缘关系，先秦典籍《尚书》《论语》《商君书》《韩非子》，以至于作为西方法律学奠基之作的亚里士多德的《政治学》，都是政治和法律的结合体。收入本书的《试论中国共产党探索法治道路的百年历程》《党的领导是全面依法治国的"主心骨"》《习近平法治思想是律师工作的行动指南》《浅谈律师在法治中国建设中的作用》《生态文明建设中的律师法律服务》等篇什无不体现着启良作为一名党员律师在所思所行中讲政治的品格，这也是他把作为个体行为的律师业务当作心中的国之大者与十几亿人共同追求的时代主题紧密相连的原因。

一般来说，一项技能和凭借这个技能搭建起来的工作岗位无外乎有两层含义，一是生物学意义上的简单的谋生工具，二是在文化和社会意义上实现自我价值的另类诉求。客观地说，衡量律师工作的第一标准无疑是微观层面帮助当事人打官司的结局，在一件件案件的诉讼代理中见功夫，从接受委托到诉讼代理活动终结，需要付出大量心血汗水。法庭上控辩双方的较量，最有说服力的武器往往不是唇舌之功，而是"一剑封喉"的强有力证据，这正是启良所看重和孜孜以求的方面。《马某甲贪污一案的减轻辩护》《喇某某销售伪劣产品案的从轻辩护》《是行为过激，还是敲诈勒索？》《S景区经营权可否转让？》《"丢失"的手机"吉祥号"能否找回？》《银行卡被盗刷谁来买单？》等案件呈现了一场场官司的始末，回答了日常鲜见的特殊案例中牵涉的法律问题，是以小见大的典型，见一斑而窥全貌。这些案件的代理辩护词客观中性，把法庭容易忽略的一些有利于被告的细节呈现出来，弥补不应有的纰漏，最大限度还原事件真相，尽可能维护被告权益，体现法律的公正性。文本背后的"辩护总结"也非多余，给读者简要交代了案件最终结局，可谓有始有终，自成体系，无论是律师行业的同道中人，还是一般读者，从中都可以借鉴有益的经验。

律师是受人青睐的高端职业，既可以登临云端下的山顶，也可以行走在千家炊烟万家灯火的阡陌乡间，涉猎范围之广，目光探测之深，让人产生无尽的想象。正如胡乔木先生所说，律师带着荆棘的王冠而来，握着正义的宝剑而来，视一切险阻诱惑为无物。启良目前是中国法学会会员、西宁市仲裁委员会仲裁员、青海西星律师事务所主任。与他同龄的为数不多的撒拉族律师都不是学法律的科班出身，他们从贸然闯入专业性极强的律师行业以来，以自己的勤奋和执着不仅完成了职业生涯中跨度很大的角色转换，而且成为担纲重任的业界翘楚，为撒拉族地区从传统社会向法治社会的转型做出了贡献。相比而言，启良的工作半径更大一些，一直活跃在我省经济重镇格尔木地区，穿梭于没有先例可循的一桩桩疑难案件之中，蓄积起足够能量后，踏足更具挑战性的省城。他的目光过早地摆脱了出生地那片闭塞空间的局限，在西宁、格尔木开放度与竞争度较高的两座城市间奔波打拼，获得了全省全国视野，练就了在不同领域纵横驰骋的能力。

近三十年来，办理了大量的公司、经济、金融、房地产、建设工程、保险公司和刑事等类型案件，在业界树立了自己的影响力。

在我的感觉中，启良是一位严谨而不认死理、勤奋而不落俗套、创新而不尚空谈的实践者，是那种提笔能写、开口能讲、遇事能调的复合型法律人才。《法治文化视域下的律师文化建设之我见》《"一带一路"倡议下西部律师的机遇、挑战与对策》《论大数据背景下的西部律师业务开拓》《打造公益法律服务的青海品牌》《民法典视野下律师代理民商事案件的思考》等文章是这一时期就怎样成为一名顺应时代发展要求的新时代律师的经验总结和思考结晶。

法律救济中，庭前调解是一种不可或缺的法律援助形式，对追求效率的律师来说，费时费力而不获利，而作者却在这"闲来之笔"上付出更多心血。全书字里行间贯穿着一明一暗两条线，一条是法律线，另一条是情感线。启良一贯以"和谐"理念作为价值追求，将这一理念融入执业活动各环节全过程，把每一个案件的代理都作为促进社会和谐的一次具体实践。根据案件的不同情况，采用灵活多样的调解方法，以足够的耐心和诚意，运用"出力不讨好"的非诉讼手段解决问题，直到非诉讼手段穷尽的情况下，才为当事人提出付诸诉讼的法律建议。

一定程度上，律师行业是市场经济活跃度的试金石，作为提供"产品"的利益方，律师自然而然会寻求自身利益最大化，在利益和道德的天平上，不同的事律师会有不一样的选择，或重利轻德，或重德轻利。我很欣赏启良"严禁挑词架讼和为当事人谋取非法利益，更不能牺牲公平正义来求得暂时的赢诉"的职业立场，真可谓先立德后做事、先公正后效率。

从出版《悟道》第一辑到现在时过八年，用思想之火淬炼出凝结着启良智慧心血的《悟道》第二辑，可谓八年磨一剑。有了第二辑，我们有理由期待更多更好的续集。衷心祝愿启良先生初心不改，厚积薄发，在摩挲大地的耕耘中收获劳动的果实，在法和情的临界点上点燃思想的火花！

2022 年 7 月于循化

生命在卑微处闪光

——简评影片《隐入尘烟》

　　《隐入尘烟》是一部能在脑子里久久回响的影片，只看一遍就记住了人物活动的主要场景和核心情节，而且男女主人公的音容举止犹在眼前，甚至能想起几句台词，禁不住为主人公的快乐而快乐，为主人公的忧伤而忧伤。这在与动辄以几千万上亿元拍摄的声势浩大的影片相比，有太多值得深思的东西。网上对这部影片的评价见仁见智，商家在意的是影片所创造的票房纪录，普通观众的关注点在影片所呈现的真实性和世俗社会的烟尘淹没不了的人性光辉。在我看来，如果把这部影片的价值仅仅定义在商业经营层面是不够的，其散发出来的冲击波已经超出了影片本身，在更大程度和更广领域为新时代文化建设提供了反思和讨论的范本。

　　大投入高成本是当代影视剧制作的基本现实，国内一线演员拍一部电影的片酬是几百万至几千万元，拍一部电视剧单集片酬为几十万至上百万元。然而，巨额投入的结果并没有拍摄出与之相对应的产生巨大影响的精品力作。而《隐入尘烟》与传统影视剧选择最美场景、最美演员、最美台词的拍摄路径反其道而行之，用极少的投资、极其简陋的场地、非专业演员（女主角除外）、几乎没有音乐渲染的本色演出俘获了亿万观众的心。《隐入尘烟》以低姿态出场，很短时间内高歌猛进一路领先的事实表明，当代观众对影视剧的审美心理发生了微妙变化，从追求场景好看、演员漂亮、台词精致到注重内涵、享受思想启迪的转变。从一个侧面印证了艺术创作注重实践回归人民的重要性，再一次说明，唯有从生活土壤中生发出来的作品，才会有摄人魂魄的生命力。

　　本片对文学创作同样有弥足珍贵的启示，为写什么、怎么写提供了可资借鉴的参照。文学来源于生活，又高于生活，但高于生活并非简单地俯视人间百态，更不是从象牙塔瞭望被浮尘笼罩的世界所得到的似是而非的感觉，而是在占有大量现实素材基础上通过作家合理的想象后提纯取精的艺术创作过程。社会生活与文学创作是面粉与酵母的关系，是源与流、根与叶的关系，但凡有成就的写作者，无一不是抓住社会生活中最深刻、最牵动人心的问题，用典型环境中的典型人物进行生动刻画，来反映一个时代样貌，为时代塑像的"工匠"。当下最牵动人心的问题可以列出许多个，比如，城市化带来的农村的空心化和对农业农村的巨大冲击；疫情之下人们在普遍意义上的困惑、挫折、无奈。真实比什么都重要。正如巴金先生所说，文学的最高技巧是无技巧。《隐入尘烟》从头到尾看下来，几乎采用了基于本真的白描手法，没有外在的炫技，更没有刻意的煽情。但仔细想想，马有铁的言行举止恰恰是大拙若巧，曹贵英也是愚中藏智。马有铁这位铮铮铁汉活着的姿态如一条静静流淌的溪水，与传统社会男主女从成鲜明对比，他是曹贵英的坚实靠山，温暖的避风港，很难想象他粗犷的外表下竟有一颗柔弱的心，说话细声嫩气、温润如水。男人女人的活儿他都包揽起来，就像他对与自己不能情感交流的毛驴不离不弃一样，对他不仅没有帮助反而成为累赘的"名义"上的妻子给予了基于人性的关怀，这是没有任何功利色彩的人性光辉的自然流露。反过来说，曹贵英对马有铁的重要性在于，是她开发了马有铁这座爱的富矿，使他的一举一动、一言一行都光彩夺目。因此，这对苦命夫妻之间不存在谁欠谁的，他们是双向救赎、双向取暖、双向成就。

这样一部土里土气的影片击中观众泪点的力量源自何处？除了社会大众渴望回归人性本位的诉求和对未被尘染的原始情感的呼唤之外，影片未经修饰的情节与人们想摆脱过度商业包装的内心诉求，是它脱颖而出的主要原因。导演和演员把更多心思用在了每一个细节上，艺术感染力从演员眼角眉梢里的细微表情和看似老土的人物对话中自然而然地表现出来。看似无风，却麦浪翻滚；看似平静，却激浪拍岸。

影片展示了在干涸荒芜的土地上生发出来的爱情大树经风挺雨庇荫两

颗落魄灵魂潇洒地走过一段人生旅途的生命奇观。原本苟且偷生的马有铁和被生活抛弃的曹贵英结合在一起后，他们的人生处境和生活态度发生了根本性变化。按惯常逻辑，人们对所有新婚之夜都赋予罗曼蒂克色彩，但马有铁和曹贵英的新婚之夜却没有想象中的男欢女爱，连一句彼此相认的话和亲昵举动都没有，就像一粒掉进干土层的种子，无声无息，很难相信会生根发芽。但爱情的神秘力量就在于此，它无须昭示什么，也无须摆弄技巧，只要向彼此交付一颗炽热的心，就胜过千言万语，盐碱地里也能长出芬芳四溢的玫瑰。马有铁不知疲倦地赤脚踩泥、挥镰割麦、调泥倒土块、砌墙盖房、挥掀扬麦的情景，让人感受到一种充沛的生命激情。从灯光孵化鸡起步到粮食满仓，他们以自己的方式在生活舞台上演绎了精彩的人生大戏，在属于自己的陋室里实现了放开肚子吃饭的宏大理想，这一切充满希望的变化，都是爱情的甘露滋润他们干涸的心田后结出的丰硕果实。

影片给人的启示是，具有精神属性的人类无论以怎样的方式生存，两种需求是不可或缺的，一种是赖以生存的物质保障。土地满足了他们最低层次的生存需求，春种秋收，循环往复，直到回归大地。另一种是爱情。爱是蜜汁，是琼浆，是彩虹，是蜃楼，是半条生命。人生在世，并不是所有人都能步入爱情殿堂，即便是王公贵族，也不一定能畅饮爱情的玉液。爱情之鸟出乎意料地飞临马有铁和曹贵英构筑的爱巢，使他们拥有了不掺杂任何私念的纯粹爱情。不然，马有铁不会以结束生命的决绝方式为爱情献身。单从这一点来说，他们这对苦鸳鸯用两颗心种出了比一般婚姻还要葱茏的合欢树，以墙上的大红喜字为证，他们是真正的爱情贵族。在爱情的感召下，曹贵英再傻，也知道心疼自己男人。马有铁将要给张永福献血时，弱不禁风的她悄悄扯起他衣襟，惴惴不安中流露出对男人的体贴。还有，在寒冷夜色中，曹贵英怀揣玻璃杯痴痴等待男人的那份执着胜过花前月下的甜言蜜语，令人羡慕不已。

马有铁虽为一辈子没到过城里的一介农夫，但他身上却处处表现出一般人所不及的悲悯情怀，对给予生命滋养的土地，对朝夕相处的毛驴，对飞来的一窝鸟儿，对一群给他带来欢乐与收入的鸡儿，对一棵孕育着生命的幼苗，还有以无偿献血为代价替众人要回卖粮款的举动，都表现出尊崇生命至上的博爱情怀。马有铁身上焕发出来的这些极具生命张力的品格显然不是从书本上学来的，而是被仁义礼智信的信念浸润了五千年的土地上生发出来的。正因为有了千万个像马有铁这样不声不响守护儒家文化衣钵的生命载体，中华文明的薪火才得以延续至今，也必将照亮前行的征途。

马有铁夫妇即便活在尘烟里，也是坦坦荡荡、澄澈透明，不自卑，不猥琐，不占任何便宜，在属于自己的那份天地间始终昂扬着不向滚滚世俗妥协的高贵头颅。借钱还账、借物归还是他们与生俱来的生命胎记。欠了别人的债务，哪怕十个鸡蛋，也绝不含糊，必须偿还。事情到了自己身上，他却用"一码归一码"的人生信条淡然处之，不在乎多次献血后受益方用一件大衣和几碗饭瞒哄的不当做派。在马有铁精神天空中流星般划过的那一束光焰之下，令无数贪婪无度投机取巧的灵魂现出原形，不得不低下自以为是的头颅。

中国几千年农耕文明给它的子民的脉管里注入了与土地相依为命的基因，他们的喜怒哀乐生老病死皆与脚下土地息息相关。庄稼丰收后，马有铁搬回来一袋袋粮食的时候，他是富有的，幸福的，那是城里人无法体会的一种富足和幸福；当几千斤粮食换成几千块钱时，他却一下子变得贫穷了——即便有再多的钱，他也不可能获得来自土地的心灵慰藉。对庄稼人来说，土地不仅是物理意义上的一种存在，粮食也不仅仅是与吃饭有关的物质保障，他们在与土地和粮食相依为命的坚守中，保持着一种最本真的天道伦理和生命关系，其间折射出农耕文明香火不断余温犹存的独特魅力，阐释了中华文明延续至今的内在逻辑。在我看来，是无数个马有铁们在白山黑水间守住了华夏文明的根本。

马有铁一次次献血的过程，实际上是贫穷与富有、善良与罪恶的无声较量。本质上说，完善个体生命的途径有很多，悲悯情怀、诚实守信、扶弱济困、奉献社会等等，都有益于强健精神机体。不过在我看来，善良无疑是构筑精神大厦的基座，是一个人从精神上站立起来的最大本钱。丧失了善良，等同于一具行尸走肉；有了蓬勃强劲的善良，邪恶就会萎缩，所有生命要素都会正向增长。马有铁献血时如此从容而淡定，从中我们看到了贫穷不仅没有让人堕落，反而让人保有了舍己救人的高尚品格。而求血者企图用廉价衣服和一顿饭收买马有铁的自以为高明却无比丑陋的行径暴露了唯利至上的贪婪本性。

假如说资本的竞争性和逐利性一定使人变得寡情薄义，那么，与之相抗衡的东西是什么？在经济全球化与市场一体化背景下，我们能不能锻造出敢于跟嗜血成性的资本叫板的精神利器？答案是肯定的。只要无数个马有铁们守住他们赖以生存的精神家园，吮吸着五千年天地精华的中华民族一定会在通往现代化道路上焕发出耀眼之光。

从物质主义的趋利目光来看，马有铁卑微如一只萤火虫，在芸芸众生中完全可以忽略不计，但我们无法忽视他身上焕发出来的诚信之光。那是刻在骨子里流淌在血脉里从一而终的忠贞誓言，无须血印承诺，无须设防黑名单护栏，不必查验诚信记录，只让源自娘胎的信念约束自己，这是走遍天下畅通无阻的金字招牌，彰显了传统文化的强大韧性。"一码归一码"既是他们的处世信条，也是与这个世界周旋的人生智慧，他们不想欠任何人的，也不想占任何人的，干干净净来到这个世界，清清白白离开这个世界，像一颗流星，在浩瀚的天宇间就那么一闪，也要发出自己的光辉。

实现现代化是不可阻挡的时代潮流，人们的生活方式、消费理念、人生态度将随之发生重大变化。同时也要看到，竞争和效率为主的市场经济将伴随现代化全过程，不可避免地出现一些精神副产品，公平正义沦丧、道义诚信被收买、碎片化快餐文化蔓延、精致利己主义盛行、域外文化侵入、假冒伪劣产品泛滥，都是需要警惕的。然而我始终坚信，世事再波诡云谲，世态再炎凉，人性再复杂，人性中的善良本性终究不会丧失殆尽。只要有基本的生存保障，没有人会抢夺我们骨子里的朗朗气韵。因此，无论脚下荆棘丛生，还是沼泽泥泞，千万不能在强大的资本面前俯首称臣，不能沦落为听命于资本的奴隶，像马有铁一样，在尘烟中挺起脊梁，靠劳动和汗水守住尊严，在充满世俗的目光中活成一个有精神属性的人的样子。

影片首先打动观众的无疑是真实，反映了人们对真实生活的渴望，某种程度上印证了当下的人们生活在不真实的虚假环境里，一个"真"字成了悬在我们头顶可望而不可即的奢侈品。无法真实，就意味着伪装，由此导致了现代人的疲惫、焦虑、浮躁与薄情。比如，在手机蛊惑下，我们打电话时，语气腔调阴阳两极，与真实的自我判若两人；为人处世，免不了要戴上面具，时时隐藏自己，处处提防别人。我们接纳这部影片的诸多要素中，马有铁夫妇"穷也要穷得坦荡磊落"的生命底色，勾起了我们回归真实生活的渴念。

毋庸置疑的是，影片在呈现马有铁这个极其普通的个体生命闪光点的同时，也暴露了传统农业社会瓦解中的一系列社会问题，比如，村里只剩下一群老弱病残，谁来种庄稼？更让人悲凉的是，曾经弱弱相援互帮互助的优良传统哪里去了？马有铁生命体系中几乎看不到任何外来帮助，只有外界对他的一次次盘剥，像马有铁这样生性温良的人，难道身边不会有一两个知心朋友？承载中华文明本体的村落文化竟沦落到如此冷漠的境地，不能不让人深深忧虑。

影片反衬的另一层含义是，在经济社会转型期国人精神生活的空虚，或者说高度的物质主义和消费主义浪潮冲毁了原本草木茂盛的精神原野，留存的景象不忍目睹——要么水土流失，要么杂草丛生。单从精神层面来说，祖先们视如珍宝的仁义礼智信被贪欲的魔爪掏空了，也许我们穷得只剩下房子、车子、票子这些坚硬的东西了。影片从一个侧面提醒我们重建基于社会主义核心价值观的精神大厦的必要性。

感动过流泪过之后，应该静下心来，有必要对影片及与之相关的问题进行冷思考。通览全片，在主题思想、整体架构和情节设置上仍存在一些值得商榷的问题。

其一，从电影画面看，马有铁所在村是川水地区，土地肥沃，灌溉便利，耕作条件应该不会太差。看那些一闪而过的高墙大门、偶尔从城市打工回来的年轻人，说明这里农民的商品经济意识早已觉醒，不是我们想象中遥远偏僻的荒野山村，马有铁的处境至少在那个村里不具有普遍性。

另外，农村最低生活保障制度始于 2007 年，马有铁应在享受范围之内；2008 年起农村实行残疾人保障制度，影片中却看不出曹贵英享受这方面待遇的情形。

其二，2012 年 8 月，国务院扶贫开发领导小组在甘肃定西召开了六盘山区区域发展与扶贫攻坚启动会。这就意味着，即便村干部不管不顾，上级派去的精准扶贫驻村工作队也不会坐视不顾，还要落实县乡干部一对一定点帮扶制。如果马有铁夫妇还活着，他们家最低限度的"两不愁三保障"一定不会落空。影片中的故事发生在 2011 年左右，这当然是导演的技术性安排，情理上应该能说得过去。问题是，正因为有大量像马有铁这样的贫困户，政府才发起覆盖所有贫困地区和所有贫困户的全国性脱贫攻坚战，2020 年实现了全民脱贫目标。而且，像马有铁夫妇这样无依无靠的人年届 60 岁可以到养老院安度晚年。文艺作品如果用孤立的静止的眼光看待一个事物，或割裂正在变化中的事物的前因后果，为追求艺术效果而无节制地放大苦难，必然会导致对一个时代的肢解与断章取义。这是有社会良知的艺术家需要把握的。

其三，人总是一定的社会关系的产物，任何一个人都不可能绝对孤立地生存。就算世态炎凉、人情淡薄到没有一个人来帮助马有铁夫妇，地他们可以自己种，家他们可以自己搬，房子他们可以自己盖，落水妻子他可以自己救，但办理妻子后事，他总需要一个帮手吧？影片中的送葬过程却一带而过，只呈现马有铁在曹贵英墓前焚烧电视的画面。之所以关注这个问题，绝不是小题大做，更不是鸡蛋里挑骨头。往小了说，这为审视村落文化中日渐衰微的集体主义精神提供现实参照；往大了说，这是考量中华优秀传统文化在乡村的赓续与传承问题。

其四，既然马有铁因献血而有恩于全村，那么，当他的妻子落水的危急时刻，居然没有一个人跳进水池帮他解救妻子，甚至没有人在水渠边伸手拉他一把，这又暴露了弱弱相援的传统美德的缺位和基本人性的黯然失色。这使我想起我县年逾六旬的韩热者布先生三次跳进黄河，为救起与自己不沾亲带故的三名落水儿童英勇献身的壮举；想起循化高级中学七名学生从黄河中救出一名落水者的义举；想起伊麻目村出动全体村民在黄丰渠寻找落水儿童的善行。张掖地区自古以来是西部地区重要粮仓，俗称"金张掖"，是农耕文明成熟较早的地区，看到马有铁在池水里孤身一人托举妻子的情景，让人心生寒意的同时，也不能不担忧中华优秀传统文化的血脉相传。

其五，影片一次次加深苦难的结果，导致主人公对这个世界的绝望，最终走向自毁式悲剧。不难看出，故事结束时，以殉情方式进一步凸显马有铁甘于为爱情献身的侠骨柔肠，这一点，与那些曾经轰轰烈烈相爱过最终却在世俗面前分道扬镳的人们形成鲜明对照。需要指出的是，抛开特定场景下的偶然性因素，从当下农村的基本生态来看，总觉得影片可以有另一种结尾方式。试想一下，曹贵英的死已经达到了导演想要的悲剧效果，没必要以"连根拔除"式的毁灭来戳痛这个社会。毕竟，千千万万个马有铁们在未来几年都看到了生存条件得以改善的希望。

但瑕不掩瑜，《隐入尘烟》犹如在平静的水面投下一粒石子，泛起层层涟漪，对在疫情阴霾下回归理性的人们打开了重新思考的一扇窗口，提供了一个展开讨论的起点。从这个意义上说，人们对这部影片的期许远远超出了故事本身所蕴含的价值，在引导观众重新建立健康理性的审美情趣的同时，必将在国内影视界产生一定的冲击波。

一曲乡歌　一缕乡愁

　　撒拉族音乐创作始终有一种无法破解的难度，我觉得这种难度主要体现在五个方面。一是由于历史和现实的诸多原因，撒拉族对文化艺术的追求起步较晚，因而没有培养出更多音乐人才，音乐创作显得先天乏力。二是现阶段文化建设存在结构性缺失问题，文学创作相对好一些，包括音乐在内的其他艺术门类发育不足。三是撒拉族独特的民俗风情曾经吸引过不少外来音乐家，过去几十年虽然创作了为数可观的反映撒拉族生活的音乐作品，却在更大范围很难得到普遍性认可。四是撒拉族音乐创作的难度不在于缺乏必要的音乐元素，也不在于撒拉族人天生就拒绝音乐，恰恰相反，撒拉族生产生活中处处弥漫着音乐成分，撒拉族人脉管里始终流淌着一条音乐暗河。问题是没有开掘出这条潜流，其原因在于：缘于艰苦的生存环境，撒拉族人往往把丰富的情感世界或遮蔽，或转移，深藏不露，秘而不宣。如果对撒拉族人的喜怒哀乐缺乏起码的了解，就无法进入到他们的内心世界，因而也就捕捉不到他们的情感中最细腻最敏感的那一部分。五是撒拉族音乐创作还受制于文字表达的局限性，用汉语演唱和用撒拉语演唱效果就大不一样，单纯用汉语演唱，其歌词和旋律无法抵达内心世界最幽深的角落，产生不了让人沉浸让人疼痛让人震颤让人掉泪的艺术效果。

　　詹晋文老师对撒拉族音乐创作的把握，看似偶然，其实是一种水到渠成的必然。因为他长期与撒拉族人打交道，非常了解撒拉族人的生活习性、宗教信仰、人情世故、家长里短、情感表达等诸多方面。正因为他洞悉撒拉族人骨子里的东西，才能创作出《撒拉阿娜一朵花》《秀丽的孟达》和交响乐《寻找家园》这样拨动人们心弦的优美旋律。这些经受岁月考验的地域性经典之作，在丰富撒拉族当代音乐艺术的同时，也成就了詹晋文先生的音乐人生，确立了他在青海音乐界的地位。

在循化，任何一项文化创造，都会自然而然地显示出更多方面的意义，而以最直观的方式表现生活的音乐所承载的功能就更大。艺术超越了时空、地域、民族、宗教、哲学等一切有形或无形世界的疆界，极度喜乐和极度悲苦，都需要音乐的抚慰。在人与人之间、族群与族群之间的交往过程中，音乐往往起到心灵契合的润滑剂作用，春风化雨，润物无声。撒拉族、藏族、回族和汉族等各民族在长期的交往交流交融中，很多方面都有着相似或相近的文化追求（比如大家都喜欢篮球比赛，都喜欢吃羊肉手抓，喜欢喝盖碗茶），而在音乐上似乎有着更为趋近的审美取向（比如大家都喜欢听藏歌，喜欢看藏舞），因而在一首好歌的旋律中彼此间自然而然地达成心灵、情感和审美上的默契，这就是循化民族团结源远流长的文化基础。在这个意义上，詹晋文老师被循化人尊称为积石山下音乐人是实至名归的。

而马有功的出现，对我们多少有点意外，因为他没有接受过专业化训练，甚至直到今天可能还不会谱曲。但他绝不是音乐的门外汉，凭着自己的音乐理想，在撒拉族音乐创作路上默默耕耘，播洒汗水，付出了勤奋与执着交织的探索性努力。《情定循化》专辑的推出，说明他初步找到了与自己演唱风格相吻合的表现形式，也是对以往撒拉族音乐以《巴西咕溜溜》为曲根进行创作的一次侧面突破，或者说是撒拉族音乐在音律上兼容西域风格的一次大胆尝试。

马有功的音乐作品故土情结浓郁，地域民族特色鲜明，大量采用家园、黄河、天池、白坎肩、青夹夹、撒拉汉子、撒拉艳姑等耳熟能详的生活元素，以撒拉语和汉语相互切换、互为强化的方式进行演绎，某种程度上回应了撒拉族人对情感欲说还说、欲罢不能的一种近在眼前又很遥远的呼唤，对应了撒拉族人的亲情、爱情、友情交织错落的情感密码，在沉郁婉转的旋律中轻声呢喃。专辑中的多数歌曲可以看作是对渐行渐远的村野乡愁的怀恋。

一般来说，贯穿于撒拉族音乐的主线应该是撒拉族集体性格中最鲜明的那一部分。纵观撒拉族"花儿"中占据主导性的哀婉悠长的调令，我始终认为，在过去很长一段时间内，撒拉族在文化上是孤独的。当然，在经受岁月长河的洗礼中，每个民族都有过程度不同的孤独，而撒拉族的孤独感似乎更为深刻一些。在我看来，造成这种孤独的原因至少有三个方面。一是撒拉族先民迈开东迁脚步的那一刻，就失去了母亲的护佑，漫漫长途上他们想念母亲，思念亲人；二是撒拉族先民落脚的街子地区，前有黄河阻隔，后有关山重围，与世隔绝，造成了举目无亲的视觉性孤独；三是撒拉族先民屏蔽了一切与歌舞相关的精神性抚慰，精神生活的天空归于清一色。撒拉族"花儿"以"野性"姿态出现在人们的生活中，使男女青年找到了排解孤独的闸口，浓烈的情感得以化解，郁滞的情绪得以释放。然而，抒情味浓郁的"花儿"调令与撒拉族人"正统"的欣赏口味在形式上是对立的，因而它不可能登堂入室、广为传唱，始终摆脱不了小众化、边缘化和不入流的命运。

新中国成立后，撒拉族从政治、经济、文化上获得全面解放，在平等团结的民族大家庭中彻底摆脱了群体性孤独。撒拉族人民欢天喜地，迎接不同于以往任何时代的新生活，满腔热情地投身于建设新家园、追求新生活的伟大实践，在中华民族共有精神家园中重塑了民族形象。撒拉族人民的这种喜悦之情在歌曲《新循化》中得到充分彰显。这首创作于20世纪70年代、至今还传唱不衰的经典之作，呈现出源远流长的艺术生命力。

还想说的是，对撒拉族来说，任何一项文化创作都是弥足珍贵的，哪怕作品瑕疵再多，哪怕表现形式有点老套，哪怕音乐质感不那么成熟，也值得我们毫不犹豫地给予肯定。这是因为，撒拉族潜在的音乐资源尚未充分挖掘，在开放式平台上创作的汗牛充栋的歌舞类作品中，撒拉族原创音乐作品实在是太少了，远没有达到完全按专业化标准要求的程度，我们要做的，就是形式和内容上的恶补。所以我觉得举办这个分享会很有意义，这是对没有专业背景的草根艺术家的认可。

我本人非常佩服马有功先生有条件要上、没有条件创造条件也要上的那么一股子劲头。全社会都在追逐金钱、最大限度实现个人理想、艺术家缺乏原创精神的今天，马有功能够把自己的青春岁月投入没有多少利益产出的基层音乐创作，表现出难能可贵的艺术情怀和家乡情怀。从这个意义上说，我眼里的马有功是很棒的。

我不懂音乐，不可能从专业角度加以评论，仅凭自己的感觉谈一点对《情定循化》这部专辑的粗浅看法。

专辑主打歌曲《情定循化》旋律优美，节奏欢畅，用撒拉语和汉语反复演唱"我家在哪里，我家在循化"，还有白丝布坎肩青夹夹，感受到浓浓的民族味，特别亲切，可以看作是继《新循化》《我叫个循化的撒拉》《尕撒拉夸家乡》《巴西咕溜溜》《天下黄河循化美》等歌曲之后又一首比较适合撒拉族人音乐欣赏口味的原创歌曲。

专辑里有一首用纯母语口述演绎的《难忘父母恩》，把这个不算音乐的作品放进来，似乎有点另类，冲淡了专辑的音乐成分。我倒是觉得不能小看这个作品的情感冲击力。作者采用生活中最惯常最朴素的语言娓娓道来，以反问式引出孝敬父母的天道必然性，听来直击人心，如芒在背。这种丝丝入扣、如泣如诉的深情演绎超越了空壳式的道德说教，具有很强的艺术感染力。

总的看来，马有功先生推出这部音乐专辑的意义超过了它本身所承载的文化含量，为进入撒拉族人内心世界打开了一扇小窗口，这样的尝试值得肯定。

再说说韩佩兰创作并演唱的《我在循化等你》。

这首歌曲的诞生可能有一定的偶然性，因为韩佩兰之前没有创作歌曲的先例，也没有受过专业音乐教育，甚至连短期培训都没有过，充其量不过是个音乐爱好者。但我仍然觉得这种偶然性当中潜藏着某种必然性。这种必然性源自韩佩兰与生俱来的音乐禀赋，基于她对循化这片土地的深挚情感，也可能与她家庭环境的耳濡目染有关。先天性基因一旦被某种外在因素激活，就会呈现出无师自通的才情。韩佩兰潜在的音乐才华在这首歌曲的创作和惟妙惟肖的演唱技巧中淋漓尽致地呈现出来了。

视听效果上,《我在循化等你》给予我四点感受。一是韩佩兰音色纯正、圆润、饱满、干净,声调无论如何变化,都显得十分流畅,听不出任何因为增加难度而造成的明显瑕疵。二是这首歌之所以打动人心,引起普遍共鸣,很重要的一点是"撒拉味"充足,而且对舌尖的一弯一绕、吸气提气的轻重缓急等一些撩拨人心的关键部位的声调把握得恰到好处、惟妙惟肖。三是惊讶于韩佩兰对咬字吐字的精准度,长期生活在撒拉语环境的她在汉语表达上怎么会拿捏得如此精到呢?四是在后期音乐制作中注入了既符合撒拉族传统音乐又能体现时代特色的新元素,增加了二度创作的含量,尤其是最后的"等你等你"的重复演绎,强化了主题,起到锦上添花作用。

《我在循化等你》这部作品的成功展演给予我们的启示至少有两点,一是创作撒拉族歌曲必须尊重撒拉族人的审美需求,任何主观的添加,很难与听众产生共鸣;二是演唱风格也决定了一首歌的成败,尤其在关键部位,对声调的深浅轻重长短和弯曲度有特殊要求,如果技术处理不到位,即便是再好的专业歌手,也很难唱出想要的效果。

我始终认为,文艺作品的最终评委不是专业人士,而是时间和社会大众。经得起岁月考验的作品一定错不了。据我所知,《我在循化等你》首唱以来,得到不同层次听众的认可,无论是关注撒拉族音乐的专业人士,还是村野民夫都认为这是近年来少有的一首反映循化、歌唱撒拉族的好歌。按作曲理论专业目光审视,也许会有这样那样的瑕疵,我们期待沧主席、苏主席和各位老师不吝赐教,以求进一步完善。

在我的印象中,循化还没有过为一部声乐专辑和一首歌曲举办分享会的先例。文化主管部门组织这样一个发行分享会是非常值得称道的,这是对劳动的尊重,对创造的尊重,也是对人才的尊重,必将激励两位作者和更多音乐爱好者投身于音乐创作。我想这也是省音乐家协会主席沧海平先生、海东音乐家协会主席苏进生先生不辞辛苦、专程赶来指导这个发行分享会的原因吧。

文化火种的点燃往往呈现出某种偶然性。詹晋文先生是此次分享会的最初倡导者和积极促进者，是他点燃了这一把火；县文体旅游局一班人为基层艺术工作者举办作品分享会的远见卓识和文化情怀令人敬佩；撒拉族著名书法家韩麒先生甘愿为两位作者挥毫泼墨的家乡情怀同样令人感动。我们应该感谢所有为作品分享会奔波操劳的人们。

此时此刻我有一种预感，2022年初春的这一天，以一部声乐专辑和一首歌曲的名义邀约远方客人，举办这样一个看似不起眼的分享会，很有可能成为推动循化音乐艺术蓬勃兴起的历史性契机。衷心祝愿马有功先生、韩佩兰女士在今后的艺术道路上越走越远，取得更大成绩！

馨香一束

那些睿智的头脑，稳健的脚步，
勤劳的双手，温暖的目光，
总会给我们以久违的感动！

积石山下音乐人

在循化，提起音乐，人们自然会流露出无以言表的自豪，那份自豪
与詹晋文有关；在循化人心目中，詹晋文是用五线谱编织美好生活的家园
守望者；百年孤独的撒拉族人更是把他当作在琴弦上破译心灵密码的贴心
知己。

——题记

结缘音乐

循化汉族是一个独特的存在，他们虽然人口不多，但方言俗语与河湟
地区汉族明显不同；外在形貌上，在与撒拉族、藏族和回族的长期交往中
烙下鲜明地域风格的印记。他们的渊源多半要追溯到明清甚至更远年代，
其先民或为驻军，或为商贾，或为官吏，或为讨要者，陆续在县府周边择
地而居，繁衍生息，形成了操着独立方言的一个群落。其中来自福建闽侯
的詹氏家族算得上是富甲一方的名门望族，族下田产百余亩，牛羊满圈，
金银细软丰裕。清末年间，几里之外的托坝回族村修建清真寺时，詹家念
及亲仁善邻，慷慨解囊，赠送两根金条，余香绵延至今，在汉族和回族间
传为佳话。托坝村"者麻体"不忘旧情，与詹家世代交好，至今还在友好
来往走动。

詹氏家族在这一方土地上谨守祖训，承袭家风，男人勤耕不辍，女人
相夫教子，教化子孙，延续香火，民国年间因出过声名显赫的文官武将而
名噪一时。

幼小的詹晋文深受祖上和善家道浸染，与邻为善，与异族为友。母亲
自小教导他尊重撒拉族回族人家习俗，斋月里不准当着穆斯林的面吃喝。

詹晋文铭记父母教诲,自小在内心深处扎下善待异族兄弟的根苗,与各界穆斯林相处时,文化心理上毫无隔阂,高度契合。这是他结交诸多穆斯林朋友、投入大半生精力创作歌颂不同民族歌曲的情感来源。

1973 年,青春勃发的詹晋文考上高中,就读于循化中学。在"革命样板戏"盛行的特殊年代,詹晋文带着一分好奇加入学校"业余毛泽东思想宣传队"。宣传队有六把二胡,齐刷刷地摆放在黑板下的站台上,颇有一番气势,乡下来的同学们好奇地打量着这些能发出奇妙声音的新鲜玩意。

指导老师是一位从省城来的工农兵大学生,叫怡学文,他随手拿起一把二胡,坐在凳子上,右手持弓,左手扶住琴杆,神色专注地拉起来。

怡老师一拉一推的优雅动作和如泣如诉的琴声深深吸引着詹晋文,老师手指间拨弄出来的山河欢笑、骏马奔驰的旋律拨动着詹晋文的心弦,他不由自主地拿起一把二胡,在怡老师鼓励的目光中小心翼翼地拉起来。

一旦钟情于某一件事,人的内心就会生发出不顾一切的冲动;生命中注定要出现的东西,冥冥中就有与生俱来的呼应。生性活跃、敢作敢为的詹晋文犹如第一次摸枪的战士,像挚爱骏马的草原骑士,心里泛起一种美好情愫,一遍遍摩挲着二胡,爱不释手。尽管他笨拙的手指难以奏出悦耳动听的旋律,嘶啦啦粗粝的琴声刺耳难听,但他越来越痴迷于二胡,一有空就不厌其烦地摆弄起来。

青春的欲望鼓舞着詹晋文,音乐在他苦涩的人生天空下划过一道耀眼迷离的弧线。他暗下决心,一定要把怡老师的演奏技法学到手,将来要成为一名让无数观众心醉神迷的二胡演奏家,为家乡循化争光。

很快,他知道了那些枯燥的"1、2、3"在神秘的音乐世界里是如何被转换成"哆、来、咪",再用三根琴弦演奏出各式各样旋律的秘密,还摸清了二胡的肠肠肚肚——琴筒、琴皮、琴杆、琴头、琴轴、千斤、琴马、弓子和琴弦的功能,心想着自己也要仿造一个出来。

但是,要进入任何一门艺术殿堂是何其艰难!看似简单的二胡像一匹生性乖戾的烈马,要驯服它,可不是一件容易事。一连好几天,詹晋文摸不透它的秉性，拉出来的音色高一下低一下，总是跑调，干裂刺耳，一点都不好听。怡老师说，你要完全驾驭住这小东西，没有十年八年的历练是不行的。老师的话没能吓住詹晋文，他想起当时流行的一句话，豪迈地说，世上无难事，只怕有心人！

从此，詹晋文着了魔似的学起二胡来。

那时正值"文革"后期，学校基本上处于停课状态，而各种各样的活动却此起彼伏，每次活动都少不了文艺演出，这给业余毛泽东思想宣传队的队员们提供了大展身手的机会。他们不仅在学校表演，还应邀到县直机关、各公社去巡回表演。此时，詹晋文手法大有长进，已能顺畅地拉起《草原上升起不落的太阳》《赛马》等曲子。

不知不觉间，那些在别人眼里枯燥又难记的音符、音标已经深深印在了詹晋文脑子里，他成了班里小有名气的"音乐家"。同学们笑闹着喊"詹晋文来一段、詹晋文来一段"的时候，他显得特别自豪，拿起自制的简易二胡，有模有样地拉一段样板戏曲子。同学们的阵阵掌声让年少气盛的詹晋文愈加坚定了学习音乐的信心。有一天，他自信地问自己：你果真天生是块学习音乐的料吗？

那时候，循化教育处于起始阶段，要在"白纸上起笔"的民族地区普及基础教育，师资力量短缺是一大难题。县上决定从当年应届高中毕业生中招录一批小学老师，詹晋文名列其中，被派往红旗人民公社初级中学担任数学老师。

能当一名老师，意味着从农门跳到公家单位，门里门外十分荣光。詹晋文不问左右，与同行们一样，怀着青春的梦想，站在了传授文化知识的讲台上。

从教五年后，他并没有完全静下心来，心里的"葫芦"时不时漂出水面，有一种怅然若失的遗憾。这份遗憾源自他对音乐的酷爱，对二胡的留恋。虽然业余时间和茶余饭后可以唱唱歌、拉拉二胡，调节一下情绪，但那种自娱自乐无法消解他在音乐上想搞出个名堂的焦渴。

理想与现实之间总是有差距。面对一双双渴望知识的目光，他不可能有更多选择，只能掐断理想大树上斜生出来的枝蔓，一门心思教好分内课程。

然而，生命中注定要出现的机缘，总会在不经意间飘然而至。詹晋文认定自己将在教育这个行当从一而终时，命运之神却又一次出其不意地眷顾了他。

县文工队成立后，求贤若渴的文化局领导到处寻觅在文艺上有一技之长的人马，有心人举荐了詹晋文。1981 年 2 月，他如愿调到县文工队，专司二胡和小提琴演奏。有道是，兴趣是成功的一半。自打有了县文工队这个平台，詹晋文便如鱼得水，把全部激情和才智投入工作中。背着个长枪式器乐盒的他悠然潇洒地穿过县城街道时，人们向他投去羡慕的一瞥。可谁能知道，他的手指已经被绷紧的琴弦磨出了厚厚的老茧，几近弯曲变形了。

艰辛的历练换来的是艺术才华的与日俱增。1987 年 4 月，年仅 27 岁的詹晋文不负众望，在县文工队崭露头角，被任命为副队长，分管乐队工作。

人生的每一次角色转换，既是不断跳跃横杆的挑战，也是跨越自己的机遇。人们发现，他们眼里有点不安分的"尕詹"不仅演奏二胡上手了，还有叫人刮目相看的组织才能。他已经不满足于按部就班地排练，时常把乐队同事们组织起来共同练习，按自己对某个作品的艺术想象，时不时把有些小歌曲"处理"一下，移花接木，彰显地域民族特色……

有了他们这些土生土长的文艺人才的执着追求和精彩演绎，盛极一时的循化县文工队以出色的表演走出积石山，走出青海，代表全省基层文艺工作团队到北京演出，获得"全国乌兰牧骑演出队"光荣称号——是他们，把大山深处的循化第一次带到首都北京。

队员们在天安门前合影时，詹晋文思绪万千，心中暗暗立下誓愿：一定要在音乐艺术上搞出点名堂来！

1989 年 4 月，经历过改革开放阵痛期的中国社会开始展现新的样态，曾经活跃一时的县级文工队相继退出演出舞台，循化县文工队也不能例外，在时代大潮中结束自己的使命，宣告解体了。

大雁的舞台是天空，骏马的舞台是草原。演职人员失去了舞台，下一步路该怎么走？

不少同事趁机跳槽到光鲜亮丽的行政单位，有一些单位也向詹晋文伸出橄榄枝。但他觉得，此生可以放弃很多名利之惑，唯独放不下的就是音乐。思之再三，他作出了至今看来依然让自己感动的决定——请求组织把自己调到县文化馆。他不想就此放弃魂牵梦绕的音乐理想，在与音乐沾边的文化馆，他确信能找到属于自己的小舞台。

更令他高兴的是，乐神再一次向他招手，无意中得到去西安音乐学院进修的机会。

情洒弦上家园

西安音乐学院是西北地区唯一独立建制的高等音乐学府，培养过无数蜚声国内外的音乐才子，业界自豪地称之为"西音"，与"中音""上音""川音"等院校成鼎立之势，是多少怀揣音乐之梦的学子翘首期盼的地方。

经省文化厅与省民委委派，1985 年 9 月 3 日，一心想在音乐天空下展翅翱翔的詹晋文来到关中大地，望一眼"西安音乐学院"几个大字，怀着朝圣般的心情走进校门。

作为十三朝古都的西安到处弥漫着穿越千年的文化气息，那些古色古香的建筑、谈吐非凡的老师、艺术范十足的学生令詹晋文深深着迷，他觉得连音乐学院花草树木中也弥散着浓浓的文化味。对渴望在音乐理论上"提档升级"的詹晋文来说，能踏进这座殿堂的大门，真是前世修来的福分。

他明白，对音乐基础理论几近苍白的自己，为期一年的进修分分秒秒都显得弥足珍贵。来不及调整一下从边地小城到繁华都市的心理落差，来不及领略一下神往已久的西安城，就如饥似渴地投入繁忙的学习。

他想在作曲上有所建树，毫不犹豫地选择了理论作曲专业。尽管那些深奥的音乐理论艰涩难学，但他对每一门课程表现出来的兴趣几乎到了难以自拔的程度。经过一年苦学，完成了"和声学""曲式学""配器法""美学概论""中国音乐史""外国音乐史""视唱练耳"等十一门课程。撰写结业作品《牦牛背上的歌》时，他在音乐理论上有一种升腾和飞跃的感觉。

学院每周都有一场音乐会，参演者多半是在校学生或国内外知名乐团，詹晋文几乎每场不落地去观看。那些扬名海内外的音乐大家的精彩演绎令他如痴如醉，那些展示艺术想象力的表现形式让他大开眼界。舒曼、莫扎特、贝多芬、舒伯特这些唤醒人类音乐意识的大师们天籁般的旋律深深震撼着他。

在西安的这一年，他还领略了信天游的悠扬、秦腔的豪迈、古都世家的风韵……

从西安音乐学院回来后，他很想把学到的作曲理论付诸实践，寻找着适合自己的突破口。他想，如果走大众化音乐创作之路，他这个凭着一腔热血半路出家的无名之辈，势必会淹没在那些专业素养高的创作者当中，很难有所作为。唯一可行的选择是，在历来被忽略的少数民族音乐上掘通一条属于自己的新路，而音乐上沉默不语又很少被外界关注的撒拉族应该是他将要开垦的处女地。

撒拉族在漫长岁月中丢失了文字，更没有像其他少数民族那样欢歌起舞的习惯，他们往往把喜怒哀乐深深藏进心底，不愿在大庭广众之下尽情宣泄。男人们过早地把青春年华收敛在满脸胡须中，少女们也会用绿盖头裹住含苞待放的花样年华。然而，凄风苦雨怎能浇灭青春的火焰？在他们看来，相爱的人的心思是不能泄露的秘密，卿卿我我的表达过于直白，牵手而行显得刺目张扬。但想见又不能见的心儿在疼痛，渴望燃烧的激情在奔涌。于是，在夜深人静时，他们把满肚子心事倾诉给爱的信物——让三寸口弦细小的舌簧承载他们所有的爱恋。口唇对准耳朵，在一缕缕炽热的气息中奏响让心尖尖发痛的音律。出门的汉子难抑心中的郁闷时，就借缠绵悱恻的"花儿"打开情感的闸口，对着高山深谷放声高歌……

在文化上，撒拉族承受了百年孤独，而他们把那份孤独长久地封存于心，始终没有让最能排遣孤独的音乐来安抚自己，也没有让音乐的种子在干涸的心灵世界发芽生长。几百年来，他们默默无闻地充当了旁侧的藏族、汉族和回族同胞的忠实观众。

而詹晋文的出现，让人们看到了一丝希望。

循化的美是多重的，不仅有风光秀美的山川河流，也有底蕴深厚的人文积淀；不仅有多重文化交织的民风乡俗，也有温婉多情的美女部落，而甩动长辫的撒拉阿娜无疑是黄河岸边丹山碧水间造化出来的绝代精灵。创作出几首单位领导安排的应景式小作品后，初试锋芒小有成就的詹晋文已经不满足于浮光掠影式的浅白抒情，创作心思从小情小调中移开，目光落在清水湾的柔风中亭亭玉立的撒拉阿娜身上。

说来也巧，《青海日报》著名记者邢秀玲此时来循化采风。有一天上午，在清水湾崖坡的弯弯小路上，一位挑水的撒拉阿娜吸引了她的目光。午后的阳光下，少女肩挑水桶摇动单手迈着轻灵步履有节奏赶路时甩动的两条辫子煞是好看，活像一幅动人的水彩画。邢秀玲跟在姑娘身后，一直目送她走过弯弯曲曲的村巷，走进一扇木大门。这个富有诗意的场景激起她的创作欲念，她想了解姑娘及她的生活场景。

邢秀玲提出给姑娘当睡伴时，遭到家人拒绝。后来经韩信德老师帮忙说服，她如愿住进姑娘家。

与这位姑娘的半夜长谈中，邢秀玲了解到撒拉族女孩子隐秘而滚烫的内心世界，她想把这种感觉表达出来，当晚写成一首名为《撒拉阿娜一朵花》的歌词：

头上绿盖头
身上红夹夹
撒拉阿娜一朵花
一呀一朵花
下地那个会呀那个会锄草
上炕那个会呀那个会绣花

苹果园里显身手

花椒树前比高下，

撒拉阿娜一朵花

人呀人人夸……

回到县城的第二天早晨，如获至宝的邢秀玲拿歌词给詹晋文看，希望与他合作完成这首在她看来非常重要的歌曲。

邢秀玲不仅是省报名记者，也是享誉全省的作家，因冒险撰写长篇通讯《隆务河畔的枪声》而声名远播。能跟这样的名家合作，詹晋文求之不得，这正是生命中难得一遇的机缘巧合。

因为他熟悉撒拉族生活，仅用几天时间，就完成了《撒拉阿娜一朵花》的谱曲工作。这首曲调优美的歌儿作为詹晋文的成名曲早已唱响大江南北，成为歌颂当代撒拉族女性的标志性歌曲，荣获"2012音乐中国杯"作曲金奖。

《撒拉阿娜一朵花》看似是巧遇邢秀玲的偶然之作，有人认为这是詹晋文在音乐艺术上再也无法超越的巅峰之作，但一直信奉"拿作品说话"的他很快以事实证明了自己喷涌而出的艺术才华。

孟达林区位于黄土高原与青藏高原连接地带，特殊的地理环境造就了一方令人称奇的植物王国，亚热带温带植物悉数落户于此，被列入国家级自然保护区。翠岭秀谷中的一池碧水宛若上天遗落在黄河边的一颗绿宝石，被学界誉为中国最美天池。

孟达天池是循化县当之无愧的地理名片，与天山天池、长白山天池比肩齐名，但一直以来"生在深闺人未识"。就像容中尔甲以一曲《神奇的九寨》让七彩九寨名满世界一样，唱响孟达天池是胸怀音乐抱负的詹晋文久藏心底的夙愿。

1991年，在媒体宣传中已经揭开神秘面纱的孟达林区迎来了几个慕名而来的远客，文化局领导让詹晋文陪同。詹晋文向来仰慕有学问的人，虽然他的爱好与动植物学隔山隔水，但有机会能与北京来的动植物学家朝夕相处，同样令他兴奋不已。他带领专家们穿梭在孟达林区深山老林间，近距离感受这个被誉为高原西双版纳的植物王国的神奇魅力。

薄雾笼罩下神秘莫测的孟达山林让久居城市的专家们深深沉醉，赞叹不已。詹晋文也深受感染，对一向缺乏艺术感觉的天池触景生情，内心泛起阵阵波澜。

一天清晨，他站在西山顶上，望着倒映在池水中的片片云影，心中升腾起一缕晚霞般瑰丽的诗情。满山苍翠，清风徐徐，百鸟争鸣，野花送香。他忘情地沉浸在大自然馈赠的美妙感觉里，直到一轮红日从东边的翠峰顶上喷薄而出、洒下无数绚丽光束时，宁静的天池泛起斑驳耀眼的涟漪，那闪烁迷离的光圈与他的内心深切地呼应着……

当夜无眠，他独自来到天池边久久伫立，凉风习习，万籁俱静，那些在他想象力边界之外的音符如约而至。他喜不自禁，回到住所，很快在五线谱上把那些音符排列组合。望着省文联办公室工作人员王兴岭创作的歌词《秀丽的孟达》，试着哼起第一声旋律时，他立刻找到想要的艺术感觉，再也抑制不住激动的心情，山泉般突突冒出的灵感使他一气呵成地完成了这首传世之作。

> 高原的西双版纳在哪里，
> 蓝天和白云会告诉你。
> 迷人的天池在哪里，
> 阿娜的眼睛会告诉你。
> ……

这简直是大自然与音乐之神的天合之作。

孟达天池的美名乘着歌声的翅膀飞向千万里，从此循化人介绍家乡时，又增添了一份自豪，懒得唠唠叨叨，一张嘴，一声悠长的"哎哟"中，把天池美景唱给远方的客人。

海德格尔说过，人类要诗意地栖居在大地上。在詹晋文看来，优美的旋律无疑是抵达"诗意栖居地"的一条便捷通道。一道美丽的风景、一位婀娜多姿的女子、一条蜿蜒向东的河流，甚至是一片秋天的落叶，在他眼里都充满着诗意。

了解詹晋文的人都知道，他始终保持着作为一个音乐人该有的率性而单纯的个性，敢爱敢恨，不会藏着掖着自己的情绪，眼里揉不进一粒沙子，同样为动情的场面泪流满面，一场春雨、一阵秋风、一束鲜花、一朵浪花都能撩拨他敏感而多情的心绪，往往在瞬间的感动中捕捉到激情四溢的创作灵感。

"希望这一首首音乐作品，能让越来越多的人了解我的家乡、我的祖国，这就是我奋斗的意义。"这是詹晋文的心声，也是他的情怀。

詹晋文不是那种小有所获就沾沾自喜的小资情调之人，他的音乐理想是把偏安一隅的循化用他谱就的旋律惊鸿一瞥地展现给世人。他说，人们通过《乌苏里船歌》认识了赫哲族，通过《刘三姐》知道了桂林山水，我们也可以把丹山碧水间融合了多民族文化的风情卓著的循化通过一首无与伦比的歌曲宣传出去。

谈起曲曲折折的音乐道路，詹晋文总会提起对他的成长影响较深的一位文化名宿——曾担任县教育局局长的吴绍安先生。

吴老先生是本坊东街村人，向来热爱脚下土地，古稀之年仍笔耕不辍，创作了《循化赋》《骆驼泉》等传世之作。他和詹晋文词曲联袂，一起创作了《循化，我美丽的家园》《我心灵中的十世班禅大师》等十几首歌曲，可谓珠联璧合，留下了赞美循化的动人乐章。

结交一个好朋友，等于在人生的界面打开一扇瞭望世界的窗户，吴绍安可谓是詹晋文拓宽音乐视野的那扇窗口。近二十年来，他跟随老先生践行儒家文化中兼济天下的家国理念，克服狭隘的地域民族意识，以筑牢中华民族共同体意识为基调，在更宽领域更深层面放大音乐表现格局，相继创作了几十首展现中华民族大情怀的歌曲。

詹晋文钟情于撒拉族音乐，这是人所共知的事情，他也毫不掩饰对触动他艺术灵感的"黄河浪尖撒拉尔"的特殊情感。几十年来，他花费大量心血汗水做田野调查，与田间地头辛勤耕作的撒拉族群众"侃大山"，倾听他们悲喜交加的故事，触摸他们不易外露的内心世界，欣赏他们敢闯敢拼的创业精神。他是知根知底的"撒拉通"，了解撒拉族人的精神世界、人情世故，听得懂撒拉语，会说一些日常撒拉语，毫无隔膜地融入撒拉族人的家常生活中，时时操心撒拉族"文化上的事"，与他们深度融合，同喜同忧。

暑往寒来，几度春秋，詹晋文不问左右，躬身捡起散落在民间的文化珍宝。谁能想到，当太多的人们奔忙在世俗的"淘金"路时，他却为尚未被艺术春风沐浴的撒拉族甘愿当一名默默无闻的"拾穗者"。屈指算来，他"背篼"里已经有了八十余首撒拉族民间小调、"花儿"和"劳动号子"。沉甸甸的，够让后来者享用一时了。

乘着歌声的翅膀，詹晋文倾情讴歌魂牵梦绕的故土，赞美善良大度、忠厚可爱的各族乡亲，眼眸里唇齿间睡梦里都是"循化"。三十多年来，以循化为素材，创作歌曲及其他音乐作品百余首（部），搜集整理将要失传的地方民间音乐八十余首，协助出版了《孕撒拉夸家乡》《撒拉尔的家园》等光碟；出版了詹晋文声乐专辑《美丽的循化、可爱的家园》（共二十四首）；《积石山颂》《撒拉儿女》等多首歌曲选入 2012 年《中华之春》——中国民族歌曲选粹；创作舞蹈音乐《撒拉阿娜上学》《请到循化来》、笛子独奏《撒拉情韵》等；部分音乐作品曾多次在中央电视台、青海电视台播放，荣膺国家级奖励。

如果说音乐无国界，那么，我们在詹晋文身上所看到的是一种跨越族界的爱心行动，是一种毫无吝啬的智慧付出。循化这片热土上为什么生长出民族团结参天大树，原因在于有不少詹晋文这样的有识之士在默默浇灌和养护。20 世纪 80 年代以来，在以詹晋文为主的一批播绿者精心耕耘下，撒拉族整体音乐意识悄然觉醒了。感动于他对撒拉族音乐的无私奉献，韩兴旺等撒拉族企业家曾有过给他举办个人音乐会的动议。

汗水浇灌的果实总是那么香甜。詹晋文，这个深耕在五线谱上的"音乐狂人"，不断的职业转换之后，完成了从拿一把二胡跻身乐坛到在青海音乐界有一席之地的作曲家的华丽转身，他没有辜负期待他的十几万双目光。

群众文化的有心人

1997年3月，詹晋文从撒拉族著名文化艺人韩占祥手中接过县文化馆馆长接力棒，开始了在更大舞台上播撒理想的文化行旅。

论级别，文化馆不过是个股级单位，但在县一级行政事业机构中，算得上是资格最老的单位之一。伴随着计划经济到市场经济的演变过程，历经几次机构改革，不少单位分分合合，沉浮不定。当文化行政主管部门也几易其名时，作为给文化系统打底的文化馆却依然坚守着最初的名分，足见其存在的价值。

文化馆里谋职的都是身怀绝技的人中翘楚，要在充满个性的艺术人才中间站稳脚跟，绝非易事。好在詹晋文生于斯长于斯，此间深耕多年，不说资历和人脉，单就歌曲创作而言，他腰杆子硬棒、底气充足。加上比别人多出来的一份拳拳之心和职业责任感，没有什么事能难得住他。

汉族人家向来注重人文精神，以世代相传的家训家风作为立身之道，这一点在詹晋文身上尤为明显。每逢春节，由他精心策划的詹氏家族迎新春团拜会上，他总是向后代人苦口婆心嘱托一番做人做事的道理。不仅如此，他身后还有董培深、吴绍安这些学贯古今的硕彦名儒时时指点，人们对他的期许自然要高一些。

然而，从单打独斗的个体创作到引领一群人开展全县性群众文化工作，无疑是对组织、管理、协调、人格魅力等诸方面能力素养的挑战。打开工作手册，文化馆馆长职责一栏内的十四项工作职责使他禁不住倒吸一口冷气，而更让他无法面对的是水电暖不通勉强凑合的工作环境和捉襟见肘的财务状况，想要成就一番事业的理想被坚硬而无情的现实撕成碎片。

对文化工作有所了解的人都知道，搞文化就是"烧钱"的无形投资。一场文艺活动办下来，投入巨大人力财力，等到观众散尽拆卸舞台时，往往什么都看不到了。但詹晋文心里有两本账，一本是现实的财务支出账，另一本是看不见的那笔账。他看重的是后一本账——钱物通过一场精彩演出，变成无形的养料，滋润观众的精神世界。他认为搞文化不能只顾眼前，要往远处看，算好润物细无声的隐形账。

说起来，一方文化的发展兴盛不是春种秋收那么简单，也不像盖楼修路那样直观，需要持之以恒的长线投资，而难以为继的县财政不大可能为一时看不见影子的文化工作安排充足经费，"凑凑合合过日子，老调重弹做表演"是基层文化部门多年来无法改变的窘境，历任文化局长、文化馆长们为此顶着不小的社会舆论压力。信誓旦旦的詹晋文却不肯服输，他不想当个徒有虚名的馆长，无论如何要对得起肩上的职责，即便弄不起风风火火的大场面，也要在某个侧面切开一道口子，让文化馆这潭死水流动起来。

具有丰富行政工作经验的吴绍安给一筹莫展的詹晋文出主意：以文化馆这个小平台调动全社会文化资源，借力发力，星星之火，成燎原之势。吴老先生的话点醒了敏于思考的詹晋文。工作之余，他骑着自行车，登门拜访从事文学、书法、摄影、音乐、舞蹈的本土艺术工作者，促膝对谈中寻求做好地方文化工作良策。

一个月后，他组织了城内文化人士座谈会，动员大家积极行动起来，量力而行地进行文艺创作。之后他动用私人关系，从省市请来书法绘画名家，举办培训班；每逢重阳节期间，在积石宫举办书画展；春节前夕，组织三个文艺小分队，分赴各汉族聚居区义务书写春联。2015 年，文化馆举办一期规模较大的文学创作培训班，詹晋文想邀请时任甘肃省作家协会主席、著名作家马步升到场讲座。他亲赴兰州对接，但因马步升临时有出外活动而未能如愿，随即从省城请来三名作家诗人，分别讲座诗歌、散文和小说创作。此时，循化已经有四十多个写作爱好者。

詹晋文借力发力的另一个着眼点是县上举办的各种文体活动。每年一度国际抢渡黄河极限挑战赛期间，他"见缝插针"，想方设法举办一次规模和档次较高的书画摄影展。在成功举办第一届黄河诗会基础上，与县文联联袂举办了规模空前的第二届黄河诗会，邀请我国著名朗诵艺术家瞿弦和等大腕演员倾情奉献，现场直播点击量达十万余次。2016年，县委宣传部把庆祝建党九十五周年演出任务交给县文化馆，宣传部领导要求务必拿出一台超过以往水平的文艺节目，不过，答应解决的经费却不足两万元。詹晋文虽然知道这是一笔"贴本买卖"，但他不忍拒绝，不喊困难不说穷，爽快应承下来。节目单确定后，他调动自己的"关系网"，给曾经合作过的省内实力派演职人员一个个打电话，请求他们帮忙演出，并说明只能给付平时出场费的一半。"七一"前夕，一场精心准备的文艺节目在县档案馆三楼会议室如期开演。

文化事业有其自身的发展规律，那种砸钱请来明星大腕制造轰动效应的做派只能图一时之快，水流无痕，风过无声，不会留下深沉的文化积淀。从多少次应景式的文化活动中蹚过来的詹晋文对此感触颇深。文化建设上，他不大相信会发生一口吃成胖子的奇迹，因而不贪大求快，把一切工作着眼点放在自身能力允许的范围内，以小聚大，小步快走。

就说说笔者所了解的几件事吧。

撒拉族缺乏文艺人才是众所皆知的事，从20世纪六七十年代至今一直处于青黄不接状态，不能满足撒拉族群众日益增长的精神文化需求。但培养艺术人才不是一朝一夕之事，需要从长计议，一点一滴做起。身为文化馆长的詹晋文不愿让一个民族没有自己艺术人才的窘境延续下去。他当了三届县政协委员，几乎每年都对县域文化建设提出意见建议，由于种种原因，始终激不起耀眼的浪花。但他依然初心不改，逢会必谈文化，见人必说教育"小三门"。

2008年，我国著名音乐评论家、上海音乐学院教授黄永甄到循化采集撒拉族"花儿"，作为同行的詹晋文全天候陪同三天。谈起撒拉族音乐，詹晋文给黄教授提出让撒拉族学员到上海音乐学员进修深造的愿望。回到上海，黄教授给学院领导谈起此事，院长非常重视，提交院务会议研究。但考虑到学院没有清真食堂，未能通过。詹晋文知道后仍不死心，当即给上海音乐学院院长写了一封信，信的大致内容如下：

尊敬的各位院长：

　　请你们翻开上海音乐学院发展史，看看贵院有没有一位撒拉族学员学习或进修过？由于多方面原因，人口不足十万的撒拉族失去了学习音乐理论的机会，敬请贵院想方设法安排几个进修人员指标，让撒拉族学子获得一次学习音乐知识的机会。

这份言辞恳切的信触动了上海音乐学院领导层，破例让三名撒拉族学员到学院进修两年。

接到通知后，詹晋文高兴极了，当即给韩占武、韩有德、南能、拉毛措四名有发展潜力的演职人员打电话，让他们做好赴沪深造准备。

考虑到每人每年三万元进修费是个大数目，詹晋文又向早前来循化采风时结识的中国民族交响乐团首席指挥朴东生求援，让朴老先生出面给上海音乐学院做工作，尽可能减少进修生费用。经朴老先生周旋，院方同意减半执行。但詹晋文还是轻松不下来，他知道每人每年一万五千元的费用对四名学员会造成负担，就找到韩永东县长。韩县长知道此举非同小可，答应所需费用由县财政全数解决。

经过两年的专业化训练，四名学员业务水平大有长进，演奏笛子见长的韩占武被评为国家一级演奏员，南能拉毛措兄妹登上央视《星光大道》舞台，韩有德演唱技艺今非昔比，成为撒拉族为数不多的实力派歌手之一。

出版一部反映新时期循化音乐艺术创作成果的专著是詹晋文的一桩心愿。在他的不懈争取下，2014年5月，由青海师范大学王建忠教授担任主编、詹晋文任副主编的《"驼泉清清"——歌唱循化歌曲选》一书出版工作被提上日程。

出版书籍是个细活，容不得半点马虎。书里准备收入一百八十八首歌曲，这就意味着要与一百多位分散在各地的词曲作者取得联系。詹晋文乐此不疲，先跟自己熟悉的词曲作者联系，再通过这些作者找到其他作者。经过八个多月奔波，终于如愿征集到所有被选歌曲。

没有长篇叙事作品，一直是撒拉族文化的一大缺憾，也是詹晋文心头拂之不去的一个痛。韩晓炫长篇小说《前世流传的玉》的面世，填补了撒拉族长篇小说空白。詹晋文认为这是撒拉族文化建设的标志性事件，决定以文化馆名义给韩晓炫和同年出版诗集《清水湾诗笺》的韩原林举办作品发行会。他对不知如何操办发行会的两位青年作者说，你们不用操心，这事我来办。说到做到，很快举办了场面隆重的作品发行会，给两位作者披红戴花，颁发证书，让他们品尝劳动果实的甘甜。此举鼓舞了一大批文学爱好者。

积石宫老年艺术团打算组建一支乐队，苦于没有器乐购置费而搁浅。詹晋文想促成此事，向早年结识的好朋友——青海纵横文化传播公司董事长马金祁求援。经他牵线搭桥，纵横文化传播公司给积石宫一次性解决价值十万元的成套乐器。一时间，一向沉寂的积石宫鼓乐喧天，歌声飞扬。

乙日亥村是白庄镇重点打造的新农村建设示范点，在全县小有名气。詹晋文认为新农村建设光有华丽的外表不行，必须注入文化内涵。在他提议下，县文联组织开展了"文艺进乡村"活动，县书法协会会员在乙日亥村花海边挥毫泼墨，县作协挂了"文学创作基地"牌子，韩有德、祁旭辉等歌手放歌花海；2018年詹晋文又组织文艺表演团队，在该村文化广场举办首届花海艺术节，开启在撒拉族村举办演艺活动之首河。

国家级非物质文化遗产撒拉族婚礼代表性传承人韩占祥打算打造自己的传习所，但困于条件，迟迟不能动手。詹晋文说，韩占祥是撒拉族文化的符号性人物，毕生致力于撒拉族文化传播，我们决不能撒手不管。在他的鼓动下，韩新华、马明全和笔者几个人全力帮忙韩占祥，于2021年10月建成循化县首个非物质文化传承基地——撒拉族婚礼传习所。其间，詹晋文自掏腰包定做牌匾，雇一辆车只身到兰州运来"占祥宅院"牌子，又约请陈衍生、姚广才、黑鬼、韩麒等知名书画家为占祥先生书写作品，忙前忙后费了一番心思和精力。

2021年迎来中国共产党百年华诞，县上决定在黄河边举行万人高唱《黄河大合唱》庆祝活动。由于疫情原因，活动日期迟迟未定，到最终确定时，离演出只剩下二十余天。要在如此短促的时间内组织一万人同声歌唱一首歌，难度可想而知。县文化局领导把这个任务交给已经退了休的詹晋文，詹晋文只说一声"呀"就答应下来。

接下来，他负责制定实施方案，撰写主持词，制作节目单，给领导出主意、提建议。他不顾病榻上命悬一线的叔父，每天拖着哮喘不止的病体到排练现场组织彩排，又到各个彩排点悉心指导，还要到西宁衔接乐团配乐演奏事宜。

庆祝活动那天阳光灿烂，黄河水碧绿澄澈，循化县各族各界在黄河南看台举行了声势浩大的万人大合唱。气势恢宏的《黄河大合唱》荡气回肠，排山倒海的歌声飞过积石山，通过央视新闻频道飘向大江南北。

但此时的詹晋文却一脸沉重，因为他再也见不到敬爱的叔父了……

说起来，受詹晋文帮助最大的要算笔者了。

笔者和他以文相识，又因共同的文化情趣而结缘。第一部散文集《故乡在哪里》是在毫无思想准备的情况下，经他再三催促，出乎预料地出版了；第二部散文集《边缘上的思考》、第三部散文集《大河东流》和文集《情定循化》也是在他的关注督促下面世的。

笔者印象中，对长篇小说《黄河从这里拐弯》最为期待的要算他了，创作过程中从精神和物质上给予了无私的帮助，使笔者真切地感受到这个和谐共生的多民族大家庭的温暖！

2020年5月，省文艺评论家协会在循化举办长篇小说《黄河从这里拐弯》研讨会，二十多名作家评论家齐聚循化，詹晋文策划组织了迎宾晚会《向着太阳歌唱》，呈现了一场展示循化写作者创作成果的别具风味的艺术大餐，深受客人好评。更多时候，他不遗余力向外界推介笔者作品，那份执着，那种热络，令人动容。他请来了青海纵横文化传播公司董事长马金祁先生，金祁先生答应将在西宁举办以《黄河从这里拐弯》为内容的读书会。

最近几年，笔者和詹晋文相处的时间比较多，我们共同策划了"撒拉族历史文化馆""循化县民族团结进步成果展厅""循化县脱贫攻坚成果展厅"，一起创作了《撒藏回汉一家亲》《"一带一路"之歌》等歌曲。最令笔者难忘的，是他无法释怀的文化情结，无论何时何地，他总是心在文化，情系文化，言及文化。发展"地方文化"，成了他无法释怀的生命情结，无关乎年龄，也无关乎在不在岗位上。

生命不息、奋斗不只是詹晋文的初心。而今，他响应新时代召唤，激情满怀地加入县委讲师团，在政策理论宣讲舞台上再一次燃放生命火焰。

万水千山总是情

循化县城积石大街东头是汉族聚居区，位于积石大街东侧的积石宫是汉族人家共有精神家园，原先为殡仪馆，后来其功能不断拓展，易名为积石宫社会工作服务中心。为活跃当地居民精神文化生活，2014 年组建了"积石宫清音合唱团"，詹晋文担任指挥兼艺术总监。

比起其他少数民族，汉族人家世代耕读传家，文化底蕴相对厚实一些，围绕各种节庆开展的文艺活动屡见不鲜。别看大城市随便能拉起一支老年合唱团队伍，在小地方组建几十人合唱团，可不是说着玩的。让从来没有参与过大众文化活动、儿孙绕膝的中老年人参加合唱团，还要在大庭广众之下显摆青春已逝的容颜和四处漏风的嗓门，难免有这样那样的顾虑，脸面上放不开，即使有心潇洒走一回，也迈不开这一步。不少人因顾虑重重而犹豫不决。

几经努力，合唱团架子搭起来了，但正要干起来，却处处困难，时时牵绊。除了几个年纪较轻的骨干成员，不少有意参加的人却迟迟不见动静，这下可把詹晋文给急坏了。他是急性子加理想主义者，决定要干的事如果不见个子丑寅卯，吃饭睡觉都不安稳。他已经起草了合唱团章程和实施方案，拟订了五年行动计划，可现实并不像他想象的那么简单。人到中老年，门里门外都有一摊子撇不开的琐碎事，你急也白急，既然是业余的，由不得你吼三喊四了。

好在他们几个执事人心意已决，不灰心、不气馁，先把前来报名者拴住，一边教他们练歌，一边给那些下不了决心者挨个做工作，让他们放下顾虑，在人生末年再燃烧一把。2015 年 3 月，终于组建起一支四十多人的小型合唱团。

有了这个开端，詹晋文的劲头就上来了，他和陈琰老师遴选了几首耳熟能详的歌儿作为入门歌曲，在积石宫综合楼二楼教室有模有样地排练开了。

几天后，他们借来一架电钢琴，陈琰担任伴奏员。这一下，学员们兴头大增，在电钢琴高扬的旋律中放开嗓门尽情高歌，把淤积在心里的郁闷和不如意通过歌声统统排放出去，个个变得神清气爽，感觉吃饭香，睡觉也踏实，沉闷的日子变得滋润起来。

"干什么像什么"是詹晋文矢志不渝的艺术追求，他不会因为清音合唱团是业余的而降低艺术标准。考虑到艺术表演的严肃性，一开始，他就率先进入角色，郑重其事地穿上制服，戴上领带，讲课时操一口普通话，身上透出一股像是跟谁较劲的艺术范儿。团员们紧随其后，穿着打扮上不由地讲究起来，连说话走路都不敢随随便便。

2017年夏天，一向沉寂的积石宫热闹起来了。每到傍晚，灯火通明的教室里传来伴着悠扬琴声的合唱声，一会儿是朗如珠玉的女声合唱，一会儿是高亢洪亮的男声合唱，紧接着是男女声缠绕在一起的大合唱，排山倒海，响遏行云。

有天晚上，詹晋文邀请笔者去参观一下他们合唱团，笔者如约而至。教室里坐满了几十号人，大多是退休干部，也有几个笔者熟识的上班人。他们个个精神抖擞，脸上洋溢着自豪的神色，看得出他们已经在这个平台上尽情释放内心的激情，进入享受艺术生活的状态里了。他们让笔者欣赏《撒拉阿娜一朵花》和《山丹丹花开红艳艳》两首歌曲，领唱员祁旭辉女士宛转悠扬的歌声犹如黄莺出谷，把人的思绪带向飘动着绿盖头的撒拉之乡。

当笔者再一次去积石宫给团员们讲课时，清音合唱团人数增至七十多人，团员们精力充沛，眉眼里举手投足间自信满满。据詹晋文讲，他们与省爱乐合唱团结为友好团队，不定期互访往来，相互切磋技艺，把爱乐合唱团艺术总监索南公保老师聘请为艺术顾问。索南公保老师是声乐、器乐、文化素养兼具一身的知名音乐家，与詹晋文成为惺惺相惜的莫逆之交，时不时前来指导一番。

笔者第三次去观看排练时，索南公保老师正在辅导学员。他时而坐到钢琴边弹奏，时而站起来讲解发音技巧，时而说一些与音乐有关的文化典故，感觉他是一位博学之人。

那时清音合唱团基础已趋于稳定，分成男女高低音四个声部，分别指定一名部长。在各自部长带领下，随时随地进行小范围常态化训练。这种"乐友"关系还延伸到生活中，组员们注册微信群，有事没事聚到一起，聊天唱歌，畅叙人生，切磋技艺，平添了一份情趣。

仅仅一年时间，清音合唱团声名鹊起，县上举办大型活动时都安排他们上场演出。詹晋文跑上跑下，争取来一笔经费，购置了演出所需的器械设施，给每个团员定做了色彩款式各异的两套演出服。屡屡演出的团员们不仅唱功日益长进，自信心也与日俱增，精心打扮的女演员们不穿旗袍就不出场，男演员们也习惯了在脸上涂抹化妆。遇到特别重要的演出，詹晋文向省爱乐合唱团求援，调来精兵强将，哪个声部力量薄弱，就补充加强哪个声部。

能够熟练演绎高难度歌曲的清音合唱团已经不满足于在小县城的演出，向往着在更大舞台上一展歌喉。2017年春节刚过，詹晋文在海东市参加一个会议时碰到市委宣传部常务副部长李永新，交谈中得知，市里正打算新春期间搞一场音乐会，詹晋文灵感闪现，问李副部长能不能把这个任务交给他。李副部长打量一下自信满满的詹晋文，留有余地说，可以考虑，待细节问题商量后再定。

后来海东市文化局和妇联也加入进来了，市委宣传部给活动起名为"海东市音乐之声·妇女之音新春音乐会"。据说这是海东建政三十几年来的第一场音乐会。在海东市舞台上专场演出，这是循化文艺界有史以来的第一次亮相，詹晋文兴奋莫名。他说这不仅是清音合唱团的荣光，也为咱循化县争光呀！

他推翻原定思路，拔高演出层级，打算请出省内有影响力的鄂福全、何秀琴、傅淼等实力派歌唱家，还有循化籍演员韩占武、韩有德、"雪山兄妹"组合，调来省爱乐合唱团一半人马加强清音合唱团阵容，让索南公保老师钢琴伴奏，他自己当指挥。

3月7日，循化县政府办公室通知笔者代表县政府参加音乐会，并送来一份简短的发言稿，让笔者代表县政府致辞。当日下午，詹晋文调来一辆大班车，带领八十几名演职人员，直奔海东会议中心。

望着詹晋文一往无前的样子，笔者心里想，谁也没要求他办这件事，犯得着如此费心费力吗？可他一副什么都不在乎的样子，嘴里不断重复着一句话——过了黄河桥，再小的事，也不是你我的事，而是循化的事，可不敢给循化人丢脸呀！

到了海东会议中心对面的海峰宾馆，他像个军中指挥员，有条不紊地安排好演职人员住宿，反复强调注意事项，要求演员们在点点滴滴上保持良好形象，为循化争光。

安顿好演员，与市委宣传部和文化局对接了演出环节中的细节事宜，他又利用下午仅有的一个多小时进行彩排。笔者看见忙得上气不接下气的詹晋文不停地比画着、指点着、喊叫着。彩排结束时，他脸上冒汗，头顶上氤氲着一缕热气。

晚上8点，演出正式开始。笔者首先上台致辞，随后海东市分管文化的副市长致欢迎词。接下来的演出出奇的顺利，所有节目都按预定节奏表演下来。清音合唱团压轴戏《走进新时代》在酣畅淋漓的演绎中戛然而止时，全场响起爆竹般的掌声。笔者心中涌起一股自豪，为自己，也为家乡。作为一名循化人，打心眼里佩服詹晋文，感谢他以这样的方式为文化上不起眼的循化狠狠争了一回光。

以后的几年时光里，詹晋文一心扑在清音合唱团提档升级上，想方设法寻求更大发展空间。他与全国各地演出团体联系，但凡有什么活动，就不遗余力去参与。几十人出外活动，少则七八天，多则十天半月，人员安全、健康等方面都不敢大意。除了定做演出服、买短期人身保险，吃饭住宿和差旅费都是个大问题。不过，这也难不倒詹晋文。他说过，花钱能办的事，都不是问题。他动用一切关系，找县领导，跑有关部门，苦口婆心说服对方，临到出发前，总会凑齐几万元。有一次实在凑不够钱数，他一狠心，就把一幅收藏了几十年的书画作品忍痛卖掉了。

回想起来，这些年清音合唱团不辞辛劳，辗转万里，把来自积石山下的歌声传向祖国各地。

2015年6月，清音合唱团赴内蒙古参加"草原杯"全国中老年才艺邀请赛，团体获最佳组织奖，詹晋文获优秀指挥奖；8月参加循化县纪念中国人民抗日战争胜利七十周年合唱比赛，获三等奖；随后参加"为了永不忘却的纪念——青海省纪念抗日战争暨世界反法西斯战争音乐会"，同时应邀到青海警官学院、多巴驻军训练基地慰问演出。2016年4月赴云南参加由世界华人联合会举办的第七届"孔雀杯"全国中老年才艺邀请赛，团体获金奖，詹晋文获最佳指挥奖。2018年8月赴河北承德参加"盛世中华"第三十一届中国文化艺术交流活动，两首歌曲获银奖，詹晋文获最佳指挥奖。

美国作家摩西奶奶说过，人生永远没有最晚的开始，这句话放到詹晋文身上，也许再贴切不过了。

为了雏鹰展翅飞

在循化，虽然以口耳相传的撒拉族民间音乐薪火相传，但真正意义上的音乐启蒙却处于空白状态。20世纪六七十年代，一群不甘寂寞的年轻人以"花儿"《巴西古溜溜》曲根为基调，创作了至今还在传唱不息的《新循化》，这首耳熟能详的歌曲开启了撒拉族现代音乐先河，是自信开放的循化人迎接新生活歌唱新生活的写照。

尽管如此，由于受到宗教文化和传统习俗影响，以《新循化》为起点的歌舞表演仅仅局限在特定的舞台上，撒拉族音乐的种子始终没有在千家炊烟、万家灯火的民间生根发芽，以至于不少人误以为撒拉族没有真正意义上的音乐。人口占多数的撒拉族音乐氛围的稀薄，决定了循化在音乐艺术上是一块贫瘠之地。没有音乐艺术人才，就谈不上音乐创作，更遑论培养后续力量。

音乐是生活的润滑剂，是生命的高级调养品，是人类不可或缺的精神食粮。詹晋文作为自治县培养出来的第一代音乐工作者深谙此道，由此来确立自己致力于音乐艺术的人生理想。自从1989年4月县文工队解体时来到同在一个大院的文化馆那会儿起，他从一名沉浸于五线谱的音乐人转变为群众性文化工作者。但他不改初心，咬住"文化馆也是做音乐的"这一条，把大部分精力放到音乐创作上。

他意识到，要使循化音乐艺术根深叶茂，光靠一两个人不行，凭一时热情更不行，必须有一大批热爱音乐艺术的接续力量。他不想沉湎在用一把二胡一把手提琴来自娱自乐的小世界里，做不了蜚声乐坛的作曲家，起码不能在浑浑噩噩中虚掷此生。

音乐界有一句行话——抓早抓小，意思是音乐教育要从娃娃抓起。詹晋文认为一个人性情暴躁、做事不讲究分寸，一定程度上与缺乏必要的音乐熏陶有关。在不同场合，他不厌其烦地"兜售"自己的观点——音乐使人温顺，音乐使人高尚，从小学习音乐的娃娃，长大了，即便再不济，也不会出轨，不会闯祸，坏也坏不到哪里去！

然而，干涸的土地上栽种一棵幼苗何其艰难！在唯分数论英雄的年月，谁会在意他"无关紧要"的声音？

一切还得用行动来证明。到了暑假，在人们讶异的目光中，他开始了校外音乐辅导工作。

第一个愿吃螃蟹的是四个"思想比较前卫"的上班族家长，他们已经朦胧地意识到音乐熏陶对孩子成长的重要性，主动把孩子送到詹晋文门下。他清楚记得那四个想学小提琴的学生名字：赵梅、马丽娅、韦正慧、韦正元。其中马丽娅是撒拉族学生，这让他欣喜不已——毕竟，向来与音乐绝缘的撒拉族女生终于向前迈出了一步！

每逢周末，家长们把孩子按时送到詹晋文家，长年累月，风雨无阻。詹晋文删减非必要的应酬，闭门谢客，专心专意教孩子们练琴。也许忙于俗事的人们可能不太在意，但时间会记住，循化音乐艺术的幼苗在一缕春风的吹拂下，已经破土而出了。

一粒种子并不起眼，但当它变成一棵麦穗，以至于繁衍成更多麦穗的时候，那该是多么耀眼的一派风景！

有了第一批学生，紧接着就迎来第二批学生。时过境迁，往事如烟，但对詹晋文来说，亲手教过的学生早已变成他生命的一部分，不会轻易忘记他们的名字，比如王玲、詹晋蓉、尕藏吉、石琼、唐娟。

后来的三十多年里，他矢志不渝坚持自己的理想，尽己所能招收想学二胡和小提琴的学生，一对一手把手教，跟小家伙们厮磨在一起，感受童趣，享受一棵棵幼苗成长的快乐。

长时间拉琴，腰酸背痛，手指头磨出老茧，他付出了不为人所见、不为人所知的艰辛劳动。但劳动的甘甜足以抵消所有的艰辛。屈指算来，大约有一百名不同民族学生在他手下接受音乐启蒙教育。其中二十三名学生考入音乐院校，后来成为循化音乐教育骨干力量；三人夺得青海省少儿器乐大赛金奖，五人获银奖；十六人顺利通过全国器乐考级的九级，三十人通过六至八级。

有一个叫肖芮的女生，不仅各门功课优秀，也极具音乐天分，詹晋文认为这姑娘有潜质，是个难得的可造之才，便花费更多时间和精力给她"吃独灶"，每个假期增加十节乐理课，好让她学深一点。到了初中，肖芮拉小提琴的功夫已经相当娴熟了，学校有什么活动，少不了让她登场表演，在小县城的家长和学生当中形成不小的冲击波。

詹晋文常挂在嘴边的这位得意门生后来考入西安音乐学院，成为一名专攻音乐学的研究生。另一位被他看好的藏族女生尕藏吉在省内乐坛小有建树，目前是青海演艺集团业务办公室主任。

时光荏苒，世殊时异。退休后的詹晋文积劳成疾，深感体力不支，不便于长时间从事付诸体力和心力的器乐教育，但他不可能让行走的脚步彻底停下来，以至于在闲情逸致、无所事事中了却余生。

干点什么呢？想来想去还是撇不开音乐。他觉得比起器乐教育，音乐基础理论相对单薄一些，今后的发力点应该在强化音乐理论上。静养一段时间后，他应邀到县职业中学担任乐理课老师，在另一个层面继续他的音乐人生……

经过几十年不懈努力，他这个"麦田守望者"欣喜地看到，全社会崇尚音乐知识的意识已经被唤醒，新一代知识型家长重视少儿音乐教育的积极性空前高涨，音乐教育基本生态业已形成，除了传统的二胡和小提琴外，萨克斯、古筝、钢琴等校外培训风生水起。

面上普及的同时，点上也开花了。在詹晋文协助下，积石宫组建了全县首个管乐团和民乐团，经常参加县内公益性文艺演出，循化县由此告别了音乐"饥荒"年代，步入群众性普及与专业化发展并驾齐驱的新时代。

桃李不言，下自成蹊。有这么多桃李相伴，詹晋文早已从鲜为人知的"詹馆长"变成被更多人发自内心地尊敬的"詹老师"，他觉得这比什么都金贵！

未竟的夙愿

詹晋文曾担任中国音乐家协会青海分会理事、青海省民族管弦乐协会理事、海东市音协副主席，政协循化县第十一、十二、十三、十四届委员，循化县文化馆馆长，现在依然是海东音乐家协会名誉主席、循化县音乐舞蹈协会主席。

自 1991 年起，他创作的《秀丽的孟达》《撒拉阿娜一朵花》等歌曲在青海音乐专刊《牧笛》发表，先后在海东行署文艺会演、青海省群众业余文艺会演中获创作一等奖；由他执笔创编和作曲的撒拉族舞剧《英雄救英雄》获青海省现实题材文艺调演编剧一等奖、作曲一等奖；歌曲《撒拉尔的家园》《撒拉阿娜一朵花》《秀丽的孟达》《永远的爱恋》、撒拉族少儿舞蹈《阿娜上学》、笛子独奏《撒拉情韵》等作品在中央电视台、青海电视台展演；歌曲《撒拉阿娜一朵花》获"2012 音乐中国杯第三届大型展演赛"金奖；2012 年 7 月，参加由中国音乐家协会《歌曲》编辑部、中国民族声乐学演创研究中心、中国民族歌曲演创评选委员会主办的第十三届"中华之春·中国民族歌曲演创大奖赛"，选送歌曲《撒拉尔的家园》获中国民歌"十大金曲"金奖、《邓春兰》获中国民歌"精品铜奖";2012年,歌曲《撒拉尔的家园》《撒拉阿娜一朵花》《撒拉儿女》《秀丽的孟达》《积石山颂》《邓春兰》在中国音乐家协会《歌曲》编辑部主办的"中华之春"栏目分期发表;2014年5月,歌曲《撒拉儿女》入选中华文化交流发展中心、中华文化艺术(香港)精品展组委会主办的巡展活动并获金奖;2014年8月,带领学生参加海东市少儿艺术(器乐)技能大赛,罗睿获二胡独奏金奖,詹培晨获银奖,他本人获优秀园丁奖;2014年11月,在海东市第一届"河湟文艺奖"评选活动中选送的歌曲《撒拉阿娜一朵花》获银奖;2015年6月,带领清音合唱团赴内蒙古参加由世界华人联合会主办的第四十一届"金夕年华"系列活动暨第四届"草原杯"全国音乐、舞蹈、服饰邀请赛,获优秀指挥奖;2015年9月,出版发行《美丽的循化,可爱的家园》个人专辑(MTV);2016年4月,带领清音合唱团赴云南参加由世界华人联合会主办的第七届"孔雀杯"全国音乐、舞蹈、服饰邀请赛,获最佳指挥奖;2016年8月,歌曲《相约黄河,相约循化》获第二届"大美青海"原创歌曲征集活动鼓励奖。2017年11月,撰写了具有较高学术价值的音乐论文《浅谈撒拉族音乐的发展》与《我对撒拉族原生态音乐的认识》。

几十年来,詹晋文创作歌颂青海、赞美循化的音乐作品一百余首(部),搜集整理撒藏回汉等民族音乐八十余首。培养小提琴、二胡学生一百二十余名,其中二十余名优秀学生取得全国校外器乐考级八级以上的考级证书,多人多次在省市比赛中获一、二、三等奖。2012年7月,他如愿捧回了"中国民歌创作优秀中华之星专家奖"。

大浪淘沙,洗尽铅华,唯有奋斗竞风流。詹晋文是全省为数不多的数十年如一日坚持创作的基层曲作家之一。眼下,四十多首歌词正等着他谱曲。青海几位知名音乐家对他的评价是:不是科班的科班生。事实也正如此,到目前为止,他是创作撒拉族歌曲最多的作曲家。

2017年9月,对詹晋文注定是个不平常的年份,历时四年创作的撒拉族第一部四乐章交响乐《寻找家园》终于画上最后一个音符。问起为什么要创作这样一部在中国人口较少民族中鲜见的超大规模作品,詹晋文的回答却异常平静:"我和撒拉族朝夕相处,可以说是水乳交融。撒拉族是一个吃苦耐劳善良包容的民族,他们勤劳勇敢的精神感染了我,我想去歌颂他们。"

为什么我的眼里常含泪水,因为我对这土地爱得深沉。著名诗人艾青的诗言正是詹晋文的内心独白。他常说:"积石山下这片土地养育了我,我是喝着黄河水长大的。我的成长离不开党的教育,离不开家乡父老的关怀,爱党爱国、热爱家乡是镌刻在我骨子里的情怀!"

情怀,这就是詹晋文音乐创作的全部理由。《寻找家园》的旋律中充满着他对撒拉族的深挚情感。动笔之初,他就立下一个心愿——哪怕付出百倍的努力,也要为撒拉族创作一部被誉为"音乐王国神圣殿堂"的交响乐!

《寻找家园》乐曲分"长途跋涉""骆驼走失""找到乐土""建设家园"四个乐章,从叙事到过渡,从高潮到宁静,再从激情澎湃到自信恬淡,用跌宕起伏的旋律反映撒拉族先民东迁的壮阔画卷,气势磅礴,黄钟大吕,必将成为撒拉族音乐发展史上的重大里程碑。

为感谢詹晋文先生对撒拉族音乐艺术的倾情奉献,2019 年 12 月 21 日,撒拉族各界代表在"撒拉尔故里"隆重集会,给他颁发"积石山下音乐人"奖杯。撒拉族诗人牧雪这样写他——

　　削瘦的你

　　走过积石大街

　　轻快的脚步

　　踏出音乐回响

　　奏出心中的澎湃

　　弦子拉响的时候

　　让生命抒怀

　　摁下琴键的时候

让故乡入怀

四十年风雨

只为一生的衷肠

……

　　问起此生尚未了却的愿望，詹晋文毫不犹豫地说，想举办一场个人作品音乐会。为此他准备了好多年，连音乐会名字都想好了：大美青海·多彩循化——詹晋文个人作品音乐会。他的目标也很明确——让全省、全国乃至世界通过他的作品了解多彩循化，知道中国有个撒拉族。

　　这个愿望不算奢侈，让我们用心期待吧！

本文应青海省音乐家协会之约撰写，

发表在《青海湖》2022 年第 8 期。

岷山脚下有个旋窝村

一

长篇小说《黄河从这里拐弯》定稿会尘埃落定后，还有一桩未尽的夙愿占据心头——我给孝文先生许过愿，抽空到甘肃岷县旋窝村看一看。眼看着时令都快深秋了，再不动身，更待何时！

国庆节前一天，已经磨蹭了几天的我终于找到花钱出行的理由——去四百多公里之外的旋窝村，缅怀在一间低矮的茅屋中封存了八十七年的一桩峥嵘往事。

驱车几百公里，去追逐一个在大多数循化人视野之外的回族小村庄，而且只为一件远年往事，虽说行程单薄了一些，但我觉得很值！

我们是午后抵达岷县县城的，然后沿着一条光洁的柏油小道摸到旋窝村。虽然海拔持续上升到两千四百米，但在深秋的暖阳下，苍山原野依然是一派绿油油的景象。

旋窝村地处岷山脚下，四周环山，芳草萋萋，土地肥沃，真是穷苦人家熬光景的好地方。

村口有一幅回族群众与红军战士相濡以沫的群雕，上面是"万里长征加油站"一行红字，让人肃然起敬，感怀无限。当年红军战士飞夺泸定桥，在濒临绝境中给中国革命撕开一条生路后，又经受了飞雪漫天的夹金山和连鸟儿都飞不过的岷山上与国民党军拼杀的严峻考验后，拖着疲惫的身躯来到麻子川草地，第一眼看到的便是旋窝村。早已听闻红军是仁义之师的回民群众慧眼识珠，开怀接纳了这支衣衫褴褛瘦骨嶙峋内里却藏着强大精魂的队伍。

有了红军先遣队印发的《回民地区守则》，红军战士时时处处尊重回民习俗，很快与回族群众打成一片，彼此以诚相待，留下许多至今还在传颂的军民鱼水情佳话。红军在此得到充分休养，待到兵强马壮后，开赴陕北根据地，建立中国革命大本营。再后来，这支队伍又离开陕北，走向全国，走向世界。到今天，他们的脚步仍没有停下来，走过一个又一个长征路，跨过战乱与贫穷的废墟，走向富裕，走向和平，走向遥远的未来。

说起这段往事，不能不引出一个人。

二

电视连续剧《长征》中有个特写镜头：毛泽东、周恩来等红军领导人与一位戴白号帽的白须老者在草滩上促膝长谈，这个画面让人印象深刻。画面中的那一片草地应该是旋窝村，那位老者的原型应该是给毛主席赠送怀表的回民阿訇丁振邦先生。

1935 年 9 月 17 日凌晨，中国工农红军一军团二师四团在腊子口与国民党守军展开万里长征最后一场殊死激战后，进入甘肃省岷县境内。

傍晚时分，拄着拐杖的毛泽东与周恩来、张闻天等中央领导率领部队来到只有六十户人家的旋窝村，毛泽东住进了村民韩承毅家。

韩承毅原籍为青海省循化县积石镇西沟村，身材魁梧，虎虎生威，生性豪爽，结交甚广。民国年间村里发生了一起盗牛事件，有人栽赃到韩承毅身上，官府不问青红皂白就把他抓去。后来，丢失的牛又回来了，真相大白。栽赃韩承毅的人生怕他一回来就遭报复，便想了个半路谋害的计策。这事传到了韩承毅耳朵里，有朋友出主意叫他不要回村，到别处先躲一躲，等避过风头再说。于是韩承毅经甘南牧区辗转到了地广人稀的岷山脚下，在旋窝村定居下来。

在回族兄弟帮助下，韩承毅建院修房，安顿好家室，为应付生计，专做藏式长筒靴。手头小有积蓄后，他走州过县，做起各种生意来，与四邻各族交往中广结善缘，赢得好名声，人称"撒拉爷"，远近皆知。

时光如梭，岁月荏苒。不知不觉中，岷山脚下草色渐黄，秋风萧瑟。

对撒拉爷来说，1935 年 9 月 17 日这个原本平平常常的日子，却缘于一位尊贵客人的到来而显得极不寻常。

来客是几名穿着朴素的军人，其中一位身材魁梧操着浓重湖南口音的人气宇轩昂，神态不凡。撒拉爷生性仰慕英雄豪杰，虽然不知道一身戎装的客人来历，但近日听闻红军制定了《回民地区守则》，条条句句都说到他心坎上，觉得这是一支仁义之师，心里便有了一种英雄相惜的侠义之情，笑脸相迎，盛情款待。

此人便是红军统帅毛泽东。

此时，红军已经冲破敌人长达一年多的围追堵截，毛泽东心情一扫阴霾，在撒拉爷北屋提笔挥毫，创作了气势磅礴的千古绝唱《七律·长征》。

毛泽东在韩承毅家究竟住了多长时间，没有确切的史料记载。我问了村里几个长老，有的说住了两天，有的说住了七天，也有说住了十几天的。但这已经不重要了，有些人，看一眼便是一辈子的惦念，有些事，发生过就会凝固成永久的丰碑。

红军在岷县作战、休整五十七天。在此期间，中共中央西北局召开了著名的岷州会议，否定了张国焘的"西进计划"，作出北上与红一方面军会师的决定。不久，三大主力在甘肃会宁、静宁，宁夏西吉大会师。至此，红军完成了历时两年的战略大转移，开赴陕北，建立抗日根据地。

中央红军离开旋窝村那天，村民们煮了一大锅麦仁饭，让即将上路的红军战士吃饱喝足。还纷纷把自家的干羊肉、干牛肉送给红军。丁振邦阿訇特意到村头相送，将自己朝觐期间从沙特带来的德国造怀表送给毛泽东。毛泽东赠给丁振邦一包藏红花、一包普洱茶和一张盖有红军印章及毛泽东签名的纪念物。

此前离开韩承毅家时，毛泽东给韩承毅送了一把冲锋号和一个笔记本，以作纪念。一首气壮山河的诗篇，一把激荡千军万马冲锋陷阵的号子，几片被岁月熏黄了的册页，是这支从血与火的洗礼中走出来历经千难万险的红色铁流留给旋窝村人的一份念想。

就像后来在黄河边撒拉族人民深情相送王震将军一样，在中国革命突出重围即将走向辉煌的那一刻，历史给这位淳朴的撒拉族人留下了一段美好记忆。

撒拉爷长眠于岷山脚下。1957年，他的两个儿子韩启德和韩启明回到原籍循化县积石镇西沟村。十年后，二儿子韩启明念及在岷县的旧屋，携家室回到旋窝村。

村里人都翻修旧屋时，韩启明舍不得拆掉毛泽东住过的那一排坐北朝南土木结构为四间出檐有前走廊的草屋，具有重要文物价值的房屋所幸被保存下来。后来，韩启德二儿子韩孝文出资一万元，在保持原貌的情况下，适当修缮了一下。

2006年，中共定西市委命名的第三批市级爱国主义教育基地中就有"麻子川乡旋窝村七律长征诞生地"。2017年，旋窝村村民捐款修缮了毛泽东曾经住过的房舍。撒拉爷家作为《七律·长征》诞生地，受到越来越多人的仰慕，参观者日渐增多。有位画家以油画再现了当年毛泽东和撒拉爷握手相见的情景，撒拉爷后人们自有一番自豪在心头。

三

村巷内转悠时，碰见几个穿着朴素头戴白号帽的男子。突然看见几个陌生人闯进来，他们用略带疑问的目光打量我们。我脑子里很快浮现起当年毛泽东周恩来张闻天等首长带领红军来到旋窝村时他们的父辈们可能有过的惊异目光，赶紧走上前，道了一声赛俩目。

知道我们是从撒拉爷老家赶来的，他们脸上的疑问很快变成和善的笑容，都走上前来握手问好。其中一位居然是在循化县城诚信诊所坐诊的李大夫的亲弟弟。

接着，他们又提起积石镇西沟村一拨人名字，多半是我能对得上号的熟人，不觉间又增添几分亲切感。看他们拉着我的手一个劲地请我们到家里做客的慈厚淳朴相，我丝毫不怀疑当年他们的先人是如何笑脸相迎从腊子口战役的火光中冲出来的红军战士的。他们看似木讷寡言，但内心犀利，秋毫分明。丁振邦阿訇把自己心爱的怀表奉送给毛泽东时，谁能怀疑在乱云飞渡的烽火年代他们有一双洞若观火的目光!

孝文先生说过,旋窝村人对外来人的热情是一种烫伤人的痴情,每逢他去那里走亲戚时,一户一户挨个请客,几天之内想脱身都不能。我也感受到了那份炽热,于是想着天黑前要离开村子。我一次次盛情难却地与那位挽留我们住一宿的大哥道别时,一位身材矮小的黑盖头女子正握着我妻子的手,满脸诚恳地拉着她到她们家住一晚。

那一刻,我意识到地理上的阻隔哪怕千山万水也终究构不成彼此不待见的理由,只要文化情感上有那么一丁点儿值得相认的由头,关山重阻的循化与岷县就会很近,近在目光与目光对接的咫尺之间。

四

天黑前赶到宕昌县城,就此歇脚洗尘。

当晚 11 点,有个显示为甘肃定西的外地电话打过来,以为是骚扰电话,就把它晾在那儿。不多时,发过来一条短信,言辞灼灼,我不禁自责起来。以下是短信内容:

韩老师,赛俩目!

这么晚打扰你休息,对不起!

可是我刚才听我弟苏来麻乃说:你今天来过我们者麻体,但是我没有见上你的面,没有引(迎)接一下,感到万分的遗憾。我怪他为什么早点给我不说一下,我发动年轻人们在距我们村 8 公里的"占扎路"公路边接一下。他说你们今天到的,他真的不知道。

韩老师,今天未能见已成遗憾了,我这么晚给您打电话是恳求您先别离开我县,我明天来接您,我们穷者麻体,我的寒家里坐上两天,我们沾个您的宏福、板日克体①。

韩老师,今晚再不敢打扰您了,明天,引沙安郎乎②,我给您打

---

① 板日克体:福分。

② 引沙安郎乎:假如安拉意欲(宗教词语)。

电话联系，望您重反（返）我们者麻体，到我的寒家。希望能实现我的这个愿望！不要留下永久性的遗憾！

韩老师，晚安！我们引沙安郎乎明天联系。

此时，孝文先生也给志远打来电话，说他去了外地，一下飞机就知道了我们去旋窝村的事，急忙跟这边联系。

在孝文先生看来，我们去旋窝村是件非同小可的事，当即安排在宕昌县开饭馆的一名叫穆海城的亲戚来关照我。穆先生马上拨通志远电话，问我们住哪个宾馆，他要过来看望，并且说明日在宕昌的全程活动他已经安排妥当了。

第二天早晨7点，昨晚未接的陌生电话又打过来，我知道是阿訇爷，说声赛俩目后，歉疚地说了昨晚没接电话也没回复短信的缘由。阿訇爷说：

"你们去过的那家隔壁就是我家。你们进村那会儿，我去县里办事，不在家，太遗憾了。你们回吧，回来住两天再走！"

"这次口唤没到，家里有事，得回去。"我怕他强留，又赶紧说，"下次吧，下次您到循化来，我们就见个面。"

"下次就说下次的话，这样吧，我现在就过来见你们！"

我看看窗外阴沉沉的天色，实在不忍心拒绝——实际上也拒绝不了，便迟疑地说：

"那您稍后过来，不用太着急的。"

"不，现在就动身。我的车不好，到那儿，得两个多小时，一定要等我！"

"太麻烦了！"

"不麻烦！就一会儿工夫。"

我再也没什么可说的了，心里想象着对方究竟是个怎样的人，居然为一个素不相识的过客如此掏心掏窝。

一个多小时后，阿訇开着电瓶车赶来了。我们握手道赛俩目，还觉得不够亲热，就张开双臂拥抱了一下——这是我平生第一次主动拥抱一位陌生人。

他叫韩孝云，穿一身蓝西服，颌下一缕山羊胡子反倒使他显得很精神。他拎着一桶十来斤重的刚摇下的蜂蜜，说这蜜是村里酿的。

说话间，他偶尔漏出一两句撒拉话。我有点意外，他讪讪一笑，说只会那么几句，但能听懂对方说的撒拉话。我理解他内心的坚守——他像所有早年离开故乡而今再也回不去的撒拉族后裔，至少在记忆尚未完全褪去的这一代，以不疏离本族语言的方式时时告诉自己是撒拉爷的后代。

穆海城先生请我们吃了一顿丰盛的早餐，还赠送了当地产的花椒。我心里过意不去，不断提示他早饭可以简单一点，他说有缘千里来相会，略尽地主之谊是应该的。根据孝文先生授意，他想带我们游观此地刚刚升格为 5A 级的官鹅沟景区。

我想他有自己忙不完的营生，大清早出来招呼我们，已经够麻烦的了，就赶忙说：

"以后有的是机会，咱们就此道别，有机会，咱几个在循化喝盖碗茶。"

一旁的阿訇却不答应了，不容分辩地说："那不行，已经留下一次遗憾，再不能留二次遗憾了。我已经安排好了，咱直接去武都，中午饭在我姑娘家吃，晚饭在儿子家吃。"

"真的不用了，我们随便转转就行的。"

"啥都别说了，我已经给娃娃们打过招呼了，武都气候好，咋也得住一晚。"

我见他实心实意要做这件事，就再也没钻牛角尖，遂了他的意。不过，宕昌县到陇南市区有一百二十公里路程，他骑电动车，我于心不忍，也不放心，就提出来让他搭乘我们的车。他想了想，也遂了我的意，把车钥匙交给穆先生。

告别穆海城先生后，我们离开仅有一面之交的宕昌县，沿着奔流而下的白龙江，往苍山葱翠中的陇南市赶去。

五

孝云先生女儿家在陇南市武都区，又是一顿精心准备的丰盛午餐。吃过压轴的鸡汤面，孝云先生又推出他的"下一场戏"——他们是决意要我们住一宿的，早已在宾馆开了房间，连停车位都联系好了。孝云先生说，他儿子专为我们从外地赶来了，晚饭就在他家吃。他夫人也从百多公里之外的旋窝村赶了过来。我去意已定，生怕主人家的盛情挽留之下自己会动摇，放下碗筷就动身。

我的举动似乎打乱了孝云先生的意图，他竟较起真来，一口不容商量的语气，一副非要拦住我们不可的决绝姿态，说什么也不让走。他甚至"要挟"说，如果今晚不住下来，哪天他到循化就不跟我联系！一家人也左右劝留，不掺杂任何客套的那份真诚都写在脸上。

一番纠缠后，我们终于被放行了，满脸无奈的孝云先生摸出几百块钱，放到我两个孙子手里。

在楼下与他们告别时，我们一家人竟有点依依不舍了，再三说赛俩目，不断重复祝福的话语，怀揣着无限美好的心情，往天水方向驶去。

六

我又想起 2019 年在青藏线采风的情形。

那天我们乘坐马力克先生提供的一辆越野车从雅鲁藏布江大拐弯返回途中，受在山南市创业的韩孝文先生邀请，从西藏波密县去了山南市。因沿途限速，我们的车只能以每小时三十公里时速行进。路上不断接到孝文先生电话，他一次次关切地问我们的行路情况。我们不想深夜打扰他们，提出来第二天见面，电话那头的声音却十分坚决——哪怕到天亮，他们也要等下去。

午夜时分抵达时，孝文先生携全体员工在宾馆门前站成一排，屏幕上"热烈欢迎循化作协采风组下榻我宾馆"一行红字在夜色中分外醒目。我心里顿时有一种宾至如归的温暖。

孝文先生个头不高，戴一副丝边眼镜，说话干脆利落，给人以文质彬彬的感觉。他也是撒拉爷嫡孙，是韩启德的二儿子。他说，到了这里，一切都由他来安排。让我们单人住单间，理由是你们写作人需要安静。第二天上午，宾馆门前摆了两辆越野车，孝文先生说，你们是贵客，就该是这个规格。整个一上午，他陪我们参观了山南市数得上的几个景区。

根据我们提议，下午在天马宾馆会议室举行循化籍创业人员座谈会，等到我发言时，刚说到"我们是来看望在雪域高原的乡亲们"，喉咙突然被噎住了，胸腔内翻滚起阵阵潮涌，竟失声号啕起来。

不多时，我的以哽咽和哭声为前奏的发言又触到众乡亲泪点，他们也在一声声唏嘘中泪光闪闪。

会后，感动不已的马福全先生把我们"抢到"他家宾馆，同样是单人住单间，把最好的贵宾房腾给我。

次日参观完桑耶寺，我们对意犹未尽的孝文先生说，千里送君，终有一别，就此分手吧，把美好的念想留到下一次相见。孝文先生说，在扎囊县他有个加油站，饭菜都安排好了，都是家乡饭，在那儿道别也不迟呀。我们只好客随主便，依计而行。

当天傍晚返回拉萨时，孝文先生又"鬼灵"般出现在我们眼前。望着一脸诧异的我们，他笑着说，想到今晚你们住这里，我就过来安排一下，房间已经订好了，还是一人一间。

这时，李大夫长子孙迪格催促的电话又打过来了。

李大夫是我的热心读者，来拉萨的列车上接到他电话，他先问《黄河从这里拐弯》中的苏吉里村究竟在哪儿，我告诉他，您可以把自己的村庄看作苏吉里村——那时我还不知道他的出生地是遥远的旋窝村。他又说，他儿子们在拉萨开饭馆，已经招呼过尕娃们，到拉萨一定去那儿吃饭。

李大夫在循化各族中口碑极佳，总是笑眯眯地迎接每一位患者，把堆在他眼前的千般愁苦化解在他春意融融的笑语里。他把毛主席在旋窝村短暂居住的情况写了一篇小文章，我去输液时，拿出来送给我。还翻开手机，让我看了他们写给北京的一封信。知道我对这事感兴趣，就说哪天要是去旋窝村，他让儿子给我们带路……

我跟孝文先生提起孙迪格有约的事，他笑一笑，说声好，就把我们带到位于市中心的一家饭馆门前。原来，李大夫是孝文先生表姐夫，也算是撒拉爷族内之人。

看见我们下车，孙迪格和弟弟几乎是从饭馆内奔跑出来的，让我们再一次感受到比他们父亲毫不逊色的火辣辣的热情。

第二天在孙迪格饭馆吃过午饭，孝文先生陪我们参观了拉萨河治理工程。眺望波光潋滟、飞鸟低掠的景色，原先对地处高海拔的拉萨的生冷印象一扫而光。

终于等到发车时刻，在彼此不忍离别的目光中，我们一步一回头，怀着满心的感动踏上了东去的列车。

美好的往事历历在目，并非如烟似云，如今在旋窝村终于找到了孝文先生们待人接客时热情似火的根由。

七

从天水驶往临夏的车上我一直在想，中国文化最耀眼最赏心悦目的地方并不在高楼林立的繁华都市，也不在早已风干的古籍卷帙中，而是在炊烟袅袅的农舍里，在白山黑水间千古一承香火绵绵的门庭内。撒拉爷后代们在贫瘠土地上所呈现的，正像他们地里的原生作物那样地道，以及以这种纤尘不染的淳朴作为酵母滋生出来的一种敞怀施援陌路人的侠骨柔心。他们的骨血中有撒拉族文化的遗风、回族文化的浸染、汉族文化的熏陶，他们的精神底色在农耕文化、草原文化、红色文化与生态文化熏蒸中归于素白。于是，正如道路尽头的雪山草地，一切都安静了！

我终于明白撒拉爷后辈的名字中融进"孝"字的用意——只要"孝"字当头，居于较低段位的仁义礼智信为主的文明体系就不会被解体。基于这样的生命法则，他们把中国文化中近似于天道的孝道伦理作为自己毕生遵从的目标，在春种秋收中践行着最朴素却最接近生命本质的人生哲学。他们的意念中，一代伟人当年借住自己寒舍，就像曾经接纳无数投奔而来的过客一样，不觉得是一件呶呶不休炫耀显摆的事，更不会借由父辈们积下的阴德向周围张口伸手。尽管日子不太富裕，但他们活得自在，活得从容，活得安心。他们恬淡的日子犹如村庄外出产单一的田地，生长不出城里人那种蓬勃杂芜的欲念大树，只是长久地凝望远处的岷山，静静地守护着内心的那一片天地。

曾经无数次盘桓于人烟繁密、车流如潮的都市，却没有寻觅到一双在旋窝村的村巷间相遇的那种清澈纯正的目光；曾经无数次谈论过有关塑造心灵的艰涩命题，却始终没有触及刺痛灵魂的那个穴位。于是我就想，只要无数个藏匿在大山深处的"旋窝村"上空还有炊烟飘荡，中华文明就会绵延不绝，百代相传。

后　记

　　以前写文章，很少用"一辈子"这样的字眼，就怕引来诟病；即将迈入花甲之年门槛时，已经没有了这样的顾虑，觉得在黄昏的夕阳里就该回望一下身后深深浅浅的脚印了。这部散文集是对渐行渐远的故乡的凝望，实际上就是对烟雨迷蒙的童年生活的回眸。又是在夏天和冬天的夹缝中展示个性的秋天里终结此番长旅，字里行间难免会弥漫一些无法排解的伤感。但这只是一种情绪，我并不会深陷其间，让飘忽闪烁的情绪影响自己的整体性表达。

　　一个人的一生极其有限，风风火火几十年，所经历的，大多是登不了大雅之堂的一地鸡毛。那些深藏多年的不可言说的私密，不过是一些自寻烦恼的小心思罢了，没有什么遮遮掩掩的了。幸好，手里还有一支能调动文字的不算钝拙的笔头，可以把思想深井的那些隐秘角落清理一下，好让自己透透亮亮地面对余下的人生路。

　　解甲归田，意味着生活半径的缩小，欲望的烈焰也随之减弱为摇曳的一星火苗，直至灰飞烟灭。孤独是不可避免的。相比而言，我的孤独似乎更为深刻一些，纯粹一些，顽固一些，是难以用儿女长情和简单的娱乐来化解的深层寂寥。我喜欢在思想的河床捡拾碎金，哪怕颗粒再小，也足以让混沌的目光为之一亮。更多时候，我愿意沉浸在无边的落寞中，用祖辈们遗传的一把老壶熬煮自己的思绪。

　　有时候真羡慕那些活在自己的认知和别人的思想之间的人们，没有太多庸人自扰的非分之想，朝斋暮盐，素衣简行，简单中活出一份快乐。而我已经深陷于宿命式文化思考的泥沼，挣脱物质羁绊的同时，精神上却把自己逼到人迹罕至的雪峰之间，眼前只有高天流云，只有茫茫原野……

有朋友问这部散文集是不是封笔之作，这是个难以回答的问题。如果健康状况允许，思想原野不干涸，也许在文字的河流中还会溅起几朵浪花，还会流淌出一些故事来。不过，一写几万字的篇幅大概不会再有了，或多或少，一切随缘吧。

这部散文集能够结集出版，多亏了詹晋文、韩新华、韩原林、韩学文、陈琰、马昭辉、韩艳蓉、马海萍、韩忠林、韩国明、沈海存、马成龙、韩永奋等文友的无私协助，以及县内外热心读者的真诚鼓励，还有县委宣传部、县文体旅游局、中国文史出版社等部门的鼎力支持，在此一并谢过。

翻过剩下不到两个月的这一年，就迎来循化自治县七十华诞，我的人生中也将是个重要的分水岭。收回遥望故乡的目光，看看自己，依然两手空空。那么，就以这部作品向在几百年风雨中跌跌撞撞走过来的母族和自己在坎坎坷坷中奋斗了几十年的职业生涯献礼吧！

2023 年 10 月 9 日于县城居室